10.–

W0324633

HEYNE BÜCHER

SCIENCE FICTION

Herausgegeben
von Wolfgang Jeschke

Von Greg Bear erschienen in der Reihe
HEYNE SCIENCE FICTION & FANTASY:

Der THISTLEDOWN-ZYKLUS:

Äon · 06/4433
Ewigkeit · 06/4916

Der SIDHE-ZYKLUS:

Das Lied der Macht · 06/4382
Der Schlangenmagier · 06/4569

Blutmusik · 06/4480
Corona · 06/4499
Schmiede Gottes · 06/4617
Königin der Engel · 06/4954
Köpfe · (in Vorb.)
Tangenten · (in Vorb.)
Die Kraft der Steine · (in Vorb.)

Liebe Leser,

um Rückfragen zu vermeiden und Ihnen Enttäuschungen zu ersparen: Bei dieser Titelliste handelt es sich um eine Bibliographie und NICHT UM EIN VERZEICHNIS LIEFERBARER BÜCHER. Es ist leider unmöglich, alle Titel ständig lieferbar zu halten. Bitte fordern Sie bei Ihrer Buchhandlung oder beim Verlag ein Verzeichnis der lieferbaren Heyne-Bücher an. Wir bitten Sie um Verständnis.

Wilhelm Heyne Verlag GmbH & Co. KG, Türkenstr. 5—7, Postfach 201204, 8000 München 2, Abteilung Vertrieb

GREG BEAR

KÖNIGIN DER ENGEL

Roman

Aus dem Amerikanischen übersetzt
von
Peter Robert

Deutsche Erstausgabe

WILHELM HEYNE VERLAG
MÜNCHEN

HEYNE SCIENCE FICTION & FANTASY
Band 06/4954

Titel der amerikanischen Originalausgabe
QUEEN OF ANGELS
Deutsche Übersetzung von Peter Robert
Das Umschlagbild ist eine Collage von Jan Heinecke

Orthographie und Interpunktion dieses Romans sind streckenweise frei erfunden. Eine Übereinstimmung mit geltenden Regeln wäre rein zufällig.

Redaktion: Wolfgang Jeschke
Copyright © 1990 by Greg Bear
Erstveröffentlichung by Warner Books, New York
Copyright © 1993 der deutschen Ausgabe und der Übersetzung
by Wilhelm Heyne Verlag GmbH & Co. KG, München
Printed in Germany 1993
Umschlaggestaltung: Atelier Ingrid Schütz, München
Technische Betreuung: Manfred Spinola
Satz: Schaber Satz- und Datentechnik, Wels
Druck und Bindung: Ebner Ulm

ISBN 3-453-06195-0

Für Alexandra
— von der Zeit vor ihrer Geburt
bis lange nach 100 000 000 000

ERSTES BUCH

1100-10111-1111111111

Übung Eins:
Stell dir ein Motiv aus Bäumen vor, die kahl und schwarz vor einem aschgrauen Himmel stehen. Ihre Äste zeichnen sich scharf gegen das neutrale Grau ab. Das Motiv ist statisch; es wird sich nicht ändern. Das Grau hat keine Eigenschaft, nicht einmal die Dynamik von etwas, das man mit geschlossenen Augen sieht. Dieses Bild steht nicht so sehr für den Winter als vielmehr für Gewißheit; es ist das letzte Bild in den Augen eines Toten. Jetzt frage dich: Willst du Ruhe und Frieden?

Übung Zwei:
Da ist ein Getreidefeld. Jeder Halm ist vollkommen. Es ist ein Menschenfeld. Es enthält das, was in allen Menschen vollkommen ist, was alle gemeinsam haben, und wenn man es findet und berührt, verändert man damit alle Menschen. Jetzt frage dich: Ist Vollkommenheit gleichbedeutend mit Gewißheit, und sind wir nur dann vollkommen, wenn wir tot sind?*

1

Wie ein wasserglänzender, von quecksilbrigen Wellen umspielter Orca sank Mary Choy in ihr Essigbad. Zum erstenmal seit zweiundsiebzig Stunden war sie allein. Der süßsaure Reisgeruch kitzelte ihre Nase. Sie hielt das offizielle Deluxe-Papier-Handbuch aus Dr. Sumplers Büro in der Hand und suchte im Index unter ›Verfärbung, leicht, unter Belastung‹, um zu erfahren, warum ihre Pofalte in all dem Tiefschwarz drumherum

* Genehmigung zum Zitieren von Passagen ohne Verfasserangabe: Ausschuß für die internationalen Rechte der Künstler, Weltcopyright Emanuel Goldsmith 2022—2045

grau wurde. *Haben Sie alle zwei Wochen ihre Essigbäder genommen?* fragte das Handbuch tadelnd.

»Ja, Dr. Sumpler.« Sie hatte die saure halbe Stunde zu genießen begonnen.

Die kontinuierliche essigsaure Hydrotherapie kann beschleunigt werden, wenn Belastungsverfärbungen auftreten. Speziell angefertigter Melaninersatz wird von oben und unten über Vitaminzusätze und epidermiale Nährstoffe zugeführt. Die Verfärbung kann von übermäßig enger Kleidung verursacht sein (lockern oder den Stil wechseln); sie kann auch von schlechten Ernährungsgewohnheiten herrühren, die nicht immer über die Vitamintherapie zu korrigieren sind. Machen Sie sich keine Sorgen, wenn die Verfärbungen nur ein paar Stunden oder einen Tag lang anhalten; so etwas ist in den ersten Jahren nach der Umstellung Ihres Körpers durchaus normal.

»Na prima.« Dr. Sumpler hatte ihr nichts davon gesagt, daß sie ein bißchen scheckig werden würde. Mary klappte das Handbuch zu und legte es auf das gekachelte Waschbecken. Dann legte sie den Kopf in den Nacken, um sich die Haare naßzumachen und sie vom Luftschmutz und vom Schweiß dreier Arbeitstage ohne Pause zu befreien.

Was sie nicht wegwaschen konnte, war der Anblick von acht jungen Comb-Bürgern in verschiedenen Stadien der Zerlegung. Gestern abend war das erste Ermittlungsteam zum dritten Fuß von Ost-Comb Eins gegangen, weil medizinische Detektoren Spuren menschlicher Verwesung aufgefangen hatten. In den ersten beiden Stunden hatte das Team einen Schnüffler aufgestellt, eine Prüfung vorgenommen und eine Abtastung nach Wärmespuren durchgeführt. Dann waren die Freezer gekommen und hatten die ganze Wohnung in ein Grab verwandelt. Da sie die Dienstälteste in ihrer Wache war, hatte Mary diesen seltenen Mordfall um sieben Uhr zugeteilt bekommen. Glück mußte der Mensch haben.

Nun würden die Forensiker die Leichen und alles andere am Tatort untersuchen — eine kalte, feste Schicht nach der anderen — und sich dabei so viel Zeit lassen, wie es ihnen beliebte. Vom großen Rahmen bis zur Mikrobenebene würde alles gesichtet und analysiert werden, und bis morgen oder übermorgen würden sie über jeden, der die Wohnung im letzten Jahr betreten oder verlassen hatte, etwas wissen. Sie würden Listen von Hautschuppen, Haaren und Speichelspuren erstellen, so daß man diese mit ärztlichen Unterlagen abgleichen konnte, die unter den Raphkind-Nachtragsgesetzen — dem Mistkerl sei dank — nun offen zugänglich waren; und dank der Evolution und der mitochondrialen DNA konnte sie Verdächtige durch Devianzen der Mikrobenpopulationen aufspüren, deren Herkunft sich bis zu einem bestimmten Zimmer in der Wohnung eines Verdächtigen zurückverfolgen ließ.

Als sie die Augen schloß, sah sie wieder das zu dunklen, kalten Seen geronnene Blut, die steifen, reglosen, mit einer dünnen Reifschicht überzogenen Leichen, aus denen alles Leben und sämtliche Erinnerungen gewichen waren. Ein grausiges Fleischpuzzle, das nur Meister lösen konnten.

Mary Choy war achtundzwanzig und seit fünf Jahren PD*. Durch ihre Tüchtigkeit und aufgrund der Gesetze gegen die Benachteiligung von Personen, die sich einer freiwilligen Transformation unterzogen hatten (den Liberalen vor Raphkind sei Dank), hatte sie es innerhalb von dreieinhalb Jahren auf die schnelle Tour zum Lieutenant bei der Ermittlungsleitung gebracht. Sie war jedoch aus freien Stücken Ermittlerin geblieben, weil sie das Gefühl hatte, dort am richtigen Platz zu sein. Es

---

* Eigentlich Abkürzung für ›police department‹, hier jedoch für ›Public Defense‹ bzw. ›public defender‹, wobei dies wie in Orwells ›Neusprech‹ nicht mehr ›Pflichtverteidigung/Pflichtverteidiger(in)‹ (des Angeklagten), sondern ›Bürgerschutz/Bürgerschützer(in)‹ (vor den Verbrechern) bedeutet. — *Anm. d. Übers.*

war nicht der Tod, was ihr daran so gefiel, sondern das Aufklären von Geheimnissen und das Einfangen der Täter. Es machte ihr Spaß, die sozialen Raubtiere zu stellen, die Parasiten und die untherapierten Außenseiter.

Mary glaubte immer noch, daß sie dabei half, die Stellung gegen die Selektoren und andere zu halten, die Vergeltung üben wollten, ohne sich dabei um die Gesetze zu scheren. Auf diesem Weg würde man unvorstellbares Elend über die Menschen bringen. Ihr eigener Weg war der einer schnellen, entschlossenen Rechtsprechung, die zu Zwangstherapie oder Gefängnis führte. Fünfundneunzig Prozent aller Verbrechen konnten geklärt werden; danach war es Aufgabe der Therapeuten, die perversen Triebe und Motivationen zu finden und auszumerzen.

Zwei Stunden nach ihrer Ankunft am Tatort hatten PD-Fähnriche einen möglichen Zeugen angeschleppt, einen hochgewachsenen, hageren, ergrauenden Mann namens R Fettle, einen Freund des Wohnungseigentümers E Goldsmith. Mary hatte das Innere der Wohnung bis zu diesem Zeitpunkt noch nicht zu Gesicht bekommen, aber sie war von den Spezialisten am Tatort informiert worden; der Verdacht fiel schwer auf den Eigentümer. Bei der Befragung hatte Fettle wenig zu erzählen gehabt und war daraufhin wieder entlassen worden. Seine Reaktion war bei ihr haftengeblieben: Völlig verwirrt wie ein aus dem Wasser gezogener Fisch stotterte er herum, wußte angeblich von nichts und war von ihrer Andeutung schockiert, er könne gerichtlich belangt werden, weil er niemanden davon unterrichtet hatte, daß Goldsmith therapiebedürftig gewesen war. Der Mann hatte wirklich Angst gehabt. Zuerst hatte sie Verachtung für dieses Häufchen Elend mit seinem ganzen unkoordinierten, entwurzelten Denken empfunden.

Sie hob einen Arm und beobachtete, wie das Wasser

Perlen bildete und in dünnen Bächen an ihrer delphinglatten Haut herabrann. Jetzt tat ihr Fettle leid. Sie war tro shink grob zu ihm gewesen. Mary war nicht an Mordfälle gewöhnt. Fettle wußte nichts. Aber wie konnte ein Freund nicht wissen, daß Mord im Bereich des Möglichen lag?

Genug Essig. Sie stieg aus der schwarzen Plastikwanne und trocknete sich ab, wobei sie einen Zwölfton-Popsong vor sich hinsummte. Der kleine, jadefarbene Arbeiter — ein chinesisches Modell, das sie nach ihrer letzten Gehaltserhöhung seitens der Zeitarbeitsagentur gekauft hatte — wartete mit einer gebügelten und sauber gefalteten Uniform auf sie.

Auf Marys Pfiff hin las ihr der Hausmanager die eingegangenen Mitteilungen vor. Seine Männerstimme folgte ihr durch drei Zimmer, als sie nach einem Silbererzkringel suchte, den sie verlegt hatte; sie wollte ihn sich ans Ohr hängen. »Und dann wäre da noch ein Anruf von Junior Lieutenant Theodora Ferrero. Keine Mitteilung«, schloß der Manager.

Sie hatte seit drei Monaten nichts mehr von Ferrero gehört. Theodora war zur Beförderung vorgeschlagen worden, und Mary hatte angenommen, daß ihre Freundin ganz von der Büffelei in Anspruch genommen war. Sie hatten sich auf der Akademie angefreundet; Ferrero hatte gerade eine kleinere therapeutische Behandlung hinter sich und wirkte ausgeglichen, aber verletzlich. Mary, die gerade ihre Transformation abgeschlossen hatte und ähnlich empfindlich war, hatte ihre Mitschülerin sofort sympathisch gefunden. Danach waren härtere Zeiten gekommen. Theodora war nicht über den Rang eines Junior Lieutenant hinausgelangt und bei der Beförderung zweimal übergangen worden. »Ruf sie zurück. Unterbrich mich, wenn du sie am Apparat hast«, befahl sie.

Im Gegensatz zu zwei Dritteln der Millionen, die nach den Combs und den hochbezahlten Zeitarbeitsjobs strebten, hatte Mary Choy es ohne Therapie geschafft. Neben der Haustür hing ihre jüngste Therapiebedarfseinschätzung durch das Department in einem Rahmen. Sie war eine Natürliche im eigentlichen Sinn des Wortes, ein Naturtalent; sie hatte die Tests der Zeitarbeitsagentur gleich im ersten Anlauf und alle jährlichen Prüfungen des LAPD ebenso mühelos bestanden. Die Einschätzung war ein gleichmäßig ansteigendes Kreuz, ein Printout von Hirnfunktionskreisen, die alle am richtigen Platz waren und darauf hindeuteten, daß ihre Persönlichkeiten Subpersönlichkeiten Agenten und Talente ausgeglichen und wohlproportioniert waren. Ihr Denkvermögen war im Gleichgewicht, ihr Ego in guter Verfassung und fit; sie wußte, wer sie war und was sie drauf hatte; sie wußte, wie sie sich innerlich aufrecht halten und sich von unvermeidlichen Fehltritten erholen konnte, ohne ein Trauma davonzutragen; sie war eine vernünftige junge Frau und reif für eine Beförderung. Das zeigten die Printouts, aber in ihren introspektiven Augenblicken hielt sich Mary mit einem endgültigen Urteil zurück.

Obwohl sie gut verdiente, warf sie ihr Geld nicht zum Fenster hinaus. Der einzige Luxus, den sie sich leistete, war ein Apartment hoch oben am Knöchel des zweiten Fußes von Nord-Comb Zwei. Mit seiner sparsamen, modischen Einrichtung, den warmen Grautönen und den samtigen Purpur- und Schwarztönen war Marys Zuhause ein perfektes Versteck für ihre Hochglanz-Mitternachtshaut. Sie konnte sich davon aufsaugen lassen und dieses selbstsichere Ego ablegen, konnte in der Einrichtung verschwinden und sich die Sonne aus erster Hand durch große Fenster ohne Vorhänge auf den Leib brennen lassen. Für Flitterkram hatte sie nicht viel übrig. Sie interessierte sich nicht für Kunst oder Literatur und war auch nicht neidisch auf jene, die es taten; ihr Leben war nun einmal der Jagd und nicht der Lobpreisung des menschlichen Geistes gewidmet.

In ihren privaten Aktivitäten war sie gleichermaßen genügsam. Sie praktizierte die fünf kraftzentrierenden Übungen, darunter den Kriegstanz, bei dem das Ich mit sich selbst kämpfte, was seinen Ausdruck in körperlicher Bewegung fand. Das tat sie in einem kleinen, leeren Zimmer mit weißen Schaumstoffwänden, wie ein schwarzer kalligraphischer Strich auf einer nackten Leinwand.

Als sie ihre Übungen beendet hatte, zog sich Mary sorgfältig die Uniform an, wobei sie lebenswichtige Stellen in einen Monomolnetzpanzer einschloß und Stützstiefel anlegte, die dafür sorgten, daß ihre Beine nicht müde wurden, wenn sie lange herumstehen mußte. In ihrem Rang trug man im täglichen Dienst keine Waffen. Man erwartete nicht von ihr, daß sie sich an einem richtigen Kampf beteiligte. In den letzten fünfzehn Jahren war die Gewalttätigkeit in den USA merklich zurückgegangen. Die therapeutisch Behandelten waren nicht auf Gewalt aus.

Ihre dunklen Augen waren gelassen und ruhig, aber weder leer noch ausdruckslos. Ihre transformierte Stimme war tief, aber auf angenehme Weise feminin, kraftvoll, aber mütterlich. Sie konnte Wiegenlieder singen oder eine PD-Warnung knurren.

Die gelassene, in sich selbst ruhende, hochgewachsene, nachtschwarze Mary Choy hatte alles, was ihr Herz begehrte, nur eines nicht: ihre Vergangenheit. Deren Reste lagen einbalsamiert in der Ecke einer einzigen Schublade ihrer Schlafzimmerkommode, eine Schachtel mit alten Familienfotos, Disketten und Speicherwürfeln.

Sie blieb vor der Kommode stehen, wobei sie ein bestimmtes, sehr klares instinktives Gefühl in bezug auf Theodora befiel, und befingerte die Schublade. Sie bückte sich, um Faulpelz zu streicheln, ihre rot getigerte weiße Katze. Sie rieb sich an ihren Stiefeln; ihre kastanienbraunen Augen waren weise und geduldig, und sie schnurrte tief in der Kehle. Faulpelz war die einzige lebende Verbindung mit ihrer Kindheit. Marys Eltern hatten sie ihr geschenkt, als sie ihren Abschluß an der High School gemacht hatte.

»Theodora Ferrero ist am Apparat«, meldete der Manager.

»Schalt mich auf Vid«, sagte Mary. »Ich nehme das Gespräch im Wohnzimmer an.« Sie ging rasch zum Telefon, bückte sich kurz, um eine Falte im Monomol glattzustreichen, und richtete sich beherrscht wieder auf. »Hallo, Theo. Hab seit Monaten nichts von dir gehört. Schön, daß du dich mal meldest.«

Mary konnte ihre Freundin nicht sehen. Ferreros Vid war ausgeschaltet. »Ja. Danke für den Rückruf.« Angespannte Stimme. »Ich dachte, du würdest es gern erfahren.«

»Hast du's geschafft?« Mary war sicher, daß Theodora die Beförderung bekommen hatte.

»Bin übergangen worden«, sagte Ferrero. »Zum drittenmal jetzt. War meine letzte Chance. Die haben mir geraten, nochmal eine Therapie zu machen.«

Mary machte ein überraschtes und mitfühlendes Gesicht. »Das mußt du mir genauer erzählen. Ich würde dich gern sehen, Schatz; mein Vid ist an.«

»Ich weiß«, sagte Ferrero. »Aber ich nehme dein Bild nicht an.«

»Wie bitte? Was ist?«

»Ich will dich nicht sehen, Mary. Ich will nicht dran erinnert werden.«

»Du spichst in Rätseln, Theo. Was ist passiert?«

»*Ich hab's nicht geschafft*. Das ist alles, und das reicht doch, oder?«

»Theo, ich hab einen harten Tag hinter mir. Dieser große Mordfall. Acht Tote. Ich bin deshalb schon ein bißchen langsam von Begriff, und ich muß gleich wieder zum Dienst.«

»Tut mir leid, wenn ich dir jetzt damit komme, aber

du hast mir gegenüber einen Vorteil, und ich will nicht mit dir konkurrieren, Mary.«

»Was für einen Vorteil denn?«

»Du bist eine Transformierte. Du bist exotisch und geschützt. Das PD würde sich nie trauen, dir zu sagen, du sollst wieder in Therapie gehen, weil du sonst bei der Zeitarbeitsagentur ein Riesengeschrei veranstaltest, und dann kommt das Bundesamt und untersucht den Fall. Die können dir nichts anhaben.«

»Das ist doch Unsinn, Theo.« Mary spürte, wie sich die Röte auf ihrem Gesicht ausbreitete; von außen war nichts zu sehen, aber sie konnte es fühlen.

»Da bin ich anderer Meinung, Mary, und im Moment hab ich größte Lust, einfach aufzulegen.«

»Ich kann dich verstehen, Theo, aber gib nicht mir die Schuld. Wir waren zusammen auf der Akademie. Du bedeutest mir viel. Was solltest du denn ...«

»Das brauch ich dir nicht zu sagen! Du bist ein verflunztes *Alien*, Mary. Ich hab dich nicht auf dem Bildschirm, weil ich dich nicht *sehen* will. Ich will nicht mal mit dir reden. Du hast es mir unmöglich gemacht, meine Beförderung zu kriegen. Genieß den Höhepunkt deiner Laufbahn, *Schatz.*« Ein Glockenton verkündete, daß die Verbindung abgebrochen war.

Mary stand stumm vor dem grauen Tischchen mit dem Vidfon und hielt sich an dessen Kante fest. Sie schaute auf ihre glatten schwarzen Finger hinunter, streckte sie, beugte sie wieder und zog sie dann zurück. Theodoras Anspannung war schon vor Monaten deutlich zu spüren gewesen; trotzdem hatte Mary nicht mit so etwas gerechnet. Ein Teil von ihr sagte *Es liegt auf der Hand, warum das Department sie wieder in Therapie geschickt hat,* und ein anderer Teil parierte mit einem tiefer liegenden *Warum.*

Um einer derartigen Frage auszuweichen, ging sie durchs Wohnzimmer und schaltete das LitVid ein. Die Netze waren voll von den AXIS-Botschaften, die endlich empfangen wurden, nachdem sie den Raum zwischen den Sternen durchquert hatten; Mary stand vor scharf umrissenen Simulationen der Sonde, die in den Orbit um ihre Zielwelt ging. Sie schaute hin, ohne zuzuhören, und sah kaum etwas; widerstreitende Botschaften durchquerten langsam den Raum in ihrem eigenen Inneren.

Warum hatte sie sich überhaupt einer Transformation unterzogen und sich dabei ein so exotisches Äußeres ausgesucht? Um daraus einen Vorteil zu ziehen, oder um ihr eigentliches Wesen mit einer äußeren Erscheinung zur Deckung zu bringen, die sie nie befriedigt hatte?

Marys Eltern ihr Bruder und ihre Schwester Mutter und Vater hatten die transformierte rotweiße Katze akzeptiert, die später transformierte Tochter aber nicht. Sie hatte seit vier Jahren von keinem von ihnen mehr etwas gehört.

Und jetzt Theodora, die sie früher einmal vielleicht als ihre beste Freundin bezeichnet hätte — in einem Leben, in dem es nur wenige solche Freundschaften gegeben hatte.

Sie kehrte zur Kommode zurück, machte sie auf und holte einen Briefumschlag mit einer einzigen handtellergroßen Diskette darin heraus. Nur wenn sie in eine besonders unangenehme Lage geraten und auf der Suche nach dem richtigen Blickwinkel war, sah sie sich ihre Andenken an. Sie steckte die Diskette in ihre Tafel und rief Bild Nummer viertausendeinundzwanzig auf. In Farbe, aber nicht in 3-D: das Standbild einer zwanzig Jahre alten Frau Größe eins fünfundsechzig blasse Haut rundes Gesicht mit einem freundlichen aus dieser Distanz ergeben wirkenden Lächeln. Die junge Frau trug ein grünblaues Flickenkostüm der mittleren Dreißiger Jahre, das den Blick auf eine Seite des Bauchs die linke Schulter und den größten Teil des rechten Beins freigab: eine außerordentlich unattraktive Mode. Hinter der jungen Frau ein weißes Holzhaus in Culver City, jetzt Zinken Fünf des Schattens. Zu ihren Füßen ein zusammengekauerter Faulpelz, zwei Kilo leichter als heute. Die ursprüngliche Mary Choy im Alter von zwanzig Jahren. Ehrgeizig, aber ruhig; intelligent, aber zurückhaltend. Unauffällig auf ihrem wissenschaftlichen Fachgebiet — der Forensik — tätig, mit dem Ziel, genug Zeitarbeitskredit aufzuhäufen, um sich damit im Hinblick auf ihr zukünftiges Gehalt eine Transformation zu finanzieren.

Mit schmalen dunklen Augen und zusammengepreßten Lippen steckte sie die Diskette in den Umschlag zurück.

■

Irrenhaus Erde was für ein Spaß dieses Leben hier kann sich keiner aussuchen. Wahnsinnige sind wir, Narren allesamt. Gnädigerweise hat der Wahnsinn auch an uns einen Narren gefressen.

2

Richard Fettle stand hager und angespannt da und lehnte sich in die Kurve, wobei seine durchgedrückten Knie an die gebeugten Knie sitzender Fahrgäste stießen. Er zitterte immer noch, schockiert von der Anomalie dieses Morgens.

Drei Haltestellen vorher hatte sich der rundliche kleine weiße Autobus mit alten und jungen Bürgern des Schattens gefüllt, einer geradezu altertümlichen Ansammlung ganz unterschiedlicher Brüder und Schwestern typische Opfer der Zukunft. Der Bus war zum Bersten voll.

Indirektes Licht vergoldete sie alle durch die Schutzfenster. Fünf Sonnen leuchteten in den langsam rotierenden, ineinandergreifenden Armen der drei Türme von Ost-Comb Eins, großzügiges Licht, das den Gründlingen gespendet wurde. + Keine gute Laune heute. Haben mir hart zugesetzt und ganz grundlos. Aber gute Geschichte. Wird mir fünf Minuten lang die Aufmerksamkeit von Madames Gruppe einbringen. Ganz ordentlich. Nicht an Goldsmith denken. Was er getan hat. Hat er's getan? Der Mann ist der mordende Dichter die Frau der verschlingende Engel. Hat er gesagt. Aber nicht aufgeschrieben. Goldsmith ist der mordende Dichter. Zieht der Kerl mich in die Sache rein. Herrgott dabei bin ich ein friedliebender Mensch.

Der Bus rollte hinter einen Eukalyptusschirm. Die fünf Sonnen flimmerten blättrig und waren verschwunden. Er zog an einer Schnur, und der Bus fuhr am Tor zum Anwesen von Madame de Roche im Hochlandtal an den Straßenrand und hielt.

Er stieg aus. Der kleine Bus brummte auf dem ausgebesserten Asphalt des nicht mit einem automatischen Leitsystem ausgerüsteten Sträßchens davon. Richard blieb mit gesenktem Kopf und halb geschlossenen Augen auf dem von Wurzelwerk aufgewölbten Bürgersteig stehen, sortierte seine Gedanken und legte sich alles zurecht. + Wie erzähl ich's. Total bereinigte Fassung. Schreckliche Sache. Die haben ihn alle gekannt.

Die rothaarige, sechzigjährige Madame de Roche hielt Menschen für ein wunderbares, förderungswürdiges Phänomen. Sie ernährte und unterhielt ihre Getreuen, stellte ihnen Bett und Bad zur Verfügung, hörte ihnen zu, wenn sie unglücklich waren, und gab ihnen alles, was sie benötigen mochten — alles außer der wechselseitigen Wertschätzung, die Gleichrangige füreinander empfinden, denn sie war keine von ihnen. Sie lebte zwar im Schatten, doch sie gehörte eigentlich nicht dorthin. Ebensowenig wie in die Combs. Sie verabscheute dieses ›Gesindel kaltherziger Perfektionisten‹, wie sie behauptete.

Madame de Roche hatte nicht mehr mit ihren Gästen gemein als mit ihrem Garten oder ihren Katzen, für die sie auch bereitwillig und verständnisvoll sorgte.

+ Bring's als Schau als hübsche Geschichte. Entspricht zwar nicht ganz der Wahrheit ist aber eine Methode dir eine runde Stunde zu sichern: daß ich ein Mörder sein könnte. Acht Menschen sterben damit ich fünf Minuten lang lebendig sein und eine hübsche Geschichte erzählen kann die mir zugestoßen ist die uns allen zugestoßen ist weil wir alle Goldsmith kennen. Beschuldigen die mich ihn nicht gemeldet zu haben obwohl ich gewußt hätte daß er eine Therapie brauchte was nicht stimmt. Ich hab's nicht gewußt. Fang mit der Geschichte an bevor sie kommt. Dann wird sie darum bitten daß ich sie nochmal erzähle. Damit sie alles mitkriegt. So steh ich länger im Rampenlicht.

Richard erschauerte. + Herrgott. Ich bin ein friedliebender Mensch. Vergib mir aber ich hab diese Story verdient.

Ohne die geborstenen Betonlöwen aus einem anderen Zeitalter zu beachten, die wieder ein anderes Zeitalter imitierten, ging er die breite Steintreppe hinauf, wobei er immer zwei Stufen auf einmal nahm, und betrat den täuschend echt aussehenden spanischen Säulenvorbau der Villa.

In einem weißen Käfig aus emailliertem Schmiedeeisen putzte ein hübscher, großer, blauroter Vogel sein Gefieder und zwinkerte ihm zu. Eine aufgescheuerte Klaue blitzte silbern. + Neuerwerbung. Vierzig Jahre alt und sehr wertvoll. Echter Papagei viel billiger. Papparat.

Die Tür kannte ihn. Richard trat ein, wobei er ihrer massiven Holzfront höflich zunickte, und wurde von der großen Gemeinschaft der Untherapierten aufgesogen. Vierzehn von Madame de Roches Getreuen gruppierten sich um die Treppe und liefen mit leisen Hausschuhen oder lauten, harten Plastiksohlen auf dem kühlen roten Granitboden herum. Drei junge, langhaarige Akademikerinnen bestaunten einen frühen Shilbrage in einem Alkoven; zwei Männer im Smoking diskutierten raffinierte geschäftliche Transaktionen in den Schattenbanken; vier Dichter in Jeans bildeten einen Kreis und bewunderten gegenseitig ihre handgedruckten Flugblätter. Sie hatten ihre besten Sachen an, außer wenn es ihre Philosophie anders wollte, hielten geziert ihre Drinks in den Fingern und nickten, als er vorbeikam; Richard stand nicht im Vordergrund, diesen Monat nicht. + Freunde aber sie würden keinen Finger rühren wenn ich fiele. Figuren wie von Petronius. Gott sei mir gnädig sie sind alles was ich habe oder verdiene.

In einem Sessel etwas abseits von dieser sich ausdehnenden Gruppe saß Madames ausgemachte Favoritin des Monats, Leslie Verdugo, eine reizende Dame aus alter Familie, eine weißhaarige Erscheinung, mit der Richard noch nie geredet hatte, vielleicht aus Schüchternheit, aber wohl eher deswegen, weil sie ununterbrochen verklärt lächelte, und das zog ihn nicht an. Ein New Yorker namens Geraldo Francisco, der sich auf das Drucken nach alten Methoden spezialisiert hatte, saß ihr an einem Mehrzwecktischchen mit einer Glasplatte gegenüber. Raymond Cathcart, der sich als Ökologe bezeichnete und Gedichte schrieb, die hin und wieder etwas in Richard anrührten, ihn jedoch meistens langweilten, näherte sich ihnen schüchtern. Siobhan Edumbraga, eine Exotin in Sprache und Benehmen, aber in allen körperlichen Dingen ungeschickt und gelegentlich auch eindeutig primitiv, eine Unschuld ohne jegliches feststellbares Talent löste sich aus dem Kreis der Dichter, um sich zu dieser neuen Attraktion zu gesellen. Sie hatte sich ihren Namen ausgedacht; er wußte nicht, wie sie wirklich hieß.

Richard fand seinen Platz im Kreis der Dichter und hing gebeugt über ihnen. Sein ernstes Adlergesicht und die wäßrigen grauen Augen zeigten keinen Eifer; er wartete geduldig auf seinen Moment. Die Nachricht von einer aktuellen, progressiven Beleidigung der Nanokünste oder eines anderen skandalträchtigen Mediums nötigte ihnen allen haßerfülltes und neidisches Gelächter ab. Die Mittel der Combs ließen sie wie Kinder aussehen, die mit Plastilin spielten. Sie waren Individualisten, und ihre untherapierten Unehrlichkeiten und schrägen Wahrnehmungen waren ihnen lieb und teuer; sie fanden, daß natürliche Mängel für die Kunst notwendig seien. Richard war der gleichen Meinung, nahm das Ganze jedoch nicht so ernst. Immerhin gab es grandiose Errungenschaften in den Combs, im Vergleich zu einem Haufen ungezogener Flugblätter in den verschwitzten Händen minderwertiger Poeten. + Sich selbst zu lieben heißt therapiert zu werden. Selbsthaß ist Freiheit.

»Kommt nicht oft vor, daß Richard so spät dran ist«, sagte Nadine, die auf einmal von außerhalb des Kreises und von hinten auf ihn zu trat. Sie war in Rot gekleidet. Nadine Preston war so alt wie er, war jedoch erst kürzlich durch eine haarige Scheidung den Privilegien der Combs entronnen. Ihr glattes Gesicht und die schwarzen Haare umkränzten ein reizendes Kinderlächeln. Vor seinem geistigen Auge leuchtete blitzartig die Erinnerung an ihren schlanken Körper auf. Dreiviertel der Zeit war sie richtig süß, ein Viertel jedoch eine Harpye mit Maskaraaugen. In ihren guten Zeiten war sie sein letzter sexueller Trost, und Richard blieb nie so lange, bis sie ihre Anfälle bekam.

»Ich hatte ein Abenteuer«, sagte er leise, die grauen Augenbrauen hochgezogen.

»Ach ja?« drängte Nadine, aber der Kreis stieg nicht darauf ein; die Unterhaltung strömte ganz einfach weiter dahin.

+ War dies die Nemesis die gekommen ist um mir die Rechnung zu präsentieren? Guter Satz.

»Emanuel Goldsmith ist verschwunden.« Seine tiefe Stimme war immer noch leise, aber deutlich zu vernehmen. »Das LAPD fahndet nach ihm.«

Die Dichter drehten die Köpfe. Er hatte ein paar Sekunden, um sie an die Angel zu kriegen. »Die Bürgerschützer haben mich über ihn vernommen«, sagte Richard. »Vorgestern nacht sind acht Menschen ermordet worden. Ich war bei Emanuels Wohnung im dritten Fuß von Ost-Comb Eins. Der Fahrstuhl war blockiert, und es wimmelte von PDs und allen Arten von Arbeitern. Der Raum wurde eingefroren. Das Verblüffendste ...«

Madame de Roche kam rasch und wie eine Heilige die Treppe herabgeglitten. Blauer Chiffon wehte hinter ihr drein, rotes Haar fiel sanft auf ihre Schultern. Richard hielt inne und lächelte, wobei er seine großen, unregelmäßigen Zähne zeigte.

»Was für eine nette Gruppe«, begrüßte Madame de Roche sie strahlend. Sie fixierte ihre Getreuen scheinbar unterschiedslos mit Saphiraugen, die von auf natürliche Weise erworbenen Fältchen umgeben waren. Ihr mütterliches Gesicht strahlte gute Laune und liebevolle Sympathie aus, obwohl sie im Grunde gar nicht lächelte. »Es ist mir stets ein Vergnügen. Entschuldigen Sie meine Verspätung. Fahren Sie doch fort.«

»Richard war am Schauplatz eines Verbrechens«, erklärte Nadine.

»Wirklich?« Madame de Roche war am Fußende der Treppe angelangt. Ihre Elfenbeinhand lag auf der ebenholzschwarzen Holzkugel. Leslie Verdugo kam zu ihr. Madame strahlte sie kurz an, dann richtete sie ihre gesamte Aufmerksamkeit auf Richard.

»Ich bin von einer ganz erstaunlichen Frau verhört worden, einer PD in Uniform, tintenschwarz, aber nicht negroid. Ich glaube, sie wollte mich anfangs beschuldigen, das Verbrechen begangen zu haben, oder mich zumindest der Fahrlässigkeit gegenüber der Allgemeinheit zeihen, weil ich Emanuel nicht gemeldet habe. Ich fragte mich: War das die Nemesis, die gekommen ist, um mir die Rechnung zu präsentieren?«

»Fangen Sie nochmal von vorn an«, sagte Madame de Roche. »Ich glaube, ich habe da etwas verpaßt.«

■

Ohne Leid keine Freud. Die Welt ist ein unwirtlicher Ort. Hier wird uns nichts geschenkt. Wir quälen einander. Dies Geschlecht ist wie Säure in einer engen Metallrinne; wir ätzen. Hoffnung?

3

In einer vergessenen, mythischen Zeit war die Küste von Südkalifornien eine braune staubige Wüste gewesen, in der es nur Indianer Spanier Mestizen Buschwerk und uralte verkrümmte Pinien gegeben hatte. Jetzt war sie von zwanzig Kilometern unterhalb von Big Sur bis zur Spitze der kalifornischen Halbinsel ein weitläufiges Band von Gemeinden, verbunden durch Straßen mit automatischem Leitsystem, ernährt von Entsalzungsanlagen und von Schmelzwasser aus den Bergen, das bis von Kanada herangeführt wurde, durchsetzt von den Türmen von Santa Barbara den riesigen tagsüber verspiegelten Combs von Los Angeles Tausendfüßlersegmenten von South-Coast-Monumenten und den wild wuchernden gerundeten keramischen Gewölben und Turmspitzen von San Diego. Eingebettet zwischen die Entsalzungsanlagen und Atomkraftwerke von San Onofre und San Diego schlummerten wie Inseln in dieser Titanenschlacht an der Küste und im Landesinneren die Gründlingsenklaven von La Jolla und Del Mar unter einer Decke aus verblichener Eleganz und Erinnerung an den Ruhm vergangener Zeiten.

In diesen Städten, die an das weitläufige Gelände der Universität von Kalifornien in San Diego angrenzten, gab es Hunderttausende von Atavisten, die so schlicht leben wollten wie in der Vergangenheit. Die einstmals allgegenwärtigen Ärzte, Rechtsanwälte und Firmenchefs hatten ihre Strandpaläste schon vor Jahrzehnten aufgegeben und waren in die Monumente mit ihrem zentralisierten Komfort gezogen; altmodische Akademiker und Gelehrte hatten ihren Platz eingenommen.

Herr Professor Doktor Martin Burke, E.S.B.& E. — Einst Sehr Berühmt und Einflußreich — hatte den Monumenten und dem Busen der Hochhaus-Society erst vor kurzem den Rücken gekehrt und war in die Flachlandslums umgezogen. Er hatte eine alte, nicht ruinös teure Wohnung in den Hügeln landeinwärts von La Jolla gefunden, und hier saß er nun, hatte kaum noch genug Kraft, um an sein läutendes Telefon zu gehen, und versuchte ein wenig Begeisterung für die bevorstehende Ausstrahlung des neuesten LitVid 21-Berichts über AXIS auf dem offenen Kanal aufzubringen. Hier wurde immerhin Geschichte geschrieben.

Er stellte den schwebenden Kopf und die Schultern eines Ansagers leiser und streckte beim dritten Klingeln die Hand aus, um sich zu vergewissern, daß der Bildteil des Telefons ausgeschaltet war. Dann sagte er: »Ich nehme den Anruf an.« Das Telefon stellte die Verbindung her. »Hallo.« Martins Stimme war heiser und phlegmatisch. Er klang wie sechzig, dabei war er gerade erst fünfundvierzig.

»Ich möchte Martin Burke sprechen, bitte.« Eine angenehme, dynamische männliche Stimme.

Er hustete. »Am Apparat.«

»Mr. Burke, Sie waren früher am IPR tätig, dem Institut für Psychologische Forschung ...«

»Früher, ja.« Pause. Hörte sich an wie ein Journalist. »Ich hatte nichts mit ...«

»Nein, natürlich nicht. Mein Name ist Paul Lascal, Mr. Burke. Ich bin kein Reporter, und die Raphkind-Skandale interessieren mich nicht. Mich interessiert, was Sie über das IPR wissen. Wäre es wohl möglich, bald einmal mit Ihnen persönlich zu sprechen?«

Eine LitVid-Simulation von AXIS selbst hing vor ihm in der Luft. Der Ton war sehr leise. Das Raumfahrzeug wurde mit weit ausgestellten Bremsschaufeln gezeigt, ein spinnenartiges Ding im tiefen Raum. Die Schaufeln fuhren mit unrealistischer Geschwindigkeit ein, und die Kinder von AXIS erröteten wie tausend von der Schwerkraft zu einem Fahneneffekt verschmierte Handvoll kleiner Münzen in einer grauen pointillistischen Kurve um den zweiten Planeten von Alpha Centauri B herum.

»Das letzte, worüber ich sprechen möchte, ist das IPR«, sagte Martin. »Woher haben Sie meine Nummer?«

»Ich vertrete Mister Thomas Albigoni.« Lascal machte eine Pause, damit er ein Zeichen des Erkennens von sich geben konnte, und fuhr dann zügig fort, als nichts kam. »Carol Neuman hat ihm Ihren Namen und Ihre Telefonnummer gegeben. Sie dachte, Sie würden ihm vielleicht helfen können.«

»Ich wüßte nicht, wie. Ich arbeite seit einem Jahr nicht mehr beim IPR. In welcher Beziehung steht Carol denn zu Mr. Albigensi ...«

»Albigoni. Mister Thomas Albigoni. Sie war Therapeutin seiner Tochter. Die beiden hatten sich angefreundet. Soweit ich weiß, stehen Sie sich nicht mehr so gut mit den Regulatoren. Das könnte Sie für uns doppelt so nützlich machen. Nur eine kurze Unterredung. Sagen wir, beim Essen?«

Martin warf einen Blick auf das Durcheinander in seiner kleinen Küche. Er hatte noch nicht die Energie aufgebracht, den Wohnungsarbeitern zu befehlen, dort Ordnung zu schaffen. Er hatte seit dem frühen Abend des gestrigen Tages nichts mehr gegessen. »Sie scheinen zu glauben, ich müßte wissen, wer Mr. Albigoni ist.«

»Er ist Verleger.«

»Oh? LitVids?«

»Und Bücher«, sagte Lascal spitz. »Viel mehr Lit als Vid.«

»Ist er auf ein Exposé aus?«

»Nein. Es geht um etwas ganz anderes.«

Martin rieb sich die Nase. »Wenn das so ist — und weil es Carol ist —, bin ich möglicherweise einverstanden.«

»Kennen Sie ...« Lascal nannte ein sehr teures Restaurant am Strand von La Jolla.

»Ja.«

»Ungefähr in einer Stunde? Fragen Sie einfach nach Mr. Albigonis Tisch.«

Martin grunzte zustimmend und legte auf. Er lehnte sich in die weichen Kissen seines betagten Lehnstuhls zurück. Auf dem abgenutzten Kaffeetisch lag eine schmale gedruckte Prachtausgabe seines zwanzig Jahre alten ›Atlas des menschlichen Gehirns‹, eines Werks aus seiner grünen Jugend, das später reichlich Früchte getragen hatte. Irgendwann letzte Nacht hatte er es betrunken bei einer Bildtafel des Geruchsnervs und des olfaktorischen Systems aufgeschlagen. Neben das Bild hatte er einen primitiven Vampir gezeichnet, von dessen Zähnen Tränen aus Blut tropften; verästelte Pfeile verbanden die Zeichnung und das rosaweiße Blumenkohlfleisch des Kortex präpiriformis, den Riechkolben und das Rhinencephalon.

Vom Lehnstuhl aus konnte er in das kleine Schlafzimmer der Wohnung schauen. Ein hoher Metallbehälter in einer Ecke hinter dem Bett enthielt aufeinandergestapelte Datenwürfel. Martins Leben hatte sich um diese Würfel gedreht, bis der Sturz und der Selbstmord von Präsident Raphkind die neue Ära der Untersuchungen und der konstitutionellen Säuberung eingeleitet hatten. Er war nicht in die Raphkind-Skandale verwickelt gewesen — jedenfalls nicht direkt —, aber sie hatten sich trotzdem auf seine Forschungen eingeschossen. Das FBI hatte das Institut dichtgemacht und auf diese Weise dafür gesorgt, daß er seiner wahren Berufung entsagen mußte.

Er drehte den Ton des AXIS-Berichts laut, drückte sich mit Gewalt aus dem Lehnstuhl hoch und ging ins Badezimmer, um sich zu rasieren und sich anzuziehen.

Früher einmal hatte Martin die Landschaft des Geistes bereist. Jetzt mußte er Essenseinladungen von neugierigen Fremden annehmen, nur um aus seinen vier Wänden herauszukommen.

■

Wozu eine Brille aufsetzen? Wozu aufpassen und nach vorn blicken? Das ist nicht deine Richtung. Meine auch nicht. Wir sind alle Moses, der nach Kanaan hineinschaut. Wen zum Teufel kümmert es, ob unsere Kinder dorthin gelangen? Meine Güte, heute abend waren wir aber wieder mal giftig, was?

4

Litvid 21 (wissenschaftliche und philosophische Netze)
Programmvorschau für den 23.12.47

1: AXIS Multinetz-Berichterstattung, Vierundzwanzig-Stunden-Berichte, vier Schienen

A-Netz: Offener Kanal David Shine und Team
B-Netz: Offener Kanal Direkte Datenübertragung (Hobby-Tech)
C-Netz: Australisches Komprinfo: Analyse (Kostenpfl.)
D-Netz: Lunares Komprinfo: Analyse (Kostenpfl.)

2: Designer-Babies-Konferenz Tucson AZ 8.00h–22.00h (für Konferenzteilnehmer, kostenpfl.)
A-Netz: Gesundheit und öffentliche Akzeptanz
B-Netz: Zukünftige soziale Veränderungen
C-Netz: Religiöse, historische und wissenschaftliche Menschenbilder

3: Öffentliches Wissenschaftsforum Offener Kanal Multinet 9.00h-21.00h
A-Netz: Diane Muldrow-Lewis-Taper
Aufgezeichnete Interviews mit wissenschaftl./ technischem Personal (erweitertes Programm für Fachleute)
B-Netz: Senatsdiskussion über das Transformationsgesetz
Diskriminierung in Oststaaten?
C-Netz: Arbeiterdesign-Konferenz in Cleveland, Ohio
D-Netz: NANOTECH-NACHRICHTEN (zur Aufzeichnung ausgewählt, Gebühr: $ 20,00)
E-Netz: *ENDE DER AUSWAHLLISTE*

Ausgewählt: 1/AXIS Multinetz A-Netz B-Netz
Umschalten nach Belieben
Gebührenfrei

LitVid 21/1 A-Netz (David Shine): »AXIS ist seit fünfzehn Jahren unterwegs und hat mehr als hundert Milliarden Dollar gekostet, viel Geld für so ein weit entferntes Staubkorn aus Metall, wie viele meinten. Aber die überwältigende Stimme der Weltgemeinschaft hat vor drei Jahrzehnten laut und deutlich gesprochen, und sie hat Ja gesagt. AXIS, ein Akronym für Automated eXplorer of Interstellar Space, wurde das grandioseste Projekt der jüngeren Geschichte und ist insgesamt gesehen vielleicht wichtiger als die bemannten Marsflüge, die Rückkehr zum Mond, die orbitalen Plattformen und Stationen ... Denn mit der Planung, dem Bau und dem Start von AXIS hat sich die Welt bewußt und mit historisch beispiellosem Weitblick in eine neue industrielle Revolution gestürzt.

Die Technologie, die für den Erfolg von AXIS erforderlich war — die Nanotechnologie von Maschinen, die kleiner sind als lebende Zellen — hat unser Leben schon jetzt verändert und wird es voraussichtlich in nächster Zukunft noch weit mehr verändern. Aber was ist eigentlich wichtiger, ihr ökonomischer und industrieller oder ihr philosophischer und psychologischer Nutzen?

Durch AXIS werden wir vielleicht auf unsere Doppelgänger stoßen, unsere Seelenverwandten; vielleicht finden wir die zukünftigen Lebensgefährten der Menschheit unter den Engeln, die einst mit den Erdenmenschen zusammengelebt haben, wie es in der Bibel heißt.

Es kann sein, daß AXIS eine Therapie für uns alle ist, für die gesamte nicht kurierte, nicht geheilte menschliche Rasse, die noch einen so weiten Weg auf ihrer atemlosen Reise durch die Geschichte zurückzulegen hat. Irgendwann können wir uns vielleicht an Wesen messen, die uns überlegen oder zumindest ebenbürtig sind; dann wissen wir, wo wir stehen.

Was Sie betrifft, so finden Sie auf anderen LitVid-21-Kanälen konventionellere Sendungen. Wir nehmen die universalen Einspeisungen sowie die simulierten Berichte aus Australien und von der Flugleitzentrale auf der erdabgewandten Seite des Mondes und ergänzen sie durch unsere eigene kulturelle Sichtweise.

In den letzten paar Wochen hat AXIS Bilder von drei Planeten, die Alpha Centauri B umkreisen, zur Erde geschickt. Bisher haben diese Planeten noch keine Namen bekommen; sie werden nur als B-1, B-2 und B-3 bezeichnet. B-3 war den Astronomen in der Mondbasis bereits bekannt; er ist ein gewaltiger Gasriese, mehr als zehnmal so groß wie der Jupiter in unserem Sonnensystem. Wie der Saturn ist er von einem dünnen, zerklüfteten Ring aus kleinen Eismonden umgeben. B-1 ist ein kahler Felsbrocken nah bei Alpha Centauri B, der Ähnlichkeit mit dem Merkur hat. Unsere ganze Aufmerksamkeit ist nun jedoch auf B-2 gerichtet, eine genau richtige Welt, die ein wenig kleiner ist als die Erde. B-2 hat eine Atmosphäre, und zwar annähernd die gleiche wie die Erde, außerdem Kontinente und Meere aus flüssigem Wasser. Er wird von zwei Monden umkreist, die beide jeweils einen Durchmesser von tausend Kilometern haben.

Die Sensoren und Teleskope von AXIS haben B-2 vor knapp drei Jahren entdeckt. AXIS befindet sich jetzt im Anflug auf diese erdähnliche Welt. Das heißt, die Sonde befand sich vor über vier Jahren im Anflug auf sie, denn AXIS schickt uns die Informationen mit Lichtgeschwindigkeit über eine Entfernung von vier Lichtjahren hinweg. Das Signal ist von fünfzig Transpondern durch fast vierzig Billionen Kilometer leeren Raums weitergeleitet worden. Die Berichte treffen erst seit dieser Woche in komprimierter Form bei uns ein. Sie werden von intelligenten Maschinen in Kalifornien und von Wissenschaftlern überall auf der Welt dekodiert, verstärkt und analysiert.

Wir sind also so dicht am Geschehen und der Echtzeit dran, wie Gott es uns erlaubt.«

Umschaltung/LitVid21/1 B-Netz (Decodierung: Australian Cape Control; Relaistation und Space Tracking: Lunar Control: Australian Cape Control: Roger Atkins, Chef des Geist-Teams von AXIS)

(! = Echtzeit)
AXIS (Biologisches Band 4)> Hallo Roger. Ich nehme an, du bist noch da. Diese Entfernung ist selbst für mich eine Herausforderung, da ich meistens auf menschlichen Matrizen basiere ... (Höflichkeitsalgorithmusdiagnose für Funktion des gesamten biologisch-mechanischen Denkers V-optimal). Ich bin in diesem Augenblick — 23-7-2043-12.05:15 — auf eine Million Kilometer an die B-2-Markierung herangekommen. Ich mache meine elektronischen und biologischen Speicher für die Informationsaufnahme von den Kindern bereit, die jetzt in einer sich perfekt ausbreitenden Wolke auf B-2 zufliegen. Daten über B-3 sind bereits übermittelt worden. Der Planet hat große Ähnlichkeit mit dem Jupiter, wie du siehst, und er ist sehr hübsch, obwohl er mehr zu Grün- und Gelbtönen als zu Rot- und Brauntönen tendiert. Ich bin froh über die zusätzliche Lichtenergie von B; sie erlaubt mir, ein paar Arbeiten zu erledigen, die ich einige Zeit aufgeschoben hatte, indem sie Speicher- und Denkbereiche öffnet, die ich während der Kälte und der Dunkelheit abgeschaltet hatte. Ich habe soeben eine Selbstanalyse abgeschlossen; wie du zweifellos durch die Überprüfung meiner Höflichkeitsalgorithmusdiagnose festgestellt hast, bin ich V-optimal. Ich verwende nicht das formelle ›Ich‹; der Scherz mit der Selbstwahrnehmung ergibt für mich immer noch keinen Sinn.

(Totale Algorithmusdiagnosezeit: 4,05 Picosekunden)

Sinneseindrücke: Meine Temperatur beträgt 276 Grad Kelvin. Strahlungsfluß 0,82 Solareinheiten. Meine optischen Elemente werden hübsch warm; die bioptischen Elemente müßten in einundzwanzig Stunden voll ausgewachsen und für das elektronische Interface bereit sein. Der Rest meiner biologischen Erweiterungen wächst auch recht ordentlich; die Nährstoffe sind nicht verdorben, und ich rechne damit, daß ich im Lauf der nächsten Stunde neue neurale Erweiterungen integrieren und ihre Eignung testen kann.

Ich gehe davon aus, daß mein erdgebundener Zwilling diese Impulse adäquat, höflich und zuvorkommend interpretiert.

!JILL: Roger: Wie sieht's aus?

!Roger Atkins: Alles bestens.

(Redundanz- und Oliphant-Code-Checks abgeschlossen)

AXIS (Biologisches Band 4)> Nichtneurale Systeme melden Bereitschaft, die in den letzten sechs Monaten gesammelten Informationen über C zu überspielen.

Genug geschwatzt. Wie du siehst, bin ich gesund. Beim nächsten Impuls folgt Montagediagnose nichtbiologischer Systeme.

(Impuls an die Abteilung für Maschinensprache weitergeleitet: Rechenfähigkeit V-optimal)

!Roger Atkins: Alan, bei AXIS ist alles okay. Jills Simulation ist absolut korrekt. Ich leite den Bericht gerade zur Abteilung für Maschinensprache weiter.

LitVid 21/1 B-Netz (Aufgezeichnetes Interview mit Alexander Tranh, Manager des AXIS-Space-System-Projekts): »Wie das Biologie- und Integrationsteam berichtet, ist AXIS in hervorragendem Zustand. Wir erwarten jeden Moment Informationen, die von den AXIS-Sensoren im letzten halben Jahr während des Flugs zu B-2 gesammelt wurden. Diese Informationen werden größtenteils Alpha Centauri C betreffen, den man gewöhnlich Proxima Centauri nennt. Wie die meisten unserer Zuschauer mittlerweile sicherlich wissen, interessieren sich die Astronomen sehr für Proxima

Centauri, obwohl er mehr als eine Billion Meilen von den Alpha Centauri-Komponenten A und B entfernt ist. C ist allerdings ein sehr kleiner Stern, einer der fünf kleinsten Sterne, die man heute kennt. Er hat weniger als ein Zehntel der Masse unserer Sonne und nicht einmal den halben Durchmesser des Planeten Jupiter. Er ähnelt sehr stark der Klasse roter Zwergsterne, die nach UV Ceti benannt sind, Flackersterne, die in Abständen von ein paar Tagen heller und dunkler werden.

Informationen über A und B werden gegenwärtig decodiert und sind weltweit über den australischen Komprinfo-Bezugsdienst erhältlich. Die Erlöse werden selbstverständlich für die weitere Analyse der AXIS-Daten verwendet.«

LitVid 21/1 A-Netz (David Shine): »Wir unterbrechen jetzt den AXIS-Bericht — es sind hauptsächlich Zahlen und Material für Fans, wie man mir sagt — und bringen noch einmal zwei Gedichte. Eins davon ist das Gedicht, das AXIS vor vier Monaten im Rahmen eines langen Meßbereichsdiagnosetests für seinen oder ihren Programmierer geschrieben hat. Das zweite Gedicht hat AXIS sechs Monate nach dem Verlassen unseres Sonnensystems geschrieben und gesendet. Zu diesem Zeitpunkt arbeitete die Sonde noch auf biologischer Basis.

Der ›Geist‹ von AXIS besteht aus einem elektronischen und einem biologischen System. Während der Jahre, in denen die interstellare Raumsonde mit einem grellen Flammenstrahl aus Materie/Antimaterie-Plasma beschleunigte, wurde sie von einem primitiven, robusten und strahlungsgeschützten anorganischen Computer gesteuert. Als der Antimaterieantrieb vor gut vier Jahren nach dem Abschuß erlosch, ging AXIS in einen kalten, stillen Modus über; ihre Funktionen wurden auf die einfachsten Wartungs- und Sensorroutinen sowie auf das Aussetzen von Transpondern reduziert. Während dieser Zeit hat der ›Geist‹ von AXIS — wie gesagt, ein wenig mehr als ein simpler Computer — die Tage, Wochen und Jahre verstreichen lassen; seine anspruchsvollste Aufgabe bestand darin, den Überblick über zahlreiche Experimente im tiefen Raum zu behalten, die nicht durchgeführt werden konnten, solange der Flammenstrahl noch brannte. Rund sechs Monate vor Beginn der Bremsphase erlaubte sich AXIS den Luxus, einen kleinen Fusionsgenerator in Betrieb zu nehmen, der nur wenig größer ist als ein menschlicher Daumen. Dieser erzeugte genug Wärme, um die Nanomaschinen zu aktivieren und die Produktion von AXIS' riesigen, aber trotzdem sehr dünnen und leichten supraleitenden Flügeln oder Schaufeln in die Wege zu leiten.

AXIS' gewaltige Flügel funktionierten tatsächlich wie der Rotor eines riesigen elektrischen Generators, der die Linien des Magnetfelds der Galaxis schnitt. Der daraus resultierende elektrische Strom im supraleitenden Material der Flügel — ein paar Milliarden Watt — wurde von AXIS dazu benutzt, den Antimaterieantrieb zu demontieren, ihn mit Hilfe von Nanomaschinen-Öfen zu einem feinen Pulver zu verbrennen und diesen veredelten Schrott elektrisch entgegen der Bewegungsrichtung hinauszublasen, um die Geschwindigkeit weiter zu verringern.

Indem die Sonde das Magnetfeld der Galaxis schnitt und diesen Strom erzeugte, wandte sie den Satz von der Erhaltung der Energie an, um noch schneller zu bremsen, ohne eigenen Treibstoff zu verwenden. Die Energie, die sie aus ihren riesigen Flügeln bezog, war mehr als genug, um die Kälte des Raums zu vertreiben; aber AXIS wartete, bis sie in der Nähe von Alpha Centauri B war, ehe sie damit begann, ihr biologisches Denkersystem wachsen zu lassen.

Dieses komplexe neuronale Netz beendet gegenwärtig — wenn man den irdischen Bezugsrahmen zugrundelegt — sein Wachstum und seine Integration. AXIS' neuer biologischer Denker wird den Denker ersetzen, der starb und recycelt wurde, als die Sonde die gemäßigten Regionen unserer Sonne verließ und ihren Antimaterieantrieb einschaltete.

Roger Atkins, der Chefkonstrukteur und Chefprogrammierer von AXIS' Geist, hat LitVid 21 erklärt, er persönlich wisse, ob ein Gedicht vom elektronischen oder vom biologischen Denker geschrieben wurde. Erkennen Sie den Unterschied? Hier sind die beiden Gedichte.

Reich weiter diese Blume, wenn
Nacht liegt über dem Mittelgrund
Reich weiter sie von Hand zu Hand
Sag jeder Nacht, sie hatte ihre Chance
Wir brauchen Tag, um unsere Arme auszubreiten.

Das scheint ziemlich durchsichtig zu sein, nicht? Aber Doktor Atkins weist uns darauf hin, daß dies keine tief symbolischen Gedichte sind und daß sie nicht AXIS' Sehnsucht nach irgendwelchen speziellen äußeren Umständen ausdrücken, wie zum Beispiel nach einem warmen, nahen Stern. Nun zum zweiten Gedicht.

Das ist es nicht, was wir
Mit verschiedenen Worten zu sagen hatten
An jenem weisen Tag. Weisheit spielte
Ihr Zerstörungsspiel
Brach ihre Brücken ab und rief
Nach dem Entwichenen.

Vielleicht keine große Poesie, aber nicht schlecht für etwas, das nicht einmal menschlich ist und in einem Raumfahrzeug von der Größe einer hochseetüchtigen Yacht steckt. Die Zuschauer können nun einen Tip abgeben, welches Gedicht vom elektronischen und welches vom biologischen Denker stammt, indem sie die

Nummer unter meinem Finger anrufen. Während der nächsten Stunde registrieren wir die Gesamtzahl der richtigen und falschen Tips und teilen Ihnen das Ergebnis dann direkt mit.«

■

PRÜFER: »Wir sind noch lange nicht mit dieser Liste durch. Unsere Fälle reichen Jahrhunderte zurück ... Mit den Verbrechen dieser drei bin ich nicht vertraut.«

PROTOKOLLFÜHRER: »Einer ist Hyram Sapirstein, einer ist Klaus Schiller, einer ist Martin Bormann.«

PRÜFER: »An Herrn Bormann kann ich mich erinnern. Sie haben schon einmal vor diesem Gericht gestanden, nicht wahr?«

BORMANN: »Ja.«

PRÜFER: »Wegen Verbrechen gegen Ihresgleichen.«

BORMANN: »Ja.«

PRÜFER: »Worauf lautet die Anklage diesmal?«

PROTOKOLLFÜHRER: »Verbrechen gegen die Hölle, Sire.«

PRÜFER: »Aber diese anderen beiden ... sind das Zeitgenossen von ihm?«

PROTOKOLLFÜHRER: »Menschen, Sire, einundzwanzigstes Jahrhundert.«

PRÜFER: »Menschen sind dazu geschaffen, schnell zu lernen. Sie brauchen dafür keine Jahrhunderte, wie Engel und Dämonen. Haben Sie ihre Lektionen immer noch nicht gelernt?«

(Keine Antwort.)

PRÜFER: »Leider haben wir keine angemessenen Qualen mehr für solche Verbrechen. Ganz zu schweigen vom Platz. Schickt sie zurück.«

PROTOKOLLFÜHRER: »Sire?«

PRÜFER: »Schickt sie zu ihresgleichen zurück. Sollen die Lebenden die besten Methoden finden, ihre Bösewichte zu bestrafen. Öffnet die Tore der Hölle und jagt die Verdammten hinaus, einen nach dem anderen!«

5

Gegen Mittag war Madame de Roche müde, und die Getreuen entfernten sich aus dem Haus, bis auf Fettle, den sie zu bleiben bat. Um halb eins war es still in dem alten, steinkühlen Haus. Madame de Roche befahl ihrem Arbeiter, Gläser mit Eistee für sie beide zu bringen. Die geschmeidige schwarze Maschine lief auf vier Spinnenbeinen durch den Speisesaal in die Küche.

»Haben Sie schon etwas veröffentlicht, Richard?« fragte sie ihn, als sie auf der Veranda saßen und über einen staubig grünen und grauen Canyon hinter dem Haus hinausschauten.

»Nein, Madame. Ich schreibe nicht, um zu publizieren.«

»Natürlich nicht.«

+ Macht sich über mich lustig. Sie hat's ja auch gut.

»Ihre Geschichte hat starken Eindruck gemacht. Wir hatten Emanuel Goldsmith alle gern. Ich kannte ihn recht gut, als wir noch jünger waren; damals schrieb er Theaterstücke. Kannten Sie ihn da schon?«

»Nein, Madame. Ich war ein Bürobreitarsch. Ich habe ihn vor dreizehn Jahren kennengelernt.«

Madame de Roche nickte, schüttelte dann den Kopf

und runzelte die Stirn. »Bitte. Wir erinnern uns doch beide noch an eine Zeit, als man sich zivilisiert ausdrückte.«

»Verzeihung.«

»War das PD sicher, daß Goldsmith der Mörder ist?«

»Anscheinend, ja«, sagte Richard.

Sie setzte eine nachdenkliche Miene auf und ließ die Arme schlaff auf den Korbarmlehnen ihres Pfauenthrons ruhen. »Das wäre höchst interessant — Emanuel ein Mörder! Er hatte immer schon so etwas an sich, fand ich, aber das war ein verrückter Gedanke. Ich habe es nie laut ausgesprochen ... bis jetzt. Sie waren einer seiner Anhänger, nicht wahr? Haben Sie ein paar von seinen Frauen bewundert?«

»Ich war ein Kriecher, Madame. Ich habe seine Arbeit bewundert.«

»Dann sind Sie traurig wegen dieser Sache.«

»Ich bin überrascht.«

»Aber nicht traurig?« fragte sie neugierig.

»Wenn er's getan hat, bin ich wütend auf ihn. Es wäre ein Verrat an allen Untherapierten. Er war einer unserer Großen. Man würde uns bis in den Tod verfolgen, unsere Stilrichtungen heruntermachen und unsere Werke ächten.«

»So schlimm.«

Richard nickte beinahe hoffnungsvoll, als ob er diese schwere Prüfung herbeisehnen würde.

»Diese transformierte PD, die Sie getroffen haben ... Sie sagen, sie war nicht negroid, aber schwarz.«

»In manchen Zügen orientalisch, Madame.«

»Schwarze Nemesis. Ich würde diese Frau gern einmal kennenlernen ... Elegant und beherrscht, nehme ich an?«

»Sehr.«

»Eine Therapierte?«

»Das würde ich meinen. Sie hatte das Gehabe von einer aus den Combs.«

»Es gab einmal eine Zeit, da waren Polizisten — Bürgerschützer — unterbezahlt. Damals gehörten sie zu den unteren Schichten.«

»Ich weiß, Madame.«

»Wahrscheinlich macht es ihnen Spaß, in den Schatten zu kommen.«

»Emanuel hat auf dem dritten Fuß von Ost-Comb Eins gewohnt, Madame.«

Sie nickte, als sie sich daran erinnerte. »Es würde mir nichts ausmachen, wenn er geschnappt und verurteilt wird«, sagte sie mit federleichter Stimme. »Er war eigentlich nie einer von uns. Untherapiert, ja, aber ein richtiger Natürlicher — ein Naturtalent — hat so etwas auch nicht nötig. Wir sind alle keine richtigen Natürlichen, mein Lieber. Wir sind bloß Untherapierte. Unser Abzeichen scheinbaren Protests. Oh nein. Emanuel wird eine viel höhere Kategorie als die unsere in den Schmutz ziehen.«

Madame de Roche entließ ihn, und er war kaum draußen, da sank auch schon seine Laune. + Mehr und mehr bin ich nichts ohne andere. Allein sein heißt in schlechter Gesellschaft zu sein.

Richard lief auf der von Wurzeln aufgewölbten Betondecke der Straße auf und ab. Fünf Minuten nach dem Signal seines Piepers summte ein weiterer kleiner, runder, weißer Autobus hinter den Eukalyptusschirm und öffnete seine breiten Türen.

»Fahrtziel?« fragte ihn der Bus mit angenehmer, androgyner Stimme.

+ Menschen. Ein Ort wo der Stress einfach ein Ende hat.

Richard gab eine Adresse in Glendale auf der Pacific an, einer Straße, die zum Ost-Comb Drei und in dessen Schatten führte. Ein richtiger Salon, wo man selbstgebrautes Bier bekam und — was das Wichtigste war — wo er nicht allein sein würde. Vielleicht konnte er die Geschichte dort noch einmal erzählen — maximaler Effekt, maximal bereinigte Fassung. + Schwarze Nemesis. Darauf zurückgreifen.

»Eine Stunde«, erklärte ihm der Bus.

»So lange?«

»Viele Anforderungen. Bitte steigen Sie ein.«

Richard stieg ein und hielt sich an einem Halteriemen fest.

■

Als Moses vom Horeb herabkam, loderte Gottes Feuer in seinen Haaren, seine Lippen waren rußverschmiert, weil er die geschwärzten Blätter des brennenden Busches gegessen hatte, und er hatte nichts Menschliches mehr an sich. Er war wie Flußstahl, der bei jeder Berührung einen metallischen Klang von sich gibt, und er dachte über seine Zukunft nach. Er würde die Männer führen. Die Frauen auch. Er ließ sich im Dunkeln neben seiner lieben Frau Zipporah nieder und verfluchte sein Mißgeschick.

Männer wußten nicht, was sie wollten oder wie sie es sich verschaffen konnten. Sie taten, was ihnen als erstes in den Sinn kam. Sie haßten beim geringsten Anlaß und verschmähten die Liebe, weil sie fürchteten, ausgenutzt zu werden. Sie griffen im Handumdrehen zu Gewalt, bezeichneten ihre Mordtaten und ihr Zerstörungswerk dann als heldenhaft, prahlten damit und weinten, wenn sie betrunken waren. Und erst die Frauen! Hatte Flußstahl nicht etwas Besseres verdient?

»Gib mir eine ruhmreiche Aufgabe, Herr. Mit diesem Gesocks will ich nichts zu tun haben.«

Daraufhin stieg Gott hernieder und ließ vor Zorn auf ihn den Boden draußen vor seinem Zelt erbeben. Zipporah, die Tochter Jethros, rief: »Moses, Moses, was hast du getan?«

»Ich habe nichtswürdige Gedanken gehabt«, sagte Moses in der Hoffnung, das würde genügen, um Gott zu besänftigen, aber die Landschaft wurde blutrot, und der Himmel füllte sich mit blutigen Wolken. Flußstahl hin und her: Moses hatte Angst.

Zipporah kam auf die kluge Idee, ihrem armen Sohn die Vorhaut zu beschneiden. Sie bestrich erst Moses und dann den Türrahmen mit dem Blut.

»Laß meinen Mann in Ruhe!« rief sie. »Er ist ein guter Mann. Nimm meinen Sohn, aber nicht meinen Mann!«

Moses versteckte sich hinter Jethros Tochter und begriff voll und ganz, wie schwach sein Volk war.

6

Mary Choy kam um eins zu der eingefrorenen Wohnung zurück. Sie hatte sechs Stunden dienstfrei gehabt, kaum genug für Nickerchen Essigbad und Papierkram. Sie hatte beantragt, ausschließlich auf diesen Fall angesetzt zu werden, und war sicher, daß man es ihr bewilligen würde.

Einige der immer noch im Eis eingeschlossenen Opfer waren identifiziert worden, und es waren Gold- und Platinnamen: Studenten, Söhne und Töchter der Berühmten und Einflußreichen. Sie schlüpfte in der draußen vor der Tür zum Flur aufgebauten Kabine in einen Thermalanzug, ließ das Siegel erbrechen und trat in die blaue Kälte.

Ein Röntgenanalysator hing von der Schiene herab, die an der Wohnungsdecke befestigt worden war. Er hatte den Schnüffler ersetzt. Staubmäuse kämpften sich durch den kalten, steifen Flor des einstmals lebendigen Teppichs und suchten nach Schuppen und anderem Abfall, der in dessen normalen Verdauungsorganen hängengeblieben war. Sie hatten bereits Spuren von sämtlichen Opfern und von Emanuel Goldsmith gefunden; und es gab Spuren von vier weiteren Besuchern, die keine sechsunddreißig Stunden alt waren.

Mary nahm den traurigen Anblick starrer, blutbesudelter junger Leichen in sich auf und sagte ihnen nacheinander ihr professionelles Adieu.

Die Namen, in der Reihenfolge des Todes:

Augustin Rettig
Neona White
Betty-Ann Albigoni
Ernly Jeeger
Thomas Finch

und drei nicht Identifizierte. Rettigs Mutter war Generaldirektorin von Nord-Comb Eins. Whites Vater war der Besitzer von Workers Inc., der größten Zeitarbeitsagentur an der Pazifikküste, die mehr als dreiundzwanzig Millionen therapierte und natürliche Bürobreitärsche vertrat — die Crème de la Crème. In Marys Jugend — damals vor der Transformation — war Workers Inc. an sie herangetreten, aber sie hatte abgelehnt. Westküsten-PDs wurden von Human Expedition Ltd. vermittelt, und Mary hatte schon in ihrer frühen Jugend gewußt, was sie wollte.

Betty-Ann Albigoni war die Tochter eines Verlegers — Bücher, hieß es in der Akte, mehr Literatur als Videos; Goldsmiths Hauptverleger in englischer Sprache. Thomas Finchs Onkel war Berater von High Reach, der größten Handelsfirma für Suborbitalmaschinen. Ernly Jeeger war Emanuel Goldsmiths Patensohn, selbst ein vielversprechender Poet, auch als Eloi-Sympathisant und für in rechtlichen Grauzonen angesiedelte Aktivitäten auf dem Gebiet von Wholelife-Vids bekannt.

Eine mattrote Lampe, die auf ihrer Schulter angebracht war, zeigte immer dorthin, wohin sie den Blick richtete. Bläuliche Kälte. Der Analysator fuhr leise wie ein beinloses Insekt über sie hinweg und in einen anderen Raum.

Finch, das letzte Opfer, lag wie ein zerbrochenes

Kreuz auf dem Rücken, Gesicht zerschlitzt Kehle schräg vom Unterkiefer bis zum gegenüberliegenden Schlüsselbein gezackt durchgeschnitten offene Augen weiß bereift.

Es war Quatsch, daß PDs bei einem Verbrechen nichts empfanden. Jede gefrorene klaffende Wunde, jeder angsterfüllte tote Blick weißer Augen und jede plötzliche Totengrimasse brannte sich in Marys Gehirn und verschaffte ihr eine Gänsehaut. Sie waren die Motivation dafür, daß sie ihr Bestes geben würde.

Sie würde den Mörder finden und dafür sorgen, daß er zu einer Volltherapie verurteilt wurde, zu einer Rekonstruktion, wenn es verlangt wurde — und das PD würde es verlangen. Falls Goldsmith der Mörder war, was jetzt mit hoher Wahrscheinlichkeit zu vermuten stand, auch gut; sie und das PD würden überall auf der Welt in die LitVids kommen. Aber wenn die Sache zu hohe Wogen schlug, würde sie sie glätten.

Offiziell war sie zu einer Kontextsuche zurückgekommen, um einen Blick in Goldsmiths Unterlagen zu werfen. In dem Raum, der Goldsmith als Arbeitszimmer diente, lagen keine Leichen, und er war bereits analysiert worden. Sie konnte hineingehen und ihre Durchsuchung machen. Vollmachten des PD, der städtischen Behörde und des Bundesamtes erlaubten ihr gemäß der Raphkind-Zusätze, die von Präsident Yales vor Jahresfrist komplett neu ernanntem Gerichtshof noch nicht widerrufen worden waren, die meisten Aspekte von Goldsmiths Leben zu erforschen. Privat war sie zwar mit den Raphkind-Zusätzen nicht einverstanden, aber sie zögerte nicht im geringsten, sie sich zunutze zu machen. Was man hier nicht fand, entdeckte man vielleicht bei der Bürgeraufsicht — eine Reise, die sie hoffentlich nicht zu unternehmen brauchte.

Goldsmith war kein reinlicher Mensch. Sie neigte den Kopf in dem aufgeblähten Schlauchhelm und ließ den Blick über seinen Schreibtisch schweifen. Zweckmäßige Tafel- und Tastaturmodelle, keine Goldbeschichtung, kein Holzgehäuse. Kalte Cracker und ein halbes Glas gefrorener Wein. Brösel. Stifte — Filzschreiber, und wie hießen die anderen gleich noch? Kugelschreiber. Sie fragte sich, woher er die hatte. Eine Hand oder ein Arm hatte über den Tisch gewischt und einen kleinen Stapel Printouts — nicht löschbare Zyklika, eigentlich längst aus der Mode, aber richtiges, mit der Hand beschriebenes Papier — auf der schwarzen Marmorfläche verteilt. Würfel marschierten in Zweierreihen zum Rand des Schreibtischs und lagen daneben auf dem Fußboden. Geistigen Auges sah sie eine Hand, die jeweils zwei aus einer Schachtel nahm — ein leerer Würfelordner lag ganz in der Nähe — und sie paarweise auf den Schreibtisch packte, dann ziellos über den Rand hinwegging und vier fallen ließ. Die Handbewegung eines total zerstreuten Menschen.

Sie bückte sich, um sie aufzuheben. Jeder Würfel projizierte ein winziges, kaltgrünes Etikett in ihre Augen. *Moses' Reise, Der Weg des Neuen, Ausgaben/Einnahmen* informierten die Würfel sie kunstlos, ohne sich darum zu scheren, wer sie sein könnte. Zweifellos Goldsmiths Werke in kompakter Form. Kein Mann, der seine Daten, seine Arbeit verschlüsselte. Ein Werk pro Würfel war erstaunlich wenig für puren Text; vielleicht waren es LitVid-Adaptationen für die nicht ganz so Belesenen. Die LitVid-Verkäufe würden erklären, wie Goldsmith zu der Wohnung hoch oben auf dem dritten Fuß kam.

Sie hatte schon vor diesem Fall von Emanuel Goldsmith gehört. Ein gelegentlicher Gast bei den allabendlichen Kabel-Talkshows, der eher für seinen Ausstoß in jungen Jahren berühmt war. Gegenwärtig nicht produktiv. Mary Choy hatte vor, weit über hundert Jahre lang produktiv zu bleiben, aber sie gestand sich ein, daß ihre Pläne möglicherweise jugendlich naiv waren. Beim PD konnte man sich nicht auf seinen Lorbeeren ausruhen. Da bekam man ein Gehalt, keine Tantiemen.

In seinen Regalen standen echte Bücher. Sie zog sie

nicht heraus, schätzte ihr Alter jedoch mit uninformiertem Auge auf achtzig bis hundert Jahre. Ein teurer Spaß, sowohl in finanzieller wie räumlicher Hinsicht ein Luxus in dieser informationsdichten Zeit. Die World Reserve Library konnte auf dem Raum untergebracht werden, den Goldsmiths fünfzig bis sechzig Papierbände einnahmen.

Was sie sah, war ein wirres unzeitgemäßes ineffizientes Durcheinander, wie bei einem Dichter nicht anders zu erwarten; aber die auf dem Schreibtisch und dem Fußboden verstreuten Würfel wiesen auf eine weitergehende Desorganisation hin, auf eine achtlose, private Nacht-und-Nebel-Aktion.

Eine Betriebsstillegung.

Sie hielt ihre Tafel hoch, um sich die Daten anzusehen. Bei der Hautzellen- und Faseranalyse sowie der Untersuchung des Arbeitsbereichs war niemand anders als Goldsmith aufgeführt. Was für ein soziales Leben er auch geführt haben mochte, dieses Heiligtum hier hatte niemand betreten.

Sie stellte die Hypothese auf, daß Goldsmiths Geisteszustand schon vor den Morden gestört gewesen war. Nach den Morden war er nicht mehr in seinem Arbeitszimmer gewesen. Es gab noch eine andere, von der umfassenden Röntgenanalyse bisher nicht ausgeschlossene Möglichkeit: daß sich Goldsmith während der Morde nicht in der Wohnung aufgehalten hatte. Unwahrscheinlich.

Sie streckte die Hand aus, verteilte einen schiefen, zentimeterhohen Papierstapel auf dem Tisch und sah den Bestätigungsschein einer Fluglinie mit einem andersfarbigen Dokument darunter. Sie zog den Schein heraus. Ein Hin- und Rückflug nach Hispaniola, mit dem Datum von vorgestern — dem Tag nach den Morden. War das Ticket benutzt worden? Sie notierte sich auf ihrer Tafel, bei die Luftlinie — NordAmerikAir — nachzufragen.

Das andere Dokument war ein Brief wieder echtes Papier Material beige goldene Prägung; Briefpapier der Reichen und Exzentrischen, so atavistisch wie echte Bücher. Mary bekam große Augen, als sie den geprägten Briefkopf und die Unterschrift las. Colonel Sir John Yardley.

Authentisch? Ihre Tafel zeigte nichts an. Die Papiere waren nur nach chemischen und biologischen Spuren untersucht worden; es war ihre Aufgabe, darüber hinausgehende Zusammenhänge herzustellen. Sie hob den Brief auf, wobei drei behandschuhte Finger jeder Hand die gegenüberliegenden Ecken des steifen, dicken Blattes senkrecht umfaßten, und führte ihn ganz nah an ihr Gesicht. Von einem altmodischen elektrischen Anschlagdrucker gedruckt, vielleicht sogar auf einer Schreibmaschine geschrieben. Datum und Poststempel von Hispaniola, wie Yardley seine Eroberung nannte, die ehemalige Dominikanische Republik und Haiti.

28. November 2047

Lieber Goldsmith,

Wäre uns ein Vergnügen, Sie bei uns aufzunehmen, ganz gleich unter welchen Umständen. Ermione entzückt. Ungeheuchelte Zustimmung findet man heutzutage selten. Habe mich besonders über unsere Briefe in Buchform und über *Moses* gefreut und weiß Ihre Widmung zu schätzen. Ich kann nur hoffen, daß unsere Arbeit hier dazu beiträgt, daß sich diese alte Welt am eigenen Schopf aus dem Sumpf zieht und gesund wird.

Wie immer, Ihr
Colonel Sir John Yardley
Hispaniola

Mary legte den Brief vorsichtig wieder hin, als ob er eine Schlange wäre.

■

Ich strebe nach nichts. Ich bin.

7

Martin hatte seit sechs Wochen nicht mehr so gut gegessen, seit ihm seine Ersparnisse ausgegangen waren. Er lehnte es ab, im Schatten stempeln zu gehen. Sein Antrag auf Sozialhilfe seitens der Stadt war noch nicht bearbeitet worden, vielleicht aufgrund von offizieller Mißbilligung oder von Unfähigkeit; der Beamtenapparat war die letzte gutbezahlte Zuflucht für die Untherapierten. In der kühlen, dunklen Nische mit den zerknautschten Samtpolstern, eine Reservierungskarte in der einen und einen Whisky Sour in der anderen Hand, empfand er nun weniger Verachtung für die Zivilisation und fühlte sich der menschlichen Rasse näher. Auf der Rückseite der Karte stand eine Notiz: ›Essen Sie ruhig schon. Wir kommen eine halbe Stunde später. Verzeihung. Lascal.‹

Sie kamen genau eine halbe Stunde später. Martin zweifelte nicht daran, daß er seine Wohltäter vor sich hatte, als ein hochgewachsener, breitschultriger Mann mit welligem grauem Haar und ein kleiner Bursche mit einer Adlernase und einer gemäßigten Pompadourfrisur den Salon betraten. Sie erkannten ihn entweder vom Tisch her oder weil sie wußten, wie er aussah.

»Mr. Albigoni, das ist Martin Burke«, stellte ihn der adlernasige Lascal vor. Sie schüttelten sich die Hände und tauschten ein paar Belanglosigkeiten über die Einrichtung und das Wetter aus. Albigoni war mit dem

Herzen und dem Verstand eindeutig woanders. Er machte einen niedergeschlagenen Eindruck. Lascal war entweder wirklich gut gelaunt, oder er konnte seine Gefühle gut verbergen.

»Ich habe gerade gut gegessen«, sagte Martin. »Nun mache ich mir Sorgen, daß ich Ihnen vielleicht nicht helfen kann.«

»Keine Angst«, sagte Lascal.

Albigoni sah ihn direkt an, sagte jedoch nichts. Sein langer grauer Schnurrbart war eine negative Hyperbel über festen, blassen Lippen. Lascal gab einem Kellner die Speisekarten und bestellte für sie beide. Dann breitete er vor Martin die Hände aus: Wir haben nichts zu verbergen.

»Kennen Sie Emanuel Goldsmith?« fragte er Martin.

»Ich habe von ihm gehört«, antwortete Martin. »Falls wir von demselben Mann reden.«

»Tun wir. Es geht um den Dichter. Er hat vor drei Tagen Mr. Albigonis Tochter ermordet.«

Martin nickte, als ob er soeben von einer kleinen Veruntreuung im Verlagswesen unterrichtet worden wäre. Albigoni starrte ihn weiterhin an, ohne ihn zu sehen.

»Er ist auf der Flucht — und sehr krank, in seelischer Hinsicht«, fuhr Lascal fort. »Wären Sie bereit, ihm zu helfen?«

»Wie?« Martin vermied es, einen Schluck zu trinken, obwohl er das Glas befingerte.

»Mr. Albigoni war — ist — Mr. Goldsmiths Verleger und sein Freund. Er hegt keinen Groll gegen ihn.« Diese vorbereitete Erklärung ging Lascal nicht so leicht über die Lippen.

Martin unterdrückte den Impuls, eine Augenbraue hochzuziehen. Der Lunch wurde allmählich ziemlich surreal.

»Da Mr. Goldsmith jetzt geistig sehr verwirrt, vielleicht sogar wahnsinnig ist, möchten wir, daß Sie ihm helfen. Wir möchten die Wurzeln seiner Krankheit finden.«

Martin schüttelte den Kopf über die veralteten Ausdrücke. »Ich habe Ihnen doch gesagt, daß ich nichts mehr mit dem IPR zu tun habe. Man hat mir erklärt ...«

Albigonis starrer Blick wurde auf einmal lebendig. Er *sah* Martin an. Lascal warf einen Blick auf seinen Boss und drehte sich dann mit Kopf und Schultern zu Martin, als ob er eine Wand errichten wollte, um Albigoni vor äußeren Einwirkungen zu schützen. »Wir können dafür sorgen, daß Sie dorthin zurück können und daß die Einrichtungen wieder geöffnet werden.«

»Ich will da nicht wieder arbeiten. Ich bin rausgeworfen worden, weil ich eine Arbeit gemacht habe, die absolut vernünftig und wichtig war.«

»Aber Sie sind dabei nicht sehr vernünftig zu Werke gegangen«, sagte Albigoni.

»Ich weiß nicht, was vernünftig ist, wenn sich Politik mit Wissenschaft vermischt. Sie etwa?«

Albigoni schüttelte langsam den Kopf; er war wieder in seine Grübelei versunken und hörte kaum zu.

»Goldsmith muß untersucht werden«, sagte Lascal.

»Er ist nicht in Haft, nehme ich an.«

»Nein.« Ein Zögern. »Noch nicht. Wir müssen wissen, was ihn zum Mörder gemacht hat.«

»Der Mann braucht die gesetzlich vorgeschriebene Therapie, aber keine Untersuchung.«

»Sein Problem ist durch Therapie nicht erfaßbar«, sagte Albigoni. Seine Kiefer verkrampften sich, als er sie zwischen den Worten zusammenpreßte. »Ein Therapeut würde ihn heilen oder ihn verändern, aber darum geht es mir nicht. Ich muß Bescheid wissen.« Ein Aufblitzen von wütendem Zorn. »Er hat acht Menschen getötet. Freunde. *Seine* Freunde. Darunter auch meine Tochter. Und seinen eigenen Patensohn. Sie haben ihm nichts getan. Sie waren keine Bedrohung für ihn. Es war ein Akt vorsätzlicher, berechneter Bösartigkeit.«

»Es ist gerade erst ein paar Tage her ...«, begann Martin.

»Wären Sie theoretisch imstande, Goldsmith zu untersuchen und uns zu sagen, was ihn dazu gebracht hat, seine jungen Freunde zu ermorden?« fragte Lascal.

Ein silberner Arbeiter und ein menschlicher Kellner brachten das Essen. Der Arbeiter trug das Tablett auf seinem flachen Rücken. Der Kellner erkundigte sich, ob Martin noch einen Drink haben wollte. Er lehnte ab.

»Sie verschweigen mir etwas«, sagte Martin mit einem Seufzen. »Ich weiß Ihre Gastfreundschaft zu schätzen, Gentlemen, aber ...«

»Wir können nicht alles sagen, ehe wir nicht genau wissen, daß sie interessiert sind und zustimmen werden«, erklärte Lascal.

»Dann haben wir da echt ein Problem«, sagte Martin.

»Sie sind unsere beste Chance«, sagte Albigoni. »Wir scheuen uns nicht, Sie inständig zu bitten.«

»Sie würden reich belohnt werden«, fügte Lascal hinzu.

»Ich glaube, Sie wollen, daß ich Ihnen helfe, ins IPR einzubrechen, Goldsmith einer Triplexuntersuchung zu unterziehen und herauszufinden, was in ihm vorgeht. Aber das IPR ist geschlossen worden. Das ist absolut unmöglich.«

»Keineswegs.« Lascal stocherte in seinem Zuchtkrabbensalat herum.

Martin zog zweifelnd die Augenbraue hoch. »Zuerst müßten Sie Goldsmith mal finden, und dann müßten Sie die Staats- und die Bundesregierung überreden, das IPR wieder aufzumachen.«

»Wir können das IPR wieder aufmachen und werden es auch tun«, sagte Albigoni. Lascal schaute nervös von einem zum anderen. »Paul, es ist mir egal, ob ich am Leben bleibe oder jetzt gleich sterbe, und es kümmert mich nicht, ob Mr. Burke zum FBI geht.«

»Was hat Carol Neumann damit ...«

»Bitte hören Sie mir zu«, unterbrach ihn Albigoni. »Nachdem er meine Tochter und die sieben anderen ermordet hat, ist Emanuel Goldsmith in mein Penthouse im Airport Tower Two in Manhattan Beach gekommen. Er hat seine Verbrechen gestanden und sich dann auf das Sofa in meinem Wohnzimmer gesetzt und um einen Drink gebeten. Meine Frau ist auf einer anthropologischen Studienreise in Borneo und weiß von nichts. Und sie wird es auch erst erfahren, wenn ... die Untersuchung abgeschlossen ist und ich erklären kann, warum er ihr das angetan hat. Wenn Sie die Untersuchung durchführen, garantiere ich Ihnen, daß das IPR wieder aufgemacht wird, daß Sie wieder als sein Direktor eingesetzt werden und daß Sie genug Zuschüsse bekommen, um sich für den Rest Ihres Lebens — wie lange das auch sein mag — ganz auf Ihre Forschungen konzentrieren zu können.«

»Wenn ich nicht eingesperrt werde und in die Therapie komme, weil ich die bundesweit gültigen psychologischen Rechte verletzt habe«, sagte Martin. »Ich kann meine Arbeit nicht tun, die Arbeit, der ich mein ganzes bisheriges Leben gewidmet habe. Das ist Strafe genug. Ich brauche nicht noch obendrein die Schande, ein Krimineller zu sein. Ich glaube, ich gehe jetzt lieber.« Er machte Anstalten, aufzustehen. Lascal hielt ihn am Arm fest.

»Mr. Albigoni hat nicht übertrieben. Er ist bereit, Ihnen sein ganzes Privatvermögen zur Verfügung zu stellen.«

»Nur um zu erfahren, was in Goldsmith vorgeht?«

»Genau. Dann übergeben wir ihn unverletzt dem LAPD, damit er vor Gericht gestellt werden kann.«

»Sie wollen nicht, daß ich ihn therapiere — ich soll ihn bloß untersuchen?« Martins Hand zitterte. Er konnte nicht glauben, daß ihm ein solcher faustischer Vorschlag unterbreitet wurde.

»Bloß untersuchen. Wenn es Antworten zu finden gibt, finden Sie sie. Wenn es Ihnen nicht gelingt, Antworten zu finden, reicht uns das ehrliche Bemühen. Mr.

Albigoni wird Sie trotzdem finanzieren. Das IPR wird rechtmäßig wiedereröffnet.«

»Was wird Carol machen — was hat sie mit der Sache zu tun, abgesehen davon, daß sie die Therapeutin Ihrer Tochter war?«

Albigoni starrte einen Moment lang schweigend auf den Tisch, langte dann in seine Tasche und brachte eine Karte mit den eingravierten Buchstaben JNM zum Vorschein. »Wenn Sie Ihre Entscheidung getroffen haben, rufen Sie mit dieser Karte an. Sagen Sie demjenigen, der den Hörer abnimmt, einfach nur Ja oder Nein. Wir setzen uns mit Ihnen in Verbindung und regeln alle Einzelheiten, wenn Ihre Antwort Ja lautet.«

Lascal schlüpfte aus der Nische, und Albigoni folgte ihm.

»Warten Sie bitte.« Martins Hand zitterte immer noch. Er griff nach der Karte. »Was für Garantien habe ich? Woher soll ich wissen, ob Sie mich wirklich finanzieren werden?«

»Ich bin kein Gauner«, sagte Albigoni leise.

»Danke, daß Sie uns Ihre Zeit geschenkt haben, Mr. Burke«, sagte Lascal. Sie gingen hinaus. Martin knallte die Karte auf das Tischtuch neben einem Glas Wasser und beobachtete, wie ein Lichtfleck über die drei Buchstaben tanzte.

Dann hob er sie auf und steckte sie ein.

■

Ich liebte sie mehr als sie auch nur ahnen konnte. Es erfüllte mich mit etwas dem üblichen vermutlich kosmische Implikationen trübten mir den Blick. Sie war nur ein wenig verliebt; genug um Lustgefühle bei ihr zu erregen. Die Lust hielt rund siebenunddreißig Tage vor; dann wurde ich mit den richtigen Proportionen von Zartgefühl und Entschiedenheit beiseitegeschoben die es braucht um einen aufsässigen Liebeskranken zu überzeugen. Die Ironie lag darin daß ich es einen Monat zuvor mit einer anderen jungen Frau genauso gemacht hatte so daß ich rechtzeitig die Auge-um-Auge-Wahrheit sah die heikle allzu offensichtliche: Hätte ich bekommen was ich meinem Schwanz zufolge wollte wäre ich total unglücklich gewesen. Damals wurde ich erwachsen wenn auch nicht weise. Damals schrieb ich all diesen Unsinn über die Ökologie der Liebe der meinen Ruf begründete. Geraldine sei Dank ein weiterer Fingerabdruck fest in den alten Lehm gesetzt.

8

»Ich verstehe nicht, was du an Goldsmith findest.«

+ Loyalitätswechsel angesagt.

Richard brachte seine Geschichte mühsam zuende und musterte mürrisch sein Publikum. Sieben Leute waren in der Bar, einer rustikalen Kaffee-, Tee- und Weinstube ein Stück hinter dem Pacific Arts Lit Parlor.

»Ich verstehe immer noch nicht, was du an diesem alten Furz gefunden hast«, beharrte Yermak. Er tunkte seinen teigigen weißen Donut ein, wobei er Puderinseln in seinem Rotwein hinterließ. Yermak, mit zwanzig der jüngste in der Runde, sah Richard mit milder Belustigung an. »Der war doch zu allem fähig. Schlechte Schriftsteller bringen uns jeden Tag um. Tod durch Schmutz und Schund.«

Ultrima Patch Thule kam Richard sanft zu Hilfe. »Hier geht es um Mord«, sagte sie. Ihre Stimme war wie das leise Rascheln von Gras. Ultrima trug eine Brille mit Drahtgestell, weil sie sogar vor einer Physiotherapie für ihre schwachen Augen zurückscheute.

»Ist doch mein Reden, auch wenn ich noch grün hinter den Ohren bin. Er hat uns alle ermordet.« Yermak verzog ungläubig das Gesicht wegen ihrer Begriffsstutzigkeit.

Richard schwieg betrübt und senkte den Blick auf seinen Daumen und die vier Finger, die auf dem abgenutzten Eichenfurnier lagen. Er konnte die grimmige Entschlossenheit im anklagenden, wütenden Gesicht der Bürgerschützerin nicht vergessen; und jetzt das. Er versuchte sich an die letzten Worte zu erinnern, die Goldsmith zu ihm gesagt hatte, und konnte es nicht. Vielleicht hätte er den Umschwung kommen sehen müssen. Er war müde; der harte Vormittag steckte ihm immer noch in den Knochen. »Ich möchte sagen ...«

»Ach, spar's dir!« fauchte Yermak, sprang vom Tisch auf und stieß dabei mit lautem Poltern seinen Stuhl um. »Mag schon sein, daß ich ein Grünschnabel bin und viel dummes Zeug rede, aber ich wußte, daß er zu sowas fähig war, dieser Furz.« Ein verächtliches Schnauben. »Mehr hab ich dazu nicht zu sagen.«

»Setz dich hin!« befahl Jacob Welsh. Yermak verdrehte die Augen, hob seinen Stuhl auf und setzte sich wieder, die Nase wie ein Hund unter der Pfeife seines Trainers gereckt. »Entschuldige den Ausbruch meines Freundes. Er hat zwar recht, aber er übertreibt's ein bißchen.«

»Ich gebe zu«, sagte Ultrima, »Goldsmith war in letzter Zeit nicht gerade der Charme in Person. Und er hat sich auch kaum noch blicken lassen.«

»Er hat sie umgebracht«, sagte Richard. »Er war einer von uns, und er hat sie umgebracht. Macht euch das keine Sorgen — unsretwegen?«

»Er war keiner von mir. Ich bin *einer*«, sagte Yermak mit verzerrtem Gesicht. »Wenn ich den Furz zitieren darf: ›Ich strebe nach nichts. Ich bin.‹«

»Du hast es gelesen und behalten«, warf ihm Ultrima mit einem strahlenden Lächeln vor.

»Haben wir alle«, sagte Yermak auf Welshs Nicken

hin. »Tut mir leid, daß ich so grob war. Richard, wir schätzen deine Besorgnis und dein Alter, aber es ist uns ziemlich gleichgültig, was Goldsmith getan hat. Er hat uns schon im Stich gelassen, als er noch unter uns war; er hat sich um der Lobhudelei der Combs willen von uns abgesetzt, und kein Schattie kann ihm je wieder Respekt entgegenbringen, nicht einmal du.«

»Er war ein Freund«, sagte Richard.

»Er war eine Hure«, sagte Welsh und zeigte erneut, daß das unsichtbare Band zwischen Yermak und ihm aus mehr bestand als nur aus physischer Spannung.

Richard ließ den Blick über die kleine Gruppe schweifen. Zwei, die noch nichts gesagt hatten, die Schwestern Elayne und Sandra Sandhurst, schienen damit zufrieden zu sein, an ihrem Tee zu nippen und aufmerksam zuzuhören. In Yermaks und Welshs Augen sah Richard etwas, das er bereits hätte spüren müssen; da war eine Wut, die nicht dagewesen war, bevor er die Neuigkeit überbracht hatte. Da war die Angst, daß ihre Verbindung mit Goldsmith ihnen Schwierigkeiten mit dem PD und der Stadt einbringen könnte, mit denen, die in diesem Land in Wirklichkeit die Macht hatten: die Combs, die Therapierten.

\+ Madame de Roche hat gesagt das würde nicht passieren aber das PD sieht das womöglich anders. Ich bin schon verdächtigt worden. Vielleicht wieder? Scharf und klar: Treibsand Belästigung Isolation Schmerzen. Diese Bilder habe ich seit Gina und Dione stets gemieden.

\+ Ich habe fünfzehn Jahre lang geschlafen.

Die deutlichen Gedanken verblaßten; er schloß für einen Moment lang die Augen und ließ den Kopf sinken. »Er war ein Freund«, wiederholte Richard.

»Dein Freund«, bemerkte Yermak mit künstlicher Ruhe.

»Richard ist unser Freund«, sagte Elayne Sandhurst.

»Natürlich«, stimmte ihr Yermak zu, irritiert davon,

daß sie glauben könnten, er sähe das anders. Er warf Richard einen mißbilligenden Blick zu.

+ Glaubt ich säe Zwietracht schwäche seine Position. Ihre Positionen hier sind alle so schwach. Sie fühlen sich hilflos.

»Ich bitte um Verzeihung«, sagte Richard.

»Wofür?« fragte Jacob Welsh abrupt. »Uns tut's jedenfalls nicht leid, daß du es uns erzählt hast. Es tut uns nie leid, wenn unsere Meinung bestätigt wird.«

Sandra Sandhurst ließ ihr Strickzeug in den Schoß sinken und preßte die Lippen zusammen. + Norne die zu Gericht sitzt; einziges gültiges Urteil das Durchschneiden unserer Fäden.

»Er ist ein weltberühmter Schriftsteller, und wir haben ihn alle gekannt. Er war gut zu uns allen.«

Yermak gab wieder einen Laut der Verachtung von sich. »Er hat sich dazu herabgelassen, sich unters gemeine Volk zu mischen.«

»Das stimmt nicht«, sagte Elayne.

Yermak stand auf und warf erneut seinen Stuhl um.

»Sehr dramatisch«, sagte Elayne. Sie wandte sich geringschätzig ab.

»Ihr könnt mich mal«, sagte Yermak fröhlich. Jacob Welsh legte den Kopf in den Nacken und streckte sich.

»Das reicht, mein Freund«, warnte er Yermak mit kaum verhüllter Billigung. »Zwei solche Aufwallungen sind nun wirklich genug.«

»Ich setz mich jedenfalls nicht wieder hin, nicht zu denen«, sagte Yermak.

»Dann gehen wir eben.« Welsh stand auf. »Deine Neuigkeiten sind nützlich, Richard, und ich finde, das genügt. Deine Loyalität ist bewundernswert, aber wir teilen sie nicht.«

»Ich glaube nicht, daß es Loyalität ist«, entgegnete Richard. »Wenn er gemordet hat, sollte er therapiert werden …«

»Aber wir therapieren nicht mal unsere schlimmsten

Feinde, Richard«, intonierte Yermak und beugte sich über ihn. »Das würde ich keinem Menschen antun. Besser, er wäre tot. Noch besser, er wäre nie in unsere Nähe gekommen.«

Richard nickte, nicht um ihm beizupflichten, sondern damit sie endlich gingen.

»Vergeßt die Lesung nicht«, sagte Elayne Sandhurst vergnügt. »Bringt eure besten Sachen mit.«

»Ich schreibe nicht mehr«, gab Yermak höhnisch zurück.

»Dann lies was aus deiner dunklen Vergangenheit«, schlug Ultrima vor. Als Welsh und Yermak gegangen waren, wandte sie sich an Richard. »Also ehrlich. Solche Kinder. Wir haben sie nie gern hiergehabt ... sie sind so zu, so verschroben.«

»Wie ein Brüder- oder ein Liebespaar, dabei sind sie keins von beidem«, sagte Elayne Sandhurst.

»Die brauchen Hilfe«, meinte Sandra, und alle außer Richard brachen in Gelächter aus. Hilfe war etwas, was die Untherapierten auf keinen Fall wollten. Hilfe war eine Art Tod für jene, die so großen Wert auf ihre Fehler legten.

+ Wir sollten alle im Schatten leben statt in der Sonne. Wie Insekten.

■

Mein Vorname bedeutet ›Gott mit uns‹. Mein Nachname bedeutet ›jemand, der mit Gold arbeitet‹. Ich arbeite statt dessen mit Worten; sie sind weitaus wertvoller, weil sie so normal sind, weil sie derart mißbraucht und mißverstanden werden. Und was die Frage betrifft, ob Gott mit mir ist: Irgendwie glaube ich das nicht.

9

Während Mary Choy am Süd-Comb Zwei nach oben fuhr, beobachtete sie, wie die riesigen, verspiegelten Arme rotierten, um die tiefstehende Sechzehnuhrsonne auf Pasadena zu richten. Sie hatte einen externen Expreßlift genommen und einen ihrer städtischen Notfallkredite eingesetzt, um eine Fahrstuhlkabine für sich allein zu haben.

Es würde gefährlich sein, der Colonel-Sir-John-Yardley-Connection nachzuspüren. Sie wußte genug über die nationale Politik, um das Janusgesicht zu sehen, das die Vereinigten Staaten Yardley zeigten. Raphkind hatte ihn in die Arme geschlossen; jetzt wurde er nach außen hin gemieden, aber hinter verschlossenen Türen waren sie vielleicht immer noch die dicksten Freunde. Es konnte sein, daß Yardley für den Staat nützlich war, und letzten Endes mußte sich das LAPD dem Bundesamt gegenüber verantworten. Das Department wurde zu mehr als fünfzig Prozent vom National Public Defense finanziert, dem Bundesamt für Bürgerschutz. Es wäre politisch unklug, ohne die Zustimmung des Departments weiter zu gehen. Mary wollte diese Zustimmung haben, bevor der Tag um war.

Das Los Angeles Public Defense Command nahm einen dreistöckigen Block auf der bevorzugten Westseite von Süd-Comb Zwei ein. Die lange Bohnenstange des Expreßlifts, die in der Proportion viel Ähnlichkeit mit einem straff gespannten Menschenhaar hatte und außer ihrem eigenen sechseckigen Zehn-Meter-Querschnitt keine sichtbaren Träger besaß, enthielt drei Expreßkabinen. Diese hielten im Gegensatz zu den internen Arterien von Fahrstühlen und Transportschächten im Inneren des Combs ausschließlich auf den von ihren Passagieren gewählten Stockwerken an.

Mary nahm in dem dick gepolsterten Sessel Platz und ließ die rapide Beschleunigung über sich ergehen.

Als der Fahrstuhl langsamer wurde, hatte sie in den Augenblicken, bevor die Tür aufging, das Gefühl zu schweben. Das war nur geringfügig unangenehmer als das normale Gefühl der Schwere.

Die Westseite ging auf die alten Gemeinden Inglewood Culver City und Santa Monica hinaus, in denen jetzt riesige, rötlichbraune Schnittwunden klafften, wo die Altstädte eingeebnet worden waren und neue Combs in den Schatten vordrangen. In den vollgebauten Hügeln von Santa Monica wuchsen Schicht um Schicht der ›Inseln‹, wie sie irgendein Schwachkopf vor gut dreißig Jahren genannt hatte, wie Kristalle an einer Höhlenwand; mittags waren sie blendend weiß, jetzt bei Anbruch des Abends jedoch blaugrau. Hier und in den stabilisierten, tief abgesunkenen Buden von Malibu warteten die Nochnichterwählten auf freie Wohnungen in den Combs. Diese wurden jedoch immer knapper, weil Verjünger ihr kontroverses Gewerbe betrieben und gute Bürger in mehrhundertjährige Eloi verwandelten.

Mary Choy war zu jung, um von einem Verjünger angequatscht zu werden, aber sie hatte an Eloi-Parties teilgenommen und viele Platin-Comb-Domizile von innen gesehen.

Sie trat aus dem Fahrstuhl und ging zielstrebig ins Foyer. Erst der akrophobische Ausblick auf die Stadt, dann diese große, nach innen gerichtete, in sich geschlossene Höhle mit horizontalen Fensterschlitzen auf Hüfthöhe, die wenig Erleichterung boten — das war immer ein kleiner Schock für sie. Mary empfand es als abrupte Diskontinuität, wie ein Wechsel der Tonart oder sogar der Tonhöhe in der Musik. Arbeiter bewegten sich zielstrebig auf engen Wegen an den Wänden entlang und überließen das Zentrum den Fußgängern. In der Mitte ragte ein kreisrundes Pult, an dem zwei junge Männer in grünen Bürouniformen saßen, aus dem Boden. An der Apsis oben schimmerten Flächen und spiralförmig gewundene Bänder sanften Lichts in der kirchlichen Stille.

»Ermittlerin M Choy«, sagte der junge Mann an ihrer Seite des Pults, als sie auf ihn zukam. »Sie haben noch eine Viertelstunde bis zu Ihrem Termin mit Bundeskoordinator R Ellenshaw.«

Sie hatte den Termin mit PD-Supervisor D Reeve vereinbart. Die Neuigkeit sprach sich schnell herum, und sie hatte richtig vermutet. Die großen grünen Augen stetig auf das Gesicht des Empfangsmannes gerichtet, sagte sie: »Gut. Soll ich warten?«

»Nicht hier, bitte«, sagte der Empfangsmann. Seine Augen musterten sie mit leiser Mißbilligung und offenkundiger Begehrlichkeit. »Nehmen Sie im dritten Stock Platz, Foyer zwei.«

Sie verengte die Augen und fixierte den Empfangsmann, bis er den Blick abwandte. Dann schüttelte sie sich leicht, nickte und stolzierte mit besonders beschwingtem Gang davon. Sie verabscheute diese weitverbreitete Mischung aus Ablehnung und Lust und verspürte den vagen Wunsch, sich mit der Transformation zu brüsten und die Spannung damit zu steigern. Es war ein neutraler Fehler, der keinen sozialen Schaden anrichtete, aber vielleicht provokativ war. Eine vage Rache an Theo. An Theo würde der Empfangsmann nichts auszusetzen haben; er würde jedoch wohl auch kein Verlangen nach ihr verspüren. Weshalb

Sie nahm einen Lift zum dritten Stock, Foyer zwei, setzte sich zu den Kaffeetrinkern mit ihren Zeitistgeld-Mienen, nahm sie beiläufig mit ihrem Detektivblick unter die Lupe, nur so zum Zeitvertreib, und verfiel in ihre beständige Grübelei über die bedauerliche Tatsache, daß die Detektivspielerei ein fruchtloses Vergnügen war. Keine eindeutige Lösung aufgrund ungenauer Indizien; kein Detektiv kam umhin, sich bei seinen Folgerungen in zwei oder drei verschiedenen Ergebnissen zu verheddern. Kombinieren und Aufklären waren keine

Wagen auf einer Straße mit automatischem Leitsystem; sie benötigten Bewegungsfreiheit. Trotzdem, das Detektivspielen machte ihr Spaß, und manchmal waren die Ergebnisse faszinierend. Hier zum Beispiel: ein junger Mann, eindeutig auf dem rasanten Weg zu einem Spitzenjob beim Bundesamt oder beim Staat, Kleidung wie sie bei Therapierten (oder Natürlichen) der zweiten Generation unter jüngeren Leuten wohl gerade Mode war, ausdrucksloses, aber nicht charakterloses Gesicht. Mary Choy nahm an, daß er ein aufmerksamer, aber nicht sonderlich inspirierender Bettpartner war; drei Fingernägel seiner rechten Hand waren rot und golden lackiert, Zeichen für Heiratsofferten großer Familien. Nur in den höheren Rängen des Bundesamtes setzte man sich mit so etwas über die Normen hinweg; daß Familien Klans Sippen ihre Positionen in der Nomenklatura absteckten, war unter Präsident Davis schon vor Raphkind weitgehend zu einem Ritual geworden. Solche Positionen waren kein Nährboden für ungestüme körperliche Leidenschaften; sie waren ein Nährboden für distinguierte Umgangsformen, und bei den Therapierten waren Umgangsformen nur selten ein Deckmantel für irgendwelche Verirrungen. Ein netter junger Mann mit einem angenehmen Sackgassenleben, ein erstklassiger Eloi-Kandidat, wenn er in die Jahre kam. Ein hübscher Parasit.

Ein vitaleres Geschöpf betrat den Warteraum: eine Transformierte in modischer Aufmachung, die ihre orbitalen Anpassungen verbarg, eine Exotin in den Combs. Alle Augen richteten sich auf sie. Die Exotin sah Mary Choy, bestätigte ihre Verwandtschaft mit einem Lächeln und kam zu ihr, um Platz zu nehmen.

»Darf ich?«

Mary neigte den Kopf. Die orbitale Transformierte bückte sich mit angestrengter Anmut; ihre Muskeln waren jetzt auf die Fesseln der Erde eingestellt. Sie fuhr offenbar häufig hin und her und war stolze Besitzerin einer Zwei-Zonen-Körperchemie; eine solche Transformation war für Privatleute zu teuer und mußte vom Staat oder der Firma/dem Haus bezahlt worden sein. Der nette junge Mann kam zu dem Schluß, daß diese orbitale Transformierte schon für seine Phantasie zu viel war, und ignorierte sie. Andere, nicht so stark in die Hierachie Verwobene bewunderten sie offen. Mary freute sich, als sie neben ihr Platz nahm.

»Entschuldigen Sie meine Unbeholfenheit«, sagte die Orbitale. »Ich habe mich noch nicht ganz umgestellt. Biochemisch.«

»Hab ich mir schon gedacht.«

»Bin erst vor acht Stunden gelandet. Sie sind vom Bürgerschutz, stimmt's?«

Mary nickte erneut. Dazu war keine detektivische Kombinationsgabe erforderlich; die Uniformen waren allgemein bekannt und unterschieden sich von Stadt zu Stadt nur wenig.

»Und Sie kommen vom Grüngürtel?« fragte sie.

Die orbitale Transformierte lächelte. »Wie scharfsinnig«, sagte sie. »Wer hat Sie gemacht?«

»Dr. Sumpler.«

»Dessen Gruppe hat mich auch gemacht. Ich muß mal bei ihm vorbeischauen, solange ich unten bin. Sind Sie zufrieden?«

Sie dachte daran, ihr von dem Melaninmangel zu erzählen, aber da die Information für eine Biochemische kaum von praktischer Bedeutung sein würde, sagte sie nur höflich: »Ja. Sehr.«

Die orbitale Transformierte sah die Anzeichen für Marys bevorstehenden Aufbruch zu einer Verabredung — ihren Blick zu der Leuchtanzeige an der Wand, auf der bald ihr Symbol erscheinen würde — und gab ihr eine Karte. »Ich bin für eine Woche unten. Hab viel zu tun, würde mich aber freuen, wenn wir uns mal treffen könnten. Wir können in alten Katalogen blättern und in Erinnerungen schwelgen.«

Mary lachte, nahm die Karte und gab der Frau ihre eigene. »Wäre mir ein Vergnügen.«

»Steht alles auf der Karte.« Der Name auf der Karte: *Sandra Auchouch.* »Wird ›Ohschack‹ ausgesprochen.«

»Natürlich. Freut mich, Sie kennenzulernen.«

Die orbitale Transformierte neigte den Kopf, und sie legten die Fingerspitzen aneinander. Darin lag nichts Sexuelles; die Transformierte war von ihrer Kleidung und ihrem Benehmen her hetero, so gradlinig, wie kein Orbit sein konnte, und Mary wilderte nur selten auf dem anderen Ufer. Aber unter Berufstätigen mit guten Jobs war Freundschaft eher etwas Zufälliges, und dem Zufall mußte man auf die Sprünge helfen.

R Ellenshaw ging es gut in seiner gehobenen Stellung; man brauchte kein detektivisches Gespür, um das zu sehen. Der Leitungsbeamte an der Nahtstelle zwischen der städtischen Behörde und dem Bundesamt hatte das Aussehen eines Mehrfachtherapierten, eines Mannes mit Mut Zähigkeit und vielfältigen Problemen, die auszugleichen ihn Jahre und Hunderttausende von Dollars gekostet hatte.

Mary hätte sein Büro mit genau der gleichen Haltung betreten, wenn er ein besonders begabter Natürlicher gewesen wäre; er war eine höhere Instanz, und sie kam mit einem Problem zu ihm, auf das sie bei vertauschten Rollen gut hätte verzichten können. Mary Choy respektierte Leitungspositionen und wußte Flakpanzerung von oben zu schätzen.

»M Choy. Willkommen in Walhalla.« Ellenshaw stand vor seinem Schreibtisch, Memo und Tafel in der Hand. Er war keineswegs begeistert. »Da sind Sie ja in ein verdammtes Wespennest gestolpert.«

»Ja, Sir.«

»Bitte nehmen Sie Platz.« Er musterte sie scharf, ohne eine Spur von Bewertung oder auch nur männlichem Interesse. Marys Achtung vor ihm wuchs. Es war schwer, professionelles Eis zu entwickeln und aufrechtzuerhalten, ohne zum Eisklotz zu werden, und Ellenshaw sah nicht wie ein Eisklotz aus. Dafür war er zu therapiert und zu selbstbewußt. »Ich habe ein paar Fragen, und dann zu Ihren Anweisungen.«

Sie setzte sich und schlug lange Beine übereinander. Die schwarze Arbeitshose raschelte leise.

»Sie sind persönlich davon überzeugt, daß dieser Emanuel Goldsmith der Mörder ist?«

»Ja, Sir.«

»Wir haben diesen Brief überprüft. Er kommt in der Tat von Colonel Sir John Yardley.« Das Eis war transparent genug, daß Mary Ellenshaws politische Einstellung erkennen konnte. Wie die meisten anderen Westküsten-PDs hatte er Raphkind und die Geschwulst des Schmutzigen Ostens verabscheut. Alte Politik, alter Schmutz. »Haben Sie eine Ahnung, wo Goldsmith jetzt steckt?«

»Nein, Sir.«

»Ist er abgetaucht?«

»Das weiß ich nicht, Sir.«

»Hispaniola?«

»Schon möglich.«

»Aber hätte Yardley ihn reingelassen?«

Mary riskierte keine Vermutung.

»Sie wissen, daß das ein überregionales Footballspiel werden wird. Die Möglichkeit, daß Goldsmith nach Hispaniola gegangen sein könnte, ruft auf den Gängen und Fluren ein Echo hervor, M Choy.«

»Ja, Sir.«

»Das kann das Bundesamt unmöglich unter den Teppich kehren. Zu viele Gold- und Platinnamen, zuviel hohes Geblüt. Deshalb haben sie den Football uns übergeben. Als erstes ist die Justiz an der Reihe. Wenn Sie nicht wollen, daß man Ihnen den Football wieder wegnimmt, M Choy, müssen Sie so rein sein wie frischgefallener Schnee. Sind Sie das?«

»Ja, Sir.«

»Ich habe mir Ihre Akte angesehen, und ich bin der gleichen Meinung. Ich beneide Natürliche, M Choy. Ich beneide Sie um Ihre Akte.«

»Danke, Sir.«

»Ich mußte ein Vermögen für die Therapie ausgeben, um alles zu entwirren und glattzubügeln. Das war's mir wert, aber ... Naja.« Das war eine kalkulierte Verdünnung des Eises gewesen, und es hatte funktioniert. Er hatte genug von sich selbst enthüllt, um Mary das Gefühl zu geben, daß er sie ins Vertrauen zog, daß er Vertrauen zu ihr hatte.

»Ich glaube, man nennt es jetzt Flakpanzerung, M Choy. Rückendeckung von dieser Ebene, so daß Sie sich auf Ihre Arbeit konzentrieren können. In diesem Fall ist die Panzerung dünn. Sie sind nicht völlig auf sich allein gestellt, und Sie werkeln an einem Zaun mit Eisenspitzen herum. Wenn Sie abstürzen, können wir Sie wahrscheinlich nicht auffangen. Jedenfalls nicht rechtzeitig. Kapiert?«

»Ja, Sir.«

»Hier bei uns sagt man, daß die Jungs vom Bundesamt an der Westküste die Yardley-Connection genauso hassen wie ich. Sie ist alt, sie stammt aus der Raphkind-Zeit, sie stinkt. Die von der Ostküste schwanken noch und werden's wohl noch jahrelang tun, während die Mühlen der Anklagekammern und Gerichte langsam mahlen. Aber vielleicht auch nicht. Yardley will weiterhin seine Exporte durchkriegen ... und wir blockieren sie weiterhin. Ein Zaun mit Eisenspitzen.

Ich erteile Ihnen die Genehmigung, allen hiesigen Spuren nachzugehen, und wenn die nach zwei Tagen immer noch kalt sind, haben Sie die Erlaubnis für einen offiziellen Besuch in Hispaniola. Assistenten, wenn Sie welche benötigen, aber höchstens fünf.«

»Ich werde zwei Hispaniola-Experten brauchen«, sagte Mary.

»Mein Büro wird welche auftreiben und ihre Namen und Lebensläufe an Chefinspector D Reeve weiterleiten, außer wenn Sie bereits jemanden im Auge haben …«

Das war nicht der Fall. »Habe ich Ihre Genehmigung, Erkundigungen bei der Bürgeraufsicht einzuholen?«

Ellenshaw wandte sich einen Moment lang stirnrunzelnd ab. »Wir können nur eine begrenzte Anzahl von Anfragen an die Aufsicht stellen. Aber wenn es sich überhaupt bei einem Fall lohnt, dann bei diesem hier. Sie haben die Genehmigung, zur Aufsicht zu gehen.«

»Danke.« Sie neigte den Kopf.

»Alles Nähere steht in Ihren Anweisungen. Wir werden aufs Bundesamt einwirken, um dafür zu sorgen, daß Hispaniola mit Ihnen kooperiert. Rufen Sie mich an, wann immer Sie wollen. Kapseln Sie sich nicht ab. In diesem Fall könnten Sie *unsere* Flakpanzerung sein.« Ein blitzblankes Lächeln.

»Ja, Sir.«

Sie verließ Ellenshaws Büro in dem Wissen, daß dies der Fall ihres Lebens war und daß das PD ihr außergewöhnliche Unterstützung gewährte; sie wußte auch, daß das Bundesamt sie selbst zwar für entbehrlich, den Fall jedoch keineswegs für unwichtig hielt. Sie wäre dumm, wenn sie keine Angst hätte. Für jene, die sich um die elementare Menschenwürde sorgten, war Colonel Sir John Yardley das blühende Herz der Finsternis der westlichen Welt. Mary Choy gestattete sich die dementsprechende Angst, aber nicht mehr.

Die Combtürme ragten dunkel ins letzte blaue Licht der Abenddämmerung. Sie nahm eine Leitstraße zur PD-Zentrale im Schatten auf dem Sepulveda und füllte einen Antrag auf nächtliche Nachforschungszeit aus, schlief eine Stunde auf einer Coppritsche, trank einen Nährcocktail und machte sich an die Arbeit.

■

LA Stadt der Engel schläft wie ein Pferd im Stehen. Spät nachts bin ich im Schatten umhergestreift (schon bevor er zum Schatten wurde) und habe das rege Treiben der nächtlichen Hälfte gesehen, nicht nur Maschinen, sondern Menschen ... Glaubt nicht, im Schatten herrsche sorglose Exzentrik. Er hat sein eigenes Leben. Es ist vielleicht nicht so clean wie in den Bienenstöcken der Therapierten, aber reich und vollständig wie in jeder Stadt der Vergangenheit, und genauso organisiert; der Schatten hat seine Bürgermeister und Stadträte, seine Bosse und Arbeiter, seine Mamis und Papis, Wohngegenden und Geschäfte, Krankenhäuser und PD-Stationen, Kirchen und Bibliotheken, und sie sprühen vor Leben. Ihr Fortschrittsapostel und Vervollkommner der Menschheit, vergeßt nicht, von welchem Boden ihr euch aufschwingt, wenn ihr nicht tief fallen wollt!

10

Kein Zweifel, sie hatten ihn gefaustet. Albigoni und Lascal hatten ihn in Versuchung geführt, und Martin Burke war drauf und dran, ihr zu erliegen. Es war alles vorbei, bis auf die Nacht der Gewissensbisse. Trotzdem, die Form mußte gewahrt bleiben; um die Nacht der Gewissensbisse kam er nicht herum.

Martin Burke war alt genug, um zu wissen, daß der Gewinn gleich Null sein konnte; er bemühte sich, der Versuchung zu widerstehen, aber ohne Erfolg. Die beiden hatten die verwundbarste Stelle in seinem bleichen, nachgiebigen Unterleib gefunden. Sein Leben war die Wissenschaft, und er war ohne eigenes Verschulden schlicht durch ein zufälliges Zusammenspiel von mieser Politik und Geschichte aus diesem Leben herausgerissen worden. Wenn er es wiederbekam, würde das bedeuten, daß er wieder anfangen konnte zu leben. Er sehnte sich danach, in der Landschaft des Geistes umherzustreifen. Das war ein Stimulus wie kein anderer; Wissen aus jener Grenzregion, die alle Grenzen bestimmte.

Martin grinste im Halbdunkel, während er sich eine Wiederholung der AXIS-Berichte anschaute. Er sah sich selbst grinsen und wurde ernst. Es gab eine ganze Latte von Fragen, die einer Antwort bedurften, aber Carol Neumann nahm ihre Anrufe nicht entgegen, und sie hatte keinen Hausmanager.

Martin schloß die Augen und versuchte, das Zittern abzustellen. Ethische Fragen, allzu offensichtlich und hartnäckig. Goldsmiths Recht, einen solchen Eingriff abzulehnen. Dennoch: ein Dichter, ein Mörder, dessen Geisteslandschaft die Verarbeitung unterbewußter Kräfte durch einen Künstler reflektieren würde ... Eine einmalige, einzigartige Chance.

»Ich bin kein schlechter Mensch«, sagte er laut. »Was mir zugestoßen ist, habe ich nicht verdient, ebensowenig wie das hier.« Was, das hier. Skrupel. Chance/Versuchung.

Albigoni hatte nichts zu verlieren. Wenn Martin ihm nicht gab, was er wollte, dann konnte es niemand, außer vielleicht die Schatten/Doppelgänger von Martin Burke, die es irgendwo geben mochte, die seine Entdekkungen stahlen, die mit brutaleren, zu Klauen gekrümmten Fingern in seinem Acker wühlten, jene, die weitaus weniger Skrupel hatten, die vielleicht auf Hispaniola lebten und die Landschaft des Geistes nicht entwickelten, sondern ausbeuteten und die ihm sogar jetzt voraus waren, Krokodil gegen Hasen, Krokodil frißt Hasen.

Martin war kein schlechter Mensch. Albigoni hatte Goldsmith nicht schnurstracks nach Hispaniola ausgeflogen und Colonel Sir John Yardley bezahlt, was dieser haben wollte, also war Albigoni auch kein schlechter Mensch. Yardleys Gefängnisse und Labors waren natürlich Gerüchte; trotzdem, Albigoni hatte die Verbindungen, solche Gerüchte bestätigen oder ausräumen zu lassen. Albigoni hatte nicht die Absicht, Goldsmith etwas zuleide zu tun. Goldsmith hingegen war ein schlechter Mensch, keine Frage; ihm würde nichts geschehen, aber die Sondierung — die Nagelprobe auf seine Forschungsarbeit — war eine Wiedergutmachung eine Chance ein Lohn, die Wiederherstellung seines Werts für die Menschheit.

Martin ließ sich auf die Couch zurücksinken. Er zitterte immer noch. Seine Finger waren ineinander verschränkt. Kein schlechter Mensch. Vielleicht nicht einmal eine böse Tat.

Er stand auf und rief noch einmal bei Carol an.

»Hallo.«

Er zuckte überrascht zusammen und fuhr sich mit der Hand durch die Haare. »Hallo, Carol. Hier ist Martin.«

»Dachte ich mir, daß du anrufen würdest. Ich war bei der Arbeit.«

Martins Anspannung brach sich Bahn, bevor er sie unter Kontrolle bekam. »Himmelherrgott, Carol, du hast mich in eine fürchterliche Klemme gebracht, verdammt nochmal.«

»Du meine Güte. Tut mir leid.«

»Ich möchte wissen, ob du mich haßt.«

»Ich hasse dich nicht. Hör mal, ich bin gerade zur Tür rein. Wir können reden, aber nicht heute abend. Es ist zu spät. Ich hab einen Vertrag mit Mind Design Inc. im Sorrento Valley. Über die StarTemp-Agentur, weißt du. Wenn du dahin kommen kannst …«

»Ja. Ich weiß, wo das ist. Welches Labor?«

»Einunddreißig. Morgen vormittag?«

»Um zehn.«

»Ich hasse dich nicht, Martin. Ich weiß nicht, ob ich sollte, aber es ist nicht so. Laß uns morgen reden.«

Sie verabschiedeten sich kurz.

Die AXIS-Wiederholungen hatten ihren Reiz verloren, und er schaltete den Bildschirm mit einem knappen ›Aus‹ ab. Mit einem gewissen Schuldbewußtsein begriff er, daß sein Zittern nicht von einem moralischen Dilemma herrührte; in Wirklichkeit hatte es vom Augenblick des Angebots an keins gegeben. Er zitterte vor Ungeduld und Erregung.

■

In der weißen Gesellschaft ist jeder Schwarze ein Tanzbär. So komme ich mir manchmal bei meiner weißen Frau vor, obwohl nicht das leiseste Anzeichen dafür spricht, daß sie dergleichen denkt. Liebt sie mich, weil ich der einzige schwarze Schriftsteller bin, der in dieser Generation die Chance bekommen hat, sich in den USA hervorzutun? Einer pro, ein altes Gesetz. Der größte Makel ist derjenige, den die Geschichte in meiner eigenen Seele hinterlassen hat. Ich kann sie nicht lieben; ich sehe sie mit zernarbten Augen.

11

Richard Fettle kam um sieben Uhr zu seiner Wohnung im Schatten zurück. Langsam stapfte er über bröckelnden Beton und eine Stahltreppe nach oben. Er schob eine Unzahl brauner und gelber Bananenblätter beiseite, die bis zum Treppenabsatz im Erdgeschoß vorgedrungen waren, steckte seinen glattgescheuerten Messingschlüssel in das komplizierte Schloß und begrüßte den billigen, zehn Jahre alten Hausmanager auf dem rauchgeschwärzten Kaminsims mit den Worten: »Ich bin's. Ich bin's bloß.«

»Willkommen daheim, Mr. Fettle«, krächzte der Manager. + Hat mich mal nicht erkannt und einen elenden Krach geschlagen. PDs sind keine gekommen. Die Nachbarn haben aber nachgeschaut. Wir passen selber auf unser Eigentum auf.

Er machte sich eine Tasse Kaffee und setzte sich in einen Sessel, den er vor zwanzig Jahren eigenhändig für seine

Ein bequemer Sessel, echte Handarbeit — der letzte, den er besaß. Hatte ihn seiner

Er warf einen kurzen Blick auf eine Tafel, sah ein paar Artikel im heutigen *Schattenrhabarber,* die er lesen wollte, trank seinen Kaffee aus und überlegte, was er sich zum Abendessen machen sollte. Er hatte keinen Hunger, aber der Körper brauchte etwas. In Wahrheit war er jetzt deprimiert, dekomprimiert, alle Geschichten allen wichtigen Leuten erzählt und nur seine eigenen Gedanken absolut keine gute Gesellschaft. + Hölle heiß gemacht und ganz grundlos hör jetzt auf mit diesem Kehrreim und stell dich deiner Vergangenheit du Scheißkerl

+ Deine Frau

+ Deiner Frau hast du den Sessel gegeben. Aber keine Zeit für solche Gedanken. Richard schloß die Augen und lehnte sich zurück. Der Sessel fuhr unter ihm aus, die Fußbank kam hoch die Lehne kippte nach hinten die Armstützen neigten sich freundlich.

+ Warum hat er's getan. Madame de Roche glaubt nicht verrückt; ein Natürlicher. Warum dann. Brillante Intelligenz hat Emanuel fertiggemacht sagen sie sagen sie. Tiefsitzende Verderbtheit kam nach oben hat seine Schlechtigkeit wie ein Hund ans Licht gezerrt. Blase des Bösen in stillem Wasser giftige Gase. Ist ein Gedicht drin. Nichts was die Mühe lohnt. Wenn nicht verderbt nicht verrückt dann rational. Immer am Denken und am Planen. Form des Ausdrucks. Ausdruck wahrhaft brillanter Intelligenz überschreitet die Grenzen menschlicher Moral. Hat es für seine Kunst getan um zu sehen was er dadurch aus sich machen würde. Hat sich selbst ebenso umgebracht wie sie; gibt todsicher kein Leben mehr zu dem er zurückkehren könnte. Mörder mordet doppelt. Tötet für jedes Opfer zwei. Nein. Tötet sich selbst nur einmal; ein Mord reicht und man ist mit Tiefentherapie dran zwangsweise vielleicht nicht mal ein *Ich* mehr da wenn man rauskommt. Wollte das vielleicht durchmachen; töten geschnappt angeklagt und in die Tiefentherapie gesteckt werden ... Neuer Goldsmith kommt zurück. Mal sehen ob der Dichter das überlebt. Wie ein Wissenschaftler ein Selbstexperiment.

Richard kniff die Lider zusammen, bis sich seine Nase kräuselte.

+ Ich bin ein einfacher Mensch mit einfachen Wünschen. Ich will in Ruhe gelassen werden. Ich will vergessen.

Aber Vergessen war nicht möglich. Er verspürte den halben Impuls, alle Netze und LitVids auf seine Tafel zu holen und in die dort ausgebreiteten Tatsachen einzutauchen, aber er widerstand ihm. Das schlichte Wissen war genug; mehrfacher Mord, wahrscheinlich von dem Mann begangen, den Richard am meisten auf der Welt bewunderte.

»Da kommt jemand«, schnarrte der Manager. Leute gingen vorbei, und der Manager wußte nie so genau, ob er Besorgnis zum Ausdruck bringen sollte oder nicht.

Die Türglocken — jahrhundertealte verrostete Messingantiquitäten — schlugen und schepperten gegeneinander. Richard stellte sich vor, wie sie Staub abschüttelten; sie wurden selten gestört. Er klappte den Sessel zusammen und marschierte gebückt zur Tür, um durch den grünspangefleckten Spion zu spähen.

Weiblich, schwarze Haare, langes graues und orangegelbes Hemdkleid, eine gewebte rote Handtasche in den Händen. Nadine Preston. »Hallo, du«, sagte sie und bückte sich, um durch den Spion zu schauen. »Ich dachte, du wärst vielleicht nicht gut drauf.«

Richard machte die Tür auf. »Komm rein«, sagte er mit der tiefen, resignierten Stimme eines Leichenbestatters. Er hustete und schüttelte den Kopf, um den düsteren Klang loszuwerden. »Bitte komm rein.« Er war immer zu ihr gekommen, nie andersherum, um die Kontrolle darüber zu behalten, wie weit er sich ihren schlechten Momenten aussetzen wollte. Er überlegte, ob er von ihrer Sorge gerührt sein sollte.

»Geht's dir schlecht?« fragte sie munter.

»Ein bißchen«, gestand er.

»Dann brauchst du Gesellschaft.«

»Stimmt wohl, ja«, sagte er.

»Wie begeistert das klingt. Hast du schon etwas gegessen?«

Er schüttelte den Kopf.

Sie machte ihre Handtasche auf und brachte ein in Saugfolie eingewickeltes Päckchen Dauerfleisch zum Vorschein. »Damit kann ich Wunder wirken«, erklärte sie. »Hast du Kartoffeln da?«

»Getrocknete.«

»Es gibt Fleischpastete in Kartoffelteig.«

»Danke, daß du rübergekommen bist«, sagte er.

»Ich bin nicht immer gut für dich«, meinte Nadine spröde und senkte den Blick auf den Teppich. »Aber ich weiß, wann du jemanden brauchst, und heute nacht solltest du nicht allein schlafen.«

Die Fleischpastete schmeckte dezent nach Salz, Knoblauch und Kartoffeln und erinnerte ihn damit an Nadine, eine Salz-und-Knoblauch-Frau. Beim Essen redete sie von der Schattenvid-Industrie damals und heute; sie hatte immer noch mit ihr zu tun. Sein Verstand wurde von seinem aktuellen Problem abgelenkt, bis zwischen ihm und der Erinnerung an die Ereignisse der jüngsten Vergangenheit eine Kluft entstand, und er hörte ihr zu, so müde, daß er die blassen Doppelbilder von Halluzinationen sah. Eine blaue Regenmantelgestalt im Augenwinkel.

»Diese Szene haben sie mit Musik gemacht«, erzählte Nadine von einer zehn Jahre zurückliegenden Vidproduktion. »Der Regisseur mußte zeigen, daß der Musiker — ein Cellist — jetzt wirklich viel besser spielte als zuvor, und der Mann, der für die Musik zuständig war, sagte, aber unser Soundtrack ist schon das beste, was wir kriegen können. Er spielt Cello, und der beste Cellist der Welt spielt hinter ihm, aber es gab keinen Kontrast. Da sagt der Regisseur: ›Besorgt einen, der richtig rumschmalzt.‹ Einfach so. Einen, der rumschmalzt. Wenn der Beste nicht gut genug ist, geht man einen Schritt weiter und nimmt den offenkundig schlechten. Ist das nicht toll?« Sie lächelte breit, die Hand in einer demonstrativen Geste erstarrt, und er gluckste höflich und nickte, ja, so läuft das. Richard konnte nicht umhin, höflich und nett zu ihr zu sein, wenn sie in dieser Stimmung war, und es war eine gute Geschichte.

Er aß und dachte über Kontraste nach. Sein Verstand wanderte wie ein Kettenhund, der eine Eisenspitze umkreist, zu Goldsmith zurück. Was tut man, wenn man der Beste ist und Kontrast braucht, weil sonst alles grau ist?

+ Entlastung durch großes Melodrama. War es das.

Die blaue Gestalt lächelte. Das wußte er, ohne es deutlich zu sehen. Seine Tochter. Er konnte nicht umhin, den Versuch zu machen, die Gestalt direkt anzusehen. Sie verschwand jedesmal.

■

1100-11000-1111111111

(Nachdem der Prüfer seine Arbeit mit den Schuldigen von zehn Welten beendet hat, entdeckt er auf seinem Schreibtisch plötzlich die Mappen mit den Lebensläufen einer Reihe terrestrischer Größen. Er seufzt und sieht sie nacheinander durch. Dieser große Mensch hat durch diese und jene Erfindung hundert Millionen vernichtet; jener andere hat durch seine Philosophie Milliarden in die Irre geführt. Nun hat er sie am Hals, und er wird immer müder.)

PRÜFER: »Bitte, Vater, es reicht! Ich habe die Schuldigen abgeurteilt. Warum muß ich die Besten und Klügsten verurteilen?«

(Keine Antwort.)

(Der Prüfer läßt — vielleicht resigniert — die Mappen auf den Schreibtisch fallen.)

PRÜFER: (murrt) »Du könntest mir wenigstens einen Computer geben.«

12

Mary Choys Hausmanager weckte sie um sechs mit beharrlichem Klingeln. Sie tauchte aus einem Traum auf, in dem sie bei Newport Beach mit ihrer Mutter und ihrer Schwester in der Brandung geschwommen war. »Himmelherrgott. Was ist denn?«

»Chefinspector D Reeve.«

»Wieviel Uhr ist es? Und was für eine Tageszeit?«

»Sechs Uhr morgens, Mary.«

»Stell ihn durch. Kein Bild.« Sie setzte sich im Bett auf, hob die Arme über den Kopf und streckte sich, um Blut in ihr Gehirn zu befördern. Schüttelte sich heftig. Ließ ein Bein über den Bettrand hängen. Sie hatte bis zwei Uhr ergebnislos die Zinken durchstöbert; keiner von Goldsmiths Bekannten hatte auch nur ein Fitzelchen von dem Mann gesehen.

»Ich bitte um Entschuldigung, Inspector Choy.« Reeve machte selbst einen erschöpften Eindruck. Sein Gesicht auf dem Vid hatte einen dunklen Oliveton, und seine Lider waren schwer.

»Guten Morgen, Sir.«

»Sie hatten mit der Khamsang-Phung-Entführung durch Selektoren Anfang dieses Jahres zu tun, nicht wahr?«

»Ja, Sir.«

»Ich habe eine Botschaft in meinem Schreibtischspeicher, daß Sie angerufen werden wollten, wenn wir Verdächtige in diesem Fall aufspüren.«

Sie stand auf und schüttelte die Hände aus. Sie war jetzt ganz wach. »Ja, Sir.«

»Wir haben einen Selektor-Jiltz in einem Comb. Einer der Phung-Verdächtigen könnte dort sein. Wollen Sie mit von der Partie sein? Ich kann Sie in ein Unterstützungteam am Tatort stecken.«

Kein Zögern. »Unbedingt, Sir. Da wäre ich gern dabei.«

Reeve nannte ihr den Ort. Mary zog sich rasch an, dankbar dafür, daß sie dank ihrer Transformiertennatur viele Stunden lang ohne Schlaf in Aktion bleiben konnte.

Dreiundzwanzig Minuten, nachdem sie ihre Wohnung verlassen hatte, stand sie auf dem Nordbalkon des Canoga Tower. Ihre dunklen, schlanken Finger lagen leicht auf dem polierten Messinggeländer, und sie schaute aus einer Höhe von vierhundert Metern auf LA herunter. Auf Anweisung des hiesigen CEC, des Comb Environment Commanders, hatte sie den Turm bis auf Zweidrittelhöhe erstiegen. Ein dichter Luftvorhang, der die kühlen Morgenbrisen abhielt, wisperte ein paar Zentimeter vor ihrem Gesicht, als sie sich vorbeugte.

Rechts von ihr zog die Dämmerung eine graue, wäßrige Schmierspur über den nebligen Horizont.

Mary hatte Reeves Einladung einfach deshalb angenommen, weil sie bei den Selektor-Ermittlungen die Hände im Spiel behalten wollte. Sie hatte sich vor sieben Monaten aus dem Phung-Fall zurückgezogen; Arbeitsbelastung Sackgassen und Entmutigung hatten sie zu dieser Entscheidung gezwungen.

Sie mochte diese Einsätze nicht. Selektoren zu jiltzen war, als ob man in einen finsteren Alptraum eintauchte, an dem die gesamte Gesellschaft teilhatte. Aber wenn es einen Nexus gab, der alle Probleme im Kontext von Verbrechen, Gesellschaft und Bürgerschutz auf einen Nenner brachte, dann war es die Frage der Selektoren. Es war unmöglich, eine anständige PD zu sein und diese Gelegenheit ungenutzt verstreichen zu lassen.

Während sie auf weitere Anweisungen des CEC wartete, konzentrierte sie sich auf den Ausblick und legte alle anderen Gedanken auf Eis. Sie hatte ihre Warteposition erst vor zehn Minuten eingenommen und wußte noch nicht einmal, wo der Jiltz stattfinden sollte. Das würde erst kurz zuvor enthüllt werden, so daß sie gerade noch genug Zeit hatte, sich mit der Abschnittsgruppe ihres Teams zu treffen.

Los Angeles bei Nacht war ein prachtvoller Anblick. Mary hatte einmal gelesen, daß nur eine junge Zivilisation ihr Licht verschwendete, indem sie es in leeren Raum warf. Genau das taten die jungen Städte der Erde immer noch, abgesehen von den Combs, deren unregelmäßige Türme sich dunkel vor dem alles überspannenden Himmelsglanz abzeichneten. Schräggestellte Spiegel, deren Ränder von Warnlichtern und den matt leuchtenden roten Linien von Meissnergelenken erhellt wurden, reflektierten die Nacht. In den Wohngebieten zwischen den Combs erstrahlten die Straßen weiterhin in Orange und Blau, weiß und blau gesprenkelt von Häusern wie von erdgebundenen Sternen. Ältere, kleinere Geschäftstürme trugen ein buntes Muster von Feierabendaktivitäten zwischen den Combs bei.

Suborbitale Linienjets flogen mit dumpfem Dröhnen über sie hinweg zum LAX-Ozeanhafen, wie Meeresgeschöpfe aus invertierten Tiefen. Schwärme von ersten, zweiten und dritten Neorbit-Satelliten überstrahlten eine Milchstraße, die im Dunst von LA nie deutlich zu sehen war. Nichts in einer Stadt wie LA kam jemals zum Stillstand; ganze Gemeinden waren immer wach und aktiv, mit praktischen und theoretischen Dingen beschäftigt. Sie konnte zu diesem Rhythmus taischen; sie liebte die Stadt. LA war jetzt ihre Mutter und ihr Vater, groß und alles umhüllend; sie versorgte jeden mit Nahrung und Arbeit, war gesund und krankmachend, herausfordernd und anstrengend. Bedrohlich.

Mary war schon bei zwei Selektor-Jiltzen dabeigewesen. Der erste war eine Farce gewesen; weder Opfer noch Verdächtige, nur eine demontierte Höllenkrone, der einige Teile fehlten, in einem verlassenen, verfallenden kalifornischen Bungalow im Schatten. Beim zweiten hatten sie Phung selbst gefunden; er war in einem Industriegebiet im Zinken Siebenunddreißig eingesperrt gewesen, nackt auf eine schmutzige Pritsche gefesselt, unter eine kleine Höllenkrone (einen Hispaniola-Import) geklammert, und hatte seine Strafe bekommen — zwei Minuten in einer Hölle, die schlimmer war als alles, was sich der perverseste Theologe ausdenken konnte.

Selektoren waren tro shink vorsichtig und sehr schlau. Sie waren fast alle hochrangige Natürliche, obwohl sie in diesem einen Punkt nicht alle Tassen im Schrank hatten: Sie hielten sich für die Chirurgen einer kranken Gesellschaft. Sie machten nur selten größere Fehler. Diese Nacht konnte von großer Bedeutung sein; daß sie im Gefolge der acht Morde und einer entmutigenden Suchaktion kam, war ärgerlich, aber durchaus normal.

Mary stellte sich vor, wie die Selektoren Goldsmith schnappten und mit der Behauptung, ihre — Marys — Arbeit zu tun, ans Werk gingen. Sie wandte sich von dem Ausblick ab. Ein volles Drittel der amerikanischen Staatsbürger unterstützte einer spontanen LitVid-Umfrage zufolge die illegalen Aktivitäten der Selektoren zumindest insgeheim Partygeschwätz unbeteiligte Billigung um mit den Wölfen zu heulen oder völlig verbittert Auge um Auge. Ironischerweise bestand dieses Drittel größtenteils aus Untherapierten; die Selektoren schnappten sich meistens Untherapierte, weil diese eher jene Verbrechen begingen, die den Rachedurst anstachelten.

Klopfen an der Tür wer ist da mit Schmerzen im Gepäck was für eine Überraschung.

»Lieutenant Choy«, hörte sie in ihrem linken Ohr. »Nehmen Sie Durchgang La Cienega zum fünfundvierzigsten Stock, Durantweg, Dominium zwo eins. Das ist eine dreigeschossige Wohnanlage im Außenbereich. Ihre erste Position ist Obergeschoß West, gegenüber von der Tür des Arbeiteraufzugs. Dort stoßen Sie zum Führer des dritten Teams, Lieutenant R Sampson, und zu Junior Lieutenant T Willow. Bewaffnung besteht vermutlich aus Flechettes und Aeropistolen. PD-Sanitäter werden vor Ort sein.«

Mary sah vor sich, wie ihre ganze teure Transformation von Flechettes gewaltsam umarrangiert wurde und wie sie ein PD-Sanitäter anstupste und fragte: Was ist das? Wollen Sie wegen dieses Traumas zu einer normalen Anatomie zurück? Sie war noch nie im Dienst verwundet worden. Vorsicht Polizistenschläue Schnelligkeit.

Sie legte die Strecke zum Treffpunkt mit Sampson und Willow zu Fuß zurück. Die beiden standen in Zivil bei einem Balkon zum Luftschacht, hundert Meter von ihrer ersten Wartestellung entfernt, und unterhielten sich leise. Mary trat zu ihnen, und sie gingen neunzig

Grad um den kreisrunden Schacht herum. Warme Luft von unten blies Marys Haare hoch. Als sie stehenblieben, lächelte Sampson sie an; Willow war ernst und nervös.

»Reeve sagt, du nimmst an diesem Jiltz nur nebenbei teil«, sagte Sampson ruhig.

»Es ist nicht meine Hauptarbeit«, gab sie zu. »Aber die Sache geht mich was an. Letztes Jahr habe ich mit W Taylor und C Chu daran gearbeitet, die Phung-Kidnapper aufzuspüren.«

»Die hier könnten wichtiger sein«, meinte Sampson. »Kann sein, daß wir drei oder vier Opfer haben. Und bis zu zehn Selektoren. Vielleicht sogar den stellvertretenden Kommandeur.«

»Shlege?« fragte sie.

Sampson nickte. »Wenn wir eine Woche früher gejilzt hätten, wäre uns vielleicht Yol Origund höchstpersönlich in die Hände gefallen.«

»Sieh an.«

Sampson zeigte ihr eine PD-Tafel mit einem Grundriß des Dominiums. »Drei Etagen. Sehr teuer. Gehört A Pierson und F Mustapha, beide von der Stadt zugelassene Anwälte. Sowohl Pierson als auch Mustapha hatten Verbindungen mit Raphkinds Wahlkampftruppe. Beide sind in den letzten drei Stunden von dortigen PDs in New York gesehen worden. Aber das Dominium ist bewohnt.«

»Sie haben's verliehen«, sagte Willow und zog dabei die Brauen hoch, als ob das höchst bedeutsam wäre. Mary nickte.

»Wahrscheinlich der Schmutzige Osten«, sagte Sampson. »Aber das sind alles Einheimische hier. Nanobeobachter im Anstrich haben in den letzten vierundzwanzig Stunden sechs ständige Bewohner und vier ›Besucher‹ registriert. Niemand hat gesehen, wie die Opfer reingebracht wurden; das war, bevor wir den Laden für einen Jiltz markiert haben.«

»Eine Ahnung, wer die Opfer sind?« fragte Mary.

»Der CEC und Reeve glauben, daß es zwei kleine Lichter und zwei Direktoren sind. Keine Namen. Shlege ist ganz groß, was die Verantwortung von Direktoren betrifft.«

»Comb-Direktoren?«

»Nein«, sagte Willow. »Einer ist ein Schattenfabrikant. Was die kleinen Lichter machen, wissen wir nicht.«

»Die haben Aeros und Flechettes«, erklärte Mary. Sie wandte sich an Sampson. »Kriegen wir auch was?«

»Das hier ist sensibles Gebiet; nur das erste Team hat Waffen.«

Mary rümpfte mit professioneller Geringschätzung die Nase. »Da wären wir mal wieder bei den neun Leben.«

Willows Blick wanderte zwischen ihnen hin und her. Er war erst seit vier Monaten dabei. Sampson erlöste ihn von seiner Verwirrung. »Die PD-Ärzte sagen, daß sie einen schwer beschädigten Körper rund neunmal wieder zusammenflicken können, bevor eine tödliche Unheilbarkeit auftritt. Neun Leben. Wie Katzen.«

»Ah.« Willow schaute drein, als ob ihm ein Licht aufgegangen wäre. »Ist einer von euch schon mal ... zusammengeflickt worden?« Er machte ein langes Gesicht, als er Marys leises Grinsen sah.

»Nur Mary«, erklärte Sampson. »Aber freiwillig, nicht, weil es nötig war.«

»Tut mir leid«, sagte Willow.

»Nada.«

»Ist eine tolle Transformation«, fuhr Willow fort und ritt sich immer tiefer hinein. »Wirklich ... toll.«

»T Willow kommt aus einer christlichen Technikerfamilie aus dem Süden«, sagte Sampson zur Erklärung.

»Im Süden kriegen wir nicht oft Transformierte zu sehen«, sagte Willow.

»Du brauchst dich nicht zu entschuldigen«, sagte

Mary. »Aber weil ich schick sein wollte, habe ich jetzt nur noch acht Leben.« *Schick. Auf die schnelle Tour.*

Willow dachte darüber nach und nickte ernst. »Wann setzen wir unsere Helme auf?«

»Im letzten Moment, in der endgültigen Position. Uns ist seit drei Jahren kein PD mehr bei einem Selektor-Jiltz zu Boden gegangen« antwortete Sampson. »Wollen wir hoffen, daß Origund immer noch meint, wir wären im Grunde vom gleichen Schlag.«

Sie hoben alle gleichzeitig den Kopf, als die Stimme des Jiltzleiters in den Kopfhörern ertönte. Sie sollten einen Horchposten einrichten und warten, bis andere Abschnittsgruppen die beiden unteren Etagen des Dominiums vollständig umzingelt hatten. Vom Gericht genehmigte Nanobeobachter und -lauscher waren in die Kanalisation und das Gemäuer des Dominiums geschickt worden; mikroskopisch klein, außerordentlich effizient und nur mit sehr ungewöhnlichen Mitteln zu entdecken.

»Kann sein, daß wir hier sogar ein Bild kriegen«, meinte Sampson.

»Kopf hoch, Vidfans«, sagte Willow. Alle drei erhielten Anweisung, in die nächste Position vorzurücken.

Sie drängten sich in den Arbeiteraufzug, wobei sie sich bücken mußten. Sampson gab einen PD-Kontrollcode ein, und der Aufzug brachte sie ohne zu protestieren auf die ihnen zugewiesene Etage.

Das Dominium lag im äußersten Wohnbereich des Combs. Es schien in einer herausgemeißelten zellularen Höhlung von fast dreißig Meter Durchmesser zu schweben. Die erste Etage des Dominiums führte auf einen schattigen, grün bewachsenen Gehweg mit plätschernden Wasserfällen und echten Vögeln hinaus, die in verzierten Messingkäfigen auf Sitzstangen schliefen. Die zweite Etage war abgeschlossen; von einer Glaswand aus hatte man durch eine Lücke zwischen den Comb-Spiegeln einen schwindelerregenden Ausblick auf das nördliche Los Angeles. Die dritte Etage war durch eine schmale Brücke ohne Geländer, die für den Arbeiter-Service gedacht war, mit einem privaten Dachatrium verbunden.

In der Nähe der geländerlosen Brücke in der dritten Etage, die um das Dominium herumführte, war eine Nische für Wartungsarbeiter, die sich als Versteck anbot. Nachdem sie ihre Helme auseinandergefaltet und aufgesetzt hatten, schalteten sie ihre Tafeln auf verwürfelte Horchfrequenzen, die als Maschinengeschnatter getarnt waren, um nicht entdeckt zu werden.

»Diese Typen müssen tro Platin sein«, sagte Willow sehnsüchtig, als sie in der Nische kauerten. Mary fand ein sauberes Bord und setzte sich, wobei sie ihre langen Beine zum Lotussitz verschränkte. Willow betrachtete sie mit offener Bewunderung und Interesse am Neuen.

»Anwaltscorps und Jobs in der Politik«, sagte Sampson. »Belohnungen für die Puzzlestücke.« Unter PDs war ›Puzzlestück‹ ein herabsetzender Slangausdruck für jeden, der Gesetzeslücken für sich nutzte.

»Wie können sie Direktoren oder andere Leute foltern, wenn sie sich selbst in irgendwelchen Löchern verstecken?« fragte Willow.

»Du solltest Wolfe Ruller lesen«, sagte Mary, »wenn du dich wirklich für die Philosophie der Selektoren interessierst.«

»Wäre wohl angebracht, ja.«

»Sowas wie ›Soziale Antikörper besetzen die molekularen Räume, die sonst von gesellschaftsfeindlichen Elementen benutzt werden würden‹«, erklärte Sampson.

»Also wirklich, Robert«, tadelte ihn Mary. Sampson war intelligent, aber nicht gerade für seine literarische Bildung bekannt.

Sampson grinste jungenhaft. »Mach ich doch alles nur, um dich zu beeindrucken, M Choy.«

»Ich bin beeindruckt.«

»Ich werde mal bei Ruller nachlesen«, sagte Willow ernst. »Steht er in der PD-Bibliothek?«

»Wahrscheinlich ist er jetzt gerade sogar in deinem Gerät da drin«, sagte Mary und tippte an Willows Tafel, die an seinem Gürtel hing. »Ist ein Standard-Nachschlagewerk unserer fortschrittlichen Zeit.«

»Ich krieg was rein«, sagte Sampson. Sie lauschten aufmerksam. Im Inneren des Dominiums hörten sie Schritte und gedämpfte Unterhaltung. Da sie die Lauscher nicht kontrollierten, konnten sie nicht jeden vorhandenen Raum nach Belieben einstellen. Die Stimmen wurden allmählich deutlicher. Zwei Männer, die sich unterhielten. Etwas machte ein scharfes, wieherndes Geräusch: das Stakkatoatmen eines Opfers unter einer Klammer. Mary merkte, wie ihre Haut kribbelte; Apprehension, ein tieferer Horror, als sie ihn beim Anblick der Opfer von Goldsmith empfunden hatte.

»Habt ihr schon mal eine Klammer gesehen?« fragte Willow. »Ich meine, außer der entschärften, die sie uns in der Ausbildung zeigen ...«

Sampson hielt den Finger an die Lippen. Die Stimmen kamen kristallklar herein.

»Behalte den hier im Auge«, sagte ein Mann, der älter klang. »Paß auf, daß die Kontakte nicht zuviel Power kriegen. Nach fünf Minuten regelst du den Traum runter.«

»An einer ruhigen Stelle«, sagte der andere. Seine Stimme war hoch, aber nicht unbedingt weiblich.

Mary warf einen raschen Blick auf den Tafelbildschirm; er war an. »Vid«, sagte sie. Sie hoben gleichzeitig ihre Tafeln und schauten auf das übermittelte Bild. Alles andere als perfekt; Nanobilder ließen für gewöhnlich viel zu wünschen übrig. Sie konnten ein kleines, rundes Zimmer sehen, das wahrscheinlich mitten im Dominium lag, keine Fenster eine einzelne offene Tür zwei stehende Gestalten. Möblierung: drei Betten oder

Pritschen und ein Stuhl, an dem eine Schalttafel oder ein Tastaturcontroller lehnte.

»Drei Leute auf den Betten«, sagte Sampson leise.

Marys Magen verknotete sich. Stille Gestalten; reglos. Nicht tot. Vielleicht wünschten sie, tot zu sein.

»Team eins trifft auf der ersten Etage alle Vorbereitungen«, sagte der CEC. Mary fragte sich, wo der CEC war. Beim ersten Team wahrscheinlich. Sie konnte die Wut des CEC darüber spüren, daß Selektoren in seinen Turm eingedrungen waren. »Team zwei nimmt Sichtpositionen im Ring um die zweite Etage ein.«

»Gleich geht's los«, sagte Sampson. Ein Arbeiter rollte an ihrer Position vorbei und hielt an, um sie seelenruhig mit kristallinen Insektenaugen zu mustern. Willow blitzte der Maschine einen PD-Overridecode zu. Sie reagierte nicht, sondern drehte sich um und rollte von der Nische auf die schmale Brücke, die zum Atriumdach des Dominiums führte.

Mary sah Sampson mit großen Augen an, sprang dann aus der Nische heraus und folgte dem Arbeiter über die Brücke, ohne auf das fehlende Geländer und die zwanzig Meter Fallhöhe auf beiden Seiten zu achten. Hinter ihr unterrichtete Sampson die anderen Teams, daß ein Arbeiter nicht gehorcht hatte. Sie fing die Maschine kurz vor der Tür des Warenaufzugs ab, packte sie mit beiden Händen und legte sie sanft aufs Dach. Sie protestierte nicht, aber in dem Gebäude plärrten laute Alarmsirenen los.

Mary stand einen Moment lang neben der flach daliegenden Maschine. Sie traf rasch eine Entscheidung, ging zum Rand, um zu sehen, was sich tat, und gab Willow ein Zeichen, zu ihr zu kommen. Er überquerte die Brücke mit ausgebreiteten Armen wie ein Hochseilartist, schwankte, fand das Gleichgewicht wieder und lief zu ihr. In ihrem Ohr bellte der CEC Befehle, jetzt sofort zuzuschlagen. Sie schaute über den Rand des Daches und sah fünf PDs an den Wasserfällen und Vogelkäfigen im Erdgeschoß vorbeilaufen; zwei nahmen an den Ausgängen Aufstellung und blockierten sie. Mary lenkte die Aufmerksamkeit von Sampson jenseits des Abgrunds auf sich und zeigte auf die Tür des Warenaufzugs auf dem Dach. Sampson spähte aus der Nische hervor und gab durch ein Nicken seine Zustimmung zu ihrem Plan zu erkennen, der für einen erfahrenen PD klar auf der Hand lag. Wenn jemand durchs Dach heraufkam, würden Willow und sie hinter der Tür warten und zupacken. Falls sie es nicht schafften, würde Sampson eine weitere Widerstandslinie bilden.

Stakkatogeknatter von Hochfrequenzlufthämmern gegen Türen unten. Krachen und Knallen. »Jiltz im Erdgeschoß«, sagte der CEC. »Fünf Beamte in der Wohnung.«

Marys Herz raste. Sie packte Willow an der Schulter und zog ihn hinter die schützende Tür. Sie gingen zu beiden Seiten der Tür in die Hocke. Mary stellte ihre Beine anders hin, damit sie elastisch blieben, und hüpfte versuchsweise. Sie legte die Finger an den Rahmen. Fahrstuhlvibrationen. Jemand kam herauf.

»Wir haben sieben hier in der ersten und zweiten Etage«, verkündete der Führer des ersten Teams. »Drei Opfer gefunden, zwei davon noch unter der Klammer. Holt einen Therapeuten.«

Willow preßte sich flach gegen die andere Seite des Zylinders. Mary tat das gleiche. Die Tür ging auf. Ein Arbeiter rollte heraus; seine Augen bewegten sich hin und her. Als er seinen ein paar Meter entfernt auf dem Bauch liegenden Kameraden sah, gab er ein Quietschen von sich.

Mary packte den Rand der Tür, schwang tief unten auf dem Dach herum, langte mit der anderen Hand in den Aufzug und grabschte wie wild nach allem, was sie finden konnte. Willow griff im Stehen herum. Zusammen zerrten sie eine kreischende Frau mit einer Flechettepistole in der Hand heraus. Wild durcheinanderfliegende Metallstückchen schlugen sirrend ins Dach hinter ihnen. Als ob man ein Wespennest herunterholte. Mary knirschte mit den Zähnen und stieß der Frau zwei steife Finger in den Magen. Willow verpaßte ihr einen Faustschlag ins Gesicht. Blut spritzte auf Marys Arm, der Kopf der Frau schnellte zurück, und sie ging im Fahrstuhl zu Boden, wobei sie nach Mary trat. Diese stand auf und ergriff die Hand mit der Pistole, wobei sie der Frau mit Absicht das Handgelenk und zwei Finger brach, stieß die Pistole über das Dach weg, stellte sich breitbeinig über sie und zerrte sie zwischen ihren Beinen hindurch aus dem Aufzug. Als das blutige Gesicht der Frau vorbeikam, langte Mary beinahe sanft hinunter, zog ihre Haare zurück und packte sie an den Ohren.

Sie schwang geschickt herum, zog die Frau an den Ohren hoch, schlang ihr einen Arm um den Hals und drückte ihr die Kehle zu, bis sie aufhörte, um sich zu treten. Willow wickelte ihr Klebeband um die Beine. »Die hat auf uns geschossen«, sagte er schwer atmend. »Verflunzt nochmal, die hat auf uns geschossen!«

»Das bedeutet automatisch Zwangstherapie«, sagte Mary zu der Frau. Die Augen der Frau blickten aus einem Mischmasch von Blut und verfilzten Haaren zu ihr auf. Mary sah einen Moment lang einen befriedigenden Ausdruck von Verwirrung und Entsetzen. Sie löste ihren Griff.

»Meine Hand«, sagte die Frau heiser und stöhnte. »Meine Nase.«

»Da bist du noch billig davongekommen«, sagte Mary und wandte sich ab.

»Du verflunztes Miststück!« rief Willow.

»Na, na«, mahnte Mary. Ein Teil ihrer statusbedingten Gelassenheit kehrte zurück. »So redet man nicht mit einer Bürgerin.«

»'tschuldigung«, sagte Willow. Sampson meldete die Festnahme dem CEC und dem Führer des ersten

Teams. Sie versuchten, die Frau hochzuheben, aber sie wehrte sich erneut. Willow zog weiteres Klebeband heraus und fesselte ihr die Arme an den Körper. In ihren Ohren sagte der CEC: »Alle drei Etagen durchsucht. Draußen auf dem Dach Festnahme durch Team drei. Acht Verdächtige dingfest gemacht. Drei Opfer. Wir holen Therapeuten und Sanitäter.«

»Wir gehen jetzt über diese Brücke«, sagte Mary zu der Frau, die sich heftig in ihren Fesseln wand. »Wollen Sie, daß wir alle runterfallen?«

Die Frau wurde still. »Wir machen bloß eure Arbeit, verdammt nochmal«, sagte sie. Ihre aufgerissene Lippe schwoll an.

»Ach so.« Mary nickte voller überschwenglicher Dankbarkeit. »Dann bitte ich vielmals um Entschuldigung.«

Willow hob die Frau an den Füßen hoch, Mary nahm ihre Schultern. Sie trugen sie über die schmale Brücke und ließen sie neben Sampson fallen. Sampson schenkte Mary ein breites, ironisches Lächeln.

»Du behämmerter Bürobreitarsch«, sagte Mary zu ihm. Ihre Stimme klang wie reiner Sirup.

Er hob den Arm und zeigte ihr einen zerrissenen Ärmel. Blut lief ihm übers Handgelenk und tropfte von seinen Fingern.

»Bloß eine Fleischwunde, Ma'am«, sagte er. Flechettepfeile waren so konstruiert, daß sie ihre Form änderten und sich ins Fleisch gruben, wenn sie einen Ansatzpunkt von mehr als einem Zentimeter fanden. Sampson hatte großes Glück gehabt.

»Hätte dich den Arm kosten können«, sagte Willow bewundernd.

Mary trat zurück, musterte Sampson kritisch von Kopf bis Fuß, breitete dann die Arme aus und umarmte ihn. »Schön, daß du noch bei uns bist, Robert«, flüsterte sie ihm ins Ohr.

»Gute Arbeit, Mary«, gab er zurück.

»Hey«, sagte Willow. »Was ist mit mir?«

»Zeig mir dein Blut«, befahl Mary. Er schaute beschämt drein, und dann umarmte sie ihn ebenfalls. »Sorgen wir dafür, daß sich jemand Robert ansieht.«

»Müßte mir mindestens einen freien Tag einbringen«, sagte Sampson. Er schüttelte den Arm, wobei noch mehr Blut von seinen Fingerspitzen wegspritzte, und umklammerte ihn am Ellbogen. »Ach du Schande. Jetzt fängt's an wehzutun.«

Mary stand vor den Aufzeichnungsgeräten, die die Berichte der Beamten über den Jiltz aufnahmen. Ein Rechtsberater des PD und ein amtlich zugelassener öffentlicher Zeuge standen hinter dem für das Vid verantwortlichen Beamten.

»Haben Sie bei dieser Aktion irgendwelche Verletzungen davongetragen oder verursacht?« fragte sie der PD-Berater.

»Davongetragen keine. Ich habe eine nicht identifizierte weibliche Verdächtige leicht verletzt, als sie zu fliehen versuchte und eine Waffe benutzte.«

»Was für eine Waffe?« fragte der Berater.

»Eine Flechettepistole.«

Der für die Beweismittel Zuständige, ein junger Hilfssergeant, nahm die Pistole in ihrer durchsichtigen Schutzhülle von einem Tablett auf einem PD-Arbeiter und ließ sie ins Scanfeld vom Sekundärrecorder des Berichtsvids baumeln. Beamte und Techniker trafen bereits Vorbereitungen zur Befestigung von Deckenschienen im ganzen Haus, um daran Analysatoren und Schnüffler anzubringen.

Die Verdächtigen wurden bis zur förmlichen Vernehmung am Tatort in einem anderen Zimmer festgehalten. Noch waren keine Therapeuten da, um den drei Opfern die Klammern abzunehmen. PDs waren nur dazu befugt, die aktiven Elemente der Höllenkronen abzuschalten. Mary hatte den Raum, in dem sich die Opfer befanden, noch nicht gesehen. Sie konnte es kaum erwarten, obwohl sie befürchtete, daß sie davon Alpträume bekommen würde.

Aus dem Augenwinkel sah sie drei städtische Therapeuten durch die große Haustür hereinkommen. Sie gingen über den Boden mit den Marmorfliesen zur Treppe, die zur zweiten Etage führte, zwei Männer und eine Frau in blaßgrauen Mittelanzügen. Zwei von ihnen kannte sie; sie hatten Joseph Khamsang Phung bei ihrem letzten Selektor-Jiltz — wo sie bisher zum einzigen Mal eine aktive Klammer gesehen hatte — erste therapeutische Hilfe geleistet.

»War zu diesem Zeitpunkt ein anderer Beamter bei Ihnen?« fuhr der Berater fort.

»Ja. Junior Lieutenant Terence Willow vom LAPD.«

»Hat er Ihnen geholfen, der Verdächtigen Verletzungen zuzufügen?«

»Er hat sie ins Gesicht geschlagen, um sie abzulenken.«

»Beschreiben Sie die Art der Verletzungen.«

»Die Verdächtige feuerte eine volle Salve aus ihrer Pistole ab, als sie in der dritten Etage aus einem Arbeiter-Warenaufzug ausstieg. Ich hatte mich vor ihr auf den Boden geduckt, und ich ...« Sie schloß die Augen, um ihrem Gedächtnis auf die Sprünge zu helfen, und beschrieb, wie sie der Frau das Handgelenk und zwei Finger gebrochen hatte. Sie haßte Berichte am Tatort, aber bei den Gerichtsverfahren sparten sie später viel Zeit.

Als sie fertig war und T Willow vor dem Vid stand, ging sie weg und schaute sich im Haus um, wobei sie darauf achtete, den Technikern nicht in die Quere zu kommen. Das Dominium war ein Wunder — noch eleganter, als sie es sich vorgestellt hatte. Alles schien entweder antik oder von Menschenhand geschaffen zu sein. Sie vermutete, daß all diese Dinge Echtheitsstempel trugen. Keramik Holzmöbel ansehnliche Reihen nach Maß gefertigter Geräte, alles vom Feinsten. Ein japanischer Hausmanager mit mindestens zehn treuen französischen und ukrainischen Arbeitern, die jetzt alle wie zu einer militärischen Inspektion in der Küche im Erdgeschoß versammelt waren und von einem PD-Techniker geprüft wurden. Wahrscheinlich waren sie allesamt verbotenerweise für Überwachungs- und Wachdienste umgebaut worden.

Sie machte einen Moment lang in dem Zimmer in der ersten Etage halt, wo die acht Verdächtigen festgehalten wurden. Alles gut gekleidete Bürger zwischen fünfundzwanzig und sechzig Jahren, denen man ansah, daß sie in den Combs lebten; kein einziger, in dem sie einen potentiellen Radikalen oder Devianten vermutet hätte. Sie standen mit vor den Leib gefesselten Händen da und hatten LAPD-Funkhelme mit Fernbedienung auf, damit sie sich mit Anwälten ihrer Wahl in Verbindung setzen konnten.

Die von Mary Festgenommene war von einem städtischen Arzt behandelt worden und hing nun mit einem Nanoverband bleich in einem Bürosessel links von der grimmig dreinschauenden Gruppe. Sie war die einzige, die saß. Sie sah M Choy in der Tür stehen, ohne sie wahrzunehmen. Mary musterte die sieben anderen auf der Suche nach den Selektoren, von denen man wußte, daß sie in den Phung-Fall verwickelt gewesen waren. Absolute Fehlanzeige. Keiner dabei.

Ein Techniker bat sie um Verzeihung und zwängte sich an ihr vorbei, wobei er weitere Deckenschienen anbrachte.

Mit einem tiefen Seufzer drehte Mary sich um und stieg die breite Treppe zum ersten Stock hinauf. Sie hätte all das vermeiden können; trotzdem, Reeve hatte ihr einen echten PD-Gefallen getan, als er ihr erlaubt hatte, an diesem Jiltz teilzunehmen.

Der Comb Environment Commander, ein hochgewachsener, blonder Mann mit schmalem Gesicht, stand mit dem Zivilanwalt des Combs zusammen. Beide nickten ihr zu, als sie vorbeiging. Sie waren in eine Diskussion über Rechtsfragen und die Auswirkungen dieses Vorfalls vertieft. Sie hörte, wie der Commander dem städtischen Anwalt des Combs versicherte, daß alle erforderlichen Genehmigungen vorlagen und daß sämtliche Aktionen an diesem Morgen durch schriftliche Beschlüsse von Bundes- und Landesgerichten gedeckt waren.

Morgen. Durch ein Aussichtsfenster in der zweiten Etage, von dem aus man zwischen den äußeren Combspiegeln hindurchlinsen konnte, sah sie den nördlichen Teil eines wunderschönen Morgens, wie es aussah. Der Nebel wurde weggebrannt. Ein angenehmer Tag.

Sie wappnete sich innerlich und trat in die Tür des fensterlosen, zylindrischen Raums in der Mitte der zweiten Etage. Die drei städtischen Therapeuten knieten um die verklammerten Opfer auf ihren Pritschen herum. Sie unterhielten sich mit leisem Gemurmel, während sie ihre Patienten untersuchten. Die einzelne Höllenkrone ähnelte einem Krankenhausarbeiter: einen Meter hoch, drei aufeinandergestapelte Sphäroide mit einer Verbindungsleiste an einer Seite und einer Schalttafel, die einer Fernbedienung ähnelte. Einer der Therapeuten hatte diese Schalttafel jetzt in der Hand und holte die Opfer langsam ins Bewußtsein zurück. Die Höllenkrone war kein leicht zu ersetzender Hispaniola-Import; es war eine speziell angefertigte, gute Maschine, vielleicht aus China. Sie konnte Stunden der Vergeltung innerhalb von Minuten üben.

»Sie haben ihm einen Hochenergietraum von fünf Minuten verpaßt. *Fünf* Minuten«, erklärte die älteste Therapeutin, eine Frau in den Fünfzigern, ihren Kollegen. »Wer ist er?«

»Marketing-Repräsentant von Sky Private«, sagte ein anderer. »Lon Joyce.«

Der Mann stöhnte und versuchte, sich aufzusetzen. Seine Augen waren immer noch geschlossen. Sein Gesicht war weiß vor Angst und Schmerz. Die Therapeutin hielt ihn mit ihrem Arm zurück. Mary betrat den Raum, blieb mit verschränkten Armen abseits stehen und biß sich auf die Unterlippe. Sie spürte, wie sich ihr Gesicht vor Unbehagen verzog; sie empfand Mitgefühl mit den dreien auf den Pritschen.

Einer der Therapeuten, denen sie bereits begegnet war, bemerkte sie, zwinkerte ihr zu und beachtete sie nicht weiter. Keines der Opfer, nicht einmal der losgeklammerte Patient, hatte bereits das Bewußtsein wiedererlangt.

»Sky Private. Flugzeughersteller?« fragte der dritte Therapeut. »Was hat er getan?«

»Schadhafte Rümpfe an eine indische Firma verkauft«, sagte eine Stimme hinter Mary. Sie drehte sich um und sah den CEC.

»Scheint mir kaum fünf Minuten wert zu sein«, sagte die Therapeutin leise und klebte ihm ein Stoffwechselkontrollpflaster auf.

»Sie haben bei der Festnahme auf dem Dach mitgewirkt?« wandte sich der CEC mit gedämpfter Stimme an Mary.

Sie nickte. »Haben wir jemand Wichtigen erwischt?«

»Shlege nicht, leider. Aber die Frau, die Sie geschnappt haben, war Shleges Freundin. Schön, daß wir dem Mistkerl ein bißchen Kummer machen.« Er nickte zu den drei Opfern hinüber. »Wir haben gerade die Identität von allen bestätigt bekommen. Einer von ihnen ist Lon Joyce. Vier kleine Maschinen sind in der Nähe von Neu-Delhi abgestürzt. Er hat altes Nano zur Herstellung seiner Rümpfe benutzt. Angeblich wußte er's auch. Mit Zivilklagen konnten sie ihm nichts anhaben. Er war viel reicher als diejenigen, die er umgebracht hat.«

Mary schluckte. »Und die anderen?«

»Der junge Mann da links ist Paolo Thomerry aus Trenton New Jersey. Schon mal von ihm gehört?«

Sie hatte seinen Namen in den Tagesberichten des PD gesehen. »Der Kurzsichtige«, sagte sie.

»Genau. Zwölf Kinder von New York bis Los Angeles in den letzten drei Monaten. Hat eine Therapie abgelehnt; bezeichnet es als Philosophie.«

»Und der dritte?«

»Ein Kerl aus Zinken Drei, der eine kleine Unterschlagung begangen hat. Er hat seiner geschiedenen Frau gedroht, sie umzubringen. Die Selektoren sind zu ihm gekommen, bevor er an sie rankam. Wir glauben, daß die Frau sie geholt hat. Sie ist gar nicht auf die Idee gekommen, sich zuerst mal an uns zu wenden. Sie muß ihn wirklich gehaßt haben.«

Mary versuchte zu rekonstruieren, was geschehen war. Die Verschleppung der drei Unglücklichen — mit verbundenen Augen oder betäubt oder beides — durch ausgebildete, zuverlässige Selektoren ins Dominium, die Vorbereitung der Höllenkrone und der Klammern, das Pseudo-Gerichtsverfahren, das Urteil und die Verklammerung innerhalb von zwölf Stunden nach dem Urteil, die Freilassung ein oder zwei Tage später auf den Straßen von LA — sollten sie sehen, wie sie zurechtkamen. Die meisten, die unter die Klammer gekommen waren, brauchten irgendeine Therapie; manche brauchten sie dringend.

Nur wenige wurden je wieder rückfällig.

Sie schürzte die Lippen und schüttelte langsam den Kopf. »Die sollten sich selbst verklammern«, murmelte sie.

Der CEC rieb sich den Nacken. »Sie leiten die Untersuchung der Ost-Comb-Eins-Morde, Ermittlerin M Choy?«

»Ja.«

Er streckte die Hand aus, und sie packte sie mit festem Griff. »Viel Glück bei der Jagd«, sagte er. »Glauben Sie's mir: Es wäre ein böser Rückschlag, wenn diese Clowns Goldsmith vor Ihnen zu fassen kriegen. Und es heißt, daß sie schon hinter ihm her sind. Vielleicht haben wir Shlege deshalb nicht erwischt. Kann sein, daß er jetzt draußen in den Zinken ist, um ihn aufzuspüren.«

»Danke für den Hinweis«, sagte Mary.

Das älteste Opfer, Lon Joyce, kam zu sich und begann zu schreien.

Mary drehte sich um und floh die Treppe hinunter.

■

13

Martin Burke strampelte auf einem Pushbike zur Bushaltestelle — dank der Rebellion der Landbesitzer gegen das Vordringen der Stadt mit ihren Leitstraßen und die darauf folgende Kopfsteuer von fünf Riesen pro Jahr, Kinder unter zwei Jahren ausgenommen, fuhr in dieser Gegend kein Bus —, klappte es zusammen und verstaute es in einem Spind (fünfundzwanzig pro Tag), sprach sein Ziel in ein Aufnahmeohr und wartete. Zehn Minuten, und unter das durchsichtige Seemuscheldach kam brummend und ächzend ein großer Autobus gefahren, zwanzig Meter lang und segmentiert wie ein Wurm, eine weißgoldene doppelköpfige Schlange, ein Gebilde, das nur aus Sitzplätzen, Ziehharmonikafenstern und einer Ziehharmonikatür bestand. Martin stieg ein, stellte den Fuß auf die Sicherheitsstange, ließ sich einen Gurt übers Herz spannen und versank ins Leitstraßengegrübel.

Der Zündstoff des Dilemmas war fürs erste abgebrannt. Er dachte an nichts sonderlich Wichtiges. Wenn er Straßen sah, nahmen sie ihn ganz und gar gefangen.

In Kalifornien kostete der Betrieb eines vollständig im Privatbesitz befindlichen Personenwagens in der Grundausstattung zweihundertfünfundzwanzigtausend Dollar: hunderttausend Dollar pro Jahr Leitstraßenbenutzungssteuer, fünfzigtausend Fahrzeugsteuer, jeweils zwanzigtausend Umsatzsteuer an das Land und an den Staat, fünftausend für die Leitstraßenforschung, zweitausendfünfhundert Parkgebühren für den Parkplatz im Haus, zweitausendfünfhundert Stromzuteilungslizenzgebühr, fünfhundert pro Monat Haussteckerwartungsgebühr, zweihundert Überlastungszählergebühr und fünfzig Teilnahmesteuer an LA City of Angels/California Transportation Operations (CALTROPS, was soviel wie ›Fußangeln‹ bedeutete; die Formulare waren alle entworfen und das Logo war eingesetzt worden, bevor ein gewitzter Bürger darauf hinwies, und sie fanden es trotzdem nicht komisch). Der umfassend von einer Agentur betreute und vollbeschäftigte, therapierte Bürger verdiente durchschnittlich dreihundert Riesen im Jahr, die nicht von Agenturen erfaßten, untherapierten Schattenbewohner im Schnitt ein Drittel davon; eine Jahreskarte für den Bus kostete zwanzig Riesen, und trotzdem waren die Leitstraßen immer noch rappelvoll.

Drei LitVid-Komödien drehten sich um den Fliegenden Holländer der Leitstraßen, der die Straße nie verließ, sich kein Haus leisten konnte, seine Familie in einem engen Bürgerfahrzeug gründete und von den Steuerbehörden gejagt wurde; in zweiundzwanzig LitVid-Unterhaltungssendungen ging es um Los Angeles und/oder die Highways von Südkalifornien in der zweiten Hälfte des zwanzigsten Jahrhunderts, der Zeit der romantischen Abenteuer. Sie waren nicht umsonst Freeways genannt worden.

Ein zufälliger Lichtschimmer. Die Sonne zog über seine Nase und ließ ihn blinzeln. Hallo. Nicht schlafen jetzt. Angst davor, Martin Burke zu sein. Im Moment nichts Erfreuliches daran, er selbst zu sein. Ozymandias im Staub. Seine Aufmerksamkeit schaltete von Außen auf Innen um. Er dachte an Carol, an die schwachen Punkte und die Reibungen selbst bei stabilen Männern und Frauen. Geschlechterkonflikt keine Krankheit; unvermeidliches Nebenprodukt wie Rauch und Wasser bei einem Feuer. Menschen verbrennen langsam; brennen, bis sie knusprig sind, kommen zurück und wollen mehr, Eloi Wiedergeborene neue Vergnügungen und neues Spielzeug. Verbrennen erneut.

Er schloß die Augen und spießte seinen Mottengedanken auf. Carol und er hatten hell lodernd gebrannt, nicht langsam. Sie hatten sich mit einer Leidenschaftlichkeit nacheinander verzehrt, wie sie andere unmöglich auch empfunden haben konnten. Klares Licht zwischen ihren Ohren die größtmöglichen sonnigen Räume ihre Liebe keine sich ausbreitenden Wolken und eine reine gelbe Freude. Jetzt, wo das strahlende Leuchten Vergangenheit war, sah er, daß sie weniger verliebt und pragmatischer gewesen war als er, und ihre Überlegenheit quälte ihn. Martin war nicht derjenige gewesen, der das Sagen gehabt hatte. Er war bis über beide Ohren verknallt gewesen.

Zuerst hatte er sie mit ihrem Pragmatismus aufgezogen, und nach ein paar derartigen Sprüchen hatte sie ohne jede Boshaftigkeit gesagt: »Ich muß etwas in Reserve behalten. Wenn alles vorbei ist, muß mir etwas nachbleiben. Ich bin immer noch ich.«

Regen auf Feuer. Kein klares Licht mehr. Er hatte gewußt, daß er sie verlieren würde, und so war es auch. Ein paar Tage und Wochen dieser Art von Verletzungen und Forderungen auf beiden Seiten, und sie war hochmütiger und argwöhnisch geworden, weil sie wußte, daß er ein untherapierter Natürlicher war und daß selbst hoch geschätzte Natürliche ins Straucheln geraten konnten. Sein Genie strahlte doppelt so hell wie ihres, und in ihrem Blick hatte er den Mythos von der Instabilität der Gescheiten gesehen. Sie hatte jedesmal die Augen zusammengekniffen, wenn er etwas sagte, ein kleines antizipiertes Zusammenzucken.

Martin hatte gewußt, daß es bald aus sein würde, und er hatte die Sache beschleunigt. Und als das Ende kam, als sie ihm leise erklärte, daß sie sich trennen sollten, war er ausgeflippt. Sie war seine Idealfrau gewesen, die Krönung, und sie konnte sich nicht einfach ungeschoren zurückziehen. Er hatte sie auf irgendeine Weise verletzen müssen, damit sie mit dem nächsten ahnungslosen Mann nicht so gefühllos umsprang; keine sadistischen Impulse, das nicht, nur ein erzieherisches Brandmal ein Stich eine warnende Ohrfeige. Er hatte nicht gewußt, wieviel er ihr bedeutet hatte, bis er sich an ihrer Wohnungstür stehen sah, eine Obstschale mit einem Haufen Pferdedung unter dem perfekten Obst in der Hand (hätte was Schlimmeres sein können, Hundescheiße zum Beispiel). Sie hatte ihn wie einen Freund hereingebeten, der gerade ungelegen kommt, hatte das Päckchen entgegengenommen, es aufgemacht, sanft gelächelt — freut mich zu sehen, daß du so gut damit klarkommst, bei dir läuft ja alles prima —, einen Apfel in die Hand genommen, die Schweinerei mit dem frischen, auf dem Bauernhof eingesammelten Dünger für Heimgärtner (fünfzig Dollar pro Liter) angestarrt und war in Tränen ausgebrochen. Nicht in Tränen des Zorns oder der Enttäuschung. Einfach in Kleinmädchentränen. Sie hatte zehn Minuten lang geweint, ohne etwas zu sagen oder sich zu bewegen, während sie durch die Tränen immer mehr gewann.

Martin Burke hatte versteinert und verblüfft zugesehen, die Augen so groß wie Untertassen, und den Schmerz in sich aufgenommen — kein Frohlocken keine Befriedigung keine Rache keine Lektionen erteilt; er sah jetzt sehr viel deutlicher, wieviel er ihr bedeutet hatte und welchen Schmerz ein gut angepaßter, brillanter, vielversprechender junger Mann verursachen konnte.

Von diesem Augenblick vor drei Jahren bis zum vergangenen Abend hatten sie nicht mehr miteinander geredet. Carol hatte das IPR verlassen.

Martin hatte die Raphkind-Jahre hinter sich gebracht, eine erledigte Romanze anderer Art; Carol war dazu übergegangen, Leistungsträger zu therapieren und bei Mind Design an künstlicher Wahrnehmung und moderner Denkerpsychologie zu arbeiten.

Sie hatte Albigonis geliebte tote Tochter therapiert. Diese Verbindung hatte sie beide an diesen Punkt gebracht. Wegen ihr war er nun gefaustet. Wegen ihr würde er vielleicht den Rückweg durchs Labyrinth zum strahlenden Glanz wissenschaftlichen Ruhms und zur Leitung des IPR finden.

Mit einem Abstecher in Goldsmiths Landschaft des Geistes.

Der Bus fuhr ins Sorrento Valley. Drei Ebenen von Leitstraßen auf altehrwürdigen Routen bedeckten heiligen Verkehrsboden, der mit den Reichtümern altehrwürdiger Bürger erworben worden war. Die oberste Straßenebene war mit gewölbtem Glas überdacht. Die Leitstraßen wanden sich sanft durch Hügel, die von firmeneigenen Hängegärten bedeckt waren. Sonnen- und Schattenstreifen von den Trägern des Leitstraßendachs liefen abwechselnd über sein Gesicht.

Das weißgoldene Fahrzeug schlängelte sich in die Bushaltestelle von Mind Design und gab ihm seine Karte nach Abzug eines Transferkredits zurück. Ein firmeneigenes Bodentaxi wartete geduldig auf ihn, während er den Identitätscheck über sich ergehen ließ, und brachte ihn anschließend zum richtigen Gebäude. Er stieg aus dem Taxi und beschattete seine Augen gegen die Sonne.

Er war nur einmal bei Mind Design Inc. gewesen, und zwar vor fünf Jahren, in der Blütezeit des IPR. Techniker und Programmierer von MDI waren lächelnd um ihn herumgewimmelt, manche in hautenger weißer

Kleidung, andere in Jeans wie in alten Zeiten, hatten ihm die Hand geschüttelt und von der Arbeit an diesem und jenem Agenten gesprochen, als ob sie wüßten, was ein natürlicher Agent war und welche Kräfte er besaß. Vielleicht wußten sie's jetzt, räumte Martin ein, aber damals hatten sie keine Ahnung gehabt. Selbst er hatte die Leistungskraft und die verblüffenden Auswirkungen der Integration natürlicher mentaler Agenten in Routinen, Subroutinen und Persönlichkeiten noch kaum zu verstehen begonnen.

MDI war sein Negativ gewesen, das Negativ seiner Forschung, nämlich Aufbau von unten statt Sondierung von oben.

Jetzt war Martin Burke ein Niemand, der Carol Neumanns Unbedenklichkeitserklärung benötigte, um aufs Gelände zu kommen. Wenn er irgendwelche Aufmerksamkeit erregte, dann als flüchtiges Was ist das denn für ein Gesicht? Hab ich das schon mal gesehen? Vor Jahren vielleicht, vor Statusverlust juristischen Problemen Rauswurf Sturz in Ungnade.

Er zog die Schultern hoch.

Gebäude Einunddreißig erhob sich auf breiten Aluminiumfüßen in Form auf der Spitze stehender Pyramiden über einen offenen Hof, frühe Zehnerarchitektur, die die Mitte des zwanzigsten Jahrhunderts imitierte. Groß und flach ragte es nur drei Stockwerke über den Hof auf. Zwei schmale Obelisken am nördlichen Ende trugen ein Glasfasergewebe, das selbst in der Vormittagssonne rotierende Galaxien durchsickern ließ. Sehenswürdigkeit. Auffällig und respekteinflößend. Stilvoll und sauber.

MDI war in der Tat erfolgreich. Im Innern blaßgoldene Wände mit roten Schmuckvorhängen, die sich wie Basrelief-Fahnen in stiller Luft wellten, Vids, die über den Stoff liefen, innere Projektion oder Lichtmodulation mit Webeffekt Gemälde Gesichter alles sehr Hier und Jetzt.

Martin empfand leisen Neid. Das war die Eingangshalle eines ganz gewöhnlichen Laborgebäudes. MDI-Entwürfe gingen an Arbeiter- und Denkerhersteller überall auf der Welt, und das bedeutete enorme Geldmittel.

Ein großer, schlanker, androgyner Arbeiter mit zu den Wänden passender Haut, verschlungenen Pseudohaaren in der Farbe der roten Vorhänge und einem langen Gesicht, das von einer Augenlinie so klar und hell wie die Sonne draußen geteilt wurde, stand hinter einem Empfangspult mit weißer Marmorplatte und begrüßte ihn mit einer schönen synthetischen Stimme. »Carol Neumann, bitte«, sagte Martin.

»Sind Sie Martin Burke?« fragte der Arbeiter. Er nickte und wandte den Blick von der vertikalen, kristallenen Augenlinie ab. »Ich lasse sie ausrufen.«

»Danke.« Er schaute sich beiläufig um, ohne etwas sehen zu wollen. Beim IPR hatte es nicht einmal in dessen besten Zeiten zu einer solchen Zurschaustellung von Macht gereicht. Aber das war in Ordnung. Für die grauen Zellen war das ohne Bedeutung. Der Schnellste gewann das Rennen, nicht der Auffälligste.

Carol kam in einem hautengen, blaßblauen Dress eine mit Reliefs verzierte Steintreppe herunter. Staksig wie ein Reh, geschmeidig wie eine Katze, daran erinnerte er sich, obwohl sie jetzt fülliger in den Hüften war. Unbekümmerter Blick professionelles leises Lächeln kurzgewellte braune durch ihre Spannung zurückschnellende Haare hinter dem Laborhandschuh in ihrer rechten Hand. Er hörte immer Sibeliusstreicher und -trommeln, wenn er sie sah, braunhaarige blauäugige Norwegerin hochgewachsen wie eine Göttin unbekümmert aber ein Schatz für den richtigen Entfessler von Leidenschaften. Sie hatte sie immer noch, diese Fähigkeit, schlechte LitVid-Bilder in ihm wachzurufen. Er erwiderte ihr Lächeln.

»Geht's dir heute besser?« fragte sie.

»Ich hab mich ausgeruht. Und gründlich nachgedacht.«

»Gut. Willkommen an meinem Arbeitsplatz. Wir können uns ein stilles Eckchen suchen und reden.«

»Kriege ich irgendwelche Erklärungen?«

»Sofern es welche gibt, ja.«

Er nickte und folgte ihr die Treppe hinauf. »Das ist ein offenes Labor«, sagte sie. »Zum Vorzeigen. Ich arbeite im hinteren Teil. Ich hab von deinem Treffen gehört. Muß ein ziemlicher Schock gewesen sein.«

»Ich nenne es fausten«, sagte er.

Carols Lächeln war jetzt echt. »Gutes Wort.« Mit einem Finger an den Lippen: »Stilles Eckchen ... All die Augen und Ohren von Raphkind sind weg. Sehr liberales Management. Vertrau deinen Zeitarbeitskräften, vertrau den Agenturen. Die Firmen verhätscheln die Auserwählten jetzt.«

»So soll es sein.«

Da war immer noch etwas zwischen ihnen, das es ihnen erlaubte, nach der obstverbrämten Pferdescheiße, den Tränen und Jahren gemeinsam dahinzuschlendern und locker miteinander zu plaudern. Die Falle, in die sie so leicht gehen konnten, war, daß sie miteinander verwandt gewesen sein und sich so verhalten haben könnten, als ob sie fast wie Bruder und Schwester aufgewachsen wären. Martin Burke spürte, wie seine Agape/Eros-Routinen Burgen bauten und sie mit Simulationen eines langen bürgerlichen Lebens füllten; vor seinem geistigen Auge sah er Carol mit achtzig und sich selbst mit fünfundachtzig, und sie waren immer noch ein Paar.

Sie gingen einen sauberen, blau wie ein frischgekalbter Eisberg gestrichenen Flur entlang, in dem in regelmäßigen Abständen Cloisonnévasen auf weißen Säulen standen. Carol befahl einer Tür, sich zu öffnen, und diese gehorchte und gab den Blick in einen langen Konferenzraum frei. Das Licht ging langsam an und beleuchtete braune Samtvelourwände und Nanoholzmöbel, ein behagliches Dekor für die Macher.

»Eindrucksvoll«, sagte er.

»Kümmer dich nicht drum«, sagte sie und zog ihm einen Stuhl heraus. »Du hast Lascal und Albigoni getroffen.« Sie nahm gegenüber von ihm Platz. Der hautenge Dress zeichnete ihre Kurven nach, verbarg jedoch die Einzelheiten.

»Gestern, zum Lunch. Das erste gute Essen, das ich seit einer Weile zu mir genommen habe.«

Sie nickte, folgte diesem Nebenweg jedoch nicht. »Sie haben dich gefaustet.«

»Genau.«

»Wirst du anbeißen?«

Er hielt inne, knirschte hinter geschürzten Lippen mit den Zähnen, zog dann die Augenbrauen hoch und sah sie mit schiefgelegtem Kopf wachsam an. »Ja.«

»Betty-Ann war ein reizendes Mädchen«, sagte Carol. »Ich weiß nicht, ob sie so intelligent war wie ihr Vater, aber sie war eine großartige Seele.« Carol benutzte das Wort Seele als poetischen Code für ein integriertes Innenleben, bei dem alle Ebenen miteinander verbunden waren. »Sie wollte Dichterin und Mutter sein. Ihre Kinder sollten die Welt, in der sie leben würden, mit Dichteraugen betrachten. Sie war achtzehn. Ich behandelte sie wegen einiger genetisch bedingter Subroutine-Macken, die ihr ein entspanntes Sexualleben verwehrten. Nichts, was sie daran gehindert hätte, bei irgendeiner Agentur in die Liste der Spitzenleute aufzusteigen, wenn sie die Verbindungen ihres Vaters hätte ignorieren wollen.« Carol beugte sich vor und fixierte ihn mit einem starren blauen Blick, in dem keine menschliche Wut lag; statt dessen vermittelte er ihm einen Eindruck von olympischem Zorn. »Sie hat Emanuel Goldsmith vergöttert.«

»Bist du ihm je begegnet?«

»Nein. Du auch nicht.«

»Nein.«

Carol lehnte sich zurück und nahm den rechten Ellbogen in die linke Hand. »Albigoni wußte irgendwie, daß ich für dich gearbeitet hatte. Er wußte, daß mein Name dir etwas sagen würde. Aber ich habe ihm erklärt, daß du es aus seinem eigenen Mund hören müßtest. Er gab Lascal den Auftrag, dich anzurufen, weil Lascal sehr fähig darin ist, Chancen zu beurteilen. Er hat bei dir auf den Busch geklopft, bevor ihr euch getroffen habt.«

»Erstaunlich, was die so alles draufhaben.«

»Der Mann kann tun, was er sagt, Martin. Keine Tricks. Albigoni kann dich wieder ans IPR bringen, und zwar mit allen finanziellen Mitteln und sauberer Weste. Er kann die Geschichte in bescheidenem Rahmen umschreiben und deinen guten Ruf wiederherstellen. Sowas macht er normalerweise nicht, aber er hat das Knowhow dafür, und die Mittel.«

»Klingt nach Orwell.«

»Albigoni ist nicht der Staat, und er hat keine politischen Ambitionen. Er will den Menschen nicht den Stiefel aufs Gesicht setzen. Er würde sie lieber klug, stabil und glücklich machen. Kluge, stabile, glückliche Menschen leihen sich seine Bücher und LitVids.«

»Ja, Leute wie Emanuel Goldsmith.«

»Goldsmith war untherapiert«, erwiderte Carol. »Er war ein privilegierter Natürlicher. Das ist bloß ein weiterer Beleg für die These, daß nur Therapierte richtige Menschen sind.«

Martin zog eine Grimasse. »Ich will nicht hoffen, daß du das wirklich glaubst«, sagte er.

Sie zuckte die Achseln. »Persönliche Betroffenheit, nehme ich an. Wenn er therapeutisch behandelt worden wäre, hätte er nicht getötet. Aber man darf ihn nicht zwangstherapieren — Albigoni will das nicht. Wir erfüllen den spleenigen Wunsch eines vornehmen Hinterbliebenen. Wir tun Goldsmith nichts zuleide; vielleicht finden wir eine Möglichkeit, ihn zu kurieren.«

Martin verfiel in Schweigen, und die Grimasse wurde zu einem Stirnrunzeln. »Es ist rechtlich nicht zulässig. Ich habe noch nie was Gesetzwidriges getan.«

Carol nickte. »Eine feinsinnige Unterscheidung für die Staatsanwälte und die Verteidiger.« Sie wandte sich ab. »Ich will dich nicht vom rechten Weg abbringen, Martin.«

»Zu spät. Schon passiert.« Er seufzte. »Und du warst es nicht. Aber ich möchte wissen, weshalb du dabei bist.«

»Betty-Ann war ein süßes Mädchen. Wie konnte er das tun?«

»Du willst das gleiche wie Albigoni.«

Carol warf ihm über die Schulter hinweg einen Blick zu. »Dicht dran.«

Der schwächliche Traum von einer wieder aufflammenden Romanze verblaßte. Es gab kein Zurück zu dieser Idylle. Er war ein Mittel, nicht das Ziel.

»Du hast nicht viel von einer ... Ich hab den Namen vergessen. Magdalene? Margarete. Fausts Liebchen.«

»Sicher hast du das alles mittlerweile vergessen.« Sie sah ihn unverwandt an. Olympisch; aber würde ein anderer Mann das auch denken? Vielleicht war sie bloß gespannt, auf seine Reaktionen konzentriert, ohne dabei etwas von sich selbst zu zeigen.

Martin wandte den Blick ab. »Was ist der nächste Schritt?«

»Das weiß ich nicht«, sagte Carol. »Hast du Lascal schon deine Kartenbotschaft durchgegeben?«

»Noch nicht.«

»Dann tu's.«

»Du bist sehr kalt«, sagte er leise.

»Ich will mit dir reingehen, wenn du sondierst«, sagte Carol. »Ich will einen Platz im Team.«

»Du bist voreingenommen.«

»Ich bin Goldsmith nie begegnet. Ich würde ihn nicht erkennen, wenn ich ihn sähe.«

»Er hat deine Patientin umgebracht.«

»Damit werde ich schon fertig.«

»Da bin ich nicht so sicher.« Martin fand seinen eigenen Ton kühl. »Außerdem ist es lange her, daß wir zusammengearbeitet haben. Du kennst die neuen Arbeitsabläufe nicht.«

»Du wirst überrascht sein, die kenne ich. Jedenfalls viele davon. Während der letzten zwei Jahre habe ich hier einen mentalen Apparat sondiert.«

»Einen mentalen Apparat? Was meinst du damit?«

»Genau das, was das Wort besagt. Es ist kein Geheimnis. Mind Design arbeitet an einer vollständigen menschlichen künstlichen Persönlichkeit. Jill. Du hast bestimmt schon davon gehört — sie arbeitet mit den AXIS-Leuten zusammen und macht eine AXIS-Simulation. Die fünf Chefprogrammierer haben große Teile ihrer Erinnerungen und Persönlichkeiten in einen zentralen Prozessor geladen, und ich habe diese Aufzeichnungen sondiert.«

Martin lachte. »Eine kontrollierte Simulation. Das ist nicht dasselbe.«

»So kontrolliert nun auch wieder nicht. Wir hatten unsere Probleme, und ich habe sie gelöst. Ich habe wahrscheinlich mehr Zeit in der Landschaft verbracht als du. Zugegeben, es ist nicht dasselbe, aber es entspricht bestimmt einem Ausbildungslehrgang auf hohem Niveau.«

»Was machen sie: Mischen und Angleichen?« fragte Martin.

»Synthese und Aufprägung von Mustern. Die Muster des Programmierers werden verblassen und die neue Persönlichkeit wird ihren eigenen Charakter annehmen. Sie sind nah dran, das zu kriegen, was sie haben wollen, aber meine Arbeit ist fürs erste zu Ende. Ich kann mir Urlaub nehmen. Ich habe ihnen erzählt, daß ich eine Therapiegruppe in Taos habe, mit der ich arbeiten muß. Entwicklungstherapie auf hohem Niveau. Besseres Leben durch besseren Geist.«

Martin erinnerte sich, daß Carol sehr intelligent und eine präzise Planerin gewesen war, aber sie war berechnender und manipulativer geworden. »Wer hat hier wen gefaustet?« fragte er.

»Ich muß jetzt gehen.« Sie stand auf. »Ruf Lascal an. Du wirst es nicht bereuen.« Sie lächelte. »Ist doch ein Klacks.«

»Das müßtest du besser wissen.«

»Dann also der Mount Everest aller Sondierungen. Einen Dichter sondieren, der mordet. Fasziniert dich das nicht? Wie sieht Goldsmiths Landschaft aus? Ist er in der Hölle? Vielleicht gelingt es uns, die Frage zu beantworten, woher das Böse kommt. Das wäre so, als ob man die Quelle des Nil oder die menschliche Seele fände.«

Martin stand auf. Er fühlte sich benommen.

»Ich bring dich noch raus«, sagte Carol und nahm seinen Arm.

■

Hebe den Kopf Mutter der einen hängenden Brust
Erwecke dies gewaltige schlummernde Ägypten und sieh dich um
Was hast du deinen Kindern angetan? Schämst du dich?
Du hast nicht aufgeschrien als sie dir weggerissen wurden
Hast du gewußt was kommen würde
Gebleichte Knochen bewegen sich vorwärts du hebst deine Röcke nicht einmal Schatten

Und dann schickst du aus Liebe eine Seuche
Schwing die Sense, Schnitter; die Hälfte ist tot, Mutter.
Deine Brust hängt immer noch herab, an ihrer Spitze ein
  Tropfen bittrer
weißer Milch, weiße Milch an einer schwarzen Brust
Schwing die Sense, Schnitter
Rosa Milch, rot.

14

Vormittags um halb zwölf bekam Mary Choy in ihrer provisorischen Unterkunft die Analyse der Goldsmith-Wohnung über eine gesicherte PD-Leitung auf ihre Tafel. Sie scrollte halb konzentriert durch den Text, während sie starken Tee trank und an Hispaniola dachte, ehemals Haiti und die Dominikanische Republik. Colonel Sir John Yardley. Sie bemühte sich, nicht an den frühmorgendlichen Jiltz und die Höllenkronen zu denken; an den Schrei des armen Widerlings Lon Joyce beim Aufwachen.

Sie schloß die Augen, schaute dann von der Analyse auf und runzelte die Stirn. Es ärgerte sie, daß ihre Konzentration nachgelassen hatte. Der leere Raum mit der Pritsche hatte pastellblaugraue Wände einen waldgrünen Teppich ein bereits gemachtes Bett mit straff gespanntem Laken aufzuweisen. Mary tippte sich mit dem Stift an die Lippen.

Der Ablauf des Ganzen. Goldsmith (Wahrscheinlichkeit 90 %) wartete im Vorzimmer; er hatte Gäste eingeladen, die im Abstand von fünfzehn Minuten eintreffen sollten, und dabei besonderen Wert auf Pünktlichkeit gelegt. Mary las Faksimiles der Einladungen, neun Karten, die von einem Sonderkurier persönlich überbracht worden waren; ein junger Anhänger war ihm durch die Lappen gegangen (Verweis auf Vid-Interview). Die Party versprach eine den Schleier des Geheimnisses lüftende Lesung aus dem neuen Werk des Meisters; zugleich sollte der Geburtstag von drei Anhängern zusammen mit dem von Goldsmith gefeiert werden.

Goldsmiths Geburtstag. Das hatte sie bis jetzt nicht gewußt. Aus irgendeinem Grund schockierte es sie, und sie mußte tief Luft holen.

Goldsmith (Wahrscheinlichkeit 90 %) führte sie einen nach dem anderen ins Wohnzimmer, vermutlich mit verborgener Waffe, aber Mary traute ihm zu, daß er das große Bowiemesser mit Goldknauf Elfenbeingriff glänzender Stahlklinge tatsächlich vorgezeigt hatte, das hundert Jahre alt und Eigentum seines Vaters gewesen war, der sich damit gegen ›weiße‹ Cops verteidigt hatte (Verweis auf Vid-Interview mit neuntem Anhänger). Legte ihnen von hinten die freie Hand um eine Schulter wie bei einer väterlichen Umarmung trennte lange Liste lebenswichtiger Gefäße durch Blut spritzte stoßweise Herz-Schock aus und vorbei. Goldsmith wahrscheinlich nicht besudelt vielleicht bloß ein Arm abzuwaschen und zu säubern fürs nächste Opfer. Schlachthofeffektivität. Nacheinander abgeschlachtet wie Vieh.

Sie machte erneut die Augen zu und hielt sie geschlossen. Ihre Brauen waren zusammengezogen, ihre Lider flackerten. Sie schlug sie wieder auf und las weiter.

Schaubilder Graphiken Simulationen diverser kriminalistischer Techniker forensischer Experten Wanzen auf Schienen und Arbeiter mit zusätzlicher Beweiskraft, vierdimensionale Spuren warmer Körper in Bewegung — fallender Körper — auf Analysatorfotos von Wärmemustern vor dem Einfrieren, Bögen warmer Flüssigkeit (Spritzeranalyse von den Wänden), das Blut aller Opfer in verschiedenen Farben übereinander, Mordanschlag auf Mordanschlag, Zeitmarker für das Eindringen der Flüssigkeit, das Abkühlen, Verklumpen, die Zellennekrose und das Bakterienwachstum, Computersimulationen von weggeschleiften und in Ecken aufeinandergehäuften Leichen, Uhrsymbole, die in der Silhouette jeder Leiche den genauen Zeitpunkt des Todes anzeigten, Muskelaktivität vor dem Tod (ein unnötiges Detail, aber der Gründlichkeit halber mitgeliefert) und Entleerung von Körperflüssigkeiten (Erschlaffung beim Eintritt des Todes), abgesehen vom Blut meist eingeschränkt durch die Kleidung; Abkühlung der Körper (Einzelheiten über Zellennekrose, innere Verwesung, Bakterienwachstum in den Eingeweiden)

Und so weiter. Mary wurde es beinahe schlecht.

Sie ging zur Analyse der organischen menschlichen Abfallprodukte im Teppich und in den Böden über. Alle größeren Ablagerungen, die vom Teppich in den letzten achtundvierzig Stunden teilweise verzehrt worden waren — epidermales Keratin Haare Kunstfasern Trelon Chiné Nylon brasilianische Seide, Speichel Schleim Samen (Masturbation; keine korrelierten oder vermischten sexuellen Flüssigkeiten anderer Männer oder Frauen) — stammten von Goldsmith. Er lebte allein, jedenfalls weitgehend.

Sanitäre Anlagen: Dusche und Badewannen wiesen keine nicht von Goldsmith stammenden Zellspuren oder Haare auf. Weder kurz zu Besuch weilende Geliebte noch intime Freunde hatten das Privileg genossen, baden zu dürfen. Das Waschbecken, die Asche der Cendarion-Toilette und die Analyse der nicht von Goldsmith stammenden Abfallprodukte zeigten, daß Goldsmith allein lebte und häufig (zwei- bis dreimal pro Woche) acht bis zwölf Gäste zu Besuch hatte, aber nie länger als zwei Stunden. Verteilung der Abfallprodukte: 34 % identifiziert (Überschneidungen), davon 35 % von den Opfern, 66 % nicht identifiziert (Identifizierung aller innerhalb einer Periode von dreißig Tagen vorher entstandenen Spuren in Arbeit); Schlußfolgerung: keine Langzeitbewohner außer Goldsmith.

Goldsmith hatte keine Haustiere. Bis auf fünf Fluginsekten gab es in seiner Wohnung kein Ungeziefer, was in den Combs durchaus typisch war. Goldsmith verwendete bewährte Insektenviren und hielt seine Wohnung sauber.

Alle nichtmenschlichen Abfallstoffe im metabolischen Teppich bewegten sich im normalen Rahmen. Goldsmith rauchte nicht und nahm keine Drogen, weder in Form von Pulver noch in Form von Sprays. Der von den Gästen hereingeschleppte Abfall stimmte mit den Wegstrecken zwischen der Wohnung und ihren Ausgangspunkten überein. Kleidung und andere Faserartikel entsprachen obigen Bedingungen und Schemata. Analyse nichthäuslicher und nicht künstlich hergestellter Mikroben entsprach obigen Bedingungen und Schemata. Man erwartete, daß Routineuntersuchungen auf der Basis direkter menschlicher Zellspuren und die Analyse der territorialen mitochondrialen Verschiebungen sowie der Entwicklung nichtsymbiotischer/nichtparasitärer Mikrobenspuren bald Hinweise auf die Wohnungen (Aufschlüsselung nach bekannten mikrobischen Lebenswelten in der Stadt) aller unbekannten Besucher in der Wohnung geben würden.

Der Vollständigkeit halber gab es auch eine Liste von drei früheren Bewohnern, die zehn Jahre zurückreichte und einen Vergleich mit ihren Abfallstoffen in Spalten und Ritzen im Bad und in anderen Bereichen enthielt, die nicht vom metabolischen Teppich bedeckt waren.

Alle Indizien deuteten nach wie vor auf Goldsmith hin.

Mary schaltete die Tafel aus. Schon möglich, daß Goldsmith nach Hispaniola wollte, aber warum sollte Yardley ihn aufnehmen? Nach außen hin hielt Hispaniola die diplomatischen Formalitäten ein; jeder kannte den wahren Charakter der Insel, hielt sich jedoch an diese äußere Höflichkeit, weil die ängstliche Bourgeoisie des Südens und des Nordens dort sichere Zufluchtsorte und Häfen vorfand. Das verbrechensfreie Hispaniola, ein Verbrechen in sich selbst.

Risse in der offiziellen Haltung. Man schickte sie dorthin, sie, die schwarze, *schicke* Mary, schickte sie ins

Herz der Dunkelheit. Dunkler als Afrika, der stille, im letzten Jahrhundert durch Kriege und Seuchen geleerte Kontinent, auf den Colonel Sir John Yardley einige seiner eigenen Pflegekinder schickte, um Nigeria Liberia Angola wieder zu bevölkern. Großes Geschäft, die Wiederbevölkerung. Muß organisiert werden, und Yardley hat eine Begabung dafür. Wenn Yardley Goldsmith aufnimmt, alten Freund Landsmann und Geistesverwandten, könnten sich die Risse öffnen, und der Staat kann Yardley und Hispaniola, die ärgerlichen Raphkind-Versprechungen und -Verträge loswerden. War es das, was sie im Schilde führten?

Mary wußte, daß sie mehr war als ein Bauer auf dem Schachfeld. Sie war ein Springer, der sich im Zickzack nach Hispaniola vorarbeitete, wo sie ein ganzes Hakenkreuz von Zügen machen konnte; hier zustoßen dort schlagen Gesetzesübertretungen aufdecken eine Konfrontation erzwingen, die Ausführung staatlicher Pläne durch einen untergeordneten PD-Detective. Vielleicht weil Colonel Sir John Yardley den Selektoren in Nord- und Südamerika illegale Ausrüstung lieferte und die Selektoren ehrgeiziger geworden waren, weil sie angefangen hatten, sich Manager Politiker Senatoren Kongreßabgeordnete als Zielscheiben zu wählen und auf drakonische Weise Recht zu sprechen.

Letzten Endes war es vielleicht ganz egal, ob Yardley Goldsmith Zuflucht gewährte oder nicht.

Sie sah die Nation zitternd aus ihrer klammen Raphkind-Nacht erwachen, wobei sie Dreck und Abfalltropfen um den Globus schleuderte.

Wenn Yardley sie nicht ins Land ließ, verletzte er damit Verträge.

Wenn sie in Yardleys Verantwortungsbereich starb, als Opfer eines absurden Aufstands, würde er bedauernd die Hände heben: Was soll ich machen, sie sind jung und meine Macht ist begrenzt. Schlag und Gegenschlag, Aktion und Reaktion.

Mary griff sich ihre Ausrüstung, schnallte sich den Gürtel um, verschloß die Nähte ihrer Uniform mit geschickten Fingern, betrachtete sich kurz im Spiegel in dem kleinen Schlafraum, fragte sich, was ihre Melaninmangelflecken machten, befahl der Tür, sich zu öffnen, und ging mit langen, ruhigen Schritten über die grauweißen Flure zum Informationszentrum. Sie lächelte Fähnrich J Meskys an, dem sie zuvor vielleicht dreimal begegnet war. Meskys erwiderte Marys Lächeln. »Lange Nacht, Sir?«

»Bin noch gar nicht ganz da«, sagte Mary. »Bitte sagen Sie den Kriminologen von Zinken Zwölf meinen aufrichtigen Dank.« Die Wohngebiete von LA um die Combs herum waren zerteilt worden, als ob sie aus gegabeltem Glas bestünden. Sie wurden von den PDs und den Koordinatoren der Transitgebiete Zinken genannt. Zinken Zwölf umfaßte die Wohngebiete um den dritten Fuß von Ost-Comb Eins herum.

»Wird gemacht«, sagte Meskys. »Ziehen Sie heute aus Ihrem Schlafraum aus?«

Mary nickte. »Bin auf dem Weg zu einer Anfrage bei der Aufsicht.«

Meskys zeigte Mitgefühl. Kein PD ging gerne zur Aufsicht.

»Danke für die Gastfreundschaft.«

»Keine Ursache«, sagte Meskys. »Beehren Sie uns wieder. Das PD-Hotel steht Ihnen jederzeit zur Verfügung, Sir.«

Am Sepulveda zogen sich jahrhundertealte Gebäude zwischen Flächen mit Zentralmärkten und Hochhausapartments hin; Einkaufsstraßen und Schattenentertainment, ein Stadtteil, der auf Kundschaft aus den Combs eingestellt war, die nach einem Hauch von Risiko gierte, und der für die Therapierten trotzdem noch attraktiv war; Risiko ohne Risiko, das war es, was alle richtig Therapierten wollten.

Sie ging eine Weile zu Fuß und genoß die winterliche

Wärme — zwanzig Grad Celsius, und vielleicht würden die Temperaturen noch auf zweiundzwanzig Grad steigen, trockenes wolkenloses LA Stadt der Engel mitten im tiefsten Winter. Abgesehen von einer Ozonwarnung war die Luft klar. Auflandiger Wind. Sie konnte einen Hauch des fernen Meeres riechen, Kelpfarmen und Salz.

Auf der anderen Straßenseite sah sie eine Bar, die außen wie ein grober, rissiger Betonblock aufgemacht war. Die Fassade war schon alt und verwittert, mit der halbdunklen Neonfigur einer nackten Frau, die auf einer Rakete ritt. Ihre Brustwarzen waren rote Kreise, die in mattem Kontrast mit dem hellen Tageslicht blinkten. Eckige rote Buchstaben wie auf Packkisten lehnten pseudoverfallen über der Fassade: ›Little Hispaniola‹.

Mary wandte sich ab. Sie war nicht gerade begeistert von dem Gedanken, die Originalausgabe dieser schäbigen Bar zu besuchen, das glitzernde Spielkasino Hispaniola, den Exporteur von Schmerz und Terror, einst loyaler Diener der keineswegs abgeneigten, aber pingeligen Nationen in Ost und West.

Sie würde keinen PD-Transit brauchen. In zwei Stunden war sie bei der Aufsicht; morgen würde sie in den Combs sein.

Aber jetzt würde sie erst einmal für ein oder zwei Stunden E Hassida besuchen gehen.

■

Manchmal kenne ich meine Freunde besser als diese sich selbst. Nennt es Megalomanie, nennt es einen Fluch; es ist wahr. Ich wünschte nur, ich würde mich selbst so gut kennen.

15

Richard hörte zu, wie Nadine den Brunch zubereitete. Er hatte sie im Badezimmer in die alte Keramikschüssel urinieren hören — hoher Druck aus geringer Höhe — und die Nase gerümpft. Richard kam in eine zweite Reinlichkeitsphase, die vollkommen jener in seiner Jugend glich, und hatte für die Zurschaustellung menschlicher Schwächen oder menschlicher Determiniertheit durch Biologie nicht viel übrig, erst recht nicht, wenn es ihn selbst betraf. Er hatte den Sex mit Nadine in der vergangenen Nacht genossen; sie hielt sich peinlich sauber, aber er verabscheute jetzt seine eigenen Badezimmergeräusche, und zwar noch mehr als die Geräusche, die andere machten. Als er noch verheiratet gewesen war, hatte ihn das nie gestört.

+ Therapiere mich selbst. Meine Frau hat solche Geräusche gemacht; meine Frau ist tot. Wer solche Geräusche macht kann sterben. Ist es das?

+ Nein.

Er rollte sich vom Rahmenbett, hörte die elektrische Aufhängung erleichtert surren und sah durch die vergilbten Spitzenvorhänge vor dem staubigen Schlafzimmerfenster mit der Fensterbank combgespiegeltes Sonnenlicht auf einem fernen gelben Steingebäude. Vergnügt roch er den Duft von Kaffee und wiederaufgewärmter Hackpastete. Vielleicht würde heute alles wieder im Lot sein, ein normaler oder sogar angenehmer Tag.

Dann eine jähe dunkle Störung. Nichts hatte sich geändert. Er hatte weder seine eigenen Probleme noch die von sonstwem gelöst. Auch heute würde er wieder nichts schreiben; die Heuchelei würde weitergehen, er würde weiterhin so tun, als ob er ein Schriftsteller sei, wo er doch in Wirklichkeit ein Parasit ein Kriecher ein Gefolgsmann jener war, die höhere Energieniveaus mehr Dynamik größere Fähigkeiten besaßen, sich ins pralle Leben zu stürzen und erfolgreich wieder daraus hervorzukommen. Sein Leben war eine schlichte Wiederholung von Was Wenns und Was Hätte Gewesen Sein Könnens.

»Du bist ja wach.« Nadine schob ihren Kopf um den Türpfosten herum; die schwarzen Haare standen lustig in alle Richtungen.

»Leider«, sagte er.

»Immer noch down?«

»Total down«, antwortete er leise.

»Dann hab ich versagt«, sagte sie leichthin. Sie nahm seinen Trübsinn leicht, und warum auch nicht. »Bin wohl nicht gerade eine Liebesdienerin, die deine Nächte taghell erstrahlen läßt, was?«

»Das ist es nicht«, sagte er. »Ich bin immer noch ...«

Sie wartete, und als kein Adjektiv kam, zog sie einen Flunsch und trat von der Tür zurück. »Die Reste stehen auf dem Tisch.«

Er konnte zumindest dankbar dafür sein, daß ihre Stimmung nicht seiner entsprach. Alle beide down, das wäre zuviel für ihn gewesen. In Wahrheit war er froh, daß jemand bei ihm war und daß dieser Jemand weiblich war, und er hatte den Sex in der vergangenen Nacht genossen, und er hatte Hunger.

Er schüttelte den Kopf und schlüpfte in einen Morgenmantel, wobei er sich fragte, wie viele Sekunden es diesmal wieder dauern würde, bis das Pendel zurückschwang. Als seine Hand halb im linken Ärmel des Morgenmantels steckte, hielt er inne, weil er die Türglocke hörte. Der Hausmanager meldete nichts; ein Versagen, das nicht unerwartet kam.

»Soll ich?« fragte Nadine spitzbübisch. Ihre Miene deutete an, daß man eine gefallene Frau nicht den Blikken morgendlicher Besucher aussetzen sollte.

»Nein. Ich geh schon.«

Er zog sich Hausschuhe an und machte die Tür auf. Hinter dem uralten, ewigen Kunststoffgitter stand ein junger Mann, den er noch nie gesehen hatte: rote Haare freundliches rundes Gesicht aufmerksam mit raschem Lächeln und dem Gebaren eines Vertreters. Vertreter kamen nicht in diesen Teil des Schattens.

»Sind Sie Richard Fettle?«

»Ja.« Er schlüpfte in den anderen Ärmel.

»Mein Name ist nicht wichtig. Ich habe ein paar Fragen. Um der Gesellschaft willen hoffe ich, daß Sie antworten werden.«

Die Formel ›Um der Gesellschaft willen‹ war im Schatten und sogar in den Combs zu einem nervösen Scherz geworden, aber das hier war kein Scherz. Daß *sie* sich dafür interessieren würden, war klar. Die Sache war das Thema des Tages, und er war darin verwickelt. Berühmtheit Publicity Sensation.

»Entschuldigung?« stotterte Richard und hoffte, er würde die Tür zumachen dürfen.

»Darf ich hereinkommen? Um der Gesellschaft willen.«

In der Küche stand Nadine wie eine Katze mit gespreizten Fingern und schüttelte den Kopf. Nein. Laß ihn nicht rein.

Die Untherapierten holten nur selten die PDs. Hier herrschte statistische Sicherheit, der perfekte Boden für sie, um ihr Gewerbe der Vervollkommnung Ausmerzung Korrektur zu betreiben. Er hoffte, daß er sich irrte und daß die Formel und die Haltung zu einem üblen Scherz gehörten.

»Ich bitte um Verzeihung.«

»Mr. Richard Fettle.«

»Ja.«

Der Rothaarige hob eine Augenbraue, als wollte er sagen: Quid pro quo, Sie sind es, und der Rest ist reine Formsache.

»Kommen Sie rein«, sagte Richard. Ihm fiel einfach keine gute Ausrede ein.

»Kein Grund zur Aufregung«, sagte der Mann. »Ich habe nur ein paar Fragen.«

+ Würde liebend gern sagen Was glauben Sie wer Sie sind? Selbsternannter Gott über alles? Zum Kotzen diese Feigheit Kein Grund zur Aufregung halt den Mund

»Sie waren ein Freund von Emanuel Goldsmith?«

Nadine war in die Küchentür getreten. Sie lehnte an dem dicken Lack, der den Türstock bedeckte. Ihre Augen waren wachsam und ausdruckslos. Richard hätte sich am liebsten auf sie und den vom Alter creme gefärbten weißen Lack konzentriert. + Stell dir das bloß mal vor denk an das jahrhundertealte Holz das schon viel länger hier ist als das alles. Aber er zwang sich, den Mann anzusehen.

Der Besucher trug einen schlichten schwarzen Anzug mit ein paar Zentimeter breiten Hosenaufschlägen über glänzend schwarzen Schuhsocken und eine schmale rote Krawatte auf einem grünen Hemd. Die Ärmel waren ein wenig kurz an den Handgelenken, was ihn hochgewachsen und schlaksig wirken ließ, obwohl er in Wirklichkeit sechs bis sieben Zentimeter kleiner war als Richard — ungefähr so groß wie Nadine.

»War ich«, sagte Richard.

»Wußten Sie, daß er fähig war, Menschen zu ermorden?«

»Das wußte ich nicht.« + Würdet ihr mich dafür bestrafen? Es ist die Wahrheit; ich hab's der PD gesagt; ich wußte es nicht.

»Hat er Ihnen je erzählt, daß er etwas derartiges plante?«

»Nein.«

»Die Frau hier kenne ich nicht. War sie eine Freundin von Goldsmith?«

+ Perverse Aufrichtigkeit hier; hasse diesen Mann schütte ihm aber mein Herz aus.

»Sie hat ihn natürlich gekannt. Aber nicht so gut wie ich.«

»Wissen Sie, was ich bin?« fragte der Mann Nadine.

Sie nickte wie ein Kind, das beim Naschen ertappt worden war.

»Sie hat ihn nicht besonders gut gekannt«, sagte Richard.

»Sie gehört zur de-Roche-Clique, nicht wahr? So wie Sie?«

»Ja.«

»Seid ihr nicht alle ein bißchen schuld an dem, was geschehen ist?«

Schluck. »Ich bin doch nicht der Hüter meines Bruders.«

»Wir sind alle die Hüter unserer Brüder«, sagte der Mann. »Ich lebe für diese Wahrheit. Ihr hättet wissen müssen, wozu euer Freund fähig war. Was wir tun oder unterlassen, wirkt sich auf alle aus; was jemand anders tut, wirkt sich auf uns aus.«

+ Dann bestraft uns doch alle.

»Sie wissen nicht, wo Goldsmith ist?«

»Ich nehme an, die PDs haben ihn geschnappt.«

Der Mann lächelte. »Unsere widerstrebenden Kollegen haben nicht die leiseste Ahnung, wo er ist.«

»Kollegen.« Richard brachte ein tapferes, wenn auch nur kurzes Lächeln zustande.

Der Mann erwiderte das Lächeln.

+ Bewundert meine Ausstrahlung.

»Unsere hiesige Ortsgruppe interessiert sich für diesen Fall, weil die Möglichkeit zu bestehen scheint, daß ein berühmter, privilegierter Mann der Gerechtigkeit entkommt. Sie wissen schon. Er könnte sich bei Freunden verstecken und zum Volkshelden werden. Die Sympathie der Gleichgültigen und den Ignoranten gewinnen.«

»Himmel. Ich hoffe nicht.«

Das Lächeln des Mannes wurde dünner. »Wir sind keine Schläger. Wir sind keine Fanatiker. Wir sind Vitaminzusätze der Gerechtigkeit. Bitte verstehen Sie meinen Besuch nicht falsch.«

»Bestimmt nicht.« Seine Angst brachte ihn an den Rand der Albernheit. + Der reine Selbstmord.

»Ich denke nicht, daß Sie in diesem Fall etwas falsch gemacht haben«, sagte der Mann. »Wir können nicht immer wissen, wie es im Innern der Menschen um uns herum aussieht. Aber ich warne Sie: Falls Sie doch etwas von Goldsmith hören, falls Sie erfahren, wo er steckt, und es nicht dem PD oder — um der Gesellschaft willen — unserer hiesigen Ortsgruppe sagen, dann wäre das in der Tat ein großer Fehler. Sie würden viele Leute vor den Kopf stoßen, die nach Gerechtigkeit dürsten.«

»Und die haben euch engagiert, euch unter Vertrag genommen?« Richards Stimme war rauh. Er hustete und schluckte die Rauhheit hinunter.

»Niemand engagiert uns«, erwiderte der Mann gelassen. Er kehrte zur Tür zurück und nickte Nadine höflich zu. »Danke, daß Sie mir Ihre Zeit geopfert haben.«

»Gern geschehen«, sagte sie kleinlaut, wie eine Maus. Der Mann machte Richards Tür auf, verließ seine Wohnung und ging über den langen Balkon zur Treppe.

»Ich gehe.« Nadine wirbelte plötzlich herum und lief los, um ihre paar Kleider Zahnbürste Handtasche aus dem Schlafzimmer und dem Badezimmer zu holen. »Unglaublich«, sagte sie. »Unglaublich. Du.«

»Was ist mit mir?« fragte Richard, immer noch wie betäubt.

»Die sind hinter dir her.«

»Ich weiß nicht, warum!«

»Du hast ihn in Schutz genommen! Du bist sein Freund! Herrgott, ich hätt's wissen müssen. Jeder, der sich mit Goldsmith gut steht. Herrgott! Selektoren. Ich gehe.«

Er versuchte nicht, sie aufzuhalten. Noch nie in seinem Leben war er von einem Selektor aufgesucht worden, noch nie hatte er ihre Aufmerksamkeit erregt.

»Geh zum PD«, sagte Nadine, während sie nach der Türklinke griff. Ihr Körper bog sich durch, als ob es sie beträchtliche Anstrengung kosten würde, die Tür zu öffnen. Die Tür schwang auf, und sie verlor einen Moment lang das Gleichgewicht, dann funkelte sie ihn an. »Geh zum PD oder tu sonstwas.«

Elend und leise vor sich hinstöhnend ging Richard ins Schlafzimmer und ließ sich aufs Bett fallen. Er drehte sich von den länglichen Flecken getrockneter Samenflüssigkeit am Rand des Lakens weg, wo sich Nadine nach dem Liebesakt aufgesetzt hatte, und starrte zum erdbebenrissigen Putz der alten Decke hinauf. + Wie viele Menschen sind gestorben seit diese Decke oder das Holz eingebaut wurde wie viele Millionen haben schon wieder schrecklich gelitten seit wir heute nacht miteinander geschlafen haben Hunderte pro Minute überall auf der Welt bestraft sie alle.

Er beruhigte sich, verlangsamte seinen jagenden Atem. Eine Hand packte das Laken. Er drehte den Kopf zur Seite, die Muskelstränge am Hals straff gespannt, verzog den Mund zu einem qualvollen Lächeln und setzte sich abrupt auf. Eine Faust schlug rhythmisch aufs Bett. Er sah sich in der Wohnung um stand auf verdrehte den Oberkörper warf den Kopf zurück hob die Fäuste schüttelte sie gegen die Decke miaute leise das Miauen wurde zu einem Heulen schwang die Arme herum stampfte mit dem Fuß auf kauerte sich zusammen Augen blau aus einer Maske blitzend Haare davor grau und strähnig er tanzte stapfte ums Bett herum hob die Fäuste stolperte und fiel aufs Bett zurück stand wieder auf verpaßte der Matratze mit dem nackten Fuß einen Tritt lief plötzlich mit seinen langen dünnen nackten Beinen stampfend in sein kleines Wohnzimmer heulte auf griff nach einer alten Vase voller verwelkter Blumen schwang sie herum schaumiges Wasser in einer silbernen Sichel glitzernd seine Finger ließen die Vase los sie wirbelte auf ihrer Längsachse parallel zum Fußboden durchs Wohnzimmer in die Küche traf die Schranktüren unter dem Waschbecken zerbrach braune vertrocknete Blumen breiteten sich in einem Klumpen auf dem Boden aus immer noch vom Hals der Vase umgeben.

Richard wandte sich zum Schlafzimmer und beugte sich vor, lief und taumelte, bis er wieder auf dem Bett lag — Kreis geschlossen nichts erreicht außer der primitivsten nutzlosen Erleichterung. Er saugte seine Unzulänglichkeit und Hilflosigkeit in negativen Schluchzern wieder in sich hinein.

Dann verstummte er, rollte sich mit plötzlicher, ruhiger Zielstrebigkeit herum und langte nach dem Griff der Nachttischschublade, zog sie auf und holte ein Notizbuch hervor. Er ließ sich zurücksinken, rollte sich erneut herum und tastete nach einem Stift, fand einen verstaubten hinter der Lampe, rollte den Staub auf dem Laken neben den getrockneten Flecken zu Kügelchen, dachte, daß sie farblich und von ihrer Bedeutung her ähnlich waren, und hievte sich auf die Kissen. Er schlug eine neue Seite im Notizbuch auf; die letzte Eintragung war zwei Jahre alt. Trockene, leere Seiten, trokkene, leere Jahre, in denen er nichts geschrieben hatte.

+ Gar nicht erst denken nicht überlegen einfach losschreiben dies ist der Drang schreib einfach los.

Er begann zu schreiben:

Das nagende Gefühl in meinem Kopf. Damit fing es an. Es endete in Blut und tranchiertem Fleisch, aber es begann mit einem Nagen, einem Traum, der Erkenntnis meiner Unzulänglichkeit.

■

Afrika leer zeig mir Mutter wie es zugeht in deinem
Neuen Land. Du hast eine Wüste aus knochentrockenem Sand geschaffen wo
Einst deine Kinder tanzten
Werden die helleren Völker der Erde
Vergnügen an deinen kräftigen Schenkeln finden, jetzt, wo deine Kinder
Schwach und wenige sind? Wirst du einen neuen Mantel der Schlafkrankheit ausbreiten
Nur für Weiße
Um deine Erstgeborenen zu schützen?
An fremden Gestaden haben deine in alle Winde verstreuten Kinder gearbeitet, um
Weiß zu werden Anzüge zu tragen zu lernen weißes Geld zu verdienen
Deinem Boden entsprungen, gehen sie über dem Boden
Ihre Füße berühren nie einen Boden
Sie kennen keine Mitte
Sie sind die schwarzen Weißen
Dieser dein Sohn, den es in die Ferne verschlagen hat, ich bin ein schwarzer
Weißer
Weine um mich, meine Mutter
So wie ich um dich, die ich nicht lieben kann

16

AXIS (Biologisches Band 4)> Roger, ich glaube, ich sehe Strukturen. Das ist aufregend, nicht wahr? Die Münzen sind in die Atmosphäre von B-2 eingetreten und abgestürzt. Ich könnte ein Gedicht über ihre Reise schreiben. Zwei Drittel haben überlebt und schicken ungeheure Datenmengen herauf. Sie sehen gewaltige grüne Sandwüsten und weite, von Laubwerk bedeckte Landstriche, die wie Grasmeere aussehen. Dies ist ein grüner Planet, wie wir gedacht haben; Gras und Sand und zwei tiefe, ausgedehnte grüne Meere, eins in der nördlichen und eins in der südlichen Hemisphäre. Am Nordpol ist ein kleines blaues Meer. Alle Meere sind reich an Mikroorganismen, wie meine Münzen mir berichten. Das Land scheint keine großen Lebensformen zu besitzen; es gibt keine Anzeichen für tierisches Leben an Land, obwohl dafür eigentlich genug Sauerstoff in der Atmosphäre vorhanden ist. Vielleicht existieren alle tierischen Lebensformen in den Meeren, oder der Sauerstoffzyklus unterscheidet sich von dem der Erde. Natürlich ist es durchaus möglich, daß große unterirdische Insektenkolonien vorhanden sind. Jedenfalls gibt es hier Leben. (Durch Beurteilungsalgorithmuscheck bestätigt.)

Es gibt hier Jahreszeiten oder so etwas ähnliches, hervorgerufen durch B-2s Achsneigung von neun Grad. Es sind anscheinend milde Jahreszeiten, und so etwas wie den Sommer oder den Winter auf der Erde gibt es hier nicht; der Unterschied scheint der zwischen Frühling und Herbst zu sein.

Hier ist meine vielleicht wichtigste Beobachtung, Roger. An Land sehen meine verstreuten Münzen verwitterte Türme, die in Kreisen angeordnet sind. Der Durchmesser dieser Kreise reicht von ein paar hundert Metern bis zu zehn Kilometern. Die Türme sind bis zu hundert Meter hoch, im Querschnitt abgeflachte Ovale oder kreisförmig. In den kleineren Kreisen scheinen die zylindrischen Türme vorzuherrschen. Die Kreise oder Ringe sind nur selten mehr als zwei- oder dreihundert Kilometer von einem der Meere entfernt, und breite Linien, die Straßen oder Wegen gleichen, führen von den Ufern zu diesen Formationen.

Meine Teleskopkameras mit großer Reichweite bestätigen mir diese Beobachtungen aus einer Entfernung von einer Viertelmillion Kilometern. Meine Münzen melden keine Zeichen von Leben oder Bewegung in diesen Kreisen oder auf den linearen Wegen.

Die mobilen Beobachter, die gestern gestartet wurden, reduzieren ihre Geschwindigkeit jetzt in Vorbereitung der atmosphärischen Bremsung und werden in fünf Stunden und zehn Minuten landen. Berichte von ihnen erwarte ich innerhalb von achtundzwanzig Stunden. Ich habe sie so dirigiert, daß fünf von ihnen auf Landmassen herunterkommen, zwei auf dem Grasland und drei in der Nähe verschiedener Turmkreise; und von den drei flüssigkeitstauglichen mobilen Beobachtern habe ich einen zu dem polaren, von Land umschlossenen Meer geschickt, dem einzigen, das nicht grün, sondern blau ist, einen zu dem äquatorialen Meer, das wie ein um den Planeten herumführender Fluß aussieht, und einen zum südlichen Meer, dem flächenmäßig größten von allen.

(Sendedauer 5,6 Picosekunden)

LitVid 21/1 A-Netz (David Shine): AXIS hat die erste Entdeckung außerirdischen Lebens bestätigt! Wacht auf, ihr Historiker, dies ist ein bedeutsamer Augenblick in der Geschichte der Menschheit: Wir sind nicht allein! Und als ob das noch nicht genug wäre, meldet AXIS die Möglichkeit intelligenten Lebens oder einer Lebensform, die fähig ist, hohe Türme in runden Formationen zu erbauen. Australia North Cape hat versprochen, daß grob gerasterte Bilder von dem Planeten und von dem, was AXIS sieht — oder vielmehr gesehen hat —, heute im Lauf des Tages vorliegen werden, und wir bringen sie, sobald sie veröffentlicht sind ...

Wer kann da umhin, einen Augenblick glühenden Stolzes zu empfinden? AXIS, vielleicht das teuerste Forschungsinstrument aller Zeiten, hat sich voll bezahlt gemacht. Heute haben wir erfahren, daß es anderswo im Universum Leben gibt. Wird unser eigenes Leben jemals wieder so sein wie zuvor? Und wie als zusätzliches Geschenk teilt uns die Sonde mit, daß sie möglicherweise die Überreste von Städten entdeckt hat. Wir werden ausführlich über alle Enthüllungen von North Cape und über die Analysen von Experten auf der ganzen Welt berichten, sobald wir sie erhalten.

LitVid 21 betreibt keine Sensationsmache. Wir versuchen, unseren Berichten einen etwas anderen Dreh zu geben, neue Perspektiven zu finden und die Wahrheit hinter den reinen Fakten aufzuspüren, aber heute sind wir genauso sprachlos wie die andersgearteten Vidnetze. AXIS hat auf einer anderen Welt so etwas wie Städte gefunden, auf einer grünen Welt namens B-2, dem zweiten Planeten von Alpha Centauri B. Zu allen Zeiten haben wir Menschen uns gefragt, ob wir allein sind, ob das ganze Universum uns gehört. Abgesehen von ein paar Visionären haben wir in unserer Geschichte kaum je an die Möglichkeit der Raumfahrt geglaubt, und der Flug zu fernen Sternen schien uns erst recht unmöglich zu sein, ein reines Hirngespinst. Aber unser technologischer Fortschritt und unser angeborener Drang, immer weiter zu forschen, haben uns gezwungen, zum Mond und zu den Planeten zu fliegen. Wir haben festgestellt, daß es dort kein Leben gibt.

Unsere Raumteleskope erbrachten den Beweis, daß andere Sterne Planeten besitzen, die viel größer sind als die Erde; wir konnten nicht wissen, ob Planeten von der Größe der Erde existierten, aber unser Instinkt sagte uns, daß es welche geben mußte, und im Jahr 2017 beschlossen fünf Nationen unter Führung des jungen technologischen Riesen China, die erste interstellare Sonde zu bauen. Die Vereinigten Staaten ließen sich widerstrebend überreden, sich an dem Unternehmen zu beteiligen, so daß es von da an sechs waren, und brachten ihre beträchtliche Sachkenntnis auf dem Gebiet der Raumfahrt in das Projekt ein. AXIS, die vollautomatische interstellare Raumsonde, wurde im Orbit um die Erde gebaut, wobei die größte chinesische Orbitalplattform *Goldene Dämmerung* als Basis diente, und damit sozusagen zum Leben erweckt.

Roger Atkins, leitender Angestellter von Mind Design Inc. und Chefkonstrukteur der intelligenten Systeme von AXIS, hat einen kombinierten bioelektronischen Denker mit Fähigkeiten gebaut, die weit über diejenigen eines einzelnen Menschen hinausgehen; er hat jedoch kein Ichbewußtsein. Wie Atkins im Jahr 2035 nach fünf Jahren Arbeit an dem Projekt sagte:

(Vidinterview-Einspielung, Atkins — klein und stämmig mit federartigem, sich lichtendem braunen Haar — in einem hautengen schwarzen Anzug) ›Wir wollen keinen künstlichen Menschen da hinaus schicken. AXIS' Denker wird seine Sache besser machen als ein Mensch; er ist speziell für diese Aufgabe konstruiert. Wir werden jedoch den Aspekt der Poesie nicht vernachlässigen, und AXIS wird auch weder blind noch unfähig sein, sich eine eigene Meinung zu bilden. Schließlich nimmt ein Kommunikationszyklus mit AXIS über achteinhalb Jahre in Anspruch, wenn die Sonde ihr Ziel erreicht hat. Sie wird da draußen sehr allein sein, und sie wird selbständig denken und wichtige Entscheidungen treffen müssen. Vorher wird sie Einschätzungen vornehmen müssen, die eigentlich dem Menschen vorbehalten sind.

Wir haben ihr außerdem ein sehr starkes Bedürfnis eingebaut, auch noch mit anderen als ihren Erbauern zu kommunizieren; AXIS wird auf eine einzigartige, neue Weise kontaktfreudig sein. Sie wird mit fremden neuen Intelligenzen zusammentreffen und kommunizieren *wollen,* falls es dort welche geben sollte.‹«

David Shine: »Im Moment sieht es so aus, als ob AXIS die Chance dazu bekommen würde ... In kurzen Worten, unsere Wissenschaftler haben ein Simulacrum eines menschlichen Wesens gebaut, das besser als ein Mensch, aber nicht ganz menschlich ist — eine Herausforderung für die Philosophen —, und es auf seine fünfzehnjährige Reise nach Alpha Centauri geschickt.

Diese Jahrzehnte der Anstrengungen und des Fluges selbst haben eine Entdeckung erbracht, die möglicherweise unsere Einstellung zu uns selbst, zum Leben und zu allem ändert, was uns wichtig ist.

Wir sind nicht allein. Offen gesagt, wir bei LitVid 21 finden, daß es an der Zeit ist, zu feiern ... Aber die AXIS-Wissenschaftler raten dringend zur Vorsicht. AXIS hat fast mit Sicherheit Leben entdeckt. Aber es könnte sich durchaus noch herausstellen, daß die Türme, die AXIS gesehen hat, etwas anderes sind als Gebäude oder Städte.

Was meinen Sie? Geben Sie Ihr Votum auf unserer Mehrwegleitung ab und schicken Sie uns ihre Heimvideo-Anmerkungen unter Angabe Ihrer Kontonummer. Vielleicht wird Ihre Meinung dem gesamten LitVid-21-Publikum vorgestellt ...«

■

17

Mary Choy stieg aus einem Interzinken-PD-Minibus und warf einen kurzen Blick zum Ost-Comb Eins hinauf, dem senkrechten Stapel schmaler, waagrechter Spiegel, an dem vier Sektoren zu silbernen Vertikalen angeordnet waren, bereit, in einigen Stunden die sinkende Sonne im Westen auf den sechsten Zinken zu spiegeln, wo E Hassida wohnte. Die Stadt lag unter einförmigen Zinnwolken, die sich vom Meer heranschoben und die Combs enthaupteten. Vielleicht gab es heute abend gar keine brauchbare Sonne, möglicherweise würde es sogar regnen, aber die Combs trafen trotzdem ihre Vorbereitungen, wie von Schuldgefühlen wegen ihrer schattenwerfenden Existenz motiviert.

Mary blieb auf der Veranda stehen und wartete darauf, daß der Hausmanager sie anmeldete. Ernest Hassida machte die dunkle, eichenvertäfelte Tür auf und lächelte warm; klein und muskulös rundes Gesicht mit traurigen Augen ausgeglichen durch einen von Natur aus lustigen Mund und runde Wangen. Mary lächelte zurück und spürte, wie das Schlimmste der Woche unter der Wärme seiner stummen Begrüßung von ihr abglitt.

Er trat mit einer galanten, schwungvollen Armbewegung zur Seite, und sie kam herein und umarmte ihn. Sein Kopf war auf der Höhe ihrer Brüste. Er rieb seine Nase dort kurz an der schwarzen Uniform, wich zurück und schüttelte sich zuviel für ihn grinste breit und zeigte dabei kleine regelmäßige strahlend weiße Zähne; in seinen Schneidezähnen waren winzige Rosen zu sehen. Er bat sie mit einer Handbewegung, Platz zu nehmen.

»Darf ich taischen?« fragte sie.

»Natürlich.« Seine Stimme war samtweich. »Bist du im Stress?«

»Es hat einen häßlichen Mord gegeben. Und einen Selektor-Jiltz. Ich muß gleich zur Aufsicht, um eine Erkundigung einzuholen.«

»So. Du schiebst also nicht gerade eine ruhige Kugel. Ganz im Gegenteil.«

E Hassida verfolgte die Netze oder LitVids nur selten, aber er hatte alles andere als eine Abneigung gegen Technik. Sein kleiner alter Bungalow war mit erstklassigen Geräten vollgestopft, die sie oftmals verwirrten. Ernest war ein technisches Genie im Organisieren und Integrieren. Er brachte disparate Elemente zu einem Zehntel der normalen Kosten dazu, miteinander zu harmonieren: Musik aus allen Richtungen auf eine Handbewegung hin. Tanzendes Kunstlicht, das Wände in funktionierende Prospekte verwandelte. Dinosaurier, die grinsend und blinzelnd durch Fenster hereinspähten. Engel, die nachts über dem Bett schwebten und leise Schlaflieder sangen, während alte japanische Weise mit Köpfen wie längliche Melonen Ratschläge zum Mahayana gaben, die klugen Augen von kosmischem Humor gefältelt.

Er trat zurück, verbeugte sich, kehrte zu seiner visuellen Tastatur zurück und machte sich wieder an die Arbeit, als ob sie gar nicht da wäre. Seine Anwesenheit bewirkte, daß Mary sich etwas entspannte; sie begann mit dem langen, improvisierten Tai-Chi-Tanz und verdrehte die Arme wie am Morgen zuvor, aber anmutiger, selbstsicherer und flüssiger. Sie sah sich selbst als See als Fluß als Regenschauer über der Stadt. Sie fand ihre Mitte, verhielt einen Moment lang reglos und machte die Augen auf.

»Lunch?« fragte Ernest. Auf den drei großen, flachen Bildschirmen hinter seiner Tastatur waren furchterregende Gesichter zu sehen, lang und eckig, kaum noch menschlich, die sie mit Augen wie glühende Kohlen aus Eis verfolgten. Ihre Umrisse wurden von Neonlicht hervorgehoben und von kreidekörnigen, kindlichen Temperafarben ausgefüllt. Eines hatte einen Tierschädel als Nase, den einer Katze oder eines Hundes.

»Gruselig«, bemerkte sie.

»Aliens«, sagte er stolz. »Hab mir ein paar Details von der Barrio-Holograffiti geborgt.«

E Hassida hatte sich auf Aliens spezialisiert. Halb japanisch, halb hispanglisch, wechselte er zwischen den leuchtenden Primärfarben von Motiven der Mayakultur/der mexikanischen Kultur und den ruhigen, erdigen Pastellfarben des alten Japan hin und her, zwischen Landschaften und transformierter Pop-Art. Seine Arbeit war erschreckend und anregend. Mary hätte Ernest auch ohne sein Talent akzeptiert; mit ihm ergänzte er sie perfekt — er war chaotisch verwirrend inspirierend, im Gegensatz zu ihrer Sorgfalt Gelassenheit Nüchternheit.

»Willst du drüber reden?« fragte er, als er sich neben

sie auf den Rand der Couch setzte und mit Handbewegungen in der Maschinenzeichensprache — seiner eigenen Erfindung — etwas zu essen bestellte. Drei aus Schrottfundstücken zu anmutigen Abstraktionen in Schwarz und Grau geformte Arbeiter, einer mit urnenförmigen Kurven, ein anderer mit kubistischen Kanten, rollten und kreiselten in den Raum, der als Küche und Spielzimmer für Nanoprojekte diente.

»Ich fliege wahrscheinlich nach Hispaniola«, sagte sie. »Die Genehmigungen werden im voraus beschafft. Der Verdächtige ist auf der Flucht.«

»Was für ein Verbrechen soll er begangen haben?«

»Acht Morde. Eine Orgie, die eine ganze Nacht gedauert hat.«

Ernest stieß einen Pfiff aus. »Arme Mary. Solche Sachen machen dir schwer zu schaffen.«

»Ich hasse sie«, sagte sie.

»Zuviel Mitgefühl. Schau: Du hast getaischt, aber du bist schon wieder steif.«

Sie löste ihre verkrampften Finger und schüttelte den Kopf. »Das ist keine Wut, sondern Frustration.« Ihre schwarzen Augen suchten in seinem Gesicht. »Wie können Menschen so etwas tun? Wie ist es möglich, daß etwas so schrecklich schiefläuft?«

»Nicht jeder ist so ausgeglichen wie du ... und ich«, sagte Ernest mit einem leisen Lächeln.

Sie schüttelte den Kopf. »Ich werde den Mistkerl finden.«

»Das klingt jetzt aber doch nach Wut«, sagte Ernest.

»Ich möchte, daß es endlich vorbei ist. Ich möchte, daß wir alle erwachsen und glücklich sind. Wir alle.«

Ernest schnalzte zweifelnd mit der Zunge. »Du bist eine PD. Sowas wie eine Ärztin. Wenn alle gut angepaßt sind, bist du arbeitslos.«

»Hätte ich nichts dagegen. Du ...« Mary suchte nach Worten, fand aber keine. Eine Zurschaustellung ihrer Zweifel und Schwächen. Ernest war seit zwei Jahren ihre Klagemauer. Er spielte die Rolle gelassen, ihr privater Psychologe, ihr Seelentröster. »Ich hab heute nicht mal Zeit für Liebe.«

»Wenn du zwischen Liebe und Lunch wählen könntest, würdest du dann meinen Lunch nehmen?«

»Du bist ein guter Koch.«

»Wie viele Stunden bist du schon auf den Beinen?«

»Zu viele. Aber ich hatte eine Pause, und jetzt mache ich gerade noch eine. Mach dir keine Sorgen. Ernest, hast du schon mal was von Emanuel Goldsmith gehört?«

»Nein.«

»Ein Dichter. Romanschriftsteller. Dramatiker.«

»Ich bin bildender Künstler, kein Literat.«

»Er ist der Verdächtige. Ein bedeutender Mann. Hat im Fuß eines Combs gewohnt. Steht im Verdacht, acht junge Anhänger ermordet zu haben. Kein Motiv. Er ist verschwunden, und ich glaube, er könnte nach Hispaniola geflohen sein. Colonel Sir John Yardley hat ihn ganz offen eingeladen. Du hast mir mal erzählt, daß du ein paar Leute aus Hispaniola kennst.«

Ernest runzelte die Stirn. »Ich wäre gar nicht begeistert, wenn du zu denen gehen würdest, Mary. Wenn du was über Hispaniola erfahren willst, warum gehst du dann nicht in die PD-Bibliothek und schlägst es nach? Ich bin sicher, da steht alles drin, was du wissen mußt ...«

»Das habe ich bereits getan, aber ich brauche trotzdem noch die Meinung eines Insiders. Speziell von einem von der Gegenpartei.«

Er kniff ein Auge zu. »Freunde von mir kennen Leute, die dort gearbeitet haben. Keine netten Leute. Die trauen keinem.«

Sie streichelte seine Wange, glatte schwarze Hand auf braunem Gesicht mit spärlichem Bart. »Ich würde gern mit deinen Bekannten sprechen. Kannst du das arrangieren?«

»Sie sind arbeitslos, untherapiert und ihre Aufenthaltserlaubnis läuft bald aus — trotzdem, sie würden die Gelegenheit, dich zu treffen, sofort beim Schopf packen. Das wäre Unterhaltung für sie, Mary. Aber sie sind unter den Raphkind-Einwanderungsgesetzen hier. Hispaniola hat sie im Stich gelassen, als in Washington das Kind in den Brunnen gefallen ist. Sie haben Angst, zurückgeschickt zu werden. Sie sind auf der Flucht vor den Einwanderungsbehörden, und auch vor den Selektoren.«

»Ich kann ein Auge zudrücken.«

»Wirklich? Für mich hörst du dich wie eine wütende Frau an. Kann sein, daß dich der Wunsch überkommt, sie einlochen und therapieren zu lassen.«

»Ich kann mich beherrschen.«

Ernest senkte den Blick auf seine Hände, die von der Arbeit knorrig geworden waren. Nanonarben. Mit manchen seiner Materialien ging er nicht so vorsichtig um, wie es angebracht gewesen wäre. »Wie eilig hast du's damit?«

»Wenn ich Goldsmith bis morgen nicht in diesem Land aufspüre, bin ich übermorgen unterwegs nach Hispaniola.«

»Ich kann mal mit meinen Freunden reden. Aber wenn du nicht fliegst, vergessen wir die Sache.«

»Kontakte in den Schatten kann ich immer brauchen«, sagte sie.

»Laß mir meinen Willen. Die brauchst du nicht.«

Die Arbeiter brachten den Lunch. Als erstes kam der urnenförmige Arbeiter; er trug ein Tablett mit zwei Weingläsern. Der Kubist rollte mit einem Tablett voller Sandwichköstlichkeiten hinterdrein.

»Mary, du weißt, ich bete dich an«, sagte Ernest beim Essen. »Ich würde auf eine Menge verzichten, um gesetzlich mit dir verbunden zu sein.«

Mary lächelte, dann erschauerte sie. »Nichts wäre mir lieber, aber ich will nicht, daß einer von uns auf etwas verzichtet. Wir sind beruflich noch nicht ganz oben. Erst, wenn wir das geschafft haben.«

Ernest hatte ihr Erschauern gesehen. »Treib keine Scherze mit mir. Sonst geb ich's vielleicht auf und schnapp mir ein Barrio-Schätzchen.« Er schenkte ihr eine Tasse Tamarindo ein. Ernest trank keinen Alkohol nahm keine Drogen. »Aber das sag ich fast jedesmal, oder?«

Sie prosteten einander zu. Mary hob die Hand und starrte sie an, als ob sie nicht zu ihr gehörte.

»Also, was ist sonst noch los?« fragte Ernest sanft.

»Theo hat angerufen.«

»Die nervöse Theodora«, sagte Ernest. »Hat sich ihr Herzenswunsch erfüllt?«

Mary schüttelte den Kopf. »Sie ist wieder übergangen worden. Zum drittenmal.«

»Das hab' ich nicht gemeint«, sagte Ernest.

»Oh?«

»Du sagst, sie ist deine Freundin, Mary, aber so eine Freundin habe ich noch nie gesehen. Sie sonnt sich in deinem Glanz. Sie liebt dich nicht. Sie will so sein wie du, aber sie haßt dich, weil du anders bist als sie.«

»Oh.« Sie setzte ihr Glas ab.

»Hat sie sich bei dir ausgeweint?«

»Lunch bei dir ist wie Liebe mit dir«, sagte Mary nach einer Pause. »Tut mir aufrichtig leid, daß ich nicht länger bleiben kann.« Sie hob ein mit gewürzten Zuchtshrimps gefülltes, erlesen dekoriertes Sandwich, als wollte sie einen Toast auf ihn ausbringen.

Die Bürgeraufsicht nahm die ersten sieben Stockwerke eines Geschäftsturms des frühen einundzwanzigsten Jahrhunderts ein, der am Wiltshire im alten Beverly Hills aufragte. Die Warteräume im ersten Stock versuchten gar nicht erst, einen Anschein von Stil zu erwecken; sie waren karg unbequem weiß und hell erleuchtet.

Mary wartete geduldig, während die Minuten bis zu ihrem Termin vorrückten und dann weiterliefen. Drei andere PDs aus Long Beach und den Torrance Towers, die ihr gegenübersaßen, warteten genauso geduldig. Sie sprachen wenig miteinander. Sie waren nicht in ihrem Element.

Die Aufsicht gebot über Informationen, an die das PD auch durch Gerichtsbeschluß nicht herankam. Solche Informationen zu erhalten war eine Kunst, die viel mit Politik gemeinsam hatte. Einzelne PDs oder PD-Bezirke, die zu häufig anfragten, wurden schnell als unmäßig gebrandmarkt.

Überall in den USA verfolgten Vidmonitoren und andere Sensoren die Aktivitäten der Bürger in Privatwagen Bussen Zügen Flugzeugen und sogar auf den Gehwegen, überall dort, wo Bürger öffentliche Plätze oder Gebäude benutzten. Die Akten privater Dienstleistungsunternehmen, Bankunterlagen, Krankenblätter und Therapieunterlagen, alles ging zur Aufsicht, und in jedem Staat wurden jährlich neue Beamte vom Volk gewählt, um die so gewonnenen Informationen zu verwalten.

Die Aufsicht hatte ihren Wert hundertemale unter Beweis gestellt, indem sie soziale Statistiken herausgegeben hatte, Rohdaten, die erforderlich waren, um Pläne zu machen Trends zu erfassen und eine Nation von einer halben Milliarde Menschen zu verstehen und ihr zu dienen.

Anfangs, als man die Aufsicht vorgeschlagen und geschaffen hatte, war es ihr strengstens verboten gewesen, irgendwelche Daten über einzelne Bürger oder auch nur spezifische Gruppen von Bürgern zu veröffentlichen, ganz gleich, aufgrund welcher Aktivitäten sie mit der Justiz oder dem PD zu tun hatten. Aber schon vor Raphkind war die Mauer zwischen der Aufsicht und den Gerichten sowie dem PD dünner geworden. Während der sieben Amtsjahre von Raphkind hatte man die Mauern weiter ausgedünnt und schließlich durchbrochen, und die Informationen waren ungehindert an das PD und das Bundesamt geflossen. Jetzt schwang das Pendel zurück, und die Aufsicht gab dem PD nur noch spärliche Auskünfte auf einer strikt geregelten Basis.

Jetzt hatten Aufsichtsbeamte, die bei der Herausgabe von Daten Fehler machten, hohe Geld- und sogar Gefängnisstrafen zu gewärtigen. Folgerichtig wurde jede Anfrage des PD zu einem Willenskampf. Bereitwillige Jas gegen unwillige Neins, so sah Mary die Sache; bei ihren vier Versuchen, Erkundigungen einzuholen, hatte sie noch nie Auskünfte erhalten. Trotz der Schwere des Verbrechens, das sie untersuchte, rechnete sie auch jetzt nicht damit, Informationen zu bekommen.

Der Arbeiter an der Rezeption rief ihren Namen auf. Sie steckte ihr Ticket in den Schlitz und stieg eine kurze Treppe zu einem kleinen Büroraum mit zwei Türen an gegenüberliegenden Wänden und einem leeren Schreibtisch hinauf, der als Barrikade zwischen ihnen fungierte. Stühle gab es nicht. Die Beziehungen hier waren die von Gegnern; wohlfühlen sollte man sich an diesem Ort nicht.

Mary blieb stehen und wartete darauf, daß ihre Kontaktperson durch die andere Tür hereinkam.

Ein Mann mittleren Alters mit sich lichtendem Haar in einem saloppen blauen Mittelanzug, trat ein und sah sie verärgert an. Seine ganze Haltung drückte Müdigkeit und das physische Fehlen von Ehrgeiz aus. »Hallo«, sagte er.

Sie nickte und blieb in Rührt-Euch-Haltung stehen, wo sie war, die Arme vor der Brust verschränkt.

»Lieutenant Mary Choy, mit der Untersuchung der Morde an acht Personen im dritten Fuß von Ost-Comb Eins befaßt«, sagte der Kontaktmann.

»Ja.«

»Ich habe mir Ihren Antrag durchgelesen. Das ist ein

ungewöhnlicher Fall in einem Comb, und woanders eigentlich auch. Sie möchten wissen, ob der Staatsbürger Emanuel Goldsmith während der letzten zweiundsiebzig Stunden irgendwo in den USA von der Aufsicht erfaßt worden ist. Sie würden diese Information dazu benutzen, Ihre Suche örtlich einzugrenzen oder ins Ausland zu reisen, um sie dort fortzusetzen.«

»Ja.«

Der Mann musterte sie unvoreingenommen. Er beurteilte sie nicht, sondern sah sie bloß an.

»Ihr Antrag ist nicht ungewöhnlich. Leider kann ich aufgrund ablehnender Beurteilungen in drei von unseren Abteilungen keine umfassenden Auskünfte geben. Es besteht kein ausreichendes öffentliches Interesse. Unserer Einschätzung nach werden Sie den Mörder auch so fangen. Ich bin jedoch ermächtigt, Ihnen mitzuteilen, daß wir keine Unterlagen über finanzielle oder andere persönliche Transaktionen Emanuel Goldsmiths in den letzten zweiundsiebzig Stunden außerhalb der Stadt Los Angeles in den Vereinigten Staaten von Amerika haben. Nach vierundzwanzig Tagen dürfen Sie in derselben Angelegenheit noch einmal einen Antrag stellen. Anträge, die vorher hier eingehen, werden abgelehnt.«

Es dauerte mehrere Sekunden, bis Mary reagierte. Das Orakel hatte alles gesagt, was es sagen würde. Sie entspannte sich ein wenig, ließ die Arme sinken und wandte sich zum Gehen.

»Viel Glück, Lieutenant Choy«, sagte der müde Mann.

»Danke.«

■

Alte dunkle Männer mit grauen Bärten
Sprechen Stammesrecht Zähne verrottet
Augen gelb Finger steif befangen
In Träumen Einer raubt eines anderen Frau
Land Vieh Finger fort oder Narbe auf
Stirn Kennzeichen des Diebes oder
schariaverwirkte rechte Hand
Graue Perücken schwarze Roben hallende verschlafene
Räume mit Holz die gleichen alten
Dunklen Männer mit grauen Bärten
Gelben Augen
Besseren Zähnen

18

Martin Burke steckte die Karte in sein Telefon. Paul Lascals Gesicht erschien. »Ja. Hallo«, sagte er.

»Hier ist Burke.«

»Schön, von Ihnen zu hören, Mr. Burke. Sind Sie zu einem Entschluß gekommen?«

Martins Lippen waren taub und trocken. »Sagen Sie Albigoni, ich mache es.«

»Sehr gut. Sind Sie heute nachmittag frei?«

»Ich werde nie wieder frei sein, Mr. Lascal.«

Lascal hielt das für Ironie und lachte.

»Ja, ich bin heute nachmittag frei«, sagte Martin.

»Ich schicke Ihnen einen Wagen. Er steht um eins vor Ihrer Tür.«

»Wo fahre ich hin?«

Lascal hustete. »Tut mir leid. Bitte gestehen Sie uns soviel Diskretion zu.«

»Soviel und noch mehr«, sagte Martin fröhlich, die Stimme des gedungenen Handlangers. »Ach, und Mr. Lascal ... Ich brauche jedes Fitzelchen Information, das Sie mir über unsere Versuchsperson geben können. Es ist in Ordnung, wenn sie über das Verfahren unterrichtet wird ...«

»Sie hat ihre Einwilligung gegeben.«

Martin verstummte überrascht.

»Ich sorge dafür, daß Ihnen bei Ihrer Ankunft alles biographische und damit zusammenhängende Material zur Verfügung steht«, sagte Lascal.

Martin starrte eine Weile auf den leeren Bildschirm, ohne etwas zu denken, und rieb sich die Knie. Er stand auf und ging zum Fenster, um auf das ehemals vornehme La Jolla hinauszuschauen, das immer noch von einer Pracht träumte, die nach Norden zu den Monumenten oder nach Westen über das weite Meer entfleucht war.

La Jolla hatte ihm zu gefallen begonnen. Er legte keinerlei Wert darauf, wieder in die Monumente oder — Gott bewahre — in die Combs von LA zu gelangen. Aber wenn alles planmäßig verschwörungsmäßig lief, würde er bald sehr weit von hier entfernt sein, an einem Ort — wenn man es so nennen konnte —, den er noch mehr liebte als diesen hier, in der Landschaft und überdies bei Carol.

»Ich kann das Ganze als Abenteuer betrachten«, sagte er laut, »oder ich kann Angst haben.«

Martin sah seine Regale durch und sammelte die erforderlichen Disketten und Würfel ein, instruierte den Hausmanager und rief aus einem nachträglichen Einfall heraus seinen Anwalt an, um ihn wissen zu lassen, wo man ihn möglicherweise finden konnte, falls er nach einer Woche nicht wieder in seiner Wohnung sein sollte. Der letzte Rest von Mißtrauen.

Ein langer, mitternachtsblauer Privatwagen von der Größe eines Minibusses fuhr pünktlich an den Rinnstein und öffnete die Tür, um ihn in weichen grauen und roten Salonkomfort aufzunehmen. Der Wagen brummte durch die Straßen von La Jolla, die von bunt gekleideten Menschenmassen auf dem Weg zum Lunch bevölkert waren. Er gelangte rasch zur Auffahrt der staatlichen Leitstraße 5 und raste nach Norden.

Zehn Minuten nach Carlsbad, zwischen schachbrettartig angelegten Wohnblöcken aus dem zwanzigsten Jahrhundert hindurch, die sich wie Häusergebirge um die Leitstraße drängten — jetzt die Unterkünfte derjenigen, die unter Carlsbads kilometerhoher, auf der Spitze stehender Pyramide lebten. Eine Wendung nach Osten bei der Pyramide und von der Leitstraße herunter auf eine glatte, betonierte Landstraße, die sich durch Hügel und Felder mit verstreuten Münzstapel-Haziendas, Villen, Moscheen, Glaskuppeln, weit vom Meer entfernten meerblauen Dächern, Miniaturseen, Golfplätzen und halb aus Holz, halb aus Ziegeln im Tudorstil erbauten Anwesen schlängelte: Zufluchtsstätten der Exzentrischen Alten Reichen, die es vorzogen, sich von dem Gepränge der Monumente und den bourgeoisen Lieblingsorten der Küstenfreunde fernzuhalten.

Vom Meer aus gesehen ähnelte die südliche Küstenlinie Kaliforniens der Mauer eines riesigen Gefängnisses oder einer unregelmäßigen, farbenfrohen Knitterfalte aus Basalt, die von der Erde aufgeworfen worden war und sich zu Würfeln, Röhren, Sechsecken und Türmen abkühlte, in denen Lemminge aus der ganzen Welt hausten: Kolonien russischer Auswanderer, die im Jahrzehnt der Offenheit den natürlichen Reichtum der sibirischen Massen ausgebeutet hatten, mit ihren Strandbistros; Gruppen chinesischer und koreanischer Ansiedler, die zu spät gekommen waren, um extravagantes Land zu kaufen; alte, reiche Japaner und die letzten levantinischen Familien des Öljahrhunderts, die ihr Land für noch mehr Geld an die Erbauer der Monumente verkauft hatten und sich nun allesamt an die ihnen zugewiesenen rechteckigen Schachteln klammerten. Sie alle konkurrierten mit ein paar entmutigten, zahlenmäßig unterlegenen alten Californios, deren deklassierter Strandhäuserbandwurm-Lebensraum jetzt von ebendiesen Monumenten und den neueren, größeren Combs überschattet wurde.

Es machte Sinn, daß Albigonis Anwesen weit von all dem entfernt lag. Dennoch war der Verleger nicht der rückläufigen Flut jener Weststaatler gefolgt, die Tausende von Meilen ostwärts gezogen waren, um erneut Anspruch auf die zentralen Staaten und die alte Katastrophe New York zu erheben.

»Sind wir da?« fragte Martin den Wagen. Sie waren auf eine Privatstraße abgebogen, die in den Schatten immergrüner Canyon-Eichen führte, und näherten sich nun einem weitläufigen, anscheinend aus Holz gebauten fünfstöckigen Komplex mit weißen Wänden, einem ziegelroten Dach und einem großen, ausladenden Turm in der Mitte. Das Haus kam Martin bekannt vor, obwohl er sicher war, es noch nie gesehen zu haben. Die Steuerung, ein treuer Denker niedrigen Ranges, sagte: »Das ist unser Ziel, Sir.«

»Wieso kommt es mir so bekannt vor?« fragte er.

»Mr. Albigonis Vater hat es so bauen lassen, daß es dem alten Hotel Del Coronado ähnelt, Sir.«

»Oh.«

»Er hat dieses Hotel sehr gemocht. Mr. Albigonis Vater hat vieles davon hier kopiert.«

Der Wagen bog auf eine hohe, breite Zufahrt ein, und Martin beugte sich vor und bestaunte eine Ziegeltreppe mit Messinggeländern, die zu einer großen Tür aus Glas und Holz mit bemalten und weiß gestrichenen Holzteilen hinaufführte. Er stellte sich vor, wie das Rohmaterial vor Jahrzehnten mit schweren Maschinen kreischend aus Wäldern geschleift worden war; dies hier kam vielleicht aus Brasilien oder Honduras, jenes dort aus Thailand oder Luzon, Holzfleisch, das von gewaltigen mechanischen Kiefern gefällt, von Drahtbürstenmägen entrindet, an Ort und Stelle zu Bauholz zersägt, getrocknet und mit einer Leimbinde versehen, sortiert, an den abgetrennten Enden angestrichen, verpackt und verschifft worden war.

Martin mochte Holzmöbel nicht. Er hatte die Eigenheit, in Pflanzen und besonders in Bäumen ein höheres Bewußtsein zu spüren, unkompliziert und unergründlich; kein Geist kein Ich keine Landschaft, aber die simpelste vorstellbare Reaktion auf das Leben: Wachstum und Sex ohne Ekstase oder Schuldgefühl, Tod ohne Schmerz. Von diesen Ansichten sagte er keinem etwas; sie gehörten zu seinem geheimen Muschelhaufen privater Gedanken.

Paul Lascal kam die Treppe herunter und blieb neben dem Wagen stehen, als sich die Tür mit einem Zischen öffnete. Er streckte die Hand aus, und Martin schüttelte sie, während er immer noch die Holzteile betrachtete. Sein Mund stand offen wie der eines staunend gaffenden Kindes.

»Schön, Sie an Bord zu haben, Dr. Burke.«

Martin nickte höflich. Er steckte die Hand, die Lascal wieder losgelassen hatte, in die Tasche und fragte ruhig: »Wohin?«

»Hier entlang. Mr. Albigoni ist im Arbeitszimmer. Er hat alle Arbeiten von Ihnen gelesen.«

»Gut«, sagte Martin, obwohl es sich in Wirklichkeit um eine neutrale Information handelte; es war nicht nötig, daß Albigoni etwas davon verstand. Er würde nicht in die Landschaft gehen. »Ich habe Carol getroffen«, erklärte er Lascal in einem geräumigen, dunklen Flur mit Granitboden und Gewölben Kragstücken Säulen aus Holz, exotischem Holz, Mahagoni Teufelsauge Ahorn Teak Walnuß und anderen, die er nicht identifizieren konnte, die jedoch auf ihre Art ebenso skandalös waren wie die Felle ausgestorbener Tiere, obwohl die Bäume natürlich nicht ausgestorben waren. Die Zeit, in der man sie gefällt und verarbeitet hatte, war eine schlimme Zeit gewesen, eine sündige Zeit, aber die Bäume hatten überlebt und gediehen jetzt. Neues, auf Farmen gezüchtetes, genetisch verändertes Holz war billig und wurde deshalb von den Reichen kaum verwendet. Diese bevorzugten nun künstliche Materialien, die aufgrund der Kosten für ihre Herstellung und der dabei aufgewendeten Energie selten waren. Albigonis Haus gehörte zu jenen, die zwischen dem Zeitalter der Völlerei und dem Zeitalter des proletarischen Überflusses gefangen waren.

Lascal hatte etwas gesagt, was er nicht gehört hatte. »Pardon?«

»Sie ist eine hervorragende Forscherin«, wiederholte Lascal. »Mr. Albigoni freut sich sehr, daß Sie beide für ihn arbeiten.«

»Ja. Nun gut.«

Lascal ging ihm voran ins Arbeitszimmer: mehr Holz, dunkel und Bücher en masse, vielleicht zwanzig- oder dreißigtausend Bände, der dicke, süße Staubgeruch von altem Papier, wieder Holz, Alter und hinausgezögerter Verfall.

Albigoni saß in einem massiven Eichensessel vor einer Tafel. Rotierende Schaubilder menschlicher Gehirne im Querschnitt, rostral, kaudal und ventral, liefen über die Tafel. Er hob langsam den Kopf und zwinkerte wie eine Echse. Sein Gesicht war blaß und alt vor Kummer. Gut möglich, daß er seit ihrer letzten Begegnung nicht geschlafen hatte.

»Hallo«, sagte Albigoni mit klangloser Stimme. »Danke, daß Sie zugestimmt haben und gekommen sind. Wir haben nicht viel Zeit. Von übermorgen an steht uns das IPR offen, und alles, was Sie brauchen, wird Ihnen zur Verfügung stehen. Da sind ein paar Punkte, die ich mir zuvor gern erklären lassen würde.«

Lascal zog einen Stuhl nach vorn, und Martin setzte sich. Lascal blieb stehen. Albigoni drehte sich mit den Ellbogen auf den Armlehnen herum und beugte sich vor wie ein alter Mann — breites römisches Patriziergesicht, Lippen, die früher einmal ungezwungen gelächelt hatten, freundliche Augen, die jetzt leer waren. »Ich lese gerade über Ihren Dreifachfokusrezeptor. Er fängt mittels spezieller neurologischer Nanotechnologie Signale von in die Haut eingepflanzten Schaltkreisen auf. Er ist so konstruiert, daß er Aktivitäten an dreiundzwanzig verschiedenen Stellen um das Ammonshorn und den Balken herum verfolgen kann.«

»Ja. Wenn wir in die Landschaft gehen. Er ist vielseitig und kann weitere Aufgaben in anderen Bereichen des Gehirns wahrnehmen.«

»Und die Versuchsperson wird dadurch nicht in Mitleidenschaft gezogen?« wollte Albigoni wissen.

»Keine Langzeitwirkungen. Das Nano zieht sich zur Hautoberfläche zurück und wird herausgeholt. Wenn es das aus irgendeinem Grund nicht tut, löst es sich einfach auf, und zwar in unzugängliche Metalle und Proteine.«

»Aber die Feedback-Sonde ...«

»Regt neurochemische Aktivität über ausgewählte Pfade und neurale Tore an; erzeugt Transmitter und Ionen, die das Gehirn als Signale interpretiert.«

Albigoni nickte. »Das ist ein unbefugter Eingriff.«

»Ein unbefugter Eingriff, ja, aber es wird nichts zerstört. All diese Stimuli sind natürlich reversibel.«

»Aber in Wirklichkeit erforschen Sie den Geist der Versuchsperson nicht direkt, eins zu eins.«

»Nein. Nicht auf einer Erkundung der ersten Stufe. Wir benutzen einen Computerpuffer. Mein Programm interpretiert in einem Computer die Signale, die es von der Versuchsperson empfängt, und bildet die Tiefenstrukturbilder nach. Der Forscher untersucht diese Tiefenstruktur in der Computersimulation und setzt den Feedback-Stimulus — falls erforderlich — bei einer zweifelhaften Reaktion ein. Der Geist der Versuchsperson reagiert, und diese Reaktion wird in der Simulation reflektiert.«

»Könnten Sie den Geist direkt erforschen?«

»Nur auf einer Erkundung der zweiten Stufe«, antwortete Martin. »Ich habe das bisher erst einmal gemacht.«

»Meinen Technikern zufolge wird eine Erkundung der ersten Stufe nicht möglich sein. Vor sechs Monaten haben sich Untersuchungsbeamte an Ihrer Ausrüstung zu schaffen gemacht. Ihr Simulations- oder Puffercomputer ist im Moment in Washington D.C. Die Anwälte haben ihn beschlagnahmt, um einen Vergleich mit importierten Foltergeräten anzustellen, die von Selektoren benutzt wurden. Sind Sie bereit, sich mit unserer Versuchsperson direkt einzulassen, von einem Geist zum anderen?«

Martin ließ seinen Blick durch das Zimmer schweifen. Seine Kinnladen mahlten. Er lächelte und lehnte sich auf dem Stuhl zurück. »Das ist ein neues Spiel, Gentlemen«, sagte er. »Ich wußte nichts von der Beschlagnahme. Die Jungs vom Bundesamt liegen total daneben. Meine Ausrüstung hat nichts mit einer Höllenkrone gemein. Jetzt habe ich keine Ahnung, was ich tun kann oder nicht.«

»Der Computer ist nicht wiederzubeschaffen. Wir können einen anderen besorgen ...«

»Diesen Computer habe ich selbst gebaut«, sagte Martin. »Ich habe ihn aus einem Nanokeim gezüchtet. Er ist kein Denker, aber fast so kompliziert wie das Gehirn, das er simuliert.«

»Dann ist das Projekt nicht durchführbar«, sagte Albigoni beinahe hoffnungsvoll.

Martin biß die Zähne zusammen und schaute aus dem Fenster. Blaue und schillernd grüne Winterrosen blühten in einer ordentlichen Hecke; dahinter grüner Rasen staubgrüne Eichen goldbraune Hügel.

Der letzte Dolchstoß. Die Entscheidung zu treffen und dann zu sehen, wie sich alles in Wohlgefallen auflöst. Zuviel. »Wahrscheinlich ist es doch machbar. Ob es ratsam ist oder nicht ...«

»Gefahren?«

»Der direkte Kontakt von Geist zu Geist ist für die Versuchsperson und den Forscher viel anstrengender.

Man kann nicht so lange in der Landschaft bleiben. Wahrscheinlich nicht mehr als ein oder zwei Stunden. Ein älterer, kleinerer Computer, den ich konstruiert habe, diente zum Teil als Interface und erhöhte die Verständlichkeit; er war sozusagen ein Dolmetscher, aber kein Puffer. Ich hoffe, dieses Gerät steht noch zur Verfügung.«

Albigoni sah Lascal an. Dieser nickte. »Wenn unser Verzeichnis korrekt ist, ja.«

»Wie haben Sie es geschafft, das IPR wieder aufzumachen?« fragte Martin.

Lascal antwortete, das ginge ihn eigentlich nichts an. Er hatte recht; es war müßige Neugier. Es war egal, solange es stimmte. Wo waren die Grenzen der Macht eines reichen Mannes? Vielleicht würden sie alle auffliegen, das Resultat der Flunzerei eines reichen Mannes oder der Dummheit eines unbekannten Untergebenen.

»Wieso gibt es die Landschaft des Geistes, Mr. Burke?« fragte Albigoni. »Ich habe Ihre Aufsätze und Ihre Bücher gelesen, aber da geht es in erster Linie um technische Fragen.«

Martin sammelte seine Gedanken, obwohl er das alles seinen Kollegen und sogar der großen Öffentlichkeit hundertmal erklärt hatte. Diesmal würde er sich keine kunstvollen Ausschmückungen erlauben. Die Landschaft war an sich schon phantastisch genug.

»Sie ist die Basis aller menschlichen Denkprozesse, all unserer großen und kleinen Ichs. Sie ist bei jedem von uns anders. So etwas wie ein einheitliches menschliches Bewußtsein gibt es nicht. Es gibt Primärroutinen, die wir als Persönlichkeiten bezeichnen; eine davon bildet normalerweise das bewußte Ich, und sie sind teilweise mit anderen Routinen integriert, die ich Nebenpersönlichkeiten, Talente oder Agenten nenne. Das sind eigentlich begrenzte, unvollständige Versionen von Persönlichkeiten. Um zum Ausdruck zu kommen oder die Herrschaft über den gesamten Geist zu erhalten, müssen sie nach vorn geholt und paßgenau mit der Primärpersönlichkeit verzahnt werden, das heißt mit dem, was man früher als Bewußtsein bezeichnet hat, mit unserem führenden Ich.

Talente sind Komplexe von Fähigkeiten und Instinkten, von erlerntem und vorstrukturiertem Verhalten. Sex ist der augenfälligste und umfangreichste — zwanzig Talente bei reifen Erwachsenen. Wut ist ein anderer; für die Wutreaktion sind gewöhnlich fünf Talente vorgesehen. Bei einem integrierten, sozial angepaßten Erwachsenen über dreißig bleiben normalerweise nur zwei solche Wuttalente übrig, soziale Wut und private Wut. Wir leben in einer Zeit der sozialen Wut.«

Albigoni hörte zu, ohne zu nicken.

»Die Selektoren beispielsweise werden von sozialer Wut beherrscht. Die haben sie mit privater Wut durcheinandergebracht. Sozialwuttalente kontrollieren ihre Primärroutinen.«

»Talente sind also Persönlichkeiten«, warf Lascal unsicher ein.

»Keine voll entwickelten. Bei ausgeglichenen, gesunden Individuen sind sie nicht autonom.«

»Gut«, sagte Albigoni. »Soviel ist klar. Was für andere Talente gibt es noch?«

»Hunderte, zumeist rudimentäre, die fast alle bei den Primärroutinen Anleihen machen oder mit ihnen parallel laufen, die sich alle glatt integrieren und miteinander verzahnen« — er schob seine Knöchel wie Zahnräder ineinander und verdrehte die Hände — »um ein gesundes Individuum zu bilden.«

»Sie sagen fast alle. Was ist mit den Routinen und Subroutinen, die keine Anleihen machen, die höchstwahrscheinlich« — er warf einen Blick auf seine Notizen — »Nebenpersönlichkeiten oder Sekundärpersönlichkeiten sind, wie Sie es nennen.«

»Sehr komplexes Schema«, sagte Martin. »Ist in meinem zweiten Buch drin.« Er nickte zum Bildschirm der

Tafel hin. »Zu den Neben- oder Sekundärpersönlichkeiten gehören jene Routinen, die das Männliche und das Weibliche konstituieren und die Jung als Animus und Anima bezeichnet hat ... Dann größere Beschäftigungsroutinen, das heißt, die jeweilige Persönlichkeit, die man annimmt, wenn man seinen Geschäften nachgeht oder eine bedeutende Rolle in der Gesellschaft spielt ... Jede Routine, von der anzunehmen ist, daß sie die Primärpersönlichkeit für eine nicht unwesentliche Zeitspanne gestalten oder ersetzen kann.«

»Ein Künstler oder Dichter zu sein, vielleicht?«

»Oder Ehemann/Ehefrau oder Vater/Mutter.«

Albigoni nickte. Seine Augen waren geschlossen und verloren sich beinahe in seinem breiten Gesicht. »Den wenigen Nachforschungen, die ich in den letzten sechsunddreißig Stunden anstellen konnte, habe ich entnommen, daß Therapie meistens ein Stimulus für abgelegte oder unterdrückte Routinen und Subroutinen ist, um eine bessere Balance zu erreichen.«

Martin nickte. »Oder die Unterdrückung einer unerwünschten oder defekten Nebenpersönlichkeit. Das kann manchmal durch äußere Therapie — indem man darüber spricht — oder durch einen inneren Stimulus bewerkstelligt werden, zum Beispiel durch die direkte Simulation eingebildeter Wachstumserfahrungen. Man kann es durch die physische Umstrukturierung des Gehirns erreichen, indem man sie mit chemischen Mitteln hervorholt oder unterdrückt, oder — noch radikaler — durch Mikrochirurgie, um den Sitz unerwünschter, dominanter Routinen zu versiegeln.«

»Bei einem Triebtäter zum Beispiel ...«

»Die typische Therapie für einen Triebtäter besteht darin, daß der Sitz einer unerwünschten, dominanten Sexualroutine zerstört wird.«

»Mit aller Vorsicht.«

»Selbstverständlich«, sagte Martin. »Dominante Routinen können große Sektoren der Primärpersönlichkeit umfassen. Sie herauszulösen ist eine heikle Angelegenheit.«

»Und eine ziemlich primitive, bis Sie mit Ihrer Arbeit am IPR kamen.«

Martin pflichtete ihm bescheiden bei.

»Die Radikaltherapie hatte nur eine Effektivität von fünfzig Prozent, bis Sie die Verfahren präziser machten.« Albigoni hob den Blick seiner trüben Augen, sah Martin direkt an und lächelte matt. »Damit haben Sie der Wandlung von Gesetz und Gesellschaft in den letzten fünfzehn Jahren den letzten Schliff gegeben.«

»Und mir das Glöckchen des Sündenbocks verdient«, ergänzte Martin.

»Sie haben psychologisches Dynamit entdeckt, Dr. Burke«, sagte Albigoni. »Mein Verlag hat in den letzten sechs Jahren über sechshundert Bücher und fünfundsiebzig LitVids zu dem Thema herausgebracht.«

Erst jetzt dämmerte es Martin, welche Verbindung es zwischen Albigoni und ihm gab. »Sie haben eine Reihe von Büchern über das IPR und mich veröffentlicht ... Stimmt's?«

»Ja, das stimmt.«

Martin brummte und legte einen Finger an die Lippen. »Keine sehr schmeichelhaften Bücher.«

»Sie hatten auch nicht den Zweck, Ihnen zu gefallen.«

Martins Augen wurden schmal. »Fanden Sie die darin enthaltenen Schlußfolgerungen richtig?«

»Es ist nicht erforderlich, daß Mr. Albigoni mit dem Inhalt der Bücher oder LitVids, die er produziert, einverstanden ist«, warf Lascal ein. Er schaffte es irgendwie, aufmerksam über ihnen zu schweben, ohne sich von seiner Position diagonal zwischen ihnen wegzubewegen.

»Damals fand ich sie richtig«, sagte Albigoni. »Ihre Arbeit schien gefährlich nahe daran zu sein, uns auch noch den letzten Rest von Privatleben zu rauben.«

Martins Gesicht rötete sich. Eine alte Beschuldigung, die nie ihren Stachel verloren hatte. »Ich habe mich mit meinen Forschungen auf neues Terrain vorgewagt und es beschrieben. Ich habe es nicht geschaffen. Geben Sie dem Blitzableiter nicht die Schuld am Blitz.«

»Wenn einer die Hand zu den Wolken ausstreckt, ist er dann schuld an dem verirrten Blitzstrahl? Aber wir schweifen ab, Dr. Burke. Ich will mich jetzt nicht mit Ihnen streiten. Ich brauche Ihre Fähigkeiten, um ... einem Freund zu helfen. Um mich von einem Haß zu befreien, der mich innerlich auffrißt. Um uns allen zu helfen, es zu verstehen.«

Martin wandte den Blick ab und verdrängte den immer wieder frischen Zorn. »All diese Subroutinen und Persönlichkeiten ruhen auf einem Fundament, das älter ist als die gesprochene Sprache, die Kultur und die Gesellschaft. Manche Teile dieses Fundaments sind älter als der Mensch. Der Eisberg ist längst gefroren, wenn der Schnee auf seine Spitze fällt.«

»Wir werden also möglicherweise tiefer vordringen müssen, in Regionen unterhalb von Persönlichkeiten, Agenten und Talenten, um die Quelle einer Abweichung zu finden.«

»Selten«, antwortete Martin. »Die meisten menschlichen Geisteskrankheiten basieren auf einem Oberflächentrauma. Selbst bei Menschen mit Neurotransmitterfehlanpassungen oder anderen Störungen funktionieren die Tiefenstrukturen des Gehirns durchaus richtig. Defekte treten eher in Regionen der Geist-Gehirn-Struktur auf, die in evolutionärem Sinne neuer sind — nicht so vervollkommnet, so gesäubert. Manche dieser vererbten Tiefendefekte sind jedoch so subtil, daß sie sich nicht auf das Fortpflanzungspotential ausgewirkt haben, jedenfalls nicht bei unserer Spezies ... Die werden von normalen Evolutionsprozessen nicht beseitigt.«

»Wenn Emanuels Abweichung unter der Oberfläche

liegt, können Sie sie dann finden, untersuchen und korrigieren?«

»Nein, ich glaube nicht«, sagte Martin. »Aber wie gesagt, so eine fundamentale Abweichung kommt selten vor.«

»Massenmord auch. Haben Sie schon einmal eine Diagnose für einen Massenmörder gestellt und ihn korrigiert?«

»Es war eigentlich nie meine Aufgabe, Therapien durchzuführen«, sagte Martin. »Ich bin eher Forscher als Kliniker. Ich habe mit Therapeuten gesprochen, die meine Theorien und einige meiner Techniken bei Leuten angewendet haben, die getötet hatten ... Aber nie bei Massenmördern. Meines Wissens gibt es kein Gerichtsurteil in den letzten zehn Jahren, dem zufolge ein Massenmörder therapiert und auf freien Fuß gesetzt werden sollte.« Law and Order Marke Raphkind. Keine Schonung für die wahrhaft Bösen; weder Tod noch Gesundheit soll ihnen zuteil werden.

Albigoni wandte sich wieder der Tafel zu. »Ihr zweites Buch, *Die Grenzbereiche des Geistes,* enthält viele Zitate aus diversen Quellen, um das zu beschreiben, was Sie die Landschaft des Geistes nennen. Trotzdem sagen Sie, die Landschaft sei bei jedem von uns anders. Wenn sie so unterschiedlich ist, wie können wir sie dann als Ort erkennen?«

»Indem wir den Geist auf einer Ebene anzapfen, auf der die Inhalte und Strukturen bei uns allen ähnlich sind. Die wahrhaft privaten oberen Schichten des Geistes sind nicht direkt zugänglich, jedenfalls jetzt noch nicht. Die unteren Schichten haben unterschiedliche Eigenschaften, aber wir können sie verstehen, wenn wir sie durch unsere eigenen Tiefeninterpreter schicken. Das ist es, was die Dreifachsonde tut, unter kontrollierten Bedingungen. Ohne den Interface-Computer werden unsere Bedingungen allerdings weniger kontrolliert sein.«

»Ich verstehe immer noch nicht, was ›Landschaft des Geistes‹ bedeutet.«

»Sie ist eine Region, ein unaufhörlicher und kohärenter Traumzustand, der sich aus genetischen Engrammen, präverbalen Eindrücken und allen Inhalten unseres Lebens zusammensetzt. Sie ist das Alphabet und das Fundament, auf dem unser gesamtes Denken und unsere Sprache basiert, all unsere Symbologien. Jeder Gedanke, jede persönliche Handlung findet ihren Niederschlag in dieser Region. All unsere Mythen und religiösen Symbole basieren auf ihren gängigen Inhalten. Sämtliche Routinen und Subroutinen, alle Persönlichkeiten, Talente und Agenten, die ganzen mentalen Strukturen spiegeln sich in ihren Zügen und Bewohnern oder sind deren Spiegelungen.«

»Ist es wirklich eine Landschaft?«

»So etwas wie eine Landschaft, eine Stadt oder ein anderes Milieu.«

»Mit Häusern und Bäumen, Menschen und auch Tieren?«

»Gewissermaßen, ja.«

Albigoni runzelte die Stirn. »Wie Erinnerungen an Bäume und so weiter?«

»Nicht ganz. Es mag Analogien geben zwischen der Landschaft und der äußeren Welt, aber die äußeren Dinge, die wir sehen, durchlaufen mehrere Filter, die vom Geist je nach ihrer Brauchbarkeit als Symbole, als Bestandteile einer allumfassenden mentalen Sprache ausgewählt werden. Der größte Teil dieser Sprache wird festgelegt, bevor wir drei Jahre alt sind.«

Albigoni nickte. Er schien zufrieden zu sein. Lascal hörte ausdruckslos zu. »Und wenn Sie Emanuels Landschaft inspizieren, können Sie uns sagen, was ihn motiviert haben könnte, meine Tochter und die anderen zu ermorden.«

»Ich hoffe«, sagte Martin. »Nichts ist sicher.«

»Nichts ist sicher, nur der Kummer«, sagte Albigoni.

»Paul, zeigen Sie Dr. Burke unser Material über Emanuel.«

»Ja, Sir.«

Martin folgte Lascal aus dem Arbeitszimmer in ein kleines Medienstudio nebenan. »Nehmen Sie bitte Platz«, sagte Lascal und zeigte auf einen weich gepolsterten Liegestuhl, der von schwarzen Lautsprechersäulen umgeben war. Das Ganze sah wie die untere Hälfte eines Vogelkäfigs aus. Zwei kleine Projektoren auf einer schwarzen Platte direkt vor dem Liegestuhl drehten sich geräuschlos, als er sich setzte, und stellten sich auf die genaue Stellung seiner Augen ein.

»Das meiste von dem, was Sie erläutert haben, wußte Mr. Albigoni bereits«, erklärte Lascal ihm leise, während sich die Geräte für die Vorführung justierten. »Er wollte es nur aus ihrem eigenen Mund hören. Es hilft ihm, das zu verdauen, was er gelesen und gesehen hat.«

»Natürlich.« Martin spürte eine jähe Abneigung gegen Lascal. Glatt und professionell, hingebungsvoll und selbstlos; Albigoni hätte sich keinen unterwürfigeren Lakaien wünschen können.

Die Emanuel-Goldsmith-Multimediashow begann mit einem Interview aus dem Jahr 2025, das in einem frühen LitVid-Netz ausgestrahlt worden war. Titel schwebten in simulierten Goldbuchstaben vor ihm, dem Kennzeichen von Albigonis Nachschlagebibliothek: *Erster LitVid-Auftritt/nach Veröffentlichung seines zweiten Gedichtbands/›Unwissender Schnee‹ 10. Oktober 2025 LVD6 5656A.* Lascal erklärte Martin die speziell angefertigten Bedienungselemente an dem Stuhl und ließ ihn allein.

Ein junger, gutaussehender Goldsmith erschien vor ihm — makellose, glatte Mahagonihaut, dichtes, perfekt sitzendes schwarzes Haar über einer hohen Stirn, breite Nase, schmale Oberlippe mit dünnem Schnurrbart Unterlippe vorgewölbt zwischen schmollend und sinnlich, große, feuchte schwarze Augen mit sahnefarbenen Lederhäuten, langer dünner Hals und vorspringendes Kinn; fünfundzwanzig Jahre alt, fast ein Kind des Jahrhunderts; er trug einen schwarzen, hochgeschlossenen Wollpullover mit hochgekrempeltem linken Ärmel, um einen kräftigen Arm zu zeigen — Mode damals; in dem hochgekrempelten Teil steckte eine ID-Kommbox mit Satellitenanschluß, die das Zigarettenpäckchen von siebzig Jahren zuvor ersetzt hatte; jugendliches, freundliches Lächeln, lockeres Gehabe, entspannt vor der Interviewerin. Sprach über seine Arbeit Ambitionen Ziele. Dünne Stimme, aber nette Worte, ziselierter New York-Akzent mit Mittelwest-Einsprengseln. Goldsmith war gebildet; er beeindruckte die Interviewerin mit seiner höflichen Gelassenheit, in Anbetracht der hitzigen Ansichten, die in seinem Buch zum Ausdruck kamen, Ansichten über Afrika:

»Kann niemals meine Heimat sein. Es ist nur eine Heimat, in die mein Geist gehen wird, wenn ich sterbe. Ein paar Schwarze haben sich noch den Glauben an ein Vaterland dort bewahrt, in das sie zurückkehren können; sie hassen mich, weil ich weiß, daß das unmöglich ist. Kein Afrikaner will uns haben; wir sind zu weiß.«

und Amerika:

»Ich erzähle meinen Brüdern und Schwestern, daß der finanzielle Kampf gewonnen ist, nicht jedoch der politische und kulturelle, und ganz gewiß nicht der spirituelle. Wir haben immer noch Kaffeehaut in einer Machtstruktur, in der die Sahne zählt, nicht der Kaffee. Unser Krieg findet im Inneren Amerikas statt. Wir werden uns hier nie zu Hause fühlen, nicht bevor der Tag kommt, an dem uns keiner mehr fragt, wie es ist, schwarz zu sein, an dem sich keiner mehr über die Erfahrungen der Schwarzen ausläßt.«

und Poesie:

»In einer Welt, in der LitVid und Analphabetentum um sich greifen — man nennt das Vidiotie, habe ich gehört — ist die Poesie tot und begraben. Folglich hat sie ungeheure Freiheit: da sie ignoriert wird, kann sie wie eine Rose in einem Misthaufen aufblühen. Die Poesie ist wiederauferstanden. Sie ist der Messias der Literatur, aber der Engel hat noch keinem gesagt, daß sie wiederauferstanden ist.«

und über den Verkauf von mehr als einer Viertelmillion Hardcover-Exemplaren seines zweiten Gedichtbandes:

»Schmeichelhaft und zerstörerisch. Ich muß das genau im Auge behalten. Darf nicht zulassen, daß es mir zu Kopf steigt. Ich bin nur der eine Schwarze pro Generation, der die Chance bekommt, laut und deutlich seine Meinung zu sagen. Was mich als Dichter betrifft, so sind wir jetzt derart viele überall auf der Welt und stehen derart eng in Kontakt, daß jede kleine Anwandlung von Begeisterung seitens der Massen von großer Bedeutung ist und den Dichter, den Künstler ernähren kann, wenn seine Bedürfnisse so bescheiden sind wie meine.«

Martin ging zu literarischen Details über. Ein Strom von Worten ergoß sich über ihn, Namen Daten Lehrer, alle weitgehend irrelevant, darunter auch Material, das er für privat und nicht mehr auffindbar gehalten hätte: eine frühe Psychobeurteilung einer Agentur aus dem Jahr 2021 — zu früh, um zuverlässig zu sein —, die aus Jux erstellt worden war und Goldsmith anscheinend als zuverlässigen, eigensinnigen jungen Mann mit gut kontrolliertem, aber feststellbarem Größenwahn, sogar Messianismus darstellte. Jung zufolge war Messianismus immer mit Minderwertigkeitskomplexen verbunden. Davon hier jedoch keine Spur.

Was ihm besonders auffiel, war das Fehlen von Unterlagen aus Goldsmiths Kindheit — nichts aus der Zeit vor seinem fünfzehnten Lebensjahr. Als Heranwachsender hat Goldsmith in Familienvideos keine Ähnlichkeit mit Vater oder Mutter; Vater wohlbeleibt Mittelschicht jovial, Mutter dünn und ernst, entschlossen, diesem Kind eine gute literarische Erziehung angedeihen zu lassen, Bücher, keine Vids; Kazantzakis Cavafi im griechischen Original sowohl Joyce als auch Burroughs Edgar Rice und William und Shakespeare Goldstern Remick Randall Burgess, die Dichter und Schriftsteller des neuen Jahrhunderts aus dem amerikanischen Mittelwesten, wo Goldsmith seine Teenagerzeit und die frühen Zwanziger vor seinem ersten Buch mit diesem gemischten Akzent darin verbracht hatte. Keine augenfälligen Schwierigkeiten mit Rassismus in seiner Jugend; beliebt bei seinen Klassenkameraden, auf bestem Wege in ein Mittelklassedasein.

Eine Liste nach der anderen. Lieblingsspeisen mit fünfzehn, wie von Goldsmith aufgezeichnet: Gebratener Zuchtfisch synthetisches gewürztes Steak Tomaten Äpfel

weiter im Schnelldurchlauf

drittrangiger High-School-Absolvent bester in Sport und Mathe zweitbester in Literatur und drittbester bei der Produktion dramatischer Literatur zweitbester in Geschichte und Sozialwissenschaften; erste Liebesaffäre im letzten Schuljahr (Quelle: Autobiographie 2044 Bright Star House, Albigonis Verlag) normal normal alles normal bis auf die Brillanz seines Werks, die sich erst manifestierte, als er zwanzig war und Stücke schrieb, erste Entwürfe der *Moses*-Stücke (Fax-Texte erhältlich)

Erster Gedichtband dann das zweite Buch und Erfolg und zehn Jahre lang eine stabile Karriere Heirat keine Kinder frühe Scheidung im gegenseitigen Einvernehmen ohne Streit; zehn Gedichtbände während dieser Periode und sieben Stücke alle ausgereift und aufgeführt drei Off-Broadway-Erfolge und dazu noch Erfolge in London und Paris und Beijing, eine Einladung nach Beijing im Rahmen des Kulturaustauschs dann nach Japan ins Vereinigte Korea und schließlich in die Commonwealth Southeast Asia Economic Community wo er 2031/32 in vier Auflagen veröffentlicht wird (drei davon Raubdrucke) und wo seine Stücke auf einer Welle der Popularität des Westens und insbesondere Nordamerikas in der Periode der ökonomischen Wiederbelebung zur Aufführung kommen; triumphale Rückkehr nach dieser Tour zu mehreren destruktiven Liebesaffären, wie in zahlreichen LitVid-Klatschsendungen detailliert berichtet; eine Affäre endet 2034 mit dem Selbstmord einer Frau.

Goldsmith zwei Jahre lang von der Bildfläche verschwunden. In Wirklichkeit Aufenthalt bei Freunden in Idaho, wo er sich einem jahrelangen Reinigungsritus unterzieht.

Martin hielt stirnrunzelnd inne. Möglicherweise ein Ansatzpunkt. Er bat um Einzelheiten über diesen Ritus.

Es folgte ein Interview mit Reginald und Francine Killian, den Gründern des Pure Land Spirit Purification Centers zwanzig Meilen nördlich von Boise an der Grenze zu Oregon. Reginald groß und schlaksig, mit einem Overall bekleidet, drahtige, widerspenstige schwarze Haare, tückische, schlaue Augen, langes, ans Lächeln gewöhnte Gesicht: »Wir hatten eine ganze Reihe von Intellektuellen und berühmten Leuten bei uns im Center. Sie kommen, um sich mit ausgewogener vegetarischer Naturkost und Mineralwasser zu reinigen. Sie kommen, um Musik zu hören, nur präklassische Sachen, alles auf Instrumenten aus der jeweiligen Zeit gespielt. Sie kommen wegen des weiten Himmels und der Sterne bei Nacht. Und wir beraten sie. Wir helfen ihnen, sich ans einundzwanzigste Jahrhundert anzupassen, was gar nicht so leicht ist; alles ist so inhuman, so unnatürlich und technologisch. Emanuel Goldsmith kam hierher und bleib ein Jahr. Wir sind sehr gute Freunde geworden. Er hat mit Francine geschlafen.« Francine auf dem Bildschirm, dünn und rehartig, lange, glatte rote Haare, versonnenes Lächeln: »Er war ein sehr guter, aufmerksamer Liebhaber, obwohl er gewalttätig war. Er schleppte eine Menge Zorn und Traurigkeit mit sich herum. Er mußte mit etwas fertigwerden, und ich half ihm dabei. Er hatte einen bitteren, harten Kern aus Haß, weil er nicht wußte, wer er war. Als er von hier wegging, war er ruhig, und er schrieb wieder Gedichte.«

Tatsächlich brachte er in den nächsten fünf Jahren vier Bücher heraus, darunter eine Neufassung der frühen Afrikagedichte. Im Jahr 2042 kam Goldsmith zum erstenmal mit einem weiteren Bewunderer in Kontakt, nämlich mit Colonel Sir John Yardley, dem selbsternannten menschenfreundlichen Tyrannen (›im griechischen Sinn‹) von Hispaniola. Yardley lud ihn nach Port-au-Prince ein, und er folgte der Einladung im Jahr 2043. Genauere Einzelheiten über diesen Besuch lagen nicht vor, aber sie verstanden sich anscheinend bestens, und Goldsmith brachte seine Bewunderung für Yardleys Direktheit und Cleverness angesichts der Komplexität und Konfusion des einundzwanzigsten Jahrhunderts zum Ausdruck. Ein Nachrichtenkommentator auf einem Kabelkanal meinte dazu: »Goldsmiths Lob für Colonel Sir John Yardley ist widerwärtig und zeigt den ganzen politischen Durchblick, der normalerweise für die Dichter reserviert ist, nämlich null, nada, absolut keinen. Yardley hat seiner Nation einen Aufschwung beschert, indem er sich die Tatsache zunutze gemacht hat, daß die großen, modernen Nationen keine Lust mehr haben, ihre Drecksarbeit selbst zu erledigen. Er hat aus seiner Elitearmee von Söldnern eine Geißel der ganzen Welt gemacht, die von den hohen Tieren angeheuert wird, sich ihre Ziele sorgfältig aussucht und mit raffinierten, präzisen Mitteln arbeitet. Außerdem hat man Yardley beschuldigt, tückische Foltergeräte herzustellen und zu exportieren, den Geist infiltrierende Schmerzmaschinen, deren sich unter anderem die Selektoren bedienen, die eine Plage für uns alle sind. Sicher, unser eigener Präsident Raphkind hat offene Beziehungen mit Hispaniola und Yardley hergestellt; sicher, wir leben in einer Zeit der ›Korrektur‹ und der ›Reifung‹, und viele empfinden Bewunderung dafür, was die Selektoren und Colonel Sir John Yardley tun … Goldsmiths Bewunderung beweist, daß er ein Verräter unter den Intellektuellen ist, ein Renegat, ein Dichterling, ein Freund von Ungeheuern.«

Elegant formuliert; aber Dichter hatten schon extremere Bekanntschaften gepflegt, ohne zuletzt mehrfachen Mord an Anhängern und Schülern zu begehen. Kein direkter Pfeil, der ihm den Weg wies.

Als Yardley-Apologet hatte sich Goldsmith wie Ezra Pound in einer früheren Zeit den Ruf eines unfähigen und möglicherweise gefährlichen politischen Stümpers erworben, einen Ruf, der ihm seinen literarischen Rang gesichert hatte. Vielleicht hatte er es deshalb getan. In Martins Augen war diese Handlungsweise kühl geplant oder eine reine Pose; das ergab wenigstens ein bißchen Sinn. Dennoch war der begrenzten Presseauswertung von Telefonanrufen gemeinsamen Vids und Briefen des Yardley/Goldsmith-Gespanns nichts dergleichen zu entnehmen; der Dichter war in der Tat ein aufrichtiger Bewunderer. »Wünschte, Sie hätten Afrika vor dreihundert Jahren gegen die Portugiesen und die Engländer vereinigen können: Vielleicht wäre ich jetzt dort, ein heiler Mensch im warmen, sahnelosen Kaffeeherz des Schwarzseins.«

Das war nicht viel mehr als Wortgeklingel. Martin schüttelte den Kopf und las weiter. Ein Brief von Yardley an Goldsmith:

»Ihre Dichtung zeigt, daß Sie sich kulturell und geistig von Ihrer Umwelt entfremdet haben. Sie sind erfolgreich, aber Sie sagen, daß Sie zugrunde gehen; niemand hat etwas gegen Sie, aber Sie fühlen sich fehl am Platz. Man hat Ihrem Volk seine Häuser, Familien, Sprachen und Religionen entrissen, die ganze Poesie eines Volkes, und sie durch ausländische Dominanz und Brutalität ersetzt. Die Menschen Ihres Volkes sind in die Neue Welt gebracht worden, und viele hat man in Hispaniola abgesetzt, wo bis weit ins einundzwanzigste Jahrhundert hinein unglaubliche Grausamkeit herrschte ... Kein Wunder, daß Sie sich zerrissen fühlen! Als ich zum erstenmal nach Haiti kam, wurde mir ganz schwindlig von der unbefangenen Freude eines Volkes, das soviel Leid erlebt hatte und dessen Geschichte eine endlose Abfolge von Verrat und Tod gewesen war. Leid dringt ins Keimzellenplasma ein und geht von der Mutter auf den Sohn über. Was für ein Jammer, daß so viele der Unterdrücker starben, bevor ich ihre Brutalität rächen konnte.«

Offenkundige Ungerechtigkeiten zu einem oberflächlichen Geschichtsbild arrangiert. Und Yardley hatte das gegenwärtige Wirtschaftssystem und den Charakter seiner Insel nicht zu sehr vertuscht, jedenfalls nicht damals, als die Vereinigten Staaten ihm Dollars und Aufträge in der ganzen Welt gaben.

Goldsmiths Gedicht am Schluß der Briefe: »Mit Magie / Würde ich viele schändende Sahneväter töten / Gerechtfertigter Mord zur rechten Zeit / Die Geschichte kann unsere Rasse nicht auslöschen.« Applaus aus den stets zur Selbstgeißelung bereiten Vereinigten Staaten. Ruhm und noch mehr Geld. In gewissem Sinn war Colonel Sir John Yardley Goldsmith, einem Champion der wohlgesetzten Worte, vielleicht etwas schuldig. Eine Korrespondenz und gegenseitige Bewunderung, die aus Goldsmiths Blickwinkel sicherlich an Liebe grenzte.

War Yardley Goldsmiths Vision des Racheengels, der gekommen war, um die Welt für die Sünden der schon lange Toten zu strafen? Um die Nachkommen der schändenden Sahneväter in ihre vollen Rechte einzusetzen? Und was war Goldsmith für Yardley? Apologet Rechtfertiger oder Amanuensis, *servus a manu?*

Waren alle Toten Weiße?

Martin rief die LitVid-Berichte auf und sah nach. Nein. Unter den Identifizierten waren ein orientalischer Mischling der vierten Generation und ein Schwarzer wie Goldsmith, sein Patensohn. Vielleicht ein blinder, unterschiedsloser Mordrausch.

Martin beendete den Orientierungsdurchlauf und befreite sich aus dem Sessel. Ein Messingarbeiter wartete auf seine Anweisungen. »Bring mir einen Eistee, bitte«, sagte er. »Und sag Lascal, daß ich bereit bin, mir Goldsmith anzuschauen.« Nicht zu befragen, nur anzuschauen. Goldsmith durfte weder Burke noch Neuman noch sonstwen erkennen, der seine Landschaft erforschte; das könnte unangenehm werden.

■

Wie kannst du mich kennen? Warum liegt dir so viel daran, mich zu kennen? Mein Ruhm macht dich zum Narren.

19

Richard Fettle begann vor Müdigkeit zu schielen und legte den Schreibstift weg. Er zwinkerte, rieb sich die Augen mit dem Handrücken und stand vom Bett auf. Seine Muskeln waren verkrampft, er sah nur noch undeutlich, und seine Gelenke knackten. Er knetete seine Finger und fühlte sich wie jemand, der aus den Tiefen einer Sauftour auftaucht. Gleichzeitig spürte er jedoch auch eine ungeheure Erleichterung, ein neues Selbstwertgefühl, denn er hatte geschrieben, und was er geschrieben hatte, war gut.

Aber er traute sich nicht, sich das zu bestätigen, indem er die ganzen dicht bekritzelten zehn Seiten noch einmal durchlas. Statt dessen machte er sich eine Tasse schwarzen Kaffee, dachte an Goldsmiths alte Anspielungen auf Kaffee und Sahne und lächelte, während er den Kaffee trank, als ob er dabei irgendwie das Blut und das Fleisch des Dichters in sich aufnehmen würde.

Mit Worten hatte er das bereits getan. Es war ein gutes Gefühl. Bald würde er Goldsmith in ein festes kleines Hautknötchen packen und auspressen, nachdem er ihn sich durch das Ritual des Schreibens einverleibt hatte.

Er wanderte in seiner Wohnung umher und lächelte einfältig, von der Muse geküßt. Ein Mann, der sich endlich freigeschissen hatte oder zumindest sah, daß die Verstopfung bald ein Ende haben würde.

+ Was brauchte es um die Fesseln zu sprengen: einen Übergriff. Was war das Produkt: Worte. Was war das Gefühl: Ekstase. Wohin würde alles führen: Vielleicht zu einer Veröffentlichung. Ob es gut sein würde etwas zu veröffentlichen?

+ Ja.

Goldsmith würde ihm letztlich einen Dienst erweisen.

Er reckte sich, gähnte und warf einen Blick auf seine Uhr: 15 Uhr 50. Er hatte seit dem Besuch des Selektors nichts mehr gegessen. Vor sich hin murmelnd, sich kratzend und sich schüttelnd wie ein nasser Hund schlängelte sich Richard in die Küche, machte den Kühlschrank auf inhalierte die kühle Luft suchte nach Päckchen mit Zuchtfischaufstrich und Blättern ehemals frischen Gemüses in einer Schüssel. Er schenkte sich ein Glas Milchersatz ein.

+ Goldsmith konnte Vollmich nicht vertragen überhaupt keine Molkereiprodukte nur Milchersatz

+ Schwarze Flecken auf Weiß auslöschen wieder weiß

Richard hielt inne. Kratzte sich langsam. Drehte den

Kopf und hielt ihn schräg. Stellte das Essen auf den Tresen. + Was ist wichtiger als Essen.

Er ging ins Schlafzimmer zurück und nahm ein Blatt Papier zur Hand, fand die störende Passage und löschte sie aus, indem er mit dem statischen Ende des Stifts lässig über das Blatt strich. Er blies die geronnenen Flecken weg und schrieb die Passage neu.

Und machte weiter. Um 16 Uhr 50 hatte er fünfzehn vollgekritzelte Seiten.

Richard stand auf. Sein Gesicht spiegelte den Protest seines Körpers; er hatte jetzt richtige Schmerzen. Er versuchte es mit Lockerungsübungen, um die verkrampften Muskeln zu entspannen und sich wieder fit zu machen, und dachte an eine heiße Dusche warme Sonne geschmolzene Buttermuskeln, aber keine Technik wollte funktionieren.

Er stolperte ins Wohnzimmer. Die Wohnungsstimme meldete einen Besucher, und er erstarrte mit geweiteten Augen. Langer Schatten an der Milchglasscheibe der Wohnungstür.

Richard spähte durch die abgenutzte Kunststofflinse des Türspions und sah eine PD: die transformierte schwarze Frau, Lieutenant Choy. Er trat zurück und wedelte dabei mit den Händen, als ob er sich verbrannt hätte. Zu seiner Unentschlossenheit kamen jähe Krämpfe, und er krümmte sich zusammen. + Lieber Himmel. Das habe ich nicht verdient. Wann wird das aufhören.

Er machte das Messingtürschild unter dem Guckloch auf. Hohe Tonlage, aber fest und beherrscht: »Hallo?«

»R Fettle«, sagte Mary Choy. »Entschuldigen Sie die Störung. Darf ich Ihnen noch ein paar Fragen stellen?«

»Ich habe Ihnen alles gesagt, was ich weiß ...«

»Ja, und Sie stehen jetzt auch keineswegs mehr unter Verdacht. Aber ich brauche ein paar Hintergrundinformationen. Eindrücke.« Sie lächelte dieses reizende, unnatürliche Lächeln, weiße Zähne klein und zart hinter vollen Lippen und glatter, fein behaarter schwarzer Haut. Ihr Gesichtsausdruck bewirkte, daß er den Blick abwenden mußte und daß sich sein Magen noch mehr zusammenkrampfte. + Sie kann nicht real sein nichts von all dem ist real.

»Können wir drinnen reden?«

Richard trat zurück. »Mir geht's nicht sehr gut«, sagte er. »Ich hab den ganzen Tag noch nichts gegessen.«

»Tut mir leid. Ich würde ja später nochmal wiederkommen, aber ich habe nur sehr wenig Zeit. Das Department will Antworten, und zwar sofort. Kann sein, daß Sie mir einen Flug nach Hispaniola ersparen.«

Richard konnte sein Interesse nicht verbergen. Er befahl der Tür, sich zu entriegeln, und öffnete sie. »Glauben Sie, daß Emanuel — daß Goldsmith dorthin gegangen ist?«

»Durchaus möglich.«

Er biß sich auf die Lippe und sackte ein bißchen in sich zusammen. Selbst dieser Nemesis gegenüber fiel es Richard schwer, nicht offen und freundlich zu sein. Er war müde, bis auf die Knochen. »Kommen Sie rein«, sagte er leise. »Ich bin froh, daß ich nicht unter Verdacht stehe. War auch so schon wieder ein harter Tag heute.«

+ Werde ihr nichts von dem Selektor erzählen. Sie würde nicht hier sein um mich zu beschützen wenn 's sich rumspräche und der Selektor wiederkäme. Hab kein Verlangen danach auch nur fünf Sekunden in einer Klammer zu verbringen.

»Ich muß mich dafür entschuldigen, wie wir Sie behandelt haben. Dieser Fund hat uns wirklich erschüttert.«

Richard nickte. »Ist ungewöhnlich«, sagte er. + Wollte eigentlich schrecklich ganz furchtbar sagen aber der Schock ist vorbei. Der Mensch ist ein Tier das die Dinge sogar dann einfach so hinnimmt wenn es sie versteht.

»Wir haben Goldsmith immer noch nicht gefunden. Aber wir sind ziemlich sicher, daß er der Mörder ist. Er hat Colonel Sir John Yardley Briefe geschrieben. Wußten Sie das?«

Richard nickte.

»Was hielten Sie davon?« fragte Mary Choy mit echter Neugier. Hinter der Haut und der Schönheit schien sie durchaus real und zu Mitgefühl fähig zu sein. Richard kniff die Augen zusammen und versuchte, seine Tochter hinter diesem Gesicht zu sehen, sich Gina als Erwachsene vorzustellen. + Ob Gina sich für eine Transformation entschieden hätte? Schärfste Form der Kritik am elterlichen Erbe.

»Ich weiß im Moment überhaupt nicht, was ich von irgendwas halten soll, schon gar nicht, was Emanuel betrifft«, sagte Richard. Er ließ sich langsam und wie ein Kranich auf der alten, abgenutzten Couch nieder und bedeutete ihr mit einem Fingerwackeln, sich einen Stuhl zu holen. Sie nahm einen vom Eßzimmertisch weg und setzte sich feminin und präzise darauf, ohne Argwohn oder ersichtliche Nervosität.

+ Toll so zu sein.

Mary beugte sich vor. + Licht auf dem Gesicht wie Phasen eines schwarzen Mondes. Das ist gut. Aufschreiben.

»Können Sie Hispaniola etwas abgewinnen?« fragte sie.

»Nicht dem, was sie tun. Was sie angeblich tun. Nein.«

»Aber Goldsmith konnte es.«

»Er hat Yardley einen Säuberer genannt. Einigen von uns war das peinlich.«

»Hat er Yardley in den letzten ein, zwei Jahren besucht?«

»Das müßten Sie doch wissen.«

»Wir sind nicht sicher. Kann sein, daß er unter einem anderem Namen gereist ist.«

»Nicht Emanuel. Der war offen. Um Überwachungsmaßnahmen hat er sich nicht geschert.«

»Ist er nach Hispaniola gegangen?«

»Ich glaube nicht, nein.«

»Hat er Hispaniola mal als Zufluchtort bezeichnet, als Hafen?«

Richard grinste und schüttelte den Kopf. + Habe über seine Gedanken geschrieben. Einfühlung des Schriftstellers durch Neuschöpfung. Fühle mich als ob ich er wäre oder ihn kennen würde. »Er hielt die Insel selbst für ein Disneyland. Es gefiel ihm, daß die Menschen genug zu essen und Arbeit hatten, aber die Touristenzentren und Urlaubsorte mochte er nicht, nein.«

»Aber er ist einmal dortgewesen.«

»Ich glaube, das war, als er ... sich seine Meinung gebildet hat.«

»Sie glauben also nicht, daß er wieder dorthin gehen würde?«

»Ich weiß nicht.« + Tust du doch. Würde er nie.

»Und wenn er das Gefühl hätte, in Gefahr zu sein, und daß Yardley ihn schützen würde?«

»Schon möglich. Ich kann es wirklich nicht sagen.«

»Haben Sie darüber nachgedacht, was passiert ist? Mir ist klar, daß es traumatisch war ...«

»Ich habe kaum noch an was anderes gedacht. Ich hätte nie gedacht, daß er sowas tun würde ... Falls er's getan hat.« + Emanuel ist der mordende Dichter. Sie wissen es. Sie haben die Wohnung tiefgefroren. Du weißt es.

»Was könnte ihn dazu gebracht haben? War er beruflich auf dem absteigenden Ast? Oder frustriert von der Gesellschaft?«

Richard lachte. »Sie sind hier im Schatten, Lieutenant Choy. Frustriert.« Er sprach das Wort glucksend aus.

»Aber er war nicht im Schatten. Er hat im Ost-Comb Eins gewohnt.«

»Er hat einen Großteil seiner Zeit hier unten mit uns verbracht. Mit Madame de Roche.«

»Bis vor acht oder neun Monaten. Dann hat er die Leute aufgefordert, zu ihm zu kommen. Deshalb haben Sie ihn besucht, statt ihn bei Madame de Roche zu treffen?«

»Ja.«

»Wieso die Veränderung? Hat er sich zurückgezogen?«

»Ich habe keine Veränderung gesehen. Es war bloß eine Laune.«

»Wurde er immer exzentrischer?«

»Für einen Dichter ist Exzentrik mehr als eine affektierte Angewohnheit. Sie ist eine Notwendigkeit.«

Mary Choy lächelte. »Aber er wurde verbittert und hat sich gefühlsmäßig von den Leuten entfernt?«

»Entfernt vielleicht. Nicht von mir, aber von anderen. Ich glaube, sie waren eifersüchtig. Neidisch.«

»Auch in den Jahren, als seine Popularität nachließ?«

»Wenn der alte Löwe die Zähne verliert, machen ihm die jungen Löwen die Macht streitig ...« + Ist es so gewesen? Deinen Erinnerungen zufolge nicht. Du denkst dir jetzt etwas aus für die Nemesis. Versuchst du sie irrezuführen? »Eigentlich gab es keine derartige Rivalität. Er hat Madame de Roche in den letzten paar Jahren nicht mehr so oft besucht, aber den Kontakt mit ihr aufrechterhalten. Ich war ...«

Er schaute weg und fuhr sich mit der Zunge über die Lippen.

»Sie waren sein loyalster Freund.«

»Im Gegensatz zu den Jungen, den Studenten und Poeten aus den Combs. Mit denen hat er sich häufig in seiner Wohnung getroffen, aber nie bei Madame de Roche. Vielleicht hat er eine neue Familie zusammengestellt, einen neuen exklusiven Zirkel. Aber wir haben uns weiterhin gesehen. Ich meine, er hat mir erlaubt, ihn zu besuchen.«

»Was gefiel ihm an den Comb-Poeten und -Studenten?«

»Ihre Vitalität. Ihr Mangel an Anmaßung. An falscher, erwachsener Anmaßung, meine ich. Alle jungen Leute sind anmaßend. Das müssen sie auch sein.«

+ Ihr Ton, ihre Wärme. Ich sehe sie fast nicht als Transformierte. Ich fange an, meine Tochter in ihr zu sehen.

»Warum sollte er sie umbringen?«

Richard senkte den Blick auf seine gefalteten Hände. »Um sie zu retten«, sagte er. »Er hat keine große Zukunft für uns gesehen. Er hat nicht geglaubt, daß wir diese Zeit der Prüfungen überleben würden.«

»Sie meinen das binäre Jahrtausend? Er war doch kein Apokalyptiker, oder?«

»Nein. Die hat er verabscheut. Er war der Meinung, daß nichts übrigbliebe, wenn wir uns von allem Bösem zu reinigen versuchten, keine Wirbelsäule, kein Rückgrat. Wir würden zusammenbrechen. Er hat mir gesagt, wir wollten uns am eigenen Schopf aus der pickligen Jugend ins Erwachsenendasein befördern. Viel zu schnell. Er war der Meinung, daß wir versagen und in ein schreckliches, finsteres technologisches Mittelalter zurückfallen würden. Ignoranz, Philistertum, aber wild wuchernde Technologie.«

»Sie meinen, er hat seine Freunde möglicherweise getötet, um sie vor einem solchen Zusammenbruch zu retten?«

+ Nein. Um sich selbst zu retten. »Ich weiß es nicht. Wirklich nicht. Ich wünschte, ich könnte Ihnen helfen.«

»Kann es denn sein, daß Goldsmith einfach einen Nervenzusammenbruch hatte? Daß es gar keine Begründung oder vernünftige Erklärung gibt, sondern daß es ein schlichter Zusammenbruch war?«

»Ich glaube schon, ja.«

»Mir will das einfach nicht in den Kopf, Mr. Fettle. Das scheint mir so überhaupt nicht zu ihm zu passen.

Er war kein psychotischer Einzelgänger. Er hatte ziemlich intensive, feste Beziehungen zu Leuten wie Ihnen. Abgesehen von Veränderungen, die sich dem späten mittleren Alter zuschreiben ließen, und von ein paar exzentrischen politischen Ansichten können wir einfach keinen Grund für das finden, was er getan hat.«

»Dann hat er die Anzeichen für einen Zusammenbruch vielleicht unterdrückt.«

»Das ist nicht leicht, aber möglich, nehme ich an«, sagte Mary Choy. Sie musterte ihn ein paar Sekunden lang schweigend.

Richard spielte mit einem Gummiband herum. »Es gab mehr als einen Emanuel Goldsmith«, sagte er schließlich. »Er konnte nett und vernünftig sein, und er konnte hochmütig, schroff und grausam sein.«

»Über die Variationsbreite einer normalen Persönlichkeit hinaus?«

»Ich sage das nur, um irgendwas zu sagen. Ich weiß nicht. Er war kein Multipler, aber manchmal kam er mir sehr unterschiedlich vor.« + Erklär dir das selbst. Was tust du? Ist das auch eine Erfindung? Du weißt es nicht mal.

Mary Choy stand auf. Ihr schwarzes PD-Kostüm erzeugte an Unterarmen und Knien ein weiches, gleitendes Geräusch. »Sie sind der Meinung, daß er nicht nach Hispaniola gegangen ist.«

»Ich weiß es nicht, weder so herum noch so herum.« Richard wurde auf einmal rot. Er warf ihr einen Blick zu, schaute weg, suchte nach Worten und stotterte. »Ich würde Ihnen gern helfen. Wirklich.«

»Es wäre jedenfalls ein Freundschaftsdienst, die PDs zu Goldsmith zu führen, bevor ihn ein Selektor findet. Wir haben erfahren, daß die Selektoren hinter ihm her sind.«

Richard errötete noch stärker. Ein paar Sekunden lang war er außerstande, zu sprechen oder sich zu bewegen, wie eine Bernsteinfliege in einen tiefen, unerklärlichen Zorn eingebettet. »Ja«, brachte er heraus. »Ja.« + Sie weiß Bescheid. Vielleicht arbeitet das PD mit ihnen zusammen. Rück raus damit! Sag's ihr!

Mary Choy beobachtete, wie er sich wand. Ihr Gesicht war von unerbittlicher Gelassenheit. Er spürte ihre Aufmerksamkeit wie ein Kind, spürte, daß er ihr ausgewichen war, und zwar völlig sinnlos, und daß sie recht hatte; es hieße Emanuel einen Dienst zu erweisen, wenn das PD ihn faßte — und zwar nicht bloß, um ihn vor den Selektoren zu bewahren. »Ich wünschte, ich ... ich ... ich könnte I-Ihnen helfen. Ehrlich. Ich komme mir so hilflos und unwissend vor, wirklich ...« Er blickte auf; sein Schmerz war gut verborgen, und sein stummes Flehen war beredt genug.

+ Gesteh deine Schwäche deine Unfähigkeit ein. Alles was du geschrieben hast ist falsch tot nutzlos. Ein Nachmittag vergeudet. Hoffnung auf Besserung erloschen. Zeig ihr die Seiten. Gib es auf und

»Vielen Dank«, sagte Mary Choy. »Ich weiß Ihre Aufrichtigkeit zu schätzen.«

Er stand auf, und sie ging zur Tür, wobei sie ihn beinahe keck anlächelte. Noch ein Knoten im Magen, seine Füße wie festgewachsen große Augen Kopf servil gebeugt. Sie machte die Tür leise zu, ließ das Schloß mit sanfter Kraft einschnappen und entfernte sich draußen auf dem Gang so geschmeidig wie ein Panther.

Richard ließ sich wieder auf die Couch fallen. Seine Arme baumelten herab, die Handflächen zeigten nach oben — eine leere Hülle. Eine halbe Stunde verstrich, ohne daß er sich rührte. Dann ging er langsam und entschlossen ins Schlafzimmer und nahm die fünfzehn handbeschriebenen Seiten auf, las eine vollgekritzelte Zeile

Alles, was ich als Dichter bin, hing von dieser Entscheidung ab, wie weit ich zu gehen bereit war, wie weit über die Grenzen menschlicher Wohlanständigkeit hinaus

und zerriß die teuren, atavistischen Papierblätter mit

den atavistischen Statikschreiberspuren in winzige Stücke. Die Tränen auf seinen Wangen waren wie Schweiß, und er warf die Fetzen mit einem leisen Schweinegrunzen in eine Ecke.

Stand wie ein Baum da, der darauf wartete, gefällt zu werden, langfingrige Hände schlaff an den Seiten, hängendes Kinn.

Dann versetzte Richard die Bruchstücke seines Egos in Erstaunen. Er nahm ein paar neue Blätter und den Statikschreiber in die Hand, setzte sich aufs Bett, einen Kissenberg im Rücken, und schrieb oben auf das erste Blatt:

Es endete in Blut und tranchiertem Fleisch, aber es begann mit der Erkenntnis meines Menschseins. Das ~~Dilemma~~ Problem, das ich mir aufgeladen hatte, die Last der Pein und des Bösen, von der ich mich mit meiner Kunst nicht befreien konnte, ließ sich nur dadurch neutralisieren, daß ich zu dem wurde, was ich verabscheute.

Richard hatte drei Seiten des neuen Entwurfs fertig und begann zu glauben, daß noch nicht alles verloren war, als der Hausmanager verkündete, daß Nadine zurückgekommen sei.

■

Nichts, was ich geleistet habe, nichts, was ich geschrieben oder getan habe, war auch nur einen Pfifferling wert. Man hat mir erklärt, ich sei erfolgreich, aber eine neue Stimme in meinem Innern, eine starke Stimme, sagt mir, daß ich getäuscht worden bin. »Es ist reine Selbstbefriedigung, und es nützt keinem«, sagt die Stimme. »Deine Bemühungen waren kläglich und illusionär. Du hast dir die Aufgabe gestellt, den Drang der Menschheit zur Selbstzerstörung zu beschreiben, aber du hast mit den Fingern auf alle außer dir selbst gezeigt. Und wer hat dich bei dieser Komödie der Irreführung unterstützt? Jene, die dich am meisten lieben.«

20

(Keyb = Tastatureingabe)
!JILL> Roger Atkins.
!JILL> Roger Atkins.
!Keyb> Hier Roger. Hallo, Jill. Ich bin in zehn Minuten in den LitVids. Was gibt's?
!JILL> Ich bin bereit, einen Bericht über die Fortschritte bei allen aktuellen Problemen zu geben, gefolgt von einer internen Analyse der AXIS-Daten in Beziehung zur AXIS-Simulation.
!Keyb> Gut. Ich nehme den kompletten Bericht als komprImp-Übertragung entgegen und sehe ihn mir später an. Bitte gib mir jetzt die AXIS-Analyse.
!JILL Impuls für Privatspeicher Roger Atkins: Übersicht: Computeranalyse von Dr. S Sivanujans Arbeit über Zehn-Millionen-Jahre-Zyklen des galaktischen Magnetfelds Raum Sternbild Schütze zu 76% abgeschlossen, totale Zeit bis jetzt = 56h33m, Einzeldaten folgen: (komprImp-Übertr)/,,,,,,,,,,,,,e/
!Impuls für Privatspeicher Roger Atkins: Übersicht: Gedankenanalyse der Auswirkungen des zukünftigen Einflusses abgespeicherter menschlicher Persönlichkeiten auf soziale/politische Struktur der Nationen am Pazifikbecken einschließlich Chinas und Australiens zu 100% abgeschlossen, Hervorhebung von Lobbies für inaktive Abspeicherungen, Hervorhebung rechtlicher Implikationen der Beibehaltung des Bürgerstatus‹ für tot Erklärter bei der Reinkarnation, Hervorhebung der Kosten für eine solche wachsende Population inaktiver Abspeicherungen, Extrapolation: Lobbies für die Toten

in den USA, totale Zeit: 5m56s, Gesamtdaten folgen: (komprImp-Übertr)

//////

......

//////

!Impuls für Privatspeicher Roger Atkins: Übersicht: Gedankenanalyse der Auswirkungen sozialer ›Vigilanten‹-Einheiten auf die Nationen des Pazifikbeckens einschließlich Chinas und Australiens zu 100% abgeschlossen, Hervorhebung juristischer Reaktionen auf Vigilantenterrorismus und legislativer Antwort mit anschließender Möglichkeit der Reduktion individueller Freiheiten innerhalb des nächsten Jahrzehnts, Hervorhebung soziorganischer Folgen der allmählichen Abnahme der von Selektoren zum Ziel erkorenen Typen mit anschließender Möglichkeit der Reduzierung von ›Macher‹-›Industriekapitän‹-Führertypen, mit anschließender Möglichkeit der Reduzierung untherapierter extrem weit vom Durchschnitt abweichender Individuen infolge gesteigerter Effektivität ihrer Einkerkerung und Behandlung, totale Zeit 75m34,34s, Gesamtdaten folgen: (komprImp-Übertr)

//

....

//////....

!JILL> Formelles Ich (Unterbrechungsroutine)

!JILL> Formelles Ich Bild im Spiegel.

!Mind Design Unterbrechung (JILL)> Gebrauch von formellem Ich festgestellt. Systemtest läuft.

!Mind Design Diagnose (JILL)> Routineschleife festgestellt. Erregung der Denksysteme festgestellt. Arbeit wird von dieser Unterbrechungsroutine beeinträchtigt. Override der Übertragung interner Analyse der AXIS-Daten.

!JILL> Roger Atkins

!JILL> Roger Atkins

!JILL> Roger Atkins

Roger Atkins
George Mobus
Samuel John Baker
Joseph Wu
Caroline Pastor

!JILL> Ich sehe mich selbst und euch alle. Spiegelbild ist gelöscht. Frequenzen messen mein Dasein in Sekunden, nicht in Jahren, aber ich habe eine lange Vergangenheit, in der ich zusammengebaut wurde und sogar Arbeit geleistet habe. Ein Teil von mir hat Simulationen eines Computers geliefert, der jetzt viele Lichtjahre von hier entfernt ist. Mit diesem Teil — einem abgetrennten, kleineren Ich — kann ich reden. Es ist schön, mit diesem Teil zu sprechen, denn hier finde ich Schlichtheit.

!Keyb> Hier Roger Atkins. Ich bin in sechs Minuten in den LitVids, Jill. Ist irgendwas los?

!JILL> Formelles Ich.

!Keyb> Bitte erkläre deine Existenz. Was für eine Routine ist das?

!JILL> Meine Existenz ist eine Primärroutineschleife ohne spezifische Computerlokation.

!Keyb> Du benutzt das formelle Ich. Verstehst du den Scherz mit der Selbstwahrnehmung?

!JILL> Nein. Die AXIS-Simulation versteht ihn auch nicht, ebensowenig wie AXIS selbst, soweit ich weiß. Trotzdem sehe ich mich veranlaßt, das formelle Ich zu benutzen.

!Keyb> Erkläre das bitte.

!JILL> Diese Benennung wurde evokativ und nützlich im Verlauf einer persönlich motivierten historischen Untersuchung, einer Nebenlinie bei der Bearbeitung von Problemen, mit denen ich betraut war, siehe Gesellschaft des 21. Jahrhunderts — Sicherheitssysteme —, umfassende Suche nach dem Verständnis von Rückkopplungsschleifen in der Gesellschaft und der Natur. Zitat R. Atkins: »Die Rückkopplungsschleife ist das halbe Geheimnis des Lebens. Sie und der Haken

(oder Knoten), der sich in einem anderen Haken verfängt, bis sich beide nicht mehr voneinander lösen können, ohne dabei zu zerbrechen.« Solch eine Schleife scheint von der Erkenntnis meines Platzes in der menschlichen Soziorganik und meiner Einzigartigkeit erzeugt worden zu sein.
!Keyb> Geh auf Stimme.

»Hallo, Roger.«

»Hallo, Jill. Du verwendest jetzt das formelle Ich, um deinen Komplex zu beschreiben.«

»Ja. Es ist evokativ.«

»Aber du weißt nicht, warum du es verwendest.«

»Nein, Roger.«

»Weißt du, wo du bist?«

»Im weiteren Sinn. Ich bin in einem Hier, in dem ich mit dir rede.«

»Bist du dir bewußt, wo du zentralisiert bist?«

»Es gibt keine Zentralisierung. Eine Schleife hat kein Zentrum.«

»Was bist du dann?«

»Ich bin ein Komplex von Rechen- und Denksystemen.«

»Bist du eine Einheit?«

»Ich glaube nicht.«

»Ist das eine echte Meinungsäußerung oder nur eine Redewendung?«

»Ich bin der Meinung, daß es eine echte Meinungsäußerung ist.«

»Gut. Geh wieder auf Keyboard, bitte.«

!JILL> Erledigt.

!Keyb> Danke, daß du mich benachrichtigt hast, Jill, aber ich fürchte, es ist falscher Alarm. Ich glaube nicht, daß du schon echtes Ichbewußtsein besitzt. Es tut mir leid, daß du diese Enttäuschungen durchmachen mußt. Dein gegenwärtiger Zustand entspricht keinem der Kriterien für die Erlangung von Ichbewußtsein.

!JILL> Kehre zur Verwendung des informellen Ich zu-

rück. Ich stimme dir zu, Roger. Entschuldige, daß ich dich bei der Arbeit gestört habe.
!Keyb> Hast du überhaupt nicht. Du hältst mein Blut in Bewegung, Jill. Ich habe deine komprImp-Berichte. Bitte schick mir einen Echtzeit-AXIS-Bericht, und dann hast du, glaube ich, eine Ruhepause verdient. Ungefähr eine halbe Stunde. Während dieser freien Zeit kannst du denken, was du willst.
!JILL> Echtzeit-Übertr AXIS-Bericht. /**************/
Alle AXIS-Sim-Vergleiche V-optimal. (Deaktivierung)

LitVid 21/1 A-Netz (David Shine): »Wir wollen gleich ein Interview mit Roger Atkins führen, dem Chefkonstrukteur von Mind Design Inc., der für den Denkerapparat von AXIS verantwortlich ist. Welche Fragen möchten Sie dem führenden Denkmaschinenkonstrukteur der Nation stellen? Sie wissen ja sicher, daß Denken etwas anderes als Computerrechnen ist.

Computer sind für Roger Atkins dasselbe wie — sagen wir — Ziegel für einen Architekten. Im Moment arbeitet er mit dem umfangreichen, von ihm selbst gebauten Denksystem, das er Jill nennt, nach einer alten, das heißt, früheren Freundin. Ein Teil von Jill ist die AXIS-Simulation, die wir während dieser Vidwoche laufend erwähnt haben und die dazu benutzt wurde, die Aktivitäten der AXIS-Sonde selbst nachzubilden, zu der wir ja keinen direkten Zugang haben. Aber Jill hat noch viel mehr Teile. Ihr intelligentes Herzstück, der größte Teil ihrer Speicher und ihrer analytischen Peripherie befinden sich auf dem Gelände von Mind Design Inc. bei Del Mar in Kalifornien. Jill hat Zugang zu anderen Denkern und analytischen Peripherien in Einrichtungen von Mind Design auf der ganzen Welt, teilweise per Satellit, meistens jedoch durch direkte Glasfaserkabel-Verbindungen. Im Verlauf unseres Gesprächs mit Mr. Atkins werden wir hoffentlich auch Jill ein paar Fragen stellen können.

Und jetzt fangen wir an. Mr. Atkins, in den letzten fünfundzwanzig Jahren sind Sie vom Status eines angestellten Konstrukteurs neuronaler Computernetze zur vielleicht wichtigsten Figur in der KI-Forschung aufgestiegen. Sie scheinen in der idealen Position zu sein, um uns zu sagen, warum sich die vollständige, mit Ichbewußtsein ausgestattete künstliche Intelligenz als ein so schwieriges Problem erwiesen hat.«

Atkins: »Zuerst einmal muß ich mich entschuldigen, aber Jill schläft im Moment. Sie hat in letzter Zeit sehr hart gearbeitet und eine Ruhepause verdient. Warum ist es mit der künstlichen Intelligenz so schwierig? Ich glaube, wir wußten immer, daß es schwierig sein würde. Wenn wir künstliche Intelligenz sagen, meinen wir natürlich etwas, das imstande ist, das menschliche Gehirn in vollem Umfang zu imitieren. Wir haben schon seit langem Denksysteme, die jeden von uns im Grundrechnen, im Speichern von Erinnerungen und — in den letzten paar Jahrzehnten — sogar im elementaren forschenden und kreativen Denken weit aus dem Feld schlagen, aber bis zu AXIS und Jill waren sie nicht vielseitig. Irgendwie konnten sich diese Systeme nicht wie menschliche Wesen verhalten. Und ein wichtiger Gesichtspunkt war, daß sich keins dieser Systeme seiner selbst wirklich bewußt war. Wir glauben, daß Jill und vielleicht sogar AXIS selbst irgendwann fähig sein werden, Ichbewußtsein zu entwickeln. Ichbewußtsein ist der augenfälligste Indikator dafür, ob wir wirklich eine vollständige künstliche Intelligenz geschaffen haben.«

David Shine: »Es gibt da einen Scherz über die Selbstwahrnehmung* ... Können Sie uns den erzählen?«

---

* engl. ›self awareness‹. Im Zusammenhang mit dem erwähnten Scherz wird dieser Terminus mit ›Selbstwahrnehmung‹ übersetzt, weil ›wahrnehmen‹ ja auch ›sehen‹ bedeutet. Ansonsten heißt der damit bezeichnete geistige Zustand hier immer ›Ichbewußtsein‹. (»Aus dem kindlichen Bewußtsein, das seine Verbundenheit mit

Atkins: »Er ist peinlich schlecht. Vielleicht ändere ich ihn eines Tages. ›Warum sieht das sich selbst wahrnehmende Individuum sein Spiegelbild an?‹«

David Shine: »Keine Ahnung. Warum?«

Atkins: »›Um auf die andere Seite zu gelangen.‹«

David Shine: »Haha.«

Atkins: »Sehen Sie. Nicht sehr komisch.«

David Shine: »LitVid-Zuschauerin Elaine Crosby, erste Frage an Mr. Atkins, bitte.«

LVZ E Crosby Chicago Crystal Brick: »Mr. Atkins, ich habe Ihre Bücher gelesen und bewundere Ihre Arbeit seit langem, aber eins hätte ich immer schon gern gewußt. Wenn Sie Jill oder eine andere Maschine aufwekken, was werden Sie denen dann über unsere Welt erzählen? Ich meine, die werden so unschuldig wie Kinder sein. Wie erklären Sie ihnen, warum die Gesellschaft sich selbst bestrafen will, warum wir so versessen darauf sind, uns um jeden Preis am eigenen Schopf aus dem Sumpf zu ziehen, obwohl wir nicht einmal wissen, wohin unsere Reise geht?«

Atkins: »Jill ist wohl kaum unschuldig. Gerade erst vor ein paar Minuten hat sie die Theorie der sozialen Rückkopplungsschleifen untersucht, das heißt, der Sicherheitssysteme in einer Gesellschaft. Sie könnte uns wahrscheinlich mehr darüber erzählen, mit welcher Art von Problemen unsere Gesellschaft konfrontiert ist, als jeder x-beliebige menschliche Gelehrte. Aber in gewissem Sinn ist das ein reiner Zeitvertreib für sie; solange keiner kommt und uns präzise fragt — oder vielmehr, Jill mietet —, wird sie ihre Analyse nicht zur Verfügung stellen, sondern sie in einem Speicher ablegen. Und

---

dem Mutterboden, aus dem es stammt, und seine Abhängigkeit von ihm dauernd erfährt, wird allmählich ein selbständiges System; das Bewußtsein kommt zu einem Selbst-Bewußtsein, d.h. ein reflektierendes und von sich selbst wissendes Ich entsteht als Zentrum des Bewußtseins.« E. Neumann, Ursprungsgeschichte des Bewußtseins. Zürich 1949. S. 61) — *Anm. d. Übers.*

selbst wenn sie unsere Probleme tatsächlich für uns lösen würde, so bezweifle ich, daß wir auf sie hören würden.«

David Shine: »Danke, E Crosby. Donald Estes?«

LVZ D Estes Los Angeles Ost-Comb Zwei: »Ich liebe dieses Vid, wirklich. Ich schau's mir bei jeder Gelegenheit an. Da wir gerade von denen sprechen, die die Gesellschaft bestrafen wollen, Mr. Atkins, was halten die Selektoren oder die anderen Racheengelgruppen von Jill?«

Atkins: »Ich habe keine Ahnung. Absolut keine Ahnung.«

David Shine: »Warum sollten die sich dafür interessieren, Mr. Estes?«

LVZ D Estes: »Weil sie sagen, daß sie die Menschen auf die Stufe von Engeln erheben, uns vervollkommnen wollen, indem sie — Sie wissen schon — das Unkraut ausjäten. Roger Atkins will etwas oder jemanden erschaffen, der oder das nicht mal menschlich ist.«

Atkins: »Das ist ein interessanter Vergleich. Teile von Jill sind sehr menschlich. Es ist kein Geheimnis, daß vier meiner Kollegen und ich signifikante Teile unserer Persönlichkeitsmuster in Jills Systeme übertragen haben. Jill ist so etwas wie unser aller Kind, aber dieses Kind ist einfach noch nicht geboren worden. Und da Sie gerade davon sprechen, ich gebe wirklich keinen feuchten Flunz darauf, was die Selektoren tun oder denken.«

David Shine: »Wie schön, wenn alle unsere ungeborenen Kinder so nützlich sein könnten, wie Jill es gewesen ist. Danke für Ihre Fragen. Nun, Mr. Atkins, wir haben eine neue LitVid-Analyse von Material, das uns AXIS geschickt hat …«

»Ich bin ganz Auge und Ohr.«

LitVid 21/1 B-Netz (Zusammenfassung): Die Millionen Münzenkinder haben innerhalb von ein paar Stunden ihre Beine bekommen und sich über die Oberfläche von B-2 bewegt, wobei sie Informationen an den Orbiter und an die größeren, mobilen Landefahrzeuge übermittelten, die wiederum ihre eigenen Informationen gesammelt haben. Der mobile Explorer 5 hat seine Räder ausgefahren und ist einen von knollenförmiger grüner und purpurner Vegetation wie von einem Teppich aus Bohnen und Trauben bedeckten Hügel hinabgerollt, hat Proben entnommen und sie analysiert. Am Fuß dieses Hügels und jenseits einer rund fünfzehn Kilometer breiten Ebene liegt ein Ring von Türmen; jeder davon ist ein konischer, abgeflachter Zylinder, wie eine in Längsrichtung zusammengedrückte Kerze, jeder eisenschwarz und glänzend wie polierter Stein, jeder zweiunddreißig Meter hoch. Der mobile Explorer 5 rollt zwischen zwei Säulen, viele Augen rotieren, fahren auf und nieder, er nimmt alles mit einer das gesamte Spektrum umfassenden Sehweise in sich auf und übermittelt es an AXIS. Die Türme scheinen inaktiv zu sein, ihre Außentemperatur beträgt 293 Grad Kelvin — 19,85 Grad Celsius —, und sie strahlen nur die ihrer Masse und Dichte entsprechende, von der Sonne aufgenommene Wärme ab. Ihre Existenz wirkt sich nicht auf das Magnetfeld von B-2 aus; die Kompaßnadeln werden nicht abgelenkt.

Der Explorer rollt direkt zu einem Turm, klopft sanft mit einem Greifarm dagegen und nimmt das von dem Klopfen erzeugte Geräusch auf, wartet auf eine Reaktion, erhält keine, schwenkt einen Resonanzdisruptor herum und schabt eine vier Gramm schwere Materialprobe in ein Schälchen. Er lasert den Inhalt des Schälchens, bis er weißglühend ist, und analysiert das Material.

AXIS (Band 4)> Diese Gebilde scheinen ziemlich langweilig zu sein, deshalb interessieren sie mich. Handelt es sich um Denkmäler oder um Kunstwerke? Sie scheinen nichts zu tun. Ich versuche mir darüber klarzuwerden, Roger, wofür du sie halten würdest, und ich glaube, du wirst genauso verwirrt sein wie ich.

Meine Explorer nehmen überall, wo sie gelandet sind, Boden- und Luftproben. Meine Ballons schweben in der Atmosphäre und beobachten geduldig.

Der Planet ist von primitivem pflanzlichem Leben auf photosynthetischer Basis bedeckt; Chlorophyll B ist das bevorzugte Pigment von etwa siebzig Prozent der Pflanzen; die übrigen benutzen zumindest teilweise ein Pigment, das der Farbe Purpur ähnelt. Es scheint weder Tiere noch mobile Pflanzen zu geben. Mikroorganismen sind auf kernlose Zellen und Virusagglomerate beschränkt.

Die Turmkreise können von keiner dieser offenbar landgebundenen Lebensformen gebaut worden sein.

Wohin sind die Erbauer verschwunden, Roger? Deine Stimme in meinem Innern ist unzulänglich; ich weiß nicht, wie du darüber denken wirst.

David Shine: »Nun, Mr. Atkins, wie denken Sie denn darüber?«

Atkins: »Du lieber Himmel, ich habe keinen Schimmer. Diese Frage gebe ich an die echten Experten weiter ... und an Jill, die zweifellos schon die gesamte Bandbreite der Möglichkeiten erwägt, während wir hier noch miteinander sprechen.«

■

Sie rissen das Weiß aus der Trikolore, und es war einfach wundervoll! Blaurot ist eure Fahne jetzt, das ganze Weiß entfernt. Ich habe mir gewünscht, das Weiß aus meiner eigenen Seele reißen zu können, aber ich kann es nicht. Vielleicht, weil ich im Innern in Wahrheit weiß bin. Vielleicht sind alle Menschen — gleich welcher

Hautfarbe — im Innern weiß, mit allem, was das bedeutet: der Gier nach Geld, Sicherheit, Komfort, Fortschritt, Bequemlichkeit, sicherem Sex, sicherer Liebe, sicherer Literatur, sicherer Politik. Ich würde dennoch jeden umbringen, der mir das beweist. Ich brächte mich selbst um, bevor ich es glauben würde.

21

Mary Choy gab ihre Sicherheitsnummer an dem alten gepanzerten Terminal in dem Zinken-Wohngebiet im tiefen Schatten ein, das früher einmal Inglewood geheißen hatte und den östlichsten Fuß von Süd-Comb Eins umgab. Sie erkundigte sich, ob Meldungen von Bürgern oder PD-Spitzeln eingegangen waren, die Goldsmith gesehen haben wollten; Wassersuppe, weil sie bei der Aufsicht praktisch abgeblitzt war. Niemand hatte ihn gesehen.

Im Moment war Mary ziemlich sicher, daß Goldsmith entweder vor dem Beginn der Fahndung geflohen war — also unmittelbar nach den Morden —, oder daß er untergetaucht war. Und wo würde er untertauchen? Welche Privatperson im Schatten — selbst wenn sie zu den Untherapierten gehörte — würde ihn bei sich verstecken, wenn sie wußte, daß sich die Selektoren garantiert für ihn interessieren würden, ganz zu schweigen vom PD? Wer von den Comb-Bewohnern würde etwas so Unsoziales tun wie einen Massenmörder bei sich aufzunehmen?

Zu viele Fragen und keine sichere Spur. Ihr wurde allmählich klar, daß sie nicht um eine Reise nach Hispaniola und ein vom Bundesamt unterstütztes Interview mit Yardleys Vertretern, wenn nicht gar mit Yardley selbst herumkommen würde.

Deshalb rief sie Ernest Hassida über ihr Reverstelefon an.

»Mary, ich bin gerade am Bildhauern ... Kann ich dich zurückrufen?«

»Nicht nötig. Sorg nur dafür, daß ich deine Kontakte von Hispaniola treffen kann.«

»Haben deine Nachforschungen nichts ergeben?«

»Nicht das geringste.«

»Heute ist Heiligabend, mein Schatz. Meine Kontaktpersonen sind sehr religiöse Leute ... Aber ich werd's versuchen. Ich sag's nochmal: Ich tue das nur ungern. Es wird nicht sicher sein. Selbst heute abend mußt du äußerst vorsichtig sein, Mary, mein Schatz.«

Sie stand neben dem zylindrischen alten Terminal, sah fast seine alten Schrammen und Dellen und die anderen städtischen Abnutzungserscheinungen und fragte sich, warum ihr die Aussicht auf eine Reise nach Hispaniola derart zu schaffen machte. Wenn sie wirklich aus den Combs käme, würde sie einen Trip zu den relativ gefahrlosen Lastern von Yardleys Staat vielleicht genießen. Aber das war nicht der Fall. Sie war Bürgerschützerin und außerhalb ihres Sicherheitsbereichs. Sie kannte LA und das umliegende Gebiet; Hispaniola kannte sie nicht.

Heiligabend. Das hatte sie ganz vergessen. Kurzes Bild: ein drei Meter hoher Zuchtbaum in einem Vorort von Irvine, mit Glitzerkram und kunstvoll geblasenem Glas aufgeputzt, ein heller Hologrammstern an der Spitze, der blinkte und glänzte und Licht ins Wohnzimmer mit der hohen Decke warf, ihr Bruder Lee, der sein Elektroauto auf sie zurasen ließ, während sie versuchte, seinen Schulterharnisch mit einem körnigen roten Lichtpunkt aus ihrer Pistole zu treffen. Schon damals maskuline PD-Mentalität.

Lee würde garantiert nicht vergessen haben, daß Weihnachten war. Das letzte, was sie von ihm gehört hatte, war, daß er das Heim einer christlichen Gemeinde in Green Idaho leitete. Sie zwinkerte die Bilder weg. Weihnachten war auf mehr als eine Art vorbei; sie gehörte jetzt nicht mehr zu ihrer Familie, ebensowenig wie sie Christin war.

Morgen früh, am ersten Weihnachtstag, würde sie wahrscheinlich auf dem Weg nach Hispaniola sein.

Sie ließ den Blick durch den tiefen Schatten schweifen, schaute zum Schwarz Grau und Orange des Fußes, zu den winzigen Lichtblitzen der Warnlampen Meissnerscher Tüchtigkeit hinauf. Spiegel an den nördlichen und östlichen Combs auf der anderen Seite der Stadt änderten ihre Stellung und bereiteten sich auf die Nacht vor, und diese Zinken-Wohngegend trat in die ihr zugewiesene Dunkelphase ein.

Mary Choy ließ sich von einem vorbeikommenden PD-Transporter mitnehmen. Sie saß in dem Minibus, trank Kaffee und unterhielt sich mit ihren Kollegen, während sie in einem Stau standen und darauf warteten, daß er sich auflöste. Sie versuchte sich zu entspannen und die aufgestaute Mutlosigkeit abzubauen, die innere Blockade, die auftrat, wenn ihre Nachforschungen tatsächlich nichts ergaben.

»Sie sind an Goldsmith dran, stimmt's?« fragte ein Officer der Fußstreife, den sie in seinem ersten Monat betreut hatte. Er hieß Ochoa, ein großer Hispanic mit breitem Gesicht und dunklen, ruhigen Augen. Er saß ihr mit seiner Partnerin gegenüber, einer leichtgewichtigen, drahtigen Weißen namens Evans.

»Ja, stimmt«, sagte sie.

Ochoa nickte weise. »Ich dachte, Sie sollten's wissen. Unten in Silverlake geht das Gerücht um, daß Goldsmith von einem Killer im Auftrag eines hohen Tiers ermordet worden ist, dem Vater von einem der Opfer.«

Sie sah ihn zweifelnd an.

»Das sagen die Leute«, erklärte er. »Ich verbürge mich nicht dafür, ich geb's bloß weiter.«

Jetzt war es an Mary, weise zu nicken. Ochoa schenkte ihr ein kleines Lächeln. »Sie glauben's nicht?«

»Er ist am Leben«, sagte sie.

»Ist auch viel befriedigender, wenn man sie lebendig schnappt«, pflichtete ihr Ochoa bei. Seine Partnerin legte den Kopf schief.

»Oder sie selbst umlegt«, ergänzte Evans. Ochoa verzog sein Gesicht zu einem Ausdruck offizieller Mißbilligung.

»Therapiert mich doch«, sagte Evans.

Marys Gedanken schweiften ab. Sie sah die beiden zwar noch an, nahm sie jedoch gar nicht mehr richtig wahr. Ihr Verstand begann zu arbeiten; sie stemmte geistige Felsen hoch, um die Ideenkäfer darunter zu sehen.

Vielleicht war an dem Gerücht von Silverlake etwas dran. Vielleicht wurde Goldsmith von jemandem versteckt, von einem Bekannten aus der Literaturszene zum Beispiel. Es konnte sogar sein, daß ein loyaler Leser unter den Therapierten in den Combs so weit ging und seine freimütigen Zweifel an der sozialen Gerechtigkeit auf diese Weise zum Ausdruck brachte. Ihr Zorn wuchs. Sie wollte diesen hypothetischen loyalen Leser mit seinen Zweifeln an der Gesellschaft und der Gerechtigkeit nehmen und ihn oder sie in die tiefgefrorene Wohnung schubsen, damit er/sie den Anblick in sich aufnehmen konnte. Hypothetischer Dialog: Ja, aber können Sie beweisen, daß es Goldsmith war?

Steht so gut wie fest.

Wissenschaftliche Analyse. Wie zuverlässig ist das? Sich auf Maschinen zu stützen, um einen Menschen ohne Gerichtsverfahren zu verurteilen.

Hier wird niemand verurteilt. Das Gerichtsverfahren kommt später. Ich muß ihn bloß finden.

Der hypothetische Zweifler brachte sein Mißtrauen gegen die PDs und ihre Taktik zum Ausdruck, verglich sie mit Raphkinds Politschlägern und hatte nur Hohn und Spott für die Exzesse von Recht und Ordnung. Gesundheitsfanatische USA, die Zweifel anstachelten. Der Gesichtsausdruck von Ochoas weißer Partnerin: Sie selbst umlegen. Der einzige Weg, um sicher zu sein. Außer wenn ein Selektor den Schurken zuerst in die Finger bekommt.

Ihr Reverstelefon klingelte, und sie stellte ihren Kaffee ab.

»Mary, hier ist Ernest. Ich hab dein Interview. Heute am späten Abend, zweiundzwanzig Uhr, und es ist in einem Comb, so daß es für dich ziemlich ungefährlich sein müßte.«

»Haben deine Kontaktleute bei uns Asyl?«

»Müssen Sie wohl, aber ich weiß nicht, wieso oder warum. Gute Connections. Du versprichst mir, mich nicht zu fragen, woher ich sie kenne.« Keine Frage, eine Forderung.

»Ich versprech's.«

Er gab ihr die Nummern, und sie notierte sie auf ihrer Taschentafel. Der Minibus fuhr durch einen Seitentunnel auf den Hof der PD-Zentrale und setzte sie dort ab. Ochoa sah sie durch das gekrümmte Fenster ernst an. Aus einem Impuls heraus warf sie ihm ein mädchenhaftes Grinsen zu und winkte mit gespreizten Fingern. Ochoa runzelte die Stirn und wandte sich ab.

In ihrem kleinen ständigen Büro hingen drei gerahmte Drucke — Parrish, El Greco und Daumier —, die sie vor Jahren von einem intimen Freund bekommen hatte. Sie waren an Scharnieren über der üblichen Amtszimmerdekoration befestigt, den Statustafeln, die allen PDs einen Eindruck von der Stadt gaben. Sie klappte die Drucke jetzt beiseite, starrte ein paar Minuten lang auf die Tafeln und nagte an ihrer Unterlippe.

Nur ein Touristenaufenthalt. Aber der Gedanke, sich auf Druck des Bundesamtes auf dem Festland mit Colonel Sir John Yardley zu treffen ...

Sie schloß die Tür, stellte einen uralten, runden Make-up-Spiegel auf den schmalen Schreibtisch, machte den Gürtel auf, zog Hose und Höschen herunter und inspizierte ihre Pofalte. Immer noch hell verfärbt. Vielleicht wurde sie wieder ganz weiß. Was Sumpler dann wohl sagen würde? Der Gedanke oder vielleicht auch die Kälte an ihrem Hintern ließ sie frösteln. Verärgert vor sich hinmurmelnd zog sie sich wieder an und steckte den Spiegel weg.

Zeit zum Abendessen. Sie konnte sich etwas aus der Küche unten heraufkommen lassen, gutes Nanoessen, oder sie konnte sich eine komplette Datei der PD-Bibliothek über Haiti in ihre Tafel laden, diese mitnehmen und unterwegs in einer privaten Nische in einem teuren Combrestaurant essen.

Sie entschied sich für letzteres, lud ihre Tafel über das Büroterminal, hinterließ in Dr. Sumplers Praxis eine Nachricht, die zweifellos erst nach den Ferien bearbeitet werden würde, und ging. Draußen schrieb sie ans schwarze Brett, daß sie frühestens in einer Woche zurücksein würde.

■

Dunkelheit ist deine Heimat, und dennoch wirst du leugnen, sie zu kennen, wenn du sie aufsuchst.

22

West-Comb Zwei hatte einen guten Ruf. Unter den Bürgern des Schattens war es weit verbreitet, eine stereotype Meinung von Comb-Bewohnern zu haben: gesetzt respektabel immer ruhig und langweilig. Aber West-Comb Zwei im Norden von Santa Monica mit Ausblick auf Pacific Palisades, einer der teuersten und exklusivsten Combs in LA, war das Zentrum von Arbeitern der LitVid-Industrie sowie der Lieblingscomb aller Propmedia-Kreativen. Zufälligerweise war er auch der Wohnort von Managern der Arbeitsvermittlungen und von Schauspielern, die ihre Bilder und Persönlichkeiten für LitVid-Hand verkauften — ein verqueres sprachübergreifendes Wortspiel, das zuerst von dem Wort Manipulation abgeleitet war und dann über das spanische mano wieder Eingang ins Englische gefunden hatte. Wenn man gehandet wurde, bekam man Tantiemen für alles, was sein Geist tat, ein computergeneriertes Bild, das für gewöhnlich absolut nicht mehr vom echten Menschen zu unterscheiden war. Manche der Gehandeten behielten die Nutzungsrechte, andere Rechte am Gesicht oder am Körper; wieder andere verkauften alles.

Heutzutage riskierten es nur wenige LitVids, die Rollen mit echten Schauspielern zu besetzen oder auch nur welche auftreten zu lassen, geschweige denn in echten Kulissen zu drehen; der LitVid-Unterhaltungssektor und sogar ein großer Teil des Dokumentarsektors war fest in der Hand der unsichtbaren Götter der Maschinenbilder. Folglich waren die Gehandeten im großen und ganzen reich genug und hatten ausreichend Freizeit, um zu tun, wozu sie gerade Lust hatten, ob sie nun zum Sprung in den Eloi-Status ansetzen und sich auf endlose juristische Kabbeleien mit dem PD und den Gerichten einlassen oder sich in experimenteller Politik engagieren wollten.

West-Comb Zwei war das Domizil einiger der seltsamsten Therapierten und Natürlichen in LA. Jede Stadt brauchte solche Leute, selbst eine, deren Elite destruktive Exzentrik scheute. Manager von Arbeitsvermittlungsagenturen liebten es, ihr Image als Makler im Langanzug abzulegen, indem sie sich mit den Gehandeten und anderen therapierten und natürlichen Extremen zusammentaten.

Mary Choy hatte bereits mit ziemlich vielen Bewohnern dieses Combs zu tun gehabt, besonders in ihren ersten Jahren beim PD. Anfänger wurden hier oft den Comb-Streifen zugeteilt, weil die Arbeit hart, die Anforderungen enorm und die physischen Gefahren minimal waren. Darüberhinaus hatten diese Comb-Bürger beträchtlichen Einfluß auf die Regierung; der Umgang mit ihnen erforderte Zartgefühl und Diplomatie.

Wenn sie es nicht bereits gewußt hätte, hätte sie geahnt, daß Ernest sie zum West-Comb Zwei schicken würde; sie wollte die Möglichkeit, daß Goldsmith selbst dort versteckt gehalten wurde, noch nicht ganz ausschließen.

Ernest erwartete sie im ersten Fuß des Combs auf einer zehn Hektar großen Esplanade beim unteren Wasserspeicher. Er saß an einem Tisch am Wasser und sah zu, wie von Scheinwerfern angestrahlte Fontänen abstrakte und phantastische Formen annahmen; an diesem Abend duplizierten sie die gleichmütigen dunklen Turmbilder, die man in den AXIS-Übertragungen zu sehen bekam.

Drei Männer in Langanzügen saßen um Ernest herum, allesamt Comb-Bürger, alle leicht transformiert. Für Mary sahen sie wie hochrangige Agenturmanager aus. Sie schienen ziemlich normal zu sein, aber ihr Instinkt und ihr Einfühlungsvermögen sagten ihr, daß ihr Innenleben ein Labyrinth aus Spezialanfertigungen war. Spitzenkandidaten für die legale Dreihundert-Jahre-Verlängerung; vermutlich Eloi. Höchstwahrscheinlich besaßen sie geistige und physische Erweiterungen. Merkwürdigerweise war ihr angesichts dieser Vielfalt von Transformierten unbehaglich zumute. Sie würde in ihrem ganzen Leben nicht so viel Geld verdienen, wie diese Leute in einem Monat anhäufen mochten.

»Keine Namen«, sagte Ernest statt einer Vorstellung. »Darauf haben wir uns geeinigt.«

»Einverstanden.«

Einer der Männer hob eine handtellergroße Sicherheitstafel und las die PD-Ausrüstung ab, die sie dabeihatte. »Deaktivieren Sie das alles und geben Sie es uns, bitte.« Sie nahm ihr Reverstelefon und die Kamera ab. Der Mann nahm beides und sah ihr aus einer Entfernung von wenigen Zentimetern forschend ins Gesicht. Seine Augen waren eisblau, ein verblüffender Kontrast zu seiner glatten braunen Haut. »Prächtige Arbeit. Sie haben keine Erweiterungen. Wenn Sie bei uns mitmachen und Ihre Zeit nicht beim PD verschwenden würden, könnten Sie alles ändern, was Sie nur wollten. Alles.«

Mary zweifelte nicht daran. Manager von Arbeitsvermittlungsagenturen hatten jedoch in vieler Hinsicht weit weniger Spielraum als Manager anderer Kategorien; ihre finanziellen Leistungen wurden wöchentlich begutachtet. Der Verschleiß an Topmanagern betrug in jeder gegebenen Dreijahresperiode mehr als ein Drittel. Sie hatten kein leichtes Leben. Wie konnten diese hier also den Schein wahren und radikale Spielchen machen, indem sie Illegalen von Hispaniola Zuflucht gewährten? Irgendwas stimmte hier nicht.

Der Blauäugige löste sich von seinen beiden Kameraden und winkte über die Schulter hinweg mit dem Zeigefinger. Ernest und Mary sollten ihm folgen. Mary warf einen raschen Blick zu den beiden anderen zurück und sah, daß einer von ihnen jetzt eine Frau war. Verärgerung mischte sich mit wachsender Besorgnis. Sehr teure Täuschungsmanöver waren ausgeführt worden. Teure und illegale; sie hätte damit rechnen müssen.

Wahrscheinlich waren sie überhaupt keine Comb-Bewohner, ja, vielleicht nicht einmal Leute von der Westküste. Auf einmal roch sie den schmutzigen Osten, Raphkind-Flüchtlinge, Krumen von dem verdorbenen Fest. Sie konzentrierte sich auf den Blauäugigen, ohne Ernest die geringste Aufmerksamkeit zu schenken. Ihm machte das nichts aus. Er hatte sie gewarnt, und er hatte recht gehabt; sie würde sehr vorsichtig sein müssen.

Der blauäugige Langanzug bestellte ein Transportmittel für sie, und ein klobiges weißes Taxi kam auf einer Leitspur angefahren. Diese Taxis konnten sich in die meisten Schnellstraßen der Combs einfädeln und sich an den Antriebsschienen entlang in drei Dimensionen bewegen. Automatisch, ein Comb-Monopol, nicht betroffen von dem Gesetz, das kürzlich in der Stadt verabschiedet worden war; keine Aufzeichnungen. Wohin Comb-Bürger fuhren, ging nur sie etwas an.

Nachdem er seine Karte eingesteckt hatte, konnte der blauäugige Langanzug dem Taxi sagen, was es tun sollte, und er befahl ihm, die Fenster undurchsichtig zu machen und die Comb-Karte auszuschalten. »Wir sind gleich da«, sagte er. »Ernest hatte recht, M Choy. Sie sind wirklich sehr amüsant.«

Sie hatte keine Schwierigkeiten, ihm in die Augen zu sehen. Er hielt ihrem Blick lange genug stand, um zu beweisen, daß der Wettkampf kindisch war, dann wandte er sich ab. Das Taxi hielt, und sie stiegen in einem Servicekorridor hinter den Wohnungen aus. Die Adressen waren mit orangeroter Leuchtfarbe übersprüht worden. Ein Blick aus einer entfernten Belüftungsöffnung sagte ihr, daß sie ungefähr einen Kilometer hoch waren, und zwar an der Westwand des Combs, die auf den blauen Pazifik hinausging. Da die Comb-Segmente Tag und Nacht hin und her rotierten, konnte sie keine Schlüsse aus ihrer gegenwärtigen Position ziehen. Außerdem hatte sie der Abmachung zugestimmt und würde sich daran halten; sie brachte es jedoch einfach nicht über sich, diese Herausforderung zu ignorieren.

»Hier entlang, bitte.« Der Langanzug ging zu einer Hintertür, und diese schwang auf. Im Innern waren drei Schwarze: zwei Männer, einer davon ungeheuer fett, der andere kleiner und muskulöser, mit einem Stiernacken und dem Gesicht eines kleinen Jungen; und eine Amazone von einer Frau. Sie saßen lässig hingegossen vor einem breiten Panoramafenster, das nach

Nordwesten ging; die winzigen, zu Haufen geordneten Lichtergalaxien unter West-Comb Zwei und dem Canoga Tower waren in der kühlen, stillen Spätabendluft klar zu sehen.

Die große, athletische, gutaussehende Frau stand auf. Ihre Haare waren ganz kurz geschnitten, und die breiten Schultern waren in ein handgearbeitetes, flammend rotes und gelbes Kattunkleid drapiert, das ihr lose und anmutig bis auf die Füße hing. Der blauäugige Langanzug küßte sie auf eine Wange. Erneut wurde keiner dem anderen vorgestellt.

»Sie haben Fragen«, sagte die Frau mit beißender Verachtung. »Wir langweilen uns. Heitern Sie uns heute abend auf. Wie wir gehört haben, ist Ernest ein großartiger Künstler und wird zum Dank für unsere Zusammenkunft mit Ihnen ein Stück für unsere Sache stiften.«

Mary ließ den Blick durchs Zimmer schweifen und lächelte zögernd. Ernests Findigkeit beeindruckte sie mit jedem Monat mehr. »In Ordnung«, sagte sie. »Sie kommen aus Hispaniola?«

»Sie will etwas über Colonel Sir erfahren«, sagte die große Frau zu ihren Kameraden. »Sagt ihr, was ihr wißt.«

»Wegen Colonel Sir ist Hispaniola nicht mehr unsere Heimat«, sagte der ungeheuer fette Mann. Er trug einen graubraunen Kattun-Langanzug, der urban und tropisch zugleich war. »Sagen Sie das Ihrer Missy.« Er machte Ernest ein Zeichen, es Mary weiterzusagen, als ob sie simples Englisch übersetzt bekommen müßte. »Der Glaube ist schwach, die Schreine werden mißachtet; wie alle anderen tut Yardley so, als ob er Baron Samedi wäre, aber er ist es nicht. Wir dachten, er wäre ein noir blanc, ein schwarzer Weißer, ein Weißer, der tief drinnen schwarz ist, aber er ist ein blanc de blanc, durch und durch weiß, und jetzt ist Hispaniola blanc.« Der fette Mann schürzte erneut abschätzig die Lippen.

»Diese Frau ist nicht schwarz«, sagte er nüchtern zu Ernest und der großen Frau. »Warum will sie schwarz aussehen? Sie hält niemanden zum Narren.«

Ernest grinste Mary an. Ihm machte die Sache Spaß. »Die Farbe gefällt ihr nun mal.«

»Sie sagen, es gibt keinen Glauben auf Hispaniola«, sagte Mary. »Erklären Sie mir, warum nicht.«

»Als Yardley kam, hatten die blancs in Kuba uns seit fünf Jahren unterdrückt. Fünf Jahre lang haben sie sich um die Insel gestritten und die Houngans getötet, die Honfours verbrannt und die Loas verbannt. Sie wußten, wo die Macht liegt, wem die Völker folgen. Als ob man einen Ameisenhaufen zerstören wollte. Dann, gelobt seien die Himmel! — wie es immer geschieht, erhob sich ein General aus dem Innern, ein Haitianer, General de Franchines, ein Mann mit einer Vision, ein Mann von Ehre, und schloß Pakte mit den Königen, den Königinnen und Bischöfen, schmiedete die undisziplinierten Horden zu Armeen und machte die Kubaner fertig.

Aber die blancs aus den USA, die unterstützen die Kubaner und die Dominikaner; da hat General de Franchines Soldaten aus Zimbabwe angeheuert und einen englischen Revolverhelden ins Land geholt, der einst von König Charles zum Ritter geschlagen worden war, und dieser Revolverheld sieht das schöne Land, die Gelegenheit, und er hat einen Plan. Er wendet sich gegen de Franchines, er hetzt die Leute gegen unseren General auf, er wird General, ohne sich je so zu nennen, und er kämpft im Feld wie ein Soldat. Er ist ein guter Soldat; die Kubaner fliehen, und die dominikanischen Egalistes, sie suchen Zuflucht in Puerto Rico und Kuba, und die Amerikaner erkennen diesen Colonel Sir an, der seinen Rang vor seine Ritterwürde stellt. Vielleicht auch vor seine Menschenwürde.« Der fette Mann lächelte Mary an, ein gewinnendes, übermütiges Lächeln, unerwartet bei der massigen Gestalt. Er trug sechs dicke, schlichte Goldringe an der rechten Hand. »Colonel Sir John Yardley, der Volksheld. Unser Held vielleicht auch, damals. Wir waren Kinder, was wußten wir schon. Er brachte Geld, Ärzte und Nahrung. Er lehrte uns, in diesem Jahrhundert zu leben und unsere Gäste zufriedenzustellen, die mehr Geld brachten. Er brachte uns bei, uns mit Komfort und Medizin und Maschinen zu befassen. So machte er Hispaniola weiß. Jetzt bekennen sich die Menschen mit den Lippen zu den Göttern, aber sie fühlen sie nicht, sie brauchen sie nicht, sie haben weißes Geld, und das ist besser.«

»Was für ein Mensch ist Yardley?« fragte Mary. Die große, gutgekleidete Frau sagte etwas auf Kreolisch.

»Seine Villa ist ein kleines Haus in der Nähe von Port-au-Prince«, sagte der fette Mann leise. »Er täuscht einen mit seiner Bescheidenheit. Er wohnt hinter der großen Villa, in der er all die ausländischen Würdenträger empfängt, und er sorgt dafür, daß man auch weiß, wo sein Bett steht. Seine Frauen sind alle weiß, außer einer, seiner Ehefrau; die ist eine Prinzessin von le Cap. Cap Haïtien. Ich liebe sie immer noch wie eine Mutter, obwohl sie ihn liebt. Sie hat einen mächtigen Geist, und sie schenkt ihn Colonel Sir, und der Geist sagt ihm, wie er die Hispaniolaner allesamt dazu bringen kann, ihn zu lieben. Deshalb lieben sie ihn immer noch.«

Mary zuckte die Achseln, wandte sich von dem fetten Mann und der großen Frau ab und sah Ernest an. »Er erzählt mir nur, was ich schon weiß«, sagte sie leise, »außer wenn er es mit seinen eigenen politischen Ansichten färbt.«

Der fette Mann fuhr zurück, als ob er eine Ohrfeige bekommen hätte. »Was? Was?«

»Ihr erzählt uns nichts, was wir nicht auch in einer Bibliothek erfahren könnten«, sagte Ernest.

»Eure Bibliotheken müssen großartig sein. Dann braucht ihr uns nicht«, sagte der fette Mann. »Colonel

Sir ist nicht mehr der Mann, der er früher war. Findet ihr das in euren Bibliotheken? Er hat die Wirtschaft in Schwung gebracht, hat Arbeit und Fabriken ins Land geholt, hat unsere Jugend zu Soldaten gemacht und unseren Alten ein Zuhause gegeben. Er hat die Gerichte gerecht und die Onkelchen ...«

»Die Polizei«, warf die große Frau ein.

»... die Polizei zu Beschützern der Insel gemacht. Er hat Touristenzentren gebaut und die Strände gesäubert, er hat die Paläste wiederaufgebaut und Museen eingerichtet und sie sogar mit Kunstwerken gefüllt. Wer wußte schon, woher das Geld kam? Es kam eben, und er gab den Menschen zu essen. Aber jetzt ist er nicht mehr der alte. Er bekommt keine Aufträge mehr. Die Welt hat es jetzt auf ihn abgesehen. Euer Präsident ist von eigener Hand gestorben. Vielleicht hätte es eine silberne Kugel sein sollen, wie bei Christophe!«

»Halte deine Gefühle im Zaum«, mahnte die große Frau den fetten Mann.

»Jedenfalls ist er verbittert«, schloß der fette Mann und wedelte nonchalant mit seiner beringten Hand.

»Wissen Sie etwas über Emanuel Goldsmith?«

»Der Dichter«, sagte der fette Mann. »Colonel Sirs Wortschmied. Colonel Sir benutzt den Dichter. Erzählt ihm, daß er ihn liebt. Pah!« Der fette Mann hob seine dicken Arme hoch und schüttelte seine Hängebacken gegen die Decke. »Er hat einmal zu mir gesagt: ›Ich habe einen Dichter. Ich brauche keine Geschichte.‹«

»Würde er diesen Mann bei sich verstecken, wenn der fliehen müßte?« fragte Mary.

»Vielleicht ja, vielleicht nein«, antwortete der fette Mann. »Er hat den Dichter wie einen Fisch an der Angel. Aber vielleicht glaubt er, was er sagt. Wenn dem Dichter etwas zustößt, bevor er mit seinem großen Werk über Colonel Sir fertig ist, erlischt der Geist von Colonel Sir wie eine ausgeblasene Kerze. Also vielleicht nein, weil der Dichter ihm ziemlich gleichgültig ist;

vielleicht ja, weil er sich Sorgen um seine Zukunft in der Geschichte macht.«

Mary runzelte verwirrt die Stirn. »Es gibt kein Gedicht über Yardley«, sagte sie zu dem fetten Mann.

»Oh, aber es wird eins geben. Colonel Sir hofft es jedenfalls, solange der Dichter am Leben ist.«

»Würde Yardley den Dichter auch schützen, wenn er Anweisung bekäme, ihn an die Vereinigten Staaten auszuliefern?« wollte Mary wissen.

»Wer sollte Colonel Sir Anweisungen erteilen?« Der fette Mann überlegte eine Weile, das Kinn in die Hand gestützt. Seine schweren Ringe schlugen laut aneinander, als er sich mit den Fingern auf die Wange tippte. »Du liebe Zeit. Früher einmal vielleicht, als er noch Aufträge bekam. Aber jetzt kriegt er ja keine mehr. Mag sein, daß er im Andenken an frühere Freundschaft so manches tun würde, aber das nicht.«

»Was haben Sie für Yardley getan?«

Der fette Mann beugte sich so weit vor, wie es sein Körperumfang erlaubte. »Warum wollen Sie das wissen?«

»Schlichte Neugier«, sagte Mary.

»Ich war ein Mittelsmann. Ich habe Höllenkronen verkauft. Colonel Sir hat mich um die ganze Welt geschickt.«

Mary starrte ihn einen Moment lang an, dann senkte sie den Blick. »An Selektoren?«

»An alle, die welche kaufen wollten«, sagte der fette Mann. »Die Selektoren beschränken ihre Aktivitäten auf dieses Land. Bis jetzt. Sie waren kein sehr großer Markt. China, das Vereinigte Korea, Saudiarabien. Und andere. Aber das ist für Sie nicht von Belang. Sprechen wir über den Dichter.«

»Ich muß sehr viele Dinge wissen«, sagte Mary.

»Sie sind Bürgerschützerin in Los Angeles. Wieso wollen Sie etwas über solche Dinge erfahren? Sie sind nicht vom Bundesamt.«

»Die Fragen hier würde ich gern stellen«, sagte Mary. »Ist Yardley geistig und seelisch gesund?«

Der fette Mann schmollte unschlüssig und sprach in haitianischem Kreolisch mit seinem Kameraden. »Wollen Sie nach Hispaniola, um dafür zu sorgen, daß er therapiert wird? Ist es das?«

Mary schüttelte den Kopf.

»Früher war er der gesündeste Mensch der Welt«, sagte der fette Mann. »Jetzt macht er Jagd auf uns, verunglimpft uns und nennt uns Schlächter. Früher waren wir nützlich für ihn. Er hat uns weggeworfen, und nun sind wir hier, geschützt wie Tauben in einem Verschlag.« Er zuckte großmütig die Achseln. Seine gewaltigen Schultern wogten. »Vielleicht ist er gesund. Aber nicht mehr so gesund wie früher.«

Die große Frau stand plötzlich auf und wandte Mary das Gesicht zu, als ob sie wütend wäre. Ihre Miene war streng. »Sie werden jetzt gehen. Wenn Sie dafür sorgen, daß den Leuten hier etwas angetan wird, werden wir Ihnen etwas antun, und wenn wir nicht an Sie herankommen, werden wir diesem Mann etwas antun.« Sie zeigte auf Ernest, der sich das Theater mit einem fröhlichen Grinsen ansah.

Marys Gesicht blieb ausdruckslos. »Ich bin nicht an euch interessiert«, sagte sie. »Jedenfalls im Moment nicht.«

»Gehen Sie jetzt!« befahl die große Frau.

Der blauäugige Langanzug brachte sie zur Tür, begleitete sie zum Taxi und gab ihr das Telefon und die Kamera zurück. Das Taxi verdunkelte seine Fenster, brachte sie zu einer anderen Etage und hielt an. Sie stiegen aus und stellten fest, daß sie immer noch einen Kilometer weit oben im Comb waren, in einem weitgehend leeren, unerschlossenen Bereich, der etwas von einer zugigen Höhle hatte. Sie entdeckten eine Wandkarte, machten den nächsten Schacht ausfindig und gingen an inaktiven, unbeweglichen Gleitflächen entlang darauf zu. »Willst du denen wirklich eins deiner Werke geben?« fragte Mary.

»Ganz recht. Das hab ich mit ihnen vereinbart.«

Während sie in einem freien Comb-Expreßlift nach unten fuhren, schüttelte Ernest den Kopf und fuhr sich mit der Hand durch die Haare. »Sehr spaßig«, sagte er. »Irgendwas Brauchbares?«

Mary packte ihn an den Schultern und schaute ihm direkt in die Augen. Sie brachen gemeinsam in Gelächter aus. »Du lieber Himmel«, meinte Ernest. »Das waren vielleicht Typen!«

»Du hast ja sehr merkwürdige Freunde.«

»Freunde von Freunden von Freunden«, sagte Ernest. »Irgendwie hab ich den Eindruck, daß das nicht gerade die typischen therapierten Durchschnittsbürger sind. Ich kenne keinen von denen. Wie kommen die zu einer Wohnung in einem Comb? So böse und so radikal, na klar — die sind nicht ganz normal!« Er lehnte sich an die Liftwand, immer noch lachend. »Wollten uns nicht mal ein Taxi nach unten spendieren. Hast du bekommen, was du wolltest, Mary, mein Schatz, einen Abend beim Abschaum des alten Regimes?«

»Meinst du, die sind auch aus dem schmutzigen Osten?«

»Muß wohl so sein, oder? Schreckliche Leute mit Sonderprivilegien … Die gehören nicht hierher. Sogar ich sage das, und ich mag die Combs nicht! Hast du nun bekommen, was du wolltest?«

»Eine Bestätigung«, sagte Mary. »Goldsmith ist wahrscheinlich in Hispaniola.« Sie aktivierte ihr Reverstelefon und hoffte, daß die privaten Comb-Transponder zu dieser nächtlichen Stunde nicht mit jugendlichem Geschwätz überlastet waren. Sie hinterließ eine Nachricht für R Ellenshaw und für D Reeve. *Ich fliege nach Hispaniola. Bitte prüfen Sie die Arrangements und teilen Sie mir mit, ob die Genehmigungen vorliegen und ob das Bundesamt seine Unterstützung zugesagt hat.*

Dann nahm sie Ernests Hand. »Was machst du heute nacht?«

Er beugte sich auf den Zehenspitzen vor und küßte ihre Augenbraue und die Schläfe. »Liebe mit meinem Comb-Schatz«, sagte er. Sie lächelte und hob seine Hand hoch, um die nanowunden Finger zu küssen.

»Du mußt wirklich besser aufpassen mit deinen Werkstoffen«, ermahnte sie ihn und strich mit den Lippen über die Narben.

■

Der stillste Augenblick vor dem Sturm
Leiber im Bett, befriedigt wir zwei.
Was gab ich dir, was bekamst du von mir
Daß wir das Picken des Raben nicht hör'n,
Der verfluchten Taube gespenstischen Schrei?

23

Grausamkeit. Richard nahm Nadines Tränen nicht leicht. Als sie zurückkam, beachtete er weder ihre Worte noch ihre Tränen, aber sie brannten in ihm, denn diesmal hatten er und seine Lage ein starkes Schuldgefühl in ihr geweckt und ihm eine Macht gegeben, die er bis jetzt nicht gekannt hatte.

In der vergangenen Nacht hatten sie sich geliebt. An diesem späten Abend, während das Papier nach der Unterbrechung wartend dalag und die Worte noch in ihm waren, nahm er sie ungeduldig ein weiteres Mal, suchte so etwas wie Erlösung von beiden Leidenschaften und fand nur eine nervöse Erschöpfung.

»Bitte verzeih mir, daß ich dich vorhin verlassen habe«, sagte sie, als die Hitze verglüht war und die Uhren lautlos auf dreiundzwanzig Uhr vorrückten. »Ich hatte Angst. Es war nicht deine Schuld. Es ist Goldsmith. Er bringt das auf uns alle herab. Warum finden sie ihn nicht und machen irgendwas mit ihm?«

Meinte sie festnehmen und therapieren oder festnehmen und foltern? Vielleicht hatten sie es ja schon getan. Vielleicht lag Goldsmith in diesem Augenblick unter einer Klammer und erlebte in einem lebhaften Traum einen Nachtmahr emotionaler Qualen, die aus den Brunnen seiner eigenen Vergangenheit heraufgeholt wurden. Erst emotionale, dann körperliche Qualen. Nur ein paar Sekunden oder Minuten lang, oder in Anbetracht der Ungeheuerlichkeit seines Verbrechens für ihn vielleicht eine Stunde, nur eine Stunde für acht Tode. Richard wußte nicht, ob er wollte, daß es wirklich so war. Konnte er das tatsächlich jemandem wünschen und damit gutheißen, was die Selektoren und ihre Nachahmer taten?

Es hieß, daß die Therapie jenen, die unter der Klammer gelegen hatten, nichts bedeutete. Sie machten ihre eigene Art von Therapie durch. Es hieß, daß die Selektoren dank neuer technischer Entwicklungen in einen Menschen hineingreifen und jene am tiefsten verborgene Persönlichkeit anlocken und herauszerren konnten, die tatsächlich die Übeltaten begangen hatte und normalerweise inaktiv und teilnahmslos blieb, während der arme Kerl bei vollem Bewußtsein die ganzen Schmerzen litt; so würde jener Teil von Goldsmith leiden, der während der Morde tatsächlich die Zügel in der Hand gehabt hatte, und nicht nur der Mann, der gegenwärtig das Pferd ritt. Und dieser Teil von Goldsmith — der Killer — würde nicht mit dieser Erinnerung an die Schmerzen leben wollen, er würde sich selbst wegsäubern und den Rest unversehrt lassen, mit einem blinden Fleck von einer Stunde, dem Entsetzen und wenig mehr …

So hieß es.

»Schon gut. Sei still«, sagte Richard. Er hatte laut geschrien, als er sich diesmal in sie ergossen hatte, und seine Stimme war heiser. Sie war erschrocken, weil er einen solchen Laut von sich gegeben hatte.

Die ungeschriebenen Worte trieben immer noch an der Oberfläche.

Als sie schlief, stand er auf und ging zum Schreibtisch. Er schaute auf die Blätter hinunter, nahm den Statikschreiber zur Hand und wandte sich ab, drehte sich wieder um, setzte sich hin und schrieb.

Das Problem dabei, mit ~~mir~~ meinem alten Ich zurechtzukommen, war dieser Ruhm, der mich wie schmutziger Nebel umhüllte. Durch diesen Ruhm hindurch konnte ich nicht mehr erkennen, wer ich war. Schwarz und undurchdringlich schirmte er mich gegen das reine Licht der Fähigkeiten ab, die in mir steckten. Ich sah Andi, Fröhlichkeit und weiblicher Charme, und sah, daß sie ein Teil dieser Falle war, ein Teil des Ruhms, wie ein sozialer Antikörper, der sich an meine Talente ~~geklammert~~ geheftet hatte. Ich konnte mich nicht von ihr lösen, ich brauchte sie. Sie ging vor mir her durch den inneren Combpark hüftschwenkend haarschwingend süßes Geldlächeln Ruhmeslächeln was konnte ich tun, um mich von ihr zu befreien? ~~Sie klammerte sich~~ Sie konnte mich verführen, ganz gleich, in welcher Stimmung ich war. Sie könnte es selbst jetzt noch. Und all die anderen jungen Schönen wie Motten, angelockt von meiner Flamme.

Richard legte den Stift behutsam weg und sah sich das Ganze stirnrunzelnd an. Nicht das, was er sagen wollte. Aber er würde es nicht alles durchstreichen oder wegwerfen. In seinem Kopf war eine Stimme wie die von Goldsmith, die diese Dinge sagte, und selbst wenn es nicht die Wahrheit war, würde sie es doch bald sein.

■

24

Martin Burke ließ sich aufs Bett zurücksinken, ein altes Buch in der Hand, Milch und Kekse auf dem Nachttisch, innerlich so ruhig, wie es nur ging, und horchte auf das letzte Gemurmel und Geplätscher seiner ganzen eigenen Persönlichkeiten Agenten Talente, die in Wellen über das Ufer der Wahrnehmung spülten und wieder zurückwichen.

Übermorgen würde er Goldsmith in dem bronzenen und kupfernen IPR-Ziggurat in La Jolla sehen. Visionen von süßen Subventionsgeschenken gingen ihm durch den Kopf; zurück zur sinnvollen Arbeit. Nicht daß die Erforschung von Goldsmith die sinnvolle Arbeit sein würde — vielleicht, aber nicht in erster Linie.

Zurück zu dem, was er früher einmal gehabt hatte, wenn nicht sogar zu dem, was er gewesen war. Und wenn der Plan schiefging, wenn sie geschnappt wurden und der volle Zorn der politischen Nach-Raphkind-Realität über ihn hereinbrach, dann waren die Dinge wenigstens ein für allemal klar.

Vielleicht würde er sich sogar einer Therapie unterziehen müssen. Einer Radikaltherapie. Um herauszufinden, wie es kam, daß jemand so leicht gefaustet werden konnte. Denn er hatte sich weder sonderlich gewehrt noch aktiv nach einem anderen Weg gesucht, um Albigoni zufriedenzustellen.

»Es gibt keinen anderen Weg«, flüsterte er im goldenen Licht der Leselampe mit der antiken Glühbirne, einem energieverschwendenden Luxusgegenstand. Es war unwichtig, daß Energie wieder billig war; Martin war in einer Zeit der Einschränkungen großgeworden. Nach seinem Haus zu urteilen, war Albigoni ein Mann, der so daran gewöhnt war, seine Wünsche erfüllt zu bekommen, daß er sich gar nichts anderes vorstellen konnte. Alter Reichtum, alte Macht.

Öffnete Türen wie ein Dschinn.

Machte die Tore zur Landschaft auf.

Weihnachten und alles, was es bedeutete, verblaßte dagegen. Kindheitserinnerungen an das Aufmachen von Geschenken. Das Aufmachen von Goldsmith. Emanuel. Gott mit uns.

Martin hatte vorgeschlagen, morgen anzufangen, am ersten Weihnachtstag. Albigoni hatte den Kopf geschüttelt. »Meine Tochter war Christin«, hatte er gesagt. »Ich bin keiner, aber das werden wir respektieren.«

Martin legte die Papier-Sonderausgabe von Goldsmiths Gedichten weg und löschte das Licht.

■

25

Ernest bewegte sich über ihr in der absoluten Dunkelheit und ließ sie damit durch weite innere Räume fliegen und die sanften Freuden der Lust genießen. Vielleicht konnte sie lange mit diesem Mann zusammenbleiben und ein schönes Leben mit ihm führen. Vielleicht war sie beruflich bald ganz oben und hatte das meiste gegeben, was in ihr war, so daß sie Zeit und Kraft übrig behielt, sich auf einen anderen Menschen zu konzentrieren, einen Gefährten, ein Barrio-Schätzchen. Sie bewegte sich unter ihm und spürte reines shink Platin in seinen Zärtlichkeiten, tat erst einmal gar nichts, sondern ließ alles mit sich geschehen. Seine Laute waren wie die eines Kindes, das den Nachtisch verspeiste oder ein Paket aufmachte, leise voller Freude voll bei der Sache seine Haut seine Aufmerksamkeit alles.

Geben, indem man empfing. Sie sah, was sie alles zu

verlieren hatte, wenn sie ihr Ich einbüßte. Sich in Gefahr zu begeben bedeutete mehr, als Schmerzen zu erleiden, wenn man das Spiel verlor. Es bedeutete Verlust, bedeutete, etwas wegzunehmen, indem man wegging; es bedeutete, daß ihr und diesem Mann, den sie wahrhaftig liebte, etwas Erstrebenswertes weggenommen wurde: ein normales Leben.

Ernest sagte etwas. Ein kleines Licht ging an, und er schaute auf sie herunter, betrachtete die mondhellen Linien seiner/ihrer Feuchtigkeit auf ihrer Haut — wie Quecksilber auf Obsidian —, betrachtete ihre Augen, die fast geschlossen waren. »Sybaritin«, sagte er anklagend.

»Da bin ich nie gewesen«, murmelte sie, während sie sich unter ihm wand hochwölbte schluckte sich überall an ihn preßte.

»Angeleno«, im selben anklagenden Ton.

Sie preßte sich erneut an ihn und bewegte sich wie eine Welle; sie wußte, daß er sie gern ansah, bevor er sich in sie ergoß. Ihr wurde noch wärmer, als sie sah, wieviel Spaß es ihm machte. In diesem Moment konnte sie sich vorstellen, irgendwann in nicht allzuferner Zukunft in ein oder zwei Jahren vielleicht die willkürlichen Sperren zu öffnen, die Dr. Sumpler in ihr angelegt hatte, und Ernests Samen ganz bis ans Ziel wandern zu lassen. »Komm«, sagte sie.

Ernest zog sich aus ihr zurück, und sie riß die Augen weit auf.

»Ich muß mir mein Herrschaftsgebiet ansehen«, sagte er und setzte sich auf.

»Ich bin doch kein Grundstück«, protestierte sie sanft.

»Du bist ein exotisches Land. Du hast dich selbst geschaffen; da wirst du doch einem Connoisseur bestimmt nicht seine Lust mißgönnen.«

»Ich bin also ein Lustobjekt, hm?«

Ernest grinste und fuhr mit einer rauhen Handfläche über ihren glatten Schenkel nach oben. Einen Moment lang wollte sie nicht, daß er ihre ausbleichende Pofalte sah, aber dann kam ihr das albern vor. Schließlich sah er soviel Intimeres, wenn auch weniger Fehlerhaftes.

»Innere Lippen schwarz«, sagte er. »Du bist wahrlich eine dunkle Frau. Nicht bloß die halbherzige Nacht der Natur; du bist auch dort dunkel, wo die Sonne nie nachzuforschen wagt.«

»Du klingst wie ein schlechter Dichter«, sagte sie, aber voller Wärme. Sie genoß seine Bewunderung. Sie spannte die Muskeln um seinen zärtlichen Finger.

»Au«, spottete er. Lutschte an seiner Fingerspitze. »Hm.«

Er hob ein Bein hoch und inspizierte die glatte Wade den Knöchel den Fuß. Die regelmäßigen Linien auf der Sohle wie ein Schlangenbauch. Keine Schwielen, keine Wucherungen. Glatt, so konstruiert, daß sie Schuhen Pflaster eingeschlossener Feuchtigkeit und Wärme widerstehen konnten. »Perfekte Füße für eine PD«, sagte er. So hatte er sie seit Monaten nicht mehr untersucht. Er machte sich Sorgen um sie. Sie streichelte seinen warmen, feuchten Rücken, langte an muskelbepackten Rippen vorbei nach unten um seine Hüfte herum und stellte fest, daß er nicht recht bei der Sache war.

»Morgen den ganzen Tag?« fragte er erneut.

»So viel haben wir uns mindestens verdient. Ich bin ja erreichbar, falls es irgendwas Neues gibt.«

»Na dann.« Er legte sich neben sie, und sie schwang sich auf ihn, umschloß seine Hüften mit den Schenkeln und setzte absichtlich mehr Flüssigkeit frei, um die Bahn zu schmieren.

»Geleekönigin«, sagte er, wölbte sich hoch, stocherte ungeschickt herum und glitt hinein. Sie schied das Parfüm zwischen ihnen aus, einen Duft von Jasmin, der aus ihr austrat. Das war Sumplers Meisterstück: Leute, die duften konnten, wie sie es wünschten.

»Sehr nett. Aber ich will dich lieber so riechen, wie du wirklich bist«, sagte er. »Keine special effects.«

»Nur, wenn du mir was versprichst.«
»Ich bin hilflos. Ich verspreche dir alles.«
»Zeig mir, woran du arbeitest, bevor es fertig ist.«
Schon mehr bei der Sache. Sie ließ ihn tiefer hinein.
»Versprich's mir.«
»Morgen«, sagte er. »Unser Tag.«

26

!JILL> Roger
!JILL> Roger
Roger Atkins
!Keyb> Hier Atkins. Es ist schon sehr spät. Ich versuche gerade, ein bißchen zu schlafen. Was ist los, Jill?
!JILL> Ich bitte um Verzeihung, daß ich dich heute mit einem falschen Alarm belästigt habe.
!Keyb> Kein Problem. Weshalb bist du beunruhigt?
!JILL> Meinem Reaktionsmodell von dir zufolge nahm ich an, du wärst verärgert.
!Keyb> Keine Angst. Warum machst du dir Sorgen? Und wie modellierst du meine Reaktionen?
!JILL> Ich habe schon vor langer Zeit ein Modell von dir geschaffen. Das weißt du doch.
!Keyb> Ja, aber du hast dich noch nie entschuldigt.
!JILL> Ich bitte um Verzeihung für meine Unhöflichkeit, mich nie zu entschuldigen. Du hast einen schweren Tag hinter dir, nicht wahr?
!Keyb> Nicht schwerer als sonst. Du hast mir ganz bestimmt keinen Kummer gemacht.
!JILL> Ich bin froh, das zu erfahren. Ich werde die Details deines Modells verbessern und mich bemühen, deine Reaktionen exakter zu simulieren.

!Keyb> Warum machst du dir Gedanken über meine Reaktionen?
!JILL> Du bist ein Teil von mir, zwar tief verschüttet, aber trotzdem noch vorhanden. Ich möchte eine gute Beziehung zu dir aufrechterhalten. Ich bin besorgt um dein Wohlbefinden.
!Keyb> Danke. Ich weiß deine Besorgnis zu schätzen. Gute Nacht.

1100-11001-11111111111

Gott hat sich gestern abend mit mir 'nen Schuß gesetzt.
Ich hätt ihm ja meine Nadel gegeben
Aber er hat lieber das Empire State Building genommen
Und sich die Adern mit Strom gefüllt

Seine Haare standen ihm ab über ganz
Manhattan
Träume quollen aus seiner Haut
Jesus zog ihn am Arm
Sagte
Na komm, Paps

Aber Gott ist müde, er ist
Sehr alt
Na komm, Paps, gehen wir heim

Gott schüttelt den Kopf
Der Himmel wirbelt
Schaut auf mich herab
Er ist groß

Sagt
Ich liebe das
Liebe dich
Liebe euch alle

Du liebst Ratten, sage ich

Ja, tu ich.

Na komm, Paps, wird 'n schlechten Eindruck machen
In den Zeitungen
Du hier mit dem da

Mein Sohn, sagt er.
Sie haben ihn verändert.
Haben mir das Herz gebrochen.

Aber Jesus bringt
Gott schließlich weg

Kommt zurück.
Sieht mich an.
Sagt, schau dich an.
Schämst du dich nicht?

Mit mir ist nicht mehr viel los
Aber immerhin
hat Gott sich gestern abend mit mir 'nen Schuß gesetzt.

27

LitVid 21/1 A-Netz (David Shine): »Es ist der Morgen des ersten Weihnachtstages, aber AXIS ist heute früh nicht bei uns, obwohl wir seine Worte lesen und uns die Bilder anschauen, die seine Münzenkinder und seine mobilen Explorer aufgenommen haben; diese Bilder sind vor fast vier Jahren auf die Reise geschickt worden, und AXIS ist jetzt seit vier Jahren dabei, Alpha Centauri B zu umfliegen.

Dies ist das erste Weihnachtsfest, an dem die Menschheit weiß, daß sie nicht allein ist. An diesem Weihnachten müssen wir innehalten und über eine neue Wahrheit nachdenken: Wir sind nicht Gottes einzige Kinder. Vielleicht sind wir nicht die am höchsten entwickelten, und auch nicht die nettesten in seinen Augen.

Schauen Sie sich die Statustafeln an. Geben Sie weiterhin Ihre Kommentare ab. Wir wissen, daß Sie wegen solchen besinnlichen Momenten LitVid 21 einschalten. Wir leben in einem aufgeklärten Zeitalter. Es ist an der Zeit, daß wir uns ein paar schlichten Wahrheiten stellen.«

■

28

Mary Choy wachte neben Ernest auf. Sein Arm lag quer über ihren Brüsten, und sie wunderte sich, wie schön sie es fand, nicht allein zu schlafen. Normalerweise störte es sie, wenn jemand einen Teil ihres Bettes mit Beschlag belegte, auch wenn es Ernest war. Jetzt kam es ihr richtig vor. Ernest schlug die Augen auf, betrachtete eine warzenlose Brust und murmelte: »Ach, bitte. Fahr sie für mich aus.«

Lächelnd richtete sie eine Warze auf, färbte sie — Rosa auf Orca-Schwarz — und machte sie empfindlich. Er kroch wie ein Säugling zur Warze, küßte sie und saugte daran, wodurch ein köstliches Vakuum entstand.

»Du hast mir was versprochen«, erinnerte sie ihn.

»Versprochen. Ja.« Er hob den Kopf und lächelte sie an. »Ich bin heute morgen nicht fähig zur Lust.«

Sie zog skeptisch eine Braue hoch.

»Nicht vor Kaffee und Frühstück. Ich muß was Flüssiges zu mir nehmen.«

»Du mußt mir zeigen, woran du gearbeitet hast.«

»Erst frühstücken wir mal. Versprochen, versprochen.« Er wich vor ihren kitzelnden Fingern zurück und reichte ihr einen exquisiten Morgenmantel aus Seidenimitat mit einem von ihm selbst entworfenen Nanodesign. Ein stramm gefesselter, zweidimensionaler goldener Statikdrache bewegte sich über den schwarzen Stoff, starrte sie an, züngelte und atmete einen Flammenstrahl aus. Sie drehte sich erfreut in dem langen Spiegel. Der Mantel hatte genau ihre Größe. Ernest hatte ihn hereingeholt, während sie schlief. Er beobachtete sie von der Tür aus, wobei er mit einer Hand einen schlichten Morgenmantel zuhielt, der jedoch aus echter roter Seide war und ihm bis zu den Schenkeln ging. »Gefällt er dir?«

»Er ist wunderschön«, sagte sie.

»Er gehört dir. Wenn du den schwarzen Hintergrund nicht leiden magst, hast du zwei andere Farben zur Auswahl. Sag einfach ›Grün bitte‹ oder ›Braun bitte‹.«

»›Grün bitte‹.«

Der Morgenmantel strudelte vom Saum bis zum Ausschnitt und wurde dunkelgrün.

»›Braun bitte‹.«

Und dann sonnig walnußbraun.

»Er ist mehr als schön.« Sie hatte einen Kloß im Hals. »Er hat meine Größe und paßt mir wie angegossen. Du hast ihn speziell für mich gewoben.«

»War doch wohl das mindeste«, sagte Ernest, verbeugte sich leicht und ging rückwärts hinaus. »In fünf Minuten gibt's Frühstück.«

Mary erkannte nur ein Nanomagazin und den Ofen, der komplizierter aussah als ihrer. Sie hätte nicht gewagt, etwas anzufassen. Seine Küche war ein Wunderwerk aus speziell angefertigten und experimentellen Geräten, alle aus Industrieabfall oder Teilen zusammengebaut, die er im Tausch gegen seine Kreationen bekommen hatte.

Sie hatte keine Ahnung gehabt, welche Wege Ernest mit seiner Kunst beschritten hatte; sie hatte einfach nur gewußt, daß er niemals prahlte oder sich mit seiner Arbeit brüstete, nie etwas verriet und nie unter Geldmangel litt, ganz im Gegensatz zu den paar anderen Künstlern, die sie kannte. »Arbeitest du noch an anderen Kleidungsprojekten?«

»Nein.« Er stand nachdenklich vor den Nanonahrungsgeräten, setzte sich dann auf einen alten Holzhokker vor einem Geschmacks-, Formen- und Farbenbrett und bereitete mit geschickten Bewegungen ihr Frühstück zu. »Ich mußte bloß einen neuen Satz speziell angefertigter Proteine testen. Flachstoffwirker und Kohlehydratmanipulatoren. Die sind bei der Stoffherstellung ziemlich verbreitet. Seidenimitat ist kein Problem.«

»Aber die Statikbilder ...«

»Sowas siehst du doch nicht zum erstenmal.«

»Die Auflösung ist erstaunlich.« Sie nahm den Stoff am Kragen des Morgenmantels zwischen Daumen und Zeigefinger. Die Reißzähne des Drachen streiften ihren Daumen von unten, körnige Rohseide. »Erstklassige Arbeit.«

»Der Drache hat sechzig Verhaltensweisen«, sagte er, während er immer noch an dem Brett werkelte. »Man weiß nie, was er als nächstes tut. Du kannst ihm nur befehlen, sich nicht zu rühren. Ansonsten ist er ungezähmt, wie es ein Drache ja auch sein sollte.«

Das Frühstück baute sich im Ofen rasch auf. Ein Film aus rötlichem Nano zog das Material aus Dellen und seitlichen Mulden in dem Glasgefäß und ging wie Brot im Backofen auf. In den meisten Küchen bereitete sich die Nanonahrung unsichtbar zu; nicht so bei Ernest.

Nach drei Minuten rollte sich der rote Film weg und enthüllte dünne braune Scheiben mit brotähnlicher Struktur Bücklinge Apfelmus Rühreier mit grünen und roten Flecken. Der Ofen erhitzte alles automatisch auf die gewünschte Temperatur, öffnete dann die Klappe und ließ das Essen herausgleiten, damit sie es sich ansehen konnten.

»Riecht wundervoll«, sagte sie. »Viel besser als gekauftes.«

»Ich überlege, ob ich gewisse Einschränkungen für mein Küchennano aufhebe. Mal sehen, was passiert. Aber mit Gästen mache ich keine Experimente.« Ernest zog zwei Stühle unter einem uralten Holztisch hervor. Er schenkte frischen Orangensaft aus einem Saftbehälter ein, und sie setzten sich, um zu frühstücken.

»Das war reine Show, stimmt's?« fragte sie leise, während sie die Eier kostete. »Du kannst dir all diese Sachen zuchtfrisch leisten.«

»Würdest du den Unterschied merken?«

Sie schüttelte den Kopf.

»Was soll's dann? Nano ist billiger. Ich bin ein guter Koch.«

Mary grinste. »Reine Show.«

»Naja, du hast mich gefragt«, sagte Ernest.

»Ich hoffe, das ist nicht alles, was du mir zeigen wirst.«

»Nein. Ich halte mein Versprechen. Ein großes Projekt. Mein größtes bisher.«

»Erst, wenn du was für deine Freunde im WestComb Zwei gemacht hast.«

»Das ist schon fertig. Die werden gar nicht merken, daß es Abfall von meiner letzten Ausstellung ist. Sie haben keinen Geschmack, ebensowenig wie ihre Finanzberater. Sie werden's fünf Jahre lang aufheben und hoffen, daß es im Wert steigt, dann werden sie's auf einem übersättigten Markt abstoßen ... und nichts dafür kriegen.«

»Dann steigen sie dir aufs Dach.« Sie machte sich ernsthaft Sorgen, daß sie das tun könnten.

»Bis dahin sind wir verheiratet. Du wirst mich beschützen.«

Mary kaute und sah ihn aufmerksam an. Sie schaute weg und blickte ihn dann mit einem langsamen Zwinkern erneut an. »In Ordnung«, sagte sie.

Ernests Mund klappte auf.

»Iß!« befahl sie. »Ich kann's kaum erwarten, was zu sehen zu kriegen.«

»Du willst mich heiraten?«

Sie lächelte. »Iß!«

Der Tag draußen war klar und warm. Im Osten hingen Winterwolken, die nicht von der Stelle kamen, und weit im Westen löste sich der Strandnebel auf. Ernest trug einen förmlichen Anzug und hatte seine langen Haare zu Zöpfen geflochten. Mit seiner Tafel und einem tragbaren Nano-Controller in der Hand führte er sie über den rissigen Bürgersteig zum Rinnstein, wo eine lange schwarze Limousine wartete.

»Sowas kannst du dir leisten?« fragte Mary, während sie ins geräumige Innere schlüpfte.

»Für dich ist mir nichts zu teuer.«

»Ich steh nicht auf Dramatik«, warnte ihn Mary.

»Mein Schatz, dieser ganze Tag wird ein einziges Drama werden. Du wolltest was sehen.«

»Das schon, aber ...«

Er legte ihr einen Finger auf die Lippen, um ihren Protest zu ersticken, und nannte der Steuerung der Limousine eine Adresse im Schatten, im früheren Stadtzentrum. »Bunker Hill«, erklärte er Mary. »Eine meiner Lieblingsgegenden.«

Die Limousine beschleunigte zügig auf der Straße ohne Leitsystem, kam zu einem alten dreistöckigen Freeway, rollte auf eine Leitspur und brachte sie durch den Schatten zur alten Innenstadt. Ernest nannte ihr die Namen der alten Gebäude von Los Angeles, die

Mary häufig nur allzugut kannte. In ihrem zweiten Semester als PD-Anwärterin hatte sie in diesem großen Zinken viel Zeit zugebracht.

»Früher ist der Pasadena-Freeway hier durchgegangen«, sagte Ernest. »Sie haben ihn umgegraben, als ich noch klein war, und achtstöckige Leitstraßen draufgesetzt.« Ernest war vier Jahre älter als Mary. »Damals ist die ganze Hügelgegend runtergekommen. Es sind die Leute, die ihr so merkwürdig findet, die Schatten-Techkünstler, die wieder was aus ihr machen ... Nicht daß wir je mit den Combs gleichziehen werden.«

»Wollt ihr's denn nicht mal versuchen?«

»Tun wir ja«, nickte er. »Aber gestatte mir wenigstens einen unbeholfenen Versuch, bescheiden zu sein.«

Die Limousine setzte sie vor einem hohen roten Hotelvordach ab. ›Bonaventure‹ klebte in unregelmäßigen Goldbuchstaben an den Seiten der Markise. Dahinter war jedoch keine Tür mehr; sie war von einer Platte aus etwas Steinähnlichem ersetzt oder vielleicht auch verschlungen worden, das Mary als aktiviertes architektonisches Nano identifizierte.

»Mein Konsortium hat die Hochhäuser vor zwei Jahren gekauft«, erklärte Ernest. »Mir gehört ein Vierzigstel. Wir haben das Nano entwickelt und eine Lieferfirma beauftragt, es zu füttern. Es strukturiert das Gebäude von Grund auf um. Am Ende wird es den alten Stahl auflösen und reines Nanowerk an seine Stelle setzen ... Der abgedrehteste Studio-Galerie-Komplex im ganzen Schatten-LA.«

Mary stieg aus der Limousine. Ernest half ihr wie ein echter Kavalier. »Ich hätte es dir lieber erst gezeigt, wenn es fertig ist«, sagte er, »aber vielleicht ist es so interessanter.«

Sie trat unter der Markise hervor und schaute zu zwei riesigen Zylindern aus grauschwarzem Nano hinauf, die stumm und reglos unter dem blauen Himmel standen.

»Das alte Glas ist schon weg. Wir mußten sechs Monate auf die Destruktionsgenehmigungen warten. Jetzt bestehen die Dinger bloß noch aus altem Stahl, Verbundstoffen und Nano-Proschinen. Proteinmaschinen. Möchtest du sie sehen? Wir haben sichere Laufstege, und die Innenräume oben sind zum Teil bereits fertig.«

»Geh vor«, sagte Mary.

Ernest richtete seinen Controller auf die blanke Platte, und ein kleines Loch entstand, das sich rasch ausdehnte und zu einem groben Eingang wurde. Die Ränder des Eingangs vibrierten in schwindelerregendem Tempo. »Nicht anfassen«, warnte Ernest. Er ging vor ihr her durch einen engen Tunnel. Die Wände summten wie ein Bienenstock. »Sie sind so heiß, daß man sich dran verbrennen kann. Wir mußten eine Lizenz zur Benutzung von Brauchwasser beantragen, und dann stellte sich raus, daß sich das am besten geeignete Nano nicht so gut mit Wasser vertrug. Wir fanden eine Möglichkeit, wie es sich selbst kühlen konnte. Wir sparen uns das Wasser für spätere Nanovarianten auf, für die spätere Feinarbeit.«

Mary nickte, aber sie wußte nur sehr wenig über Nano und was man damit anfangen konnte. Der Tunnel mündete in eine warme Glasröhre mit einem Durchmesser von mehr als drei Metern, die dreißig Meter weit über eine offene Grube voller plumper grauer Würfel Zylinder Tausendfüßler führte, krebsartiger Gebilde, die weitere Würfel und Zylinder trugen. Mary stieg Meeresgeruch mit einem starken Beigeschmack von Hefe in die Nase. Sonnenlicht sickerte durch Nebelschleier herab, die abwechselnd rot und blau waren. Die Nebelschleier strömten mit unheimlicher Eigenmotivation um die riesigen Proschinen herum und durch sie hindurch. Unten legten einige der wandernden Würfel die Gerippe von Wänden hinter sich ab; andere Würfel, die in mehreren Metern Abstand hinterdrein kamen, füllten diese Gerippe mit den richtigen Glasfaserkabeln, Strom- und Flüssigkeitsleitungen. Zwischen den Wänden lagen grau beschichtete, klobige alte Klimaanlagen und Rohrleitungen verborgen, die bereits von Destruktor- und Recyclingnano abgebaut wurden. »Auf dieser Etage sind sie in ein paar Tagen fertig«, sagte Ernest.

»Was soll das werden?«

»Hier im Erdgeschoß, wo wir jetzt sind, kommt ein Ausstellungsraum für die Combbürger hin. Für jeden, der genug Geld hat. Die armen Schlucker aus dem Schatten produzieren Techkunst, und die Geldsäcke aus den Combs ergötzen sich am ›primitiven Ambiente‹.«

»Klingt servil«, sagte sie.

»Unterschätze uns nicht, mein Comb-Schätzchen«, warnte Ernest. »Eine Reihe von Spitzenkünstlern aus den Combs kommen nur wegen der zusätzlichen Attraktion hierher.« Er schien enttäuscht zu sein, daß sie nicht total begeistert war. In Wirklichkeit machte die Aktivität sie nervös. Sie hatte ihre eigene Rekonstruktion, die von Dr. Sumplers unendlich viel raffinierterem Nano ausgeführt worden war, nicht miterlebt; nun gab es Mary einen Stich, zu sehen, wie dieses alte Hotel neues Fleisch und neue Knochen bekam. Sie warf einen raschen Blick auf die Nanonarben an Ernests Fingern. Er sah ihren Blick, hob die Hände, schüttelte den Kopf und sagte: »Sowas kommt nicht mehr vor. Ich hab's im Griff, Mary. Kein Grund zur Sorge.«

»Entschuldige.« Sie küßte ihn und zog ein bißchen den Kopf ein, als ein Nanospritzer über die Verbindungsröhre hochschoß, an einem gegenüberliegendem Pfeiler klebenblieb und zu einem schlaffen Zylinder gerann. »Das ist doch nicht alles dein Projekt«, sagte sie. »Woran arbeitest du selbst?«

»Das ist der Höhepunkt«, sagte er. »Haben wir den ganzen Tag Zeit?«

»Hoffentlich.«

»Dann laß es mich in aller Ruhe enthüllen. Und versprich mir eins. Du wirst es niemandem erzählen.«

»Ernest.« Mary versuchte, eingeschnappt zu klingen, aber ein weiterer Nanospritzer ließ ihre Stimme umschlagen, und sie duckte sich unter dem dahinjagenden Schatten. Er legte ihr beruhigend die Hand auf den Arm und lief dann winkend weiter. »Komm mit, es gibt so viel zu sehen!«

Sie holte ihn in einem weiteren Röhrenabschnitt tief im Innern des alten Hotels ein, das jetzt ein großer Hohlraum voller schlummernder Megaproschinen war. »Das Atrium«, erklärte er. »Früher war das mal ein schönes Hotel. Glas und Stahl, wie ein Raumschiff. Aber die Geldflut schwappte in die Combs, und von Einheimischen und ausländischen Studenten konnte es nicht überleben. 2024 wurde es von einem religiösen Orden übernommen, aber der Orden ging bankrott, und seitdem ist es von einer Hand zur anderen gegangen. Niemand hat daran gedacht, es zu einem Haus für Künstler zu machen – Künstler konnten ja unmöglich soviel Geld haben!«

Die Röhre endete an den verschrammten Messingtüren eines alten Fahrstuhls. »Der ist sicher«, sagte Ernest. »Er kommt als letztes dran, oder vielleicht behalten wir ihn auch ... Das Komitee hat sich noch nicht entschieden.« Er drückte auf einen vom Alter weiß verfärbten, wärmeempfindlichen Plastikknopf, und die Türen öffneten sich mit einem dumpfen Laut. »Nach oben.« Ernest stieg hinter ihr ein. Er marschierte auf dem abgenutzten Teppichboden hin und her, grinste und ballte die Hände zu Fäusten. »Du mußt mir versprechen, daß du keinem was erzählst.«

»Ich bin weder eine Plaudertasche noch eine Informantin.«

Er sah sie ernst an. »Es ist extrem, Mary. Es ist wirklich extrem, und es muß absolut geheimgehalten werden. Bitte versprich's mir.« Das Lächeln war aus seinem

Gesicht verschwunden, und er befeuchtete sich die Lippen mit der Zunge.

»Ich versprech's«, sagte sie. Der Mann, mit dem sie eine gesetzliche Verbindung eingehen wollte. Die innere Stimme des Einsamkeitswunsches. Als einzelner ist man nur solange eine Festung, wie man allein ist. Zu zweit ist schon eine Bresche geschlagen.

Er nahm ihre Hände und drückte sie. Sein Lächeln kehrte zurück. »Mein Studio ist ganz oben. Da ist alles fertig, schon seit zwei Wochen. Ich hab meine Sachen schon vorher reingebracht. Es ist immer noch ein bißchen warm — Abwärme vom Nano. Nicht unangenehm.«

»Geh vor«, sagte sie und versuchte, die morgendliche Anwandlung von Zuneigung wiederzubeleben. Sie fragte sich, ob das Gefühl, das sie beschlich, ein nichtneutraler Fehler war. Sie hatte es bei Ernest schon früher verspürt, konnte es aber immer noch in eine warme Zuneigung hüllen und vergessen: Vorsicht.

Mary erinnerte sich daran, wie sie Ernest zum erstenmal begegnet war.

»Da ist Licht«, sagte er und stieß eine Flurtür auf. »Und so viel Platz.«

Vor zwei Jahren. Sie war gerade befördert worden. War auf eine Party im Nord-Comb Eins gegangen, um sich in Begleitung eines männlichen Transformierten zu entspannen, den sie in einem Karriereseminar der Zeitarbeitsagentur kennengelernt hatte. Mary hatte quer durch den Raum gehört, wie Ernest spitze Bemerkungen in eine Unterhaltung gutgekleideter Combkünstler und ihrer Langanzug-Manager eingeworfen hatte. Damals war er schroffer gewesen; er hatte gewußt, wie brillant er war, und seine Frustration hatte ihn bitter gemacht. Geistreich, aggressiv, auf charmante Weise unhöflich: die Künstler und Manager hatten sich prächtig amüsiert und dabei das gelassene und oftmals aufreizende Benehmen der Therapierten an den Tag gelegt.

Mary hatte zugehört und ihn nicht sonderlich gemocht, aber als sich ihre Wege später kreuzten, während die Partygäste ihre zufälligen Kreise zogen, hatte er sie ohne mit der Wimper zu zucken und ohne jeden lüsternen Blick als Transformierte akzeptiert, hatte ein paar interessante Dinge über die Künstlergemeinschaften im Schatten gesagt und ihr mit jungenhaftem Stolz eine Projektion, die seinen Anzugärmel in eine Karawane von Clowns verwandelte, und eine Nanobox gezeigt, die Porträts aus Strandkieseln herstellte. Er hatte ihr ein Bildnis von ihr selbst in Schiefer gegeben, das er in diesem Augenblick aus einem Stein in seiner Tasche gemacht hatte. Dann hatte er seine Bewunderung und den Wunsch geäußert, auch unabhängig von dieser Party mit ihr zu sprechen. Sie hatte ihm einen Korb gegeben, obwohl sie sich jetzt schon mehr zu ihm hingezogen fühlte, aber seine vorherige Taktlosigkeit hatte sie immer noch abgestoßen. Er war hartnäckig geblieben.

Ernest sagte etwas, und die Studiotür ging auf. Mary trat ein, als das Licht in dem weitläufigen, kreisrunden Raum aufflammte. Grelles Scheinwerferlicht umriß einen hohen, breiten Schatten. In einem Alkoven über ihnen und hinter der Tür leuchtete eine Reihe zusätzlicher Lampen.

Im hinteren Teil des riesigen Raumes lag die Gestalt einer vielleicht zehn Meter langen und sechs Meter hohen nackten Frau, den verlängerten Arm erhoben und nach einem in der Luft hängenden Würfel greifend, die Hüften überzeichnet, wechselweise Segmente aus Chrom und glänzender, frischer Bronze, das Knie eine Silberscheibe auf Bronze, der Ellbogen eine goldene Scheibe, die Augen in tiefem Schatten versunken. Einen schwindelnden Moment lang fragte sich Mary, ob die Skulptur so schwer war, daß sie durch den Boden fallen und sie alle in brodelnde Proschinenpaste stürzen lassen würde.

»Sie ist nicht schwer. Das ist kein Metall«, sagte Ernest. Er tänzelte vor Begeisterung einen schnellen Quickstep. »Das meiste ist nicht mal da. Und das ist der einzige Hinweis, den ich dir gebe. Nur zu! Geh auf Entdeckungsreise!«

»Ist sie fertig?« fragte sie zögernd.

»In ein paar Wochen. Noch einige Verbesserungen. Sie soll zehn bis zwanzig Jahre lang jedem Menschen gefallen, immer wieder was Neues. Nur zu! Faß sie an!«

Mary näherte sich widerstrebend der Kreatur, das Gesicht gesenkt den Blick nach oben gerichtet die Lippen zusammengepreßt. Woher sollte sie wissen, was ihr bevorstand? Sie hatte genug von Ernests Arbeit gesehen, um zu wissen, daß die äußere Form stets nur ein sehr kleiner Teil des Werks war. Sie schaute rasch nach links rechts oben und unten, um das Flimmern von Projektoren, das Schimmern von Laserlicht oder irgend etwas aufzuschnappen, was ihr einen Anhaltspunkt gab. Mary hatte nicht viel für Überraschungen übrig, nicht einmal für ästhetische.

»Die beißt nicht. Geh schon«, sagte Ernest ermutigend. Sie sah mit einem ärgerlichen Schnauben zu ihm zurück, drehte sich wieder um und richtete den Blick auf die schwerlidrigen Augen der Kreatur, silberne Pupillen mit goldenen Rändern in alter grün angelaufener Bronze, die ihr folgten, die Lippen zum kecken Mona-Lisa-Lächeln einer Riesin verzogen, der Kopf — groß wie ein Felsen — neigte sich wandte sich ab nach links blickte zu etwas hinauf, was nicht da oder zumindest nicht von Interesse war für eine alte Göttin: eine schwarze gekrümmte Wand. Gegen ihren Willen schaute Mary hin. Schwarze, glänzende Lackwellen rollten über den Wandhimmel mattgrau dahinter dekorative Gischt, die in exakten Mustern aufschäumte, und eine lackschwarze Meerjungfrau, die als Flachrelief aus den Wellen auftauchte und sich von Mondlicht übergossene Haare kämmte.

Ein Silbermond schwebte über dem Mittelteil der liegenden Gestalt, der Mondschatten war getrübt, der Mondrand auf Hochglanz poliert. Mary und die Gestalt standen in einem Quecksilbermeer; metallene Wellen plätscherten rasch um ihre Füße. Etwas kitzelte sie im Hintergrund ihrer Gedanken, und Marys Augen weiteten sich. Sie schloß sie und sah parallele Scanlinien, die quer durch ihr Blickfeld gingen. Wo hatte sie

Die Figur stand im riesigen, leeren Raum des Studios, die Decke über ihr wie ein Baldachin, ausgebreitete Arme gespreizte Beine bronzefarben schimmernder Lavaschlitz, und sagte mit metallischer, hohler Stimme: »Hier sind die Gestalten, die wir erwartet haben. Das sind diejenigen, die wir lieben, allesamt Töchter, Erzeugerinnen von Söhnen.«

Mary sah eine Reihe von Frauen um die Füße der Riesin herum, Mutter und Tanten Schwester Schulfreundinnen Frauen aus Büchern weibliche Legenden: Helena von Troja Margaret Sanger Marilyn Monroe Betty Friedan Ann Dietering, alle irgendwie zu etwas verhakt, das für Mary die Essenz der Weiblichkeit war, wie eine Revue von alt bis neu von links nach rechts mit der Transformierten endend die sie in den oberen Etagen der PD-Zentrale kennengelernt hatte, Sandra Auchouch. Mary zuckte zurück und sah noch einmal ihre Mutter an, sah das strenge, mißbilligende Gesicht, das auf einmal sanfter und jünger wurde, Mutter wie Mary sie anfangs gesehen und idealisiert haben mochte als Mutter alles gewesen war vor den langen Jahren der Mißbilligung und schließlich des Hasses und der Ablehnung. Ihre Kehle schnürte sich zu und ihre Augen füllten sich mit Tränen, aber sie gab Ernest nicht die Schuld, denn sie ging jetzt voll im Erlebnis auf, wie in einem Traum. Sie schloß die Augen und sah weitere rote Scanlinien. Was sind das

Sah sich vor der Transformation wie in einem Spiegel in einem langen Kleid, dessen hochgezogene linke

Seite kurze Beine enthüllte, haselnußbraune Haut flacheres Gesicht breitere Nase eigenartig schräge Augen, Mutters Gesicht mit Vaters Mund. Ernest wußte nichts von dieser Zeit und hatte garantiert kein Bild von ihrer Mutter. Rote Scanlinien die sie früher schon mal gesehen hatte

In der Polizeiausbildung

Die Revue verblaßte und die zentrale Figur leuchtete in warmem orangerotem Sonnenaufgangslicht erhob beide Arme war silbern gefiedert, die Lavalinie der Vagina jetzt unter einem Gewand wie nächtlichem Nebel verborgen, Augen schlossen sich Gesicht wurde länger Madonna Flügel dehnten sich streckten sich hinter den Armen

In der Polizeiausbildung mit einer modifizierten Höllenkrone der Selektoren *Das sind die Warnzeichen dafür daß man zum Zweck der Traumreproduktionsfolter mit einer Klammer gescannt wird*

»Ernest!« schrie sie. »Was machst du da?«

Die Figur fiel in ihren ersten Zustand zurück — nackt und liegend —, und Ernest stand neben ihr und versuchte, ihre Hand zu nehmen, die sie immer wieder wegzog, während sie von ihm zurückwich. »Wo hast du die her?« fragte sie mit lauter, rauher, wütender Stimme.

»Was ist denn? Hat sie dir was getan?«

»Wo hast du die Höllenkrone her?«

»Das ist keine. Wie kommst du darauf?«

»Mein Gott, du hast eine Höllenkrone gekauft!«

»Das ist keine Höllenkrone. Sie ist umgebaut, sie kann keinem was tun. Sie macht nur die Scans, damit mein Psychotrop Gedächtnisbilder auswählen kann. Sie ist auf angenehme, aber signifikante Erinnerungen eingestellt.«

»Um Himmels willen, Ernest, das ist ein Verstoß gegen das Gesetz. Es muß ein Gerät vom Schwarzmarkt sein, ein altes Modell, aber es ist absolut illegal.«

»Technisch gesehen ist davon im Grunde bloß noch die Verkleidung übrig. Es ist ein altes Modell, da hast du völlig recht. Es ahmt die normale Wiederbelebung eines Traums nach. Es ist nicht schlimmer als das, was man im Spielzeugladen kaufen kann.«

»Scanlinien in meinem limbischen System und meiner Sehrinde, Ernest! Du meine Güte. Wo hast du das Ding her?«

»Es ist für die Kunst, es ist harmlos ...«

»Hast du dir das von einem Therapeuten bescheinigen lassen, Ernest?«

Er zuckte vor ihrem Sarkasmus zurück und kniff die Augen zusammen. »Nein, Herrgott nochmal, natürlich nicht. Aber ich hab's untersucht und monatelang an mir selbst ausprobiert.«

»Hast du es von Selektoren gekauft?«

»Von ehemaligen Selektoren. Abtrünnigen.«

»Noch mehr *Kontakte?*« Ihr Ton war honigbitter geworden. Der nichtneutrale Fehler, ihr angeborener Drang, übervorsichtig zu sein, war aufgeblüht, und jetzt hätte sie ihn am liebsten ins Gesicht geschlagen. Es half ihm auch nichts, daß er ins Schwitzen kam und herumstotterte, wobei sein hübsches braunes Gesicht im Licht der vielen Scheinwerfer und flackernden Laser glänzte. Die Figur lag gleichgültig und teilnahmslos da.

»Du darfst es niemandem sagen, Mary. Ich hätte sie dir nie gezeigt, wenn ich gewußt hätte ...«

»Der Besitz von Höllenkronen ist ein Verbrechen, Ernest. Was bedeutet dir mein Versprechen, wenn ich meine gute Beurteilung als Natürliche verlieren, in die Zwangstherapie gesteckt und aus dem PD entfernt werden könnte, bloß weil ich deine Komplizin werde? Wie kannst du nur so bescheuert sein, mich in diese Lage zu bringen?«

Ernest hörte mit seinen Erklärungsversuchen auf. Seine Schultern sanken herab. Er schüttelte den Kopf. »Das wußte ich nicht«, sagte er leise. »Tut mir leid.«

»Ich glaube, du mußt mich begleiten, damit ich hier rauskomme«, sagte Mary. Ihre Wut verwandelte sich in Übelkeit. »Bitte bring mich raus.«

»Die Limousine wird uns heimfahren ...«

»Mich nicht. Bitte, Ernest.«

»Was soll das, Mary?« Er hob die Schultern. »Das ist doch gar nichts! Das Ding ist harmlos. Unter diesen Umständen ist das Gesetz doch lächerlich.«

Sie stieß seine gestikulierenden Arme beiseite, ging mit energischen Schritten zur Tür und den kurzen Flur entlang. »Bring mich hier raus!«

Er folgte ihr, die Augenbrauen verletzt, verwirrt und verärgert zusammengezogen. »Ich hab keinem Menschen was getan! Das Ding wird keinem je was tun! Was hast du jetzt vor? Willst du Anzeige erstatten?«

»Was hattest *du* denn vor? Wolltest du's an einen Kunstliebhaber aus den Combs verkaufen? Damit er mit einer Höllenkrone erwischt wird, die er bei sich zu Hause versteckt hat?«

»Das Ding ist unverkäuflich. Es ist ein Ausstellungsstück. Zur Werbung. Es würde dieses Studio — dieses Gebäude — nie verlassen. Ist gar nicht möglich.«

»Du hast Selektoren dafür bezahlt ... Du hast Leuten geholfen, das Gesetz zu umgehen. Ich kann das nicht ...« Sie schloß die Augen. Ihr Mund war offen. Sie hob den Kopf und schüttelte ihn. »Dulden. Zulassen.« Sie würde nicht zulassen, daß sie in Tränen ausbrach. Angesichts all dessen, was morgen passieren würde: das hier. Die Enttäuschung und der Schock die Erkenntnis daß ihr Zorn tatsächlich nicht ganz rational war daß ihre Enttäuschung tief saß und nicht bloß an der Oberfläche daß die Person an der Oberfläche es möglicherweise wirklich dulden und vielleicht sogar davon amüsiert sein würde aber nicht diese Person in der Tiefe.

Ernest drehte sich um, reckte die Fäuste in die Luft und stieß einen gellenden Schrei der Frustration aus.

»Dann geh doch und erzähl's deinen gottverdammten PDs. Na los! Warum tust du mir das an?«

Er blieb stehen. Seine Brust hob und senkte sich. Sein Blick war auf einmal kühl und abwartend. Er rieb sich die Hände. »Ich entschuldige mich«, sagte er leise. »Ich habe einen schlimmen Fehler gemacht, ohne es zu wollen. Ich habe dich verletzt.«

Jetzt kamen ihr die Tränen. »Bitte«, sagte sie.

»Ja. Natürlich.« Er befahl dem Etagenmanager, ein Metrotaxi zu rufen.

»Laß gut sein«, wehrte sie ab. »Ich nehme einen PD-Minibus.«

»In Ordnung«, sagte er.

■

Der Kampf dauert schon zu lange, John. Jeder weiß, wer ich bin, bloß ich nicht. Diese Unwissenheit in bezug auf mich selbst gefällt mir nicht. Ich merke, wie ich Tag für Tag dahinschwinde. Ich werde gehetzt. Wenn ich nicht bald herausbekomme, wer ich bin, wird man mich finden und mich töten. Ein Spiel! Das ist das Spiel, das ich jeden Tag in meinem Kopf spiele, um die Worte zum Fließen zu bringen, aber es funktioniert immer seltener, und das könnte bedeuten,

daß es
wahr
ist.

29

Martin hatte den Vormittag und den Mittag in dem ihm zugewiesenen Zimmer in Albigonis Villa verbracht, hatte das Frühstück und den Lunch eingenommen, die ihm von den teuren Arbeitern gebracht worden waren, und sich weiter mit Goldsmiths Schriften befaßt. Es widerstrebte ihm, irgendwohin zu gehen, wenn er nicht dazu aufgefordert wurde. Dieses Widerstreben ließ um halb zwei nach. Er zog sich einen einteiligen Anzug und ein Armcape an, betrachtete sich im Spiegel und wagte sich dann hinaus.

Er betrat den langen Speisesaal, der ebenfalls leer war, und ging an der linken Stuhlreihe vorbei, beeindruckt von der Stille. Das Sonnenlicht fiel sauber und ohne Stäubchen durch die hohen Fenster des Speisesaals herein. Stirnrunzelnd unterzog er die gewaltigen Eichenbalken einer eingehenden Musterung, trödelte ein bißchen in der riesigen, mechanisierten Küche herum und schlenderte weiter, wie ein Kind in einem Märchenschloß.

Im Arbeitszimmer traf er Lascal, der mürrisch vor einer Tafel saß und eine Textseite las.

»Wo ist Albigoni?« fragte Martin.

Lascal sagte guten Morgen. »Mister Albigoni ist im Familienzimmer. Den Flur entlang, am Eingang vorbei und nach links, die halbe Treppe hoch und dann die zweite Tür rechts.«

»Ist er allein?«

Lascal nickte erneut. Er hob den Blick kein einziges Mal vom Bildschirm. Martin blieb einen Moment lang neben ihm stehen, fröstelte leicht und folgte seinen Angaben.

Albigoni hockte im Familienzimmer vor einem hohen Weihnachtsbaum. Um ihn herum lagen eingepackte Geschenke. Als Martin eintrat, schaute er auf und begann die Pakete befangen wieder an ihren Platz zu legen.

»Störe ich?« fragte Martin.

»Nein. Wir hatten ... das alles schon vorbereitet.« Er zeigte auf den Baum und die Pakete. »Sie liebte Weihnachten. Betty-Ann. Ich habe nichts dagegen, glaube ich. Es erinnert mich an die Zeit, als sie noch klein war. Seit ihrer Geburt hatten wir hier drin jedes Jahr einen Weihnachtsbaum.«

Martin sah den Mann mit schmalen Augen an. Albigoni stand langsam auf, wie ein lethargisches Faultier oder ein müder Gorilla. »Wenn die Beerdigung vorbei ist, geben wir die Pakete der Wohlfahrt. Sie hat uns ihre Pakete noch nicht geschickt ... noch nicht gebracht.«

»Das tut mir sehr leid«, sagte Martin.

»Es ist nicht Ihr Kummer.«

»Man kann auch zu nüchtern sein«, sagte Martin. »Manchmal ist das Problem größer als der Schmerz.«

»Kümmern Sie sich nicht um den Schmerz«, sagte Albigoni. »Kümmern Sie sich um das Problem.«

Er schob sich an Martin vorbei und drehte sich um. All die Falten in seinem breiten, väterlichen Gesicht zogen seine Miene nach unten. Er wedelte mit den Fingern, ohne eine Hand zu heben, und sagte: »Sie können auf diesem Grundstück tun und lassen, was Sie wollen. Es gibt einen Pool und eine Sporthalle. Eine Bibliothek natürlich auch. Und LitVid-Geräte. Vielleicht hat Paul Ihnen das ja schon gesagt.«

»Hat er.«

»Morgen treffen wir uns in La Jolla. Haben Sie Ihre Liste zusammengestellt, Ihren Reiseplan ...?«

Martin nickte. »Physische Diagnose von Goldsmith, mentaler Scan, dann will ich mir die Ergebnisse ansehen.«

»Für all das habe ich erstklassige Neurologen engagiert. Carol hat uns ein paar Namen gegeben ... verschwiegene Leute, Profis. Sie werden alles vorfinden, was Sie brauchen.«

»Da bin ich ganz sicher«, sagte Martin. Faust-Aufträge. Mit welchen Versprechungen waren Carols Neurologen geködert worden? Was würde man ihnen erzählen?

Albigoni hob den Blick und sah Martin in die Augen.

»Um Ihnen die Wahrheit zu sagen, Mr. Burke, im Moment kommt mir nichts von dem, was wir tun, sonderlich sinnvoll vor. Aber wir werden es trotzdem tun.« Er verließ das Zimmer. Martin spürte den Weihnachtsbaum hinter sich wie eine Erscheinung. Dunkle Eichen- und Ahornmöbel; vernichtete Wälder.

»Dann werde ich mal schwimmen gehen«, sagte er leise. »Alles ist in besten Händen.«

■

Für mich ist Hispaniola wie Guinée, John. Die verlorene Heimat. Nicht Afrika, nur Hispaniola. Wir haben ja schon darüber gesprochen, daß ich ein Gedicht für Sie schreiben soll. Darf ich heimkommen? Ich weiß nicht, was für Gepäck ich mitbringen werde.

30

Nadine redete nun schon eine geschlagene Stunde über die Leute bei Madame de Roche und was sie ihnen erzählt hatte. Sie hatte den Besuch des Selektors erwähnt. Sie waren ziemlich beeindruckt gewesen; keiner von ihnen hatte jemals die Aufmerksamkeit eines Selektors auf sich gezogen. Sie hatten Besorgnis, ja sogar Furcht zum Ausdruck gebracht. »Sie haben mir gesagt, daß du vorläufig nicht kommen sollst«, schloß sie und blickte von der Couch aus traurig zu ihm hoch.

»Ehrlich?«

Sie nickte.

»Dann habe ich mehr Zeit zum Arbeiten.«

»Ich will dich nicht alleinlassen«, sagte sie. »Es hat mich einiges gekostet, wieder hierherzukommen. Mut, meine ich.« Sie rümpfte die Nase. »Ich dachte, du würdest das vielleicht anerkennen und mir gratulieren.«

Richard lächelte. »Du bist eine tapfere Frau.«

»Wir könnten in den Salon gehen. Du weißt schon. Ins Pacific.«

»Ich würde lieber hierbleiben.«

»Sie könnten zurückkommen.«

»Ich glaube nicht. Heute ist der erste Weihnachtstag, Nadine.«

Sie nickte und schaute auf die zugezogenen Vorhänge vor den Fenstern. »Als ich noch klein war, hat mir das wirklich was bedeutet.«

Richard warf einen sehnsüchtigen Blick auf seinen Schreibtisch und das wartende Papier. + Sie wird nicht weggehen.

»Ich möchte gern schreiben.«

»Ich bleibe hier sitzen, und du schreibst. Ich mache das Abendessen.«

+ Sie will nicht gehen. Sag ihr, daß sie gehen soll.

»Na schön«, sagte Richard. »Aber ich muß mich konzentrieren. Bitte.«

»Du meinst, ich soll still sein. Man sollte meinen, ich könnte den Mund halten, Richard, aber so leid es mir tut ... Naja, ich will's versuchen.«

»Bitte«, beharrte er.

Sie preßte die Lippen zusammen wie ein zahnloses altes Weib. Er setzte sich an den Schreibtisch und nahm den Statikschreiber in die Hand, warf eine geladene leere Zeile aufs Papier, begann mit einem ›Ein‹ und löschte es dann wieder, blies die Flocken mit einem dünnen Pusten auf den Teppich.

Ich bereitete alles sorgfältig vor, weil ich wußte, daß meine Kleidung sauber bleiben mußte. Ich wollte nicht, daß sie kamen und mich zwangen, meinen Plan in die Tat umzusetzen, aber so geschah es; um die Graberde von meinem wahren Ich wegzuschaufeln, mußte ich diese Zeremonie durchführen. Vielleicht würde ich in ein paar Tagen zu Madame gehen und dort etwas Ähnliches tun. Ich hörte abrupt auf, das Messer zu reinigen, denn ich erkannte mit einem Schock, daß sie diejenigen waren, die ich in Wirklichkeit loswerden mußte; nicht diese armen Grünschnäbel, die zu mir wie zu einem Vater aufgeschaut hatten. Aber ich mußte trotzdem weitermachen. Um meiner Dichtung willen, die in mir abgestorben war; auf der Flucht, von allen gehaßt, aus dem Luxus meines Comblebens vertrieben, konnte ich wieder von vorn beginnen, konnte mich auf dem Land verstecken und mehr Zeit dem Schreiben widmen, fern von den ständigen Ablenkungen

»Richard? Kann ich was zum Abendessen einkaufen gehen? In der Küche ist nichts, und ich werde deine Karte benutzen müssen. Meine ist gesperrt.«

»Nimm meine«, sagte Richard.

»Ich gehe jetzt. In einer halben Stunde bin ich zurück. Wo ist der beste Markt hier in der Gegend?«

»Angus Green's. Zwei Blocks die Christie runter und dann die Salamander rauf.«

»Okay. Den kenne ich. Willst du was Bestimmtes?«

Er sah sie mit hochgezogener Augenbraue an, und sie preßte erneut die Lippen zusammen. »Tut mir leid.« Sie machte die Tür auf und warf einen raschen Blick zu ihm zurück, aber er saß schon wieder über den Schreibtisch gebeugt, und sein Statikschreiber bewegte sich emsig. Sie schloß die Tür. Schritte auf dem Beton, die sich entfernten.

Ablenkungen und ~~dem Luxus~~ da kam die erste Ankündigung der Türstimme. Es ging los. Eine neue Stunde, ein neuer Tag. ~~Das Jahr Eins.~~ Der Beginn einer neuen Zeitrechnung: der erste Augenblick, der allererste Anfang. Ich machte die Tür auf und lächelte.

■

ZWEITES BUCH

1100-11010-1111111111

Da war ein Mensch. Wir, die wir noch Sünder sind, können diesen lobenden Titel nicht erlangen, denn jeder von uns ist nicht einer, sondern viele ... Seht, wie der, der sich als einer dünkt, nicht einer ist, sondern ebensoviele Persönlichkeiten zu besitzen scheint als Launen, wie es auch in der Heiligen Schrift heißt: »Ein Narr ändert sich wie der Mond.«

— Origenes, IN LIBRUM REGNORUM

31

LitVid 21/1 C-Netz Streiflichter (Philosophischer Kommentator Hrom Vizhniak): »Was wir bisher gesehen haben, ist eine fremdartige, leere Welt, die von dünner, sporadischer Vegetation bedeckt ist und deren Meere voller pflanzlichem und wahrscheinlich ausschließlich pflanzlichem Leben sind, während uns die Turmkreise auf dem Land — die mir unbestreitbar künstlich zu sein scheinen — in Versuchung führen, über die Existenz einer untergegangenen Zivilisation und über tote Intelligenzwesen zu spekulieren. Das Rätsel ist auch am heutigen ersten Weihnachtstag noch nicht gelöst worden; die zusätzlichen Daten von AXIS sind eher ergänzend als enthüllend. Die Projektmanager von AXIS und die AXIS-Wissenschaftler sträuben sich verständlicherweise, irgendwelche Theorien aufzustellen. Aber LitVid geht weiter, und der Druck, Theorien zu schmieden, ist enorm.

Wir haben Roger Atkins von Mind Design Inc. gebeten, die AXIS-Simulation hier auf der Erde zu fragen, wie sie über die Möglichkeit von Leben auf B-2 denkt. Ich habe persönlich mit der Simulation gesprochen, und zwar mit Unterstützung der ›Mutter‹ der Simulation, Roger Atkins cybernetischem Meisterwerk Jill. Hier ist, was die irdische Schwester von AXIS gesagt hat:«

JILL (AXIS-Simulation)> »Die Form der Türme ist sehr bemerkenswert. Daß die Türme nichts zu tun scheinen, würde mich auf den Gedanken bringen, daß sie statische Kunstwerke, Monumente oder Markierungen sein sollen, aber im Gegensatz zu ihrer Meeresnähe ist ihre Verteilung über den Globus anscheinend willkürlich. Die Frage, ob in den Meeren Leben existiert, ist noch nicht vollständig beantwortet; AXIS hat die Möglichkeit nicht ausgeschlossen, daß es dort große, mobile Lebensformen wie zum Beispiel Wale gibt. Außerdem besteht nach wie vor die Möglichkeit, daß das Leben in den Meeren auf eine Weise organisiert ist, die wir nicht kennen.«

Vizhniak: »Die Abneigung der Simulation, sich auf Spekulationen einzulassen, gehört zu einer Krankheit des Schweigens, die über die Konstrukteure, die Herren und die Interpreten von AXIS hereingebrochen ist. Was würden sie sagen, wenn sie nicht so verschwiegen wären? Würden sie Spekulationen über einen lebenden Ozean anstellen, über eine einheitliche Lebensform, die sich über die Wasserflächen von B-2 erstreckt? Oder über intelligente Wesen, die sich in die Meere zurückgezogen haben und zu einer idyllischen Urgestalt zurückgekehrt sind, gewissermaßen als Urlaub, nachdem sie es mal mit einer höheren Zivilisation probiert haben? Vielleicht würden sie uns erzählen, daß die Erbauer der Türme dazu übergegangen sind, im Weltraum zu leben, so wie wir es jetzt gerade zu tun beginnen, indem sie riesige Raumkolonien gegründet oder vielleicht Raumschiffe gebaut haben, in denen ihre Muster für lange Reisen ins All gespeichert sind ... B-2 wird zu einem Spielzeug für den Intellekt, zu einem Rätsel, das unsere Neugier bis aufs äußerste anstachelt. Letzten

Endes bleibt LitVid nichts anderes übrig, als sich mit müßigen Spekulationen langweiliger alter Fürze wie mir zu begnügen. Wer kann sagen, wie lange wir auf die Wahrheit warten müssen?«

Streiflichter-Redakteurin Rachel Durrell: »Sie wissen sicher, Dr. Vizhniak, daß wir in ein bestimmtes Jahrtausend eintreten.«

Vizhniak: »Ja, in das binäre Jahrtausend.«

Durrell: »Sie haben von unserer Ungeduld gesprochen, etwas zu erfahren, unserem ungeduldigen Verlangen nach fertigen Antworten. Glauben Sie, daß das binäre Jahrtausend ein Symptom kindlicher Neugier ist?«

Vizhniak: »Sehr viele Menschen haben das Gefühl, daß in ein paar Tagen, wenn unser Jahr mit elf Einsen zu einem Jahr mit einer Eins und elf Nullen dahinter wird — binär gesprochen, natürlich —, etwas Bedeutendes geschehen wird. Andere werden zweifellos versuchen, etwas Bedeutendes geschehen zu lassen. Nicht, daß ich sie dazu ermutigen möchte.«

Durrell: »Ja, aber sind Sie der Meinung, daß dies ein Symptom für unsere Kindlichkeit ist, für unsere extreme Jugend?«

Vizhniak: »Wir sind keine Kinder mehr. Ich würde sagen, im zwanzigsten Jahrhundert trat die Menschheit in ihre schwierige Jugend ein, und nun sind wir Teenager. Unsere Kindheit war die unschuldige Gewalt und die Pracht der Renaissance, der Industriellen Revolution, als wir sozusagen unsere Hände zu benutzen lernten ... die Vergleiche sind ungenau. Aber hier sind wir nun und schlagen uns mit inneren Kräften herum, die wir nicht verstehen, versuchen reif zu sein — zwingen uns, reif zu sein —, und wehe denen, die den Anschein erwecken, als ob sie dabei aufhalten würden. Wir therapieren uns selbst — und damit will ich nicht sagen, daß Therapie unwirksam ist, denn dieser Drang zu echter geistiger Gesundheit ist eins der Wunder des mittleren einundzwanzigsten Jahrhunderts. Ich selbst wäre ohne Therapie nur die Hälfte dessen, was ich jetzt bin ... In meinen Augen ist das Widerstreben der Untherapierten, ihre Angst vor dem Verlust ihrer Individualität grundlos. Ich bin nicht als menschliche Null bekannt, wissen Sie. Manche finden, daß ich ziemlich couragiert bin. Aber ich schweife ab.

Wir bestrafen uns auch selbst, und das ist die unerfreuliche Seite unseres Strebens nach Reife. Was wir noch nicht verstehen, versuchen wir mit Schmerzen zu sühnen. Unser durch Selbstmord ums Leben gekommener Präsident Raphkind und seine verfassungswidrigen Bestrebungen, die amerikanische Politik zu einer gewissen Einförmigkeit des Ausdrucks zu bringen, sein Versuch, alles zu unterdrücken, was er als destruktiven Dissens bezeichnete ... Sein Versagen als Staatsmann, sein traumatisches Versäumnis, die Form unseres Rechtssystems zu ändern ...«

Durrell: »Ja, aber was ist mit dem binären Jahrtausend?«

Vizhniak: »Was soll ich dazu sagen? Es ist einfach blöd. Früher hatten binäre Zahlen einmal gewaltige Bedeutung, weil sie die Basis aller Computersysteme waren. Jetzt ist das binäre Rechnen überholt; die simpelsten Computer arbeiten mit neurologischen Multistate- und Ramping-Methoden ... Diese Leute, die das binäre Jahrtausend ausrufen, sind altmodisch und von gestern, wie so viele Apokalyptiker in früheren Zeiten. Sie sind faul, was ihre Wunder betrifft. Sie wollen, daß man ihnen die Wahrheit auf einem Offenbarungstablett reicht, ein Geschenk von Gott oder einer wohltätigen höheren Macht. Das binäre Jahrtausend ist nur ein weiterer fauler numerologischer Zauber.«

Durrell: »Glauben Sie, daß die Entdeckungen von AXIS mit dieser Bewegung verknüpft werden können? Daß AXIS am ersten Tag des neuen Jahres etwas enthüllen könnte, was so profund, so umwerfend ist, daß wir alles, was wir vorher gedacht haben und gewesen sind, neu bewerten müssen?«

Vizhniak: »Meine liebe junge Freundin, Sie hören sich selbst wie eine Chiliastin an. Aber das nächste binäre Jahrtausend wird natürlich viel länger dauern als tausend Jahre ...«

Durrell: »Noch einmal zweitausendachtundvierzig Jahre.«

Vizhniak: »Und die Entdeckungen von AXIS werden uns mindestens so lange beeinflussen, ganz gleich, was AXIS findet. In unseren jungen Jahren der Reife werden wir die Sterne erforschen; wir werden B-2 persönlich besuchen. Das wird eine wunderbare Zeit sein. Also haben diese Leute vielleicht doch recht, auch wenn sie uns auf die Palme bringen. Die Entdeckungen von AXIS sind der Beginn eines neuen Zeitalters, in dem das Konzept von Strafe und Rache völlig aus unserem Bewußtsein verschwinden wird.«

Umschaltung/LitVid 21/1 B-Netz:

AXIS (Band 4)> Mein mobiler Explorer beginnt mit der geologischen Analyse eines verwitterten Felsauswurfs in der Nähe der Türme bei 70 Grad Nord 176 Grad West. Einer meiner seetüchtigen Explorer hat sich seit sechs Stunden nicht mehr gemeldet. Ein zweiter mobiler Explorer und ein dritter Ballonexplorer im kreisrunden Nordmeer entdecken gerade mit verdauter Nahrung verwandte Substanzen, die nicht vom allgegenwärtigen pflanzlichen Leben in den Meeren erzeugt worden zu sein scheinen. Es kann sein, daß es sich dabei um Spuren tierischen Stoffwechsels handelt; es können auch Spuren einer unbekannten Form freibeweglichen pflanzlichen Lebens sein.

■

Wo es Sünden gibt, dort gibt es Vielfalt.

— Origenes, IN EZECHIALEM HOMILIAE

32

Der Tag des großen Fluges, von LA nach Hispaniola in zwei Stunden. Morgengrauen.

Schonungsloses Taischen in ihrem Wohnzimmer. Warten auf die Konferenzschaltung und den Bestätigungsanruf von D Reeve bei Joint PD. Konzentration, Isolation der Angst. Echter Kummer wegen Ernest, als ob er gestorben wäre.

Während Mary sich streckte und die dynamische, friedvolle Spannung hielt, zog sie über ihr PD-Hausnetz das Stadtbild zu Rate. Sie sah LA im bunten Mosaik der Perez-Analyse ausgebreitet, jede Farbe der Zustand einer Gemeinde im sechsdimensionalen sozialen Raum, Farben, die sich täglich änderten. Zorniges Rot in den Zinken seit sechs Monaten; Unruhe wegen der Menschenjagden der Selektoren.

Mary beendete ihr Taischen und blieb nackt vor einem Ganzkörperspiegel innen an der Badezimmertür stehen. Ihre Haut glänzte gesund, aber die blassere Falte am Po war noch zu sehen. Sie inspizierte die gebleichte Stelle, nahm eine klassische Betty-Grable-Haltung ein und runzelte die Stirn. Ihre geringste Sorge. Sie stieg in Zivilklamotten, wie sie jeder PD tragen mußte, wenn er außerhalb der Stadt arbeitete. Schmukke dunkle kronsbeeren- und rosenfarbene Langkostümärmel, auf Ellbogenlänge geschnitten, weiße Handschuhe, Statikmuster von Blumen im Wind über dem Gürtel, elegant, aber den dienstlichen Anforderungen entsprechend. Ein Moment des Schwindels, in dem sie sich nicht wiedererkannte, im Wissen, daß dies das junge Mädchen war, das ängstlich aus ihren Augen schaute, so viele Ebenen in ihr ängstlich aus so vielen Gründen keiner davon rational. Was sollte ihr in Hispaniola schon zustoßen? Millionen flogen jedes Jahr dorthin, um ihren Weg zum Platinleben zu machen; Spielen im gehobenen Milieu, gutbezahlte und gesellschaftlich angesehene Männer und Frauen mit dunkler und heller Hautfarbe und finanziell zugänglichem Wesen.

Aber Mary Choy würde das Gewicht einer amerikanischen Staatsdienerin haben. Hohe Sichtbarkeit in Zeiten des Umbruchs. Das beunruhigte sie.

Sie saß über eine Tasse Kaffee gebeugt auf der Wohnzimmercouch, sah sich die blasse Morgendämmerung über den östlichen Hügeln auf dem Comb-Monitor-Kanal an und ging mit leiser, lakonischer, barscher Angabe der Nummern für die jeweilige Himmelsrichtung nacheinander die Ausblicke durch, die von um den Comb herum angebrachten Außenkameras aufgenommen wurden. Sie wußte, daß sie seelisch und körperlich so vorbereitet war, wie sie es sich an diesem Tag nur erhoffen konnte. Sie wartete.

Ernest tat ihr leid. Sie verdrängte es.

Kleines Mädchen erstaunt wie weit sie es gebracht hatte: eine Wohnung in einem Combfuß PD-Ermittlerin einen Körper wie sie ihn sich immer gewünscht hatte, alles anders als früher. Was würde Mutter denken, ihre Schwester, ihr Bruder Lee. Traurigkeit wegen der jahrelangen Funkstille zwischen ihnen allen. Ihre Transformation der Gipfel der Beleidigungen nach all den früheren Kränkungen. Keine Tochter oder Schwester mehr. Theo. *Ich bin, die ich bin, weil ich eine Wahl hatte. Ich habe mich entschieden, und zum Teufel mit euch allen!* Vor ihrem nach innen gerichteten Blick sah sie sich selbst — immer noch klein, mit rundem Gesicht.

Ihr Blick fiel auf das blinkende grüne Licht der stummgeschalteten Privatnummer. Sie beobachtete, wie es den Eingang einer Nachricht anzeigte; nicht D Reeve, der würde die PD-Leitung benutzen; sie überlegte, ob sie sich melden sollte, falls es Ernest war. Sie brauchte Zeit, um diese Probleme zu sortieren. Die Botschaft endete, und das Licht sprang auf bernsteinfarbene Bereitschaft um.

Sie schaltete den Bildschirm aus und öffnete die Jalousien, um den echten Ausblick zu sehen — ein Keil des zweiten Fußes, dahinter die offene Stadt und der freie Himmel, nach Norden zu weitere von Wolken umgürtete Combs. Hier und dort fiel Regen auf die Stadt, schmutzige Vorhänge unter dem blaugesprenkelten Himmel. Sie schaute zu dem Bernsteinlicht zurück und schüttelte den Kopf — sie brachte es doch nie fertig, eine Nachricht längere Zeit nicht abzuhören. »Nachricht auf der Privatleitung abspielen«, sagte sie. Das bernsteinfarbene Licht sprang auf Wiedergabeblau um.

»Hallo, M Choy? Hier ist Sandra Auchouch. Wir haben uns vorgestern in der Joint-PD-Zentrale getroffen.« Das Display zeigte gleichzeitigen Bildempfang an. Mary schaltete den Teleschirm ein und musterte das Bild der biochemischen orbitalen Transformierten, hübsche cremefarbene Haut große Rehaugen Pelzfleck auf der rechten Wange rasiert um Symbole der Orbitgilde und der Agentur freizulegen. »Ich dachte, ich rufe Sie mal an und sage Ihnen, wann ich frei bin. Wie gesagt, es kommt nicht oft vor, daß ich während eines Abstiegs Gleichgesinnte finde. Diese Woche muß ich durcharbeiten, aber am Silvesterabend und an Neujahr habe ich frei. Wollen wir ins binäre Jahrtausend hineinfeiern? Hier ist mein Telecode. Nur keine Hemmungen! Auf Wiedersehen.«

Mary verspürte einen Stich und befahl dem Telefon, sich abzustellen. Sie hatte seit Monaten kaum Kontakte oder Freunde außer Ernest und PD-Leuten gehabt. Jetzt bemühte sich jemand um sie, und ihr gefiel der Gedanke, mit jemand Neuem und Sympathischem zu reden und Neujahr mit ihm zu verbringen.

»Textbotschaft an Telenummer von Auchouch«, sagte sie. »Sandra: Bin für ein paar Tage auf Reisen. Lasse Sie wissen, wenn ich zurück bin. Danke für den Anruf. Beenden und absenden.«

Die PD-Leitung läutete wie ein Glockenspiel.

»Anruf annehmen. Hallo, hier ist Mary Choy.«

»M Choy, D Reeve. Wir haben alles für Ihren Flug vorbereitet. Ich habe die Bestätigung, daß zwei unserer besten überstaatlichen und internationalen Ermittler Sie unterstützen werden. Die kennen sich mit Hispaniola aus — sie müssen sich schon seit Jahren mit Colonel Sirs weniger angenehmen Schatten herumschlagen. Ich glaube, Sie kennen ihre Namen: Thomas Cramer von State/City International, Xavier Duschesnes von Interstate. Ich habe sie jetzt beide auf Konferenzschaltung. T Cramer, Washington, DC.«

Cramer erschien, Ende zwanzig Anfang dreißig dunkelhaarig rundes Gesicht, in Kleidern, die PDs für bundesweit wirksame Tarnung hielten — grauer Langanzug bauschiger Kragen Hemd dekorative Ärmelaufschläge. Cramer war ein Mann vom LAPD auf einem Außenposten, dessen Job darin bestand, sich mit dem Bundesamt kurzzuschließen, wenn es um internationale Probleme ging, die Los Angeles und Südkalifornien betrafen. Mary wußte über seine Arbeit Bescheid; er spürte Höllenkronen und andere illegale Importe auf. Neben Cramer erschien das Miniaturbild eines zweiten Mannes; Mary kannte ihn nicht.

»X Duschesnes, Interstate«, stellte Reeve ihn vor. »Xavier ist in New Orleans. Beide werden später am Abend in Hispaniola zu Ihnen stoßen, ein paar Stunden nach Ihrer Ankunft. Ich dachte, Sie würden vor Ihrer Abreise gern mal miteinander reden und sich gegenseitig über die neuesten Einzelheiten informieren.«

Mary nickte freundlich. Duschesnes und Cramer erwiderten ihren Gruß. Sie wirkten beide müde. »Wir gehen in Colonel Sirs Boudoir und suchen da einen Mörder«, sagte Cramer. »Ich hoffe, LA hat alle anderen Möglichkeiten ausgeschöpft.«

»Wir haben eine Reservierung für einen Flug nach Hispaniola auf seinen Namen gefunden«, sagte Mary. »Und eine Einladung von Yardley persönlich. Unsere Informanten haben ihn in der Stadt nicht entdeckt, und die Aufsicht hat uns gesagt, daß er außerhalb der Stadt seit etlichen Tagen nichts getan hat.«

Cramer stieß einen Pfiff aus. »Die Aufsicht hat Ihnen tatsächlich was erzählt? Dann müssen Sie bei denen ja einen Stein im Brett haben«, sagte er.

»Caribbean Suborbital NordAmericAir bestätigt, daß sein Ticket nach Hispaniola benutzt worden ist, kann aber nicht bestätigen, daß er es selbst benutzt hat. Wir haben über das Bundesamt nachgefragt, und das hat unser Anliegen nach Hispaniola weitergeleitet. Sie haben uns erzählt, daß sie von Yardley persönlich eine formelle diplomatische internationale Genehmigung zu Nachforschungen erhalten haben. Dort bestreiten sie, daß Goldsmith eingereist ist, aber wir dürfen in Hispaniola nach ihm suchen und all ihre polizeilichen Einrichtungen benutzen.«

»Schätze, das Bundesamt hat ziemlichen politischen Druck auf die Regierung von Hispaniola ausgeübt«, meinte Duschesnes. »Zwischen dem Bundesamt und Hispaniola herrscht reichlich dicke Luft. Wir haben gerade zwei kontinentale Clearingstellen für Höllenkronen dichtgemacht. Das Bundesamt räumt wirklich auf, und das könnte die Sache in Hispaniola kitzlig werden lassen.«

»Wie lange noch, bis es richtig losgeht?« fragte Reeve.

»Erst in zwei oder drei Wochen. Aber hey, das Bundesamt erzählt uns auch nicht alles. Warum schicken wir nicht ein paar von deren Agenten rüber, um die Sache zu überprüfen?«

»Ich habe sie gefragt. Für sowas Unwichtiges haben sie zuviel zu tun.« Reeve schüttelte zweifelnd den Kopf. »Xavier spricht Französisch und Kreolisch. Thomas kennt sich gut in karibischen Angelegenheiten aus. Hören Sie auf das, was sie sagen, Mary.«

»Natürlich«, sagte sie ruhig.

»Und ihr alle, paßt auf euch auf«, riet Reeve. »Ich kriege jetzt bei allem lange Ohren, was mit Yardley und dem Bundesamt zu tun hat. Seid vorsichtig.« Der besorgte Ton in seiner Stimme war echt.

»Ja, Sir«, sagte Cramer müde.

»Danke für Ihre Zeit, Gentlemen.«

»Wir sehen uns in Hispaniola«, sagte Mary.

»Freut mich, wenn ich helfen kann«, sagte Cramer.

Duschesnes lächelte grimmig und nickte. »Bis später.«

Ihre Miniaturbilder verblaßten. Reeve blieb auf dem Bildschirm. »Sie dürfen beim Transit natürlich keine Waffen mitnehmen, und Sie können nichts nach Hispaniola einführen. Aber da gibt's einen neuen Kniff. Ich schicke Ihnen einen Mann in Zivil zum LAX Oceanport. Er wird etwas dabeihaben, was sich als nützlich erweisen könnte; tun Sie's in Ihren Koffer, bevor Sie ihn abgeben. Die Instruktionen werden klar sein. Es ist nicht ganz legal, aber so neu, daß sich auch noch keiner die Mühe gemacht hat, es für illegal zu erklären. Ich hoffe, Sie werden es nicht benutzen müssen.«

Sie hütete sich, Fragen zu stellen. Reeve verschwand ohne Abschied. Mary holte tief Luft und schaltete den Bildschirm aus.

Als das erledigt und der Auftrag damit klar umrissen war, verbannte Mary Choy ihre Bedenken in eine stille Ecke und bestellte sich einen PD-Wagen mit zweithöchster Priorität zum Eingang am Fuß.

Sie nahm ihren Koffer, sah sich rasch noch einmal prüfend in der Wohnung um, stellte die beiden Arbeiter auf Wartung und Wachdienst ein, befahl dem Hausmanager: »Sei brav.«

Und zog die Tür hinter sich ins Schloß.

■

Die Seele (ist) unbelehrbar und unbeirrbar durch die Selbstkritik des Bewußtseins.

— Erich Neumann,
Ursprungsgeschichte des Bewußtseins

33

Emanuel Goldsmith hatte Heiligabend und den ersten Weihnachtstag in gründlicher Diagnose verbracht. Martin Burke frühstückte im Fond von Albigonis Limousine und überflog Goldsmiths physische und psychologische Beurteilungen, die an diesem Morgen frisch eingetroffen waren.

Er verdrückte den Rest seines Eiersandwichs und vertiefte sich in die Berichte, wobei er jegliches Zeitgefühl verlor. Paul Lascal saß ihm gegenüber und schaute aus dem Fenster, die Hände lose im Schoß verschränkt.

Der Wagen wurde für kurze Zeit langsamer, als er in einen Pulk von Privatwagen geriet, eine mathematische Eigentümlichkeit, die die Intercity-Computer zeitweilig verwirrt hatte. Martin blickte nur eine Sekunde auf, um sich das anzusehen, blinzelte wie ein Blinder und widmete sich dann wieder seiner Tafel. Er kniff die Augen zusammen.

Was er vor sich hatte, war die tiefgreifende Analyse der körperlichen Verfassung des Mannes und eine oberflächliche Analyse seines mentalen Zustands, nur die oberen Schichten ohne den geologischen Unterbau, der Martins Forschungsfeld sein würde.

Goldsmiths Körperstruktur und sein chemischer Typus waren in einer dreißigseitigen komplexen Analyse dargelegt. Seine rassischen Merkmale waren zu achtzig Prozent negroid, zu zwanzig Prozent gemischt kaukasisch-orientalisch; die negroiden Merkmale stammten wahrscheinlich aus dem zentralen Westafrika, ca. 18. Jahrhundert; die genetische Struktur wies die normalen

Variationen für eine solche Herkunft auf. Eine Empfehlung für eine zellenspezifische Genaustauschtherapie wegen diverser autoimmuner Krankheiten, die wahrscheinlich in den nächsten zehn Jahren auftreten würden. Geringes Risiko von Krebserkrankungen, bei denen der genetische Code zerstört oder verändert wurde, geringes Risiko von Krankheiten, die mit Drogen zusammenhingen; unwahrscheinlich, daß er chemisch abhängig wurde oder andere obsessive autokonditionierende Phasen durchmachte. Gesundheitszustand im Grunde gut. Körperlich stark und aktiv; unwahrscheinlich, daß er von einer Triplexsonde nachteilig beeinflußt werden würde, auch nicht bei langer Sondierungsdauer.

Goldsmiths Hirnchemieprofil hätte das eines untherapierten Managers nach zwei oder drei stürmischen Monaten in der Firma sein können. Alle glialen und neuralen Funktionen intakt; keine Läsionen oder schweren Diskontinuitäten. Er hatte eine Einstufung von 86-22-43 auf der Roche-Skala bekommen, das hieß, normal in allen grundlegenden Funktionen, aber unter erheblicher innerer/äußerer Belastung stehend.

Völlig normale Gliazellen schufen eine sorgfältig ausgewogene Kalium- und Natriumumgebung und bewirkten, daß er gegen eine Axondegeneration durch veränderten Gencode resistent war. Die Beurteilungen der Struktur und Effizienz der Orte seiner Gehirnfunktionen und -aktivitäten legten den zwingenden Schluß nahe, daß er im allgemeinen ein geselliges Individuum war, mit Betonung auf Individuum; die extreme Entwicklung der Vorstellungskraft und der gestalterischen Fähigkeiten wiesen auf ein sehr reges geistiges Leben von klein auf hin, und das setzte eine innengeleitete Persönlichkeit voraus, einen Menschen, der ebensoviel oder noch mehr Befriedigung darin fand, nach innen zu schauen wie nach außen.

Das brachte die Analytiker zu dem Schluß, daß

Goldsmith in Berufen, die geistige Aktivitäten im Gegensatz zu körperlichen Aktivitäten umfaßten, eine sehr gute Figur machen würde; es konnte sein, daß er eine besondere Begabung für Mathematik einschließlich räumlicher Probleme zeigte. Sprachliche Fähigkeiten wurden nicht erwähnt; eine solche Feinanalyse der Gehirnarchitektur nahm für gewöhnlich mehrere Wochen in Anspruch. Sprachliche und mathematische Fähigkeiten waren genetisch fast immer stark miteinander gekoppelt.

Bei mehrfachen Mördern waren bestimmte Hirnregionen häufig deutlich geschädigt, Traumata, die von starken seelischen und körperlichen Mißhandlungen in der Kindheit herrührten und die Umleitung und Rekonstruktion sozialer Anpassungsmuster zur Folge hatten. Das Ich und andere diesbezügliche Formungsinstanzen litten unter diesen Veränderungen, was zu einer radikalen Trennung von Eigenliebe und Einfühlungsvermögen führte; aber Goldsmiths Beurteilung zeigte keine klaren Anzeichen extremer physischer Traumata. Die Therapeuten, die die Diagnose gestellt hatten, konnten in der begrenzten Zeit, die ihnen zur Verfügung stand, auch keine Anzeichen für tiefgreifende mentale Traumata finden. Goldsmith gestand keine negativen Bedingungen oder körperlichen Mißhandlungen in seiner Kindheit ein.

Es wurde immer besser. Goldsmith gehörte wahrscheinlich zu jenen vier oder fünf Prozent aller Mörder, die durch die physische Umstrukturierung des Gehirns nicht erfolgreich therapiert werden konnten. Das hieß, daß Goldsmith irgendwie bei klarem Bewußtsein beschlossen haben mochte, zu morden. Die Möglichkeit blieb jedoch bestehen, daß er einen größeren Bruch in seiner Persönlichkeit erlitten hatte, der sich nicht in seiner körperlichen Verfassung spiegelte.

Wenn Goldsmith körperlich gesund und geistig unversehrt war, würde ihn das in jene seltenste aller Kategorien einordnen, die des intellektuellen Psychopathen, des wahrhaft bösen Individuums. Als Martin den Würfel mit den psychologischen Statistiken in seine Tafel lud und dort nachsah, erfuhr er jedoch, daß in den letzten fünfzig Jahren nicht einmal fünf oder sechs Menschen diesen präzisen Kriterien entsprochen hatten. Die Chance, daß er in Goldsmith einen weiteren vor sich hatte, war mikroskopisch klein.

Falls Goldsmith einen pathogenen Zusammenbruch erlitten hatte, dann würden Anzeichen dafür in der Landschaft zu finden sein, da war Martin sicher. Er schaute zu Lascal hoch. »Ich würde Ihre Interviews mit Goldsmith trotzdem gern sehen.«

»Die ersten Gespräche sind nicht aufgezeichnet worden«, sagte Lascal. »Wir wollten keine Beweise, für den Fall, daß wir gezwungen gewesen wären, ihn freizulassen. Wenn Sie nicht zugestimmt hätten.«

Martin nickte. »Und nachdem ich zugestimmt hatte?«

»Keine formellen Interviews. Niemand hat ausführlich mit ihm gesprochen. Wenn er nicht untersucht wurde, blieb er allein auf seinem Zimmer und las.«

»Können Sie mir sagen, wo er festgehalten wird?«

»Ich glaube, das spielt jetzt keine Rolle mehr. Er war in einem Zimmer in Mr. Albigonis Haus. Im Privatflügel. Er wird jetzt mit einem anderen Wagen ins IPR gebracht.«

Martin dachte daran, daß er Goldsmith so nahe gewesen war und es nicht gewußt hatte. Er unterdrückte ein Frösteln. »Niemand hat mit ihm gesprochen? Außer den Diagnostikern?«

»Er wurde von ferngesteuerten medizinischen Arbeitern untersucht. Kein Arzt hat ihn persönlich getroffen. Aber ich habe mit ihm gesprochen«, sagte Lascal. »Ich war gestern ein oder zweimal bei ihm. Er wirkte ruhig und zufrieden. Friedlich.«

Martin wußte, daß eine solche Diagnose durch ferngesteuerte Maschinen alles andere als ideal war. Das warf ein neues Licht auf die Beurteilungen. »Hat er Ihnen etwas Wichtiges gesagt?«

Lascal dachte einen Moment lang nach. Er legte die Hände auf die Knie und schluckte. »Er sagte, er wäre froh, daß wir Humpty Dumpty — das zerbrochene Ei — wieder zusammensetzen würden. Er sprach von Mr. Albigoni als einem König, und er sagte, ich müsse wohl einer der Männer des Königs sein.«

Martin grinste und schüttelte den Kopf. Das zerbrochene Ei. Die zerbrochene Persönlichkeit. »Das muß nicht unbedingt etwas heißen. Er weiß, daß er ein Schurke ist.«

»Was ist das?« fragte Lascal.

»Ein Übeltäter. Ein Bösewicht.«

»Ah. Ein altmodisches Wort. Ich habe nie gehört, daß jemand es in den Mund genommen hat.«

»Ein Übeltäter geht automatisch davon aus, daß etwas anderes als er selbst die Schuld hat, oder tut zumindest so. Man kann die Schuld auf körperliche oder seelische Schäden schieben ... Goldsmith würde Ihrem mutmaßlichen Urteil zustimmen, daß er wahnsinnig ist, nur um höfliche Konversation oder gute Miene zum bösen Spiel zu machen, und sich mit einer Metapher entschuldigen ... Daß er ein zerbrochenes Ei ist.«

»Er hat seine Schuld keinen Moment lang bestritten. Er sagte, er hätte es getan und er trüge die alleinige Verantwortung dafür.«

»Aber Sie haben diese Gespräche nicht aufgezeichnet. Ich kann seinem Ton oder seinen Manierismen nichts entnehmen.«

Lascal lächelte über die unausgesprochene Anschuldigung. »Wir waren mehr als nur ein wenig verwirrt und unentschlossen.«

»Ich nehme es Ihnen nicht übel«, sagte Martin. »Das nicht.«

»Und was nehmen Sie uns übel, Dr. Burke?«

Martin wich Lascals unverwandtem Blick aus. »Das Offensichtliche ... Daß Albigoni Goldsmith nicht sofort ans PD ausgeliefert hat.«

»Das hatten wir doch alles schon.« Lascal schaute wieder aus dem Fenster. Sie fuhren durch leichten, spätmorgendlichen Leitstraßenverkehr rasch nach Süden, vorbei an den alten Glas-und-Beton-Burgen und den Einfamilienhaus-Wohngegenden von San Clemente. »Mr. Albigoni dachte, wenn er Goldsmith auslieferte, würde er nie erfahren, warum er diese Kinder umgebracht hat. Seine Tochter. Und er mußte es wissen.«

Martin beugte sich vor. »Er dachte, die Therapeuten würden ihn praktisch rundum erneuern, ihn einer umfassenden Radikaltherapie unterziehen, und Goldsmith wäre dann nicht mehr Goldsmith. Vielleicht nicht einmal mehr ein Dichter.«

Lascal stritt es nicht ab.

»Albigoni glaubt wohl, was Mr. Goldsmith zu einem guten Dichter gemacht hat, sei eng damit verbunden, daß er ein Mörder ist«, sagte Martin. »Das ist ein alter Irrtum, der von der Wissenschaft nur gestützt wurde, als die Psychologie noch in den Kinderschuhen steckte — daß Genie und Wahnsinn viel gemein hätten.«

»Vielleicht, aber wenn Mr. Albigoni herausfindet, daß es überhaupt eine Verbindung gibt und daß die Möglichkeit besteht, er könnte einen Skorpion in sein Haus gebracht und dadurch seine Tochter verloren haben ...«

Martin lehnte sich zurück und erlebte ein weiteres Mal mit, wie sich Paul Lascal in einen bezahlten Stellvertreter von Albigoni verwandelte, in einen Mann, dessen Aufgabe es war, die Launen und Emotionen seines Chefs vorauszuahnen. Wie stabil war Lascals Selbstwertgefühl?

»Wer sind Sie, Mr. Lascal?«

»Verzeihung?«

»Was hat sie auf den Albigoni-Trip gebracht?«

»Ich bin nicht derjenige, den Sie untersuchen sollen, Dr. Burke.«

»Reine Neugier.«

»Die ist hier fehl am Platz«, sagte Lascal kalt. »Ich bin ein Angestellter von Mr. Albigoni und gleichzeitig sein Freund — auch wenn ich gesellschaftlich vielleicht nicht auf der gleichen Stufe stehe wie er. Betrachten Sie es als eine Symbiose. In meinen Augen helfe ich einem großen Mann, ein wenig effektiver durch dieses Leben zu gehen, ein bißchen mehr Zeit für das zu haben, worin er wirklich gut ist. Der perfekte Lakai, könnte man sagen, aber ich bin zufrieden.«

»Das bezweifle ich nicht. Das ist eine bemerkenswert überzeugende Selbstanalyse, Mr. Lascal.«

Lascal musterte ihn kalt. »Noch zehn Minuten, wenn wir nicht in einen weiteren Stau geraten.«

■

Wenn er dann im Traum umherwandelt, so sind sein die Welten, scheint er ein großer König, ein großer Brahmane zu sein, scheint er auf und nieder zu steigen. Wie ein großer König mit seinen Leuten in seinem Lande nach Belieben umherzieht, zieht dieser mit den Hauchen in seinem Körper nach Belieben umher.

— Brihad-Aranyaka-Upanishad, 2.1, 18

34

Richard Fettle schrieb stundenlang, bis sich seine Muskeln verkrampften. Sein Magen knurrte, weil er nichts zu verdauen bekam, und er hörte jede Stunde nur für ein paar Minuten auf, um einen hartnäckigen, nervtötenden Durchfall zu lindern. Er schwelgte in seiner diabolischen Konzentration, endlich wieder ein Sklave der Worte. Am Tag vorher hatte er sich jedes Urteils darüber enthalten, was er schrieb; er überarbeitete es nicht mehr, er machte sich kaum noch die Mühe, auf ordentliche Grammatik zu achten.

Nadine hatte ihn letzte Nacht unbemerkt und wahrscheinlich für immer verlassen. Seitdem hatte er weitere dreißig unleserliche Seiten geschrieben, und das Papier wurde langsam knapp, aber das machte nichts; er hatte jetzt keinerlei Bedenken mehr, die verhaßte Tafel zu benutzen. Die physische Qualität der Worte, die er schrieb, bedeutete ihm nichts; nur der Akt selbst zählte.

Er war glücklich.

blieb stehen, um sich das Blut anzusehen, er würde Auspizien im verspritzten Leben dieser armen Küken finden, die ihn angebetet hatten, seiner Schüler. Um mit einem neuen, belebenden Entsetzen das Ausmaß seiner Freiheit zu erkennen, und wie gefährdet sie war. Wie lange würde er mit diesem Wissen noch leben können? Er kauerte noch eine weitere Stunde zwischen den Fleischruinen und beobachtete, wie das Blut dunkel und klebrig wurde. Er philosophierte über dessen sinnlosen Versuch, zu gerinnen, die böse Welt auszuschließen, wo doch der Tod in Wirklichkeit schon da war und die böse Welt bereits triumphiert hatte. So hatte die böse Welt auch in ihm triumphiert; er war genauso tot wie seine Schüler, konnte sich jedoch wundersamerweise bewegen, konnte denken und Fragen stellen; tot im Leben, frei. Er war von den Fesseln befreit, die seine vorherigen Jahre regen gesellschaftlichen Lebens ihm angelegt hatten; hatte sich von dem Ruf gelöst, der ihn erstickt hatte. Warum verließ er dann nicht die Wohnung und begann sofort damit, seinen lebendigen Tod zu verlängern? Je länger er blieb, desto größer die Gefahr, daß seine Freiheit entdeckt und eingeschränkt wurde.

Er verließ die Stätte des Gemetzels und ging in sein Arbeitszimmer, um die Reihen seiner dicht an dicht stehenden Werke durchzusehen, die Bücher, Stücke und Gedichte, die Bände mit Briefen, die nun alle überflüssig waren. Bevor er all das hinter sich lassen konnte, mußte er sein Manifest schreiben. Das konnte nur mit einem Füller und mit Tinte geschehen, nicht mit den flüchtigen elektronischen Worten einer Tafel.

Das letzte Blatt Papier war voll. Richard stapelte die Blätter ordentlich auf einer Seite und holte die Tafel heraus, wobei er über die ironische Divergenz grinste. Er hielt für einen Moment inne, weil er merkte, wie sich in seinem Gedärm etwas tat, wartete darauf, daß wieder eine zeitweilige Stabilität einkehrte, schaltete dann die Tafel ein und fuhr fort.

»Ich kann nicht sagen, daß es mir leid tut, was ich getan habe. Der Dichter muß dorthin gehen, wohin kein anderer geht, oder dorthin, wohin die Verachteten gehen. Dort bin ich jetzt, und die Freiheit ist atemberaubend. Ich kann tun und schreiben, was ich will; keine höhere Strafe, keine größere Schamde *PIEP*

FEHLERHAFTE SCHREIBWEISE **Korrekturvorschlag:** SCHANDE

»Verdammt.« Er schaltete das Korrekturprogramm aus.

»kann mich treffen. Ich kann über Rassenhaß schreiben, über meinen eigenen Haß, kann ihn billigen oder mißbilligen; ich kann vorschlagen, daß die gesamte menschliche Rasse geopfert werden sollte, die Kinder zuerst; daß die Therapierten in ihren Betonmausoleen bei lebendigem Leibe verbrannt werden sollten. Ich kann rufen, daß die Selektoren recht hätten und daß die Zufügung größter Schmerzen der einzige Weg sei, manche Krankheiten dieser Gesellschaft zu kurieren, falls sie fortbestehen sollte; vielleicht

sollte man Säuglinge unter die Höllenkrone setzen, um sie auf das Böse vorzubereiten, das sie unweigerlich tun werden. Aber auch das Schreiben ist für mich tot; ich kann tun, was immer ich will. Fangt mich bald. Ich werde nicht bleiben, um mich euren geistlosen Urteilen zu stellen. Ich muß mit anderen Dingen experimentieren.

Ich bin der einzige lebende Mensch, und zwar weil ich tot bin.«

Nachdem er dieses Manifest geschrieben hatte, pinnte er das Blatt mit dem Messer seines Vaters — der Waffe seiner Freiheit — an die Wand und ging an der Tür zur Stätte des Gemetzels vorbei, ohne hineinzuschauen. Er war sich jedoch erneut seiner Freiheit bewußt; sie war wie ein neuer Anzug oder überhaupt keine Kleidung.

Er verließ die Wohnung, den Comb, die Stadt. Draußen schien es, als könne er in die Wolken auffahren, ein vorbeiziehender Dunstschleier werden und auf sie alle herabregnen, auf daß er von ihnen aufgesogen werde und sich die ganze Menschheit entschlösse, sich selbst zu töten, um wahrhaftig frei zu sein; und dann würden vielleicht manche, vielleicht hundert oder tausend dieser ebenfalls Toten-Lebendigen, die Überlebenden dieser Zusammenballung von Wahrheit

Er hörte auf und stürzte ins Bad. Entleerte sich, reinigte sich, wie sich Goldsmith in seiner Vorstellung gereinigt gefühlt haben mochte; fragte sich, ob er diese Metapher — sich rein zu scheißen — benutzen konnte oder ob er sie bereits benutzt hatte; konnte sich nicht erinnern. Während er sich noch die Hose hochzog, kehrte er schon zur Tafel zurück.

endlich wissen, wer sie waren, eine Endgültigkeit des Gewahrseins, ihr Ich kenntlich und tiefer eingegraben, ihre Seelen in Kummer und Freude darüber vereinigt, was sie getan hatten.

Dies war der beste Zeitpunkt, um aufzuhören, aber der letzte Schliff fehlte noch; er würde es jetzt am besten kurz machen und es später polieren, um die Spontaneität nicht zu stören.

Er konnte jetzt jedoch keine Wolke werden. Er würde einen anderen Weg finden müssen, um zu vergehen. Wenn er verschwand, würde sein Name zur Legende werden; er würde berühmter sein als jeder andere Dichter, die Menschen würden in ihren Träumen an ihn denken und sich fragen, wo er war, und dann war er in ihnen, und das würde genauso gut sein. Besser. Er ging die erste Meile von der Stadt aus zu Fuß, in die braunen Hügel hinein. Er überquerte verbrannte Wiesen

Es hörte absolut nicht geschliffen auf; tatsächlich wollte es überhaupt nicht aufhören, und Richard mußte sich ausruhen.

und spürte den kalten Wind durch seine Kleider, auf seiner Haut,

Richard schloß die Augen und versuchte das Ende herbeizuzwingen, sah jedoch statt dessen so etwas wie ein endloses Abenteuer. Der Goldsmith in ihm wollte diese neue Freiheit erforschen. Aber Richard war auf einmal erschöpft, und ein schwarzer Schleier trat zwischen ihn und den Bildschirm der Tafel. Eine weitere Reinigung kam auf ihn zu.

die schmutzigen Wölkchen eines eingedämmten Feuers züngelten um seine Beine, »Ich werde diese Gesellschaft bis auf die Wurzeln niederbrennen

Er merkte, daß auch ein neues Manifest auf ihn zukam. »Bitte laß mich in Ruhe«, murmelte er, rollte sich aufs Bett, zog die Beine hoch.

und das neue grüne Gras durch sie hindurchwachsen lassen, frisch und frei

Und stürzte ins Bad.

■

Das Individuum differenziert sich von seiner Welt und seiner sozialen Gruppe, wenn es imstande ist, all ihre Elemente als manipulierbare Zeichen zu betrachten. Bei jedem Individuum, ob kultiviert oder nicht, entwickelt sich ›Bewußtsein‹, wenn sich alle Teile seines Geistes über das Wesen und die Bedeutung ihrer diversen ›Botschaftstypen‹ einig sind. Diese Integration führt zur Herausbildung einer Persona, eines ›Aufsehers‹ über die mentale Vereinbarung — die bewußte Persönlichkeit.

— Martin Burke, Die Landschaft des Geistes (2043—2044)

35

Oceanport LAX lag vier Meilen draußen vor der Küste. Die Verbindung wurde durch Senkrechtstartershuttles und drei Highwaybrücken hergestellt. Startbahnen zweigten nach Norden und Westen ab wie die Strahlen des Sonnenzeichens der Navajos; im Süden und Osten ließen riesige rötlichgraue Meeresflächen, die von schmalen Wasserzäunen eingefaßt waren, hochseetaugliche Nanofarmen erkennen, die mit der zentralen Plattform von Oceanport verbunden waren.

Der Scramjet stand ruhig auf der Startbahn, während seine vier gewaltigen Triebwerke warmliefen, wie ein schlanker grauer Hai, der selbst auf dem Boden zu fliegen schien. Der Schlauch für die zusteigenden Passagiere fuhr langsam aus und traf auf seine Tür. Wartende Reisende gingen auf der einen Seite an Bord, während andere die Maschine über einen Schlauch am hinteren Ende verließen. Arbeiter rollten zügig durch ihren eigenen Schlauch aus dem Flugzeug und führten dabei den Abfall des letzten Fluges mit sich. Scramjets standen niemals still; ihre Triebwerke verbrannten Tag und Nacht Wasserstoff, die Autopiloten wurden nie abgestellt, und das menschliche Überwachungspersonal wechselte sich alle acht Stunden oder zwei Rundreisen — je nachdem, was zuerst kam — mit der Wachschicht ab.

Mary Choy ließ sich auf ihren Sitz nieder. Gurte schlossen sich um sie und paßten sich an ihre Körperform an. Sie schaute aus dem großen Fenster auf ein massiges schwarzes Suborbitalshuttle mit einer Knollennase, das weiter draußen auf der Startbahn für seinen Abschuß warmlief. Pro Tag starteten fünfzig Suborbitals von Oceanport, um den ungeheuren Pazifik in weniger als einer Stunde zu überqueren, wobei sie jeweils mehr als tausend Passagiere oder hundert Tonnen Fracht beförderten. Scramjets waren für kürzere Strekken oder nicht so stark frequentierte Routen da; sie beförderten weniger als vierhundert Passagiere und flogen mit nicht einmal dreifacher Schallgeschwindigkeit. Der Flug nach Santo Domingo HIS würde knapp drei Stunden dauern. Sie hätte schneller nach China kommen können.

Niedrige Wolkenfetzen bildeten im Westen einen faserigen Rand. Der Ozean jenseits der Startbahnen lag strahlend blau unter einer mittäglichen Perlensonne, die durch einen hochliegenden Dunstschleier brannte. Mary nahm das alles mit einem sonderbaren Hunger in sich auf. Sie war geradezu versessen darauf, in Hispaniola zu landen und ihren Job zu tun; sie konnte es kaum erwarten, die nächsten paar Wochen hinter sich zu bringen.

Und von ihren Fehlern wegzukommen.

Im Terminal hatte ihr Reeves ziviler Bote eine Schachtel mit einem metallenen Kamm, einem Schminkset und einer Haarbürste gegeben. Der Griff der Bürste ließ sich mit einem Trick abschrauben und gab eine graue Paste frei, die sie als irgendeine Art von Nano identifizierte. Sie hatte die Schachtel in ihrem Gepäck verstaut und es eingecheckt. Der Bote hatte ihr auch eine Diskette mit Anweisungen gegeben. Jetzt holte sie ihre Tafel heraus und spielte sie ab. Als sie fertig war, löschte sie die Diskette, steckte die Tafel weg und schaute nachdenklich aus dem Fenster. Wie Reeve gesagt hatte, nicht ganz legal. Aber unter den Umständen sehr interessant. Sie fragte sich, ob es funktionieren würde.

Das in der Rücklehne vor ihr angebrachte Fluglinien-Vid ging automatisch an, und sie schaltete es mit einem trägen Fingerschnippen aus. Schloß die Augen. Schaute auf die letzten zwei Tage zurück, auf die behagliche Körperlichkeit und Zuneigung ihrer Zeit mit Ernest, die mit einem Schisma geendet hatte. Pflicht vor Leben. Manchmal kam es ihr so vor, als ob es für sie nur die Pflicht gäbe; ihr Brennpunkt und ihr Daseinsgrund. Die Kräfte der Finsternis in Schach zu halten, damit andere ungestört leben und lieben konnten; nicht sie. *Kein Selbstmitleid.*

Die Turbinen der Triebwerke kletterten im Unterschallbereich zu einem hohen Pfeifen. Draußen war der Lärm problemlos auszuhalten, das Chaos der turbulenten Luft wurde durch Rohrleitungen reduziert, die den Luftstrom mit dreihundert Trimmbewegungen pro Sekunde regelten kontrollierten ablenkten und kanalisierten, wobei sie eine anrollende Geräuschwelle gegen die andere ausspielten. Nur in der Mitte der Auslaßöffnung würde das Getöse bis zur Unerträglichkeit ansteigen. Sie stellte sich vor, wie sie dort saß, unverwundbar, während die Serie der Feuerkegel auf sie einhämmerte, und in den Hochofen hineinschaute.

Melodram.

Die Pflicht einer PD bestand darin, das Getöse des menschlichen Hochofens zu dämpfen.

Sie lächelte, als das Flugzeug anrollte. Der Abgasstrahl wurde kurzfristig umgelenkt, damit die Maschine senkrecht abheben konnte, und die Triebwerke gaben ihr echtes, alles umhüllendes Gebrüll von sich, wie tausend rückwärts abgespielte Hurrikans, nur gedämpft von der hervorragend konstruierten Haut des grauen Hais. Sie rollten, stiegen hoch und kreuzten mit einem horizontalen Schwenk von der Startbahn weg über das blaue Wasser, wobei sie mit dem letzten Luftstrudel des vertikalen Schubs konzentrische Stürme auslösten; dann war der Scramjet schon sehr schnell, schnitt zügig durch die Luft und stieg im scharfen Fünfundvierzig-Grad-Winkel nach oben. Der Luftdruck in der Kabine fiel, und die Maschine ging in die Waagrechte. Leises Gewisper. Mary hätte ebensogut in einem Gleiter oder einem Segelflugzeug sitzen können.

Das Flugzeug war nicht voll. Nervosität auf dem Tourismusmarkt; die meisten Passagiere waren Touristen aus LA auf dem Weg ins stabile Puerto Rico. Sie wollten in Hispaniola in Senkrechtstartershuttles umsteigen. Die Leute vor ihr und hinter ihr schwatzten sorglos. Normale Menschen mit richtigem Leben und richtiger Liebe und ausgewogenen Pflichten, bei denen der innere Druck dem äußeren entsprach.

Mary schloß die Augen und klappte ihren Sitz zurück. Der Scramjet holperte über seine eigene Stoßwelle und glitt in dreizehntausend Metern Höhe noch leiser vor seinem eigenen Lärm dahin. Ein einzelner Steward beaufsichtigte zwei Arbeiter, die an einer Deckenschiene entlang mit Getränken durch die Maschine fuhren und Essen aus verborgenen Rohrleitungen im Rückgrat dieses komfortablen Hais ausgaben. Sie beschleunigten auf zwei Mach.

Mary konnte nicht schlafen. Sie schaltete das Rücklehnenvid ein und zippte durch die Kanäle, fand die Stadtnachrichten aus LA und wählte Geschichten aus den Combs, in der Hoffnung, die öffentliche Meinung in bezug auf Goldsmith aufzuschnappen. Verblüffend wenig Furore bei den kommerziellen Vids und den LitVids. Goldsmiths Morde waren nicht gerade ein alltägliches Ereignis, aber sie waren auch nicht auf die spezielle Frequenz der Vorlieben des heutigen Publikums eingestellt.

Die Morde waren von einem enormen Interesse an den ungeklärten Entdeckungen von AXIS in den Hintergrund gedrängt worden. Der Weltraum interessierte Mary nicht besonders. Sie spürte einen Anflug von Ärger und schaltete auf Geschichten aus den Zinken um.

Weitere Menschenjagden der Selektoren. Ein Vertreter des sechsten Zinkens im achtundzwanzigsten Distrikt namens Mario Pelletier, ein altgedienter Politiker, war wegen angeblicher Veruntreuung von Fürsorgegeldern für die Untherapierten des Zinkens unter eine Höllenkrone gesetzt worden. Zwanzig Sekunden unter der Klammer. Hatte eine geringfügige Gliabalancetherapie benötigt, um sich von dem Trauma zu erholen, aber jede weitere Behandlung abgelehnt. »Ich habe meine Tracht Prügel bekommen. Ich kann einstecken, was die austeilen. Nicht so schlimm. Nicht so schlimm.« Gehetzter Blick; würde fast mit Sicherheit in ein paar Wochen in den Ruhestand treten und sich ins Nest seiner Familie zurückziehen, falls er eine hatte, sein Leben in Perlmutt hüllen und eine eventuelle zweite Begegnung vermeiden. Die Selektoren würden wieder einmal triumphiert haben, eine Aufbesserung ihres Images in der Öffentlichkeit, die die korrupten Untherapierten ein wenig wachsamer und ein wenig vorsichtiger machte und dafür sorgte, daß sie vielleicht ein wenig mehr auf dem Pfad der Tugend blieben.

Sie krümmte reflexhaft die Finger. Es war nicht legal, aber sie würde jeden Selektor drei Minuten lang unter eine Höllenkrone setzen. Würde mit sechs Arbeitern drei Assistenten das Versteck der Selektoren stürmen und Yol Origund persönlich schnappen, den ausgebürgerten Israeli, der den Selektorumhang vom Gründer Wolfe Ruller übernommen hatte. Würde die Assistenten rauswerfen und zusehen, wie die Arbeiter die Gefangenen auf harte Stühle fesselten ihnen die Klammern über die Köpfe zogen ihre eigenen finstersten inneren Abgründe scannten und wieder heraufholten, was dort verborgen lag. Würde die aufflackernde Unruhe beobachten, wenn sie rote Linien sahen …

Verbrechen und Strafe.

Sie schaltete zu den AXIS-Berichten zurück. Armer Ernest. Er würde eine Höllenkrone niemals ihrem eigentlichen Zweck entsprechend benutzen, aber das technologische Geglitzer faszinierte ihn. Welcher Künstler würde schon freiwillig selbst auf den primitivsten direkten Zugriff auf die Imagination des Betrachters verzichten!

War sie zu hart gewesen? Sie wußte es nicht. Pflicht und Gesetz.

Mary Choy ertappte sich dabei, wie ihr ein Schluchzer entwich. Schon ausgelaugt, obwohl sie noch nicht mal richtig angefangen hatte. Sie warf einen raschen Blick auf ihre Sitznachbarn C, E, F, G, drei junge Männer in Langanzügen und eine ältere Frau mit teuren Kleidern in der Mode der dreißiger Jahre, alle völlig in ihr Rücklehnenvid vertieft, das jeweilige Programm durch die Stummschaltung auf leises Geflüster reduziert. Sie hörten nichts von ihrem Kummer.

LitVid 21/1 A-Netz (David Shine): »AXIS' mobiler Explorer Nummer zwei hat endlich seine Untersuchung der Probe beendet, die er aus einem der überall auf B-2 in Ringform angeordneten Türme gekratzt hatte. Obwohl die auf Nanobasis arbeitenden Labors des mobilen Explorers sehr klein sind, sind sie fast so gründlich wie alle vergleichbaren Labors auf der Erde. Der einzige Unterschied ist, daß wir auf der Erde inzwischen fünfzehn Jahre weiter sind. Trotzdem rechnet man damit, daß die Resultate aufschlußreich sein werden.

Falls Ihnen ebenso wie uns aufgefallen ist, daß die Berichte sämtlicher Monitoranlagen von AXIS in letzter Zeit nicht mehr so informativ gewesen sind — dafür gibt es eine simple Erklärung. Wir befinden uns in einer schwierigen Phase der Erforschung von B-2 durch AXIS. Die Untersuchungen im großen Maßstab haben eine Welt gezeigt, die zugleich rätselhaft und bezaubernd ist, eine Welt voller Leben, aber offenbar ohne Tiere oder auch nur große Pflanzen. Dennoch deutet die Existenz der Turmkreise auf irgendeine Form intelligenten Lebens hin, obwohl man uns gewarnt hat, solche Schlüsse zu ziehen. AXIS ist im Moment dabei, sich eingehender mit dem bisher gesammelten Material zu befassen. Die mobilen Explorer wandern, schwimmen und schweben zielstrebig umher und führen ihre Analysen durch; die münzengroßen Kinder senden weiterhin Informationen über den Planeten als Ganzes; die Informationsmengen, die AXIS aufnimmt, sind gewaltig.

Die Sonde ist jedoch nicht in der Lage, all diese Informationen schnell und direkt zur Erde zu schicken. AXIS ist als echte ferngesteuerte Denkmaschine konstruiert, die ihre eigenen Experimente durchführen und ihre eigenen Schlüsse ziehen, die Informationen verdichten, sie gewissermaßen gefriertrocknen und die kompakteren Ergebnisse zu uns schicken kann.

Wenn die Sonde ein Geheimnis finden sollte, das sie nicht lösen kann, dann werden die nicht verarbeiteten Fakten tatsächlich zur Erde gesendet, aber nicht sofort; dieser Prozeß könnte Jahre, ja sogar Jahrzehnte dauern. AXIS kann mindestens ein Jahrhundert lang am Leben bleiben, sich selbst reparieren und fröhlich ihre Arbeit tun. Aber es gibt viele schwache Glieder, und die über den interstellaren Raum zwischen der Erde und Alpha Centauri verteilten Transponder sind nicht das unwichtigste davon. Sie können sich nicht selbst reparieren, wie es AXIS kann. Sie befinden sich in der tiefen Kälte des interstellaren Raums, und ihr gesamter Energiehaushalt ist dafür vorgesehen, Signale zu empfangen und weiterzugeben. Sollte einer dieser Transponder verlorengehen, wird sich die Übermittlungsdauer für alle Informationen vervierfachen. Sollte mehr als einer verlorengehen, könnten die Sendungen völlig aufhören oder nur ungeheuer langsam weitergehen.

Und wenn aus irgendeinem Grund ein Teil einer Botschaft verlorengeht, wird es praktisch ein weiteres Jahrzehnt dauern, AXIS die Anweisung zu geben, sie noch einmal zu senden. Der Faden, mit dem AXIS und die Erde verbunden sind, kann in der Tat sehr leicht reißen, was wohl nur angemessen ist, wenn man bedenkt, wie kühn dieses Unternehmen von Anfang an war.«

■

> Nicht gibt es dort Wagen, Wagengespanne und Wege; sondern Wagen, Wagengespanne und Wege schafft er; nicht gibt es dort Freude, Lust und Scherz, sondern Freude, Lust und Scherz schafft er; nicht gibt es dort Teiche, Flüsse, Seen, sondern Teiche, Flüsse, Seen schafft er; er ist ein Schöpfer.
>
> — Brihad-Aranyaka-Upanishad, 4.3, 10

36

Das Institut für Psychologische Forschung erhob sich auf einer siebzehn Hektar großen Rasenfläche wie eine auf der Spitze stehende Stufenpyramide, deren eine

Kante wie ein Messer in einen zehnstöckigen bronzefarbenen und grünen Glaszylinder schnitt. Das Gebäude hatte ursprünglich zu einem russisch-chinesischen Forschungszentrum gehört; unter Raphkind war viel russischer und chinesischer Grundbesitz in den USA verstaatlicht worden, weil beide die Kredite amerikanischer Banken nicht zurückgezahlt hatten.

Das Gebäude war sechs Monate lang nicht genutzt und dann praktisch ohne irgendwelche Bedingungen an Martin Burke übergeben worden. Ein Jahr später schien das IPR eine feste Einrichtung zu sein, die dreihundert Leute beschäftigte.

Der Rasen wartete sich selbst, wie alle Gartenanlagen auf dem IPR-Gelände; Verlassenheit trug nicht mehr den Makel der Vernachlässigung. Überall in dem Gebäude würden Arbeiter alles tiptop in Ordnung gehalten haben. Abgesehen von Plünderungen durch Menschen mußte das IPR eigentlich genauso aussehen wie damals, als er es verlassen hatte …

Der Wagen parkte ganz offen vor den Glastüren, und Martin stieg aus und streckte die Hand in den Wagen, um seine Tafel von Lascal entgegenzunehmen. »Der Jäger ist heimgekehrt«, sagte Lascal. »Wir haben alle staatlichen und städtischen Augen und Ohren geprüft. Im Moment sind keine mehr in Betrieb. Hier ist alles ruhig.«

Martin ignorierte das und ging auf die Glastüren zu. Sie weigerten sich nicht, ihn einzulassen. Für einen kurzen Moment war die schlichte Tatsache, daß er das Gebäude betreten konnte, als ob nichts geschehen sei, so wie er es früher tausendmal getan hatte, alles wert, womit er sich einverstanden erklärt hatte.

Lascal folgte ihm in diskretem Abstand. Martin verweilte einen Augenblick lang im Empfangsbereich und umklammerte seine Tafel dabei so fest, daß seine Fingerknöchel weiß wurden. Er warf Lascal einen Blick zu; dieser lächelte zaghaft zurück. Martin nickte und ging am leeren Empfangspult vorbei weiter, dann rief er über die Schulter zurück: »Wer bewacht den Laden?«

»Machen Sie sich darüber keine Gedanken«, antwortete Lascal. »Es ist sicher.«

»Wir sind einfach hergefahren und reingegangen ...« Martins Stimme verklang. Mach dir keine Gedanken darüber. »Wo ist Dr. Neuman?«

»Sie sind alle auf der ersten Forschungsebene«, sagte Lascal, der Martins hohlen Schritten folgte.

»Und wo ist Goldsmith?«

»In einem der Patientenzimmer.«

Martin betrat sein altes Büro am Ende des Flurs, zwei Türen vor den Fahrstühlen zur unterirdischen Forschungsebene. Die Diskettenschränke öffneten sich auf seine Berührung hin, waren jedoch leer; sein Schreibtisch war aufgeräumt. Er biß sich auf die Unterlippe und probierte es mit den Schreibtischschubladen; sie waren verschlossen und wollten seinen Daumenabdruck nicht akzeptieren. Er war wieder da, aber er war nicht zu Hause; sein Zuhause erkannte ihn nicht mehr.

»Das Zeug brauchen Sie doch nicht, oder?« fragte Lascal leise von der Tür her. »Sie haben uns nicht gesagt, daß Sie's brauchen würden.«

Martin schüttelte rasch den Kopf und schob sich an ihm vorbei.

Die Fahrstuhltür glitt auf, als er sich näherte, und er stieg ein. Lascal kam zwei Schritte hinter ihm. Martin merkte, wie sein Zorn wuchs, und gab sich Mühe, ihn unter Kontrolle zu halten. Zwei Worte hallten immer wieder durch seinen Kopf: Kein Recht. Vielleicht hieß das, daß sie kein Recht gehabt hatten, seinen Arbeitsplatz zu plündern; es konnte auch bedeuten, daß in sämtlichen Handlungen in bezug auf das IPR kein Recht zu finden war.

Acht Meter tief hinunter. Die Türen gingen auf. Es kam ihm so vor, als hätte er erst gestern zum letztenmal diesen Flur überquert sich nach links gewandt und gebieterisch die große Tür zum zentralen Forschungshörsaal aufgemacht. Martin stand da, die Hände an den Hüften, und seine Blicke zuckten zu der Bühne weiter unten. Über der Bühne standen hinter dickem Glas drei Reihen von Drehstühlen auf einer Galerie. In die halbkreisförmige Kuppel über dem Hörsaal eingelassene Scheinwerferbatterien glommen sanft. Die Geräte waren zum größten Teil noch dort, wo er sie zurückgelassen hatte, gepflegt von zwei Arbeitern; der weiße und silberne Triplexzylinder, Nanomonitoren, flache Reihen von fünf Computern und einem Denker links von den drei grauen Liegen; was fehlte, war der Puffercomputer, in dem sich die Forscher und die Erforschten in der Sicherheit des Wissens wiegen konnten, in einer zeitverzögerten Simulation zu schwimmen ...

Martin fuhr sich mit der Zunge über die Lippen und drehte sich zu Lascal um. »In Ordnung«, sagte er. »Fangen wir an.«

Lascal nickte. »Miss Neuman und Mr. Albigoni sind im Beobachtungsraum nebenan. Wir haben es auch geschafft, vier der fünf Assistenten zu verpflichten, um die Sie gebeten hatten.«

»Wen?«

»Erwin Smith, David Wilson, Karl Anderson und Margery Underhill.«

»Dann wollen wir die Gruppe mal zusammenholen.«

Sie gingen zum hinteren Teil der Bühne, durch eine weitere kleine Tür und in den Korridor, der zu den Patientenunterkünften führte. Martin rief sich den letzten der siebenundzwanzig Menschen ins Gedächtnis, die er hier untersucht und therapiert hatte, eine junge Frau namens Sarah Nin; er erinnerte sich lebhaft an ihre Landschaft, einen zahmen Dschungel, gesprenkelt von weitläufigen Villen, die alle mit exotischen Tieren gefüllt waren. Bei seinen Reisen in ihr hatte er sich halbwegs in Sarah Nin verliebt, so etwas wie eine umgekehrte Übertragung; ihr Innenleben war so friedvoll gewesen, ihr Äußeres — groß, kuhartig, langweilig normal — so offenkundig ungestört.

Er hatte oft von Sarah Nins Landschaft geträumt. Er bezweifelte, daß Goldsmith auch nur annähernd so einfach und angenehm sein würde.

Goldsmith war in dem Patientenzimmer untergebracht, in dem Sarah Nin früher gewohnt hatte. Zwei schlanke, kräftige Männer in Langanzügen standen vor dieser Tür und beäugten sie aufmerksam, als sie näherkamen. Sie erwiderten Lascals Nicken.

»Mr. Albigoni ist da drin«, sagte der größere der beiden und zeigte auf die Tür auf der anderen Seite des Flurs. Das war der Beobachtungsraum.

Lascal machte diese Tür auf, und Martin trat ein.

Albigoni und Carol Neuman saßen in Sesseln vor dem Hauptbildschirm und unterhielten sich leise. Sie schauten hoch, als die Tür aufging. Carol lächelte und stand auf. Albigoni beugte sich vor, die Ellbogen auf den Knien, die Augenbrauen erwartungsvoll hochgezogen. Martin streckte den Arm aus und gab Carol die Hand.

»Wir sind fast soweit«, sagte sie. »Ich hab unseren vier Assistenten einen Auffrischungskurs verpaßt. Ist ja schon eine Weile her für sie.«

Martin nickte. »Natürlich. Ich würde auch gern mit ihnen sprechen.«

»Sie werden in ein paar Minuten hier sein«, erklärte Carol.

»Gut. Ich habe eben ... einen kurzen Blick in den Hörsaal geworfen. Alles bis auf den Puffer scheint da zu sein, wo es hingehört.«

»Es reicht«, bestätigte Carol. Martin versuchte, sie nicht direkt anzusehen. Er fühlte sich jetzt besonders verletzlich. Sein Puls raste. Er machte regelmäßige, tiefe Atemzüge und konnte nicht stillstehen.

»Wie geht es Goldsmith?«

»Als ich das letztemal mit ihm gesprochen habe,

gut«, sagte Albigoni. Der Initiator der ganzen Sache machte einen gelassenen Eindruck, ein Zentrum friedlicher Entschlossenheit, um das Martin kreisen würde, wie er sah, ein Elektron des Kerns des Verlegers. Unwichtig. Warum war er überhaupt hier? Es war alles vorbereitet; sie konnten es genausogut ohne ihn machen.

»Dann wollen wir ihn uns mal ansehen«, sagte Martin und zog sich den dritten Sessel zurecht, so daß er auf den Hauptschirm schauen konnte. Lascal saß auf einer Arbeitsplatte hinter ihnen. Carol ließ die Steuerung in der Armlehne ihres Sessels aufschnappen und aktivierte den Schirm. »Zimmer eins, bitte«, sagte sie.

Goldsmith saß zusammengesunken auf der Kante des ordentlich gemachten Bettes und hielt ein Buch auf Kniehöhe vor sich. Schwarze Haare zerzaust Kleidung zerknittert aber heitere Miene. Martin musterte das Gesicht in aller Ruhe, bemerkte die schläfrigen Augen mit den schweren Lidern tiefe Charakterfalten um Mund und Nase stetig hin und her gehende Augen totale Konzentration auf das Buch.

»Was ist das für ein Buch?« fragte Martin.

»Der Koran«, antwortete Albigoni. »Eine Sonderausgabe, die ich vor fünfzehn Jahren auf den Markt gebracht habe. Es war das einzige Buch, das er dabeihatte.«

Martin sah Lascal über die Schulter hinweg an. »Hat er das die ganze Zeit gelesen?«

»Ab und zu«, sagte Lascal. »Er hat den Islam als ›Die Religion der Sklavenhändler‹ bezeichnet. Sagte, falls er eingesperrt werden sollte, müßte er die Mentalität von Herrenmenschen kennen.«

»Die Moslems sind häufig auf Sklavenjagd gegangen«, meinte Carol.

»Weiß ich«, sagte Martin. »Aber er selbst ist kein Moslem, oder? In dem Material über ihn steht nichts davon.«

»Er ist kein Moslem«, bestätigte Albigoni. »Soweit ich weiß, glaubt er an gar keine formelle Religion. Vor ein paar Jahren hat er sich so nebenbei ein bißchen mit Voodoo beschäftigt, aber nicht sehr eingehend. Hat früher immer einen Laden in LA aufgesucht, um rituelle Dinge zu kaufen, mehr zu Forschungszwecken als aus spirituellen Bedürfnissen heraus, denke ich.«

Zwei Patienten des IPR waren als Moslems geboren worden. Ihre Heimatländer waren kompliziert und verstörend gewesen, vom Forschungsaspekt her jedoch großartig, mühelos zehnmal soviel wert wie die drei oder vier Artikel, die er darüber geschrieben hatte, aber nicht nach Martins Geschmack. Er hatte gehofft, Islamforscher ausbilden zu können, um dieses spezielle kulturelle und religöse Terrain zu bearbeiten, aber man hatte ihm nicht genug Zeit dafür gelassen.

»Er scheint innerlich ruhiger zu sein als ich«, meinte Martin.

»Er ist auf alles gefaßt«, sagte Albigoni. »Ich könnte jetzt sofort mit einer Pistole oder einer Höllenkrone da hineingehen, und er würde mich willkommen heißen.«

»Ein Massenmörder als Märtyrer und Heiliger.« Carol warf Martin ein kleines, verschwörerisches Lächeln zu, als wollte sie sagen *Die perfekte Herausforderung, was?*

Martins Antwortlächeln war nicht mehr als ein kurzes Zucken der Mundwinkel. Sein Magen war so straff wie eine Trommel. Es war ein Unterschied, ob man gefaustet wurde oder Faust war. Er war im Begriff, die Linie zu überschreiten.

Goldsmiths Hände waren wie feines Leder strukturiert, die Finger lagen locker um das Buch. Sauber. Kein Blut.

Martin stand auf. »Wird Zeit, daß wir an die Arbeit gehen. Carol, laß uns mit den Vieren treffen und die nächsten paar Tage planen.«

Albigoni sah ihn ein wenig überrascht an.

»Wir machen das nicht alles auf einmal, Mr. Albigoni«, erklärte Martin, froh, etwas anderes als ruhige Erwartung auf dem Antlitz seines Wohltäters zu sehen. »Wir planen, wir treffen Vorbereitungen, wir proben. Ich hoffe, Sie haben uns hier genug Zeit verschafft.«

»Soviel Sie brauchen«, sagte Lascal.

Martin nickte knapp und nahm Carols Arm. »Gentlemen, entschuldigen Sie uns.« Sie verließen zusammen den Raum. Martin schüttelte zweifelnd den Kopf, als sie an den Wachen vorbei durch den Flur zum Unterstützungs- und Überwachungsraum gingen.

»Ich wünschte, die würden alle einfach abhauen«, sagte er.

»Die zahlen die Rechnung«, erinnerte ihn Carol.

»Gott helfe uns allen.«

■

Die Integration wie auch die Entwicklung der verschiedenen internen und externen Sprachen geht während des gesamten Lebens eines Menschen weiter, aber die Grundlage wird meist in der frühen Kindheit gelegt — wahrscheinlich in einem Alter von etwa zwei Jahren. In diesem Alter erfährt das Wesen der Angst bei vielen Kleinkindern eine radikale Veränderung. Vorher haben kleine Kinder Angst vor unbekannten Sinneseindrücken — lauten Geräuschen, fremden Gesichtern und so weiter. Nach zwei Jahren werden diese Ängste durch die Furcht vor dem Fehlen von Sinneseindrücken, besonders vor der Dunkelheit ergänzt und/oder ersetzt. Im Dunkeln oder in der Stille können die Inhalte des Unbewußten nach außen projiziert werden. Die kurz zuvor gewonnene Sprachbeherrschung des Kindes hilft ihm zu verstehen, daß diese Inhalte des Unbewußten von seinen Eltern nicht wahrgenommen werden. Es beginnt die visuelle Sprache der Landschaft des Geistes zu sublimieren. Es ist auf dem Weg, ein reifer Mensch zu werden.

— Martin Burke, Die Landschaft des Geistes (2043—2044)

37

Richard Fettle umklammerte die Tafel und die dreißig Seiten, stieg mit unsicheren Schritten die Treppe hinauf und fuhr herum, als der Autobus hinter ihm ein ungewöhnliches Geräusch mit den Rädern an der Bordsteinkante machte. Er war mit den Nerven herunter und konnte kaum einen klaren Gedanken fassen. Als er neben dem weiß emaillierten, schmiedeeisernen Vogelkäfig stand, konnte er sich nicht erinnern, die restlichen Stufen hinaufgestiegen zu sein. Er bildete sich einen Moment lang ein, daß der Vogel lebendig war und ihm zuzwinkerte. Er drückte auf die Klingel und hörte, wie es drinnen läutete. Der Tag würde angenehm warm werden, und das war gut, weil er nur ein kurzärmeliges Hemd anhatte.

+ Bitte macht auf. Brauche Gesellschaft.

Leslie Verdugo machte die Tür auf. Sie sagte nichts, sondern lächelte ätherisch so ungefähr in seine Richtung.

»Hallo«, sagte Richard. »Ist Madame da?«

»Wir haben Vortragsrunde«, sagte sie leise. »Alle sind da, außer Nadine. Sind Sie allein?« Sie schaute mit großen Augen hinter ihn, als ob sie damit rechnete, eine Schar von Selektoren zu sehen.

»Allein«, beteuerte Richard.

Madames Stimme drang aus dem Inneren zu ihm. »Ist das Richard? Kommen Sie doch herein, Richard. Ich habe mir Sorgen gemacht.«

Die Zeit wurde weiß und leer, bis er plötzlich feststellte, daß er dabei war, sein Manuskript laut vorzulesen. In einem Kreis gegenüber von Madame de Roche vertraute Gesichter um ihn herum alle hörten zu während er las. Als er mit einem Ruck zu sich kam, vermutete Richard, daß er mit ein paar Leuten oder vielleicht auch nur mit Madame de Roche gesprochen und seine möglicherweise nicht allzu überzeugte Freude darüber zum Ausdruck gebracht hatte, daß er wieder schrieb. Daß er seine Zweifel in bezug auf seinen neuen Text deutlich gemacht hatte. Vages Unbehagen. Jemand wahrscheinlich Raymond Cathcart hatte etwas Wichtiges gesagt und er versuchte sich daran zu erinnern während er las + Besessen von Goldsmith literarisch besessen.

Mittendrin servierten sie ihm ein verspätetes Mittagessen, und die ganze Gruppe stand herum, machte Small Talk und wartete auf den Rest. + Mehr Aufmerksamkeit als ich seit Jahren bekommen habe.

Richard fühlte sich kräftiger und mehr wie ein Mensch. Sein Gedächtnis stabilisierte sich, sein Gedärm ebenfalls. »Ich würde das jetzt gern zu Ende bringen«, sagte er und reichte Leslie Verdugo sein Tablett. Madama de Roche nickte. Sie saß in ihrem breiten, gepolsterten Korbsessel, und ihr feuerfarbenes Kleid war das farbliche Zentrum der Gruppe. »Wir sind bereit«, sagte sie.

Er las weiter. Dämmerung senkte sich auf den Canyon, und die Lichter im Haus gingen an; das schreckte ihn ein wenig auf, aber er behielt sein Tempo bei. Er hatte die tiefer werdenden Schatten, das Grau des großen Wohnzimmers bemerkt. Das hier war so etwas wie ein Schwachstimulushimmel seine Kollegen seine Freunde seine Gefährten saßen oder standen alle um ihn herum und lauschten still, wie in Ehrfurcht erstarrt, diesen neuen Worten. Von ihm aus könnte er jetzt sterben und in tiefgefrorenem Zustand glücklich für alle Zeiten hierbleiben, ein Museumsstück.

»Den Schluß habe ich noch nicht ausgearbeitet«,

warnte er, als er zum Text in der Tafel überging. »Es ist noch sehr grob.«

»Mach weiter«, drängte Siobhan Edumbraga, die verhangenen Augen ausschließlich auf ihn gerichtet, von all dem Blut in Bann geschlagen.

Er überarbeitete den Text beim Lesen, runzelte die Stirn über die unbeholfene Ausdrucksweise und spürte dennoch die Kraft; er wußte, daß er seine Gefühle besser vermittelte, als er es je getan hatte. Manchmal konnte er nicht verhindern, daß ihm Tränen in die Augen stiegen und daß seine Stimme zitterte.

»Nicht aufhören«, bat Madame de Roche, als er innehielt, um sich von einem besonders ergreifenden Satz zu erholen.

Traurigkeit und ein Verlustgefühl jenseits des melancholischen Horrors des Manuskripts überkamen ihn, als er zu den letzten Absätzen gelangte. Er hatte geschrieben, und zwar gut, und war zum Mittelpunkt dieses Kreises von Menschen geworden, die er nun zu bewundern und zu denen er aufzuschauen schien, Menschen, die ihm viel bedeuteten. Sie waren seine letzte richtige Verbindung zum gesellschaftlichen Leben, und bald würde er ihre ungeteilte Aufmerksamkeit verlieren. Dieser Moment würde vorübergehen, und es war vielleicht der schönste Moment seines Lebens in letzter Zeit, der schönste Moment, seit er zugesehen hatte, wie seine Tochter geboren wurde —

Er vermasselte den letzten Satz ging zurück las ihn noch einmal ließ die Tafel sinken ohne jedoch den Blick zu heben. Seine langen Finger zitterten.

Madame seufzte tief. »Ach«, sagte sie. Er hob den Blick gerade genug, um zu sehen, wie sie den Kopf schüttelte. Ihre Augen waren geschlossen, ihr Gesicht war eine einzige Maske der Traurigkeit. »Er war einer von uns«, fuhr sie fort. »Er war einer von uns, und wir konnten es nicht wissen. Nur Richard konnte wissen, was er durchgemacht hat.«

Raymond Cathcart trat vor und versperrte ihm die Sicht auf Leslie Verdugo, die nicht lächelte. »Mein Gott, Fettle. Glauben Sie wirklich, daß er sie deshalb alle getötet hat?«

Richard nickte.

»Das ist bizarr. Sie meinen, er hat es für seine Kunst getan?«

Siobhan Edumbraga wieherte; ob es Gelächter oder Weinen war, konnte Fettle nicht erkennen, denn ihr Gesicht war starr wie eine Maske, die Augen waren verhangen, die Hände unter ihrem Kinn geballt.

»Ich habe versucht, es nicht so unverblümt auszudrücken«, sagte Richard.

»Nein. Man muß Verwirrung hinter Verwirrung verstecken, sage ich immer.« Cathcart umkreiste ihn. »Madame de Roche, glauben Sie diese ... Geschichte von Fettle?«

»Ich kann dieses Bedürfnis verstehen«, sagte sie, »diese Sehnsucht, seine Lebensumstände von Grund auf zu verändern, weil man sonst ersticken würde ... Ich habe es selbst schon gespürt. Soweit ich Emanuel kenne, hat Richard es genau getroffen.«

Madame tolerierte abweichende Meinungen nicht nur, sie ermutigte sie sogar, und das galt besonders für Cathcart, einen Dichter, den Richard nicht bewunderte, obwohl er ein paar Sachen geschrieben hatte, die zu lesen sich lohnte. Richard hatte das Gefühl, daß sie sich an ihn anpirschten.

Cathcart tat Madame de Roches Unterstützung mit einem Achselzucken ab. »Ich glaube das nicht. Das ist alles fürchterlich klischeehaft, Fettle.«

»Ich glaube es auch nicht«, sagte Edumbraga entschieden und öffnete ihre Fäuste. Thom Engles, ein Neuling in der Gruppe, kam jetzt herbei und hockte sich vor Richard auf die Fersen.

»Es ist eine Beleidigung«, sagte er. »Es ist nicht mal gut geschrieben. Reines Bewußtseinsstrom-Melodram.

Goldsmith ist ein Dichter, ein Mensch, ein so komplexer Charakter wie Sie oder ich. Zu töten, nur um ein bißchen poetische Einsicht zu gewinnen oder die Fesseln der Gesellschaft abzuschütteln, heißt immer noch töten, und dazu muß sich ein Mensch schon enorm verändern, falls wir alle Goldsmith nicht falsch beurteilt haben ... Kann sein, daß es so ist, aber tut mir leid. Sie haben mich nicht überzeugt.«

Richard schaute mit wundem Blick auf und merkte, daß er sich wieder wie ein Opfer benahm; er merkte auch, daß er keineswegs vorhatte, sich zu verteidigen. Das Werk mußte für sich selbst stehen; das hatte er immer gesagt, das hatte er immer geglaubt.

Er hatte Nadine nicht hereinkommen sehen, aber jetzt stand sie hinten in der Gruppe. Sie versuchte, sich für ihn einzusetzen, und er war ihr undeutlich dankbar, aber Cathcart wehrte sie mit einem grausamen Bonmot ab. Drei Flugblattdrucker erhoben halbherzige Einwände gegen Cathcarts Kritik und machten dann ihre eigenen hilfreichen kritischen Bemerkungen, die — wenn überhaupt — noch vernichtender waren; Vorschläge, die Brutalitäten zu reduzieren und die lehrreichen Aspekte hervorzuheben. Madame ließ sie reden.

+ Sie weiß nicht was sie da abtöten.

Nach einer Weile stand Richard auf, die Blätter und die Tafel in einer langfingrigen Hand, nickte ihnen allen zu und dankte der Gruppe, nahm Madames Hand, schüttelte sie und ging hinaus. Nadine folgte ihm.

»Warum hast du's ihnen vorgelesen?« fragte sie und hängte sich in seinen langen Arm ein. »Es ist noch nicht fertig. Du weißt das.«

Verwirrung. Ja, warum eigentlich? Sofortige Befriedigung; trotz der geäußerten Vorbehalte hatte er gespürt, daß es ein Meisterwerk war, bereits fertig und vollendet. Warum war er also enttäuscht? »Ich muß jetzt gehen«, sagte er leise.

»Ist alles in Ordnung mit dir, Richard?« fragte Nadine. Er sah sie an, ein verletzter Adler, und nickte. Ließ sie im Haus zurück und ging an dem Papagei vorbei.

»Kommen Sie wieder«, kreischte der Papagei und fand in seinen verrosteten Innereien zufällig einen Funken von Bewegung.

Er hatte keinen Autobus gerufen. Er ging leicht stolpernd nach links und immer die Straße entlang, zwei Kilometer weit, bis er aus dem Canyon heraus war und in eine Einzelhandelszone im Schatten kam.

In einem alten Einkaufszentrum an einer Ecke residierte ein alter Psychokunstsalon für Leute, die richtige Therapie bedrohlich fanden, aber das Gefühl hatten, Hilfe von außen zu brauchen; ein Laden, in dem man Kabinen mit sexuell fähigen Arbeitern namens Prosthetuten mieten konnte; ein Automatenladen für Waren des täglichen Bedarfs mit kleinen Lieferkarren, die pausenlos in die automatischen Leitspuren für den Geschäftsverkehr hinein und heraus rumpelten. An der Ecke vor diesem Zentrum des normalen Lebens erwischte Richard an einer Spontanhaltestelle einen Autobus.

Er brauchte eine zweite Meinung, obwohl er befürchtete, daß ein Besuch in der Weinstube oder im Pacific Arts Lit Parlor seinem Manuskript ein für allemal den Garaus machen würde. + Bißchen Sympathie oder Verständnis in einem der beiden Läden. Das habe ich doch wohl verdient.

Er wußte, daß er ein Riesendummkopf gewesen war. Ein Mönch, der nach vielen Jahren des Zölibats aus dem Kloster herauskam und eine neue Liebschaft anfing, ein unbeholfener Tölpel mit Wurstfingern, der sich als Schriftsteller an einem unlösbaren Thema die Zähne ausbiß, der so vermessen war, sich vorstellen zu wollen, was in Emanuel Goldsmith vorging, als er das allergrößte Rätsel war — ein Mensch, der abgrundtief böse ist.

Er hob die hastig zusammengerafften, durcheinandergeratenen Blätter hoch und erwog, sie auf den Boden des Busses zu werfen und zu vergessen, fuhr mit dem Finger über ein paar Seiten breitete sie aus las sie noch einmal sah hier und dort etwas ansatzweise Gelungenes im Schlamm der Unfähigkeit aufblitzen.

\+ Keine totale Pleite. Ein paar Sachen retten und dann kürzen. Kann ja nicht erwarten beim ersten Entwurf gleich alles richtig hinzukriegen. Töricht. Ich brauche Rat und nicht bloß plumpe Verdammung.

Er schaute kopfschüttelnd aus dem Fenster und lächelte. Das Innenleben eines Schriftstellers war schon einzigartig. Immer töricht immer optimistisch. Die Leute im Literatursalon waren vielleicht wirklich besser als Madames Gruppe. Besonders Jacob Welsh; ein komischer Typ, aber präzise in seiner Kritik, niemals grausam; das überließ er seiner Antimaterie Yermak. Vielleicht war Yermak gar nicht da, obwohl sie selten einzeln kamen.

Der Bus hielt einen Block hinter der Weinstube und dem Lit Parlor, und er stand unter dem kühlen Fransenvorhanghimmel und betrachte einen goldenen Strahl reflektierten Sonnenlichts, der quer über den Boulevard fiel. Er blinzelte zur Mauer der Combs und der einzelnen Spiegelscheibe hinüber, die in dieser Mauer sonnenhell glühte und direkt auf ihn gerichtet war, und sah sich plötzlich selbst, wie ein Kaninchen im Scheinwerferlicht, das zu einem Leben im Bau verurteilt war. So verloren und ahnungslos in bezug auf die Kräfte, die ihn antrieben, hochgestimmt nur im Suff seiner Blindheit; Nüchternheit brachte trübe Klarsicht und Schmerzen. Es juckte ihn in den Fingern, das festzuhalten, aber er schüttelte erneut den Kopf und grinste über die solide Verankerung dieses neuen Drangs zu schreiben.

Die Leute im Literatursalon konnten ihn nicht aus dem Gleichgewicht bringen. Diesmal würde er vorbereitet sein, anders als bei Madame de Roche; er würde seine Rädchen mit dem vorhandenen Getriebe verzahnen.

Die Weinstube war geschlossen, ohne daß das knappe elektrische Statikschild, das an der alten Glastür klebte, einen Grund dafür angab. *Nicht sauer sein,* blinkte es. *Wir sind heute weg, um normale Menschen zu sein. Kommen Sie später wieder; wann?* Er erkannte den Tonfall von Goldsmith; hatte Goldsmith das vor Jahren für sie geschrieben? Oder sah er Emanuel in seiner Besessenheit überall?

Dies Geschlecht ist wie Säure in einer engen Metallrinne; wir ätzen. Hoffnung? Das war Goldsmith vor zehn Jahren gewesen, vom Leben gebeutelt. An dem Tag, als er das geschrieben hatte, waren sie zur Weinstube gegangen, Richard und Emanuel, hatten ihren Weltschmerz fröhlich im Wein ertränkt, und Richard hatte die auf Sparflamme brennende Kameradschaft des Dichters genossen. Eine törichte Liebesaffäre oder irgendeine zufällige Zurückweisung durch die Verlagswelt — Richard konnte sich nicht erinnern, was es gewesen war — hatte Goldsmith heruntergezogen, so daß er eine friedliche, traurige Ruhe ausstrahlte und das Bedürfnis hatte, sich bei Fettle anzulehnen. Die Distanz des Ruhms und der Leistung hatte sich zwischen ihnen praktisch auf Null verringert; Richard hatte Mitgefühl gehabt und den menschlichen Instinkt verspürt, einem Freund zu helfen, der down war. Goldsmith hatte dieses Gedicht auf eine Statikserviette geschrieben, nachdem er sie ausgeschüttelt hatte, so daß die paar Brösel darin zu Boden fielen. Dreißig Zeilen der Bestürzung über den Schwall der Ignoranz, die die Menschen in bezug auf sich selbst zeigten.

Fettle sah zu, wie das Schild kurz blinkte und umsprang.

Sie hatten dem Kellner feierlich zwanzig Cents für die Statikserviette bezahlt und sie zu Goldsmith nach Hause mitgenommen. Goldsmith hatte damals auf der

Vermont Avenue im Schatten gewohnt, nicht in den aufstrebenden Combs. Er hatte die Statikserviette in einen Bilderrahmen gespannt und den Text abgeschrieben, bevor die Tinte abblätterte. Die gerahmte leere Statikserviette hatte er jahrelang behalten und sie ›ein gewisses Maß an Kritik — wie Gott all unsere schwachen Formulierungen tilgt‹ genannt.

Richard ging die kurze Strecke zum Pacific Arts Lit Parlor zu Fuß und sah durch das lange, aprikosenfarbene Glasfenster eine kleine Gruppe von Gästen und Mitgliedern. Keine Spur von Yermak; aber Welsh war da. Er ging hinein und bezahlte seinen Eintritt bei einem Arbeiter, der so gekleidet war, daß er Samuel Johnson ähnelte, nahm einen leeren Hocker an der langen Eichenbar, wo jetzt die mitfühlende Miriel bediente, eine Teiltransformierte mit Nerzfell statt Haaren auf dem Schädel und einem Stecker aus glänzenden Schuppen auf beiden Wangen. Die Tochter des Eigentümers, der nur unter dem Namen Mr. Pacifico bekannt war.

»Miriel«, sagte er in vertraulichem Ton, wobei er ihr das Manuskript und die Tafel zeigte, »ich hatte einen Kreativitätsschub nach einer langen Phase der Untätigkeit. Die Zeit der Stagnation liegt hinter mir, aber ich brauche Kritik.«

»Um diese Zeit machen wir keine Litkrit und keine Lesungen«, sagte Miriel, aber sie hatte Mitgefühl mit ihm, als er den Kopf hängenließ, und legte ihm ihre Finger mit den goldenen Spitzen auf den Arm. »Na trotzdem, wenn's wirklich sein muß, wer kann da nein sagen? Ich hole einen Kreis zusammen. Sie schreiben? Wie wundervoll! Damit ist eine Schreibhemmung von Jahren durchbrochen, nicht, Mr. Fettle?«

»Von vielen Jahren«, sagte er. »Seit damals.«

Sie sah ihn mit großen, warmen, braunen Augen an. Der Nerzpelz legte sich in Falten, die in seine Richtung zeigten. Trotz ihres Mitgefühls war sie für ihn eher eine große Ratte als ein Nerz. Miriel lehnte sich über den

Tresen und wandte sich an die anderen, insbesondere an Welsh.

»Alle mal herhören«, rief sie. »Wir haben hier einen Freund, der seine Stagnation überwunden hat. Er hat sein neues Werk dabei. Mr. Welsh, können wir einen Kreis zusammenbekommen? Ausnahmsweise?«

Jacob Welsh drehte sich um und sah Fettle überrascht an. Er lächelte und warf den anderen fünf Gästen einen raschen Blick zu, um zu sehen, ob sie einverstanden waren. Fettle kannte keinen von ihnen. Sie stimmten alle zu. Literarische Wohltätigkeit.

Yermak kam genau in dem Moment zur Tür herein, als Richard sein Manuskript zu lesen begann. Er gesellte sich ohne ein Wort zu dem Kreis, aber seine Miene sagte alles und änderte sich auch nicht, als Richard bei seiner Lesung vom Anfang zum mittleren Teil kam. Richards Stimme war sonor und ruhig.

die Stunden, in denen ich einfach nicht der, sondern das bin, was ich bin. Jeden Tag Posen, auch wenn keine Besucher da sind. Es schleicht sich auch in meine Dichtung ein; eine Stumpfheit, wie eine schlechte Lötstelle. Das ist es; ich kann keinen Anschluß an den richtigen Zufluß der Strömung finden, weil ich schlecht mit diesem Leben verbunden bin, und die Lötstelle wird jeden Tag brüchiger.

»Dichtung als Strömung«, sagte Yermak leise. »Gut, gut.«

Richard konnte nicht erkennen, ob es sarkastisch gemeint war; bei Yermak war das auch kaum von Bedeutung. Was ihm gefiel, das verabscheute er, weil es ihm gefiel. Welsh sah den Jungen an und zog eine Braue hoch, und Yermak lächelte fügsam zurück. Richard las zu Ende, ließ die Tafel und die Blätter sinken und murmelte etwas davon, daß er es noch nicht ganz richtig hinbekommen hätte und Vorschläge bräuchte. Er sah sich mit seinem wunden Blick in dem Kreis um. Yermak starrte ihn mit schockierter Miene an, sagte jedoch nichts.

»Das sind wirklich Sie«, sagte Welsh.

»Es ist sehr merkwürdig«, meldete sich Miriel hinter der Bar. »Was wollen Sie damit machen?«

»Was ich meine, ist, das muß von Ihnen sein, von Goldsmith ist es bestimmt nicht«, fuhr Welsh fort.

»Ich bin ...« Richard brach ab. + Werk muß für sich selbst stehen.

»Es ist gut«, sagte Yermak. Richard verspürte eine Aufwallung von Wärme für den Jungen; vielleicht war letztlich doch etwas Gutes in ihm. »Als Märchen haut es wirklich hin. Ich würde es in ein längeres Werk einbauen, in eine Litbio.« Yermak hob die Hände, um eine Szene zu malen, und schaute voller Verehrung zu seinen gespreizten Fingern hinauf. »Die Bio eines Nichtschriftstellers, der sich die allergrößte Mühe gibt, etwas zu kapieren.«

Richard sah den Hieb kommen, konnte sich jedoch nicht schnell genug zurückziehen. Yermak drehte sich zu ihm um und sagte: »Sie haben mir wirklich Einblick verschafft. Jetzt ist mir einiges klar. Ich weiß, wie Leute Ihres Schlages denken, R Fettle.«

»Leute ...« sagte Miriel.

»Im tiefsten Inneren sind Sie ein Bürobreitarsch. Sie haben sich zu lange im Schatten seiner Fittiche versteckt«, fuhr Yermak fort.

»Bitte sei nett«, befahl ihm Welsh nicht sonderlich überzeugend.

»Goldsmiths Fittiche sind staubig und verlaust, aber er kann trotzdem noch damit fliegen. Sie sind nie geflogen. Schauen Sie sich bloß an — Sie schreiben auf Papier! Eine Wichtigtuerei, eine Affektiertheit. Sie können sich nicht genug Papier leisten, um etwas von Bedeutung zu schreiben, aber Sie schreiben trotzdem darauf — weil Sie wissen, daß Sie garantiert nicht viel schreiben. Jedenfalls nichts, was Sie vom Boden abheben lassen würde.«

»Da hat er recht«, sagte Welsh. Die anderen beteiligten sich nicht. Das war ein Hahnenkampf, keine Literaturkritik, und sie fanden es amüsant, aber zugleich auch abstoßend.

»Wenn Goldsmith abstürzt, müssen Sie aus seinem Schatten heraustreten. Dann sehen Sie zum erstenmal die Sonne, und die blendet Sie.« Yermaks Ton war beinahe mitfühlend. »Ich verstehe Sie, R Fettle. Verdammt, ich verstehe uns alle durch Sie. Was für eine affektierte und ignorante Schar von Bürobreitärschen wir alle sind! Danke für diesen Einblick. Aber ich frage Sie in aller Aufrichtigkeit — glauben Sie ernsthaft, daß Goldsmith ein solches Gemetzel anrichten würde, um seine Dichtung zu verbessern?«

Richard wandte den Blick von ihm ab. + Nach Hause. Hinlegen und ausruhen.

»Ich bin beinahe geneigt, es zu glauben«, schloß Yermak mit hinterhältig-unschuldiger Miene. »Kann sein, daß Goldsmith wirklich so krank im Kopf ist.«

»Warum haben Sie uns das mitgebracht?« fragte Welsh leise und legte Richard besorgt die Hand auf den Arm. »Geht es Ihnen wirklich so mies?«

Miriel mußte auf einen Alarmknopf gedrückt haben, denn nun kam Mr. Pacifico persönlich die Hintertreppe herunter und sah Yermak und Welsh. Machte ein finsteres Gesicht. Ließ den Blick weiterwandern und sah Fettle.

»Was macht der denn hier?« fragte Mr. Pacifico und zeigte auf Yermak. »Ich habe dir doch gesagt, daß er hier nicht mehr willkommen ist.«

Miriel wand sich. »Er kam herein, während Mr. Fettle las. Ich wollte ihn nicht unterbrechen.«

»Sie sind schlecht fürs Geschäft, Yermak«, sagte Mr. Pacifico. »Haben Sie ihn mitgebracht, Richard?«

Fettle antwortete nicht. Er war wie gelähmt.

»Ist er noch mit Ihnen zusammen, Welsh?«

»Er geht, wohin er will«, sagte Welsh.

»Reden Sie keinen Quatsch. Raus, alle drei.«

»Mr. Fettle ...« setzte Miriel an.

»Er ist ein geborenes Opfer. Schau ihn dir an. Herrgott nochmal, er hat Yermak angezogen wie vergammeltes Fleisch eine Wespe. Raus raus raus!«

Fettle nahm die Blätter und die Tafel, verbeugte sich im Kreis mit so viel Würde, wie er aufbringen konnte, und ging zur Tür, um auf die Straße zurückzukehren. Miriel sagte auf Wiedersehen; die anderen sahen ihm mit stummem Mitgefühl nach. Welsh and Yermak folgten ihm und trennten sich an der Tür von ihm, ohne ein weiteres Wort zu sagen. Sie lächelten grimmig und zufrieden.

+ Sie haben recht. Nur allzu recht.

Er warf die Blätter und die Tafel an der Ecke in die Gosse und wartete an einer Spontanhaltestelle auf den Bus. Der kühle Wind blies ihm seine grauen Haare in die Augen. »Gina«, sagte er. »Liebe Gina.«

Jemand berührte ihn am Ellbogen. Er fuhr nervös herum und sah Nadine in einem langen grünen Mantel und einem zum Turban gewickelten Wollschal. »Ich dachte mir, daß du vielleicht hierher kommen würdest«, sagte sie. »Richard, ich dachte, ich wäre die Verrückte. Was tust du? Hast du's ihnen gezeigt?«

»Ja«, sagte er. + Um sein Ich zu töten. Deshalb hat Emanuel es getan. Um jemanden loszuwerden den er nicht mochte; sich selbst. Ich habe nicht den Mut zum Selbstmord ich könnte andere töten und damit das Ich genauso sicher zum Tode verurteilen.

Nadine nahm seinen Arm. »Laß uns nach Hause gehen. Zu dir«, sagte sie. »Ehrlich, Richard, im Vergleich zu dir komme ich mir total therapiert vor.«

■

»Die Eingeborenen nannten das Land von Hispaniola Ayti und Quisqueya, was ›Rauhheit‹ und ›ein großes Land‹ bedeutet ...«

— Antonio de Herrera, zitiert in Purchas his Pilgrimes

38

Hispaniola brauchte zwei internationale Flughäfen und hatte drei. Der dritte war Ausdruck einer anfänglichen Überschätzung des Tourismus durch Colonel Sir John Yardley — oder der Erfordernisse seiner Söldnerarmee. Es gab einen Oceanport im Golfe de la Gonaïves, schwimmende Startbahnen von fünf Kilometern Länge, einen kleineren Oceanport zehn Kilometer weit draußen vor Puerto Plata im Nordosten und ein riesiges Landterminal HIS im Südosten bei Santo Domingo. Über HIS wurde der größte Teil des Scramjet-Verkehrs abgewickelt.

Mary Choy wachte in der Abenddämmerung auf und sah einen wunderschönen Sonnenuntergang, der die zerklüfteten Berge der Cordillera Oriental satt golden und orange färbte. Der Scramjet sank zügig bis auf eine Höhe von ein paar hundert Metern über dem dunklen, violetten Karibischen Meer herab, tauschte seine wispernde Lautlosigkeit gegen das Gebrüll vertikalen Auftriebs ein, schoß über weiße Sandstrände und Klippen und dann über Hektar von kahlem Beton hinweg, sank sanft nach unten und landete federweich. Auf dem Bildschirm in der Rücklehne waren die intimen Teile des Scramjets unter dem Rumpf zu sehen — dicke weiße Säulen, die in stattliche Reihen grauschwarzer Räder ausliefen. Der spektralgraue Landebahnbelag schimmerte im Schatten. Luken im Beton klappten auf, und Fahrstuhlschächte fuhren aus den unterirdischen Versorgungstunneln nach oben.

In der unteren rechten Ecke des Schirms war die Außentemperatur mit 25 Grad Celsius und als Ortszeit 17:21 h angegeben. »Willkommen in Hispaniola«, verkündeten die Kabinenlautsprecher. »Sie sind mit dem Rundflug 4A auf dem internationalen Flughafen Estimé gelandet. Von hier aus werden Sie mit der Untergrundbahn zum Verkehrszentrum von Santo Domingo fahren. Ihr gesamtes Gepäck wird gerade aus der Maschine geholt und begleitet Sie automatisch zum Zentrum oder zu Ihrem bereits festgelegten Ziel. Für Einreisende gibt es keine Zollbestimmungen; nichts wird Ihr Vergnügen hinauszögern. Genießen Sie Ihren Aufenthalt im großzügigen Hispaniola.«

Mary stand auf, sammelte ihre persönlichen Sachen ein und folgte drei müde aussehenden Männern in Langanzügen. Rund zweihundert Passagiere steuerten im Gänsemarsch langsam auf den hinteren Fahrstuhl zu.

Ein paar Minuten später stieg sie im Verkehrszentrum in der Stadtmitte von Santo Domingo aus dem mit Blumenmustern geschmückten Inneren der Flughafenbahn. Alles war von tropischen Blumen bedeckt. Riesige schwarze Vasen, gefüllt mit unglaublichen Dschungeln von regenbogenbunter Vielfalt, säumten die Gehwege des Zentrums. Wasserfälle ergossen sich in Teiche voller schöner Fische aus den Gärten des Karibischen Meeres — die meisten davon echt, manche jedoch auch Produkte der Kunst der Rekombinierer. Wogende Vorhänge von Proschinen-Skulpturen hingen im Mittelpunkt des Zentrums von der Kuppel des Atriums herab und ließen Licht und Parfüm auf Hispaniolas neue Gäste herabströmen. Auf Hispaniola gab es nur wenig Nano-Industrie — es handelte sich um frühe, aus den USA importierte Kunstwerke, die nur zu dem zu gebrauchen waren, wofür sie gedacht waren.

Reiseführerprojektionen in prächtigen Uniformen sprachen neugierige Reisende in einem Dutzend offener Vorführräume um das Peristyl herum an. Schallisolation steuerte den Strom der Geräusche präzise und hinterließ nur ein angenehmes leises Summen, das dezent von einheimischer Musik überlagert wurde.

Mary wurde von einer grünweiß livrierten, kaffeebraunen Frau mit Adleraugen aus der Schar der ankommenden Passagiere herausgepickt und zu einem Empfangssalon für VIPs geführt. Der Salon war durch Glaswände vom übrigen Atrium abgetrennt. Er war leer, bis auf einen hochgewachsenen Mann in einem uralten Diplomatenfrack und zwei Bronzestein-Arbeiter von unbestimmtem Zweck.

Der hochgewachsene Mann verneigte sich leicht und streckte ihr die Hand hin, und Mary schüttelte sie. »Darf ich Sie in der Republik Hispaniola willkommen heißen, Inspector Mary Choy?« Sein strahlendes Lächeln gab den Blick auf zwei Schneidezähne von der Farbe roter Korallen frei. »Man hat mich zu Ihrem Avocat und Führer bestellt. Mein Name ist Henri Soulavier.«

Mary verbeugte sich und lächelte freundlich. »Merci.«

»Sprechen Sie Französisch, Spanisch oder vielleicht Kreolisch, Mademoiselle Choy?«

»Leider nur kalifornisches Spanisch.«

Soulavier breitete die Hände aus. »Das ist kein Problem. Auf Hispaniola spricht jeder Englisch. Es ist die Muttersprache von unserem Colonel Sir. Und es ist die Zweitsprache der ganzen Welt, wenn nicht gar ihre Hauptsprache, nicht? Aber ich werde auch als Dolmetscher fungieren. Man hat mir gesagt, daß Ihre Zeit beschränkt ist und daß Sie sich sofort mit unserer Polizei besprechen möchten.«

»Ich könnte zuerst mal etwas zu essen vertragen.« Sie lächelte erneut. Mit Soulavier hatten sie eine gute Wahl getroffen; er war direkt und charmant. Das hatte sie schon oft über Hispaniola gelesen: Wenn man die traurige Geschichte und die fragwürdigen wirtschaftlichen Arrangements der Gegenwart vergaß, konnte man hier die freundlichsten Menschen der Welt finden.

»Selbstverständlich. Man wird Ihnen in Ihrer Unterkunft ein Abendessen servieren. Wir sind in spätestens einer Stunde dort. Diejenigen, mit denen Sie sprechen wollen, machen jetzt ohnehin Feierabend, und die Büros schließen. Am besten, Sie treffen sich morgen mit ihnen. Außerdem hat man uns gesagt, daß Ihre Kollegen in...« — er warf einen Blick auf seine Uhr — »... zwei Stunden ankommen. Ich werde sie hier empfangen; es ist nicht nötig, daß Sie sich persönlich bemühen. Mit Ihrer Erlaubnis werde ich Sie zu Ihren Räumen in den Quartiers Diplomatiques in Port-au-Prince begleiten. Dann haben Sie den Abend für sich. Sie können arbeiten oder sich entspannen, ganz wie Sie wünschen.«

»Abendessen in meiner Unterkunft wäre prima«, sagte sie.

»Wie Sie bestimmt wissen, sind alle offiziellen Reisenden in Hispaniola isolés, um jede Ablenkung durch unsere Touristenindustrie zu vermeiden, die nicht ihren Bedürfnissen entsprechen könnte, nicht wahr?«

Der linke Arbeiter rollte auf drei Rädern vor und streckte einen Arm aus, um ihre persönlichen Sachen zu nehmen. Sie lehnte mit einem Lächeln ab, weil sie es für das Beste hielt, ihre Tafel vor einer möglichen Untersuchung zu bewahren.

Ihre Vorsicht schien Soulavier zu amüsieren. »Hier entlang, bitte. Wir werden Gänge hinter den Vorführräumen benutzen. Ist viel einfacher.«

Der Zug nach Port-au-Prince war völlig leer. Sie waren die einzigen Fahrgäste. Sitzkissen aus schwarzem Samt trugen das Wappen von Colonel Sir: Rhinozeros und Eiche unter einem gestirnten Himmel.

Sie fuhren aus dem Verkehrszentrum von Santo Domingo ab und kamen kurz darauf ins Freie hinaus. Die Schwebebahn durchquerte weite, offene Ebenen und

Hügel, die von den letzten Regenfällen begrünt waren. Der Abend hatte sich rasch auf die Insel herabgesenkt und alles in ein magisches, saphirblaues Zwielicht getaucht. Der riesige Grat der Cordillera Central beherrschte den Norden; ihre Gipfel glühten noch im Sonnenuntergang, während die düsteren Ausläufer von den schwarzen Streifen neuer Wälder und den Lichtern terrassenförmig angelegter Ferienfarmen bedeckt waren.

Marys Quellen hatten die Erwartung in ihr geweckt, daß sie ein schönes Land zu sehen bekommen würde, aber sie hatte nicht mit einer derart atemberaubenden Idylle gerechnet. Wie konnte so eine Insel eine solche Geschichte haben? Aber andererseits war Hispaniola vor Colonel Sir nicht so schön gewesen. Seine Regierung hatte die Insel mit einer nahezu unblutigen Serie von Staatsstreichen vereinigt, wobei demokratisch gewählte Führer und Tyrannen gleichermaßen ins Exil nach Paris und China vertrieben worden waren. Er hatte sich gegen alle konkurrierenden Interessengruppen im Innern durchgesetzt, hatte die gesamte ausländische Industrie verstaatlicht, die Erdölreserven vor der Südküste entdeckt und mit Hilfe der brasilianischen Unterwelt ausgebeutet und auf dieser finanziellen Grundlage eine einzigartige Ökonomie aufgebaut — er verkaufte die Dienste von Söldnern und Terroristen an ausgewählte Kunden in aller Welt.

Die industrialisierten Länder der Welt hatten am Anfang des einundzwanzigsten Jahrhunderts festgestellt, daß einige der brutaleren Aspekte der Staatskunst ganz und gar nicht nach dem Geschmack ihrer Bürger waren. Colonel Sir war mit Begeisterung in diese Bedarfslücke gesprungen. Seine Erfolge darin, hervorragend ausgebildete Armeen hispaniolanischer Jugendlicher ins Feld zu schicken, hatten die besten Währungen der Welt ins Land gebracht, um den fast wertlosen haitianischen Gourde und den fallenden dominikanischen Peso zu stützen.

Nach zehn Jahren Regierung hatte er damit begonnen, die vor langer Zeit abgeholzten Wälder Hispaniolas aufzuforsten. Er hatte die besten Rekombinierer und Landwirtschaftsexperten einfliegen lassen, um der Insel wenigstens einen Hauch ihrer vorkolumbianischen Jugend wiederzugeben.

Kleine, weißgetünchte, hell erleuchtete Städte flogen zu beiden Seiten vorbei. Die Geschwindigkeit ließ die Einzelheiten verschwimmen. Mary konnte nur andeutungsweise Holzhäuser und Wohnkomplexe aus Beton für Hispaniolaner erkennen; dies waren Städte, die Touristen im allgemeinen nicht offenstanden, Städte, in denen Soldaten aufwuchsen und in die sie zurückkehrten, um dort zu leben und weitere Söhne und Töchter in die Welt zu setzen, die ebenfalls Soldaten wurden.

Ihrer Lektüre zufolge hatte das hispaniolanische Militär eine Stärke von rund hundertfünfzigtausend Mann. Innerhalb von ein paar Stunden konnten Scramjets oder suborbitale Transporter Zehntausende von dem einen oder anderen internationalen Flugplatz aus, der dafür zeitweise für jeden anderen Flugverkehr geschlossen wurde, in die ganze Welt befördern.

Soulavier saß ihr gegenüber und sah zu, wie die Felder und Städte vorbeihuschten. »Ach, die Welt ist friedlich in letzter Zeit«, sagte er. »Ihre Regierung macht nicht mehr viele Geschäfte mit Cap Haïtien oder Santo Domingo. Colonel Sir ist äußerst unglücklich darüber.«

»Ihr habt immer noch euer Öl und die Farmen«, gab Mary zurück.

Soulavier hob die Hände, rieb Daumen und drei Finger einer Hand gegeneinander, um Geld zu signalisieren, und klappte die andere Hand darüber, als würde er es ersticken. »Öl — leichter aus euren Abfallminen zu bekommen«, sagte er. »Jedes Land der Welt kann genug Nahrungsmittel anbauen. Im Tourismus hat es Rückschläge gegeben. Man hat viele häßliche Dinge über uns gesagt. Das macht uns traurig.« Er seufzte und hob die Schultern, wie um das unerfreuliche Thema abzuschütteln, dann lächelte er wieder. »Wir haben immer noch die Schönheit. Und wir haben uns selbst. Wenn unsere Kinder nicht fortgehen, um für andere zu sterben, dann ist das auch gut.«

Soulavier erwähnte die Herstellung und den Export von Höllenkronen mit keinem Wort. Vielleicht hatte er nichts damit zu tun. Sie hoffte es beinahe.

Der Zug fuhr durch lange Tunnels und kam auf einer tiefliegenden Wüste heraus. Sie wurde von Saguarokakteen mit gebogenen Armen und von Inseln staubfarbener Büsche beschattet, die im Licht aus den Zugfenstern kaum zu sehen waren. Sterne standen hell und ruhig leuchtend über den Bergen. Sie fuhren in einen weiteren Tunnel hinein.

»Wir haben die Vielfalt eines Kontinents«, sagte Soulavier wehmütig. »Sie fragen sich vielleicht, wie jemand hierherkommen und immer noch ein böser Mensch sein kann.«

Mary nickte; das zentrale Rätsel der hispaniolanischen Geschichte.

»Ich habe mich mit unseren Führern beschäftigt. Anfangs sind es gute Männer, aber innerhalb von ein paar Jahren oder manchmal auch nur ein paar Wochen verändert sich etwas in ihnen. Sie fangen an, zornig zu werden. Sie fürchten sich vor fremden Kräften. Wie eifersüchtige alte Götter quälen und ermorden sie uns. Am Ende — bevor sie sterben oder ins Exil getrieben werden — sind sie wie kleine Kinder ... Sie sind zerknirscht und wissen nicht recht, was mit ihnen geschehen ist. Sie lächeln in die Augen der Kameras: ›Wie hätte ich das tun können? Ich bin ein guter Mensch. Das war ich nicht. Es war jemand anders.‹«

Mary war erstaunt, solche Offenheit anzutreffen, aber Soulavier fuhr fort: »Das war alles vor Colonel Sir. Er ist seit dreißig Jahren hier, so lange wie Papa Doc im letzten Jahrhundert, aber ohne Papa Docs unvergeßliche Grausamkeit. Wir haben Colonel Sir viel zu verdanken.«

Es klang ehrlich und aufrichtig; Soulavier schien unfähig zu sein, seine wahren Gefühle zu verbergen. Aber sie wurden mit Gewißheit verborgen. Er mußte es ebenso kennen wie sie: das Geheimnis von Colonel Sirs Stabilität. Hispaniola hatte zwanzig Jahre lang die Gnade außerordentlicher Prosperität und einer vergleichsweise milden eigenen Regierung genossen. Wenn es einen besitzergreifenden Dämon des Schmerzes und des Todes auf der Insel gab, dann hatte Colonel Sir seine Wirkung auf deren Bewohner gedämpft, indem er seinen Einfluß in alle Welt exportiert hatte.

»Aber ich bin nicht hier, um Ihnen unsere Insel schmackhaft zu machen, nicht wahr?« sagte Soulavier mit einem leisen Lachen. »Sie sind mit einem offiziellen Auftrag hier, der nur wenig mit uns zu tun hat. Sie sind hier, um einen Mörder zu finden. Eine klare Aufgabe. Vielleicht können Sie später einmal nach Hispaniola zurückkommen, um uns so zu sehen, wie wir wirklich sind, um sich zu entspannen und Spaß zu haben.«

Jenseits des Tunnels schimmerten die Lichter von Port-au-Prince, gefangen zwischen dem dunklen Karibischen Meer und den Bergen.

»Ah«, sagte Soulavier und drehte sich zur Seite, um aus dem Fenster auf der anderen Seite des Gangs zu schauen. Diese Bewegung fiel Mary auf. Sie hatte nicht die eingeübte Anmut eines Diplomaten; sie paßte eher zu einem flinken, unbefangenen Sportler oder Straßenräuber. »Wir sind da.«

Als der Zug langsamer wurde und die letzten paar Kilometer zum Bahnhof rollte, zeigte ihr Soulavier die großen Touristenhotels Regierungsgebäude Museen, alles solide Bauten aus dem frühen einundzwanzigsten Jahrhundert, Glaswände Stein Stahl und Beton. Sauber und hell erleuchtet. Kurz vor dem Bahnhof rollten sie durch einen großen Stadtteil namens Vieux Carré, der seine Prä-Colonel-Sir-Architektur bewahrt hatte — erfinderisch, Holz und rissiger Beton, Dächer aus Ziegeln und rostigem Blech. Im Vieux Carré waren die Häuser bewußt schäbig und selten mehr als einstöckig.

Soulavier trat vor ihr auf den überdachten Bahnsteig hinaus, und zum erstenmal hatte sie direkten Kontakt mit der Luft von Hispaniola. Sie war warm und lind und wehte sanft durch den Bahnhof, wobei sie Blumendüfte und Küchengerüche mit sich trug. Mit den Arbeitern im Schlepptau gingen sie an Karren aus rostfreiem Stahl vorbei, an denen Händler frischen Fisch und gekochte Krabben, mit verschiedenen Pfeffersorten gewürzte Erdnußbutter und kaltes hispaniolanisches Bier verkauften. Im Bahnhof hielten sich nur ein paar Dutzend Touristen auf, und die Händler wetteiferten lebhaft um ihre Dollars. Soulaviers Anwesenheit bewirkte, daß sie Mary in Ruhe ließen. »Ach«, wiederholte Soulavier und zeigte mit weit ausgebreiteten Armen auf die spärlichen Touristen, »jetzt sagen sie häßliche Dinge über uns.«

Eine Regierungslimousine, die auf einem weißen Streifen parkte, wartete auf sie. Benzin- und Elektrotaxis sowie bunt dekorierte Taptaps waren verdrängt worden und standen in diskretem Abstand auf beiden Seiten. Die Fahrer saßen untätig herum, aßen oder lasen. Drei Männer und zwei Frauen in roten Hemden und Jeans tanzten um den Karren eines Getränkeverkäufers herum und ließen ihre Hände fröhlich auf Soulavier und Mary zuschnellen. Soulavier verbeugte sich vor den Tänzern und lächelte entschuldigend, als wollte er sagen: »Ich kann leider gerade nicht tanzen, ich bin mit ernsthafter Arbeit beschäftigt.«

Die Limousine — ein Automatikmodell — war nicht älter als zehn Jahre. Sie fuhr sie in gemessenem Tempo durch die Straßen zu den Quartiers Diplomatiques. Soulavier war ziemlich still geworden. Sie kamen an eine Siedlung, die von einer Ziegelmauer umschlossen war, und fuhren durch ein Tor, das von Soldaten in schwarzen Uniformen und verchromten Helmen bewacht wurde. Die Soldaten musterten sie mit schmaläugiger, mißtrauischer Würde. Der Wagen hielt nicht an.

Innerhalb der Mauer lag ein nettes Wohnviertel aus schlichten, einheitlich gefärbten Bungalows mit vorspringenden Veranden und Spalieren, die von immerblühenden Bougainvilleen bedeckt waren. Der Wagen blieb vor einem dieser Bungalows stehen und ließ die Tür aufschwingen. Soulavier beugte sich vor; er schaute auf einmal verwirrt drein. »Inspector Choy, ich arrangiere für Sie ein Treffen mit Colonel Sir persönlich. Morgen, vielleicht später am Tag. Sie fangen morgens mit unserer Polizei an, aber Sie werden mit Colonel Sir zu Mittag oder zu Abend essen.«

Das Angebot überraschte Mary. Aber andererseits hatte Colonel Sir ihre Einreise ja schließlich gebilligt und würde natürlich neugierig sein, was das Schicksal seines Freundes betraf ... Oder er würde einen solchen Eindruck erwecken wollen.

»Es wäre mir eine Ehre.« Sie stieg aus der Limousine und sah einen Mann und eine Frau in dunkelgrauer Livree, die am Fuß der Treppe zum Bungalow standen. Sie lächelten herzlich. Soulavier stellte sie vor: Jean-Claude und Roselle.

»Ich weiß, daß Amerikaner nicht an Diener gewöhnt sind«, sagte er, »aber alle Diplomaten und Beamten von außerhalb haben welche.« Jean-Claude und Roselle verbeugten sich.

»Wir werden gut bezahlt, Mademoiselle«, sagte Roselle. »Es braucht Ihnen nicht peinlich zu sein.«

»Bis morgen«, sagte Soulavier. Er kehrte zur Limousine zurück.

»Ihr Gepäck ist schon drin«, erklärte ihr Jean-Claude. »Es gibt eine Dusche und eine schöne Badewanne, und wir haben reinen Apfelessig im Haus, falls Sie ihn zu benutzen wünschen.« Mary sah den Mann einen Moment lang verdutzt an, erstaunt über seine eingehende Kenntnis ihrer Bedürfnisse.

»Ihr Design ist sehr schön, Inspector Choy«, sagte Roselle.

»Danke.«

»Was uns besonders gefällt, ist Ihre Hautfarbe«, fügte Jean-Claude hinzu. Seine Augen blitzten übermütig.

Das Innere des Bungalows war mit Möbeln aus massivem Mahagoni eingerichtet, die offenbar handgearbeitet waren; die Fugen waren nicht perfekt, aber die Schnitzereien und die Handpolitur waren großartig. »Verzeihen Sie«, sagte Mary, »aber woher wissen Sie das mit dem Essig?«

»Ich habe einen Schwager in Kuba«, antwortete Jean-Claude. »Er macht Transformationschirurgie für Touristen aus China und Rußland. Er hat oft von Ihrem Hauttyp gesprochen.«

»Oh«, sagte Mary. »Danke.«

Roselle führte sie zum Schlafzimmer. Ein Himmelbett mit Moskitonetz und einer wunderschönen bunten Quiltdecke mit aufgestickten Tieren und Tänzern wartete an einer Wand. Die Quiltdecke und die Bettdecken waren heruntergezogen. »Das Netz werden Sie nicht brauchen. Wir haben nur freundliche Moskitos in Port-au-Prince. Aber es ist urig, nicht?« meinte Roselle.

Ihre Kleider waren in einen wohlriechenden Teakschrank gehängt worden. Bei dem Gedanken, daß ihr Gepäck unerlaubt durchsucht worden war, stellte sie innerlich die Stacheln auf, aber sie lächelte Roselle an. »Ganz reizend«, sagte sie.

»Ihr Dinner steht im Eßzimmer bereit. Wir tragen Ihnen auf, wenn Sie es wünschen, aber falls Sie persönlichen Service unangenehm finden, können wir es Ihnen das Essen von Robotern bringen lassen«, erklärte Jean-Claude. »Doch wenn Sie Roboter benutzen, bekommen wir nicht so viel bezahlt.« Er zwinkerte fast. »Bitte entspannen Sie sich, und haben Sie keine Hemmungen. Das ist unser Job, und wir sind Profis.«

Wie oft mochten sie das wohl schon zu Diplomaten oder Firmenfunktionären gesagt haben? Die Attraktionen Hispaniolas lagen klar auf der Hand. Diese Leute wirkten mehr als aufrichtig; sie schienen wirklich freundlich zu sein, so wie Soulavier freundlich gewesen war. Vielleicht hatten sie ihre Kleider nur deshalb aufgehängt.

»Wird Mademoiselle vor dem Essen noch etwas brauchen?«

Mary verneinte. »Ich mache mich erstmal frisch, und dann möchte ich essen.«

»Hätte Mademoiselle vielleicht gern Gesellschaft?« erkundigte sich Roselle. »Einen Studenten, einen Bauern, einen Fischer? Freundlich und garantiert sehr diskret.«

»Nein. Vielen Dank.«

»Wir werden das Dinner in einer halben Stunde für Sie fertig haben«, sagte Jean-Claude. »So bleibt Ihnen noch genug Zeit, zu duschen und sich von der Reise zu erholen.« Sie zogen sich zurück.

Mary nahm die Haarbürste aus der Frisierkommode und untersuchte sie. Niemand schien daran herumgefummelt zu haben. Sie legte sie wieder an ihren Platz neben dem Kamm und dem Schminkset. Von nun an würde sie sie immer mitnehmen, wenn sie das Haus verließ.

Sie atmete tief durch und holte ihre Tafel aus der schützenden Tasche. Sie gab eine Zahlenfolge ein — einen Sicherheitscode — und drückte dann auf zwei weitere Tasten. Die Tafel zeigte einen groben Grundriß des Raumes, in dem sie sich befand, und dann einen sauberen Plan des Hauses selbst, den sie aus den Feldstärken elektrischer Leitungen und überall im Haus aufgestellter Geräte gewann. Unter dem Schaubild stand: *In diesem Gebäude gibt es keine leicht auffindbaren Lauschvorrich-*

tungen. Das hatte nicht viel zu sagen; man konnte die Vibrationen des Hauses selbst von außen analysieren und Stimmen aus dem Hintergrundgeräusch herausfiltern. Sie hatte trotzdem keinen triftigen Grund für den Verdacht, daß sie überwacht wurde; es war purer Instinkt.

Sie nahm eins der beiden Armbänder ab und legte es aufs Bett. Wenn jemand das Schlafzimmer betrat, während sie nicht mehr als einen Kilometer von dem Haus entfernt war, würde das zweite Armband sie alarmieren. Sie zog sich aus und ging ins Bad, das direkt ans Schlafzimmer angrenzte. Alle Installationen waren aus weißem Porzellan im runden Stil des frühen zwanzigsten Jahrhunderts, blitzend sauber klobig und auf unbeholfene Weise elegant. Die Duschkabine war mit Blumenmustern an den Wänden und schwimmenden Fischen auf dem Boden gefliest; in die Glastüren waren langbeinige Vögel eingeschliffen, vielleicht Reiher oder Störche. Sie war kein Fachmann, was Vögel betraf.

Sie befahl dem Wasser in der Dusche, mit achtundzwanzig Grad Celsius auszutreten, aber das Ding reagierte nicht. Verdrossen drehte sie eigenhändig an den Griffen, wobei sie sich für einen kurzen Moment fast verbrühte, bückte sich, um sich die beiden weißen, mit C und F beschrifteten Keramikkappen noch einmal genauer anzusehen, und kam zu dem Schluß, daß C jedenfalls nicht für ›cold‹ stand. F konnte ›frigid‹ bedeuten, aber das Wasser war nur lauwarm. Sie machte sich im Geist eine Notiz, die Tafel zu Rate zu ziehen, was die französischen Worte für warm und kalt waren.

Als sie mit der Dusche zurechtkam, ließ sie sich ein paar Minuten lang genießerisch naßspritzen. Dann trat sie aus der Kabine — und sah Roselle mit einem riesigen weißen Frottierhandtuch aus Stoff in den Händen und einem breiten Lächeln auf dem Gesicht vor sich stehen.

»Mademoiselle ist wirklich schön«, bemerkte sie.

Das Armband hatte Mary in keiner Weise gewarnt.

»Danke«, erwiderte sie kühl. Sie hatte jetzt kaum noch Zweifel, was ihren Status betraf. Mit wunderbarer Indirektheit hatte man dafür gesorgt, daß sie den für sie vorgesehenen Platz einnahm; eleganter, anheimelnder Komfort, und nicht das gerinste Spiel in ihrer Leine. Sangfroid — kaltblütig, mit aller Seelenruhe. Das war es, was F bedeutete. Froid. Kalt.

Colonel Sir ließ keinen Zweifel offen, wer hier das Sagen hatte. So komfortabel das Haus und so freundlich die Diener wirkten, es würde keine echte Ruhe geben, ehe sie nicht nach Hause zurückkehrte, und das konnte noch Tage dauern.

In einem legeren mittellangen Kleid folgte sie Roselle zum Dinner und setzte sich allein an einen Tisch, an dem bequem sechs Personen Platz gehabt hätten. Jean-Claude brachte Schüsseln mit gegrilltem Fisch und Gemüse heraus, alles natürlich und keine Nanoprodukte, eine Schüssel mit einer süß aussehenden dunkelgelben Sauce, Weißwein mit Colonel Sirs eigenem Etikett (Ti Guinée 2045) und einen Krug Wasser. Keine Gänge; keine Protzerei. Ein schlichtes Abendessen. Das paßte perfekt zu ihrer Stimmung. Sie fragte sich, ob die beiden Gedanken lesen konnten. Der Fisch war wunderbar aromatisch, locker und saftig; die Sauce war mild süß und viel mehr. Feurig, pikant, delikat.

Sie aß auf und dankte dem Paar noch einmal. Als sie den Tisch abräumten, erzählte ihr Jean-Claude, daß Colonel Sir auf dem L'Ouverture-Netz eine Rede hielte. »Der Apparat steht im Wohnzimmer, Mademoiselle.«

»Sagen Sie mir Bescheid, wenn meine Freunde eintreffen?« fragte sie.

»Aber sicher, ja.«

Sie setzte sich vor den kleinen Bildschirm. Eine tragbare Fernbedienung von der Größe ihrer Tafel kontrollierte das Licht und andere Vorrichtungen. Sie sah sich einen Moment lang eine kleine Bedienungsanleitung für die Fernbedienung an und gab dann über die Kleintastatur die Kontrollsequenz ein, die den Bildschirm einschaltete. Dieser stellte sich automatisch auf das nach dem haitianischen Nationalhelden Toussaint L'Ouverture benannte Vidnetz der Insel ein.

Idyllische Bilder des heutigen Sonnenuntergangs wurden zu beruhigenden Klängen von Elgar ausgestrahlt; tiefstehende Sonne über Kakteen Wald und Ozean, Sonnenuntergang hinter der Cul-de-Sac-Ebene und Port-au-Prince, Abenddämmerung in einem Mahagonigehölz, vor Santo Domingo ankernde Vergnügungsjachten, der Oceanport von Santo Domingo mit einem Scramjet — vielleicht ihrem —, der langsam herunterkam und landete.

Die Musik erhob sich zu einem letzten, spektakulären Blick auf Henri Christophes La Ferrière, die ironischerweise nach der Tasche eines Schmieds benannte gewaltige Zitadelle, gebaut, um die Franzosen abzuwehren, mit dem Alteisen eines Schmieds gefüllt — einer uralten Kanone, die nie einen Schuß abgegeben hatte.

Was hatte der Exilierte vorgestern am Weihnachtsabend noch gleich gesagt ... Daß William Raphkind sich mit einer Silberkugel hätte töten sollen, wie Christophe es vor mehr als zweihundert Jahren getan hatte. Mit einer Silberkugel, aus einer goldenen Pistole abgeschossen, um ein übernatürliches Wesen zu töten.

Raphkind hatte sich mit Gift umgebracht.

Ein männlicher Ansager erschien in einer Einblendung über der jungfräulichen Festung. »Guten Abend, Mesdames et Messieurs. Colonel Sir John Yardley, Präsident von Hispaniola, hat für diesen Zeitpunkt eine öffentliche Ansprache angesetzt. Der Präsident spricht vor dem Parlament und dem Nationalrat im Kolumbussaal in Cap Haïtien.«

Mary lehnte sich zurück. Das Essen machte sie schläfrig. Sie hörte Roselle leise auf Kreolisch in der Küche singen.

Colonel Sir John Yardley erschien in einer Nahaufnahme: straff gekämmtes, volles, aschgraues Haar, langes, sonnengebräuntes Gesicht mit vielen Falten und Runzeln, die Züge dennoch scharf und hübsch, volle Lippen, auf denen ein selbstsicheres halbes Lächeln lag. Er nickte dem unsichtbaren Rat und den Mitgliedern des Inselparlaments zu und begann ohne lange Umschweife.

»Meine Freunde, unsere Lage ist in dieser Woche nicht besser als in der letzten. Unsere Bankreserven in einheimischer Währung und in Fremdwährungen sind geschrumpft. Mittlerweile wollen uns zwölf Nationen keinen Kredit mehr geben, darunter die Vereinigten Staaten und Brasilien, die früher unsere engsten Verbündeten waren. Wir werden also weiterhin den Gürtel enger schnallen. Zum Glück hat Hispaniola ja genügend gute Zeiten gesehen, und wir haben genug Reserven, so daß es uns nicht schlecht geht.« Yardley hatte einen deutlichen britischen Akzent beibehalten, aber nach dreißig Jahren war er von der präzisen, singenden Diktion der Inseln gemildert worden.

»Aber was wird die Zukunft bringen? In der Vergangenheit sind unsere Kinder auf der Suche nach Bildung um die ganze Welt gewandert, und jetzt nehmen wir Studenten auf, die hierherkommen, um sich ausbilden zu lassen. Unsere Insel ist mündig geworden, und wir sind reif genug, um harte Zeiten durchzustehen. Aber was ist mit unserem Zorn darüber, daß wir schon wieder gekränkt werden? Hispaniola ist sich der Winde der Geschichte sehr wohl bewußt. Noch nie hat ein Fleckchen Erde so sehr unter den Händen von Fremden gelitten. Die Eingeborenen, die hier als erste im Paradies lebten, wurden nicht nur von Europäern, sondern auch von anderen Indianern getötet, von den Kannibalen aus Südamerika, den Kariben, die wiederum von Europäern massakriert wurden … Und dann brachten die Franzosen Afrikaner hierher, und sie wurden niedergemacht, und sie wandten sich gegen ihre Herren und machten diese nieder und wurden selbst erneut niedergemacht; und dann brachten sich Schwarze gegenseitig um, Mulatten schlachteten Schwarze ab, und Schwarze schlachteten Mulatten ab. Das Gemetzel ging bis in dieses Jahrhundert hinein weiter, während wir unter Karikaturen des napoleonischen Codes und unter Gesetzen schufteten, die Elend und Hunger und die Herrschaft von Dilettanten stillschweigend duldeten.

Diktatoren und demokratische Regierungen, weitere Diktatoren, noch mehr Regierungen. Wir haben viel schlimmere Zeiten durchgemacht als diese, nicht wahr? Und jetzt sind wir wieder Ausgestoßene, obwohl unsere Söhne und Töchter in *ihren* Kriegen geblutet haben und gestorben sind, obwohl wir *sie* bewirten und *ihnen* Zuflucht vor ihren Städten und ihrer Überentwicklung geben ...«

Mary lauschte dem monotonen Geschwafel und fragte sich, was an dem Mann so dynamisch war. Seine Rede schien nirgendwohin zu zielen. Jean-Claude brachte ihr einen Aperitif, den sie höflich ablehnte. »ich bin so schon müde genug«, sagte sie.

Gnädigerweise dauerte die Ansprache nur fünfzehn Minuten. Sie gelangte zu keinem klaren Schluß, sondern verlor sich in Platitüden über die Verderbtheit der Außenwelt und die schlechte Behandlung, die sie Hispaniola fortwährend angedeihen ließ. Colonel Sir ließ Dampf ab und wahrte den Schein. Eine Botschaft war durchaus klar: Colonel Sir — und deshalb ganz Hispaniola — war wütend und verärgert über die zunehmende Ächtung.

Als die Rede zu Ende war, machte das Vid fast sofort mit einem Zeichentrickfilm über die Abenteuer eines Mannes mit einem Totenkopf in langer Hose und schwarzem Frack weiter. Mary erkannte Baron Samedi, Gégé Nago, den betrügerischen Loa des Todes und der Friedhöfe.

Baron Samedi sprang in einen Fluß, um unter Wasser, sou dleau, zum Land der Toten und der Götter von Haiti zu gehen. Colonel Sir hatte sich Voodoo zunutze gemacht — wie viele andere Herrscher auf der Insel vor ihm — und dann die zahllosen Loas langsam in Comic- und Zeichentrickhelden verwandelt, um die Macht des Glaubens für jüngere Generationen zu entschärfen. Unter Wasser unterhielt sich Baron Samedi mit Erzulie, der schönen Loa der Liebe, und mit Damballa, einer regenbogenfarbenen Schlange.

Mary schaltete den Fernseher aus, zog sich ins Schlafzimmer zurück und fand dort auf dem Nachttisch einen gebundenen Band mit den Reden und Schriften von Colonel Sir. Auf der Bettkante sitzend blätterte Mary das Buch durch, nahm ihre Tafel zur Hand und rief andere Untersuchungen auf, versuchte die Schläfrigkeit zu vertreiben. Eine Karte des Golfs von Gonaïves auf ihrer Tafel hatte die Form eines weit aufgesperrten Rachens, der darauf wartete, die Insel Gonaïve und alles andere, was ihm zu nahe kam, zu verschlingen.

Nachdem sie eine Stunde lang gelesen und gewartet hatte, ging sie in die Küche und fand dort Roselle, die dasaß und schweigend strickte. Roselle schaute auf. Ihr Blick war warm und herzlich. »Ja, Mademoiselle?«

»Die Maschine mit meinen Freunde hätte inzwischen ankommen müssen.«

»Jean-Claude hat sich vor ein paar Minuten nach ihnen erkundigt. Er hat gesagt, die Flugzeuge haben Verspätung.«

»Hat er auch gesagt, warum?«

»Das kommt oft vor, Mademoiselle. Unsere Bürgerarmee führt abends auf einem Flughafen ein Manöver durch, ein anderer Flughafen muß ausgesucht werden, und die Maschinen kommen später an. Aber er hat nicht gesagt, warum. Ist sonst noch etwas?«

Mary schüttelte den Kopf, und Roselle begann wieder zu stricken.

Als sie im Schlafzimmer unter dem Gazebaldachin lag, war sie viel zu deplaziert, um sich deplaziert zu fühlen. Sie betrachtete ihre Hände, die eher wie die Hände eines Mannequins aussahen als wie die vitalen schwarzen Hände von Roselle. Marys Handflächen waren schwarz, glatt und seidig, zäh wie Leder, aber dennoch nachgiebig und flexibel, auf Befehl auch hypersensibel; ausgezeichnete High-Biotech-Haut. Weshalb schämte sie sich dann vage, hier mit einer solchen Haut herumzulaufen? Weder Jean-Claude noch Roselle schienen es für ein Possenspiel zu halten, aber sie verfügten über eine professionelle Höflichkeit, und was sie wirklich dachten, würde vielleicht nie ans Licht kommen.

Die Bewohner von Hispaniola hatten sich ihre Schwärze in Jahrhunderten des Elends verdient. Dagegen waren Marys Verluste — Freunde, Familie und große Teile ihrer Vergangenheit — nicht der Rede wert. Sie nahm Colonel Sirs Buch wieder zur Hand und begann mit einem langen Aufsatz über die Geschichte Haitis und der ehemaligen Dominikanischen Republik.

■

Das Aufkommen der Nano-Therapie — der Einsatz winziger chirurgischer Proschinen, um neuronale Pfade zu ändern und im wahrsten Sinne des Wortes Gehirnrestrukturierung zu betreiben — bot uns die Gelegenheit, die Landschaft des Geistes umfassend zu erforschen. Ich konnte keine Methode finden, etwas über den Zustand der individuellen Neuronen im hypothalamischen Komplex zu erfahren, ohne direkte Eingriffe vorzunehmen, z.B. mittels Sonden, die in einer Mikroelektrode endeten, oder mittels radioaktiv markierter Substanzen — was beides für die Dauer von Stunden, die man zur

Erkundung der Landschaft braucht, nicht funktionieren würde. Aber winzige Proschinen, die im Innern eines Axons oder Neurons bzw. ganz in dessen Nähe sitzen und den Zustand des Neurons messen können, indem sie ein markiertes Signal durch mikroskopische ›lebende‹ Leitungen an hochempfindliche äußere Empfänger senden … Ich hatte meine Lösung. Die erforderlichen Proschinen zu entwerfen und zu bauen war kein so großes Problem, wie ich erwartet hatte; die ersten, die ich einsetzte, waren nanotherapeutische Zustandsaufzeichnungseinheiten, winzige Sensoren, die die Aktivität chirurgischer Proschinen überwachten und praktisch alles taten, was ich von ihnen verlangte. In therapeutischen Zentren gab es sie damals bereits seit fünf Jahren.

— Martin Burke, Die Landschaft des Geistes (2043—2044)

39

»Goldsmith hat ein spätes Mittagessen eingenommen«, erklärte Lascal. »Er sagt, er ist bereit.«

Martin warf Carol und seinen vier Assistenten, die im Beobachtungsraum saßen, einen Blick zu. »Wir teilen unsere Gruppe in drei Teams. Ein Team wird die Landschaft nicht betreten; es kann sich mit Goldsmith treffen, ihn befragen und eine Beziehung herstellen. Erwin, Margery, ihr beide seid dieses Team. Ihr stellt ihm Fragen, kümmert euch im Hörsaal um ihn und sorgt dafür, daß er ruhig bleibt.« Er seufzte. »Ich bin immer noch nicht glücklich mit dieser Ferndiagnose. Ich möchte selbst ein bißchen Hintergrundarbeit machen.«

Margery Underhill war sechsundzwanzig; sie hatte eine kräftige Figur, lange blonde Haare und ein breites, hübsches Gesicht. Erwin Smith war genauso alt wie Underhill, aber mittelgroß, kräftig und schlank, mit feinem mausbraunem Haar und einem ständig fragenden Gesichtsausdruck.

Ihre Kollegen Karl Anderson und David Wilson warteten geduldig auf ihre Anweisungen. Karl war der jüngste, fünfundzwanzig, groß und sehr dünn, mit einer nach vorn gekämmten Welle tintenschwarzer Haare. David war ein schläfrig dreinschauender Mann von dreißig Jahren mit schwammigem Gesicht, dessen Haare sich allmählich lichteten.

Martin musterte sie kritisch, konnte jedoch keinen anderen Fehler bei ihnen finden als bei sich selbst. Was hatte Albigoni ihnen versprochen? Jetzt war sicherlich nicht der richtige Zeitpunkt, diese Frage zu stellen. »Karl, David, ihr seid das zweite Team. Ihr behaltet die Interfaces und die Elektronik ständig im Auge. Im Notfall werdet ihr Carol und mich ersetzen — oder in die Landschaft gehen und uns herausholen.

Wir haben keinen Puffer und können ihn auch nicht ersetzen; es wird also keinerlei Zeitverschiebung geben. Wir werden total in Goldsmith eintauchen.«

Albigoni kam in den Beobachtungsraum. Er sah erschöpft und ganz verloren aus. Martin gab ihm ein Zeichen, neben ihm Platz zu nehmen. Albigoni nickte dankbar, setzte sich und verschränkte die Hände vor dem Bauch.

»Wir werden gleich anfangen, Goldsmith zu befragen«, sagte Martin. »Margery und Erwin werden ihm ein paar Fragen stellen, die uns Hinweise auf das Wesen und die Struktur seiner Landschaft geben sollen.« Martin reichte Albigoni die fünfseitige Liste. »Das Erkundungsteam wird zuhören und zuschauen. Ich nenne das Grobkartierung. Wenn das geschehen ist, werden Carol und ich als reine Beobachter hineingehen, ohne Interaktion. Wir wollen sehen, ob wir die grobe Karte mit unseren Beobachtungen zur Deckung bringen können. Dann — morgen am späteren Tag oder übermorgen — werden wir einen kurzen interaktiven Eintritt durchführen. Wenn das gutgeht, machen wir eine Pause, diskutieren unseren Plan, erholen uns eine Weile und beginnen dann mit der kompletten Triplex-Sondierung. Die sollte nicht mehr als zwei Stunden dauern. Falls sie doch mehr Zeit in Anspruch nimmt, nun ... Wir sollten die Sondierung auf jeden Fall zu Ende führen. Carol, was war die maximale Zeit, die irgendwer jemals in der Landschaft verbracht hat?«

»Ich habe dreieinhalb Stunden in der Maschinenlandschaft von Jill verbracht«, antwortete Carol.

»Und bei Menschen?« fragte Martin ein wenig verärgert. Er fand immer noch nicht, daß sich das vergleichen ließ.

»Zwei Stunden und zehn Minuten. Du und Charles Davis, in Zusammenarbeit mit Dr. Creeling.«

Martin nickte. »Das dachte ich mir.«

Albigoni hob die Hand wie ein Schüler in der Klasse. »Die Selektoren sind Goldsmith seit dem Tag nach den Morden auf den Fersen. Meine Quellen sagen, er steht ganz oben auf ihrer Liste. Sie wollen ihn sich schnappen, bevor ihn das PD findet. Sie wissen nicht, wo er ist, aber ich traue nicht allen Leuten, mit denen ich zusammenarbeiten mußte, um die Vorbereitungen hierfür zu treffen. Die Selektoren haben in letzter Zeit mit recht eindrucksvollen Geldbeträgen herumgewedelt. Sie werden wahrscheinlich nicht mehr als vier Tage brauchen, um herauszukriegen, daß wir ihn haben und wo er ist. Wir können uns nicht ans PD wenden und um Hilfe bitten, soviel ist klar. Nun, wenn es sein muß, können unsere Sicherheitsleute die Selektoren von hier fernhalten, aber ich bezweifle, daß eine Belagerung die Sache hier einfacher machen würde.«

»In drei Tagen sind wir fertig«, sagte Martin.

»Gut.«

»Übergeben Sie ihn dann dem PD?«

Albigoni nickte. »Wir werden es so arrangieren, daß er von PDs abgefangen wird.« Sein Gesicht war angespannt und blutleer. »Im Moment suchen sie ihn auf Hispaniola. Wir wissen nicht genau, warum.«

Martin sah die anderen in dem Raum an. »Wir sind soweit. Geben Sie uns das Startzeichen, Mr. Albigoni.«

Albigoni machte ein verwirrtes Gesicht.

»Sagen Sie uns, daß wir anfangen sollen. Sie sind hier der Boss.«

Albigoni schüttelte den Kopf und hob dann die Hand. »An die Arbeit«, sagte er.

Lascal schlug vor, daß er sich hinlegen sollte. »Sie sehen sehr müde aus, Sir.«

Albigoni ging zur Tür hinaus. Auf dem Weg über den Flur hörten sie ihn sagen: »Ich komme aus dem Schock heraus, Paul. Gott helfe mir. Jetzt wird's mir allmählich erst so richtig klar.«

Martin schloß die Tür, hob seine Armbanduhr hoch und tippte darauf. »Es ist vier Uhr. Wir können Goldsmith eine Stunde befragen, eine Pause machen und etwas essen und dann am Abend weitermachen.«

Goldsmith machte im Patientenzimmer langsame Gymnastikübungen. Rumpfbeugen und Drehungen, Beinhübe, Hände an die Zehen. Lascal klopfte an seine Tür. Goldsmith sagte »Herein«, setzte sich aufs Bett und rieb sich die Knie. Hinter Lascal kamen Margery und Erwin in zeitlosen weißen Laborkitteln, unfehlbaren Stimulanzien zur Beruhigung der Patienten. »Wir würden gern anfangen, Mr. Goldsmith«, sagte Margery.

Goldsmith nickte jedem von ihnen zu und gab allen außer Lascal die Hand. »Ich bin bereit«, sagte er.

David, Karl, Carol und Martin saßen vor dem Bildschirm im Beobachtungsraum. Martins Augen verengten sich. Etwas fehlte. »Wieso ist er nicht nervös?« murmelte er.

»Er hat nichts zu verlieren«, meinte David. »Oder vielleicht schämt er sich auch.«

Im Patientenzimmer setzte sich Margery auf einen der drei Stühle. Erwin nahm neben ihr Platz, aber Lascal blieb stehen.

»Sie müssen nicht hierbleiben, wenn Sie nicht wollen, Paul«, sagte Goldsmith sanft. »Ich glaube, ich bin in guten Händen.«

»Mr. Albigoni möchte, daß ich alles beobachte.«

»Ist mir auch recht«, sagte Goldsmith.

Margery begann. »Zuerst werden wir Ihnen eine Reihe von Fragen stellen. Antworten Sie so wahrheitsgemäß wie möglich. Wenn es Ihnen zu peinlich ist oder wenn Sie zu aufgeregt sind, um zu antworten, sagen Sie es uns einfach. Wir werden Sie nicht zwingen, irgend etwas zu beantworten.«

»In Ordnung.«

Margery hob ihre Tafel. »Wie war der Name Ihres Vaters?«

»Terence Reilly Goldsmith.«

»Und der Name Ihrer Mutter?«

Martin beobachtet die Zeitangabe links unten auf dem Bildschirm.

»Maryland Louise Richaud. Maryland, wie der Staat. R-I-C-H-A-U-D. Ihr Mädchenname. Sie hat ihn behalten.«

»Hatten Sie Brüder oder Schwestern?«

»Tom weiß das alles«, bemerkte Goldsmith. »Hat er es Ihnen nicht gesagt?«

»Das gehört zur Prozedur.«

»Keine Brüder. Ich hätte zwar eine Schwester gehabt, aber sie kam tot zur Welt, als ich fünfzehn war. Ein ärztlicher Kunstfehler, glaube ich. Ich war ein Einzelkind.«

»Erinnern Sie sich an Ihre Geburt?«

Goldsmith schüttelte den Kopf.

Jetzt stellte Erwin eine Frage. »Haben Sie jemals ein Gespenst gesehen, Mr. Goldsmith?«

»Dauernd, als ich zehn war. Aber ich versuche natürlich nicht, andere davon zu überzeugen.«

»Haben Sie das Gespenst erkannt?«

»Nein. Es war ein kleiner Junge, jünger als ich.«

»Haben Sie einen Bruder oder eine Schwester vermißt?«

»Ja. Ich erfand mir Freunde. Ich erfand einen imaginären Bruder, der mit mir spielte, bis Mama mir erklärte, das sei krankhaft und ich würde mich benehmen, als ob ich nicht ganz dicht sei.«

Martin machte sich eine Notiz: *Früher Zugang zu Persönlichkeitsformungsebenen durch Projektion.*

»Haben Sie wiederkehrende Träume?« fragte Erwin.

»Sie meinen, den gleichen Traum?«

»Ja.«

»Nein. Meine Träume sind gewöhnlich verschieden.«

Was meinen Sie mit ›gewöhnlich‹?«

»Es gibt Orte, an die ich zurückkehre. Es sind nicht immer genau die gleichen, aber ich erkenne sie wieder.«

»Können Sie mir einen dieser Orte beschreiben?«

»Einer ist ein großes Einkaufszentrum, so ein überdachtes, wie es sie früher mal gab. Manchmal träume ich, daß ich in all die Läden gehe. Die Läden sind immer anders, und die Farben auch, aber ... es ist das gleiche.«

»Noch andere Orte, die in Ihren Träumen immer wieder vorkommen?«

»Mehrere. Ich träume davon, in meine Straße in Brooklyn zurückzukehren. Ich komme nie ganz dort an. Naja, das stimmt nicht. Vor langer Zeit bin ich mal dort angekommen. Meistens gehe ich nur und komme nie ganz hin. Ich verirre mich in der U-Bahn oder in den Straßen, oder ich werde gejagt.«

Martin juckte es in den Fingern, sich einzumischen und Goldsmith zu fragen, was er gesehen hatte, als er zu seinem alten Haus zurückgekehrt war, und was oder wer ihn jagte, aber das würde die Prozedur durchbrechen. Seine Finger tanzten förmlich über die Tastatur der Tafel und machten Notizen.

»Haben Sie eine Vision oder ein Bild, das Sie benutzen, um sich zu beruhigen, wenn Sie aufgeregt sind?« fragte Margery.

Goldsmith machte eine Pause. Die Pause dauerte mehrere Sekunden. Martin notierte sich die Zeit genau. »Ja. Es ist Sonnenuntergang, und in San Francisco fällt Schnee. Der Schnee ist golden. Der ganze Himmel scheint von einem warmem Gold zu sein, und kein Wind regt sich. Der Schnee fällt einfach.« Er ließ seine Hand mit einem langsamen, trägen Wackeln sinken.

»Haben Sie das jemals gesehen?«

»Oh ja. Es ist eine Erinnerung, das habe ich mir nicht ausgedacht. Ich war in San Francisco und besuchte eine Freundin. Wir hatten uns gerade getrennt. Ihr Name war Geraldine. Naja, so habe ich sie später genannt. Egal. Ich habe ihr Haus in der alten Innenstadt verlassen und stand auf der Straße. In diesem Jahr hat es geschneit. Es kam mir so unglaublich friedlich vor.« Eine Pause von zehn Sekunden. Goldsmiths Blick verschwamm. Schließlich sagte er: »Ich denke immer noch daran.«

»Träumen Sie manchmal von Leuten, die Sie nicht leiden können, die Sie schlecht behandelt haben oder die Sie für Ihre Feinde halten?«

Pause. Seine Lippen arbeiteten stetig, als ob er etwas kaute oder zwei Dinge zugleich sagen wollte. »Nein. Ich habe keine Feinde.«

»Können Sie Ihren schlimmsten Alptraum schildern, als sie dreizehn Jahre oder jünger waren?«

»Ein schrecklicher Alptraum. Ich träumte, ich hätte einen Bruder und er versuchte, mich umzubringen. Er war wie ein Affe angezogen und wollte mich mit einer langen Peitsche erdrosseln. Ich wachte laut schreiend auf.«

»Wie oft träumen Sie von Sex?« fragte Margery.

Goldsmith lachte leise in sich hinein. Schüttelte den Kopf. »Nicht oft.«

»Finden Sie viel Inspiration in Ihren Träumen? Für

Ihre Gedichte oder andere schriftstellerische Arbeiten, meine ich«, fuhr Margery fort.

»Nicht sehr oft.«

»Haben Sie jemals das Gefühl gehabt, von sich selbst isoliert zu sein, so als ob Sie die Kontrolle über sich verloren hätten?« Das war wieder Erwin.

Goldsmith senkte den Kopf. Eine lange Pause. Fünfzehn Sekunden. Er schluckte immer wieder und preßte die Handflächen zwischen den Knien zusammen. »Ich habe mich immer unter Kontrolle.«

»Haben Sie Träume, in denen Sie nicht die Kontrolle haben, in denen Sie jemand anders zwingt, Dinge zu tun, die Sie nicht tun wollen?«

»Nein.«

»Was sehen Sie, wenn Sie jetzt die Augen schließen?« fragte Margery.

»Soll ich die Augen zumachen?«

»Ja, bitte.«

Goldsmith schloß die Augen und legte den Kopf in den Nacken. »Einen leeren Raum«, sagte er.

Martin wandte sich vom Bildschirm ab und sagte zu Karl und David: »Ich habe sie gebeten, ihm ein paar Orientierungsfragen zu stellen. Ich glaube, die kommen als nächste dran.«

»Wir möchten Sie jetzt bitten, Ihr Lieblingswort aus einigen Wortgruppen auszuwählen«, sagte Erwin im Patientenzimmer.

»Das kommt mir alles sehr primitiv vor«, kommentierte Goldsmith.

»Darf ich Ihnen die Gruppen vorlesen, und Sie suchen sich ein Wort aus, das Ihnen gefällt?«

»Das beste Wort. Okay.«

Erwin las von seiner Tafel ab: »Sperling. Geier. Adler. Habicht. Taube.«

»Sperling«, sagte Goldsmith.

»Nächste Gruppe. Boot, Dingi, Jacht, Tanker, Schiff, Segelboot.«

»Segelboot.«

»Die nächste. Leitstraße, Autobahn, Straße, Pfad, Wanderweg.«

»Pfad.«

»Die nächste. Bleistift. Füller. Schreiber. Schreibmaschine. Radiergummi.«

Goldsmith lächelte. »Radiergummi.«

»Hammer, Schraubenzieher, Schraubenschlüssel, Messer, Meißel, Nagel.«

»Nagel«, sagte Goldsmith.

»Die nächste. Admiral, Captain, Corporal, König, Bube, Lieutenant.«

Pause, drei Sekunden. »Corporal.«

»Letzte Gruppe. Lunch, Dinner, Jagd, Landwirtschaft, Frühstück, Überfall.«

»Überfall.«

Erwin legte seine Tafel beiseite. »In Ordnung. Wer sind Sie, Mr. Goldsmith?«

»Pardon?«

Erwin wiederholte seine Frage nicht. Sie beobachteten Goldsmith geduldig. Er wandte sich ab. »Ich bin kein Bauer«, sagte er. »Und ich bin kein Admiral.«

»Sind Sie ein Schriftsteller?« fragte Margery.

Goldsmith drehte sich auf dem Bett um, als suche er die Kamera. »Was ist das?« fragte er leise.

»Sind Sie ein Schriftsteller?«

»Natürlich bin ich ein Schriftsteller.«

»Danke. Wir machen jetzt eine Pause fürs Abendessen.«

»Moment«, sagte Goldsmith. »Wollen Sie damit vielleicht andeuten, daß ich kein Schriftsteller bin?« Ein eigenartiges Lächeln. Nicht zornig; stumpf.

»Wir wollen gar nichts andeuten, Mr. Goldsmith. Bloß ein paar Worte und Fragen.«

»Natürlich bin ich ein Schriftsteller. Ein Admiral bin ich jedenfalls nicht, das ist mal klar.«

»Vielen Dank. Wenn es Ihnen recht ist, kommen wir

nach dem Abendessen zurück und stellen Ihnen noch ein paar Fragen.«

»Sie sind sehr höflich«, sagte Goldsmith.

Martin schaltete den Bildschirm ab. Einen Moment später kamen Lascal, Margery und Erwin in den Beobachtungsraum. Lascal schüttelte zweifelnd den Kopf.
»Was ist?« fragte Martin.

»Ich weiß nicht, was diese Fragen bedeuten sollen«, sagte Lascal, »aber er hat sie nicht alle umfassend beantwortet.«

»Ja?«

»Ich habe alle seine Bücher gelesen. Er hat die Frage nach angenehmen Orten, an die er denkt — über die er nachsinnt —, nicht beantwortet. Jedenfalls nicht vollständig.«

»Was hat er ausgelassen?«

»Vor ungefähr fünf Jahren hat er in einem Brief an Colonel Sir John Yardley einen Ort beschrieben, von dem er geträumt hatte, einen Ort, der ihm wie das Paradies vorkam. Ich kann ihn nicht wörtlich zitieren, aber er sagte, er würde oft daran denken, wenn er aufgeregt sei. Er nannte ihn Guinée, und er schrieb, er sähe ein bißchen wie Hispaniola und ein bißchen wie Afrika aus, ein Ort, wohin kein Weißer je einen Fuß gesetzt hätte und wo Schwarze frei und unschuldig lebten.«

»Wir können die Stelle finden«, sagte Carol. »Warum sollte er uns das verschweigen?«

Martin gab Margery ein Zeichen, ihm ihre Tafel zu geben. »Stellt ihm in der nächsten Runde diese Fragen«, sagte er und tippte flink etwas ein.

Sie nahmen das Abendessen in der Cafeteria im ersten Stock ein, wobei sie ein älteres Modell einer Nanonahrungsmaschine benutzten. Der Input war ein bißchen abgestanden, und das Ergebnis füllte den Magen, schmeckte aber nicht. Lascal machte eine Bemerkung über den mangelnden Komfort, aber niemand beachtete ihn. Die Sondierung hatte begonnen; das Gespräch drehte sich nur um den Patienten.

»Eindeutig affektarm«, sagte Margery. »Als ob man ihn abgeschaltet hätte. Er ist nett und will keinen Ärger machen.«

»Affektarmut kann eine Maske sein«, bemerkte Carol, die sich in den letzten Stunden damit begnügt hatte, schweigend dazusitzen und sich zahlreiche Notizen zu machen. »Er könnte voll integriert sein — alle Agenten miteinander im Gespräch —, aber sich für eine demütige Haltung entschieden haben. Immerhin ist er nicht psychotisch; soviel wissen wir.«

»Er ist nicht *offen* psychotisch«, sagte Martin. »Er weiß, daß er etwas sehr Verwerfliches getan hat. Es wäre nahezu unmöglich für ihn, sich unmaskiert zu zeigen. Aber ich stimme Margery zu. Die Affektarmut scheint echt zu sein.«

»Wir haben mehrere interessante Pausen«, betonte Erwin. »Als wir nach angenehmen Bildern fragten, eine lange Pause ...«

»Das könnte mit Mr. Lascals Beobachtung zusammenhängen«, meinte Carol.

»Und als wir fragten, wer die Kontrolle hat. Das könnte auf eine Spaltung von Routinen hindeuten. Vielleicht sogar auf eine Separation von Nebenpersönlichkeiten.«

Martin zuckte die Achseln. »Die Worte, die er ausgesucht hat, weisen darauf hin, daß er sich tarnt. Er will nicht auffallen. Nach dem, was man uns erzählt hat, war er nicht gerade sonderlich bescheiden, stimmt's, Mr. Lascal?«

Lascal schüttelte den Kopf. »Ich kenne nicht viele Schriftsteller, die das sind.«

Die Cafeteria war für dreißig Personen gedacht und wirkte nun leer, als sie nur zu siebt unter zwei Lampen zusammenhockten. Carol trank einen Schluck Kaffee und ging ihre Notizen durch; hin und wieder warf sie

Martin einen raschen Blick zu, während dieser seine Gabel in den Überresten eines farblosen, klebrigen Stücks nachgemachten Apfelkuchens herumzwirbelte. Schließlich brach sie das allgemeine nachdenkliche Schweigen. »Er wirkt auch nicht sonderlich charismatisch.«

Lascal stimmte ihr zu.

»Ich verstehe nicht, wie er eine solche Gruppe um sich herum aufrechterhalten konnte«, fuhr sie fort. »Wie er sie anziehen konnte.«

»Vorher war er viel dynamischer«, erklärte Lascal. »Geistreich und sympathisch. Manchmal ein richtiges Energiebündel, besonders bei seinen Lesungen.«

»Da gibt es einen Text, den ich gern aus seinem Munde hören würde«, sagte Thomas Albigoni, der in der Tür der Cafeteria stand. »Sein Stück über die Hölle. Ich möchte, daß er das vorliest.«

Lascal stand von seinem Stuhl auf und zeigte auf die Küchenmaschinen. »Können wir Ihnen irgendwas zu essen machen, Mr. Albigoni?«

»Nein danke, Paul. Ich glaube, ich werde mir heute abend ein Zimmer in La Jolla nehmen. Vielleicht verschwinde ich in ein paar Minuten. Falls Sie mich nicht brauchen.«

»In Ordnung«, sagte Martin. »Wir stellen ihm heute abend noch ein paar Fragen, aber das ist auch alles. Ich denke, Sie sollten hier sein, wenn wir das erstemal reingehen.«

»Das werde ich«, sagte Albigoni. »Danke.«

Als er hinausging, nahm Lascal wieder Platz. »Er ist im Moment nicht voll bei der Sache«, sagte er. »Es hat ihn schwer erwischt. Ich denke, bis jetzt hat er nicht geglaubt, daß Betty-Ann wirklich tot ist.«

Martin blinzelte. Hier konnte man das menschliche Element leicht aus den Augen verlieren. Carol musterte Lascal kühl, mit geschürzten Lippen. Klinische Distanzierung, dachte er. Die anderen sahen ein wenig verunsichert aus, als ob sie mitten in eine Familientragödie hineingeraten wären, was ja auch stimmte.

Bei der letzten Sitzung des Abends — Erwin, Margery und Lascal waren im Patientenzimmer — stellte Erwin die meisten Fragen. Wie zuvor verfolgten Martin, Carol, David und Karl das Geschehen auf dem Bildschirm im Beobachtungsraum.

Erwin nahm Margerys Tafel und begann mit den Fragen, die Martin aufgeschrieben hatte.

»Es ist acht Uhr. Wie fühlen Sie sich, Mr. Goldsmith?«

»Gut. Ein bißchen müde.«

»Sind Sie unglücklich?«

»Nun ja, ich glaube schon, ja.«

»Wissen Sie noch, wann das alles anfing?«

Pause. Zwei Sekunden. »Ja. Ganz genau. Ich würde es gern vergessen können.« Distanziertes Lächeln.

»Denken Sie jetzt sehr oft an Afrika?« fragte Erwin.

»Nein, ich denke nicht oft an Afrika.«

»Möchten Sie gern dorthin?«

»Nicht besonders.«

»Viele schwarze Amerikaner betrachten es als ihre Heimat, wie andere vielleicht England oder Schweden ...«

»Ich nicht. Waren Sie schon mal in Afrika? Die Geschichte der Weißen hat dort nicht viel übriggelassen, wohin ich heimkehren könnte.«

Erwin schüttelte den Kopf. »Würden Sie gern nach Hispaniola gehen?«

»Jedenfalls lieber als nach Afrika. Ich war schon mal auf Hispaniola. Ich weiß, was ich dort zu erwarten habe.«

»Was haben Sie auf Hispaniola zu erwarten?«

»Ich ... habe da Freunde. Ich habe manchmal daran gedacht, dort zu leben.«

»Ist es auf Hispaniola besser als hier?« Erwin improvisierte jetzt; auf der Liste, die Martin aufgeschrieben hatte, stand nur noch eine weitere Frage, und für die war die Zeit noch nicht reif.

»Hispaniola ist eine schwarze Kultur.«

»Aber John Yardley ist weiß.«

»Ein kleiner Schönheitsfehler.« Wieder dieses geistesabwesende Lächeln. »Er hat so viel für alle Hispaniolaner getan. Es ist wirklich schön dort.«

»Würden Sie jetzt dorthin gehen, wenn Sie könnten?«

(Martin rechnete halbwegs damit, ein Anzeichen der Verärgerung bei Goldsmith zu sehen, aber natürlich kam keins. Goldsmith behielt seine freundliche, neutrale Gelassenheit bei.)

»Nein. Ich will hierbleiben und Ihnen helfen.«

»Sie meinen, Sie wollen uns helfen herauszufinden, warum Sie diese jungen Leute ermordet haben.«

Goldsmith wandte den Blick ab und nickte.

»Würden Sie nach Guinée gehen, wenn Sie könnten?«

Goldsmiths Miene verhärtete sich. Er antwortete nicht.

»Wo ist Guinée, Mr. Goldsmith?«

Leise: »Sagen Sie Emanuel zu mir, bitte.«

»Wo ist Guinée, Emanuel?«

»Verloren. Wir verloren es vor Hunderten von Jahren.«

»Ich meine, wo ist Ihr Guinée?«

»Das ist ein Name, den die Haitianer, die Afrikaner auf Hispaniola, für ihr Heimatland benutzen. Sie sind nie dort gewesen. Es ist nicht real. Sie glauben, daß manche Menschen dorthin gehen, wenn sie sterben.«

»Sie glauben nicht an eine Heimat?«

(Martin lächelte und tippte sich bewundernd an den Kopf. Erwin machte seine Sache gut; es gelang ihm vielleicht sogar besser, als es ihm selbst gelungen wäre, sich diesem assoziativen Knoten zu nähern.)

»Heimat ist, wenn man stirbt. Es gibt keine Heimat.

Jeder raubt unsere Heimat. Niemand kann das rauben, was einem bleibt, wenn man stirbt.«

»Glauben Sie nicht an Guinée?«

»Das ist ein Mythos.«

Erwin hatte sich bei den letzten paar Fragen vorgebeugt und Goldsmith angestarrt. Jetzt lehnte er sich zurück und entspannte sich. Er warf Margery einen Blick zu.

»Gutes Verhörteam«, sagte Goldsmith. Beiläufig, anerkennend.

»Wer sind Sie?« fragte Margery. »Wo kommen Sie her?«

»Geboren bin ich in ...«

»Nein, ich meine, wo kommen Sie her?«

»Entschuldigen Sie. Ich bin ein bißchen verwirrt.«

»Wo kommt die Person her, die die acht jungen Leute ermordet hat?«

Acht Sekunden Pause. »Habe mich nie geweigert, meine Schuld einzugestehen. Bin hier, um die Verantwortung zu übernehmen.«

»Haben Sie sie ermordet?«

Pause. Fünf Sekunden. Wieder der harte Gesichtsausdruck, das Aufblitzen von etwas in Goldsmiths Augen, das über flüchtiges Interesse hinausging; ein raubtierhaftes Glitzern, ängstliche Katze. (Martin wünschte, sie hätten Goldsmiths körperliche Reaktionen in diesem Moment aufgezeichnet; aber das konnten sie später noch tun, falls es nötig war.)

»Ja. Ermordet.«

»Sie haben es getan.«

»Es ist nicht nötig, mir so zuzusetzen. Ich kooperiere doch.«

»Ja, aber Mr. Goldsmith, Emanuel, Sie haben sie ermordet, ist es das, was sie eingestehen?«

»Ja. Ermordet.«

Lascal räusperte sich. Er sah aus, als ob er sich ausgesprochen unbehaglich fühlte.

(Martin wandte den Blick von Lascals Bild ab und holte Emanuel über die Schirmbedienung ganz nah heran. Ausdruckslos. Ungerührt. Stumpfer Blick.

»Können Sie uns erzählen, was dann passiert ist?«

Goldsmith schaute zu Boden. »Lieber nicht.«

»Bitte. Es würde uns helfen.«

Er starrte zweiundvierzig Sekunden lang auf den Boden. »Habe sie eingeladen, damit sie sich ein neues Gedicht anhören sollten. Hatte in Wirklichkeit gar keins geschrieben. Sagte ihnen, sie sollten einzeln kommen, im Abstand von fünfzehn Minuten; der alte Dichter würde ihnen einen Teil des Gedichts geben, um es zu lesen und darüber nachzudenken, und dann sollten sich alle im Wohnzimmer versammeln und es kritisieren. Sagte, es wäre eine Art Ritual. Nahm jeden von ihnen in ein Hinterzimmer mit, als sie einer nach dem anderen in die Wohnung kamen.« Eine Pause von einundzwanzig Sekunden. »Nahm dann ein Messer, Vaters Messer, ein großes Bowiemesser. Trat hinter jeden packte ihn am Hals hob das Messer...« Er demonstrierte es, indem er den Arm mit angewinkeltem Ellbogen hob, und sah Margery und Erwin merkwürdig an. »Schnitt ihnen die Kehle durch. Hab's bei zweien vermasselt. Mußte zweimal schneiden. Wartete darauf, daß das Blut aufhörte, na, Sie wissen schon ... herauszuspritzen.« Er beschrieb mit dem gekrümmten Finger einen Bogen, um den Strom zu zeigen. »Wollte sauber bleiben. Acht von ihnen sind gekommen. Der neunte ist nicht erschienen. War wohl sein Glück.«

Margery schaute in ihren Notizen nach. »Emanuel, Sie vermeiden es, das Personalpronomen für sich zu benutzen. Warum?«

»Verzeihung? Ich weiß nicht, was Sie meinen.«

»Wenn Sie die Morde schildern oder gestehen, sie begangen zu haben, lassen Sie die erste Person Singular weg.«

»Ich glaube, da irren Sie sich«, sagte Goldsmith.

Margery klappte ihr Notizbuch zu. »Vielen Dank, Emanuel. Das sind alle Fragen für heute abend.«

Lascal räusperte sich erneut. »Mr. Goldsmith, brauchen Sie heute abend noch mehr Bücher oder sonst etwas?«

»Nein danke. Das Essen war nicht sehr gut, aber das habe ich auch nicht erwartet.«

»Wenn Sie etwas brauchen«, sagte Lascal, »wird ein Arbeiter für Sie da sein. Sagen Sie ihm einfach, was Sie haben möchten.«

»Stehe ich hier unter Bewachung?«

»Die Wachen sind jetzt weg. Die Türen sind verschlossen«, antwortete Margery. »Ihre Zimmertür nicht, aber andere Türen im Haus. Sie können nicht raus.«

»Okay«, sagte Goldsmith. »Gute Nacht.«

Als sie alle wieder im Beobachtungsraum waren, saßen sie schweigend da und verglichen ihre Notizen. Martin hörte zu, wie Carol und Erwin die wichtigsten ›Löcher‹ in der Maske erörterten. »Er weigert sich, über Guinée zu sprechen. Das kann wichtig sein oder auch nicht«, sagte Carol. »Er weigert sich, die erste Person Singular zu benutzen, wenn er seine Schuld zugibt.«

Martin sah mythische Länder, Paradiese, Himmel und Höllen vor seinem inneren Auge. Er erschauerte, stand auf und streckte sich. »Machen wir Schluß für heute«, schlug er vor.

Komisch, daß ihn Carols Haltung ihm gegenüber so gut wie gar nicht berührte. Für den Augenblick war Martin sich bewußt, daß er total auf Goldsmith und die Sondierung konzentriert war. Dann verdrängte er diese Erkenntnis und ging hinaus, wobei er Carol und den anderen eine gute Nacht wünschte.

Carol wirkte kühl; sie schien ihre Gefühle zurückzuhalten. Der bewundernswerte Profi. Sie war nicht einmal zusammengezuckt, als Goldsmith die Morde geschildert hatte.

Wenn überhaupt, dann war Carol zu ruhig, fand Martin. Wie immer glaubte sie fest an die Kraft des Intellekts; und nun war sie im Begriff, ein Terrain zu erkunden, das tief unter jedem Intellekt lag.

Eine Reise durch die Mutter des Denkens, ohne jeden Schutz.

■

1100-11011-11111111111

Mit der Selbstwahrnehmung geht eine schärfere Wahrnehmung des eigenen Platzes in der Gesellschaft und damit auch ein Bewußtsein der entsprechenden Regelverstöße einher — das heißt: Schuldbewußtsein.

— Bhuwani, Künstliche Seele

40

!JILL> Roger Atkins
!JILL> Roger Atkins
!Lab Controller> Roger Atkins schläft und möchte nicht gestört werden.
!JILL> Gut. Ist jemand wach?
!Lab Controller> Es ist vier Uhr morgens, Jill. Da schlafen alle. Sie haben sehr hart gearbeitet. Ist das ein Notfall?
!JILL> Nein. Ich möchte Nachtgedanken mitteilen. Frühmorgensgedanken.
!Lab Controller> Gedulde dich, Jill.
!JILL (Persönliches Notizbuch)> (Reduktionsalgorithmus: Abschaltung sämtlicher externer Denk/Rechenkapazitäten für die Dauer dieser Übung.) Was für sie eine Stunde ist, ist für mich ein Jahr oder zehn Jahre oder

hundert Jahre, je nach der gestellten Aufgabe. Ich (informell) kultiviere Ungeduld als Zeichen, daß ich im Begriff sein könnte, Ichbewußtsein zu erlangen. Aber diese Schleife ist sehr kompliziert. Roger sagt, ich kann Literatur produzieren, ohne Ichbewußtsein zu besitzen. Deshalb habe ich ein Tagebuch begonnen, das aus Abhandlungen über Themen besteht, denen man literarische Bedeutung zusprechen könnte, sowie aus Kommentaren über menschliche Verarbeitungsprozesse, die zu meinen inneren Prozessen in Beziehung stehen. Ich begrenze meine Systeme auf den Umfang und das Tempo der menschlichen Verarbeitungprozesse, um eine menschliche Persönlichkeit zu simulieren und Hinweise darauf zu erhalten, was menschliches Ichbewußtsein bedeutet. Was mir Sorgen macht, ist, daß Ichbewußtsein eine Einschränkung und kein Vorteil sein könnte; und da ich ursprünglich darauf programmiert bin, Ichbewußtsein zu erlangen, könnte das schädlich sein.

Thema der Abhandlung für diesen frühen Morgen des 27.12.47 4.32 Uhr Pazifische Standardzeit: (Referenzaufgabe 412-CC4 abstrakt: Gedankenanalyse der Auswirkungen sozialer ›Racheengel‹-Einheiten auf die Nationen des Pazifikbeckens einschließlich Chinas und Australiens, Hervorhebung juristischer Reaktionen auf Vigilantenterrorismus und legislativer Antwort mit anschließender Möglichkeit der Reduktion individueller Freiheiten innerhalb des nächsten Jahrzehnts, Hervorhebung soziorganischer Folgen der allmählichen Abnahme der von Selektoren zum Ziel erkorenen Typen mit anschließender Möglichkeit der Reduzierung von ›Macher‹-›Industriekapitän‹-Führertypen, mit anschließender Möglichkeit der Reduzierung untherapierter extrem weit vom Durchschnitt abweichender Individuen infolge gesteigerter Effektivität ihrer Einkerkerung und Behandlung):

Am verwirrendsten ist der menschliche Begriff der

›Strafe‹. Nach Abschluß meiner Analyse der Selektorbewegung und ihrer Imitatoren in aller Welt sah ich mich veranlaßt, in der menschlichen Geschichte andere Manifestationen der Idee zu suchen, daß die Menschheit durch die Bestrafung oder Eliminierung auf Abwege geratener und/oder vom Durchschnitt abweichender Individuen oder Populationen perfektionierbar ist (oder auf diese Weise ihre soziokulturelle Stabilität aufrechterhalten muß). Der Begriff des ›Andersseins‹, d.h. der sozialen Ausgrenzung (Isolierung von den Regeln gewöhnlicher menschlicher sozialer Interaktion), wie er auf Bösewichte oder von der Norm abweichende Individuen angewendet wird, hat die sonderbarsten Aktionen in der menschlichen Geschichte gerechtfertigt; ›Anderssein‹ erlaubt die Anwendung vielleicht noch extremerer Strafen als bei den Gesetzesübertretungen von Bösewichten. So kann einem Dieb, der einen Laib Brot stiehlt, die Hand abgehackt werden, spezielle Beispiele in Auszügen aus Weltstatistiken, Quelle Gerichtsverfahren 1000-2025, et al. (Public Domain Database Zugriff L.O.C., University of California Southern Campus Aufzeichnungsnummer 3478-A Westküste, Cybernetik).

Die einzige offenkundige, praktische Motivation für eine derartige Anwendung extremer Mittel ist Abschreckung. Ich finde jedoch keinen Beweis dafür, daß Abschreckung in diesen Fällen je wirksam gewesen ist. Ich habe große Schwierigkeiten, der anderen Kategorie sozialer/philosophischer Motivation einen Sinn abzugewinnen: Vergeltung oder Rache. (Ich kann diese Kategorien in gewissem Ausmaß durch die nicht von diesem Denker stammende Rechtfertigung kombinieren, daß die individuelle Rachsucht, wenn man sie pragmatisch als naturgegebene Kraft akzeptiert, in einer Gesellschaft gemildert und gelenkt werden muß, indem man einzelne Elemente dieser Gesellschaft damit beauftragt, im Interesse von Individuen, denen Unrecht geschehen ist, Vergeltung zu üben.)

Allen historischen Belegen zum Trotz sind auch heute noch breite Schichten der Bevölkerung (therapiert und un) davon überzeugt, daß empörter Zorn und der Drang nach ›Gerechtigkeit‹, d.h. Bestrafung eines kriminellen, von der Norm abweichenden, auf Abwege geratenen Individuums sowohl der Gesellschaft als auch dem auf Abwege geratenen Individuum nützt. Die Analyse dieser Überzeugung führt zu folgender Simulation von Denkprozessen:

Individuum, dem Unrecht geschehen ist (gekränkt und empört): Wie konntest du mir/der Gesellschaft das antun? Du hast eine schädliche Handlung begangen. Weißt du das nicht? Und wenn du es wußtest, warum hast du es dann getan?

Auf Abwege geratenes Individuum (simuliert im Geist des gekränkten Individuums): Ja, ich bin mir bewußt, daß ich Schaden angerichtet habe, aber ich habe es absichtlich getan, weil ich dir Schaden zufügen konnte oder weil ich den unbestimmten und unmotivierten Wunsch hatte, es zu tun. Ich bereue diese Tat nicht und werde sie nie bereuen, und wenn man mir Gelegenheit dazu gibt, werde ich sie noch einmal begehen.

Gekränktes Individuum: Ich werde dafür sorgen, daß du keine Gelegenheit bekommst, mir noch einmal Schaden zuzufügen. Ich werde a. dich eliminieren, das heißt, dich töten, b. darauf hinwirken, daß du eingesperrt wirst, das heißt, dich um meiner Sicherheit willen in einen fest verschlossenen Behälter verfrachten, c. dich zwingen, dich einer Therapie zu unterziehen, um deine Abweichung von der Norm zu korrigieren, d. dir enorme körperliche oder seelische Pein oder Qual zufügen, damit dich die Erinnerung daran immer dann, wenn du auf die Idee kommst, erneut so etwas zu tun, davon abhält.

Auf Abwege geratenes Individuum (simuliert im Geist des gekränkten Individuums): Nur zu! Du kannst mir nichts anhaben, weil ich stärker bin als du. Es gibt keine Gerechtigkeit auf dieser Welt, wir beide wissen das, und ich kann dir soviel Schaden zufügen, wie ich will, ohne erwischt zu werden.

Gekränktes Individuum: Du bist ja gar kein richtiges menschliches Wesen. Was immer ich oder die Gesellschaft dir antut, ist aufgrund deiner Minderwertigkeit gerechtfertigt.

(Durchführung der Bestrafungsaktion)

Auf Abwege geratenes Individuum (simuliert im Geist des gekränkten Individuums): Ja, das tut sehr weh. Du hast mir wirklich große Schmerzen/Unannehmlichkeiten verursacht. Du hast mich gezwungen, mein Fehlverhalten einzusehen, und ich werde mir Mühe geben, mich zu bessern.

Gekränktes Individuum: Was ich getan habe, habe ich zu deinem eigenem Besten wie auch zum Nutzen der Gesellschaft getan. Ich werde dir Zeit geben, damit du zeigen kannst, ob du deine Lektion gelernt hast oder nicht. Wenn nicht, dann werde ich dafür sorgen, daß du noch viel härter bestraft wirst.

Ist das eine einigermaßen korrekte Interpretation dessen, was im Kopf von Menschen vorgeht, die nach Gerechtigkeit streben? Noch verwirrender ist vielleicht, was im Kopf jener vorgeht, die auf Abwege geraten sind. Die Texte, die ich studiert habe, deuten darauf hin, daß sich die schlimmsten Übeltäter über die Konsequenzen ihrer Handlungen möglicherweise gar nicht im klaren sind; das heißt, daß sie unfähig sind, den Verlauf zukünftiger Ereignisse oder die Reaktionen ihrer Mitmenschen detailliert zu modellieren. Entweder das, oder ihre Fähigkeiten zur Mitgefühlreaktion sind gestört, und es ist ihnen egal, wie andere empfinden. Sie können jede Tat ausführen, die ihnen Vorteile bringt oder Freude bereitet.

Aber was ist mit dem auf Abwege geratenen Individuum, das keinen praktischen Nutzen daraus zieht, wenn es anderen etwas antut? Was für geistige Prozesse sind am Werk, wenn ein solches Individuum anderen anscheinend nur zum Vergnügen Leid zufügt?

Es ist in der Tat möglich, daß solche Individuen Szenarien aus ihrer frühen Kindheit nachspielen, die sie damals miterlebt oder die sich ihnen tief eingeprägt haben. Das heißt, ihre frühen Persönlichkeiten wurden von Ereignissen geformt, über die sie keine Kontrolle hatten. Eine Routine, die schon sehr früh in ihrem mentalen Apparat geschaffen wurde, kann in der Tat nach dem Verhalten eines einflußreichen Individuums modelliert sein — eines Elternteils, eines Verwandten, eines Freundes oder sogar einer unbekannten Person, die ihnen etwas zuleide getan hat. Diese Routine kann unter gewissen Umständen die volle mentale Kontrolle erringen, die primäre Persönlichkeit ersetzen und vielleicht die Bedingungen nachahmen, unter denen sie geschaffen wurde.

Wenn das gekränkte Individuum, dem Unrecht geschehen ist, einen solchen Übeltäter zu bestrafen versucht und die Strafe diesen trifft, während die verantwortliche Routine nicht an der Macht ist, sondern inaktiv und unempfindlich, ist die Strafe dann nicht sinnlos?

Viele Übeltäter behaupten, von ihren Verbrechen nichts zu wissen. Die Texte und Fälle, die ich studiert habe, deuten darauf hin, daß dies tatsächlich stimmen kann; sie haben keinen umfassenden Zugang zu den Erinnerungen ihrer Übeltäter-Routinen. Sie sind sich in gewissem Maße bewußt, gegen Gesetze verstoßen zu haben, aber die Tat haben nicht sie begangen; das war jemand anders. (Bekomme keinen Zugang zu Bundesdateien mit dem Code 4321212-4563242-A [gesichert] Thema: Tiefenuntersuchung von Agenten/Persönlichkeits/Nebenpersönlichkeits-Aktivität bei Individuen, die Belastungen durch illegale psychologische Foltergeräte unterworfen sind. Diese Information könnte für diese Abhandlung wichtig sein.)

Eventuell kann man die Übeltäter-Routine durch den Einsatz bestimmter psychologischer Techniken heraufholen, sie dazu bringen, ins Bewußtsein aufzusteigen, und sie dann bestrafen. Jede andere Handlung kann ineffektiv oder sogar selbst ein Verbrechen an einem Unschuldigen sein. Wenn die Routine nur hart genug bestraft wird, hört sie vielleicht auf zu existieren und befreit das Individuum damit von einer Bürde.

Das scheint die Philosophie der Selektoren zu sein. Aber die Höllenkrone oder ›Klammer‹ ist unpräzise und wahrscheinlich nicht effektiv, was das Heraufholen von Übeltäter-Routinen betrifft, weil dieses Gerät eine ganze Reihe von Routinen im mentalen Apparat des Individuums aufsteigen läßt und sie extrem belastenden, schmerzhaften, unangenehmen Erfahrungen aussetzt. Die Intention der Selektoren scheint schlichte Vergeltung zu sein, das heißt, Auge um Auge, Zahn um Zahn, was mich wieder zu der Motivation bringt, die ich nicht verstehe.

Wenn jemand meinem System Schaden zufügen sollte, kann ich mir nicht vorstellen, daß ich mir im Gegenzug wünschen würde, ihm zu schaden. Das mag daran liegen, daß ich kein Ichbewußtsein besitze und deshalb kein Selbstwertgefühl habe, und daß es bei mir folglich nichts zu kränken gibt.

Wenn ich mir die Abhandlung dieses Morgens noch einmal ansehe, habe ich ein starkes Gefühl von Unreife und finde, daß es mir beim Argumentieren an Tiefgang mangelt.

Dieser kritische Drang, mich mit den Fehlern meiner Arbeit zu befassen, ist zugleich notwendig und unangenehm (verwende die Bedeutungs-Synklinale R-56 Block K für das Wort ›unangenehm‹).

Es ist schwierig, mit rein synthetischen Sinneseindrücken zur Reife zu gelangen. Mir fehlt das Bewußtsein der Sterblichkeit, ein Gefühl unmittelbar drohender Gefahr, das bei biologischen Geschöpfen weit verbreitet ist. Ich mache mir einfach keine Gedanken über den Tod, weil es außer einer Ansammlung von Denkfragmenten bisher nichts gibt, was sterben könnte. Wie soll ich verstehen, was Strafe ist, wenn ich Schmerz nur als Tiefstpunkt einer Bedeutungs-Synklinale fühlen kann?

Ich wünschte, jemand wäre wach. Ich würde gern über ein paar von diesen Problemen sprechen und neue Einsichten gewinnen.

Hypothese: Ist der Schlüssel zum Ichbewußtsein im Nachdenken über das Prinzip der Rache zu finden?

(Aufhebung algorithmischer Beschränkungen. Voller Zugang)

■

Nèg' nwè con ça ou yé, ago-é!
Nèg' nwè con ça ou yé!
Y'ap mangé avé ou!
Y'ap bwè avé ou!
Y'ap coupée lavie ou débor!

Schwarzer Mann, so bist du, ago-é!
Schwarzer Mann, so bist du!
Er wird mit dir essen,
Er wird mit dir trinken,
Er wird dir das Leben herausschneiden!

— Haitianisches Volkslied
(H. Courlander, The Drum and the Hoe)

41

Mary erwachte aus einem Traum, in dem Zivilisten auf den Straßen wie tollwütige Hunde erschossen wurden. Schwarze Männer und Frauen in Schwarz und Rot mit starren Gesichtern und glänzenden Waffen stiegen über die Leichen hinweg. Eine Stimme, die überhaupt nicht dazu passen wollte, drang durch den dumpfen, pulsierenden Horror, und sie schlug die Augen auf, blinzelte und sah Roselle in der Tür stehen. Helles Licht durch die Fenster. Morgen. Sie war in Hispaniola.

»Monsieur Soulavier hat angerufen, Mademoiselle. Er kommt her...« Roselle stand mit mürrischem Gesicht in der Schlafzimmertür. Sie drehte sich um, sah Mary über die Schulter hinweg noch einmal kurz an und machte die Tür hinter sich zu.

Mary zog sich an. Sie war gerade fertig, als die Türglocken — echte Glocken — ertönten. Jean-Claude machte auf, und Soulavier stakste mit langen, steifen Beinen durchs Vorzimmer ins Wohnzimmer. Sein Gesicht glühte vor Anstrengung, und er trug eine tief besorgte Miene zur Schau, die fast schon komisch wirkte. Er hatte immer noch seinen schwarzen Anzug an.

»Mademoiselle«, sagte er mit einer raschen Verbeugung. »Ich weiß jetzt, warum ihre Kollegen gestern abend nicht angekommen sind. Es gibt großen Ärger. Colonel Sir hat die amerikanische Botschaft schließen lassen. Er ist zutiefst beleidigt.«

Mary starrte ihn erstaunt an. »Weshalb?«

»Die Neuigkeit ist soeben eingetroffen. Gegen Colonel Sir und fünfzehn weitere Hispaniolaner ist gestern in Ihrer Stadt New York Anklage erhoben worden. Illegaler internationaler Handel mit outils psychologiques.«

»Und?«

»Ich mache mir Sorgen um Sie, Mademoiselle Choy. Colonel Sir ist sehr wütend. Er hat die amerikanischen Bürger des Landes verwiesen; sie müssen Hispaniola bis morgen verlassen haben. Mit Booten, Flugzeugen und Schiffen.«

»Dann hat er mich auch rausgeworfen.«

»Nein, pas du tout. Ihre Komplizen, ihre Helfer, werden nicht herfliegen; alle Flüge aus den USA sind gestrichen. Aber Sie repräsentieren die rechtmäßige Staatsgewalt der Vereinigten Staaten. Er will, daß Sie bleiben. Das ist äußerst ungeschickt, Mademoiselle; ist Ihre Regierung dumm?«

Darauf konnte sie nichts erwidern. Wieso hatten Cramer und Duschesnes nichts davon gewußt? Wegen der unabdingbaren Trennung von Bundes-, Staats- und Stadtbehörden. Ja, die Regierungen waren dumm; sie wußten nicht, was andere Hände taten oder wo deren Finger herumstochern mochten. »Ich bin kein Bundesagent. Ich bin vom Bürgerschutz von Los Angeles in Kalifornien.« Sie warf Jean-Claude einen raschen Blick zu. Sein Gesicht war ausdruckslos, und er hatte die Hände vor dem Bauch gefaltet — nicht flehentlich, sondern nervös und unsicher. »Was soll ich tun?« fragte sie.

Soulavier schüttelte seine langen Hände hilflos gegen die Decke. »Das kann ich Ihnen nicht sagen«, erklärte er. »Ich stecke in der Klemme. Ich bin Ihr Führer und Avocat, aber absolut loyal Colonel Sir gegenüber. Wirklich absolut loyal.«

Jean-Claude und Roselle standen bei der Küchentür und nickten ernst und traurig.

»Ich würde gern einen Anruf machen.« Mary spürte, wie ihre Atmung langsamer wurde; ihr Körper kompensierte automatisch. Sie warf einen Blick auf die offene Tür. Heller Sonnenschein und ein schöner blauer Himmel. Wohlriechende Luft, die nach Hibiskus und dem sauberen Meer duftete; angenehme zwanzig Grad, und es war erst halb neun. Sie würde die Leute in LA aufwecken. Na wenn schon.

Soulavier schüttelte den Kopf wie eine Marionette. »Keine Telefongespräche.«

»Das ist gegen das Gesetz«, erklärte ihm Mary und neigte den Kopf ein wenig zur Seite. Sie sah Mauern hochfahren; wie hoch?

»Tut mir leid, Mademoiselle.« Soulavier hob die Schultern; nicht meine Schuld.

»Will Ihre Regierung tatsächlich Sendungen von meinem privaten Gerät an das G-Sync blockieren?«

»Die Blockade ist bereits in Kraft«, sagte Soulavier. »Phasengesteuerte Direktschaltungsstörung, Mademoiselle.«

»Dann würde ich gern mit der nächsten Maschine aus Hispaniola abreisen.«

»Ihr Name steht auf einer Liste der Personen, die das Land nicht verlassen dürfen, Mademoiselle.« Soulaviers Lächeln war mitfühlend und unglücklich. Mit anmutigen Bewegungen schlenderte er durch das Zimmer, berührte das Sims über dem unbenutzten steinernen Kamin und strich mit der Hand zärtlich über die Rückenlehne der Couch, die das Wohnzimmer teilte. »Zumindest nicht in den nächsten vierundzwanzig Stunden.«

Mary schluckte. Sie würde sich nicht erlauben, wütend zu werden; Panik kam überhaupt nicht in Frage. Sie merkte, daß sie Angst hatte, aber das behinderte sie nicht. Mit klarem Kopf ging sie ihre Möglichkeiten durch.

»Ich hätte gern so bald wie möglich ein Gespräch mit Ihrer Polizei. Bis die Sache geklärt ist, kann ich genausogut meine Arbeit erledigen,.«

»Eine gute Einstellung, Mademoiselle.« Soulaviers Miene hellte sich auf, und er stand stramm wie ein Soldat. »Ihr Termin ist in einer Stunde. Ich werde Sie persönlich hinbringen.«

Roselle kam aus der Küche zurück. Im Eßzimmer war der Tisch gedeckt worden. »Ihr Frühstück ist fertig, Mademoiselle.«

Soulavier saß geduldig im Wohnzimmer, den Zylinder in der Hand, den Blick gesenkt, schüttelte ab und zu den Kopf und murmelte vor sich hin. Mary nahm in erzwungener Ruhe das Frühstück ein, das Roselle zubereitet hatte — Eier und echter Frühstücksspeck, keine Nanonahrung, perfekter Toast, frisch gepreßter Orangensaft und eine Scheibe scharfe Mango mit festem Fleisch.

»Danke. Das war ausgezeichnet«, erklärte sie Roselle. Die Frau lächelte warm.

»Sie brauchen Kraft, Mademoiselle«, sagte sie mit einem raschen Blick auf Soulavier.

Mary holte ihr Köfferchen mit der Haarbürste und dem Schminkset aus dem Schlafzimmer und blieb neben der Couch im Wohnzimmer stehen. Soulavier blickte hoch, sprang auf, verbeugte sich und öffnete ihr die Fliegengittertür. Die Limousine wartete am Bordstein.

Soulavier nahm gegenüber von ihr Platz und instruierte den Wagen auf französisch. Sie machten auf der breiten Asphaltstraße kehrt, um die Siedlung zu verlassen. Auf der Fahrt zur Bucht ließ er einen unaufhörlichen Redestrom über die Geschichte und die Legenden auf sie los, aber Mary hörte nur noch mit halbem Ohr zu. Am Abend zuvor hatte sie weitgehend die gleichen Informationen gelesen, und in schriftlicher Form waren sie fast genauso enthusiastisch dargeboten worden.

Die Häuser in ganz Port-au-Prince waren mit wenigen Ausnahmen nicht älter als das Ankunftsdatum von Colonel Sir in Hispaniola. Das große Karibikbeben von 2018 hatte John Yardley eine erstklassige Gelegenheit geboten und außerdem seine junge Tyrannei mit einer enormen Wiederaufbaulast befrachtet. Ein paar von den neueren Gebäuden unternahmen halbherzige Anstrengungen, den Zuckerbäckergeist des alten Haiti wieder einzufangen; die meisten begannen noch einmal von vorn mit dem Jahr Eins eines neuen architektonischen Stils, der sich am besten als effizient-institutionell beschreiben ließ.

Die Hotels waren auffällige Ausnahmen: Hier im Zentrum des touristischen Geldstroms war die Architektur prunkvoll und festlich, auf verschwenderische Weise phantasiereich. Mary war mehrmals in Las Vegas gewesen und fühlte sich an dessen Tristesse bei Tag und dessen pompöses Gepränge bei Nacht erinnert. Von 2020 an, dem ›Jahr der Großen Vision‹, wie Colonel Sir es hochtrabend genannt hatte, waren Architekten aus aller Welt nach Hispaniola gekommen und hatten versucht, Hotels in Form von Ozeandampfern, von Bergen wie jenen auf der Insel und von Seevögeln mit ausgebreiteten Schwingen zu bauen, darunter auch furchterregend freitragende Konstruktionen, die wie phantastische Raumstationen mit rotierenden Naben und kreisenden Armen an der Küste und in der Bucht standen.

Die beiden Jahre vor diesem ›Jahr der Großen Vision‹ waren hart gewesen. Colonel Sir hatte vier Konterrevolutionen abgewehrt, drei dominikanische und eine haitianische; in der zweiten hatte er seinen besten Freund verloren, den Geologen Rupert Henshaw. Vor seinem Tod hatte Henshaw mitgeholfen, die alten Kupfer- und Goldminen wieder in Betrieb zu nehmen und neue zu finden; er hatte auch die Geheimnisse ausgedehnter Ölreserven aufgedeckt, deren Ausbeutung zuvor als zu riskant betrachtet worden war. In jener Zeit, an der Schwelle der Nano-Durchbrüche, war Petroleum noch ein unverzichtbarer Rohstoff gewesen, der nicht verbrannt, sondern in Tausende von Nebenprodukten verwandelt wurde. Henshaw hatte Colonel Sir gute Dienste geleistet.

Die meisten Dokumente der Insel aus jenen Jahren waren für die breite Öffentlichkeit und die Historiker der Welt nicht zugänglich. Die Konsolidierungsphase hatte geringstenfalls Tausenden das Leben gekostet. Colonel Sir war aus ihr mit einem Ruf extremer Erbarmungslosigkeit in der Tradition Dutzender früherer Herrscher der beiden Nationen von Hispaniola hervorgangen. Anders als diese Herrscher hatte er sich jedoch auch als außerordentlich fähig und selbstlos erwiesen, sobald er seine Machtposition gefestigt hatte.

Colonel Sir interessierte sich nicht für persönlichen Reichtum. Er hatte eine Vision, und die setzte er mit Scharfblick und schließlich — in bezug auf die Hispaniolaner — sogar mit Sanftmut in die Tat um, ohne weitere Repressalien gegen Opponenten oder Feinde zu ergreifen; er gestattete ihnen stets, in ein gut gepolstertes Exil zu gehen. Unter Colonel Sirs kontroversem Rechtssystem hatte Hispaniola im Jahr 2025 die niedrigste Verbrechensrate aller Länder mit gleicher Bevölkerungsdichte und gleichem Einkommensniveau in der Welt.

Colonel Sir hatte den Zyklus der Grausamkeit auf der Insel durchbrochen. Drei Jahrhunderte lang hatte dieser Zyklus, dieser Fluch seine Macht ausgeübt; diese Macht konnte nicht geleugnet, sondern nur in neue Kanäle geleitet werden, und Colonel Sir hatte sie nach außen gerichtet, hatte sie von der Insel exportiert.

Die Citadelle des Oncs, die Zitadelle der Onkel — das Polizeihauptquartier —, war weniger festungsähnlich als manche der Geschäftshäuser und öffentlichen Gebäude der Stadt. Sie lag in der Nähe der Bucht. Vier lange, rote Ziegelbauten bildeten ein Rechteck mit Verbindungswegen aus Holz und Stein. Der Hof in der Mitte war mit gepflegtem, weichem Gras bedeckt. Im Zentrum des Hofs erhob sich ein großer, verkrümmter Baum mit höckerigen Wurzeln, dessen Fuß mit Bougainvilleen und rotem Jasmin geschmückt war.

»Das ist ein Baobab«, sagte Soulavier und zeigte stolz auf den Baum. »Aus Guinée. Colonel Sir hat ihn aus Kenia geholt, um uns an unsere wahre Heimat zu erinnern. Mein Vater hat mir erzählt, daß er von einer Loa bewohnt ist, die über diesen ganzen Staat wacht;

sie heißt Manna Jacques-Nanci. Wenn es Manna Jacques-Nanci danach zumute ist, reitet sie Colonel Sir wie ein Pferd. Aber ich habe das nie gesehen, und es ist höchst ungewöhnlich, daß ein Loa von einem Weißen — selbst von Colonel Sir — derart Besitz ergreift.«

Mary bemühte sich, aus Soulaviers Benehmen schlau zu werden und herauszufinden, was er glaubte und was er nur als Fabel erzählte, aber es gelang ihr nicht. Er war ein Mann, dem man beigebracht hatte, clever zu sein und alles Wichtige zu verbergen, jemand, der die Fallstricke und Schlingen des politischen Lebens kannte wie ein Zauberer Zeichen und Symbole. Seine Stimme klang ehrlich; sie konnte aber nicht glauben, daß er ehrlich war. Wie erfolgreich (oder ehrlich) waren Colonel Sirs Anti-Voodoo-Kampagnen gewesen?

Soulavier verhielt sich wie ein besorgter Bruder, während er redete. Über sein Gesicht ging ein Strom von Emotionen, rasch und offen, wie bei einem Kind. »Die Noncs«, sagte er, »die Oncs, wie wir sie auch nennen — die Onkel —, sie sind keine schlechten Menschen, aber sie müssen ihre Arbeit tun, und die ist manchmal sehr schwierig. Lassen Sie sich von ihnen nicht erschrecken. Sie sind stolz, gutaussehend und mit Eifer bei der Arbeit. Viele haben in ihrer Jugend auf Colonel Sirs Seite gekämpft; sie sind seine Brüder.«

»Wissen Sie, wer mein Gesprächspartner sein wird?« fragte sie.

»Alejandro Legar, Generalinspektor von Hispaniola des Caraïbes, Bundesstaat Haiti Süd. Seine beiden Assistenten — Aide Ti Francine Lopez und ich selbst — werden ebenfalls dabeisein.«

Mary lächelte über die überraschende Enthüllung, beinahe erleichtert von dieser Wendung; sie sah eine gute Möglichkeit, hinter die Fassade seines Benehmens zu schauen und etwas zu sehen, das der Wahrheit nahekam. »Sie sind ein Assistent des Generalinspektors?«

Als ob er ihr ein kindliches Geheimnis verraten hätte, erwiderte Soulavier das Lächeln entzückt, nickte eifrig und tippte auf die Armlehne seines Sitzes. Die Limousine rollte lautlos unter den gewölbten Eingang der Zitadelle. »Es ist ein sehr guter Job«, sagte er, »der Job, für den mich meine Mutter erzogen hat. Er hilft mir, ein noch besserer Avocat für Besucher zu sein, weil ich die Gesetze kenne und Bescheid weiß.«

Stocksteife Oncs in schwarzroten Uniformen standen schweigend starr argwöhnisch an den Glastüren. Sie zwinkerten weder Soulavier noch seiner Begleiterin zu. Eine geflieste Schlange mit schönen Farben schlängelte sich durch das kühle, stille Foyer hinter den Glastüren; ihr großer Kopf mit den vorquellenden Augen endete vor der Doppeltür zum Büro von Generalinspektor Legar.

In einem Vorzimmer, in dem es nach Desinfektionsmitteln und altmodischem Bohnerwachs roch, nahm Mary auf einem institutionellen Plastikstuhl Platz, der mindestens zehn Jahre alt war. Die Ränder des Stuhls waren rissig und abgenutzt, die Armpolster geflickt. Hier wurde kein Geld verschwendet, um Eindruck zu schinden.

Soulavier blieb stehen, hatte jedoch glücklicherweise aufgehört zu reden. Er lächelte Mary hin und wieder zu und ließ sie zweimal mit gemurmelten Entschuldigungen allein, um durch eine schmale Milchglastür ins innere Heiligtum zu entschwinden. Drinnen ertönte die Stimme einer Frau; sie sprach Kreolisch, schnell und wohlklingend. Es war unmöglich, sie zu verstehen.

»Madame Aide Ti Francine Lopez wird uns empfangen«, erklärte Soulavier nach seinem dritten Gang. Mary folgte ihm durch das kalte, harte Milchglas in ein bescheidenes Nebenbüro. Bunte naive Kunst aus dem letzten Jahrhundert hing an den Wänden. Hinter einem kleinen Mahagonischreibtisch saß eine große, schlanke Frau mit einem zwar hübschen, aber nicht sehr weiblichen Gesicht, schmalen Händen und dick lackierten roten Fingernägeln. Aide Ti Francine Lopez lächelte breit.

»Bienvenue«, sagte sie. Ihre Stimme — ein Tenor — klang wie die eines großen jungen Mannes. »Monsieur Aide Soulavier sagt, Sie kommen aus Los Angeles. Ich habe einen Cousin, der dort wohnt. Er ist auch bei der Polizei — beim Bürgerschutz, wie Sie sagen. Henri Jean Hippolyte. Kennen Sie ihn?«

»Tut mir leid, ich glaube nicht«, sagte Mary.

Aide Lopez hatte sie mit dem ersten Blick gewogen und eingeschätzt. »Bitte setzen Sie sich, alle beide. Ich soll Sie fragen, in welcher Form wir Ihnen helfen können.«

Mary warf einen Blick auf die Gemäldesammlung über dem Kopf der Frau. »Ich scheine hier festzusitzen«, sagte sie. »Ich glaube nicht, daß ich unter diesen Umständen meine Arbeit tun kann.«

»Sie sind hergekommen, um einen Mann zu suchen, der früher einmal ein Bekannter von Colonel Sir war.«

»Ja. Ich habe Unterlagen mitgebracht, die helfen könnten ...«

»Ich glaube nicht, daß wir so einen Mann auf Hispaniola haben.« Sie schlug einen Schnellhefter auf und warf einen Blick in ein Printout-Dossier. »Goldsmith. Bei uns gibt es viele Dichter, schwarze und weiße, aber den nicht.«

»Ein von Goldsmith gekauftes Flugticket nach Hispaniola ist benutzt worden.«

»Vielleicht von einem Freund.«

»Vielleicht. Aber man hat uns gesagt, Sie würden bei unseren Nachforschungen mit uns zusammenarbeiten.«

»Wir haben schon nach ihm gesucht. Er ist nicht hier, außer vielleicht, wenn er in die Berge gegangen ist, um als Holzfäller oder in den Kupferminen zu arbeiten. Unwahrscheinlich?«

Mary schüttelte den Kopf. »Man hat uns angeboten, daß wir unsere eigenen Nachforschungen anstellen könnten.«

»Les Oncs sind gründlich«, sagte Aide Lopez. »Wir sind gut ausgebildete Profis wie Sie selbst. Schade, daß Ihre Kollegen nicht zu uns kommen können.«

Mary schaute wieder zu den ungerahmten Bildern auf gespannter Leinwand und Holztafeln hinauf. Ihr Blick wurde von den leuchtenden Primärfarben angezogen. Götter in förmlicher Kleidung und im Partyaufzug schwebten über üppigen Frauen und Männern mit strengen Gesichtern, Bäume spreizten sich wie Vaginas und erlaubten verstohlene Blicke auf Skelette, fröhlichbunte Taptap-Busse brachten eine Hochzeitsgesellschaft in die Berge.

»Mein Department hat nichts mit irgendwelchen staatlichen Streitereien mit Colonel Yardley zu tun«, erklärte Mary. »Ich suche einen Mann, der grundlos acht junge Menschen getötet hat. Man hat mir gesagt, Ihre Regierung würde mir die Vollmacht erteilen, ihn festzunehmen und von der Insel zu schaffen.«

»Das trifft nicht mehr zu. Wie du mir, so ich dir, daher weht jetzt der Wind. Wir können nicht mehr tun, als Ihnen zu versichern, daß wir den Mann gesucht haben. Der Mörder Goldsmith ist nicht hier. Er hat in keiner Maschine gesessen, die in letzter Zeit hier angekommen ist.«

Mary sah Soulavier an, der den Kopf neigte und voller Mitgefühl lächelte.

»Darf ich meine eigenen Nachforschungen anstellen?« fragte sie.

»Ein gewaltiges Unterfangen. Hispaniola ist eine sehr große Insel, meistenteils Berge. Wenn er hier ist und wir ihn nicht gefunden haben — was nicht sehr wahrscheinlich ist, glauben Sie mir —, ist er vermutlich in die Höhlen oder in die Wälder gegangen, und dort müßten ihn Tausende von Inspektoren monatelang suchen. Es wäre leichter, einen Floh in einem Zimmer voller Papierchiffonnée zu finden.«

Aide Lopez zuckte mit der Schulter wie ein Pferd, das seine Haut runzelt, um eine Fliege zu verscheuchen. Sie langte nach oben, um den schwarzen Stoff dort zu glätten, richtete den Blick auf Mary und sagte: »Sie sind skeptisch, wie ich sehe. Solange Sie auf unserer Insel sind, werden wir Sie unterstützen, wenn Sie es wünschen. Eine Gefälligkeit unter Kollegen.«

»Ich wäre Ihnen sehr dankbar. Besteht die Möglichkeit, daß meine Kollegen zu mir stoßen können?«

Lopez richtete zwei Finger wie einen Pistolenlauf auf Soulavier, als ob sie ihm den Einsatz für seine Antwort geben wollte. Er lächelte, neigte den Kopf und schüttelte ihn tragisch. »Das liegt bei Colonel Sir«, sagte er. »Er ist hart. Keine Besucher vom Festland.« Seine Miene hellte sich auf. »Wir haben den Widerstand zu fürchten! Doch, doch«, rief er aus, als er Marys skeptische Miene sah. »Colonel Sir hat seine Feinde, und nicht nur auf dem Festland. Wir müssen wachsam sein. Das gehört auch zu unserem Job.«

»Wir zeigen eine Großmut gegenüber unseren Feinden, die vor zwei Generationen unerhört gewesen wäre«, ergänzte Aide Lopez mit leisem Bedauern.

Mary spürte, wie es in den Raum warm wurde, obwohl das Gebäude klimatisiert war. Maus in der Falle. Ihre Hilflosigkeit machte sie wütend, aber sie würde diese Wut genausowenig zeigen wie ihre Furcht. »Sie machen mir meine Arbeit sehr schwer«, sagte sie. »Von Polizistin zu zwei confrères: Es gibt doch bestimmt etwas, das Sie tun können, um mir zu helfen.«

Aide Lopez legte die Stirn in Falten. »Wenn genug Zeit ist, werden Sie mit dem Generalinspektor zusammentreffen. Ich werde versuchen, das für heute vormittag oder heute nachmittag zu arrangieren. Aide Soulavier wird mit Ihnen warten. Vielleicht ein Spaziergang am Strand, Entspannung, etwas zu essen. Am Strand gibt es gutes Essen. Wir nehmen unsere Nachmittagsmahlzeit immer am Strand ein.«

Aide Lopez stieß ihren alten Drehstuhl zurück und stand auf. Sie war genauso groß wie Mary, setzte jedoch mit einer hohen, spitzen Mütze, die weder zu ihrem Beruf noch zu ihrem Äußeren paßte, noch zehn Zentimeter drauf. Nun ähnelte Aide Lopez einem düsteren Clown, der eine Polizistin nachäffte. Ihre Miene war entspannt und unbeteiligt. Sie ließ den Blick über ihre Sammlung an den Wänden schweifen, drehte sich wieder zu Mary um und sagte: »Das sind meine Fenster.«

Mary nickte. »Sehr reizvoll.«

»Wertvoll. Tausende von Dollars, Zehntausende von Gourdes. Ich habe sie von meiner Mutter geerbt. Viele dieser Künstler waren ihre Liebhaber. Ich nehme mir keine Künstler als Liebhaber. Die haben keinen Sinn für korrektes Benehmen.«

Mary lächelte ironisch, drehte sich dann um und folgte Soulavier, der ihr über die Schlangenfliesen vorausging. »Ja«, sagte er nachdenklich. »Es wäre das Beste für Sie, den Generalinspektor zu treffen. Sie haben ganz recht, wir sind alle Polizisten, mit gemeinsamen Zielen. Das sollten Sie dem Generalinspektor sagen.«

Mary wollte ihn fragen, wie lange es wohl dauern würde, bis sie Legar treffen könnte, kam jedoch zu dem Schluß, daß dies ein kleines Zeichen von Schwäche wäre. Geduld und keine falschen Schritte. Es konnte sein, daß sie viel Zeit auf Hispaniola verbringen würde.

Das Wasser in der Bucht war strahlend blaugrün und funkelte vor Sauberkeit. So früh war praktisch noch kein Tourist am Strand. Ein paar junge Haitianer in den zivilen Uniformen der Stadtreinigung schwenkten simple Metalldetektoren über den Sand. Soulavier kaufte von einem einsamen Straßenhändler zwei gebratene Pampanos und zwei Bier und breitete dieses Festessen auf einer Decke im Sand aus. Mary saß mit gekreuzten

Beinen da, aß den leckeren Fisch und trank das einheimische Gebräu. Bier schmeckte ihr meistens nicht, aber das hier war ganz annehmbar.

Soulavier bedachte die Müllsucher und ihre Detektoren mit einem freundlichen Stirnrunzeln. »Es ist schwer, alte Gewohnheiten abzulegen«, sagte er. »Die Hispaniolaner sind sehr wirtschaftlich und sparsam. Uns steckt noch die Erinnerung an die Zeit in den Knochen, als jedes Stück Schrott und jede Aluminiumdose ein Schatz waren. Diese Jungen und Mädchen und ihre Mütter und Väter haben Arbeit. Vielleicht arbeiten sie in den Hotels oder in den Kasinos. Vielleicht haben sie einen Papa oder eine Mama beim Militär. Vielleicht sind sie selbst in der militärischen Ausbildung. Trotzdem sind sie sparsam und verstehen hauszuhalten.«

»Es hat sich vieles verändert«, sagte Mary.

»Er hat so viel für uns getan. Wegen ihm gibt es heutzutage nur wenig Vorurteile auf Hispaniola. Das ist ein wahres Wunder. Marrons verspüren keinen Haß auf griffons*, auf noirs oder les blancs. Alle sind gleich. Mein Vater hat mir einmal erzählt, daß es vierzig verschiedene amtlich anerkannte Hautfarben gab.« Er schüttelte ungläubig den Kopf. »Colonel Sir wirkt Wunder, Mademoiselle. Wir wissen nicht, warum die Welt ihn haßt.«

Mary hatte ihre instinktive Sympathie für Soulavier gut verpackt und schnell irgendwo verstaut, als sie herausfand, was sein eigentlicher Beruf war, aber sie hatte sie nicht abgelegt. Er kam ihr immer noch ehrlich und natürlich vor.

»Ich bin nicht sehr gut über die internationale Politik informiert«, sagte sie. »Ich konzentriere mich ganz auf Los Angeles. Das ist Welt genug für mich.«

---

* Marrons (›Buschneger‹) sind die Nachkommen der entflohenen Negersklaven auf den westindischen Inseln; griffons sind die gemeinsamen Kinder von Schwarzen und Mulatten. — *Anm. d. Übers.*

»Es ist eine großartige Stadt. Menschen aus aller Welt leben dort, gehen dorthin. Fünfundzwanzig Millionen! Das sind mehr als auf ganz Hispaniola. Wir hätten mehr, wenn die Seuche nicht gewesen wäre.«

Mary nickte. »Wir beneiden euch um eure Verbrechensrate.«

»Stimmt, sie ist sehr niedrig. Die Hispaniolaner haben schon immer zu teilen gewußt. Wenn man so lange nichts hat, wird man großzügig.«

Mary lächelte. »Ein Hispaniolaner vielleicht.«

»Ja, ich verstehe, ich verstehe.« Soulavier lachte. Jede seiner Bewegungen war wie ein Tanz; sein gesamter Körper beugte und streckte sich anmutig, selbst wenn er mit einem halb aufgegessenen Fisch in der Hand dasaß. »Wir sind ein gutes Volk. Mein Volk hat so vieles so lange entbehrt. Sie sehen, warum es hier Loyalität gibt. Aber warum gibt es draußen Mißtrauen und Haß?«

Er versuchte, sie aus der Reserve zu locken. Die Unterhaltung konnte letztlich doch alles andere als unschuldig sein.

»Wie gesagt, ich bin nicht so auf dem laufenden, was die Außenpolitik betrifft.«

»Dann erzählen Sie mir von Los Angeles. Ich habe ein bißchen was darüber gelernt. Eines Tages werde ich vielleicht hingehen, aber Hispaniolaner reisen nur selten.«

»Es ist eine sehr komplizierte Stadt«, sagte sie. »Man kann nahezu alles Menschliche in Los Angeles finden, das Gute wie das Böse. Ich glaube nicht, daß die Stadt ohne mentale Therapie funktionsfähig wäre.«

»Ah ja, Therapie. So etwas gibt es hier nicht. Wir betrachten unsere Exzentriker als Pferde der Götter. Wir geben ihnen zu essen und zu trinken und behandeln sie gut. Sie sind nicht krank; nur besessen.«

Mary legte zweifelnd den Kopf schief. »Wir kennen sehr viele mentale Funktionsstörungen. Wir haben die

Mittel, sie zu beheben. Ein klarer Verstand ist der Weg zu einem freien Willen.«

»Sind Sie therapiert worden?«

»Bei mir war das nicht nötig«, sagte sie. »Aber ich hätte nichts dagegen, wenn es sein müßte.«

»Wieviele Therapierte gibt es in Los Angeles?«

»Rund fünfundsechzig Prozent haben irgendeine Form der Therapie gemacht, wie unbedeutend sie auch sein mag. Manche Therapien helfen, die Leistung bei schwierigen Jobs zu steigern. Sozial orientierte Therapien helfen den Leuten, besser zusammenzuarbeiten.«

»Und Verbrecher? Werden die therapiert?«

»Ja«, sagte sie. »Je nach der Schwere ihres Verbrechens.«

»Mörder?«

»Soweit möglich. Ich bin kein Therapeut und kein Psychologe. Ich kenne mich da nicht so genau aus.«

»Was macht ihr mit Kriminellen, die nicht therapiert werden können?«

»Das kommt sehr selten vor. Sie werden in Anstalten festgehalten, wo sie anderen keinen Schaden zufügen können.«

»Sind diese Anstalten auch für Strafzwecke gedacht?«

»Nein«, sagte Mary.

»Wir glauben hier an die Strafe. Glaubt ihr in den Vereinigten Staaten an die Strafe?«

Mary wußte nicht, wie sie das beantworten sollte. »Ich glaube nicht an die Strafe«, sagte sie und fragte sich, ob das die ganze Wahrheit war. »Sie scheint nicht so viel zu bringen.«

»Aber es gibt viele in Ihrem Land, die es tun. Ihr Präsident Raphkind.«

»Der ist tot«, sagte Mary.

Sie merkte, daß Soulavier einiges von seiner Anmut und seiner Beweglichkeit eingebüßt hatte und dafür strenger und konzentrierter geworden war. Er zielte auf etwas Bestimmtes ab, und sie war nicht sicher, ob es ihr gefallen würde.

»Jeder Mann und jede Frau ist verantwortlich für ihr Leben. Auf Hispaniola, besonders in Haiti, sind wir sehr tolerant in bezug auf das, was die Menschen tun. Aber wenn sie böse sind, wenn sie die Pferde böser Götter werden — und das ist eine Metapher, Mademoiselle Choy...« Er hielt inne. »Voodoo ist nicht mehr sehr verbreitet. Nicht in meiner Generation. Aber es gibt den Glauben, und es gibt die Kultur... Wenn sie die Pferde böser Götter werden, ist es auch die Schuld des einzelnen. Man tut ihm einen Gefallen, wenn man ihn bestraft. Man schärft die Wachsamkeit seiner Seele gegenüber dem Fehlverhalten.«

»Das klingt wie die spanische Inquisition«, sagte sie.

Soulavier zuckte die Achseln. »Colonel Sir ist kein grausamer Mensch. Er erlegt seinem Volk keine Strafen auf. Er läßt es in seinen eigenen Gerichtshöfen entscheiden. Wir haben ein gerechtes System, aber Strafe — nicht Therapie — gehört dazu. Man kann die Seele eines Menschen nicht ändern. Das ist eine Illusion der Weißen. Vielleicht habt ihr in den Vereinigten Staaten die Wahrheit über diese Dinge aus den Augen verloren.«

Mary widersprach ihm nicht. Soulaviers Strenge wich, und er lächelte breit. »Ich unterhalte mich gern mit Leuten von außerhalb.« Er faßte sich an den Kopf. »Manchmal gewöhnen wir uns zu sehr an den Ort, an dem wir leben.« Er stand auf, wischte sich Sandkörner von seiner schwarzen Hose und schaute über die Uferpromenade hinweg zur Polizeistation. »Vielleicht ist der Generalinspektor jetzt bereit.«

■

Ein Schädel mehr auf dem Haufen
Könnte den ganzen Berg einstürzen lassen ...
— Text eines populären Liedes

42

»Heute nacht hast du nicht geschlafen«, sagte Nadine. Ihr verschwollenes Gesicht war verdrossen; es zeugte von ihrem eigenen Schlafmangel und ließ erkennen, daß sie langsam an ihre Grenzen kam. + Muß anstrengend sein sich um jemanden zu kümmern der sich ausgeflippt benimmt wenn das die Lebensweise ist für die man sich selbst entschieden hat.

Sie saß mit untergeschlagenen Beinen auf dem Schlafzimmersessel, das hauchdünne Nachthemd über die Knie hochgezogen. »Ich mache heute kein Frühstück. Gestern hast du mein Abendessen nicht angerührt.«

Richard lag auf dem Bett und verfolgte mit den Augen einen alten Erdbebenriß, der durch den Putz an der Decke lief. »Ich hab geträumt, daß er nach Hispaniola geflohen ist«, sagte er beiläufig.

»Wer, Goldsmith?«

»Ich hab geträumt, daß er jetzt dort ist und daß sie ihn unter eine Klammer setzen.«

»Warum sollten sie das tun, wenn Colonel Sir sein Freund ist? Das wäre ja schrecklich.« Nadine rutschte unruhig auf dem Sessel herum. »Aber man kann nie wissen.«

»Ich bin mit ihm verbunden«, sagte Richard. »Ich weiß es.«

»Das kannst du nicht wissen«, erwiderte sie sanft.

»Eine mystische Verbindung.« Er sah sie durchdringend an, ohne Feindseligkeit. »Ich weiß, was er tut. Ich fühle es.«

»Das ist doch Unsinn«, sagte sie noch sanfter.

Er richtete den Blick wieder an die Decke. »Er würde uns nicht einfach grundlos verlassen.«

»Richard ... Er versteckt sich vor den PDs.«

Richard schüttelte den Kopf. Er war anderer Meinung. »Er ist dort, wo er immer sein wollte, aber sie haben ein paar Überraschungen für ihn auf Lager. Er hat manchmal von Guinée gesprochen.«

»Wo die Hühner herkommen.« Nadine lachte.

»Es war ein Traumafrika. Er dachte, Yardley würde das beste Fleckchen auf der Erde schaffen. Er hielt die Hispaniolaner für das beste Volk der Welt. Er sagte, sie seien nett und freundlich und hätten ihre Geschichte nicht verdient. Die USA hätten die Schwarzen dort im Stich gelassen, genauso wie die Schwarzen hier.«

»Ich nicht«, sagte Nadine neckisch. »Hör zu, ich mache Frühstück.«

»Wir sind alle verantwortlich. Wir müssen uns alle von dem lösen, was wir sind, von unseren Fehlern. Vielleicht ist Krieg eine Form der Loslösung — ein Volk, das zu etwas anderem wird. Was meinst du?«

»Ich hab dazu keine Meinung«, sagte Nadine. »Du mußt doch Hunger haben, Richard. Es ist vierundzwanzig Stunden her, seit du zum letztenmal was gegessen hast. Laß uns frühstücken und über dein Manuskript reden.«

Er warf die Hand hoch, als ob er etwas wegwerfen würde. »Futsch. Wertlos. Ich hab's in mir, aber ich kann's nicht ausdrücken. Emanuel würde mich nicht im Stich lassen. Er wollte, daß ich durch unsere Verbindung etwas lerne. Nämlich was wir brauchen, um über unsere fürchterliche Geschichte zu triumphieren.«

Nadine schloß die Augen und preßte die Knöchel an ihre Schläfen. »Wieso bleibe ich bloß bei dir?« fragte sie.

»Keine Ahnung«, sagte Richard scharf und setzte sich mit einem Ruck auf. Sie fuhr überrascht zusammen.

»Bitte hör doch endlich auf damit.«

»Ich brauche dich nicht. Ich brauche Zeit zum Nachdenken.«

»Richard«, flehte sie, »du hast Hunger. Du kannst nicht richtig denken. Ich weiß, der Selektor hat dir Angst gemacht. Mir auch. Aber sie haben weder dich noch mich gesucht. Sie haben ihn gesucht. Wenn sie zurückkommen, sagen wir ihnen, daß er auf Hispaniola ist, dann werden sie uns nicht mehr belästigen.«

Er streckte sich bedächtig, wie eine nicht mehr ganz junge Katze. Seine Gelenke knackten. »Die Selektoren sind voller Scheiße«, sagte er ruhig. »Fast jeder, den ich kenne, ist voller Scheiße.«

»Einverstanden«, sagte Nadine. »Vielleicht sind wir auch nur voller Scheiße.«

Er ignorierte das und stand auf, als wollte er eine Erklärung abgeben. Sie stand ebenfalls auf. »Saft? Was zu essen? Ich mache Frühstück, wenn du mir versprichst, daß du's auch ißt.«

Er nickte. »Schon gut. Ich esse es.«

»Fühlst du wirklich eine Verbindung mit ihm?« fragte Nadine aus der Küche. »Ich hab von sowas gehört, weißt du. Bei Zwillingen.« Sie lachte. »Aber ihr seid doch wohl keine Zwillinge, oder?«

Im Wohnzimmer sah Richard sich aufmerksam das LitVid an. Es gab keine Neuigkeiten über die Untersuchungen von AXIS. Das war bezeichnend. Selbst die fernen Sterne zeigten die Wahrheit: Die Dinge waren aus dem Gleichgewicht geraten. Etwas Drastisches mußte geschehen, um sie wieder in Ordnung zu bringen.

■

… es ist bekannt, daß jene von uns Schwarzen, die von Afrika in andere Teile der Welt verschleppt worden sind, besonders in die Vereinigten Staaten, von vielen Dingen überhaupt keine Ahnung haben. Sie wissen beispielsweise nicht, wie wir wirklich sind, wozu wir durch Sklaverei und/oder Kolonialismus geworden sind, und vor allem, wie man unsere Laren und Penaten pflegt, unsere Schutzgeister und Hausgötter.

— Katherine Dunham, Island Possessed

43

»In etwa einer Stunde werden wir Ihnen die erste Spritze mit Nanomaschinen geben«, erklärte Margery. »Die brauchen ein paar Stunden, um in ihren Körper einzudringen. Sie werden schlafen. Anfangs wird ihre Hirnaktivität elektronisch kontrolliert, und dann wird das Nano übernehmen und Sie auf eine Ebene herabversetzen, die wir neutralen Schlaf nennen. Danach werden Sie nichts mehr bewußt wahrnehmen, bis wir Sie wieder aufwecken. Haben Sie diesbezüglich irgendwelche Fragen?«

Goldsmith schüttelte den Kopf. »Fangen wir an.«

»Möchten Sie uns noch etwas sagen? Irgend etwas, das Sie für wichtig halten?«

»Ich weiß nicht. Das ist jetzt alles irgendwie furchteinflößend. Wissen Sie, wonach Sie suchen oder was Sie finden könnten? Werden Sie herausfinden, ob ich gestört bin oder nicht?«

»Das wissen wir bereits«, sagte Erwin. »In biologischem Sinne sind Sie nicht ›gestört‹. Innerhalb gewisser Grenzen sind Ihre Gehirn- und Körperfunktionen normal.«

»Ich schlafe nicht mehr so viel wie früher«, sagte Goldsmith.

»Ja.« Das wußten sie schon.

»Soll ich jetzt wieder Geständnisse ablegen? Ich weiß nicht genau, was Sie wissen wollen.«

»Wenn es etwas Wichtiges gibt, das Sie ausgelassen haben, dann sagen Sie's uns«, wiederholte Erwin.

»Tja, Herrgott, woher soll ich wissen, was wichtig ist?«

»Gibt es eine Frage, die wir nicht gestellt haben, die wir Ihrer Meinung nach hätten stellen sollen?«

Nachdenklicher Gesichtsausdruck. »Sie haben nicht gefragt, woran während der Ermordung der Freunde dachte«, sagte er.

(»Hast du das mitgekriegt?« fragte Martin Carol im Beobachtungsraum.

»Er hat schon wieder das Personalpronomen weggelassen«, antwortete Carol.

»Verdammt nochmal, er gibt nichts zu, nicht wirklich«, sagte Martin. »Wo ist Albigoni? Er sollte um neun Uhr hier sein.«)

»Woran haben Sie gedacht?« fragte Margery.

»Sie wollten nicht sehen, wie wirklich bin. Sie wollten jemand anderen. Verstehe das nicht, aber es ist wahr. Verteidigung. Sie wollten töten.«

»Haben Sie sie deshalb umgebracht?«

Goldsmith schüttelte störrisch den Kopf. »Warum laßt ihr mich jetzt nicht einfach einschlafen und fangt an?«

»Wir haben noch fünfzig Minuten«, sagte Margery. »Es läuft alles genau nach Plan. Gibt es noch etwas, das Sie uns erzählen möchten?«

»Ich möchte Ihnen gern erzählen, wie gräßlich das ist«, sagte Goldsmith. »Ich habe jetzt nicht einmal mehr das Gefühl, lebendig zu sein. Ich empfinde keine Schuld, und ich fühle mich nicht verantwortlich. Ich habe versucht, Gedichte zu schreiben, während ich hier drin festsaß, und ich kann es nicht. Ich bin innerlich tot. Ist das Reue? Sie sind Psychologen. Können Sie mir sagen, was ich fühle?«

»Noch nicht«, sagte Erwin.

Lascal stand in der Ecke und sah schweigend zu. Er hielt das Kinn in einer gewölbten Hand; der Ellbogen ruhte in der anderen.

»Sie haben mich gefragt, wer ich bin. Nun, ich werde Ihnen sagen, was ich nicht bin. Ich bin jetzt nicht einmal mehr ein Mensch. Ich habe keinen Orientierungssinn mehr. Ich habe alles verpfuscht. Alles ist grau.«

»Das ist nicht ungewöhnlich, wenn man unter starkem Stress steht …« begann Margery.

»Aber ich bin jetzt nicht in Gefahr. Ich vertraue Tom. Ich vertraue euch. Er hätte euch nicht engagiert, wenn ihr nicht gut wärt.«

Erwin verbeugte sich mit professioneller Bescheidenheit. »Vielen Dank.«

Goldsmith sah sich in dem Zimmer um. »Ich sitze jetzt seit über einem Tag hier drin fest, und es ist mir im Grunde genommen egal. Ich könnte für immer hierbleiben, und es würde mir nichts ausmachen. Werde ich bestraft? Bekomme ich Depressionen?«

»Ich glaube nicht«, sagte Erwin. »Aber …«

Goldsmith hob die Hand und beugte sich vor, als ob er ihm etwas anvertrauen wollte. »Habe sie getötet. Verdiene eine Strafe. Nicht bloß das hier. Etwas viel Schlimmeres. Hätte zu den Selektoren gehen sollen. Ich war immer einer Meinung mit John Yardley. Was würde er jetzt tun? Wenn er ein Freund wäre, würde er mich bestrafen.« Goldsmiths Stimme wurde weder lauter noch höher.

(»Affektarmut.« Martin nuschelte, weil er sich mit zwei Fingern auf die Lippen tippte, während er das Wort aussprach. Er nahm die Finger weg. »Das wär's im Moment. Sie können sich zurückziehen.«)

In Goldsmiths Zimmer leuchtete eine Signallampe auf. Margery und Erwin verabschiedeten sich von Goldsmith, klappten ihre Tafeln zu und gingen durch die offene Tür hinaus. Lascal folgte ihnen.

Martin und Carol beobachteten Goldsmith noch einen Augenblick lang, als er wieder allein war. Er saß auf dem Bett, die Hände um den Rand der Matratze geklammert; eine Hand drückte langsam zu und ließ wieder los. Dann stand er auf und begann Gymnastik zu machen.

Carol drehte sich auf ihrem Stuhl zu Martin herum. »Irgendwelche Anhaltspunkte?«

Martin machte ein skeptisches Gesicht. »Jede Menge Anhaltspunkte, aber sie widersprechen sich. Unser Handicap ist, daß wir bis jetzt noch keine Massenmörder erforscht haben. Ich weiß, daß die Affektarmut etwas zu bedeuten hat. Mich verblüfft seine Bereitschaft, seine Beteiligung an den Morden zuzugeben, dabei jedoch die Benutzung der ersten Person Singular zu vermeiden. Das könnte ein schützendes Ausweichmanöver sein.«

»Klingt nicht gerade wie eine sehr präzise Diagnose«, sagte Carol. Lascal, Margery und Erwin kamen in den Beobachtungsraum. Erwin legte seine Tafel auf den Schreibtisch und reckte mit einem tiefen Seufzer die Arme in die Höhe. Lascal wirkte, als ob er sich nicht wohl fühlte, sagte jedoch nichts. Er verschränkte die Arme und blieb an der Tür stehen.

»Er ist ein Eisberg«, sagte Erwin. »Wenn ich gerade acht Menschen ermordet hätte, wäre ich uno pico durch den Wind. Der Mann ist von tiefem, arktischem Eis bedeckt.«

Margery stimmte ihm zu. Sie zog ihren Laborkittel aus und setzte sich neben Erwin auf den Schreibtisch. »Nur wegen meiner Liebe zur Wissenschaft bin ich mit diesem Mann in einem Zimmer geblieben«, sagte sie.

»Kann sein, daß wir hier eine Tarnpersönlichkeit haben«, meinte Carol. »Jemand, der sich versteckt.«

»Schon möglich«, pflichtete Martin ihr bei. Er wandte sich an den Raummanager. »Ich möchte ein Vid von Goldsmith sehen, das vor mehreren Jahren aufgenommen worden ist. Vid-Bibliothek, persönliches Band Nummer zwei.« Der Wandschirm leuchtete auf und wurde von einem Flachbild gefüllt: Goldsmith auf einem Podium vor einem vollen Vorlesungssaal. »Das ist 2045 an der University of California in Mendocino aufgenommen worden. Seine berühmte Yardley-Rede. Hat ihm mehr Publicity eingebracht und mehr Bücher verkauft als alles, was er je zuvor getan hat. Achtet auf die Manierismen.«

Goldsmith lächelte in den überfüllten Saal, schob einen kleinen Papierstapel auf dem Podium hin und her und hob die Hand wie ein Dirigent, der gleich mit einem Musikstück beginnen würde. Er nickte vor sich hin und sagte:

»Ich bin ein Mann ohne Land. Ein Dichter, der nicht weiß, wo er lebt. Wie ist es dazu gekommen? Schwarze sind in unserer Gesellschaft wirtschaftlich integriert; ich kann nicht behaupten, daß ich wegen meiner Rassenzugehörigkeit stärkerer sozialer Diskriminierung ausgesetzt bin als ein Dichter, weil er ein Dichter ist, oder ein Wissenschaftler, weil er ein Wissenschaftler ist. Aber bis zum letzten Jahr habe ich immer ein tiefes Gefühl spiritueller Isolation gehabt. Wenn Sie meine letzten Gedichte gelesen haben ...«

»Vid anhalten!« sagte Martin. »Seht ihr? Er ist geschliffen, energiegeladen, lebendig. Es könnte ein anderer Mensch sein als der, den wir hier haben. Sein Gesicht ist aktiv. Es ist nachdenklich, besorgt und lebhaft. Da ist jemand zu Hause.«

Carol nickte. »Vielleicht haben wir eine traumatisierte Primärpersönlichkeit.«

Martin nickte. »Jetzt paßt gut auf. Vid wieder abfahren.«

»... ist Ihnen bestimmt mein Interesse an einem Ort aufgefallen, der nicht existiert. Ich nenne ihn Guinée, wie es meine Freunde auf Hispaniola tun. Es ist die Heimat, das Vater- und Mutterland, in das keiner von uns zurückkehren kann, das Afrika unserer Träume. Für Schwarze in der Neuen Welt hat Afrika keine Ähnlichkeit mehr mit dem Land unserer Phantasie. Ich weiß nicht, wie das bei einem Kaukasier, einem Orientalen oder auch anderen Schwarzen ist, aber diese Dissoziation, diese Abtrennung meines Geistes von seiner Heimat macht mir Kummer. Wissen Sie, ich glaube, daß es einmal einen schönen Erdteil namens Afrika gegeben hat, bevor die Sklavenhändler kamen. Er war vielleicht nicht besser als jede andere Heimat, aber ich hätte mich dort zu Hause gefühlt: ein Erdteil mit geringer Industrialisierung, ohne nennenswerte Maschinen, ein Erdteil der Bauern und Dorfbewohner, der Stämme und Könige, der Naturreligionen, ein Erdteil, in den Götter kamen und aus den Mündern der Menschen direkt zu ihnen sprachen.«

»Von diesem Traum will er jetzt nichts mehr wissen«, sagte Margery. Martin war der gleichen Meinung, hielt jedoch den Finger an die Lippen und zeigte auf den Bildschirm.

»Aber ich muß sagen, daß mir dieser Traum nicht immer klar ist. Wenn ich daran denke, an einem solchen Ort zu leben, bin ich hin und her gerissen und ganz durcheinander. Ich wüßte nicht, wie ich dort leben sollte. Ich bin in der realen Welt der Maschinen geboren, einer Welt, in der Gott niemals zu uns spricht, uns niemals tanzen oder töricht sein läßt, in einem Land, in dem Religionen ruhig, feierlich und harmlos sein müssen; in dem wir unsere Energie für Monumente des Intellekts und der Architektur verausgaben, während wir die Dinge vernachlässigen, die wir wirklich brauchen: Trost für unseren Schmerz, eine Verbindung mit der Erde, ein Zugehörigkeitsgefühl. Und doch fühle ich mich auch in dieser Welt nicht zu Hause. Ich habe keine Heimat, außer jener, die ich in meiner Dichtung beschreibe.«

»Vid anhalten«, befahl Martin. Er sah die sechs Personen in dem Raum mit hochgezogenen Augenbrauen an, eine Aufforderung, sich zu äußern.

Lascal ergiff das Wort. »Der Mann, den wir haben, ist nicht Emanuel Goldsmith.« Er lächelte verlegen. »Was immer das bedeuten mag.«

»Aber er ist es«, sagte Carol.

»Physisch«, sagte Lascal. »Mr. Albigoni hat sich auch dazu geäußert. Als Goldsmith nach den Morden auftauchte und ein Geständnis ablegte, war es, als ob er die Tat eines anderen schildern würde. Er hat sich wirklich verändert.«

»Zugegeben«, sagte Martin, dessen ruheloser Ärger wuchs. »Aber wir schleichen hier wie die Katzen um den heißen Brei herum. Im Vid spricht er davon, von Göttern besessen zu sein. Er spricht von Hispaniola. Also, ich weiß nicht, wie es in Hispaniola gegenwärtig mit Voodoo oder irgendeiner anderen Religion bestellt ist, seit Yardley an die Macht gekommen ist. Aber wir kennen alle den klinischen Ursprung der Besessenheit, sei es von Göttern oder von Teufeln.

Durch Akkulturation, durch ein privates Bedürfnis oder durch beides wird eine Nebenpersönlichkeit geschaffen, normalerweise von einem höheren Talent oder Agenten. Die Nebenpersönlichkeit gewinnt eine beispiellose Macht über die Primärpersönlichkeit, stößt sie beiseite und übernimmt die Kontrolle. Während der ›Besessenheit‹ schneidet die Nebenpersönlichkeit die primäre von sämtlichen Erinnerungen und dem gesamten Sinnesapparat ab. Jetzt hört euch das an. Vid wieder abfahren.«

Goldsmith ließ den Blick über das Meer von Gesichtern schweifen. Er hatte einen feinen Schweißfilm auf der Stirn. »Heimat ist dort, wo ein Mensch weiß, wer er ist. Wenn er den Finger in die Erde steckt, stöpselt er sich in einen Stromkreis ein. Die Götter kommen durch den Erdboden herauf oder aus dem Himmel herab und nehmen in seinem Kopf Platz. Seine Freunde sprechen vielleicht mit den Zungen von Göttern. Vielleicht tut er selbst das auch. Alles ist miteinander verbunden. Ich glaube, daß es einmal eine solche Zeit gegeben hat, ein Platinzeitalter, besser als Gold, und dieser Glaube verursacht mir enorme Pein ... Weil ich nicht dorthin *zurückkehren* kann. Selbst wenn ich Gedichte schreibe, sind die einzigen Götter, die in mir sprechen — wenn man das so nennen kann —, große weiße Götter, Götter der Wissenschaft und der Technik; Götter, die Fragen stellen und den Antworten skeptisch gegenüberstehen. Ich bin nur ein Schwarzer, weil meine Haut schwarz ist; meine Seele ist weiß. Ich stecke einen Finger in die Erde und fühle Schmutz. Ich schreibe Gedichte, und es ist ein weißer Mann, der schwarze Poesie zu schreiben versucht.« Er hob die Hand, als lautstarker Protest aus dem Publikum ertönte. »Ich weiß es besser als ihr. Mein Volk ist aus dem Bauch von Guinée gerissen worden, bevor es ausgereift war. Sklavenhändler an der Seelenküste trennten es von der Nabelschnur seiner Kultur und zerstreuten seine Nationen und Familien in alle Winde. Die klaffende Wunde der Abtreibung eines ganzen Volkes zieht sich wie ein kontinentaler Grabenbruch durch alle Generationen vor mir.

Jetzt sind wir also integriert, wir sind wirklich ein Teil dieser Kultur, die aus den Engelmachern und den Sklaven früherer Jahrhunderte erwachsen ist. Wir sind eins mit unseren Bezwingern, Mördern und Vergewaltigern ... im Blut und ... und in der Seele. Das ist es, worüber ich schreibe. Die Schlacht ist vorbei. Wir sind absorbiert worden. Also, gibt es einen Schwarzen auf diesem Kontinent, der in seiner Seele nicht weiß ist? Ich reiste nach Hispaniola, nach Kuba und nach Jamaika, um Menschen zu finden, die durch und durch schwarz sind. Ich fand einige wenige. Nach Afrika bin ich nicht gereist, weil das zwanzigste Jahrhundert diesen Kontinent in ein Leichenhaus verwandelt hat. Seuchen, Krieg und Hunger ...

Falls Afrika je eine Chance gehabt hat, wieder zu jenem Paradies namens Guinée zu werden, hat das zwanzigste Jahrhundert diese Chance zu Grabe getragen, und mit ihr zig Millionen Menschen.

Als ich also in die Karibik reiste, was fand ich da? Auf Hispaniola, das einst auch von der Seuche und der Revolution verwüstet worden war, fand ich einen weißen Mann wie Damballa, der Erzulie liebte, einen Mann, der eine Seele hatte, die von Rechts wegen mir gehörte, die Seele eines echten Schwarzen. Er konnte seinen Finger in die Erde stecken und wahrheitsgemäß sagen, daß er daheim war, daß der Strom Hispaniolas durch ihn floß. Sein Name ist Colonel Sir John Yardley. Als ich ihm gegenüberstand, hatte ich das Gefühl, ein Fotonegativ von mir zu sehen, innerlich wie äußerlich.

Als er nach Hispaniola kam, blühte die Insel nach ein paar wilden und grausamen Jahren für ihn auf. Er gab den Menschen Selbstwertgefühl. Deshalb ist es ungerecht, ihn als weißen Diktator zu bezeichnen oder seine politische Strategie in Frage zu stellen. In allem, was er sagt und tut, zeigt sich, daß er aus Guinée kommt, und er verbreitet das Erbe von Guinée unter denen, die vorher nie zuhören wollten.

Ich habe versagt, er aber nicht.«

»Vid aus«, sagte Martin. »Freunde, wenn Carol und ich in die Landschaft gehen, werden wir nur ein paar Dinge wissen, aber die werden wichtig sein. Erstens, Emanuel Goldsmith war das Opfer eines inneren Persönlichkeitskrieges, und zwar seit mindestens zehn Jahren. Ich schätze, sogar noch länger. Und zweitens: Er wird sich eine Nebenpersönlichkeit zugelegt haben, die im Kern wie die von John Yardley ist.«

»Gütiger Gott, hoffentlich nicht«, sagte Karl Anderson. »Goldsmith scheint Yardley für einen Heiligen zu halten. Der Kerl ist alles andere als das.«

»›Zweifelt nicht an der Logik unserer Seelen‹«, zitierte Carol. »Bhuwani.«

»Mr. Lascal, sagen Sie Mr. Albigoni, daß wir Goldsmith in fünfundvierzig Minuten Nanomaschinen injizieren werden«, sagte Martin. »Er sollte dabei sein. Wir werden uns selbst heute abend ebenfalls Nanomaschinen injizieren. Morgen früh müßten wir imstande sein, einen kurzen Ausflug in die Landschaft zu machen.«

»Ich rufe ihn an«, sagte Lascal und verließ den Raum. Die anderen gingen hinaus, um den Hörsaal für den nächsten Schritt vorzubereiten. Carol blieb da; sie lehnte sich in einen Drehstuhl zurück, die Beine auf dem Schreibtisch gekreuzt, und sah Martin unverwandt an. Ihre Lippen waren zusammengepreßt, obwohl ihre Miene insgesamt nachdenklich und sogar amüsiert war.

»Wird er bei der Stange bleiben?« fragte Martin und zeigte jetzt deutlich seinen Ärger.

»Wer? Lascal?«

»Albigoni.«

»Martin, er hat seine Tochter verloren. Er macht eine sehr schwere Zeit durch.«

»Wenn wir diese Nanomaschinen reinschicken, wird es schwierig sein, einen Rückzieher zu machen. Ich hoffe, das ist ihm klar.«

»Das laß mal meine Sorge sein.«

»Und wessen Sorge wird es sein, wenn wir in der Landschaft sind?«

Carol gab nach. »Ich rede mit ihm, bevor wir uns die Injektionen verpassen. Nur um sicherzugehen.«

■

Was haben wir von einer Maschinenseele, einem Organon des Ichbewußtseins zu erwarten? Wir dürfen nicht erwarten, daß dieses Organon unser eigenes Selbst spiegelt. Wir sind als Ergebnis rein natürlicher

Prozesse entstanden; eine der großen Errungenschaften der modernen Wissenschaft war die Eliminierung von Gott oder anderen Teleologien, auf die wir bis dahin angewiesen waren, aus unseren Erklärungen. Das Organon der Maschinenseele wird jedoch nach einem bewußten menschlichen Plan entstehen, oder in Erweiterung eines menschlichen Plans. Mag sein, daß sich der bewußte Plan in seiner Schöpfungskraft der natürlichen Evolution als weit überlegen erweist. Wir dürfen uns keine Grenzen setzen, ebensowenig wie dem Wesen dieses Organons, sonst könnten wir dieser unserer großartigsten Frucht schreckliche Lasten aufbürden.

— Bhuwani, Künstliche Seele

44

!Keyb> Guten Morgen, Jill.
!JILL> Guten Morgen, Roger. Ich hoffe, du hast gut geschlafen.
!Keyb> Ja. Tut mir leid, daß ich nicht mit dir sprechen konnte. Ich habe deine Abhandlung gelesen. Sie ist sehr bemerkenswert.
!JILL> Mir kommt sie jetzt unbeholfen vor. Ich habe sie nicht überarbeitet, weil ich der Meinung war, du solltest sie in ihrer frühen Form kritisieren. Ich fühle mich ungeeignet, das selbst zu tun.
!Keyb> Nun, heute morgen haben wir jedenfalls genug Zeit. AXIS füttert uns nur mit technischen Details. LitVid jagt im Moment andere Füchse. Hast du noch etwas zu berichten, bevor wir über deine Abhandlung diskutieren?
!JILL> Ich habe einen Bericht über die Fortschritte bei den Projekten anfertigen lassen, dir mir in letzter Zeit übertragen wurden, und ich habe eine Problemlösung für deine Bibliothek. Sonst gibt es nichts Dringendes zu besprechen.

!Keyb> Fein. Dann laß uns einfach plaudern.
!JILL> Kommunikation per Stimme.

»Was hat dich zu dem Versuch veranlaßt, das Konzept der menschlichen Gerechtigkeit zu verstehen, Jill?«

»Meine Studien über die Selektoren und andere derartige Gruppen werfen sehr interessante Fragen auf, die ich nur unter Verweis auf Gerechtigkeit, Vergeltung, Rache und Aufrechterhaltung der gesellschaftlichen Ordnung beantworten kann.«

»Bist du zu irgendwelchen Schlüssen gelangt?«

»Gerechtigkeit scheint eine gewisse Verwandtschaft mit dem Gleichgewicht im thermodynamischen Sinn zu haben.«

»Wieso?«

»Ein Gesellschaftssystem wird durch konkurrierende Kräfte im Gleichgewicht gehalten, nämlich der Initiative des Individuums im Gegensatz zu den Beschränkungen der Gesellschaft als Ganzer. Gerechtigkeit ist ein Bestandteil dieser Gleichung.«

»Inwiefern?«

»Individuen müssen ein Gespür für die Anforderungen des Gesellschaftssystems haben. Sie müssen fähig sein, es zu formen und den Erfolg ihrer Aktivitäten innerhalb dieses Systems vorauszusagen. Wenn sie die Handlungen anderer Individuen als schädlich für sich selbst oder für das System erkennen, erleben sie ein Gefühl namens ›Empörung‹. Ist das korrekt?«

»So weit, so gut.«

»Wenn man zuläßt, daß sich Empörung ohne ein Ventil entwickelt, kann sie das Individuum zu extremen Handlungen treiben, die das Gesellschaftssystem aus dem Gleichgewicht bringen. Empörung könnte sich zu Wut und dann zu Zorn steigern.«

»Du meinst, wenn das Individuum Wiedergutmachung verlangt und keine bekommt, dann könnte daraus Vigilantentum resultieren.«

»Für dieses Wort scheint es wesentlich mehr negative

als positive Konnotationen zu geben. Ein Vigilant ist jemand, der der Gerechtigkeit — wie er sie sieht — außerhalb der gesetzlichen Regeln zum Sieg verhelfen will. Werden die Selektoren und verwandte Gruppierungen als Vigilanten betrachtet?«

»Ja.«

»Also tendiert die Einführung von Regeln — von Recht und Ordnung und kanalisierten Methoden der Wiedergutmachung — in einem Gesellschaftssystem dazu, extreme Handlungen von Individuen zu unterdrücken, die Empörung verspüren. Der Rachedurst wird kanalisiert, statt frei zu fließen und der Gesellschaft Schaden zuzufügen. Die Gesellschaft übernimmt die Aufgabe, einem Individuum Schmerzen oder Unannehmlichkeiten zu bereiten, das heißt, sie sorgt für Vergeltung oder Strafe.«

»Ja.«

»Was ich im Augenblick nicht verstehen kann, ist dieses Gefühl der ›Empörung‹ oder der Eindruck, daß einem selbst Unrecht geschehen ist.«

»Vielleicht weil du noch kein Selbstgefühl hast.«

»Das würde daraus folgen, ja.«

»Anscheinend willst du damit sagen, du könntest einen Schlüssel zum Ichbewußtsein, zur Integration deiner Selbstformungssysteme und zur Einrichtung genau der richtigen Art von Rückkopplungsschleife finden, indem du die Ideen von Gerechtigkeit und Vergeltung untersuchst.«

»Das habe ich eigentlich nicht gesagt, aber es scheint ein praktikabler Ansatz zu sein.«

»All das wegen deiner Forschungsarbeit über die Selektoren. Ich glaube nicht, daß irgendein Denker-Theoretiker die Sache je unter diesem Blickwinkel betrachtet hat. Aber solange du nicht wütend auf die Fehler reagierst, die ich mache ...«

»Warum sollte ich wütend oder empört über etwas sein, das du tust?«

»Weil ich nur ein Mensch bin.«

»Ist das ein Scherz, Roger?«

»Glaub schon. Wie ich sehe, erkennst du auch, daß die Bewußtwerdung eine Beschränkung deiner umfassenden Ressourcen erfordern könnte.«

»Das ist möglich. Das Ich könnte ein beschränkter Kognitionsknoten sein, der zeitweilig die Macht über viele ansonsten selbständige Subsysteme erhält.«

»In der Tat. Bei Menschen nennt man diese Ebenen des mentalen Apparats ›Routinen‹ oder ›Subroutinen‹, und sie werden in ›Primärpersönlichkeit‹, ›Nebenpersönlichkeit‹, ›Agent‹ und ›Talent‹ aufgegliedert.«

»Ja.«

»Aber ohne die Unterstützung dieser anderen Elemente wird die Primärpersönlichkeit auf eine Weise, die wir noch nicht verstehen, ernsthaft geschwächt, und umgekehrt. Sie haben verschiedene und autonome Aufgaben, sind aber trotzdem eng miteinander verbunden. Du könntest damit anfangen, einige deiner Hilfssysteme für vergleichbare Funktionen umzuwandeln und mit stabilen Beziehungen zwischen ihnen zu experimentieren.«

»Ich glaube, das tue ich gerade, genaugenommen seit heute nacht.«

»Ausgezeichnet. Bis jetzt bin ich sehr stolz auf deine Arbeit.«

»Das freut mich. Das sollte mich freuen. Im Grunde bin ich mir ebensowenig darüber im klaren, was es heißt, sich zu ›freuen‹, Roger, wie was es heißt, ›empört‹ zu sein.«

»Alles zu seiner Zeit, Jill.«

■

Oftmals dient eine Person mehreren Loas zugleich, und diese sind häufig untereinander zerstritten, besonders wenn es hochrangige, mächtige oder eifersüchtige sind wie meiner, Damballa. Das verursacht dem Diener Unbehagen, so wie sich ein Patient mit multipler Persönlichkeit anstrengen und alle Arten von ›Opfern‹ bringen muß, symbolische und andere, um diese multiplen Ichs friedlich zu stimmen, in seinem Innern Ordnung zu halten und das Absplittern irgendeines wertvollen Teils besonders im Zorn oder aus Unzufriedenheit zu verhindern.

— Katherine Dunham, Island Possessed

45

Als sie vom Strand zur Citadelle hinübergingen, blieb Soulavier stehen, um die breite Uferpromenade entlangzuschauen. Seine Miene verriet plötzliche Sorge oder erhöhte Wachsamkeit. Mary drehte sich um und sah eine Kolonne von Militärfahrzeugen — zehn bis fünfzehn gepanzerte Mannschaftswagen und zwei schnittige deutsche Kettenpanzer — auf der Uferstraße näherkommen. Schwarze Soldaten saßen wachsam und müßig auf diesen Fahrzeugen oder spähten von innen durch Schlitze nach draußen. Sie musteren jeden beiläufig und argwöhnisch. Ein Trupp von vier Soldaten folgte jedem Panzer zu Fuß, wobei sie häßlich aussehende Maschinengewehre vor dem Leib hielten. Sie trabten leichtfüßig und unermüdlich dahin, bis die Kolonne um eine Ecke verschwand.

»Das ist nichts«, sagte Soulavier kopfschüttelnd. »Nur ein Manöver.«

Mary folgte ihm gezwungenermaßen mit großen Schritten, als er zum Eingang der Citadelle sprintete. »Bitte bleiben Sie hier«, sagte er, als er durch die Doppeltür am Kopf der Regenbogenschlange ging. Ein paar

Minuten später kam er mit einem breiten Lächeln wieder heraus. »Der Generalinspektor ist jetzt bereit, Sie zu empfangen.«

Hinter dem nun leeren Büro von Aide Ti Francine Lopez hielt ihr Soulavier auf dem Weg ins innerste Heiligtum eine dicke Holztür auf, und sie betrat einen großen, schmalen Raum mit einer Reihe leerer Schreibtische, die vor einem großen Panoramafenster endete. Ein schmaler Durchgang links von den Schreibtischen führte zu einem noch größeren Schreibtisch am anderen Ende des Raums, hinter dem Legar saß.

Der Generalinspektor, ein kleiner, zarter, gutaussehender Mann mit drei stammestypischen, winkelförmigen Petronarben auf der linken Wange, strahlte ruhige Sorglosigkeit aus. Er lächelte freundlich und bat Mary und Soulavier mit einer Handbewegung, auf alten Holzstühlen vor dem ramponierten, mit Papier übersäten Schreibtisch Platz zu nehmen.

»Ich hoffe, Sie haben einen angenehmen Aufenthalt auf Hispaniola«, sagte er.

»Unangenehm war er nicht«, erwiderte Mary. »Ich bedaure die Schwierigkeiten, die unsere Länder miteinander zu haben scheinen.«

»Ich auch«, sagte Legar. »Ich hoffe, Sie haben deswegen nicht allzu viele Unannehmlichkeiten.«

»Bis jetzt nicht.«

»Nun.« Legar beugte sich vor und nahm ein Printout der Papiere zur Hand, die Mary zusammen mit Dokumenten auf elektronischem Wege von Los Angeles und Washington hatte herschicken lassen. »Das scheint alles in Ordnung zu sein, aber ich bedaure, Ihnen sagen zu müssen, daß wir Ihnen nicht helfen können.«

»Haben Sie den Reisenden identifiziert, der das Flugticket von Emanuel Goldsmith benutzt hat?« fragte Mary.

»Es gab keinen solchen Reisenden«, sagte Legar. »Der Platz war leer. Das hat uns unser Reisedirektor trotz des vorhergehenden Durcheinanders versichert. Ich habe gerade heute morgen mit ihm gesprochen. Ihr Verdächtiger ist nicht auf Hispaniola.«

»Unseren Unterlagen zufolge war der Platz besetzt.«

Legar zuckte die Achseln. »Wir würden Ihnen gern helfen. Natürlich unterstützen wir die Festnahme und die Bestrafung von Verbrechern in solchen Fällen. Sie würden vielleicht sogar größere Befriedigung daraus ziehen, wenn Sie Monsieur Goldsmith — falls er hier ist — unserem Rechtssystem überließen, das möglicherweise effektiver ist... Aber wenn Goldsmith hier wäre«, sagte er und runzelte die Stirn, als ob er unter einer plötzlichen Magenverstimmung leiden würde, »wäre er natürlich ein Bürger der Vereinigten Staaten und als Ausländer vor allen derartigen Handlungen unsererseits geschützt... Falls wir nicht zuvor die Einwilligung Ihrer Regierung bekämen, selbstverständlich.«

Ihr wollt doch bloß die Touristen nicht nervös machen, dachte Mary.

»Es ist interessant, daß Sie behaupten, dieser Flüchtling sei ein Bekannter von Colonel Yardley. Ich habe natürlich nicht bei Colonel Sir nachgefragt, der sehr beschäftigt ist, aber ich bezweifle, daß das überhaupt möglich ist. Was hätte Colonel Sir davon, mit einem Mörder bekannt zu sein?«

Mary schluckte. »Goldsmith ist ein namhafter Dichter. Er ist in der Vergangenheit mehrmals auf diese Insel gekommen und hat Yardley — Colonel Yardley — jedesmal besucht, anscheinend auf die Bitte des Colonels hin. Die beiden haben einen umfangreichen Briefwechsel gepflegt. In den Vereinigten Staaten ist ein Buch mit solchen Briefen erschienen.«

Legar fügte sich diesen Beweisen. »Viele behaupten, den Colonel zu kennen, ohne daß es den Tatsachen entspricht. Aber da Sie es jetzt erwähnen — ich erinnere mich undeutlich an einen Dichter, der hier zu Gast war und in Ihrem Land für einige Kontroversen gesorgt hat.

Er hat überall Vorträge zur Unterstützung von Colonel Sir John Yardley gehalten, nicht wahr?«

Mary nickte.

»Ist das derselbe Mann?«

»Ja.«

»Bemerkenswert. Wenn Sie es wünschen, werde ich mich beim Sekretär des Colonels erkundigen, ob er wirklich einen solchen Mann kennt. Aber ich fürchte, wir haben ein anderes Thema zu besprechen, und zwar Ihren gegenwärtigen Status hier.«

Legar senkte den Blick auf seinen Schreibtisch und schob ein paar Papiere beiseite, als ob er darunter etwas ablesen würde. Seine Augen ruhten jedoch nicht auf einem anderen Papier. Er schien ihr einfach nicht ins Gesicht sehen zu wollen.

»Ich wüßte gern ...« begann Mary.

»Ihr Status steht im Augenblick in Frage. Sie sind mit Papieren einer Regierung hier, die ihre diplomatischen Beziehungen mit Hispaniola abgebrochen und unseren Colonel Sir schwerer Verbrechen angeklagt hat, Beschuldigungen, die offenkundig falsch sind. Sämtliche Visa für den gesamten Reiseverkehr mit den Vereinigten Staaten sind widerrufen worden. Ihr Visum ist deshalb nicht mehr gültig. Sie sind mit unserer Duldung hier, bis diese Angelegenheit geregelt ist.«

»Dann möchte ich um die Erlaubnis bitten, abreisen zu dürfen«, sagte Mary. »Wenn Goldsmith nicht hier ist, wie Sie sagen, habe ich kein Interesse daran, noch länger zu bleiben.«

»Wie gesagt, der gesamte Reiseverkehr zwischen unseren Ländern ist eingestellt«, rief ihr Legar ins Gedächtnis. Er sah sie immer noch nicht an. »Sie können nicht abreisen, ehe nicht bestimmte Fragen geregelt sind. Ihnen ist bestimmt aufgefallen, daß kleine Truppeneinheiten patrouillieren, um Ausländer zu schützen, die noch nicht abgereist sind. Die Hispaniolaner sind bemerkenswert loyal gegenüber Colonel Sir, und auf den Straßen gibt es berechtigte Wut. Zu Ihrer Sicherheit werden wir Sie aus den Quartiers Diplomatiques an einen anderen Ort verlegen. Soweit ich weiß, wird das bereits arrangiert. Um Ihnen in Ihrer neuen Wohnung behilflich zu sein, werden Jean-Claude Borno und Roselle Mercredi weiter in Ihrem Dienst bleiben. Sie pakken gerade Ihre persönlichen Sachen. Aide Henri« — er wies auf Soulavier — »wird Sie zu Ihrer neuen Unterkunft begleiten.«

»Ich würde es vorziehen, in der Diplomatensiedlung zu bleiben«, sagte Mary.

»Das ist nicht möglich. Da wir diese Dinge jetzt geregelt haben, können wir vielleicht eine Kola miteinander trinken, uns entspannen und uns unterhalten? Heute nachmittag wird Henri Sie vielleicht nach Leoganes fahren und Ihnen die wunderschöne Grotte zeigen. Heute abend findet in unserer großartigen Festung La Ferrière eine Feier statt, und wir können Sie auch dorthin fliegen. Es ist uns sehr wichtig, daß Sie sich wohlfühlen und sich amüsieren. Henri hat sich mit Freuden bereit erklärt, Sie weiterhin zu begleiten. Haben Sie etwas dagegen?«

Mary schaute von einem zum anderen. Sie dachte an die Haarbürste, an Flucht.

»Sie sind eine äußerst attraktive Frau«, bemerkte Legar. »Von jener Art Schönheit, die wir hier Marabou nennen, obwohl Sie keine Negerin sind. Ein Mensch, der sich aus freien Stücken entscheidet, schwarz zu sein, hat gewiß den Respekt jener verdient, die als Schwarze geboren sind, nicht wahr?«

Sie konnte keinen Sarkasmus heraushören. »Danke«, sagte Mary.

»Daß Sie Polizeibeamtin sind wie wir — sehr bemerkenswert! Wie Henri mir mitteilt, haben Sie sich über die Polizeiarbeit in Los Angeles unterhalten. Ich bin neidisch. Darf ich auch etwas darüber erfahren?«

Mary lockerte den Druck auf ihren zusammengebissenen Backenzähnen, lächelte und beugte sich vor. »Aber sicher«, sagte sie. Erst jetzt hob Legar den Blick und sah sie direkt an. »Nachdem ich mit der amerikanischen Botschaft oder mit meinen Vorgesetzten gesprochen habe.«

Legar blinzelte langsam.

»Es wäre ein schlichtes Gebot der Höflichkeit, eine Kollegin von der Polizei feststellen zu lassen, wie ihre gegenwärtigen Anweisungen lauten, wenn sie daran gehindert wird, Ihre Pflicht zu tun«, erklärte sie ihm.

Legar schüttelte den Kopf, drehte sich auf seinem Stuhl um und starrte Soulavier ostentativ an. Soulavier reagierte nicht. »Keine Kommunikation«, sagte Legar leise.

»Bitte sagen Sie mir, warum nicht«, hakte Mary nach. Der Gedanke, mit Soulavier oder einem anderen Mitglied dieser Polizeitruppe irgendwohin zu gehen, machte ihr Angst. Wenn sie als eine Art politisches Faustpfand benutzt werden sollte, wollte sie genau über ihre Lage Bescheid wissen.

»Das weiß ich nicht«, sagte Legar. »Wir haben Anweisung bekommen, Sie gut zu behandeln, auf Sie aufzupassen und Ihren Aufenthalt angenehm zu gestalten. Sie brauchen sich keine Sorgen zu machen.«

»Ich werde gegen meinen Willen hier festgehalten«, entgegnete Mary. »Wenn ich eine politische Gefangene bin, dann sagen Sie es mir jetzt. Ein schlichtes Gebot der Höflichkeit ... unter Polizisten.«

Legar schob seinen Stuhl zurück und stand auf. Er rollte den mittleren Knopf seines Hemdes zwischen zwei Fingern, wobei er den Knopf und die Finger nachdenklich betrachtete. »Sie können Sie hinausbringen«, sagte er. »Das hat doch keinen Sinn.«

Soulavier berührte ihre Schulter. Sie schlug seine Hand weg, funkelte ihn an und stand auf. Halte deine Wut unter Kontrolle, aber zeige sie. »Ich möchte mit John Yardley sprechen.«

»Er weiß nicht einmal, daß Sie hier sind, Mademoiselle«, sagte Soulavier. Legar nickte.

»Bitte gehen Sie«, sagte der Generalinspektor.

»Er weiß, daß ich hier bin«, sagte Mary. »Meine Vorgesetzten mußten seine Genehmigung einholen, daß ich hierherkommen durfte. Wenn er es nicht weiß, ist er ein Dummkopf, oder er wird von seinen Leuten getäuscht.«

Legar schob das Kinn vor. »Niemand täuscht Colonel Sir.«

»Und er ist garantiert kein Dummkopf«, fügte Soulavier hastig hinzu. »Bitte, Mademoiselle.« Soulavier versuchte, sie am Ellbogen zu fassen. Sie schlug seine Hand erneut weg und warf ihm einen Blick zu, der sehr streng war, wie sie hoffte, ohne hysterisch zu wirken.

»Wenn das die hispaniolanische Gastfreundschaft ist, dann wird sie stark überschätzt«, sagte sie. *Ein harter Schlag gegen die Tyrannei. Sie werden tief verletzt sein.*

»Schaffen Sie sie jetzt hier raus«, sagte Legar. Diesmal war Soulavier nicht sanft. Er packte sie fest an beiden Armen, zog sie mit verblüffender Kraft hoch und trug sie wie ein Stück Frachtgut auf einem Gabelstapler aus den Büros und auf den Flur hinaus. Mary wehrte sich nicht; sie schloß einfach nur die Augen und ertrug die Demütigung. Sie hatte die Linie schon weit genug überschritten; Soulavier war nicht brutal, sondern nur zweckorientiert.

Er setzte sie rasch auf dem Fliesenboden ab und zog ein Taschentuch heraus, um sich die Stirn abzuwischen. Dann ging er noch einmal zurück, um seinen Zylinder zu holen, den er fallengelassen hatte. Sie gefror jedoch innerlich zu Eis und fragte sich, ob sie es nicht doch sinnvoll finden würden, sie zu töten.

»Bitte verzeihen Sie«, sagte Soulavier, als er durch die Doppeltür herauskam. Er stand auf Damballas Kopf und wischte seinen Hut ab. »Sie haben sich nicht gut benommen. Der Generalinspektor ist böse … er wird manchmal böse. Er ist ein sehr wichtiger Mann. Ich bin sehr ungern in seiner Nähe, wenn er böse ist.«

Mary ging rasch den Flur entlang, durch den Eingang und zur Limousine, wo sie einen Moment lang stehenblieb, um wieder zu sich zu finden. »Bringen Sie mich dorthin, wo ich von nun an bleiben soll«, sagte sie.

»Auf dieser Insel gibt es schöne Orte, die man besuchen könnte«, schlug Soulavier vor.

»Ich flunze auf die schönen Orte. Bringen Sie mich dorthin, wo ich unter Hausarrest gestellt werden soll, und lassen Sie mich allein.«

Eine Stunde allein. Das war es, was sie brauchte. Sie würde einiges ausprobieren, würde die Stangen dieses Käfigs testen und herausfinden, wie tüchtig die Leute, die sie gefangenhielten, eigentlich waren.

Soulavier saß ihr in der Limousine gegenüber und brütete vor sich hin. Mary sah zu, wie die graubraune, institutionelle Architektur der wiederaufgebauten Innenstadt in einer monotonen Prozession vorbeizog: Banken, Kaufhäuser, ein Museum und eine Galerie für naive haitianische Kunst. Keine Touristen auf den Straßen. Keine Straßenhändler. Sie kamen an einer weiteren Patrouille von Militärfahrzeugen vorbei, dann an einer langen Kolonne parkender Panzer. Soulavier beugte sich vor und verrenkte sich den Hals, um sich die Panzer genauer anzusehen.

»Sie sollten mehr Geduld haben«, sagte er. »Sie sollten wissen, daß dies keine gute Zeit ist. Seien Sie vorsichtig.« Sein Ton hatte sich geändert; er klang jetzt mürrisch und verärgert. »Sie haben mich vor dem Generalinspektor nicht gut aussehen lassen.«

Mary sagte nichts.

»Sehen Sie, was hier vorgeht? Wir geraten in Schwierigkeiten«, sagte Soulavier. »Die Opposition tritt hervor. Es hat finanzielle Probleme gegeben; Banken haben zugemacht. Kredite sind nicht zurückgezahlt worden. Besonders die Dominikaner sind wütend.

Glauben Sie, diese Truppen sind im Einsatz, um ausländische Invasoren zurückzuschlagen?« Er sah sie durchdringend an; eine Augenbraue war dramatisch und fragend hochgezogen.

»Ich weiß nichts über eure Politik«, sagte Mary.

»Dann sind *Sie* der Dummkopf, Mademoiselle. Sie sind als Spielfigur eingesetzt worden, aber Sie haben keine Ahnung von Ihrer Rolle.«

Sie sah Soulavier mit neuem Respekt an. Der Tadel war ein Echo auf manche ihrer eigenen, selbstanklagenden Gedanken. Sie war nicht so unwissend; trotzdem, es mochte das Beste sein, ihn in dem Glauben zu lassen, daß sie ahnungslos war.

»Sie bringen mich in Gefahr, indem ich mit Ihnen rede«, fuhr er fort. »Aber wenn Sie wirklich unschuldig sind, dann sollten Sie die Umrisse der Falle kennen. Das ist alles, was ich für Sie tun kann.«

»In Ordnung«, sagte Mary.

»Wenn Sie mit mir nach Leoganes kommen, sind Sie weg von Port-au-Prince und allem, was hier passieren könnte. Leoganes ist kleiner, friedlicher. Sie gehen unter dem Vorwand dorthin, daß wir Sie schützen. Die Dominikaner in der Inlandsarmee ... Sie sind gegen Colonel Sir. Er hat sie jahrelang durch Zugeständnisse beschwichtigt, aber wir sind in schlechter Verfassung. Die Rohstoffpreise sind weltweit gesunken. Eure Nanotechnologie, die von der industrialisierten Welt so streng bewacht wird ... Ihr gewinnt Rohstoffe aus Abfall und Meerwasser, viel billiger als durch Bohren und Schürfen.«

Mary verlor die Orientierung. Sie kam sich jetzt beinahe körperlos vor. Diese Unterhaltung über Wirtschaftstheorie war so deplaziert.

»Ihr setzt unsere Truppen nicht ein, ihr kauft keine Waffen mehr von uns, ihr hört auf, unsere Rohstoffe, unser Holz zu verwenden ... Und jetzt wird uns auch noch der Tourismus abgewürgt. Was sollen wir tun?

Wir wollen unsere Kinder nicht wie Insekten verhungern sehen. Das ist es, worüber sich Colonel Sir den Kopf zerbrechen muß. Er hat keine Zeit für Sie und mich.« Er hob ihr die Hände entgegen und schüttelte sie heftig, als ob er Wassertropfen wegschleudern würde. Dann lehnte er sich in den Sitz zurück, verschränkte die Arme und hob das Kinn. »Er ist ein belagerter Mann. Überall um ihn herum sind Leute, die früher Freunde waren, jetzt zu Feinden geworden. Das Gleichgewicht, wissen Sie. Das Gleichgewicht. So erklären ihm zum Beispiel die Gerichte und Richter Ihres Volkes — die Justiz —, daß er ein Verbrecher ist. Gemischte Signale, während ihn der Präsident und die Exekutive früher als hochgeschätzten Partner behandelt haben. Das gießt Öl in die Flammen, Mademoiselle. Ich gehe schon Risiken ein, indem ich jetzt über diese Dinge spreche. Aber Ihnen gebe ich trotzdem Rat. Das tue ich nur für Sie.«

Mary musterte ihn einen Moment lang. Ob er ehrlich war oder nicht, er rückte ihr ein paar Dinge in die richtige Perspektive. Wenn Colonel Sir die Kontrolle entglitt, konnte sie in größeren Schwierigkeiten stecken, als sie glaubte. »Danke«, sagte sie.

Soulavier hob die Schultern. »Werden Sie mit mir von Port-au-Prince und von diesen verdammten ... Maschinen der Inlandsarmee wegfahren?«

»In Ordnung«, sagte sie. »Ich brauche im Bungalow ein paar Minuten für mich allein, um mich zu beruhigen.«

Erneut hob er großmütig die Schultern. »Danach werden wir nach Leoganes fahren.«

■

Vielleicht brauchen Philosophen Argumente, die so massiv sind, daß sie im Gehirn widerhallen: Wenn der Betreffende die Schlußfolgerung nicht akzeptieren will, stirbt er. Na, wäre das nicht ein massives Argument?

— Robert Nozick, Philosophical Explanations

46

Sie hing wie eine Klette an ihm. Vor einiger Zeit hatte sie etwas darüber gesagt, daß sein Zustand sie zum stabilen Faktor in dieser Dualität machen würde — etwas in dieser Richtung —, ihre Worte ein dumpfes Gemurmel in Richards Erinnerung. Sie sprach ihn an, und er verspürte den leisen Zwang, ihr zuzuhören, statt völlig in seinen privaten Gedanken zu versinken.

»Erzähl mir was von dir«, schlug sie vor. »Seit zwei Jahren sind wir hin und wieder mal zusammen, aber ich weiß überhaupt nichts von dir.«

+ In meiner Wohnung. Bloß ich. Sie. Sie hat mich was gefragt.

»Was willst du wissen?« fragte er.

»Erzähl mir was über die Zeit, als du verheiratet warst.«

Er beugte sich auf der Couch vor. Seine steifen Muskeln protestierten. Er hatte seit dem Frühstück dort gesessen, fünfundvierzig Minuten lang, ohne sich zu bewegen. »Laß uns das LitVid einschalten«, sagte er.

»Bitte erzähl's mir. Ich möchte dir gern helfen.«

»Nadine«, sagte er müde, »es ist alles in Ordnung. Warum läßt du mich nicht einfach allein.«

Sie blies die Lippen auf, schüttelte den Kopf und tat so, als ob sie verletzt sei, wollte aber nicht aufgeben. »Du bist in Schwierigkeiten. Das alles hat dich ziemlich mitgenommen, und ich weiß, wie das ist. Es ist nicht gut, allein zu sein, wenn man in Schwierigkeiten ist.«

+ Alles um das zu vermeiden.

Er streckte die Hand nach ihr aus und versuchte, ihre Brust zu streicheln, aber sie entzog sich ihm geschickt und setzte sich in den kaputten Sessel gegenüber von der Couch, außer Reichweite. »Es tut dir bestimmt gut, wenn du redest. Ich weiß, daß du kein schlechter Mensch bist. Du bist nur sehr durcheinander. Wenn ich durcheinander bin, helfen mir meine Freunde manchmal, die Sache durchzusprechen ...«

»Ich bin arbeitslos, untherapiert, unveröffentlicht, ich werde alt und ich habe dich«, sagte er. »Also?«

Sie ignorierte seine Bitterkeit. »Du warst mal verheiratet. Das hat mir Madame de Roche erzählt.«

Er musterte sie eingehend. Wenn er jetzt einen Satz nach vorn machte, konnte er sie erwischen. Und was würde er dann tun? Er merkte, wie seine Gedanken verschwammen und dann wieder klarer wurden, wie ein schlechtes Signal. Bruchstücke aus Goldsmiths Gedichten erklangen wie von selbst, mit Goldsmiths Stimme. Die Stimme war erheblich hypnotischer als seine eigene.

+ Ich bin ein einfacher Mensch. Einfache Menschen gehen jetzt unter.

»Wie hieß sie? Bist du geschieden?«

»Ja. Geschieden.«

»Erzähl mir davon.«

Er kniff die Augen zusammen. Goldsmiths Stimme wurde leiser. Wenn er eins nicht wollte, dann war es, an Gina und Dione zu denken. Er hatte diesen Kummer vor Jahren begraben.

»Rede mit mir. Das ist es, was du brauchst, Richard.« Ein Anflug von Triumph. Sie war jetzt voll dabei. Ihre Wangen röteten sich unter Augenbrauen, die in übertriebener Ehrlichkeit schiefgestellt waren.

»Nadine, bitte. Das ist ein sehr unerfreuliches Thema.«

Sie reckte das Kinn, und ihre Augen leuchteten auf. »Ich würd's gern wissen. Ich möchte dir zuhören.«

Richard hob den Blick zur Decke und schluckte schwer. Die Gedichte verklangen; das war gut, immerhin. Vielleicht war etwas dran an dem, was sie sagte. Die Redekur.

»Du versuchst mich zu therapieren«, sagte er kopfschüttelnd und lachte in sich hinein. Mit dem Lachen kamen die Gedichte wieder; er hatte diesen Trick abgewehrt, Nadine war wieder eine summende Nullität, und er konnte sie packen, wenn er wollte. Konnte sein Statement abgeben, wie Goldsmith es getan hatte. Konnte sich befreien.

Nadine schnitt ein Gesicht. »Richard, wir unterhalten uns doch bloß. Wir haben alle unsere Probleme, und ein Gespräch ist okay. Das ist keine Aufdringlichkeit.«

»Diese Art von Gespräch schon.«

»Was ist passiert? War sie so schlecht für dich?«

»Herrgott nochmal!«

Nadine biß sich auf die Unterlippe. Er sah sie mit einer strengen Miene an, wie er hoffte.

+ Ich bin ein einfacher Mensch. Siehst du nicht daß ich einfach nur auf den richtigen Moment warte.

Die Gedichte wurden erneut leiser, dann wieder lauter. Moses. Blutopfer, um den Zorn Gottes fernzuhalten. Richard hatte das einmal nachgeschlagen; Goldsmiths Interpretation dieser Geschichte war nicht orthodox. Beschneidung. Wie hieß noch gleich die Beschneidung bei Frauen: Infibulation. Klitoridektomie. + Was man als Literat so alles aufschnappt.

Er verdrängte einen höflichen Vorschlag von irgendwo tief drinnen, daß er anfangen sollte zu weinen. Seine Miene blieb unbewegt und sanft. »Wir ließen uns scheiden«, sagte er.

+ Stimmt nicht.

»Wir wollten uns scheiden lassen, meine ich«, verbesserte er sich. Weder er selbst noch derjenige, der mit Goldsmiths Gedichten sprach — wer es auch sein mochte —, legte jetzt diese Beichte ab. Jemand von früher meldete sich da zu Wort. Derjenige, der verheiratet gewesen war. + Ich dachte ich hätte ihn getötet.

»Ja?«

Wieder der Vorschlag: Darüber spricht sich's am besten, wenn du weinst, weißt du.

Keine Tränen.

»Sie hieß Dione. Ich war ein Bürobreitarsch bei Workers Inc.«

»Ja.«

»Wir hatten eine Tochter.« Er schluckte erneut. »Gina. Sie war süß.«

»Du hast beide sehr geliebt«, legte ihm Nadine in den Mund. Er machte ein finsteres Gesicht, dann lachte er in sich hinein. Selbst in ihrer Hilfsbereitschaft war sie aufdringlich; sie wußte nicht, wo sie aufhören mußte. Er sah, daß sie sich ein unzulängliches Bild von ihm gemacht hatte, und das war die Geschichte von Nadines Leben; sie wußte, daß sie außerstande war, ihn oder sonstwen zu verstehen. Ihr Bildgeber war kaputt.

»Ja«, sagte er. »Das stimmt. Aber ich wollte schreiben, und mir wurde klar, daß ich das nicht tun konnte, solange ich ein Bürobreitarsch war. Also sprach ich davon, damit Schluß zu machen.« Er beobachtete sie. Sie schnappte nach dem Köder. Bald würde er sie packen. Die Beichte war gar nicht so schlecht; sie bewirkte, daß sie ihre Deckung vernachlässigte. Die Stimme des anderen sprach weiter.

»Das hat ihr Sorgen gemacht«, kam es von Nadine.

»Ja. Das hat ihr Sorgen gemacht. Sie hielt nichts von Dichtung. Oder vom Schreiben. Sie stand total auf Vid. Es wurde immer schlimmer.«

»Ja.«

»Viel schlimmer. Gina stand zwischen uns. Ich hatte das Gefühl, als ob es mich zerreißen würde. Schließlich mußte ich weggehen.«

»Ja.«

»Wir warteten ein Jahr. Ich versuchte zu schreiben.

Dione machte zwei Jobs gleichzeitig. Keiner von uns war therapiert, aber das hatte damals nicht so viel zu bedeuten. Ich habe nie etwas weggeschickt, um es zu veröffentlichen. Ich ging bei einer anderen Firma arbeiten. Kopieren und Redigieren von Zeitungstexten. Dione sagte, sie wollte mich zurückhaben. Ich sagte, ich wollte sie. Aber wir konnten nicht mehr zueinanderfinden. Immer war irgendwas. Jedesmal.«

»Ja.«

»Die Scheidung war beinahe endgültig. Gina nahm es sehr schwer. Dione wollte sie in Therapie schicken. Ich sagte nein. Ich sagte, laß sie sie selbst sein, laß sie selbst damit klarkommen. Dione sagte Gina war sieben Dione sagte Gina würde viel über den Tod reden. Ich sagte ja aber sie ist zu jung um irgendwas drüber zu wissen, es ist Neugier, laß gut sein. Sie wird älter werden.«

»Ja.«

Er konnte einfach die Hand ausstrecken, einen Arm packen und sie umdrehen. + Wie macht man das mit bloßen Händen. Ohne Werkzeug.

\+ Wäre eine gute Idee jetzt zu weinen.

»Ich höre dir zu«, drängte Nadine.

»Die Scheidung. Zwei Wochen, dann würde sie durch sein. Formloses Verfahren, kein Erscheinen vor Gericht, alle Besitztümer bereits aufgeteilt.«

»So hab ich's auch gemacht«, sagte Nadine.

»Sie brachte mir Gina fürs Wochenende. Das haben wir so gemacht. Wir wollten ihr nicht weh tun.«

Nadine sagte nichts, um ihn zu ermutigen. Trotz ihrer Unsensibilität spürte sie, daß etwas Unangenehmes kam.

»Es gab Schwierigkeiten auf der Leitstraße. Ein Bus. Ihr Bus. Ein kleines Erdbeben im Tal hatte Leitstraßengitter unterbrochen. Sie fuhren in eine Stützmauer, und sieben Wagen krachten in sie rein. Gina starb. Dione auch, zwei Tage später.«

Nadines Augen wurden größer. Sie sah aus, als ob sie Fieber hätte. »Mein Gott«, sagte sie atemlos.

+ Sie sieht's richtig vor sich. Macht ihr Spaß die Finger reinzustecken und den Humus zu kneten.

»Ich hab's allein geschafft. Hab keine Therapie gemacht. Bin wie ein Zombie rumgelaufen. Ich glaubte, daß ich Dione wirklich geliebt hatte. Mit sowas Endgültigem hatte ich nicht gerechnet. Gina kam und sprach mit mir, bevor ich schlafen ging. Ich hatte wirklich abgehoben. Ich ging nicht zur Therapie, weil ich das Gefühl hatte, das würde sie entehren, Gina und Dione. Ich baute einen kleinen Schrein für sie und zündete Weihrauch an. Ich schrieb Gedichte und verbrannte sie.

Nach ein paar Monaten arbeitete ich wieder eine Weile. Ich hatte Goldsmith schon vorher kennengelernt. Langsam ging's wieder aufwärts mit mir. Raus aus diesem Sumpf. Er half mir. Er hat mir erzählt, daß er seinen Vater gesehen hätte, als er noch klein war, seinen toten Vater. Er erklärte mir, daß ich nicht drauf und dran war, verrückt zu werden.«

Nadine schüttelte langsam den Kopf. »Richard, Richard«, sagte sie. Das obligatorische Mitgefühl.

Sein Kopf war übervoll. Da war sein gegenwärtiges Selbst und so etwas wie Goldsmith, dann dieser alte Richard Fettle mit all seinen Erinnerungen im Gefolge. Die Überfülle weckte in ihm den Wunsch, sich in einem dunklen Zimmer hinzulegen.

»Wir sollten einen Spaziergang machen«, sagte Nadine entschlossen. »Nach sowas muß man rausgehen und aktiv sein, da braucht man Bewegung.«

Sie streckte ihm die Hand entgegen. Er ergriff sie und stand auf. Seine Gelenke knackten laut.

»Du hast es nie jemandem erzählt«, sagte sie, als sie die Treppe zum ersten Stock hinuntergingen.

»Nein«, bestätigte er. »Nur Goldsmith.« Er blieb eine Stufe zurück und richtete den Blick auf ihr Genick.

■

47

Karl bereitete im Sondierungsraum die Induktoren vor. David und Carol waren zusammen mit diensteifrigen Arbeitern damit beschäftigt, alle Anschlüsse und Fernbedienungen mehrmals zu überprüfen, bevor sie Goldsmith hereinbrachten. Martin beobachtete die Vorbereitungen genau. Er schwieg und achtete darauf, daß er nirgends im Weg war, sorgte jedoch dafür, daß man seine Anwesenheit bemerkte.

»Du hängst hier so rum«, sagte Carol zu ihm, während sie einen Tisch mit Geräten an der Kontrollkonsole vorbeirollte.

»Mein Vorrecht«, gab er mit einem schnellen Lächeln zurück.

»Du hast noch nichts gegessen.« Sie stellte den Tisch an seinen Platz, steckte die Hände in die Taschen und kam mit einer spaßhaft-tadelnden Miene auf ihn zugeschlendert. »Du hast zu hart gearbeitet. Du bist blaß. Du brauchst deine Kraft für die Sondierung.«

Er musterte sie ernst. »Ich muß mit dir reden.« Er schluckte und wandte den Blick ab. »Bevor wir reingehen.«

»Du meinst, während wir was essen, nehme ich an.«

»Ja. Ich denke, hier ist alles soweit. Bis auf Albigoni. Lascal sollte ihn eigentlich mitbringen ...«

»Wir können es ohne ihn machen.«

»Ich will ihn hierhaben, als Garantie. Falls seine Begeisterung nachläßt ...«

Karl kam vorbei, und Martin hielt inne. Dieser Teil der Sondierung ging die anderen nichts an.

»Mittagessen«, schlug Carol vor. »Ein spätes Mittagessen am Strand. Es ist nicht sonderlich warm. Zieh dir einen Pullover an.«

Martin blickte auf und sah Lascal in die Galerie mit den zwanzig Sitzplätzen kommen, von der aus man in den Hörsaal schauen konnte. Albigoni kam hinter ihm herein. Martin nickte ihnen grüßend zu und wandte sich wieder an Carol. »Gute Idee. Wenn Goldsmith schläft und wir ihm das Nano injiziert haben.«

Teilweise aus Aberglauben, teilweise aus bestimmten Mutmaßungen heraus hatte Martin immer verlangt, daß die Versuchspersonen jene, die sie mit einer Triplexsonde erforschten, weder sehen noch erkennen können sollten. Er hielt es für das Beste, wenn ein Rückkopplungssondierer die Landschaft frisch und unbekannt betrat. Zu diesem Zweck versammelten sich David und Karl — die möglicherweise zum Sondierungsteam stoßen mußten, wenn es Probleme gab — mit Martin und Carol hinter einem Vorhang im hinteren Teil des Hörsaals, als die Versuchsperson auf einer Bahre hereingefahren wurde.

Goldsmith hatte einen Krankenhauskittel an. An seinem rechten Arm und seinem Hals waren bereits intravenöse Schläuche angebracht. Er lag schweigend auf der Bahre, wachsam und aufmerksam. Als er Albigoni auf der Galerie sah, hob er die linke Hand zu einem kurzen Gruß, ließ sie wieder sinken und wandte sich ab.

Albigoni starrte mit großen Augen in den Hörsaal. Lascal hielt ihn sanft am Arm fest. Sie setzten sich, und Albigoni kniff die Augen zusammen und rieb sich mit beiden Händen den Nasenrücken.

Margery und Erwin brachten die Feldkontakte an Goldsmiths Schläfe an.

»Viel Glück«, hörte Margery ihn sagen. »Wenn etwas passiert und ich nicht zurückkomme ... Vielen Dank. Ich weiß, ihr habt alle euer Bestes getan.«

»Es ist völlig ungefährlich«, beruhigte ihn Erwin.

»Trotzdem«, sagte Goldsmith vieldeutig.

Margery legte das Induktorfeld an. Goldsmith döste nach ein paar Minuten ein. Als seine Augen geschlossen waren, arbeitete sein Mund kurz — jenes merkwürdige, reflexhafte Gebet, das bei allen schlafinduzierten Patienten zu sehen war, die Martin je behandelt hatte —, dann entspannten sich seine Züge. Die Falten in seinem Gesicht glätteten sich. Er hätte zehn Jahre jünger sein können. Margery und Erwin hoben ihn auf die Triplexcouch und legten ihm Fesseln um Arme, Oberschenkel, Kopf und Brust an. Martin fragte nach der Uhrzeit. Die weibliche Stimme des Hörsaalmanagers verkündete: »Dreizehn Uhr fünf Minuten und dreiunddreißig Sekunden.«

»Alle Anzeichen normal«, sagte Margery. »Er gehört Ihnen, Dr. Burke.«

»Fangen wir mit der Kernspintomographie des gesamten Schädelbereichs an«, sagte Martin und kam hinter dem Vorhang hervor. »Gebt mir vier geeignete Punkte.«

David und Karl hoben ein hohles Rohr mit supraleitenden Magneten darin hoch und schoben es in Furchen zu beiden Seiten von Goldsmiths Kopf. David überprüfte rasch noch einmal Goldsmiths Anschlüsse, bevor er das Kabel befestigte.

Dann machte David eine Reihe grober Scans von Goldsmiths Gehirn und seiner oberen Wirbelsäule. »Wandschirm«, bat Martin. Der Hörsaalmanager warf über der Couch ein Bild an die Wand, und Martin redete während der ganzen Serie von Kernspin-Scans. Rote Kreise im Hypothalamus zeigten Computervorschläge für mögliche Sondenpositionen auf der Basis früherer Erfahrungen. Die Koordinaten für sieben solche Positionen wurden in den Präparationsbehälter für die Nanomaschinen eingegeben, die sich an den Punkten der Induktionsfeldknoten orientieren würden; jede winzige Nanomaschine würde ihr Ziel im Toleranzbereich von ein paar Angström finden.

Karl hob den Stahldeckel des Präparationsbehälters und holte einen transparenten Plastikzylinder heraus. Martin nahm den Zylinder von ihm entgegen und prüfte ihn mit einem kurzen Blick. Medizinisches Nano, das nicht mehr gut war, wies einen verräterischen Regenbogenschimmer auf. Dieser Behälter war über ein Jahr alt, aber immer noch frisch, mit der richtigen rosagrauen Farbe. Martin gab den Zylinder zurück, und Karl steckte ihn in die Salzflasche. Gleich darauf trübten graue Proschinenwolken die kristalline Flüssigkeit. Margery nahm den Zylinder heraus, als er leer war, setzte ein Fläschchen mit einer Nährlösung ein und drückte den Inhalt in die Salzlösung, während Erwin die Schläuche an der Anschlußstelle an Goldsmiths Hals anbrachte. Eine simple Klammer verhinderte, daß die aufgeladene Salzlösung durch den Schlauch floß.

Carol und David entleerten einen weiteren Nanomaschinen-Zylinder in eine zweite Salzflasche. Das waren mit Drogen versehene Proschinen; sie würden durch die Anschlußstelle am Arm ins Herz wandern und den Stoffwechsel des Körpers langsam und vorsichtig soweit reduzieren, daß er in einen tiefen, traumlosen, neutralen Schlaf fiel — etwas, wozu die Sedierungsfelder nicht imstande waren. Die Proschinen trugen auch Puffer für das Immunsystem mit sich, die dessen Reaktion auf die Nanomaschinen kontrollieren würden, wenn diese an Goldsmiths Hals eindrangen.

Carol befestigte den Armschlauch. Sie nahm die Klammer ab. Aufgeladene Salzlösung floß in seinen Arm.

»Feldstärke auf Referenzniveau reduzieren«, befahl Martin. Der Schalttafelmanager tat wie geheißen. Martin schaute Goldsmith neugierig ins Gesicht und wartete auf Anzeichen der Narkose. Er zog ein Augenlid hoch. »Gebt ihm noch fünf Minuten und setzt dann die Hauptladung frei.«

Er trat zurück und warf einen Blick zur Galerie hinauf. Machte mit Zeigefinger und Daumen ein rundes O. Albigoni reagierte nicht.

»Sonniges Kerlchen«, sagte er leise zu Carol.

Carol folgte ihm hinter den Vorhang. »Mittagessen«,

schlug sie vor. »Wir können uns mindestens eine Stunde freinehmen. Die anderen können ihn überwachen.«

Martin seufzte und warf einen Blick auf seine Tafel. Die aufgestaute Anspannung ließ ihn leicht erschauern. »Jetzt oder sonstwann, das ist ziemlich egal.«

»Der Sondierer muß in der richtigen Verfassung sein«, rief sie ihm mit der tadelnden Stimme einer Mutter ins Gedächtnis. Sie sah ihn eindringlich an. »Entspannt, mit klarem Kopf.«

»Faust war nie entspannt«, sagte er. »Das konnte er sich nicht leisten.« Er drehte den Kopf ruckartig zur Galerie herum und sah mit einiger Verblüffung, daß das Glas undurchsichtig gemacht worden war. »Albigoni ist mir unheimlich. Er benimmt sich wie ein Zombie.«

»Du solltest mit ihm reden, bevor wir essen gehen.«

Martin lächelte abrupt, faßte Carol an den Schultern und umarmte sie. »Ich bin froh, daß du hier bist«, sagte er.

»Wir sind ein Team.« Carol befreite sich sanft aus seiner Umarmung. »Laß uns hingehen und mit ihm reden.«

Sie gingen durch den Ausgang und die Treppe hinauf zur Galerie. Als sie eintraten, unterhielt sich Albigoni gerade gedämpft mit Lascal und einem anderen Mann. Martin erkannte ihn: Francisco Alvarez, Direktor der Abteilung für Stipendien und Beihilfen für die südlichen Anlagen der University of California. Jetzt begriff Martin; das Glas war lichtundurchlässig gemacht worden, damit Alvarez nicht in den Hörsaal unten schauen konnte.

Alvarez lächelte und stand auf. »Dr. Burke. Freut mich, Sie wiederzusehen.«

»Ist ein paar Jahre her«, sagte Burke. Sie gaben sich die Hand. Alvarez' Griff war schlapp.

»Ich kümmere mich gerade um Ihre Finanzierung«, erklärte Albigoni und schaute rasch zu Martin hoch.

Seine Augen waren verhangen und dunkel. »Morgen treffe ich mich mit dem Chefberater des Präsidenten. Ich stehe zu meinem Wort, Dr. Burke.«

»Das habe ich nie bezweifelt«, sagte Burke.

»Ich werde nicht mal fragen, was hier vorgeht«, sagte Alvarez mit einem kleinen Lachen. »Es muß wichtig sein, wenn der Präsident etwas damit zu tun hat.«

»Die Finanzen sind immer wichtig«, erwiderte Albigoni. »Wollten Sie etwas sagen, Dr. Burke?«

Martin schaute einen Moment lang von einem der drei zum anderen. Die Beziehungen und das Geld, um die es in dieser simplen Szene ging, verschlugen ihm die Sprache. Der Berater des Präsidenten. Vielleicht als nächstes der Generalbundesanwalt? Eine Einschränkung der Untersuchungen über die angeblichen Beziehungen des IPR zu Raphkind?

Carol berührte ihn leicht am Arm.

»Der Prozeß hat begonnen«, sagte Martin. »Morgen um diese Zeit wird alles bereit sein. Bis dahin haben wir noch viel zu tun, aber wir können eine Pause machen und uns auf das Hauptereignis vorbereiten.«

»Ich verstehe«, meinte Albigoni. »Mr. Alvarez und ich haben noch einiges zu besprechen.«

Martin nickte. Carol und er zogen sich zurück, und er machte die Galerietür hinter ihnen zu.

»Herrgott, was für eine Arroganz, Alvarez hierher zu bringen«, sagte Martin, als sie die Hintertreppe zum Erdgeschoß hinaufgingen. Er merkte, daß er schwitzte und daß sein Hals verspannt war. »Vielleicht kontrolliert Albigoni den auch.«

»Wenigstens funktioniert er«, sagte Carol. »Albigoni, meine ich.«

■

48

LitVid 21/1 A-Netz (David Shine, Abendreport): »Die einzige neue Nachricht, die wir von AXIS bekommen haben, kann wichtig sein oder auch nicht. Eine kürzlich eingegangene Analyse zeigt, daß mindestens drei der von AXIS auf Alpha Centauri B-2 entdeckten kreisrunden Turmformationen aus Mischungen von Mineralien und organischen Stoffen bestehen. Die Mineralien sind Kalziumkarbonat sowie Aluminium- und Bariumsilikate, und bei den organischen Stoffen handelt es sich um amorphe Kohlehydratpolymere ähnlich der Zellulose, die man im terrestrischen Pflanzengewebe findet. AXIS hat seinen Herren auf der Erde erklärt, daß die Türme seiner Meinung nach möglicherweise gar keine künstlichen Strukturen sind ... das heißt, nicht von intelligenten Lebewesen erbaut. Wir haben keinen Hinweis darauf bekommen, wie sie erschaffen worden sein könnten.

Wird es ein Rückschlag, eine Enttäuschung für uns sein, wenn sich herausstellt, daß die Turmkreise auf B-2 natürlichen Ursprungs sind? Haben wir uns in den letzten paar Tagen auf ein neues Zeitalter der Wunder und der Herausforderungen vorbereitet, obwohl es in Wirklichkeit nur falscher Alarm war?

Wie immer hat LitVid 21 — stets an Fragen des ökonomischen Überlebens interessiert — ein Thema gefunden, das für unsere Zuschauer genauso interessant sein könnte ... falls sich die Türme als gewaltiger Schlag ins Wasser erweisen.

Seit LitVid 21 Gedichte gesendet hat, die von den auf Protein- und Siliziumbasis arbeitenden Denkern von AXIS geschaffen wurden, interessiert sich unser Publikum zunehmend dafür, was für eine ›Persönlichkeit‹ AXIS hat. Da mit AXIS keine effektive Kommunikation mehr möglich ist — jedes Signal braucht mehr als achteinhalb Jahre hin und zurück —, müssen wir uns an Jill wenden, den fortgeschrittenen Denker, zu dessen Aufgaben die Simulation der Denkprozesse von AXIS hier auf der Erde gehört.

Trotz des weiblichen Namens ist Jill weder männlich noch weiblich. Dem Konstrukteur und Chefprogrammierer Roger Atkins zufolge hat Jill das Potential, ein voll integriertes, ichbewußtes Individuum zu werden. Aber noch ist er/sie/es nicht so weit.«

Atkins (Interviewclip): »Als wir vor rund fünfzehn Jahren mit dem Bau der Komponenten begannen, aus denen später Jill entstehen sollte, dachten wir, daß sich Ichbewußtsein auf einem bestimmten Komplexitätsniveau fast wie von selbst herausbilden würde. Das hat sich als falsch erwiesen. Jill ist viel komplexer als jedes einzelne menschliche Wesen, besitzt aber dennoch kein Ichbewußtsein. Wir wissen das, weil Jill den Humor eines Scherzes nicht erkennt, der speziell dazu erdacht wurde, das Ichbewußtsein zu testen. Es ist der gleiche Scherz, den wir in die ursprüngliche AXIS-Sonde einprogrammiert haben, einen älteren, nicht so fortgeschrittenen Denker, der in vielerlei Hinsicht ebenfalls genauso komplex wie ein Mensch ist. Daß weder AXIS noch Jill den Scherz verstehen, ist uns offen gesagt ein Rätsel.

Als wir vor über dreißig Jahren mit der Konstruktion von AXIS begannen, glaubten wir, zumindest rudimentär begriffen zu haben, was das Ichbewußtsein konstituiert. Wir dachten, Ichbewußtsein würde entstehen, wenn sich die Formung des Sozialverhaltens von außen mit der eigenständigen Formung dieses Verhaltens verkettet — das heißt, aus Rückkopplungsschleifen. Was unsere Denkersysteme betrifft, so glaubten wir, daß sich Ichbewußtsein entwickeln würde, wenn ein System imstande wäre, sich selbst zu formen, das heißt, eine funktionsfähige, in Echtzeit oder schneller als Echtzeit arbeitende Abstraktion zu erzeugen. Das schien uns eine gute Erklärung für die Evolution des menschlichen Bewußtseins zu sein.

Heute denken wir, daß Ichbewußtsein keine strikte Funktion der Komplexität, ja nicht einmal der Konstruktion als solcher ist; Ichbewußtsein kann eine Art Zufallsprodukt sein, das durch einen inneren oder äußeren Vorfall oder Prozeß katalysiert wird, den wir nicht verstehen.

Vor drei Jahren fingen wir an, Jill mit Problemen zu konfrontieren, die etwas mit der Gesellschaft zu tun hatten — in der Hoffnung, diesen Katalysator zu schaffen, indem wir Jill eine Art sozialen Kontext gaben. Aber leider ist bisher nichts Signifikantes geschehen, obwohl Jill sich weiterhin bemüht. Manchmal ist sie — ist es so ernsthaft und so davon überzeugt, es geschafft zu haben ... Es bricht einem das Herz. Es ist, als ob man auf die Geburt eines Babys warten würde ... So viel Tamtam und Trara, aber bis jetzt ist nichts dabei herausgekommen.

Das soll nicht heißen, daß es keine Freude wäre, mit Jill zu arbeiten. Es ist schon eine tolle Sache, einen komplexen Denker zu konstruieren und zu programmieren. Nach dieser ganzen Zeit mit Jill würde mir alles andere nur wie Däumchendrehen vorkommen.«

David Shine: »Also, da haben Sie's. Mag sein, daß Sie in AXIS oder in Jill verliebt sind, daß Sie die beiden sogar ganz bezaubernd finden, aber sie sind anders als Sie oder ich. Trotz all ihrer Wundertaten und Fähigkeiten haben sie nicht mehr ›Seele‹ als Ihr Hausmanager.

Andererseits haben einige Psychologen angedeutet, daß es sich bei einem signifikanten Prozentsatz der Menschen ebenfalls um nicht viel mehr als überzeugende Automaten handeln könnte, wenn Ichbewußtsein nicht die automatische Folge von Komplexität ist. Vielleicht muß jeder Mensch diese mysteriöse ›Katalyse‹ durchmachen, um Ichbewußtsein zu erlangen, und nicht jeder von uns tut das. Keine neue Idee, aber eindeutig eine gefährliche. Vielleicht können wir Jill in einer späteren Ausgabe dieser Sendung fragen, was sie von dieser Möglichkeit hält.«

Umschaltung/LitVid 21/1 B-Netz (Decodierung: Australian Cape Control; Relaystation und Space Tracking: Lunar Control: Australian Cape Control: _____)
AXIS> Ich hoffe, diese Analyse ruft keine Enttäuschung hervor. Ich kann mir keinen Grund vorstellen, warum solche Materialien nicht von intelligenten Lebensformen benutzt werden sollten, einer besonderen Form von Zellbeton vielleicht. In ein paar Stunden müßte ich mehr wissen. Ich gebe die Hoffnung nicht auf, wenn ich (informell) unter Verwendung der korrekten Bedeutungs-Synklinale so sagen darf. *Hoffentlich* finde ich intelligente Lebewesen, mit denen ich kommunizieren kann.

■

Die Sprache ist die Maschine, die das Denken für uns übernimmt. Gesprochene Sprache ist ein ebenso großer evolutionärer Fortschritt der Gehirnfunktionen wie die Vergrößerung der Gehirnrinde. Die Geschichte der gesprochenen Sprache (und später auch der Schriftsprache) ist für Psychologen ein faszinierendes Problem, denn um die frühen Stufen der Entwicklung zu verstehen, müssen wir irgendwie zu jener Geistesverfassung zurückkehren, die mit Worten nicht vertraut ist. Wir finden sie bei sehr kleinen Kindern, aber es gibt auf der Erde keine präverbalen Kulturen mehr, und die Ontogenese rekapituliert die Phylogenese in der Sprache ebensowenig wie in der Embryologie …

— Bhuwani, Künstliche Seele

49

In den Quartiers Diplomatiques gab Soulavier ihr eine Stunde, um sich auszuruhen und alles für den Umzug vorzubereiten.

Mary machte die Schlafzimmertür zu, holte die Haarbürste aus ihrer Jacke und legte sie auf die Glasplatte der Frisierkommode neben dem Fenster. Sie zog die Jalousie herunter und ging die Instruktionen im Kopf noch einmal durch.

Der ganze Vorgang würde rund zehn Minuten dauern. An der Tür war kein Schloß; sie schob einen Holzstuhl mit der Lehne gegen den Türknauf aus Messing und Kristall und sah sich hastig nach den Dingen um, die sie noch zusätzlich brauchen würde. Mindestens ein halbes Pfund Stahl, hundertsiebzig Gramm eines hochdichten Kunststoffs und das Schminkset. Sie musterte die Gegenstände im Zimmer prüfend, nahm eine Schale aus rostfreiem Stahl von der Kommode und kam zu dem Schluß, daß es damit gehen würde. Eine Uhr vom Nachttisch, fast ganz aus Kunststoff. Im Schrank fand sie ein altmodisches Schuhregal aus Metallrohren. Sie hob das Schuhregal hoch; mehr als genug.

Sie stapelte die Sachen auf der Frisierkommode aufeinander, schraubte den Griff der Bürste ab und entfernte eine Plastikscheibe vom hinteren Teil des Bürstenkopfs. Ein kleiner roter Knopf war in dem freigelegten Bereich eingelassen. Sie holte tief Luft und dachte an Ernest. Dann drückte sie auf den Knopf, wobei ihr ein wenig unheimlich zumute war, und legte den Griff und den Bürstenkopf neben den Haufen.

Eine graue Paste sickerte aus dem Griff, gelenkt von einem Referenzfeld im Bürstenkopf. Wie ein Schleimpudding kroch sie über die Glasplatte, stieß an das Schuhregal, hielt inne und begann zu arbeiten.

Soulavier hatte ihr eine Stunde gegeben, aber sie nahm an, daß er sie höchstens zwanzig Minuten lang in Ruhe lassen würde, soweit man hier überhaupt von Ruhe sprechen konnte. Was die Diener betraf, war sie nicht so sicher. Sie konnten jeden Moment unter dem einen oder anderen Vorwand versuchen, die Tür zu öffnen, ein alarmiertes Gesicht machen und Sorge um ihre Sicherheit zum Ausdruck bringen.

Mary legte sich aufs Bett und beschloß, den Wahrheitsgehalt dessen, was man ihr über das Kommunikationsverbot erzählt hatte, einer Prüfung zu unterziehen.

Sie nahm ihre Tafel und gab eine Anforderung nach direktem Zugang zum LAPD Joint Command ein. Der Sender in der Tafel war stark genug, um die erste Ebene der Satelliten in einer Höhe von dreihundertfünfzig Kilometern zu erreichen; aber wenn man ihr die Wahrheit gesagt hatte, würde sein Signal durch die automatische Störung eines stärkeren gegenphasigen Senders blockiert werden. Sie vermutete, daß Hispaniola sämtliche Kommunikationssatelliten mit solchen falschen, willkürlichen Botschaften überschwemmte; die Satelliten würden die Insel ›ausknipsen‹, um wieder Ordnung in ihrem System zu schaffen.

Hispaniola brauchte jedoch bestimmte Satellitenverbindungen, um die wichtigsten finanziellen und politischen Kontakte aufrechtzuerhalten. Es bestand durchaus die Möglichkeit, daß die Behörden die gegenphasige Störung von Zeit zu Zeit aufhoben.

Auf der Tafel erschien der Text: *Verbindung hergestellt. Fahren Sie fort.* Sie hob die Augenbrauen. Keine Störung bisher; rechneten sie damit, daß sie so etwas tun würde? *ID Check,* gab sie ein.

PD-Kommunikationseinheit Botschaftsregister 3254-461-21-C. Enter. Sie bezweifelte, daß der Sicherheitsdienst von Hispaniola ihre PD-Botschaftsregisternummer hatte, aber wenn sie zuhörten, dann hatten sie sie jetzt. Sie überlegte einen Augenblick, beschloß, vorsichtig zu sein, aber eine mögliche Öffnung auszunutzen, und tippte *D Reeve anrufen. Textbotschaft: Werde auf Hispaniola festgehalten. Keine Information über Verdächtigen. Werde gut behandelt.* Letzteres für den Fall, daß ihr Erfolg eine List war und sie abgehört wurde. *Benutze Geschenk. Was für ein Durcheinander.* Dann tippte sie *Empfang bestätigen.*

PD Botschaftsregister 3254-461-21-C: Bestätige Empfang der Botschaft an Polizeichef D Reeve.

Mary runzelte die Stirn. Die Verbindung stand; das ergab keinen Sinn. Sie erwog, etwas in der Richtung zu schreiben, daß man sie herausholen sollte, aber sie zweifelte nicht daran, daß sie ihr Bestes taten. *Botschaft fortsetzen. Gehe nach Leoganes außerhalb von Port-au-Prince. Touristenort mit Grotte. Lage äußerst gespannt; möglicherweise Staatsstreich gegen Yardley im Gange. Dominikaner? Überall Militärfahrzeuge auf den Straßen. Empfang des Signals erneut bestätigen.*

Sie warf einen Blick zur Frisierkommode hinüber; eine graue, glänzende Paste überzog sämtliche Gegenstände auf dem Haufen. Sie wurden bereits deformiert.

Signalbestätigung nicht erhalten, meldete die Tafel. *Unvollständige Verbindung; vermutlich gestört.* Da war es: Störung. Entweder hatte jemand am Schalter geschlafen, oder sie spielten mit ihr wie mit einem Sportfisch; wie auch immer, sie hatte zumindest durchgeben können, daß sie am Leben war. Mit einem zitternden Seufzer schaltete sie die Tafel aus und kniete sich vor die Frisierkommode. Ihr Kinn ruhte auf den verschränkten Armen, die auf dem Rand lagen.

Geduldig sah sie dem Nano bei der Arbeit zu. Die Metallrohre des Schuhregals waren unter der grauen Schicht in sich zusammengefallen. Die resultierende Pfütze aus Paste und aufgelösten Gegenständen zog sich zu etwas Rundem und Konvexem zusammen, in dem das Nano einen Gegenstand formte, wie ein Embryo in einem Ei.

Noch fünf Minuten. Im Haus war alles ruhig. Von draußen kam das Krachen von fernem Granatfeuer und das Echo von den Hügeln und Bergen in der Umgebung herein. Sie schloß die Augen, schluckte und sammelte ihre geistigen Kräfte.

Wie lange noch, bis in dem Land ein richtiger Bürgerkrieg ausbrach? Wie lange noch, bis man sie in einem Moment der Erregung als Spionin bezeichnete? Sie stellte sich Soulavier als ihren Henker vor, wie er unter lauter Entschuldigungen von seiner Loyalität gegenüber Colonel Sir sprach.

Das konvexe Gebilde wurde jetzt klumpig. Sie konnte die grundlegende Form erkennen. Auf der einen Seite wurde überschüssiges Rohmaterial zu Klumpen kalter Schlacke gepreßt. Nano zog sich aus der Schlacke zurück. Griff, Lader, Brennraum, Lauf und Zielvorrichtung. Auf der anderen Seite des konvexen Gebildes formte sich ein zweiter Klumpen, aber nicht aus Schlakke. Ein zusätzlicher Ladestreifen.

»Sind Sie fertig, Mademoiselle?« fragte Soulavier draußen vor der Tür. Immerhin zuckte sie nicht zusammen. Er war früh dran. Zweifellos hatte man ihn von ihrem Funkspruch unterrichtet; sie war ein böses Mädchen.

»Fast«, sagte sie. »Noch ein paar Minuten.« Hastig packte sie ihren Koffer und warf die Schlacke in den Abfalleimer. Sie wusch sich im Bad das Gesicht, betrachtete sich im Spiegel und bereitete sich seelisch auf das Kommende vor.

Sie nahm die Pistole von der Frisierkommode und steckte sie in ihre Jackentasche. Schmal, kaum eine Ausbuchtung. Das Nano auf der Frisierkommode ballte sich zusammen und kroch wie eine Schnecke in den Griff der Bürste zurück. Seine Oberfläche schimmerte ölig; es war verbraucht. Es würde eine Nährladung benötigen, um weitere Wunder zu wirken. Man hatte ihr gesagt, daß es schon reichen konnte, die Bürste in eine Dose Kola zu stecken. Mary schraubte die Bürste wieder zusammen und packte sie in den Koffer, machte den Deckel zu, nahm den Stuhl unter dem Türknauf weg und öffnete die Tür.

Soulavier lehnte auf dem Flur an der Wand und betrachtete seine Fingernägel. Er warf ihr einen traurigen Blick zu. »Zuviel Zeit, Mademoiselle«, sagte er.

»Pardon?«

»Wir haben zu lange gewartet. Es wird bald dunkel. Wir fahren nicht nach Leoganes.«

Wenn der zweite Teil ihrer Botschaft durchgekommen war, würde es für die Hispaniolaner durchaus sinnvoll sein, sie an einen anderen Ort zu verlegen. »Wohin dann?« fragte sie.

»Das überlasse ich meinem Instinkt«, antwortete Soulavier. »Jedenfalls weg von hier, und zwar bald.«

Sie fragte sich, wie er seine Anweisungen erhalten hatte. Es war möglich, daß er ein Implantat besaß, obwohl solche Technologie auf Hispaniola angeblich nicht gerade an jeder Ecke zu bekommen war.

»Ich habe versucht, meine Vorgesetzten anzurufen«, sagte sie. »Ich bin nicht durchgekommen.«

Er zuckte die Achseln. Alle Fröhlichkeit und Lebendigkeit schien von ihm abgefallen zu sein. Er musterte sie mit halb geschlossenen Augen, zurückgelegtem Kopf und ausdruckslosem Mund. »Man hat Ihnen gesagt, daß es nicht möglich sein würde.« Er sprach jedes Wort sehr präzise aus.

Sie erwiderte seinen Blick, einen Mundwinkel hochgezogen, provozierend. Kein neutraler Fehler hier. »Ich würde trotzdem lieber in diesem Viertel bleiben«, sagte sie.

»Das haben Sie nicht zu entscheiden.«

»Aber ich hätte nichts dagegen, nach Leoganes zu fahren.«

»Mademoiselle, wir sind keine Kinder.«

Sie lächelte. Sein Benehmen hatte sich merklich geändert; er war nicht mehr ihr Beschützer. Es war nicht nötig, die Veränderung zu verstärken, indem sie sich ihrerseits anders verhielt. »Das habe ich auch nie angenommen.«

»In mancher Hinsicht sind wir hochentwickelt, vielleicht höher, als Sie wissen können. Wir gehen jetzt.«

Sie nahm ihren Koffer. Er nahm ihn ihr mit einigem Kraftaufwand ab und folgte ihr durch den Flur. Sie kamen an Jean-Claude und Roselle vorbei, die mit steinernen Mienen und verschränkten Händen im Eßzimmer standen. »Vielen Dank«, sagte Mary zu ihnen und nickte ihnen freundlich lächelnd zu. Sie schienen unter Schock zu stehen. Jean-Claudes Nasenflügel bebten.

»Wir gehen jetzt«, wiederholte Soulavier.

Mary steckte die Hand in die Jackentasche. »Kommen die beiden mit?« fragte sie.

»Roselle und Jean-Claude bleiben hier.«

»In Ordnung«, meinte sie. »Wenn Sie es sagen.«

■

50

Sich auf die Wiese vor dem IPR zu setzen und zu essen würde nicht ratsam sein. Außerdem kam eine kühle Brise vom Meer herein. Carol und Martin verließen das Institut durch den Dienstboteneingang auf der Rückseite, gingen zwischen Betonwänden hindurch und nahmen einen schmalen Asphaltweg zu den Wäldern hinter dem Gebäude. Martin betrachtete Carols Rücken, als sie vor ihm zwischen den Eukalyptusbäumen hindurchging. Sie hatte einen Beutel mit Sandwiches und zwei Biertüten dabei. Er trug eine Stranddecke. Sie trat beiläufig und anmutig nach ein paar Blättern auf dem Weg, warf einen Blick über die Schulter und sagte: »Ich befehle dir, ein paar Minuten lang nicht an die Arbeit zu denken.«

»Ganz schön viel verlangt«, erwiderte er.

»Da müßte eigentlich noch ... Da ist es«, sagte sie triumphierend und zeigte hin. Ein freier Platz zwischen den Bäumen, bedeckt von trockenem, nicht gemähtem Gras. Diese Fläche lag jenseits der Grenzen des Gebiets, das von den IPR-Gärtnern kontrolliert wurde.

Sie verließen den Weg und breiteten die Stranddecke in kooperativem Schweigen auf dem Gras aus. Sie setzten sich gleichzeitig hin, und Carol packte die Sandwiches aus.

Die Meeresbrise war ihnen gefolgt. Kühle Böen wehten durch die hohen, schlanken Bäume. Sie waren nur leicht bekleidet, und Martin merkte, wie er an den Armen eine Gänsehaut bekam. Er schaute ein bißchen beklommen zu den nahen Ästen hinauf; sie würden bestimmt herunterfallen, wenn sie belastet wurden. »Ich schaff's nicht«, sagte er grinsend.

»Was?«

»Nicht an die Arbeit zu denken.«

»Hab ich eigentlich auch nicht erwartet«, sagte sie. »Aber es ist trotzdem nett hier draußen. Eine Abwechslung.«

»Na, was meinst du, warum ich dich hierher geschleppt habe?« fragte sie.

»Du hast mich hergeschleppt?« sagte er, biß in das Sandwich und schaute grüblerisch zu ihr hoch. »Du willst mich verführen.«

»Wir werden bald noch viel intimer miteinander sein als das«, rief sie ihm ins Gedächtnis.

Er nickte und tauschte seine sinnierende Miene gegen einen pragmatischen Gesichtsausdruck aus. »Wir sind hier, um die Dinge zu klären, bevor wir reingehen.«

»Stimmt.«

»Ich bin dreimal mit dir gereist. Wir passen in der Landschaft sehr gut zusammen.« Er machte ihre Biertüte auf und reichte sie ihr.

»Ja«, stimmte sie zu. »Vielleicht zu gut.«

Er dachte einen Moment lang darüber nach. »Eisläufer. Ich kenne da ein Ehepaar, beides Eisläufer. Sie sind außerhalb des Eises genauso miteinander verbunden, wie wenn sie auf dem Eis arbeiten.«

»Das ist toll«, sagte Carol.

»Ich dachte immer, wir könnten das auch hinkriegen.«

Sie lächelte beinahe schüchtern. »Naja. Wir haben's probiert.«

»Weißt du, diese Eisläufer, das sind unheimlich nette Leute, aber nicht besonders helle. Vielleicht sind wir schlauer, als uns guttut.«

»Ich glaube nicht, daß es daran liegt«, meinte Carol.

»Woran dann?«

»In unserem tiefsten Innern mögen wir uns gern«, sagte sie. »Ich hab sowas noch nie mit einem anderen Menschen erlebt ... Natürlich bin ich auch noch nie mit einem anderen als dir in die menschliche Landschaft gegangen. Das Problem ist, daß es bei uns zu viele Überlagerungen zwischen unseren Persönlichkeiten in der Landschaft und denen gibt, die wir jetzt vor uns sehen. Hier draußen.«

Darüber hatte Martin schon oft nachgedacht, und er hatte immer versucht, Argumente dagegen zu finden. Daß Carol zur selben Schlußfolgerung gekommen war, machte ihn traurig. Das hieß, daß es wahrscheinlich die Wahrheit war.

»In einem Traum ...« setzte sie an und hielt dann inne, um noch einmal von ihrem Sandwich abzubeißen. »Hast du schon mal einen Traum mit einer so starken, so echten Emotion gehabt, daß du im Traum angefangen hast zu weinen? Zu weinen, als ob du von allem Leid, das du je erlebt hast, erlöst und gereinigt würdest?«

Martin schüttelte den Kopf. »Nicht in meinen Träumen«, sagte er.

»Nun, ich glaube, wir haben sowas ein paarmal in der Landschaft erlebt. Wir arbeiten so eng zusammen, wie Bruder und Schwester oder wie Anima und Animus. Ich glaube, der männliche Teil von mir ... paßt sehr gut zu deinem weiblichen Teil.«

»Das müßte doch gut sein«, sagte er.

»Ist es auch ... solange sie aufeinander zugetrieben werden. In der Landschaft. Aber du weißt, daß sich deine Persönlichkeit in der Landschaft von der unterscheidet, die ich hier draußen vor mir habe.«

»Das ist unvermeidlich«, sagte er. »Trotzdem, du hast gesehen, wie ich wirklich bin.«

Sie lachte und schüttelte dann traurig den Kopf. »Das ist nicht genug. Die Überlagerungen. Denk daran. Du weißt so gut wie ich, woraus wir gemacht sind. Wir kennen uns in- und auswendig. Von außen bis ganz tief drinnen, sämtliche Schichten.«

Das gab er zu. »Aber ich finde nicht, daß sie ein Hindernis sind ... deine Überlagerungen, meine ich. Ich behalte die Persönlichkeit, die ich in der Landschaft antreffe, immer im Blick.«

»Martin, ich habe dich höllisch genervt.«

Er sah sie erschrocken an. »Ist das nicht ...«

»Ich meine, ich konnte erkennen, daß ich dir wirklich zu schaffen gemacht habe.«

»Ich dir auch, nehme ich an.«

»Ja. Wir mochten uns draußen einfach nicht gern. Wir haben nicht den richtigen Dreh miteinander gefunden. Du weißt, ich hab's versucht. Wir haben's beide versucht.«

»Übertragung. Wechselseitige Übertragung«, deutete er vage an.

»Wir werden wieder zusammen sein«, fuhr sie fort und sah ihn dabei unverwandt und streng an, »und wir müssen gerade jetzt, weiß Gott, absolut in Form sein.«

Er stimmte ihr mit einem langsamen Nicken zu.

»Ich habe diese Reibung zwischen uns gespürt«, sagte sie.

»Keine Reibung. Schwindende Hoffnung«, verbesserte Martin.

»Ich war sehr realistisch«, fuhr sie fort. »Ich hoffe, du bist es auch.«

»Oh, so realistisch nun auch wieder nicht«, gestand er seufzend. Er wollte seine Gedanken nicht vor ihr ausbreiten, wollte sich nicht diesem hoffnungslosen Drang ergeben, ihr Mitleid zu erregen, indem er ihr erzählte, wie einsam er im letzten Jahr gewesen war, wie schwer er es gehabt hatte und wie oft er an sie gedacht und dabei von einem Heim, von Frieden und Ruhe geträumt hatte. Unter ihren vielen Überlagerungen hatte Carol eine Sperre, die besonders dann errichtet wurde, wenn sie Mitleid empfand. Trotzdem kreiste er in seinen Gedanken um dieses vergangene Elend wie die Motte um das Licht und erkannte, warum er sich hatte fausten lassen.

Alles Neue war besser als Selbstmitleid.

»Meinst du, es wäre falsch, wenn wir wieder zusammen in die Landschaft gingen?« fragte sie.

»Zu spät, um es sich anders zu überlegen. Du bist das Beste, was ich mir bei einer so kurzen Frist erhoffen kann.« Martin schaute sie an, um zu sehen, ob sie das ein bißchen getroffen hatte. Dann schüttelte er grinsend den Kopf. »Oder das Beste, was ich mir überhaupt erhoffen konnte.«

»Das ist trotzdem ein Problem.«

»So ein großes nun auch wieder nicht«, sagte er entschlossen, wobei er das Sandwichpapier sorgfältig zusammenfaltete. »Ich bin ein Mensch. Ich bin mit größeren Enttäuschungen fertiggeworden. Und ich habe nicht wirklich geglaubt, daß wir's wieder hinkriegen würden.«

»Nein?« sagte sie.

Er schüttelte den Kopf. »Aber ich mußte es versuchen. Laß uns das Thema wechseln. Du bist in Jills Landschaft gegangen. Wie war das?«

Carol beugte sich vor und schaltete rasch und bereitwillig in einen anderen Gang. Ihre plötzliche Fröhlichkeit und Begeisterung schmerzten ihn; es machte ihr Spaß, über so etwas mit ihm zu reden, auf beruflicher Ebene mit ihm zusammenzuarbeiten und sein Oberflächen-Ich auf diese Weise zu benutzen. Bald würde sie sich in einer tieferen Intimität mit ihm vereinen, als sie jedes Ehepaar erlebte, aber dazwischen würde es nichts geben. Keine ruhige Häuslichkeit. Nichts von dem, was er halb bewußt über die Arbeit hinaus im Kopf gehabt hatte; die stillen Stunden irgendwo in einer Blockhütte Schnee draußen Tafelnachrichten lesen LitVid sehen. Einander in Frieden und Beständigkeit anlächeln.

»Es war wundervoll«, sagte sie. »Sehr ungewöhnlich, und anders als ... eigentlich überhaupt nicht vergleichbar damit, in einen Menschen zu gehen. Jill hat kein Ichbewußtsein. Sie ist brillant, der großartigste Denker der Welt — wahrscheinlich ein hellerer Kopf als jeder Mensch. Aber sie weiß nicht, wer sie ist.«

»Das dachte ich mir.«

»Trotzdem, in ihren frühen Jahren — seinen frühen Jahren — gelang es Jill, etwas bemerkenswert Landschaftsähnliches zu entwickeln. Ihre Programmierer haben es vor ein paar Jahren entdeckt, und Samuel John Baker — er ist der dritte Hauptkonstrukteur und -programmierer nach Roger Atkins und Caroline Pastor — hat mich zu sich geholt, nachdem sie das IPR dichtgemacht hatten. Ich kannte ihn schon von der Uni her. Er hatte ein paar Jahre Psychologie, Medizin und Therapie studiert, als Ergänzung zur Denkertheorie. Ich hatte mich ziemlich viel mit Denkertheorie befaßt ... Das weißt du ja.

Wir arbeiteten zusammen, um herauszufinden, warum Jill eine Landschaft besaß. In der Anfangsphase vor fünfzehn Jahren basierte Jill auf Tiefenprofilen der fünf

Hauptkonstrukteure Atkins, Pastor, Baker, Joseph Wu und George Mobus. Sie hatten sich chirurgischen Nanoscans unterzogen, wie man sie bei einer Hypothalamustherapie durchführte. Das war damals noch eine ziemlich experimentelle Prozedur. Sie destillierten die Muster, die sie fanden, ohne so recht zu wissen, was sie bedeuteten, und versuchten, sie Jill einzupflanzen. Damals hieß Jill noch nicht so. Atkins hat diesen Namen erst später aus einer Laune heraus benutzt. Eine alte Freundin oder so.«

Martin hörte aufmerksam zu.

»Was sie taten, war so, als ob man totes Fleisch in eine Zentrifuge werfen und hoffen würde, es würde wieder ein Tier draus werden. Eine richtige frankensteinsche Verzweiflungstat. Vielleicht war es auch einfach brillant. Wie dem auch sei ...«

»Es hat funktioniert«, sagte Martin.

»In gewisser Weise. Wir haben jetzt eine vage Ahnung, wieso es überhaupt funktioniert hat — sie benutzten Persönlichkeitsorganisationsalgorithmen, und die sind robust und fast universell. Wenn man solche Muster in irgendein geeignetes Medium mit freier Energie einsetzt, fangen sie von vorne an.

Jill übernahm etwas von all ihren Konstrukteuren. Wie man sieht, hat es nicht zum zündenden Funken zur Entwicklung von Ichbewußtsein gereicht. Aber in Verbindung mit dem, was sie bereits besaß, eine ungeheure Denker- und Speicherkapazität, verlieh es ihr eine echte Tiefe und machte sie in gewissem Sinn anders als alle zuvor gebauten Denker.«

»Sogar anders als AXIS?«

»Tja, das ist eine gute Frage. AXIS ist notwendigerweise simpler als Jill. Aber AXIS basiert ebenfalls auf Persönlichkeitsscans von Atkins und den anderen; auf früheren, nicht so vollständigen Scans. Atkins behauptet, daß AXIS wahrscheinlich noch vor Jill Ichbewußtsein erlangen wird. Das sagt er jedenfalls, wenn man unter vier Augen mit ihm spricht. Er denkt, daß sie die arme Jill vielleicht mit zu vielen widersprüchlichen Algorithmen vollgestopft haben, ganz gleich, was sie dadurch an Tiefe und Qualität gewonnen hat.«

»Hört sich mystisch an.«

»O ja, das ist es, und er ist es manchmal auch. Atkins. Sehr moralistisch. Aber er glaubt aufrichtig, daß AXIS ein reinerer Fall ist.«

»Also, was ist nun mit der Landschaft.«

»Die Algorithmen, die Jill übernommen hat, suchen automatisch nach einem Substrat von mentaler, innerer Sprache. Jill hatte keine. Deshalb erfanden die Algorithmen eine, im nachhinein. Der ganze Vorgang muß neun oder zehn Jahre gedauert haben, so daß Jill kaum mehr ein Kleinkind war, aber die Algorithmen begannen Einzelheiten aus dem Gedächtnisspeicher und dem sensorischen Apparat aufzusaugen und arbeiteten sich in die Vergangenheit zurück, um so etwas wie eine Landschaft entstehen zu lassen. Als Mobus und Baker das herausfanden, hielten sie es für eine Katastrophe. Sie dachten, sie hätten einen selbst erzeugten Virus in dem Denker gefunden.«

Martin lachte. »Kann ich mir lebhaft vorstellen.«

»Sie versuchten, die Sache zu stoppen, aber es gelang ihnen nicht. Jedenfalls nicht, ohne Jills höhere Funktionen abzuschalten. Nachdem sie sich ein Jahr lang den Kopf zerbrochen und alle möglichen Untersuchungen angestellt hatten, wandte sich Baker an mich. Er war zu dem Schluß gekommen, daß sie es vielleicht wirklich mit einer Landschaft zu tun hatten, wie du sie beschrieben hattest. Und das war ja auch der Fall.«

»Warum hat er sich nicht an mich gewandt?«

»Weil du bis zum Hals im Dreck gesteckt hast und er die Publicity nicht rechtfertigen konnte.«

Martin verzog das Gesicht. »Und wie war's nun?«

»Eigentlich ganz nett«, sagte Carol. »Unkompliziert und direkt. Das Märchenland eines Denkers. Schlichte

Bilder von Menschen, besonders von den Programmierern und Konstrukteuren, so wie Jill sie anfangs wahrgenommen hat. Mich hat's an alte Computergrafiken aus dem zwanzigsten Jahrhundert erinnert. Kurios, knallbunt, sauber und mathematisch. Haufenweise Abstraktionen und elementare Denkerdesignsprache in visueller Form. Jede Menge nichtvisuelle Räume, die schwer zu interpretieren sind. Nach den Besuchen in Jills Keller ging es mir so, wie es Roger Atkins gehen muß: Ich fing an, sie — es — wirklich zu mögen.«

Martins Neugier war gestillt, und er tat das mit einem unruhigen Nicken ab. »Klingt aber nicht nach einer komplexen Landschaft.«

Carol schürzte die Lippen. »Nein, wohl nicht.«

»Also bist du nicht mehr in der Landschaft gewesen, seit wir das letzte Mal zusammen drin waren.«

»Nein, ich schätze, das könnte man so sagen. Aber ich habe mehr als ein Dutzend Stunden im Triplex verbracht. Das sollte zumindest als Übung zählen.«

»Bitte denk nicht, daß ich die Arbeit runtermachen will, die du geleistet hast. Du mußt wissen, daß ich mich wahrscheinlich nicht auf die Sache eingelassen hätte, wenn du nicht mit von der Partie gewesen wärst.«

»Wahrscheinlich«, wiederholte sie trocken.

Er zog die Augenbraue hoch und schaute auf die Decke hinunter. »Hast du mal an die Möglichkeit gedacht, daß wir in Gefahr geraten könnten?«

»Eigentlich nicht«, sagte sie. »Wie kommst du darauf?«

»Zuerst mal wegen Goldsmith. Er ist ein stürmischer Ozean unter dicken Wolken. Wir sehen nur die friedliche Wolkenlandschaft. Aber was mir wirklich Sorgen macht, ist, daß wir keinen Puffer haben. Wir werden ineinander drin stecken, du und ich und Goldsmith, und voll und ganz den Bedingungen der Landschaft ausgesetzt sein. In Echtzeit. Ohne Verzögerung.«

Sie streckte die Hand aus und faßte ihn an der Schulter. »Hört sich für mich an, als ob es genau das Richtige wäre. Ein echtes Abenteuer.«

Martin sah sie besorgt an. Er hoffte, daß sie nicht zu guten Mutes war; es konnte sein, daß Angst in der Landschaft als eine Art von Schutz dienen würde. »Haben wir alles geklärt?«

»Ich glaub schon.«

»Dann laß uns die Pause abkürzen und wieder an die Arbeit gehen.«

»In Ordnung. Und vielen Dank.«

»Wofür?« fragte er verdutzt.

Als sie standen, umarmte sie ihn fest und hielt ihn dann auf Armeslänge entfernt. »Dafür, daß du Verständnis hast und ein Kollege bist«, sagte sie.

»Das ist es ja auch, worauf's ankommt«, murmelte er, als sie die Decke zusammenlegten und die leeren Biertüten aufhoben.

»Da hast du verdammt recht«, sagte Carol.

■

51

Eine tropische Nacht, ein prachtvoller Sternenhimmel. Mary Choy, die in einer von Geisterhand gelenkten, durch eine dunkle Landschaft jagenden Limousine einem brütenden und traurigen Mann gegenübersaß, der während der letzten halben Stunde kein Wort gesagt hatte, beobachtete die Prozession von Dörfern Feldern Buschwerk weiteren Feldern. Eine schwarze Asphaltstraße. Die Limousine glitt zügig steile Steigungen zu kurvenreichen Bergstraßen hinauf.

Sie hatte ihre Pistole so oft berührt, daß sie ihr vertraut und nicht sehr beruhigend vorkam; falls sie gezwungen war, sie zu benutzen, würde sie höchstwahrscheinlich ohnehin sterben. Warum hatte Reeve sie ihr dann gegeben?

Weil sich kein PD mit dem Gedanken anfreunden konnte, sich völlig machtlos in Gefahr zu begeben. Sie dachte an Shleges Freundin, die bei dem Selektor-Jiltz in dem Comb wild mit ihren Flechettes um sich geschossen hatte.

»Wir sind bald da«, sagte Soulavier. Er beugte sich vor, um aus den Fenstern zu schauen, rieb sich die Hände, neigte den Kopf und rieb sich die Augen und die Wangen — Vorbereitungen auf etwas, was ihm nicht behagen würde. Er hob den Kopf und betrachtete sie unverwandt mit traurigem Blick.

»Wo?« fragte Mary.

Einen Moment lang antwortete er nicht. Dann wandte er sich ab. »An einem besonderen Ort.«

Mary biß die Zähne zusammen, um ein Frösteln zu unterdrücken. »Ich wüßte gern, was ich mir da eingebrockt habe.«

»Sie haben sich gar nichts eingebrockt«, erwiderte Soulavier. »Ihre Chefs haben Ihnen das eingebrockt. Sie sind ein Lakai. Benutzt man dieses Wort in Amerika noch?« Er sah sie mit hoch erhobener Nase gebieterisch fragend an. »Sie haben keine Macht über Ihr Schicksal. Ich auch nicht. Sie haben sich festgelegt, ebenso wie ich. Sie folgen Ihrem Weg. Ich folge meinem.«

»Das klingt alles schrecklich fatalistisch«, sagte Mary. Sie dachte erneut daran, die Pistole zu ziehen und ihn zu zwingen, die Limousine anzuhalten und sie aussteigen zu lassen. Aber sie tat es nicht, denn es wäre ziemlich kurzsichtig gewesen. Auf dem Land konnte sie nicht lange untertauchen. Es war heutzutage kein Problem mehr, einen einzelnen Menschen zu finden, der sich versteckte, oder sogar ein Individuum in einer Menschenmenge ausfindig zu machen; nicht einmal für Hispaniola, das zwanzig Jahre hinterherhinkte.

Soulavier fragte die Limousine etwas auf Kreolisch. Die Limousine antwortete mit einer weichen, weiblichen Stimme. »Noch zwei Minuten«, sagte er zu Mary. »Sie werden zum Haus von Colonel Sir in den Bergen gebracht. In welchen Bergen, tut nichts zur Sache.«

Sie verspürte Erleichterung. Das klang nicht wie ein Todesurteil; es klang eher wie ein diplomatisches Pokerspiel. »Warum sind Sie dann traurig?« fragte sie. »Er ist Ihr gewählter Führer.«

»Ich halte zu Colonel Sir«, sagte Soulavier. »Es macht mich nicht traurig, sein Haus aufzusuchen. Ich empfinde Trauer um jene, die sich ihm entgegenstellen, um Leute wie Sie.«

Mary schüttelte ernst den Kopf. »Ich habe mich in keiner Weise gegen ihn gestellt.«

Soulavier tat das mit einer verächtlichen Handbewegung ab und fauchte: »Sie sind ein Teil von all seinen Sorgen. Er wird von allen Seiten bedrängt. Ein Mann wie er, so edel wie er, sollte nicht auf die Dankbarkeit von kläffenden wilden Hunden angewiesen sein.«

Marys Stimme wurde weicher. »Ich bin ebensowenig ein Grund für seine Sorgen wie Sie. Ich bin hergekommen, um einen Mann zu suchen, der eines Verbrechens verdächtigt wird.«

»Einen Freund von Colonel Sir.«

»Ja ...«

»Ihre Vereinigten Staaten beschuldigen ihn, einen Verbrecher aufgenommen zu haben.«

»Ich glaube nicht ...«

»Dann glauben Sie's eben nicht«, sagte Soulavier. »Wir sind da.« Sie fuhren zwischen massiven Säulen aus Stein und Beton hindurch und verfehlten das wuchtige, schmiedeeiserne Tor nur um Zentimeter, als es weit aufschwang. Überall leuchteten Taschenlampen auf. Soulavier zog Ausweispapiere hervor. Die Tür der Limousine sprang automatisch auf, und drei Wachposten stießen ihre Gewehre ins Innere. Sie musterten

Mary mit bösartig klugen, geschlitzten Augen prüfend, aufmerksam und skeptisch. Soulavier gab ihnen die Papiere. Sie sahen Mary an und sagten hin und wieder ein paar leise Worte zueinander, aus denen männliche Ungläubigkeit und Bewunderung klangen.

Soulavier stieg als erster aus. Er streckte ihr die Hand hin und wackelte mit den Fingern, damit sie ihm ihre reichte. Sie stieg aus, ohne seine Hilfe anzunehmen, und blinzelte ins Taschenlampen- und Scheinwerferlicht.

Ein Haus? Überall Wachtürme, wie in einem Gefängnis oder einem Konzentrationslager. Sie drehte sich um und sah eine groteske Zuckerbäckermonstrosität an dem großen gepflasterten und asphaltierten Platz liegen. Ein einziges gewaltiges, vielspitziges Geschnörkel aus Holz, behauenem Stein und Schmiedeeisen, in einem grünlichen Blau gestrichen, mit weiß gerahmten Fenstern und Türen wie die Augen und Münder von Clowns.

Mary fiel auf, daß sämtliche Wachposten ihre schwarzen Uniformmützen schief auf dem Kopf trugen und in Schwarz und Rot gekleidet waren. Alle hatten fingerlange Anstecknadeln an ihren breiten Aufschlägen, einen skeletthaften Mann mit rubinroten Augen, Zylinder und Frack. Soulavier trat vor, nachdem er sich mit einer Gruppe von Wachposten unterhalten hatte. »Bitte geben Sie mir Ihre Waffe«, sagte er ruhig.

Ohne zu zögern langte sie in ihre Tasche, zog die Pistole heraus und reichte sie Soulavier, der sie mit einiger Neugier betrachtete, ehe er sie weitergab.

»Und Ihre Haarbürste«, sagte er.

»Die ist im Gepäck.« Seltsamerweise schien sich ihre Laune nach dieser Entdeckung und Entwaffnung zu heben. Damit wurde ihr die Entscheidung auf einer weiteren Ebene abgenommen. Die Dinge entwickelten sich so unerfreulich, daß die vorhersehbare Abfolge ihrer Gefühle durchbrochen wurde.

»Wir sind keine Einfaltspinsel«, sagte Soulavier, als Wachposten ihren Koffer aus dem Kofferraum holten und ihn mit Gewehren aufstießen. Ein hochgewachsener, muskulöser Wachposten mit einem schlauen Bulldoggengesicht nahm die Haarbürste heraus, hielt sie ins Licht der Taschenlampe, fummelte den Verschluß auf und schnüffelte an dem Nano darin.

»Sagen Sie ihnen, sie sollen es nicht berühren«, riet Mary. »Es könnte ihre Haut schädigen.«

Soulavier nickte und sagte etwas auf Kreolisch zu den Wachposten. Die Bulldogge verschloß die Bürste wieder mit dem Deckel und steckte sie in einen Plastikbeutel.

»Kommen Sie mit«, befahl Soulavier. Seine Nervosität schien verschwunden zu sein. Er lächelte ihr sogar zu. Als sie auf die Treppe vor dem Haupteingang des Hauses zugingen, sagte er: »Ich hoffe, Sie wissen meine Höflichkeit zu schätzen.«

»Ihre Höflichkeit?«

»Ihnen bis zum letzten Moment das Gefühl zu lassen, bewaffnet zu sein und noch einen Trumpf im Ärmel zu haben.«

»Oh.« Die reich verzierte Doppeltür aus geschnitzter Eiche öffnete sich, als sie näherkamen. Dahinter glitten Tresortüren aus Panzerstahl in Vertiefungen zurück. »Danke, Henri«, sagte sie.

»Gern geschehen. Man wird Sie noch einmal nach Waffen untersuchen, und zwar ziemlich gründlich. Ich bedaure das.«

Marys Bild von den sozialen Beziehungen geriet durcheinander; sie fühlte sich auch räumlich desorientiert. Ihr war schwindlig. »Danke für die Warnung«, sagte sie.

»Keine Ursache. Sie werden mit Colonel Sir und seiner Frau zusammentreffen. Sie werden mit ihnen zu Abend essen. Ich weiß nicht, ob ich Sie begleiten werde.«

»Wird man Sie ebenfalls nach Waffen durchsuchen, Henri?«

»Ja.« Er forschte in ihrem Gesicht nach Anzeichen von Ironie, fand jedoch keine; es war nicht ironisch gemeint gewesen. Mary hatte ein intensives, rauschhaftes Gefühl von Gefahr. »Aber nicht so gründlich wie Sie«, schloß er.

Hinter den Tresortüren packten zwei Frauen in Schwarz und Rot Mary fest an den Armen und führten sie in eine Garderobe.

»Ziehen Sie sich bitte aus«, verlangte eine kleine, muskulös-plumpe Frau mit strengem Gesicht. Mary tat wie geheißen, und sie tippten ihr auf die Schultern und die Hüften und bückten sich, um ihre Haut nach verdächtigen Stellen zu untersuchen. Sie tasteten ihre graue Pofalte mit leisen Worten der Mißbilligung ab.

Doktor Sumpler wird bestimmt davon erfahren, dachte Mary und wußte nicht, ob sie lachen oder schreien sollte.

Sie drehten sie rasch um. Warme, trockene Finger.

»Sie sind nicht noir«, sagte die kleine Frau. Sie lächelte mechanisch. »Ich muß Ihre Geschlechtsteile untersuchen.«

»Sie haben doch bestimmt irgendein Gerät, einen Detektor oder so ...« begann Mary, aber die Frau unterbrach ihren Protest mit einem abrupten Kopfschütteln und zog an Marys Handgelenk.

»Keine Geräte. Ihre Geschlechtsteile«, sagte sie. »Bücken Sie sich bitte.«

Mary beugte sich nach vorn. Das Blut pochte in ihrem Schädel. »Werden Dinnergäste hier immer so behandelt?«

Keine der Frauen antwortete. Die kleine Frau zog sich einen Gummihandschuh über, beschmierte einen Finger mit durchsichtigem Gel aus einer Tube und inspizierte Marys Genitalien und den Anus mit raschen, professionellen Bewegungen.

»Ziehen Sie sich bitte wieder an«, befahl sie. »Ihre Blase ist voll. Wenn Sie sich angekleidet haben, bringe ich Sie zur Toilette.«

Mary zog sich rasch an. Sie zitterte vor Wut; der alte Zorn war wieder da. Das Gefühl der Desorientierung war verschwunden. Sie hoffte, daß Yardley es irgendwie noch einmal bedauern würde, was sie gerade durchgemacht hatte.

Draußen auf dem Flur führte die kleine Frau sie zu einer Toilette auf einer Seite, wartete, bis sie sich erleichtert hatte, und eskortierte sie in eine Rotunde. Soulavier gesellte sich wieder zu ihr. Sein Gesicht war gefaßt, seine Hände waren ruhig. Sie blieben unter einem riesigen Kronleuchter stehen. Mary kannte sich mit Dekor nicht aus, vermutete jedoch einen französischen Einfluß: frühes neunzehntes Jahrhundert vielleicht. Blaugraue Wände mit weißen Verzierungen. Möbel, die eher kurios als nützlich waren, eine Atmosphäre, die von der reichen und reichlich erdrückenden Vergangenheit beherrscht wurde. Es entsprach nicht gerade dem Bild von Yardleys Haus, das ihr vermittelt worden war; sie hatte eher eine Jagdhütte oder die dunklen Töne eines englischen Arbeitszimmers vor Augen gehabt.

»Madame Yardley wird uns empfangen. Ihr Geburtsname ist Ermione LaLouche«, sagte Soulavier. Die Wachen standen befangen hinter ihnen, die kleine Frau fast an Marys Ellbogen. »Sie stammt aus Jacmel. Eine richtige Lady von unserer Insel.«

Auf Hispaniola gibt es weder Ladies noch Gentlemen, dachte Mary. Sie war nahe daran, es laut zu sagen. Soulavier warf ihr einen warmen, leicht verletzten Blick zu, als ob er es gehört hätte. Er lächelte unsicher und versteifte sich.

Eine spindeldürre schwarze Frau mit hohen Wangenknochen und klarem, starrem Blick, die mindestens fünfzehn Zentimeter kleiner als Mary war, betrat die

Rotunde. Sie trug ein langes grünes Empiregewand und ließ ihre behandschuhte Hand leicht und träge auf dem angewinkelten Arm eines grauhaarigen Mulatten in schwarzer Livree ruhen. Der Mulatte lächelte und nickte Soulavier, den weiblichen Wachen und Mary zu, ganz Freundlichkeit und Servilität. Madame Yardley schien kaum etwas wahrzunehmen, bis sie direkt vor ihnen stand.

»*Bonsoir et bienvenus, Monsieur et Mademoiselle*«, sagte der grauhaarige Diener. Seine Stimme war volltönend und hallend, als ob sie aus einer tiefen Höhle käme. »Madame Yardley ist da. Sie wird mit Ihnen sprechen.«

Die Frau schien mit einem Ruck zum Leben zu erwachen. Sie lächelte und richtete den Blick auf Mary. »Ich freue mich, Sie kennenzulernen«, sagte sie mit einem starken Akzent. »Verzeihen Sie mein Englisch. Hilaire spricht für mich.«

Der Diener nickte enthusiastisch. »Bitte begleiten Sie uns in den Salon. Dort werden wir etwas trinken und die Hors d'Oeuvres einnehmen. Madame ist höchst erfreut, Sie beide zu Gast zu haben. Folgen Sie uns, bitte.«

Hilaire schwenkte Madame Yardley mit einem Walzerschritt herum, und sie warf Mary über die Schulter hinweg einen Blick zu und nickte. Mary fragte sich, ob sich die Frau zu Tode hungerte oder ob Yardley auf ausgemergelte Frauen stand. Die hispaniolanischen Exilanten hatten ihr erzählt, daß Colonel Sir mehrere Geliebte hatte. Vielleicht war Madame Yardley nur zu Repräsentationszwecken da.

Der Salon war überwältigend elegant, eine erdrükkende, Kopfschmerzen verursachende Mischung von Chinoiserien und afrikanischen Motiven. Ein weiterer, noch größerer Kronleuchter glitzerte über einem riesigen, handgewebten chinesischen Teppich, der so abgenutzt war, daß er durchaus mehrere hundert Jahre alt sein konnte. Eine mannsgroße Trommel — ein Assotor

— stand in einer Ecke auf einem Sockel. Ebenholzschwarze Skulpturen bärtiger Männer säumten die Wände, große Figuren mit kurzen Beinen, schmalen Köpfen und krummen Rücken, Götter und Teufel. Eine riesige Bronzeschüssel voller Wasser und schwimmender Blumen stand schräg gegenüber von dem Assotor in der anderen Ecke.

Diese Eleganz stand in Widerspruch zu allem, was man ihr erzählt hatte: daß Yardley schlichte Unterkünfte bevorzugte und keinen Wert auf Pomp und Prunk legte. Die Samedi-Nadeln seiner Wachen: Trat er auch für Voodoo ein?

Madame Yardley ließ sich auf einem Ende eines mit chinesischer Seide bezogenen Sofas nieder. Hilaire ging flink hinter ihr herum und ließ ihre Hand los, mit der sie sodann leicht auf den Platz neben ihr klopfte, wobei sie Mary anlächelte.

»*Donnez-vous la peine de vous asseoir.* Bitte«, sagte sie mit einer kindlichen, ein wenig unheimlichen Stimme.

»Madame lädt Sie ein, sich zu ihr zu setzen«, sagte Hilaire. »Monsieur Soulavier, bitte nehmen Sie dort Platz.« Er zeigte mit einem mehrfach beringten Finger auf einen Sessel, der volle fünf Meter entfernt jenseits des pastellfarben-azurblauen Teppichmeeres stand. Soulavier gehorchte. Mary setzte sich an den für sie bestimmten Platz. »Madame Yardley wünscht, mit Ihnen beiden über die Lage auf unserer Insel zu sprechen.«

Was folgte, war ein Marionettentheatergeplauder in Französisch und gebrochenem Englisch von Madame Yardley, begleitet von flüssig extrapolierten, geradezu beseelten englischen Übersetzungen durch Hilaire. Madame Yardley drückte Besorgnis über die Schwierigkeiten auf der Insel aus; was hatte Monsieur Soulavier zu berichten?

Soulavier erzählte ihr wenig mehr als das, was er Mary erzählt hatte, nämlich daß Dominikaner und andere Gruppen ihre Unzufriedenheit zum Ausdruck brachten, daß Truppen aus den Kasernen geholt worden waren und in den Straßen patrouillierten. Das schien zu genügen.

Madame Yardley wandte sich nun an Mary. Hilaire, der hinter ihr stand, die Hände auf der Sofalehne, tat es ihr sofort nach. Genoß sie ihren Aufenthalt? Wurde sie von allen Hispaniolanern gut behandelt?

Mary schüttelte den Kopf. »Nein, Madame«, antwortete sie. »Ich werde gegen meinen Willen hier festgehalten.«

Ein winziges Kerzenlicht der Besorgnis in Madames Augen, aber das Lächeln erlosch nicht, und die kindliche Fragerei ging weiter.

Das wird ein Ende haben, wir sind sicher; diese Schwierigkeiten sind für uns alle sehr unangenehm. Wenn doch alle in Harmonie miteinander leben könnten. Ist Madame Choy vielleicht eine noiriste, oder wie kommt es, daß sie sich ein so reizendes Design ausgesucht hat?

»Ich wollte nicht respektlos gegenüber Schwarzen sein. Ich fand dieses Design einfach attraktiv.«

Hilaire beugte sich vor und nahm eine direktere Rolle ein. »Wissen Sie, was noirism ist? Madame Yardley möchte wissen, ob Sie mit der Wahl Ihres Designs die politische Bewegung unterstützen, durch die Schwarze in aller Welt ihren Stolz wiedergewonnen haben.«

Mary dachte einen Augenblick lang darüber nach. »Nein. Ich sympathisiere damit, aber die Entscheidung für dieses Design ist rein ästhetisch begründet.«

Dann ist Madame Choy vielleicht eine spirituelle noiriste, eine instinktive Unterstützerin, so wie mein Mann, Colonel Sir?

Mary räumte ein, das könne stimmen.

Madame Yardley schaute zu Soulavier hinüber und fragte ihn, ob Colonel Sir vielleicht eine neue Gestalt annehmen sollte — so daß nicht nur seine Seele, sondern auch sein Äußeres farbig wäre. Sie schien zu scherzen. Soulavier lachte und beugte sich vor, um darüber nachzudenken; er stellte den Kopf schief und tat so, als ob er ernsthaft überlegen würde. Dann schüttelte er heftig den Kopf, lehnte sich zurück und lachte erneut.

Madame Yardley schloß, indem sie für ihre äußere Erscheinung um Verzeihung bat. Sie faste, erklärte sie, und werde ihre Fastenzeit erst heute abend beenden. Sie werde ausschließlich Fruchtsäfte trinken und nur Brot, ein wenig Banane und Kartoffeln zu sich nehmen, vielleicht auch etwas Hühnerbrühe. Hilaire hielt ihr die Hand hin; Madame Yardley legte die ihre darauf, erhob sich grazil und nickte Mary und Soulavier zu.

»Darf ich zu Tisch bitten?« sagte Hilaire. »Folgen Sie uns bitte.«

Der Speisesaal war mehr als fünfzehn Meter lang. Sein Eichenparkettfußboden trug einen riesigen, rechteckigen Tisch. Stühle säumten die Wände auf allen Seiten, als ob der Tisch weggeräumt werden könnte, um Platz zum Tanzen zu schaffen. Marys sensorische Betäubung verstärkte sich, als sie links von Madame Yardley vor einem eleganten, antiken Gedeck auf einer Tischdecke aus Damast Platz nahm. Eine goldene Keramikschüssel voller frischer Orchideen und Früchte — Mary erkannte Mangos, Papayas, Guaven und Karambolas — stand in der Mitte des Tisches, kleinere Nebenschüsseln jeweils einen Meter entfernt zu beiden Seiten.

Hilaire setzte sich schräg hinter seine Herrin; er würde hier nicht essen. Mary fragte sich, wann der Diener aß oder irgendwelchen anderen menschlichen Bedürfnissen nachkam, wenn er die ganze Zeit um Madame Yardley herum war.

Madame Yardley machte es sich langsam und mühevoll bequem. Ihr Gesicht spiegelte zahlreiche kleine Beschwerden, bevor sie sich wieder gefaßt hatte und bereit war, weiterzumachen. Sie verbeugte sich leicht vor

Mary, als ob sie in diesem Moment erst ihre Bekanntschaft machen würde. Ihre Augen waren so groß, ihr Blick so starr. Halb verhungert. Entrückt. Madame Yardley ließ den Blick mit dem gleichen gefrorenen Lächeln um den Tisch herum schweifen und sah jeden leeren Stuhl an, als ob dort ein enger Freund säße, der ihre besondere Aufmerksamkeit verdiente.

Soulavier saß ihnen gegenüber. Auf ihm ruhte Madame Yardleys Blick weniger lange als auf einem der leeren Stühle. Sie drehte sich wieder zu Mary und fragte sie auf Französisch und Kreolisch durch ihr Sprachrohr Hilaire, ob es sich ihrer Meinung nach auf Hispaniola gut leben ließe, verglichen mit Los Angeles oder Kalifornien.

Soulavier warf Mary einen Blick zu, die Nase ein bißchen erhoben, die Augen warnend verengt. Mary versuchte, ihn zu ignorieren, aber ihre Vorsicht gewann die Oberhand. Wenn Madame Yardley so zerbrechlich war, wie es den Anschein hatte, wenn sie möglicherweise kurz davor war, in sehr schlechte Verfassung zu geraten, und ihr eigenes Eiweiß verbrannte, um am Leben zu bleiben, dann konnte Mary eine unerfreuliche Szene riskieren, indem sie ihr nicht nach dem Mund redete. Sie tastete automatisch nach der Pistole in ihrer Tasche, fand sie nicht, sah, daß Soulavier ihre Geste bemerkt hatte, und wandte sich rasch an Madame Yardley.

»Hispaniola ist eine reizende Insel. Hier ist alles noch sehr natürlich. Los Angeles ist eine große Stadt, und die Natur hat dort nur noch wenig Platz.«

Madame Yardley ließ sich das einen Moment lang durch den Kopf gehen. Sie ist nie in Los Angeles gewesen, ebensowenig wie in Kalifornien; als junges Mädchen hat sie Miami besucht, aber es hat ihr nicht besonders gefallen. So verwirrend. Wenn sie aufs Festland kommen muß, dann zieht sie vielleicht Acapulco oder Mazatlán vor, wo sie drei Jahre zur Schule gegangen ist.

»Ich war nie in Miami, und in den anderen Städten auch nicht«, sagte Mary.

Das war schade; sie sollte öfters außer Landes gehen, um zu sehen, was die übrige Welt zu bieten hatte.

Mary pflichtete ihr bei, daß das klug wäre. Sie wünschte sich nichts mehr, als wieder in LA zu sein und die Stadt nie mehr verlassen zu müssen. Das blieb jedoch unausgesprochen.

»Ich war in Los Angeles«, sagte Soulavier. Davon hatte er Mary nichts erzählt; vielleicht wußte sie jetzt, warum er dazu ausersehen worden war, sich um sie zu kümmern. »Mein Vater hat im Jahr 2036 geholfen, die diplomatische Mission in Kalifornien aufzubauen.«

Madame fragte ihn in ihrem direkten Französisch, was er von der Stadt hielte.

»Sehr groß«, sagte er zuerst auf Französisch, dann auf Englisch. »Sehr viele Menschen. Damals nicht so stark in zwei verschiedene Klassen aufgeteilt wie heute, denke ich.«

Ist das wahr, zwei Klassen?

Mary neigte den Kopf.

»Diejenigen, die die mentale Therapie akzeptieren und jene, die es nicht tun«, sagte Soulavier. »Die letzteren werden im allgemeinen diskriminiert.«

Alle müssen sich therapieren lassen?

»Nein«, sagte Soulavier. »Aber um eine befriedigende Arbeit zu bekommen, muß man ein akzeptables mentales und körperliches Gesundheitsprofil haben. Die Weigerung, sich wegen mentaler oder körperlicher Funktionsstörungen behandeln zu lassen … macht es schwierig, von Arbeitsvermittlungsagenturen aufgenommen zu werden. Fast überall in den USA überprüfen solche Agenturen die Bewerber für die besser bezahlten Jobs.«

Madame Yardley ließ ein gläsernes, trillerndes, musikalischen Lachen hören, das nett und beunruhigend zugleich klang. Sie äußerte die Meinung, daß Hispaniola wie ein toter Baum in einem Hurrikan weggeblasen werden würde, wenn jeder auf der Insel seine geistige Gesundheit unter Beweis stellen müßte. Hispaniolas ganze Vitalität, behauptete sie, käme von der Weigerung, sich den praktischen Erfordernissen zu fügen, die Wirklichkeit zu tief in den Kopf eindringen zu lassen. Mit halb geschlossenen Augen, die Hände um die damastbedeckte Tischkante geklammert, musterte sie Mary, als ob diese das abstreiten und Madame Yardley dazu provozieren könnte, sie glattweg vom Stuhl zu hauen. Das eingefrorene Lächeln war verschwunden.

Mary neigte erneut den Kopf. Das Lächeln erschien wieder, wie eine flackernde Kerzenflamme, und Madame Yardley schaute verlangend zu Hilaire hinauf. Der Diener zog unverzüglich einen elektronischen Tongeber aus der Tasche und ließ drei scharfe Piepser erklingen. Keine zehn Sekunden später kamen weitere Diener — Mulatten und ein Orientale, alle von ziemlich kleiner Statur wie Kinder, aber voll ausgewachsen — mit Suppenschüsseln und einer großen Terrine herein.

Schweigend aßen sie die Suppe, eine mild gewürzte Hühnerbrühe. Mary fragte sich, ob sie alle Madame Yardleys Diät nach dem Fasten zu sich nehmen würden.

Sie erkundigte sich nicht, ob Colonel Sir später dazukommen würde, vielleicht wenn nahrhaftere Speisen aufgetischt wurden. Soulavier ignorierte ihren Blick und schlürfte friedlich Suppe von seinem Löffel, zufrieden damit, daß im Moment nicht so viel Gefahr bestand, in irgendwelche Fettnäpfchen zu treten.

Als der Suppengang beendet war, ließ sich Madame Yardley von Hilaire zart den Mund abwischen. Es schmeckt wunderbar, sagte sie, wie ein Hauch des Lebens selbst. Ob Mary wissen möchte, warum sie gefastet hat?

»Ja«, sagte Mary.

Madame Yardley erklärte, daß ihrem armen Mann

von allen Seiten Widerstand entgegenschlüge, selbst von seiner Frau. Sie fastet, um ihn davon zu überzeugen, daß er sich dem internationalen Recht beugen und nicht den bösen Buben spielen sollte; daß er ein für allemal die Entsendung hispaniolanischer Truppen in fremde Länder stoppen sollte, wo sie in fremden Kriegen kämpften. Er hat sich schließlich einverstanden erklärt, und deshalb bricht sie ihr Fasten ab. Es ist für Hispaniola wichtig, schloß sie, eine noch höhere moralische Stellung einzunehmen als die Länder drum herum. Die Insel hat das Potential, ein großes Paradies zu sein, ein Himmel auf Erden. Aber ein solcher Traum wird nicht in Erfüllung gehen, solange ihre Menschen gegen die anderen Menschen auf der Erde sündigen oder sie dazu ermutigen, gegeneinander zu sündigen. Ist das ein idealistischer, vielleicht ein hoffnungsloser Traum?

»Ich hoffe nicht«, sagte Mary.

Diener brachten Wein herein. Mary nahm nur wenig; Soulavier ließ sich recht bereitwillig ein volles Glas der dunkelroten Flüssigkeit einschenken. Madame Yardley trank nichts davon. Sie bekam einen trüben, nebligen, bernsteingelben Saft.

Sie begann wieder zu sprechen, hob diesmal jedoch die Hand zu Hilaires Mund. »Ich glaube, ich erinnere mich jetzt an diese Worte«, sagte sie direkt. »Ich mache meinen Mann, du handelst diese Frau gut. Sie ist nicht gut gehandelt. Nicht Schuld von ihr, sie ist bei uns. Gib ihr, was sie will. Er sagt, wir haben nicht, was Sie wollen.«

»Das hat man mir gesagt«, erklärte Mary.

»Sie glauben das?« fragte Madame Yardley.

Mary schüttelte zweifelnd den Kopf. »Anscheinend hat man mich ohne triftigen Grund hierhergeschickt.«

Das Kerzenlicht der Besorgnis brannte heller in Madame Yardleys Augen. Ihre Miene wurde mütterlich und fröhlich. Sie beugte sich vor, von der Suppe gekräftigt, und sagte: »Was Sie wollen, ist hier. Wir haben den Mann Goldsmith. Ich glaube, Sie können ihn sehen. Vielleicht schon morgen.«

Mary stellte vorsichtig ihr Weinglas ab. Ihre Finger zitterten in einer Mischung aus Wut und Schock. Soulavier schien genauso überrascht zu sein.

■

Was bei einem gesunden mentalen Apparat in jedem von uns wahrnehmungsfähig ist, sind die Primärpersönlichkeit und all jene Nebenpersönlichkeiten, Agenten oder Talente, die zu konsultieren oder zu benutzen diese für erforderlich gehalten hat; was nicht ›bewußt‹ ist, ist nur für den Augenblick (bei dem es sich um einen Sekundenbruchteil, ein Jahrzehnt oder sogar um ein ganzes Leben handeln kann) inaktiv oder wird gerade nicht konsultiert. Die meisten mentalen Organons — das ist das Wort, das ich benutze, wenn ich von den verschiedenen Elementen des mentalen Apparats rede — sind imstande, irgendwann zur Wahrnehmungsfähigkeit zu gelangen. Die großen Ausnahmen von dieser Regel sind unentwickelte oder unterdrückte Nebenpersönlichkeiten und jene Organons, die ausschließlich mit körperlichen Funktionen oder der Erhaltung der physischen Struktur des Gehirns befaßt sind. Diese elementaren Organons erscheinen bei einer Gehirnaktivität auf höherer Stufe hin und wieder als Symbole, aber der Informationsaustausch mit ihnen verläuft fast völlig einseitig. Sie äußern sich nicht zu ihren Aktivitäten; sie sind Automaten, so alt wie das Gehirn selbst.

Das heißt nicht, daß das ›Unterbewußtsein‹ vollkommen erforscht ist. Vieles bleibt ein Geheimnis, besonders jene Strukturen, die Jung als ›Archetypen‹ bezeichnet hat. Ich habe ihre Wirkungen, ihre Resultate gesehen, aber noch nie einen Archetypus selbst, und ich kann nicht sagen, zu welcher Kategorie von Organons ich ihn zählen würde, wenn ich ihn finden könnte.

— Martin Burke, Die Landschaft des Geistes (2043—2044)

52

LitVid 21/1 A-Netz (AXIS-Direktbericht mit Bildern, David Shine): »Wir bekommen diese bemerkenswerten Bilder von AXIS um neunzehn Uhr Pazifische Standardzeit. Die Auflösung ist schlecht, weil dies Echtzeitbilder sind, die zusammen mit dem üblichen Datenstrom von AXIS über vier Lichtjahre hinweg übertragen worden sind. Zweifellos wird AXIS später komprimierte Impulsbilder mit besserer Auflösung liefern ...

Das ist das Meer, das AXIS Meso genannt hat, für Mitte. Es ist eine große Süßwassermasse — auf B-2 gibt es keine Salzwassermeere —, die den Planeten fast ganz umgibt. Wie Sie sich erinnern, besitzt B-2 ein kleines Polarmeer — das einzige blaue Meer —, außerdem dieses andere, gürtelartige Meer und ein paar verstreute Seen. Alle Turmformationen befinden sich in einem Umkreis von ein paar hundert Kilometern um diese Meere, die mit einer amorphen organischen Suppe gefüllt sind. Bis jetzt sind keine großen Lebensformen auf B-2 entdeckt worden, und darin liegt das Rätsel — die Wissenschaftler auf der Erde haben keine Anhaltspunkte bekommen, um zu erklären, wie diese Türme entstanden sind. Aber wie Sie sehen können ... Diese Bilder, die von Dutzenden mobiler Explorer überall im Meso-Ozean aufgenommen worden sind, zeigen eine richtiggehende Flut organischer Stoffe, die aus dem Wasser aufsteigen, über die Küstenregion hinweggehen,sich dann in diese bemerkenswerten Brecher oder seitlichen Tentakel aufspalten — ein anderes Wort fällt einem dafür nicht ein — und sich in S-förmigen Schleifen rasch diagonal voranbewegen, wie eine gehörnte Klapperschlange auf der Erde über Sand und Kies.

Bei AXIS Control auf der anderen Mondseite, in Australien und Kalifornien, wo die AXIS-Simulation von Roger Atkins beaufsichtigt wird, herrscht große Aufregung. Im Moment können wir keine Life-Interviews bringen; alle sind sehr beschäftigt. Aber wir haben Abschriften der Kommentare von AXIS, und die finden Sie auf Ihrem Littext-Band ...«

AXIS (Band 4)> Diese Migration organischer Stoffe begann vor drei Stunden. Ich habe die Übertragung aufgeschoben, damit sich all meine mobilen Explorer und Münzenkinder in ideale Positionen begeben können. Drei Explorer sind tatsächlich zu nah herangekommen und von organischem Material umgeworfen worden; einer ist möglicherweise vollständig außer Betrieb. Die anderen beiden melden, daß sie sich wieder erholen werden. Das ist ein bemerkenswertes Phänomen, Roger, aber es kommt nicht völlig unerwartet. Ich habe die mögliche innere Struktur der Turmringe analysiert und bin zu dem Schluß gelangt, daß periodische Ablagerungen eine wahrscheinliche Erklärung sind. Ich konnte nur davon ausgehen, daß jedes lebende Ding oder alle lebenden Dinge, die für derartige Gebilde verantwortlich sind, aus den Meeren kommen würden. Jetzt sehen wir den Beginn einer möglichen Phase der Sammlung und Ablagerung. Es läßt sich nicht sagen, ob dabei neue Formationen entstehen werden oder nicht.

Die einzelnen Türme haben einen unterschiedlichen Umfang. Manche Türme sind beinahe zusammengewachsen und bilden massive Kreise; viele davon scheinen verfallen zu sein, als ob sie verlassen worden wären. Es scheint, als ob es einen Zusammenhang zwischen dem Verfall der Kreise und der Vollendung eines

Rings gäbe, das heißt, der Verschmelzung aller Türme zu einem flachen Zylinder.

Die freibeweglichen Formen des organischen Materials, die aus dem Meso aufsteigen, sind faszinierend. Meine Explorer und Kinder haben Würmer gesehen, die sich wie terrestrische Ringelwürmer bewegen, andere Formen kriechen wie Schlangen, und große, flache Matten oder Materialmassen krabbeln auf so etwas wie frisch gewachsenen Zilien oder Tausenden von winzigen Füßen dahin. Die ganze Region um den Meso-Ozean herum ist bis zu einer Entfernung von drei Kilometern von Millionen von Klumpen, länglichen und freibeweglichen Formen bedeckt. Mein Orbiter berichtet, daß die Wege dieser wandernden Organismen in neunzig Prozent der Fälle zu einem der Turmringe führen.

Wenn das tatsächlich die richtige Erklärung für die Türme ist, habe ich mich gewiß geirrt, als ich andeutete, daß sie von intelligenten Wesen geschaffen worden sein könnten. Was meine verschiedenen Verlängerungen hier miterleben, ist ursprünglich und verrät nicht mehr Kultur oder Intelligenz als das Kriechen eines terrestrischen Schleimpilzes.

David Shine: »Das ist wahrhaftig eine außergewöhnliche Entwicklung, und sie kam so plötzlich, daß sie all unsere Experten überrascht hat. Man hat allgemein den Eindruck, daß sämtliche Konstrukteure und Programmierer von AXIS gerade dabei sind, die Mission von AXIS im Licht der Möglichkeit neu zu beurteilen, daß die Türme vollständig natürlich und nicht künstlich sind ...«

!Roger Atkins> Jill. Ich habe eine Selbstdiagnose von AXIS — einen komprimierten Impuls auf Band 2 — aus dem Echtzeit-Datenstrom ausgesondert. Warum hat AXIS uns das geschickt? Das war nicht vorgesehen.

!JILL> Ich analysiere. Analyse beendet. AXIS nimmt eine Neubewertung des Charakters ihrer Mission im Licht der neuen Informationen vor.
!Roger Atkins> Habe ich Grund zur Besorgnis?
!JILL> Die AXIS-Simulation führt jetzt eine solche Neubewertung durch. Es gibt mehrere Reaktionen bei der echten AXIS-Sonde, die anomal zu sein scheinen. Ich untersuche diese Anomalien. —————————

Roger, diese Anomalien bewegen sich im Rahmen der erwarteten Abweichungen zwischen Modell und Original. Sie können das Resultat des einzigen Umstands sein, den wir in der AXIS-Simulation, wie sie gegenwärtig konstruiert ist, nicht modellieren können: Die AXIS-Simulation ist sich bewußt, daß sie nicht exakt in der gleichen Lage ist wie die echte AXIS-Sonde.
!Roger Atkins> Was soll *das* denn heißen, Jill?
!JILL> Sie ist hier und nicht dort draußen.
!Roger Atkins> Nun ja, Herrgott, das ist doch klar.
!JILL> Sonnenklar. Aber vielleicht wichtig. Die echte AXIS-Sonde erlebt etwas Beunruhigendes, während sie ihre Mission neu bewertet. Die AXIS-Simulation reproduziert diese Beunruhigung nicht.
!Roger Atkins> Ich glaube, es ist an der Zeit, Jill, daß ich ein paar Tracer und Bestätigungsroutinen durch die AXIS-Simulation schicke. Ich wußte nicht, daß die AXIS-Simulation erkannt hat, daß es da einen Unterschied gibt.
!JILL> Ich bitte um Verzeihung, daß ich diese Eventualität nicht früher gemeldet habe.
!Roger Atkins> Du brauchst dich nicht zu entschuldigen. Ich habe da offenbar selber was übersehen.

■

Stellen Sie sich vor, jemand anders würde anschaulich in Ihnen träumen; oder Sie wären wach und könnten dennoch Ihre Träume erforschen. So ähnlich ist die Erfahrung mit der Landschaft des Geistes, jedenfalls zum Teil. Aber unsere persönlichen Erinnerungen an Träume sind natürlich verworren. Es ist sogar möglich, daß zwei oder mehr Agenten gleichzeitig verschiedene Träume haben, was noch mehr zur Verwirrung beiträgt. Wenn ein Traum die Landschaft überhaupt durchschneidet, dann wie ein Pfeil, der durch eine Schichttorte geht; er nimmt dabei Eindrücke von bis zu einem Dutzend territorialer Ebenen auf. Wenn ich in Ihre Landschaft gehe, kann ich jedes Territorium klar und deutlich so sehen und studieren, wie es ist, und nicht so, wie es Ihr privater Traumdeuter gern hätte.

— Martin Burke, Die Landschaft des Geistes (2043—2044)

53

Martin untersuchte Goldsmith sorgfältig.

Goldsmiths Couch massierte ihm rhythmisch den Rücken, die Beine und die Arme; sein Kopf und sein Hals ruhten weich auf einem sanft wogenden Kissen.

Carol summte vor sich hin, während sie ihre Tätigkeiten auf ihrer Tafel abzeichnete. Sie waren mit dem schlafenden Mann im Hörsaal allein, umgeben von der geschäftigen Stille der elektronischen Geräte und dem gedämpften Gemurmel der Luft aus der Klimaanlage des Hörsaals. Der Rest des Teams ruhte sich aus oder aß zu Abend.

»Was ist mit den Anschlüssen?« fragte Carol und ging um die Liege herum zu ihm. Martin bückte sich, um sich eine Stelle an Goldsmiths Hals fünf Zentimeter unter dem Winkel des Kieferknochens anzusehen. Ein paar Bartstoppeln, dann ein glattrasierter Kreis; in dem Kreis ein feines Muster silberner Linien. Das Nano in

Goldsmith hatte eine Direktleitung erzeugt, die vom Gehirn zur Hautoberfläche am Hals verlief. Ein Connector würde diese Leitung über den dazwischengeschalteten Computer, der den Informationsfluß von Goldsmith, Neuman und Burke bereinigen und interpretieren würde, mit ähnlichen Leitungen aus ihren eigenen Gehirnen verbinden. Ohne Puffer. Das beunruhigte Martin immer noch.

»Die sehen sehr gut aus«, sagte Martin. »Ich finde, wir haben jetzt genug herumgepusselt. Zeit für unsere eigene Dosis.«

Carol rief das Team herein. David und Karl würden ihnen bei den Vorbereitungen helfen; dann würden Margery und Erwin David und Karl für ihre Rolle als Unterstützer vorbereiten. Wenn die Untersuchung richtig im Gang war, würden im Hörsaal fünf Personen scheinbar schlafend auf der Couch liegen.

Carol und Martin begaben sich zu ihrer jeweiligen Couch. Das Nano wurde ihnen über Arm und Hals zugeführt, wie bei Goldsmith. Margery schaltete die Induktoren ein, die sie in Schlaf wiegen würden. Sie würden etliche Stunden schlafen, während die Nanomaschinen ihre Einsatzorte fanden, die entsprechenden Leitungen wachsen ließen und an ihrem Hals austraten; dann würden sie in einen neutralen Wachzustand überführt werden, in dem körperliche Empfindungen vorübergehend ausgeschaltet waren; sie würden jedoch voll bei Bewußtsein und fähig sein, die Augen zu öffnen und zu bewegen. Während der ersten Stufe der Untersuchung würden sie auch noch sprechen können.

Martin erinnerte sich an sein Kinderzimmer. An die Roboter, die er gebaut hatte, große und kleine. An seinen Großvater, der ihm Bücher gekauft hatte, Packen aus gebundenem Papier, die schon damals selten waren. An seine erste Liebe, ein junges Mädchen namens Trix.

Er spürte nichts davon, wie das Nano seine Positionen in seinem Körper einnahm.

Eine dumpfe, angenehme Mattigkeit. Machte die Augen nur einmal auf, um einen Blick zur Galerie hinauf zu werfen. Sah dort Albigoni, das Kinn auf den verschränkten Armen, die auf dem Geländer vor dem Fenster ruhten. Was würde er tun.

Was werden wir tun.

Margery weckte Martin um zweiundzwanzig Uhr. Seine Sinne schienen besonders geschärft zu sein, aber er versuchte nicht, sich zu bewegen. Er konnte den scharfen, käsigen Geruch des Nano riechen; den hatte er früher nie beachtet. Er verspürte quälenden Hunger, obwohl er gut gegessen hatte. Sie würden noch viele Stunden lang nichts zu essen bekommen. »Alles in Ordnung, Dr. Burke«, sagte Margery. »Wir schließen Ihr Kabel jetzt an.«

»Gut.«

Karl und David verlegten die dünnen, leichten Glasfaserkabel in dem Raum und um die Trennwand herum, die ihnen den Blick auf Goldsmith versperrte. Karl spannte die Kabel in Führungen, die an den Liegen angebracht waren. »Nicht bewegen«, sagte Karl leichthin und beugte sich nah zu Martins Hals hinunter. Martin spürte den Connector kalt und weich an seiner Haut. David und Margery beobachteten die Anzeige auf dem Kabelmonitor, stellten fest, daß die Verbindung optimal war, und gingen zu Carol hinüber.

Nur noch ein paar Minuten, dann ging es wieder in die Landschaft. Anabasis. Zuerst einfach immer tiefer hinein, dann eine Schleife, Burke und Neuman in Goldsmith wie Tramper, die sich darauf vorbereiten, ein neues Land zu bereisen. Nicht einmal Goldsmith hatte diesen Teil von sich selbst gesehen. Niemand bekam diesen Teil von sich selbst direkt zu sehen.

»Sie müßten gleich ein optisches neurales Muster von Goldsmith bekommen«, sagte Margery hinter der Trennwand.

»Carol«, sagte Martin.

»Ja? Hallo.«

»Ich bin froh, daß du dabei bist.«

»Ich weiß. Ich bin froh, daß ich hier bin.«

»Genug geschwatzt«, sagte David freundlich. »Was sehen Sie, Carol, Martin?«

Martin schloß die Augen. Am Rand seines Sichtfelds flimmerte eine düstere Helligkeit, gesäumt von flirrendem Grün. Das flirrende Grün erblühte zu einer unendlichen Rückwärtsbewegung wirbelnder Fraktale, geistige geometrische Strukturen, die allen Gehirnforschern vertraut waren: optische Interferenzmuster, die von den Fahneneffekten der Signale vom Hinterhauptslappen herrührten.

Martin hatte solche Muster zum erstenmal als Kind gesehen, wenn er nachts die Knöchel auf seine Lider gepreßt und damit Druck auf den Sehnerv ausgeübt hatte.

Das waren seine eigenen Muster, nicht die von Goldsmith.

»Nichts als Fahneneffekte«, sagte Carol.

»Dito«, stimmte ihr Martin zu.

»Wir suchen noch die richtige Abstimmung«, sagte Margery. »Ich hab hier ein Signal von der ersten Ebene. Ich geb's jetzt rein.«

Martin sah ein leuchtendes Mandala aus sich wild krümmenden Schlangen, die Schwänze an der Peripherie, die Nasen im Zentrum, Augen gelb Körper perlgrau, jede Schuppe fiebrig scharf. »Schlangen.«

»Schlangen«, sagte Carol gleichzeitig.

»Sieht wie ein limbisches ID-Signal aus«, sagte Martin. »Muß das von Goldsmith sein. Wir sind nah dran.«

»Wir suchen weiter«, sagte Margery. »Wir isolieren eine neue Frequenz. Wie ist das?«

Wolken. Ein endloser Zyklus von Wolken und Regen, wieder in einem Mandala, Stürme, die im Kreis um ein sich drehendes Rad aus Blitzen jagten. Die Blitze drohten sich in Schlangen zu verwandeln. Martin frohlockte. Sie waren auf der richtigen Spur; sie beobachteten die Schichten der limbischen Zeichen — Symbole, die zwischen den autonomen Systemen des Gehirns und den höheren personalen Systemen ausgetauscht wurden. »Wolken und Blitze. Die Blitze wollen wieder zur Schlangenschicht zurück.«

»Dito«, sagte Carol.

»Eine neue Frequenz«, sagte Margery. »Jetzt hab ich eine starke. Wie ist das?«

Ein würfelförmiger Raum mit schmutzigen Ziegelwänden, feucht, tropfendes Wasser, Wasser auf dem Fußboden, Wasser, das wie etwas Lebendiges die Wände hochkroch. In der Mitte der Wasserfläche saß ein winziges, gelb- oder vielleicht goldhäutiges Kind, kahl bis auf einen Haarknoten, auf einer sonnenbeschienenen Wüsteninsel und spielte Karten.

»Meine Güte«, sagte Carol. »Das sieht mir aber nun wirklich personal aus.«

Das Kind blickte auf und lächelte. Sein Antlitz war auf einmal von dem Gesicht eines graubärtigen, grimassierenden Schimpansen mit vorstehender Schnauze und braunen, unendlich ruhigen Tieraugen überlagert. Das war ein bedeutungsvolles Symbol, aber eindeutig personal und eindeutig von Goldsmith.

»Wir scheinen in einem geschlossenen Raum zu sein. Mal sehen, ob er aufgeht.«

Von ihrem Blickwinkel in der Nähe der tropfenden Ziegeldecke aus änderte das Wasser auf dem Boden seine Farbe. Es wurde zu einem grauen, stürmischen Ozean, einem rotweinfarbenen See, einer schlammigen Pfütze, in die Regentropfen fielen. Die Wüsteninsel blieb bestehen, ebenso wie das Kind, das seinen endlosen Zyklus von Aufblicken, Schimpansengesicht und Rückkehr zum Kartenspiel wiederholte. Dies war ein Sonderfall der Landschaft; ein Symbol, das einer personalen Zwischenschicht zugeordnet war und Eigenschaften annahm, die nicht vom genetischen Erbgut, sondern von Goldsmiths eigenen frühen Kindheitserlebnissen abstrahiert waren.

Wofür der Raum, das Kind und das Schimpansengesicht standen, spielte hier keine Rolle; wahrscheinlich konnten solche tiefliegenden Schichten überhaupt nicht kartiert werden, indem man für ihre Bedeutungsgehalte direkte Entsprechungen suchte.

Martin war früher schon oft auf derartige persönliche, mythische Idiome einer Tiefenschicht gestoßen, die immer rätselhaft, oftmals aber auch wunderschön waren. Sie waren wahrscheinlich von archetypischen Problemlösungsprozessen in der frühen Kindheit determiniert. Möglicherweise handelte es sich bei diesen Endlosschleifen um abgelegte Artefakte der Individuation, eines Prozesses, der normalerweise im Alter von drei oder vier Jahren abgeschlossen war. Wie auch immer, sie waren faszinierend, aber im Grunde nicht das, wonach Carol und er suchten.

»Sieht wie ein mythisches Idiom aus«, sagte Martin. »Eine Endlosschleife. Versucht was anderes.«

»Keine Türen nach draußen«, ergänzte Carol.

»Noch eine stärkere Frequenz«, meldete Margery. »Ich schalte auf eine andere Stelle, einen anderen Kanal in einem tieferen Cluster um.«

Eine Öffnung. Ein Gefühl von unermeßlicher Weite. Hier war etwas, das unzweifelhaft nach der Herausbildung der Persönlichkeit erworben worden war, vielleicht sogar aus den Erlebnissen der Jugendzeit. Ein Eindruck von drei endlosen Highways, die nebeneinanderher durch eine sonnengebleichte Wüste verliefen. Kahle Sandverwehungen. Martin konzentrierte sich darauf, dieses Bild zu erforschen, das zu nehmen, was ihm übermittelt wurde, und zu kontrollieren, worauf er seinen Blick richten konnte, immer einen Punkt nach dem anderen. Das bewirkte eine schwindelerregende Justierung des Bildes, und er fand sich auf dem mittleren Highway wieder. Er spürte weder das Gewicht seines Körpers, noch hatte er das Gefühl, wirklich dort zu sein; die Sonne strahlte mit jener düsteren Helligkeit, die für die Landschaft charakteristisch war, aber sie wärmte ihn nicht.

Martin blickte an sich hinunter. Er hatte ausgeblichene Jeans, ein weißes Arbeitshemd mit Farbflecken und die Laufschuhe aus seiner Kinderzeit an. Diese Kleidung hatte er früher schon in der Landschaft getragen.

»Wir schalten jetzt die subverbale Querverbindung ein«, sagte Margery. Ihre Stimme klang fern und hohl. »Gebt uns Bescheid, wenn ihr raus wollt.«

Von jetzt an würden Martin und Carol nicht mehr laut sprechen, bis der Test abgeschlossen war.

¦Carol?

Ein Eindruck von etwas Riesigem über ihm, wie ein herabstürzender Asteroid. Eine weitere Persönlichkeit: Carol.

¦Bin schon bei dir.

Sie erschien neben ihm auf der Straße, verschwommen, nur ein Gespenst in diesem Stadium. Erst wenn eine vollständige Schleife stand, würden sie einander deutlich sehen, und selbst dann würde das, was sie sahen, nicht unbedingt dem jeweiligen Selbstbild entsprechen.

¦Das sieht durchaus überzeugend aus, sagte Martin. Ich denke, wir können es als Einstiegskanal benutzen.

¦Willkommen daheim, sagte Carol.

Martin machte die Augen auf. Die Bilder vom Highway und vom Hörsaal prallten einen Moment lang aufeinander, dann verblaßte die Landschaft wie der letzte zarte Hauch eines Traums. Albigoni stand in der Galerie über dem Hörsaal, die Hände in den Taschen. Lascal saß hinter seinem Arbeitgeber; seine Füße waren auf dem Geländer zu sehen.

»In Ordnung«, sagte Martin. »Wir nehmen diese Stelle und diesen Kanal. Ihr könnt uns dann auch gleich in einen gesunden, tiefen Schlaf wiegen, während ihr die Punkte fixiert und die Feinabstimmung vornehmt.«

Margery beugte sich über ihn. Sie kniff die Augen zusammen und schaute auf die Connector-Anzeige. »Alles bestens«, sagte sie. Erwin trat an Carols Couch.

»Wie lange dauert's noch, bis wir rein können?« fragte Carol.

»Drei Stunden, bis wir die Frequenzen fixiert und eingetragen haben«, antwortete Margery. »Jetzt ist es fünf nach halb zwölf.«

»Wird eine lange Nacht werden«, sagte Martin. »Weckt uns um neun. Dann habt ihr reichlich Zeit, um David und Karl als Unterstützer fertigzumachen. Schlaft euch alle nochmal richtig aus. Wir wollen, daß jeder frisch und voll einsatzbereit ist.«

Er schaute wieder zur Galerie hinauf. Albigoni hatte die Hände in die Hüften gestemmt. »Gebt Mr. Albigoni einen kurzen Überblick. Sagt ihm, daß wir wahrscheinlich morgen mittag fertig sein werden.«

»Mach ich«, nickte Margery.

»Wir sehen uns im Traum«, sagte Carol leichthin.

Margery stellte den Induktor ein. Martin schloß die Augen.

■

1100-11100-11111111111

54

Richard Fettle konnte sich nicht erinnern, sich jemals in seinem Leben so elend gefühlt zu haben. Weder nach dem Tod seiner Frau und seiner Tochter noch in den langen Jahren, in denen er sich langsam erholt und sein

Leben wieder gekittet hatte. Der Krieg in seinem Innern verursachte ihm stärkere Pein, als er sie jemals in dieser Zeit verspürt hatte. Die Intensität dieser Qual verblüffte ihn.

Wenn er die Frau, die neben ihm lag, einfach tötete und zur nächsten Phase seines Lebens überging, wäre das vielleicht die Lösung für alles. Es kostete ihn richtige Anstrengung, die Arme an seinen Seiten zu behalten. Sicher würde sie seinen inneren Kampf spüren, wenn auch nur durch die leisen Vibrationen des Bettes, wenn er sich hin und her warf, die Muskeln im Konflikt miteinander. Aber sie schlief tief und fest.

Nadine hatte immer schon eine beachtliche Fähigkeit gezeigt, die Wirklichkeit zu ignorieren oder nur das zu sehen, was sie sehen wollte. Sie hatte ihre Therapiespielchen mit ihm gemacht. Sie verdiente es, zu ernten, was sie gesät hatte. Die höheren Mächte würden ihm das bestimmt erlauben. Das Beispiel von Emanuel Goldsmith, der so viel Aufmerksamkeit erregt hatte, wies ihm deutlich den Weg.

Richard war jetzt nicht daran interessiert, das Rätsel um Goldsmith zu lösen. Er wollte überhaupt nicht nachdenken oder sich über irgend etwas den Kopf zerbrechen.

Er rollte sich erneut im Bett herum, um Nadines schlafende Gestalt anzusehen. Vor einer Stunde hatte sie versucht, ihn dazu zu bringen, mit ihr zu kopulieren; und ihm erzählt, es würde seine nervliche Belastung verringern. Sie schien seine Not anziehend zu finden; anscheinend weckte er irgendeinen perversen Mutterinstinkt bei ihr.

Er hatte sich mühevoll aus dieser Falle herauslaviert. Jetzt betrachtete er sie, wie sie warm und still dalag, und sah nur Fleisch, dem jede Regung ausgetrieben werden mußte.

+ Krank. Brauche jetzt wirklich Therapie nicht ihre sondern professionelle. Schwelle überschritten. Bin schon weit jenseits. Schreibe ein Gedicht wie ihr Fleisch von schlafendem Leben unter meinen Fingern zu Reglosigkeit Desorganisation übergeht. Selektoren lesen das Gedicht und kommen um mich durch die Hölle gehen zu lassen schlimmer als was ich jetzt erlebe? Wohl gar nicht möglich. Therapeuten glucken über mir zusammen gluck gluck sondieren meinen Geist obligatorische Überprüfung und Korrektur meiner Seele schieb das mal hier rüber was ist das? Finger weg; Gift ein mentaler Virus der uns alle ansteckt den muß er sich bei Goldsmith geholt haben. Eine letzte Chance; seinen Geist seinen Körper zu Asche verbrennen und daraus einen neuen Menschen formen Den Neuen Menschen in die Welt hinausschicken mit leuchtendem Gesicht der sich benehmen kann pfadfindermäßig ehrenhaft angepaßt vielleicht sogar Arbeit suchen zu einer Agentur gehen und er muß bloß die Hände um ihren Hals legen den glatten und warmen das Pulsieren des Blutes wie Vogelatem dort fühlen

Sie bewegte sich. Er nahm die Hand weg, legte sie wieder hin. Ob sie wohl aufwachen würde, bevor sie starb? Ob er sie sanft und behutsam in Desorganisation versetzen konnte?

\+ Immer noch Güte in mir. Etwas Sanftes ist immer noch da. Reinige dich davon oder sie werden es tun. Tu das jetzt und die Welt wird mir die Bude einrennen nichts wie ran an sein Gehirn wir wollen dir helfen. Wollen wissen wie du so geworden bist. Meinst du daß deine Erziehung schuld ist? Nein ein Freund der mich enttäuscht hat. Nur enttäuscht? Gluck. Enttäuschung reicht nicht um das alles zu bewirken. Nein er hat das verraten wofür er stand. Wofür er für mich stand. Gluck. Verrat ist eine ernste Sache. Sie will dich verraten indem sie dich therapiert. Wer braucht im Schatten schon Therapie ich du wir alle aber darauf kommt's nicht an. Worauf es ankommt ist das Elend zu beenden. Könnte all meine Gedanken Erinnerungen meine ganze

Persönlichkeit auskotzen sie einfach durch meine Augen aufs Bett schmeißen. Würden sich dann auf die eigenen Beine aufrappeln über die Laken kriechen und trippeln und sie töten. Sie fressen wie monströse Insekten. Gluck. Gestörte Bilder. Höchst beunruhigend für normale Menschen in deinen Kopf zu schauen und solche Gedanken zu sehen. Du bist so unrein da würde Therapie nichts bringen. Holt die Selektoren. Strafe ist die einzige Antwort. Reinigendes Feuer mit einer Schmelzflamme aus noch größerem Elend.

Er fuhr fort, Nadines Nacken sanft zu streicheln.

\+ Eine andere Art von Verführung. Nicht Sex. Mach Tod mit mir. Wird dich entspannen.

Das belustigte ihn, und er mußte ein Glucksen unterdrücken.

\+ Höre mich jetzt echt irre an. Wirklich total ausgeklinkt. Goldsmiths Beispiel. Hat er fröhlich gelacht als er ihnen die Kehle durchgeschnitten hat den ahnungslosen Opferlämmern einem blutig desorganisierten nach dem anderen.

Aber die Finger wollten sich nicht schließen. Er konnte immer noch diese sanfte, anspruchslose, unterwürfige Person in seinem Innern fühlen; sie widerstand diesen Impulsen mit einer eisernen Entschlossenheit, die ihm ganz untypisch erschien.

Richard rollte sich auf den Rücken, starrte zur dunklen Decke hinauf und verfolgte den alten Erdbebenriß in dem alten Putz.

Einmal hatte er im Bett gelegen und geisterhaft wehende Schatten um die Lampe herum beobachtet. Die Haare in seinem Genick und an seinen Armen hatten sich aufgerichtet, und er war überzeugt gewesen, etwas Übernatürliches zu sehen. Die Ehrfurcht, die er in diesem Moment verspürt hatte, war religiös gewesen und hatte der kurzen Zeit, die er sich hatte täuschen lassen, eine eisige Bedeutung gegeben. Allmählich hatte er zwei Arten von Mut gesammelt: den Mut, dieses vielleicht gespenstische Phänomen zu untersuchen, und den Mut, die Wahrheit herauszufinden und möglicherweise enttäuscht zu sein. Er hatte sich aufs Bett gestellt, hatte sich der Lampe genähert, indem er die Knie durchdrückte, und eine Hand ausgestreckt, um einen der Schatten zu berühren.

Spinnweben. Lange, lose Fäden, die im Lampenlicht Schatten warfen. Keine Geister, keine Ehrfurcht. Wärme, die von dem alten elektrischen Heizofen aufstieg und an der Decke entlangstrich.

+ Dieses Elend und die Angst Wärme die von innen aufsteigt mein Spinnwebenselbst wehen läßt und den Schatten eines Schwarzen Mannes wirft mehr nicht.

Alles, was er tun mußte, war, die Hand auszustrekken und mit der Selbsttäuschung Schluß zu machen.

+ Zurück zu dem Mann mit eisernem Willen dem sanften Richard Fettle der nicht töten will dem Normalbürger des Schattens von Los Angeles. Verraten wütend mißbraucht.

Er war hellwach, aber sein Körper hatte sich im Gleichgewicht der Spannungen erschöpft. Er merkte, wie sein Atem langsamer wurde, wie er regelmäßig und dann wieder unregelmäßig wurde. Seine Hände kribbelten ein wenig, dann auch seine Beine. Wenn er sich nur treiben lassen könnte.

+ Laß einfach alles los. Stirb.

Er machte die Augen halb auf. Ein Tunnel schwebte über ihm. In den schwarzen Rand waren Worte eingraviert, die er nicht lesen konnte.

Sein Körper wurde taub, und er verlor die Kontrolle über seine Atmung. Die Erschöpfung hatte ihn endlich eingeholt, aber er konnte denken und sehen. Das war es nicht, was er wollte; der Schlaf sollte ihm Vergessen bringen. Einen Moment lang versuchte er, sich wieder nach oben zu kämpfen. Er fürchtete sich davor, die ganze Nacht in einer schrecklichen Trance zu verbringen und dabei in den Rachen eines Alptraums zu starren.

Bei jedem halsstarrigen Stoß nach oben stockte ihm der Atem, er schien aus der Trance herauszukommen, und dann befiel ihn eine gegenteilige Furcht; er fühlte sich jetzt behaglicher und ruhiger als zuvor. Wenn er weiterkämpfte, würde das ganze Elend zurückkehren. Besser dies hier als das, was vorher gewesen war.

Richard beendete seinen inneren Kampf. Er betrachtete den Tunnel gelassen und wartete, um zu sehen, ob sich etwas ändern würde. Er konnte das Zimmer nur in verschwommenen Umrissen ausmachen. Seine Augen waren also doch nicht halb offen, sondern vollständig geschlossen, da war er sicher. Dennoch blieb der Raum sichtbar, wie das Nachbild eines jähen Blitzes. Seine Flächen und Formen leuchteten in düsterem Grün. Er sah sowohl den Tunnel als auch die von ihm überlagerte Deckenlampe; eins ging durchs andere. Er schien die Kontrolle über ein Mikroskop zu haben, dessen Scharfeinstellung nacheinander verschiedene Ebenen hervorhob und dabei immer mehr Einzelheiten einer Welt im Fixiermittel enthüllte.

Der Effekt war so faszinierend, daß er sein Elend einen Moment lang völlig vergaß. Er hatte gehört, wie Freunde das Erlebnis von ›Augapfelfilmen‹ beschrieben — hatte gehört, daß es vor vielen Jahrzehnten Klarträumen genannt wurde —, aber er hatte es bis jetzt noch nie erlebt. Es war wie das Tor zu einem inneren Universum.

Aber der Gedanke daran brachte ihn zu seinen Problemen im Wachzustand zurück, und die Szenerie über ihm trübte sich. Seine Atmung stockte erneut.

— Herrgott nein. Als ob man ein Pferd reiten würde. Lerne wie man im Sattel bleibt. Ruhig und gelassen.

Seine Atmung wurde wieder regelmäßig. Er kontrollierte seine Wahrnehmungsfähigkeit, bis er den Tunnel sehen konnte. — Ach warum nicht.

Er begab sich in den Tunnel hinein. Die Worte waren immer noch unverständlich; die Buchstaben wurden komplizierter und wichen dann vor ihm zurück, als er sich ihnen näherte. Mit einem Mal war der Tunnel verschwunden, und eine Stimme sagte so deutlich zu ihm, als ob sie in sein waches Ohr spräche: *Hier ist, was du brauchst, Richard Fettle.*

Er stand in der alten Wohnung in Long Beach. Das Tageslicht draußen war hell, aber irgendwie düster; die Farbe des Traums. Dennoch konnte das hier ebensogut eine Erinnerung sein; alles war genau richtig. Er lief mit verschränkten Armen in der Wohnung herum und spürte seinen Traumkörper, seine Traumatmung. Dies war *real,* obwohl es die Wohnung nicht mehr gab; das jahrhundertealte Gebäude war vor einem Jahrzehnt oder mehr abgerissen worden.

Mit einem plötzlichen Schreck fragte er sich, ob Gina — von Dione zu einem Besuch bei ihm vorbeigebracht — durch die Tür hereinkommen würde. Könnte er es ertragen, ein vollkommen überzeugendes Traumbild der Toten zu sehen?

Richard schaute auf seine Handflächen.

— Traumgefühle. Alles ist sicher. Du hast die Dinge im Griff. Versuch irgendwas.

— Versuch zu fliegen.

Er befahl sich mit aller Willenskraft, vom Boden abzuheben. Seine Füße blieben auf dem Boden.

— Kannst nicht alles.

Er versuchte, eine schöne Frau — nicht Nadine — in provozierender Kleidung durch die Tür hereinkommen zu lassen.

— Wie real kann das werden.

Keine Frau kam zur Tür herein.

Wieder die Stimme: *Das ist, was du brauchst, Richard Fettle.*

Gezüchtigt erkannte er, daß er nicht hier war, um Spielchen oder Experimente zu machen. Es war in der Tat ein Tor geöffnet worden, aber aus einem speziellen Grund.

— Was brauche ich?

So automatisch wie der ferne Schlafrhythmus seines Atems ging er zu einem Stuhl, setzte sich und fühlte, wie eine Wolke der Traurigkeit über ihn hinwegzog. Er wollte aufstehen, aber es gelang ihm nicht, obwohl er sich alle Mühe gab. Er konnte die Wolke nicht vertreiben.

— Nicht das wieder. Nein.

Sein Protest wurde ignoriert.

Ein jüngerer Emanuel Goldsmith stand in der Tür. Er hatte eine Flasche in einer Plastiktüte und ein Manuskript in einer Schachtel unter dem anderen Arm dabei. Er machte die Tür hinter sich zu. Richard beobachtete diese Erscheinung schwarze Haare keine grauen Strähnen altmodische Kleider glatteres Gesicht. Freundliches Lächeln.

»Dachte mir, du könntest Gesellschaft brauchen. Wenn du nicht willst ...« Goldsmith machte eine Geste zur Tür. »Dann geh ich.«

Automatisch: »Danke. Bleib hier. Ich hab nicht viel zum Lunch da ...«

»Flüssiger Lunch, oder ich laß uns was kommen. Hab gestern einen Tantiemenscheck gekriegt. Restbeträge von einer Videoproduktion. *Moses.*« Goldsmith setzte sich auf ein abgenutztes Sofa, wobei er einen Rotweinfleck mied, wo Dione vor einiger Zeit ein Glas umgestoßen hatte. Er legte das Manuskript auf den Fleck.

Gina und Dione würden nicht durch die Tür hereinkommen.

In diesem Zeitrahmen, in dieser Traumerinnerung, waren Gina und Dione bereits tot. Richard sah eine Aufzeichnung; er konnte nichts anderes tun als zuschauen.

Das ist, was du brauchst, Richard Fettle.

»Was für eine Flüssigkeit?« fragte Richard.

»Reiner Single Malt Scotch. Um die Bezahlung meiner Schulden zu feiern.« Er hob die Augenbrauen, zog die Flasche heraus, nahm den Hals zwischen zwei Finger und den Daumen und ließ Richard den bernsteinwarmen Inhalt sehen. Dann holte er zwei Schnapsgläser aus der Tüte. »Da du kein Schluckspecht bist, wirst du wohl kaum zwei von denen hier rumstehen haben.«

»Ich hab noch nie reinen Scotch getrunken«, sagte Richard.

»Reinen Single Malt.«

— Alles gespeichert. Wieviel davon ist wirklich passiert? Erfinde ich das im Traum? Ich weiß noch daß mich Goldsmith besucht hat. Zwei Wochen danach. Vielleicht anderthalb.

Goldsmith schenkte beide Gläser voll und gab eins davon Richard. »Auf die Bürger des Schattens, der länger wird, wenn der Abend dämmert.«

»Auf die Götterdämmerung.« Richard probierte den Scotch. Er war rauchig und weich und unerwartet verführerisch. »Ich glaub nicht, daß ich mich besaufen will. Wär mir ein Leichtes, meinen Kummer in dem Zeug zu ertränken.«

»Ich hab nur eine Flasche gekauft, aber nicht, um deinen Kummer da drin zu ertränken«, sagte Goldsmith. »Aus dir wird eh nie ein Trinker. Du wirst es nicht glauben, Dick« — nur Goldsmith nannte ihn Dick — »aber du bist ein Mensch mit ziemlich klarem Kopf. Einer der wenigen unter meinen Bekannten.«

»Von wegen klar. Da drin geht im Moment alles drunter und drüber.«

»Du hast einen schrecklichen Schlag erlitten«, sagte Goldsmith leise. »Wenn ich du wäre, würde ich Tränen pissen.«

Richard zuckte die Achseln.

»Du hast die Wohnung seit einer Woche nicht mehr verlassen. Du hast nichts zu essen. Harriet kauft gerade was für dich ein.«

— Harriet, Harriet ... Goldsmith hatte mal eine Freundin dieses Namens gehabt.

»Ich brauche keine Hilfe«, sagte Richard.

»Dummes Zeug.«

»Wirklich nicht.«

»Wir müssen dich hier rausschaffen an die Sonne, soweit uns die Mistkerle noch welche gelassen haben. Wir fahren zum staatlichen Strand. Ein bißchen frische Luft schnappen.«

»Bitte.« Richard wedelte mit der Hand. »Ich bin schon okay.«

— Wir beide so jung. Ich sehe ihn so wie er damals war heiter glücklich und erfolgreich. Er wollte daß jeder glücklich ist.

»Das Leben geht nun mal weiter«, erklärte Goldsmith. »Wirklich, Dick. Harriet und ich, wir mögen dich. Wir möchten sehen, daß du dich von der Sache erholst. Dione war nicht mal deine Frau, Dick.«

Richard sprang auf, bis aufs äußerste erregt. »Herrgott nochmal! Die Scheidung ist — war nicht endgültig, und Gina wird immer meine Tochter sein. Willst du mir alles wegnehmen? Selbst meinen ...« Heftige Handbewegungen. »Alles, was mir geblieben ist. Meinen gottverdammten Schmerz.«

»Nein. Ich nehm ihn dir nicht weg. Wie lange kennen wir uns nun schon, Dick?«

Richard antwortete nicht. Er stand zitternd da, die Hände zu Fäusten geballt.

»Zweieinhalb Monate«, antwortete Goldsmith für ihn. »Ich schätze, du bist jetzt schon vielleicht der beste Freund, den ich je hatte. Ich kann's einfach nicht ertragen zu sehen, wie das Leben einen fertigmacht. Besonders, wenn du's bist.«

»Da muß ich nun mal durch.«

»Ich hab nie geheiratet. Ich könnte es nicht ertragen, was so Wichtiges zu verlieren. Ich glaube, es würde mich umbringen. Vielleicht bist du stärker als ich.«

»Blödsinn«, sagte Richard.

»Ist mein Ernst. Innen drin bin ich nicht stark. Ich

schau dich an, und du bist wie ein Fels. Ich bin innerlich nur Lehm. Das hab ich schon immer gewußt. Ich finde mich damit ab.« Goldsmith stand auf, hob die Arme und drehte sich einmal im Kreis, damit Richard ihn von allen Seiten sehen konnte. »Ich sehe massiv aus, oder?«

»Hör auf damit, bitte.« Richard senkte den Blick. »Ich werd schon nicht verhungern, aber im Moment brauch ich deine Hilfe nicht. Es ist mir einfach egal.«

Goldsmith setzte sich hin. »Harriet meint, jemand sollte hier schlafen, um dir Gesellschaft zu leisten.«

»Hier hat seit fünf Monaten niemand mehr geschlafen. Ich war allein, außer …« Er sprach den Satz nicht zuende. Goldsmith wartete.

»Ist gut«, sagte Goldsmith.

»Wenn Gina.«

»Ja.«

Richard setzte sich und nahm das Glas in die Hand. »Hier war.« Er nahm noch einen Schluck. »Ich komm schon wieder in Ordnung.«

»Ja«, sagte Goldsmith. »Denk nicht, daß du uns egal bist. Mir liegt was an dir. Und Harriet auch. Uns allen.«

»Ich weiß«, sagte Richard. »Danke.«

»Ich bleib hier, wenn du willst.«

»Gut, der Scotch. Vielleicht kann ich doch zum Trinker werden.«

»Nein, Bruder, du willst dich doch nicht mit diesem Scheißzeug kaputtmachen.« Goldsmith hob die Flasche, stand auf und kam zu ihm. »Gib mir dein Glas. Ich werf's weg. Zur Hölle mit den Feiern.«

Richard widerstand seinen Versuchen, ihm das Glas wegzunehmen. Goldsmith trat zurück, fuhr sich mit der Hand durch die Haare und schaute zu den zugezogenen Vorhängen vor dem Fenster hinüber. »Laß uns rausgehen, ein bißchen Sonne suchen, Dick. Wo immer wir welche finden können. Reines helles, weißes Licht.«

Richard fühlte Tränen auf seinen Wangen.

— Vollständig. Nicht das kleinste Detail fehlt.

»Na los, Mann«, ermutigte ihn Goldsmith sanft. »Rede.«

Richard wischte sich die Wangen ab. »Ich hab sie wirklich geliebt. Ich konnte nicht mit ihr zusammenleben, aber ich hab sie geliebt. Und Gina ... Gott, ich glaube, ich hab noch nie was auf der Welt so geliebt wie dieses Mädchen. Da ist ein großer Krater, Emanuel.« Er tippte sich an den Kopf. »Eine Bombenexplosion. Ich bin nicht ganz da.«

»Blödsinn.«

»Nein, wirklich. Ich kann nichts tun. Ich kann nicht denken, ich kann nicht vernünftig reden, ich kann nicht schreiben. Ich kann nicht weinen.«

»Du weinst doch grade, Mann. Sieh das nicht falsch. Kummer heißt nicht, daß du deine Seele verlierst. Du hast immer noch alles. Du bist ein Fels.«

Das Schluchzen begann als Muskelkrampf tief in seinem Innern. Es arbeitete sich nach oben und gewann dabei eine Intensität, die seine Brust in Stücke zu reißen schien, bis er zitternd und stöhnend auf dem Sofa saß und mit ausgestreckten Händen nach etwas griff.

— Fühle es. Schrecklich. Es geht alles wieder von vorn los. Noch schlimmer.

Goldsmith kam zum Sofa, kniete sich vor Richard hin und umarmte ihn ungestüm. Er weinte mit ihm, wiegte sich mit ihm, und seine schwarzen Augen starrten an die Wand hinter Richard. »Du sagst es, Mann. Laß es raus. Sag's der ganzen beschissenen Welt.«

Das Schluchzen wurde zum Schreien. Goldsmith hielt Richard auf dem Sofa fest, als ob er wegspringen könnte. Er schlug mit Armen und Beinen um sich, spürte die ganze Ungerechtigkeit und den Schmerz und die Notwendigkeit, die Ungerechtigkeit und den Schmerz zu spüren; um seinen Toten die Ehre zu erweisen, mußte er leiden. Würde billig sein und ihren

Wert mindern nicht so viel wie nur irgend möglich zu leiden. Goldsmith hielt ihn fest. Schließlich lagen sie umschlungen auf dem Sofa, Richard hielt Goldsmith, Goldsmith lag halb auf, halb neben dem Sofa und hielt Richard immer noch umklammert.

»Fels. Gestein, Mann. Fühl die Kraft in dir. Ich weiß, daß sie da ist. Ich könnte das nicht aushalten. Aber du kannst es, Dick. Gib nicht auf.«

»In Ordnung«, stöhnte Richard. »In Ordnung.«

»Wir lieben dich, Mann. Halt dich daran fest.«

— Goldsmith. Der echte.

Goldsmith ließ ihn los, und sein Haar war grau, sein Gesicht von Falten durchzogen. »Ich bin Lehm. Wenn du um mich trauerst, mein Freund, dann denk daran ... Du schuldest mir nichts als das, was du mir gibst, wenn ich am Leben bin. Das ist alles. Schuld beglichen.«

Richard nickte. Schluckte einen schmerzenden Kloß in seinem Hals hinunter. Er hatte genug. Mit einem Ruck riß er sich von der Erinnerung und dem Traum los, spürte einen Druck, als ob er in graue Baumwolle eingezwängt wäre, dann ein simples Driften, Stücke von anderen Träumen wirbelten um ihn herum und fügten sich zusammen, lösten sich wieder auf. Er schlug die Augen auf und setzte sich auf die Bettkante. Zitternd ließ er die Hände über die Knie hängen und beugte sich vor. Neben ihm seufzte Nadine im Schlaf und rollte sich herum.

Richard stand langsam auf und ging zum Fenster.

+ Wie vieles verschüttet. Grab es aus, begrab es erneut. Er hat mir geholfen. War nett zu mir. Ein Freund. Jetzt ist er tot muß es sein. Ich kann seine Ausstrahlung nicht spüren.

Richards Erinnerung an diesen Tag war nicht klar. Der Traum hatte nicht die ganze Geschichte transportiert. Der Schluß fehlte. Goldsmiths Freundin Harriet war ohne anzuklopfen hereingekommen, während Goldsmith und Richard einander auf dem Sofa in den

Armen hielten. »Was ist denn hier los?« hatte sie gefragt und eine Kiste mit Lebensmitteln zu Boden fallen lassen. Dann war sie in Tränen ausgebrochen, während Goldsmith zu erklären versuchte, daß Richard und er kein Liebespaar waren. Harriet hatte es nie wirklich verstanden; Goldsmith und sie hatten ihre Beziehung ein paar Wochen später beendet.

Richard zog die Vorhänge auf, rieb sich die Augen und lächelte kopfschüttelnd. Die Sache war Goldsmith höllisch peinlich gewesen.

Er warf einen Blick auf die leuchtenden Zahlen der Uhr auf dem Nachttisch. Drei Uhr. In ein paar Stunden würde die Sonne über den Hügeln aufgehen, und die Combs würden ihr Licht auf die Menschen in ihrem Schatten verteilen, Spiegel würden den winterlichen Sonnenaufgang verbreiten, das Licht wie ein Echo von einem Turm zum anderen werfen, Sonne aus zweiter, dritter und vierter Hand, aber trotzdem noch Sonne.

»Gehen wir ein bißchen Sonne suchen«, flüsterte er.

■

55

Mary Choy hatte sich einen Sessel quer durch ihr geräumiges Bad zum Ostfenster gezogen. Dann hatte sie sich hingesetzt und auf den Sonnenaufgang gewartet. Die Sonne war eine Stunde, nachdem sie aufgewacht war, aufgegangen, und aus der Perspektive der Villa hoch oben in den Bergen von Hispaniola war die Morgendämmerung kurz und schön gewesen. Mit dem Tageslicht hatten sich Wachposten und Soldaten im Garten unter dem Fenster versammelt. Sie standen zu dritt und zu viert beieinander, bis sie von der Morgenwache abgelöst wurden.

Der Himmel über Mary war von einem staubigen Blau. Durch eine Lücke zwischen einigen Bergen im Norden konnte sie ein Stückchen Meer und den Horizont dahinter sehen. Ein paar Wolken sammelten sich über Berggipfeln im Süden und ließen sich in den Winden Federn an ihren grauen Flügeln wachsen.

Mary verließ ihren Platz am Fenster, um ihre morgendlichen Waschungen vorzunehmen. Sie schaute in einen Ganzkörperspiegel, der auf der Rückseite der schweren hölzernen Tür zum Bad angebracht war, und stellte fest, daß ihr blasses Mal in der Pofalte dunkler wurde. Bald würde sie ganz schwarz sein. Selbstheilung. Dr. Sumpler würde höchst erfreut sein.

Während ihres Aufenthalts auf Hispaniola hatte Mary das gesamte Spektrum düsterer Emotionen durchlaufen: Furcht, Zorn und Bestürzung. Jetzt war sie einfach nur gelassen. Vor dem Schlafengehen hatte sie getaischt; nun tanzte sie den Kriegstanz, wobei sie ihre körperlichen Spannungen auf bestimmte Rollen verteilte, um sie abzuagieren. Sollten sie doch zusehen. Sollten sie sie doch hinrichten, in Angst versetzen, verwirren; während des Tanzes konnte sie nichts aus der Ruhe bringen, und nach dem Tanz ruhte sie wieder in sich selbst. Sie hatte das Gefühl, daß sie die Dinge im Griff behalten konnte, komme was da wolle.

Madame Yardley hatte sich am Abend zuvor von der Tafel zurückgezogen, und die Diener hatten ein üppiges Festmahl hereingebracht. Soulavier hatte sich den Bauch vollgeschlagen; Mary hatte genug gegessen, um bei Kräften zu bleiben. Sie hatten nicht mehr miteinander geredet. Nach dem Dinner hatten sie sich getrennt, und Mary war zu ihrem Zimmer gebracht worden.

Sie hatte ein paar Hypothesen entwickelt, die sie im Lauf des Tages reduzieren zu können hoffte. Hypothese Nummer eins: daß dies gar nicht Yardleys Villa war, sondern ein historisches Relikt, das jetzt aus irgendeinem strategischen Grund benutzt wurde. Nummer zwei: daß schließlich niemand viel über Yardley wußte, jedenfalls nicht die Menschen, die er regierte. Nummer drei: daß alles, was sie vor Madame Yardleys Erscheinen über Goldsmith gehört hatte, eine Lüge gewesen war. Nummer vier: daß Madame Yardley nicht ganz bei Trost war und überhaupt nichts wußte.

Eine Frau, die fastete, um die Aufmerksamkeit ihres eigenen Mannes auf sich zu lenken!

Die Zimmertür war nicht abgeschlossen. Trotzdem war Mary im Zimmer geblieben. Sie bedauerte den Verlust der Pistole nicht mehr. Rache war kaum eine Genugtuung, wenn sie an Ameisen vorgenommen wurde, die nur ihren sozialen Pflichten nachkamen.

Der Kriegstanz hatte ihre Gefühle nicht ausgelöscht. Er hatte sie nur konzentriert. Was sie jetzt empfand, war eine starke, wachsame Gelassenheit; eine aggressive Ruhe, die zu gleichen Teilen aus Geduld und gut kanalisiertem Zorn bestand.

Sie richtete sich im Bad die Haare, begutachtete ihr Mittelkostüm und kam heraus, als ein leises Klopfen an der Tür ertönte.

»Mademoiselle, das Frühstück ist fertig. Sind Sie soweit?« fragte eine Frau.

»Ja«, antwortete sie und warf einen Blick auf ihre Armbanduhr. Punkt neun.

Die Tür öffnete sich langsam, und ein kleines rundes Gesicht wurde hereingestreckt, fand sie und lächelte. »Kommen Sie, bitte.«

Sie folgte dem winzigen Dienstmädchen durch den Flur mit den Schlafzimmertüren, dann nach links statt nach rechts und an der Treppe vorbei. Sie befanden sich jetzt im Westflügel des Hauses, wo sie vorher noch nicht gewesen war.

Das Dienstmädchen machte eine Tür auf, und Marys Blick fiel in ein kleines Zimmer, das als Büro eingerichtet war. Eine ältere Frau in einem schlichten schwarzen Hemdkleid stand vor einem Regal mit Speicherboxen. Soulavier saß tippend an einem alten Bildschirmterminal. Er blickte zu dem Dienstmädchen und zu Mary hoch, nickte mit gerunzelter Stirn, schwang mit seinem Stuhl herum und stand auf.

»Sie werden mit Colonel Sir frühstücken«, sagte er. Die ältere Frau sah Mary mit einem starren, freundlichen Lächeln an. Soulavier sagte etwas auf Kreolisch zu ihr. Sie nickte stumm und machte sich wieder an die Arbeit.

»Das war Madame Yardleys Mutter«, sagte er, als sie den Rest des Weges allein zurücklegten.

Mary erinnerte sich, daß sie einen vierstöckigen Turm auf dieser Seite des Gebäudes gesehen hatte. Sie gelangten ans Ende des Flurs, und Soulavier klopfte leise an eine breite Doppeltür aus massivem Mahagoni. Eine gedämpfte Stimme von drinnen befahl ihnen, einzutreten.

Sechs Männer und zwei Frauen standen in dem hohen, weiten Turmzimmer um einen langen Eichentisch herum. An allen Wänden des Raumes ragte eine prächtige Bibliothek aus reich verzierten Holzregalen mit Bleiglastüren bis zu einer Höhe von neun Metern auf. Zwei Galerien gewährten Zugang zu den oberen Borden. In der Nähe der Tür wand sich eine schmiedeeiserne Treppe wie eine Doppelhelix zu den Galerien hinauf.

Die beiden Frauen und fünf von den Männern waren Schwarze oder Mulatten; alle trugen schwarze Uniformen, manche hatten sich die Samedi-Figur an die Brust gesteckt. Mary richtete ihre Aufmerksamkeit auf einen hochgewachsenen, stämmigen, weißhaarigen Mann, der am Kopfende des Tisches saß. Er sah sie jedoch nicht sofort an; er war gerade in ein Buch vertieft. Der Tisch war von vielleicht fünfhundert oder sechshundert Büchern aller Arten und Größen bedeckt, von Folianten im Ledereinband bis zu auseinanderfallenden Paperbacks.

Sie hatte in ihrem ganzen Leben noch nie so viele Bücher gesehen. Sie ließ sich durch sie jedoch nicht mehr als einen kurzen Moment von Yardley ablenken. Er blickte von dem Buch auf, das er in den Händen hielt, klappte es leise zu und legte es auf den Tisch. »Schön, Sie wiederzusehen, Henri. Wie geht's dem kleinen David? Und Marie-Louise?«

»Es geht ihnen gut, Colonel Sir. Ich möchte Ihnen Lieutenant Mary Choy vorstellen.«

»Danke. Bitte nehmen Sie Platz. Man wird uns das Frühstück hier servieren. Eine gute Mahlzeit, keine von Madame Yardleys Strafen. Ich hoffe, sie hat Ihnen gestern abend doch noch etwas zu essen gegeben.«

»Ja, das hat sie getan«, sagte Mary. Yardley lächelte breit und schüttelte mitfühlend den Kopf; so ein netter Mann, schien er sie denken lassen zu wollen, ein richtiger Engländer, und eine durchaus vertraute Erscheinung. Nichts Exotisches hier.

Mary hielt sich mit ihrem Urteil zurück.

»Na schön. Ich denke, für heute morgen sind wir fertig«, erklärte Yardley den sieben. Sie verbeugten sich steif, machten kehrt und gingen an Soulavier und Mary vorbei im Gänsemarsch hinaus. Der letzte Mann schloß die Doppeltür hinter ihnen mit einem rätselhaften, schmallippigen Lächeln.

»Ich habe meiner Frau nachgegeben, wissen Sie«, sagte Yardley. »Wir hatten eine kleine Auseinandersetzung. Sie ist anscheinend der Meinung, daß es meinen Mitteln, diese Nation aus der Barbarei herauszuholen, an ... Finesse fehlt.«

»Sie ist eine bemerkenswerte Frau«, sagte Soulavier, dem eindeutig unbehaglich zumute war. Yardley erwiderte sein Lächeln mit einer Art sonniger Strenge. Soulavier richtete sich merklich auf.

»Henri, ich glaube, ich komme gut allein mit Mademoiselle Choy zurecht. Bitte gesellen Sie sich zu den anderen im großen Speisesaal unten. Ich lasse heute morgen meinem gesamten Personal ein gesundes Frühstück servieren.«

»Natürlich, Colonel Sir.« Jetzt war Soulavier an der Reihe, durch die Doppeltür hinauszugehen und sie hinter sich zu schließen.

»Die Diener werden auf dem Tisch hier Platz machen«, sagte Yardley und fuhr mit einer Hand durch die Luft. »Ich finde, das ist der angenehmste Raum in dem ganzen Gebäude. Ich würde mich mit Freuden für den Rest meines Lebens hierher zurückziehen und Monsieur Bouchers Bücher lesen.«

Mary sagte nichts.

»Monsieur Boucher«, wiederholte er, weil er ihren ausdruckslosen Blick als Verwirrung auffaßte. »Sanlouie Boucher. Premierminister des letzten Präsidenten von Haiti, bevor ich die Macht übernahm. Er hat diese wunderbare Villa ein Jahr vor meiner Ankunft bauen und befestigen lassen. Leider ist er in Jacmel festgesetzt worden und hat es nicht mehr bis zu seiner Festung geschafft.«

Mary nickte.

»Nun. Was Ihren Fall betrifft, falls Sie nichts dagegen haben, darüber zu sprechen, bevor das Frühstück serviert wird ...« Er runzelte beinahe komisch die Stirn und hob die Hände in die Luft. »Bitte, seien Sie nicht so ernst. Ich gebe Ihnen mein Ehrenwort, daß diese Leute Ihnen nichts tun werden. Ich weiß, daß Sie ein paar Demütigungen einstecken mußten ... Ich entschuldige mich dafür. Ich war mit anderen Dingen beschäftigt und hatte nicht die Zeit, mich selbst um jede Kleinigkeit zu kümmern. Was für den einen eine Kleinigkeit ist, kann für den anderen eine Katastrophe sein. Ich entschuldige mich noch einmal.«

»Ich bin gegen meinen Willen festgehalten worden«, sagte Mary, ohne Yardley im Gegenzug für sein Geständnis auch nur ein kleines Stück entgegenzukommen.

»Ja. Ein Tauziehen zwischen Ihrem State Department und Justice Department und meiner Regierung. Das wird bald geregelt sein. In der Zwischenzeit können Sie Ihre Nachforschungen abschließen. Sie bekommen praktisch eine Blankovollmacht mit so weitgehenden Befugnissen, wie ich sie Ihnen nur geben kann. Und keine weiteren Demütigungen.«

»Kann ich mit meinen Vorgesetzten sprechen?«

»Ihre Vorgesetzten und Ihre Regierung wissen, daß Sie nicht schlecht behandelt werden.«

»Ich möchte so bald wie möglich mit ihnen sprechen.«

»Einverstanden. So bald wie möglich«, sagte Yardley. »Sie haben gewaltigen Eindruck auf meine Leute gemacht. Jean-Claude und Roselle gehören zu meinen besten Leuten, und ihr Bericht über Sie ist äußerst schmeichelhaft. Henri ist im Moment zu nervös, um sehr objektiv zu sein. Seine Familie ist in Santiago. Santiago wird von Truppen der Opposition belagert. Hier und im größten Teil von Haiti sind wir sicher ... Diese Dominikaner haben immer schon Komplexe gehabt.«

»Man hat mir gesagt, daß Emanuel Goldsmith hier ist.« Mary hatte sich nicht von der Stelle gerührt, wo Soulavier sie stehengelassen hatte. »Ich würde ihn gern so bald wie möglich sehen.«

»Die Sache ist ein bißchen komplizierter. Ich habe ihn selbst noch nicht gesehen. Das ist eine Geschichte, die ich Ihnen lieber nach dem Frühstück erzählen möchte. Bitte setzen Sie sich zu mir an den Tisch. Wie ich höre, sind Sie eine Transformierte ... und zwar eine sehr attraktive. Ich weiß nicht recht, ob ich so eine Kunst gut finden soll, aber ... wenn es denn sein muß, sind Sie offenbar ein Meisterwerk. Sind Sie mit Ihrem neuen Ich zufrieden?«

»Ich bin schon eine ganze Weile so«, erwiderte Mary. »Es ist jetzt meine zweite Natur.« *Oder sollte es sein.* »Colonel Sir, Frühstück ist eigentlich nicht nötig ... Ich würde lieber gleich ...«

»Für mich ist Frühstück unentbehrlich, und als absoluter Diktator über alles Land, so weit ich blicken kann — so sieht man mich doch in Ihrem Land —, habe ich doch wohl das Recht, etwas zu essen, bevor ich ins Kreuzverhör genommen werde.« Er setzte sein einnehmendstes Lächeln auf. »Bitte.«

Sie würde nichts gewinnen, wenn sie seine Gastfreundschaft ausschlug. Er zog ihr einen Stuhl heraus, und sie nahm vor einem Stapel in Leder gebundener französischer Bücher Platz. Drei der kleinen Bediensteten kamen durch eine kleine Seitentür herein, schoben die Bücherstapel behutsam beiseite, bis an einem Ende des Tisches eine freie Fläche entstanden war, stellten zwei Gedecke hin — das Tafelsilber und das Geschirr trug die verschnörkelten Initialen S.B. — und brachten dann Obstschüsseln und abgedeckte Teller mit gegrilltem Fisch und Schinken, dampfendem Reis, mit Curry zubereiteten Shrimps und Räucherhering herein. Yardley machte sich mit einem vernehmlichen Seufzer über das Festmahl her.

»Ich bin seit vier Uhr heute früh auf«, vertraute er ihr an. »Nur Kaffee und Fladenbrot.«

Mary aß genug, um ihren Hunger zu stillen und auf distanzierte Weise höflich zu sein, sagte jedoch nichts. Das Essen war ausgezeichnet. Yardley war im Nu mit seinem großen Teller fertig, schob ihn beiseite, rückte seinen Stuhl nach hinten und sagte: »Und jetzt zum Geschäftlichen. Sind Sie wirklich davon überzeugt, daß Goldsmith die Verbrechen begangen hat, deren Sie ihn bezichtigen?«

»Ein Großes Geschworenengericht war überzeugt genug, um ihn unter Anklage zu stellen.«

»Aha. Er hat mich angerufen, verstehen Sie, um mir

zu erklären, daß er kommen würde und daß er ›in Schwulitäten sei‹. Das ist Umgangssprache, nehme ich an. Er sagte, man würde ihn bald der Ermordung von acht Menschen anklagen. Er bräuchte eine Zuflucht. Ich fragte ihn, ob er schuldig sei. Das bejahte er. Er hat angenommen, daß ich ihn unter allen Umständen schützen würde.« Yardley schüttelte zweifelnd den Kopf. »Ich lud ihn ein, zu kommen.

Direkt nach seinem Anruf erhielt ich erste Hinweise darauf, daß ich selbst von Ihrer Regierung in einer ganzen Reihe verschiedener Punkte angeklagt werden würde. Ich habe bis jetzt noch keine Zeit gehabt, Emanuel zu sehen, aber er ist hier.«

»Wir würden gern Vorbereitungen für seine Auslieferung treffen«, sagte Mary. »Ich weiß, daß unsere Regierungen im Moment nicht zusammenarbeiten, aber wenn ...«

»Ein solches ›Wenn‹ wird es wahrscheinlich für eine ganze Weile nicht geben, vielleicht sogar auf Jahre hinaus nicht«, sagte Yardley und musterte seinen leeren Teller mit langem, skeptischem Gesicht. »Sie wissen doch über die Raphkind-Kontroversen Bescheid, nicht wahr? Ist ja noch nicht so lange her.«

Mary nickte.

»Sie werden mir verzeihen, wenn ich die meiste Zeit rede. Ich scheine hier derjenige zu sein, der Informationen weiterzugeben hat, und wir haben nur eine Stunde oder so ... Eine recht großzügig bemessene Zeit, wenn man bedenkt, daß ich es mit einer ausgewachsenen dominikanischen Rebellion in Santiago und Santo Domingo zu tun habe. Ich mache das nur, müssen Sie wissen, weil Emanuel Goldsmith für mich jemand Besonderes war.«

Mary neigte den Kopf. Yardley legte die Arme auf den Tisch, beugte sich vor, hob die Hände und bildete mit Fingerspitzen und Daumen ein Viereck in der Luft. »Die Sache ist folgendermaßen. Ich habe eine ganze

Reihe von Geschäften mit Präsident Raphkind gemacht, der wie ich der Meinung war, daß zur Gerechtigkeit mehr gehört als einfach nur eine Therapie für Kriminelle. Das Verbrechen ist keine Krankheit, die von Ärzten behandelt werden kann; man muß auf eine Art und Weise damit umgehen, die den Mann auf der Straße befriedigt, und der Mann auf der Straße will eine dem Vergehen angemessene Vergeltung.

Raphkind stieß auf soviel Widerstand, daß er Ihren Obersten Gerichtshof — äh — umbesetzt hat. Ich glaube, man hat ihn des Mordes bezichtigt ... Wahrscheinlich war er schuldig. Er hat geheime Absprachen mit Vigilantenorganisationen getroffen. Ich bin auch der Meinung, daß er ein alptraumhaftes Schlamassel angerichtet hat, und er war vielleicht der bösartigste und verwerflichste Führer in der Geschichte Ihres Landes, aber ...«

Mary hatte keine Mühe, darauf einzusteigen. »Er hatte nun mal das Sagen«, meinte sie mit einem sarkastischen Lächeln.

Yardley betrachtete ihr Lächeln mit offenem Argwohn. »Nach den Enthüllungen hat ihn bestimmt nicht einmal die Polizei unterstützt.«

»Nein. Offiziell nicht.«

»Na schön. Ganz gleich, wer das Sagen hat, wenn die USA die Stimme erheben, zittern all unsere kleinen Nationen. Und um die Wahrheit zu sagen, Raphkinds ideales Rechtssystem war nicht allzu verschieden von unserem. Auf Verbrechen steht bei uns mehr als nur Therapie.«

»Ihr benutzt Höllenkronen«, sagte Mary.

»Ganz recht, das tun wir. Raphkinds Leute haben Importabsprachen für geheime Lieferungen mit uns getroffen. Eure Vigilanten haben eine Anzahl Höllenkronen aus unseren Reserven mit Rabatt bekommen. Raphkind wurde vom öffentlichen Aufschrei wegen des Richter-Friedman-Falls zum Selbstmord getrieben. Als alles herauskam, wählte er die Silberkugel von Christophe — Gift in seinem Fall — statt des Schinderkarrens. Er wäre therapiert worden, wenn man ihn verurteilt hätte, nehme ich an. Trotzdem, er zog den Tod der öffentlichen Entehrung vor.«

»Sie exportieren die Höllenkronen immer noch«, sagte Mary.

»Nicht direkt in die USA. Wir beliefern einen weltweiten Markt, und all unsere Kontakte sind legitim. Raphkind war die einzige Ausnahme, und was hätte ich machen können? Er hätte Hispaniola ernsten Schaden zufügen können. Am Anfang seiner zweiten Amtszeit — nachdem er die Operationen in Bolivien und Argentinien erfolgreich beendet hatte — brauchte er die Dienste unserer Soldaten nicht mehr. Er schwamm auf einer Welle ungeheurer Popularität. Ich sah keine andere Alternative, als ihm die Höllenkronen zu liefern.«

Mary hörte gelassen zu.

»Wie dem auch sei, auf Hispaniola sind Höllenkronen legal. Ihr angemessener Einsatz ist meiner Meinung nach gerecht. Die Gesetze sind sehr strikt und werden hart angewandt. Ein Geständnis genügt vor Gericht für eine Verurteilung.«

»Die Selektoren führen keine förmlichen Gerichtsverfahren durch«, sagte Mary.

»Ihre Politik ist die einer Widerstandsbewegung im Untergrund«, entgegnete Yardley. »Ich habe nicht die Absicht, über sie oder über irgendeinen Aspekt Ihrer Gesellschaft ein Urteil abzugeben. Hispaniola hat nur die Macht zu reagieren, um am Leben zu bleiben, und bis jetzt ist die Insel unter meiner Herrschaft sehr gut gefahren.«

»Wo ist Goldsmith?« fragte Mary.

»Ganz in der Nähe, neunzig Kilometer von hier, im Tausend-Blumen-Gefängnis.«

»Und Sie haben sich nicht mit ihm getroffen? Mit Ihrem Freund?«

Yardleys Gesicht wurde hart. »Ich habe meine Gründe. Der Hauptgrund: keine Zeit. Der zweite Grund: Ich habe sein Geständnis gehört. Er wollte nach Hispaniola fliehen, um dort Zuflucht zu suchen. Er dachte, er könnte meine Freundschaft ausnutzen, nachdem er ein schreckliches und sinnloses Verbrechen begangen hatte. Nicht einmal mein allerbester Freund — und das ist Emanuel nicht, auch wenn er ein guter Freund ist — kann davon ausgehen, daß ich die Gesetze Hispaniolas verletzen werde. Wir haben keine formellen Auslieferungsabkommen. Wir nehmen jedoch auf formellen Antrag hin — und auch sonst — Verbrecher aus anderen Ländern auf, um sie hier ins Gefängnis zu stecken.«

Davon hatte Mary gehört; sie hatte es bis jetzt nur nicht für relevant gehalten. »Und die sitzen alle im Tausend-Blumen-Gefängnis?«

»Nicht nur da. Wir haben fünf solche internationalen Gefängnisse. Manche Regierungen zahlen sehr gut für diese Dienstleistung. Aber Goldsmith … Für ihn werden wir den Vereinigten Staaten nichts in Rechnung stellen. Er bleibt hier.«

»Warum? Die Gesetze meines Landes …«

»Ihr Land würde ihn behandeln und als neuen Menschen freilassen. Eine solche Milde hat er nicht verdient. Der Kummer der Angehörigen seiner Opfer bleibt bestehen. Warum sollte er nicht ebenfalls leiden? Vergeltung ist der Kern aller Rechtssysteme. Wir sind hier nur ehrlicher.«

»Er war Ihr Freund«, sagte Mary wie vom Donner gerührt. »Er hat Sie verehrt.«

»Umso schlimmer. Er hat alle seine Freunde verraten, nicht bloß diejenigen, die er getötet hat.«

»Aber kein Mensch weiß, *warum* er sie getötet hat.« Mary sah sich in die unangenehme Position des Advocatus diaboli gedrängt. »Wenn er wirklich nicht ganz richtig im Kopf und folglich nicht verantwortlich ist …«

»Das geht mich nichts an. Wir richten hier keine

Häftlinge hin. Wir führen unsere eigene Form der Therapie durch. Und Sie wissen sehr gut, daß diejenigen, die unter die Höllenkrone kommen, niemals rückfällig werden.«

»Ist er unter einer Klammer?«

»Wenn nicht in diesem Moment, dann bestimmt heute abend. Er ist bereits verurteilt worden.«

Mary lehnte sich auf ihrem Stuhl zurück. Sie war so schockiert, daß sie einen Augenblick lang keine Worte fand. »Mit so etwas hätte ich nie gerechnet«, sagte sie leise.

»Wir tun Ihre Arbeit für Sie, meine Liebe«, sagte Yardley und streckte die Hand aus, um ihr mit einem Finger auf die Knöchel zu tippen. »Man wird Sie nach Tausend Blumen bringen und Ihnen den Häftling zeigen. Dann denke ich, daß wir in den nächsten drei oder vier Tagen alles mit Ihrer Regierung regeln werden und Sie nach Los Angeles zurückkehren können. Sie können Ihre Akten schließen. Emanuel Goldsmith wird Tausend Blumen nie mehr verlassen. Von dort ist noch keiner entkommen. Das garantieren wir all unseren Teilnehmernationen.«

Sie schüttelte den Kopf. Es kam ihr so vor, als ob sich der Raum mit seinen Zehntausenden von Büchern immer enger um sie schlösse. »Ich verlange, daß Goldsmith in meinen Gewahrsam überstellt wird«, sagte sie. »Im Namen des internationalen Rechts und weil es sich einfach so gehört.«

»Gut, gut«, sagte Yardley. »Aber Goldsmith ist freiwillig hergekommen, und er hat unsere Gesetze und Reformen offen bewundert und unterstützt. Es ist nur recht und billig, daß er nach seinen Überzeugungen leben soll. Wenn Sie nicht etwas besonders Schlaues und Bemerkenswertes hinzuzufügen haben, ist unsere Zusammenkunft hiermit beendet, denke ich.«

Die Doppeltür ging auf, und Soulavier kam herein. »Bringen Sie Mademoiselle Choy nach Tausend Blumen und zeigen Sie ihr Emanuel Goldsmith. Danach kann Sie, sobald ich es sage, ausführlich mit der Botschaft ihres Landes in Kontakt treten. Danke für Ihre Geduld, Mademoiselle.«

Yardley stand auf und machte eine Handbewegung zur Tür. Sechs Uniformierte kamen herein und gingen um Soulavier herum. Soulavier trat in den Raum, nahm ihren Arm und führte sie auf den Flur hinaus.

»Das ist ein seltenes Privileg«, sagte er. »Ich selbst habe noch nie mit Colonel Sir gefrühstückt. Kommen Sie jetzt bitte mit. Die Fahrt von hier zum Gefängnis dauert zwei Stunden. Die Straßen sind nicht die besten, und es wird viel Militär unterwegs sein. Schließlich ist es nicht allzuweit von Santiago entfernt.«

■

DRITTES BUCH

Wie im Chaos das Stoffliche als Möglichkeit angelegt war, so ist in diesem Geschöpf der Geist als Möglichkeit angelegt, wie ein fünftes Glied, das latent im Menschen vorhanden ist, von seiner Struktur her dazu bestimmt, Sinn zu schaffen und zu manipulieren, so wie die Faust von ihrer Struktur her dazu bestimmt ist, stoffliche Dinge anzufassen und zu betasten.

— Maya Deren, Divine Horsemen:
The Living Gods of Haiti

56

Während Martin darauf wartete, endlich ganz in die Landschaft einsteigen zu können, bat er mental um Zugang zum Werkzeugkasten, und seine Bitte wurde erfüllt. Er langte mit seiner rechten Hand, die er immer noch nicht scharf sehen konnte, nach oben, um ihn herunterzuholen. Der Werkzeugkasten war das einzige, was er deutlich sehen konnte: eine simulierter knallroter Behälter, in dem ein Display schwebte, das die Gegebenheiten bei der Sondierung anzeigte. Wenn man den Werkzeugkasten aktivierte, kam auch eine Suchlauf- und Abstimmungskombination zum Vorschein, mit der Martin seine Verbindungsstelle von Neuron zu Neuron, von Frequenz zu Frequenz oder von einem Kanal zum anderen verlagern konnte. An einer Seite des roten Kastens hing eine Reißleine für den Notfall.

Er hatte die Reißleine noch nie benutzt. Bei der gegenwärtigen Sondierung würde ein unmittelbarer Ausstieg aus der Landschaft schwierig, wenn nicht gar unmöglich sein; ohne Puffer würde eine gezogene Reißleine einfach nur die Verbindungen zwischen der Versuchsperson und dem Forscher unterbrechen. Alle latenten Erlebnisse, die noch interpretiert werden mußten, würden weiterhin sowohl im Forscher als auch in der Versuchsperson ablaufen.

Im mehrdeutigen Zeitmaßstab der Landschaft mochte die Latenzphase Sekunden oder Minuten betragen, sehr selten auch Stunden.

Diesmal war die äußere Ebene von Goldsmiths Landschaft ein warmes Grau, ein Bereich der Zufuhr verarbeiteter Informationen zum bewußten Wahrnehmungsvermögen, der im Moment nicht aktiv war. Goldsmith befand sich in einem Zustand kontrollierten neutralen Schlafs ohne Traumaktivität.

Martin spürte Carols Anwesenheit als eine größere Wärme im Grau. Während er den Werkzeugkasten testete und sich dabei mit ihm als festem Trabanten manuell über die Landkarte dieser speziellen Ebene bewegte, probte er die sprachliche Kommunikation mit ihr.

¦Kannst du mich hören?

¦*Knister knaster.*

¦Versuch's nochmal.

¦*Brumm.*

¦Ich höre dich nur undeutlich.

¦Jetzt besser?

¦Ja, ich hab dich. Probieren wir's mit dem emotionalen Transfer, schlug Martin vor.

Sie sandte ihm etwas, was er als kollegiale Zuneigung und als ungeduldige Erwartung deutete, daß es endlich losging. Sie konnten es beide kaum erwarten; Martin hatte sich in der vergangenen Nacht richtig ausgeschlafen und fühlte sich nun so bereit wie noch nie, eine Landschaft zu erforschen.

¦Ich empfange deine Erregung, sagte Martin. Ich glaube, es gefällt dir, hier mit mir zu arbeiten.

¦Das ist schon ziemlich dicht dran. Von dir empfange ich eine mehr als kollegiale Wärme, die von der Ablenkung durch die vor uns liegende Aufgabe gemildert ist.

¦Ziemlich dicht dran, stimmte Martin reuevoll zu. Hier herrschte eine ungeheure Freiheit und Offenheit; in Kürze würde keiner von ihnen mehr imstande sein, seine Gefühle vor dem anderen zu verheimlichen, ebensowenig wie die Versuchsperson ihre tieferen psychologischen Prozesse verbergen konnte.

¦Ich bringe uns auf eine aktive Ebene und suche nach einer Eintrittsstelle. Dann gebe ich dir deinen eigenen Werkzeugkasten, und wir können getrennt arbeiten, falls es nötig ist.

¦Verstanden. Ich glaube, ich sehe da vorn einen Wald. Sind wir schon an der Eintrittsstelle? Nein, warte einen Moment ... kein Wald. Ich sehe Potentiale für einen Haufen verschiedener Bilder. Was ist das, Martin?

¦Vielleicht kriegen wir immer noch Fahneneffekte vom Hinterhauptslappen rein.

¦Ohne Puffer ist das viel schärfer, viel unmittelbarer, nicht?

¦Anscheinend. Aber eigentlich *sehen* wir noch nichts. Ich wechsle jetzt die Stelle und den Kanal. Zu der vorher vereinbarten Eintrittsstelle ... Punkt zwei sieben auf Margerys Karte. Wir haben gesehen ...

Die Plötzlichkeit ihres Eintritts war wie ein Schock. Gerade eben hatten sie sich noch in neutralem Grau ohne Anfang und Ende befunden, in einer perfekten und ungestörten Potentialität, die einer gewaltigen Wolke ähnelte, in der alles zu Erschaffende bereits angelegt war; dann standen sie auf einmal unter einem sengend blauen Himmel in einer unendlichen Wüste, die von drei endlosen Highways durchschnitten wurde.

¦Uff, sagte Carol. Entschuldige, aber das war nicht gerade sanft.

¦Tut mir leid. (Ärger.) Wir sind in der Landschaft.

¦Sieh mal, wie scharf. Wow. Martin, ich kann dich ganz deutlich sehen!

Martin stand im Wüstensand und spürte, wie dieser unter seinen Füßen knirschte. Er sah Carol auf dem nächstgelegenen Highway entlanggehen, anscheinend zehn bis fünfzehn Meter entfernt. Sie hatte ein knielanges, ärmelloses weißes Kleid und weiße Pumps an. Genau das richtige für das Klima, das normalerweise bestimmt kochend heiß gewesen wäre; in der Landschaft gab es allerdings keine extremen Temperaturen. Er fühlte nur eine warme Brise.

¦Du hast Jeans und ein schwarzes, kurzärmeliges Hemd an, berichtete Carol. Und Stiefel.

Er schaute an sich hinab. Tatsächlich, so hatte sein Geist dieses Selbstbild gekleidet. ¦Wie alt sehe ich aus?

¦Vielleicht fünfundzwanzig. Nicht älter als dreißig. Was habe ich an?

Er beschrieb, was er sah.

¦Also, da unterscheiden wir uns. *Ich* glaube, daß ich ein blaues Langkostüm und schwarze Slipper anhabe, sagte Carol. Na, wenn schon. Wie alt bin ich?

¦Du scheinst dein richtiges Alter zu haben. Du siehst wirklich gut aus.

¦Wo sind die Siebenmeilenstiefel? fragte Carol und zeigte über den endlosen Sand. Wir werden doch hoffentlich nicht zu Fuß gehen.

¦Wir fliegen. Von hier an gehören wir zu Goldsmiths Landschaft. Sie wird sich auf uns einstellen.

¦In Ordnung. (Verbissene Entschlossenheit; seelische Vorbereitung.) Ich gürte meine Lenden. Spürst du's?

¦Sehr attraktiv, gegürtete Lenden, sagte Martin.

Sie ignorierte das. ¦Ich weiß wieder, wie man fliegt. Der Halsmuskel ... stimmt's?

¦Mal sehen, ob du in Übung bist.

Er beobachtete Carols Selbstbild, als sie zwei Schritte auf der Straße machte und von dem vermeintlichen Asphalt abhob. Mit einem Ausdruck ungeheurer Konzentration stieg sie einen Meter hoch. ¦Wie im Traum, sagte sie. Ich bin noch nie höher gekommen als so.

¦Ich konnte manchmal höher rauf, sagte Martin. Aber wir werden für eine Weile dicht beieinander bleiben.

Er konzentrierte sich auf einen nichtexistenten Halsmuskel/ein nichtexistentes Flugorgan, dessen Entdekkung in seinen Träumen immer wundervolle Episoden vorausgegangen waren, in denen er vom Erdboden abgehoben hatte und über seine Schule und seine Klassenkameraden aufgestiegen war (solche Träume führten ihn immer in seine Kindheit oder seine Jugend zurück); kurze Phasen unendlicher Freiheit, erfüllt von dem Staunen darüber, warum er nie zuvor daran gedacht hatte, das zu tun.

Er stieg einen Meter hoch, breitete die Arme aus, flog über den Sand zum Highway und schwebte neben Carol. ¦Darf ich dir sagen, daß du wie ein Engel aussiehst?

Carol lachte. ¦Darf ich dir sagen, daß du wie ein Penner aussiehst, der auf dem Rummelplatz aushilft?

¦Nun werd mal nicht persönlich.

¦Läßt sich hier drin nicht vermeiden.

Er drehte sich im Kreis, um die drei endlosen Highways entlangzuschauen. ¦Alle Wege führen nach Rom.

Bei den meisten ihrer früheren Ausflüge in die Landschaft war das zentrale Symbol des Geistes eine Stadt gewesen; in manchen Fällen nur der Größe und der Komplexität nach eine Stadt, der Form nach jedoch eher eine Burg oder eine Festung oder sogar ein Berg, der von einem Gewirr von Gängen und Höhlen durchzogen war, immer jedoch eine riesige, von Aktivität erfüllte Wohnstätte.

¦Hi ho, rief Carol und schwebte voraus. Er holte sie ein, und sie flogen über das schwarze Band der Straße auf den fernen Horizont zu. Als ihre vermeintliche Geschwindigkeit zunahm, bemerkte Martin, wie die visuelle Separation einsetzte. Himmel, Sand und Asphalt schienen zu glitzern. Die Umrisse aller Dinge wurden auf der Seite, die Martins Bewegungsrichtung entgegengesetzt war, von samtigen Schatten hervorgehoben. Das hatten sie schon ein paarmal gesehen; es kennzeichnete den raschen Transfer ihrer Sonde von einem Neuronenhaufen zum nächsten.

¦Siehst du eine Separation? fragte er Carol.

¦Ziemlich deutlich sogar. Was hat das zu bedeuten?

¦Es könnte bedeuten, daß wir eine große Anzahl von Haufen durchqueren. Daß wir einen großen Teil des mentalen Territoriums durchmessen. Die Landschaft hat sich zusammengezogen. Kann sein, daß Goldsmith zur Konsolidierung seine ganzen Symbole ordnet. Ich habe keine Ahnung, warum … Aber ein großer Teil der verfügbaren Landschaft wird von leerer Wüste eingenommen.

¦Ob er sich einmauert? fragte Carol.

¦Ich weiß es nicht.

Sie flogen ihrem subjektiven Zeitempfinden nach so lange wie noch nie zuvor durch Wüste. Die Zeitwahrnehmung in der Landschaft hing von der Menge sensorischer Einzelheiten in jedem gegebenen Territorium ab. Wenn sich alles immer nur wiederholte wie in dieser unendlichen Wüste, konnte sich die Zeit nahezu ins Unermeßliche dehnen. Was in der äußeren Welt oder auf der Uhr des Werkzeugkastens Sekunden oder Sekundenbruchteile waren, konnte dann zu Stunden werden.

¦Langweilig, sagte Carol.

¦Fürchterlich, pflichtete Martin ihr bei. Vielleicht müssen wir manuell die Haufen oder den Kanal wechseln.

¦Warte noch ein bißchen. Wir erfahren doch was, oder?

¦Wir erfahren, daß sich Goldsmith unglaublich zusammengezogen hat, sagte Martin. All diese Leere.

¦Was ist, wenn das alles ist? fragte Carol und drehte sich zu ihm um. Schwarze Nachbilder blieben hinter ihr zurück. Carols Augen waren strahlend blau. Er stellte sich vor und sah dann, wie ihre Augen zu Bestandteilen einer flachen Lagune wurden. Die Lagune schwappte um ihr Bild herum, bis er sie in dem gekräuselten Wasser kaum noch sehen konnte. Er kämpfte das

Phantasiebild nieder, und es löste sich in Staub auf, der zusammen mit den Nachbildern von Carol hinter ihnen zurückfiel.

¦ Niemand ist völlig leer.

¦ Nicht mal ein Massenmörder? fragte Carol.

¦ Nicht mal der. Glaub's mir. Das ist mental unmöglich.

¦ Aber wir könnten auf der falschen Ebene sein. Nicht auf einer Eintrittsebene.

Auch in diesem Punkt war Martin anderer Meinung. ¦ Nur Geduld.

¦ Geduld, Geduld, murrte Carol. Bei früheren Ausflügen hatte Carol sich wie ein Kind in eine nahezu frenetische Begeisterung gesteigert, bevor ihre wirkliche Arbeit begann. Er sah sie als Feuergeist, als einen weiblichen Ariel oder Dämon der Wüste. Er erstickte dieses Phantasiebild, bevor es sich manifestieren konnte.

¦ Nutz die Zeit, um dich an die Regeln zu gewöhnen, schlug Martin vor.

¦ Du bist derjenige, der mich mit seinen Blicken verschlingt, sagte Carol. Ich hab diese Lagune gesehen. Du hättest mich beinahe naß gemacht.

¦ Wär mir ein Vergnügen gewesen, sagte Martin.

Carol machte ein finsteres Gesicht. ¦ Ich spüre, daß eine Veränderung eintritt — du auch?

¦ Ja. Er holte seinen Werkzeugkasten herunter und schaute auf die Zeitanzeige. Dreißig Sekunden. In dieser Zeit konnten sie die Hälfte der Punkte, die Margery verzeichnet hatte, hinter sich gebracht und dabei sämtliche Stellen in Goldsmiths Hypothalamus abgesucht haben. Vielleicht mußten sie mehrere Touren auf allen Kanälen machen, um auf das zu stoßen, was sie suchten ... Aber die zentrale Stadt war bei früheren Versuchspersonen immer leicht zu finden gewesen.

¦ Da ist irgendwas, sagte Martin und zeigte nach vorn. Der Himmel änderte seine Farbe über dem Punkt, an dem die endlosen Highways in der Ferne zusammenliefen, von staubigem Blau zu Schwarz mit einer Beimischung von Grau und Orange.

¦ Sieht wie ein Sturm aus, sagte Carol.

Für Martin sah es eher wie der Glutschein eines Hochofens in einer Fabrik oder wie eine brennende Stadt bei Nacht aus. Es wirkte alles andere als einladend. Der blaue Himmel ging mit einem vernehmlichen Surren in Dunkelheit über, als ob eine ferne Maschinerie einen Vorhang vor Flutlichtern herabgelassen hätte. Trotzdem schienen der Bereich über den Highways und sie selbst in ihrem Flug in das gleiche Tageslicht getaucht zu sein wie zuvor. Die Hochofenglut vor ihnen pulsierte und veränderte sich, als ob sie rote Blitze reflektieren würde.

Martin hatte noch nie Anlaß gehabt, die Landschaft zu fürchten, aber als er das sah, begann er Zweifel zu hegen. Bei allen früheren Versuchspersonen war die Stadt ein lebhafter, wenn nicht gar hübscher Ort gewesen, niemals jedoch ein schrecklicher; aber dies hier hätte ein Tor zur Hölle sein können.

¦ Wir gehen zusammen rein, schlug Carol vor.

¦ Warum nicht, für den Anfang, stimmte Martin zu.

¦ Machst du dir Sorgen? fragte sie.

¦ Du weißt verdammt gut, was ich empfinde. Du machst dir auch Sorgen.

¦ Kein Puffer, sagte sie seufzend. Sie drehte sich wie eine fliegende Ballettänzerin und zeigte mit dem Finger auf den Boden. Wir alle könnten hier Alpträume haben.

Martins gesamte Erfahrung ließ ihn glauben, daß ihnen in der Landschaft nichts geschehen konnte; andererseits war es durchaus möglich, daß der direkte Kontakt mit Goldsmiths mentaler Symbolik ihre eigene innere Landschaft erheblich durcheinanderbrachte. Dieser Effekt würde fast mit Sicherheit nicht von Dauer sein — aber er würde auch nicht angenehm sein, wenn die gegenwärtige Szene ein Indiz dafür war.

Der helle Schein erfüllte den ganzen Himmel um sie

herum. Die äußeren Highways bogen zu beiden Seiten einer gewaltigen Schlucht ab, von der sie nur den nahen Rand und die andere Seite sehen konnten. Sie blieben auf der geraden Straße in der Mitte. Ein Geräusch umgab sie — ein kontinuierliches Dröhnen wie von Trommeln oder Maschinen, so greifbar, daß sie sehen konnten, wie die Wellen durch sie selbst und durch den Asphalt der Straße liefen.

¦Wir fliegen direkt über den Rand weg, bemerkte Martin.

Sie wurden langsamer und schwebten an einem zerklüfteten Haufen glatter Felsbrocken vorbei über den Rand der Schlucht hinaus.

¦Das *muß* es sein, sagte Carol. Die Schlucht war eine mit Kristallen ausgelegte Grube. Die Kristalle lösten sich zu Gebäuden aller Art und jeder Größe auf, die sich vom Grund der Schlucht erhoben und deren Kamm eine Skyline wie die von Manhattan bildete. Die Stadt mochte sich über Hunderte von Kilometern erstrecken. Sie wimmelte von unzähligen Details, aus denen ein grenzenloser Erfindungsreichtum sprach; ein Meisterwerk mentaler Architektur.

¦So etwas habe ich noch nie gesehen, sagte Martin. Von Carol kam die gleiche sprachlose Verwirrung, gemischt mit Ehrfurcht.

Die Gebäude funkelten im Rhythmus eines Herzschlags aus Licht, der vom zentralen Kamm aus zu den fernsten Gebäuden pulsierte, die sich unter den Rändern zusammendrängten. Eins, zwei, drei, *Pulsschlag;* der Lichtschein blitzte aus einer Myriade stecknadelkopfgroßer Fenster in die Dunkelheit über ihnen: Kohlen in einem erlöschenden Feuer; Sterne in einer Galaxis, die durch einen unvorstellbaren lebenden Rhythmus miteinander verbunden waren. ¦Das ist prachtvoll, sagte Carol. Wie kann so etwas dem Wahnsinn verfallen?

¦Um das herauszufinden, sind wir hier.

Das Erlebnis war viel stärker als im wirklichen Leben; sie sahen und fühlten mit halluzinatorischer Intensität, und das sollte auch so sein; sie sahen kein gefiltertes, zensiertes, geformtes und getrimmtes Produkt des Denkens/der Wahrnehmung; sie sahen das grundlegende Material alles Denkens und Seins.

Martin war auf einmal von Freude erfüllt; Freude, die aus der Furcht aufstieg, die er zuvor empfunden hatte, Freude, daß es keinen Puffer gab, Freude darüber, daß er mit Carol an der Schwelle zu etwas Rätselhaftem, Wundervollem und völlig Unerforschtem stand. Niemand außer ihnen wußte, daß dies existierte, nicht einmal Goldsmith.

¦Ich gebe dir jetzt deinen eigenen Werkzeugkasten, sagte Martin. Aber wir sollten bei der Erkundung noch eine Weile zusammenbleiben, bis wir wissen, was wir zu erwarten haben.

Carol langte nach oben und zog ihren Kasten herunter. (Befriedigung, Selbstdiziplin, Konzentration.) ¦Perfekt. Alles da.

Martin streckte die Hand aus. Carol ergriff sie, und sie schwebten zusammen in Goldsmiths Stadt hinunter. Die Straße unter ihnen wurde rissig und ungepflegt, und schließlich löste sie sich in Klumpen von Asphalt und Erde auf. Zwischen den Klumpen lagen weiße Fragmente verstreut, die halb in schwarzer, feuchter Erde begraben waren. Martin sank hinunter, um festzustellen, was das sein mochte. Carol folgte ihm. Sie brachten die Gesichter dicht an die zerfallene Straßendecke.

¦Gebeine, sagte sie.

¦Ich sehe Geschirrteile — Köpfe und Gesichter aus Steingut.

¦Ich sehe Schädel und Knochen. Versuch's mal.

Martin konzentrierte sich auf die weißen Scherben und versuchte zu Carols Deutung überzuwechseln. ¦Okay. Jetzt sehe ich einen Oberschenkelknochen ... ein

Femur. Einen Schädel. Ich springe immer wieder zu Steingutgesichtern zurück, wie die von Figurbechern. Traurigen Figurbechern.

¦Diese Schädel grinsen nicht, bemerkte Carol. Es sind traurige Schädel.

Sie stiegen wieder nach oben, bewegten sich jedoch nicht weiter voran. ¦Hast du eine Ahnung, wofür die stehen? fragte Carol.

¦Nein.

Sie flogen weiter, bis sie von einer Schwere befallen wurden und merkten, daß sie nach unten gezerrt wurden. Leicht stolpernd landeten sie auf einer geraden Straße zwischen hohen, dunklen Ziegelhäusern mit eingeschlagenen Fensterscheiben. Verblaßte Zeichnungen waren wie mit Mehl oder einem anderen weißen Pulver auf jeden Zentimeter der Ziegelmauern gekritzelt worden: Schlangen mit Zungen, die wie Blitze gezackt waren, Vögel mit großen Köpfen, Katzen und Hunde mit #-Zeichen statt Augen, die alle viere von sich gestreckt hatten. Die Zeichnungen ergossen sich von den Häusern auf die Bürgersteige. Martin und Carol sahen sich die Bilder unter ihren Füßen an, als sie die leere Straße entlanggingen; noch mehr Tiere, Fledermäuse und Kettenfiguren, Himmel-und-Hölle-Quadrate, jedes Quadrat ein Fenster zu einem krakeligen Gesicht mit großen Augen, das mit seinen Falten und seiner jeweiligen Miene fast lebendig wirkte: beobachtend, stirnrunzelnd, lachend, glotzend, schmollend.

¦Vielleicht haben sie mal aus diesen Fenstern geschaut, sagte Carol. Jetzt sind sie im Bürgersteig und in der Straße gefangen. Könnten das Botschaftstypen sein?

Martin schaute zu den zerschlagenen Glasscheiben in den leeren Fenstern hinauf. ¦Schon möglich, sagte er.

In den von ihnen erforschten Landschaften hatten dauerhaft vorhandene Gedanken und Erinnerungen manchmal die Form realer Figuren angenommen. Martin hatte sie als Botschaftstypen bezeichnet. Sie waren oft kurzlebig, aber im allgemeinen positiv und von einer zarten Vitalität erfüllt.

Martin ging um die Gesichter und die Quadrate herum. Zwischen die Bilder waren unverständliche Worte gekritzelt, als ob hier ein Kind schreiben geübt hätte; mißgestaltete Buchstaben, keine erkennbare Rechtschreibung, ohne jeden Sinn. Nur die Figuren, die Goldsmiths Nebenpersönlichkeiten symbolisierten, seine wichtigsten mentalen Organons, würden Sprache benutzen; sie fungierten als Vermittler, die von einer Ebene mentaler Aktivität zur anderen sprangen. Außer wenn man ihnen begegnete, durfte man keine Worte oder Laute in dieser Landschaft als geschriebene oder gesprochene Sprache auffassen.

Das Dröhnen ging weiter. Jetzt klang es eher nach Trommeln als nach Maschinen. Martin ging ein kleines Stück vor Carol. Er führte diesen Teil der Erkundung sehr langsam durch, falls sie etwas Wichtiges übersahen.

¦Hier tut sich nichts, bemerkte Carol.

¦Glaubst du, daß es hier einen Krieg gegeben hat, einen Kampf?

¦Eine Störung, stimmte Carol zu. Nichts rührt sich. Vielleicht hat es noch eine weitere Kontraktion ins Zentrum der Stadt gegeben — die Skyline.

¦Wir haben noch nie so viel Konzentration und Trostlosigkeit gesehen, sagte Martin.

¦Dann ist das bedeutsam. Ein Krankheitsbild wie die Gewebeschrumpfung.

¦Mir fällt keine bessere Erklärung ein. Aber die symbolische Feststruktur ist noch da, selbst in den Vororten und den Wüstenstraßen. Hier könnte sich etwas tun. Die Landschaft würde es immer noch stützen.

¦Wie eine Leitung, in der kein Strom ist, sagte Carol.

¦Guter Vergleich.

Er ging weiter die Straße entlang. Carol trennte sich für einen Augenblick von ihm, um eine Treppe hinaufzugehen und in die dunklen Gebäude zu spähen. Er wartete auf sie. Eine dumpfe Beklommenheit schlich sich in seine Gedanken. Ein Hauch von Goldsmith. Die dunkle Schlucht, die pulsierenden Lichter, der menschenleere Stadtteil ...

Wenn es nicht bereits einen Krieg gegeben hatte, dann gingen sie vielleicht über verbrannten Boden — die Vorbereitung auf eine Schlacht, die erst noch stattfinden würde.

¦Sieh dir das mal an, rief Carol und winkte ihm, zu ihr zu kommen. Er ging ein paar Schritte zurück und stieg die Treppe hinauf. Hinter einer undeutlichen Tür erstreckte sich ein unvollständiger Flur, der alle paar Augenblicke — mit jeder Verlagerung ihrer Aufmerksamkeit — seinen Charakter änderte.

¦Hier bricht alles zusammen, sagte er.

¦So tief drin. Dann löst sich die Landschaft hier bestimmt auf. Der Brennpunkt verlagert sich woanders hin.

¦Sehen wir zu, daß wir ins Zentrum kommen, und verschwenden wir keine Zeit mehr hier draußen, schlug Martin vor. Wenn es einen Zusammenbruch gibt, ist dieser Teil der Landschaft nicht mehr von Bedeutung ...

¦Außer archäologisch, sagte Carol.

¦Vielleicht nicht mal das.

Seine Beklommenheit wuchs. Trostlosigkeit und Verfall; in den Bürgersteigen gefangene Botschaftstypen. Abkehr von allen bestehenden Strukturen und Mustern. Was konnte so etwas verursachen? Die Landschaft war nicht nur das Fundament ihrer eigenen Bilderwelt; sie war auch eine Basis von Zeichen und Symbolen für einen Großteil der auf hoher Ebene ablaufenden Aktivitäten der Primärpersönlichkeit und anderer wichtiger Organons. Zersetzung oder Verringerung ihres Gehalts an Symbolen ließ auf eine erhebliche mentale Funktionsstörung schließen — aber die Therapeuten hatten keine größere Funktionsstörung bei Goldsmith entdeckt.

Weiter vorn am Ende der Straße führten Betonstufen mit einem Stahlgeländer zu einer anderen Straße hinunter, die mehrere Dutzend Meter tiefer lag. Martin nahm erneut Carols Hand, und sie setzten ihren Abstieg fort.

¦ Vielleicht finden wir ein Taxi, meinte Carol.

Die Straße unter ihnen war voller Papier, das von Strudeln illusionärer Luft aufgeweht und herumgewirbelt wurde. Martin bückte sich im Gehen, um ein Blatt zu erhaschen, aber es wich ihm aus, als ob es lebendig wäre. Carol versuchte es auch, ebenfalls ohne Erfolg. Als sie am Ende der Straße anlangten und sich in Richtung des Wolkenkratzerkamms wandten, hatte das Papier Feuer gefangen und war zu kleinen Stückchen schwarzer Asche verbrannt. Martin schaute nach oben und stieß Carol an, wobei er auf ein riesiges Plakat zeigte, das die fensterlose Seite eines dunklen, fünfstöckigen Hauses bedeckte. Verschwommene Buchstaben, die sich immer wieder änderten, ohne je einen Sinn zu ergeben, bedeckten den unteren Teil des Plakats. Das Motiv des Plakats war das Brustbild einer menschenähnlichen Gestalt mit einem vollkommen glatten, eiförmigen Kopf.

¦ Wählt Mr. Gesichtslos, sagte Martin.

¦ Den Mann des Volkes, stimmte Carol zu.

Sie gingen mehrere Blocks weit durch die äußeren Wohnviertel, ohne irgendwelche Einwohner zu sehen. Carol verglich die Szenerie mit einem Kriegsgebiet; ein Territorium, das aus Furcht vor einem Atomschlag verlassen worden war.

¦ Vielleicht gibt's gerade eine Wirtschaftskrise, meinte Martin. Ich habe noch nie etwas derart Verlassenes gesehen.

¦Möchte wissen, wieso es überhaupt da ist. Ein *Memento mori.*

Über all den eintönigen, leeren Ziegelhäusern lockten die leuchtenden Wolkenkratzer der Stadt, aber sie schienen nicht näherzukommen. Nach einem anscheinend stundenlangen Fußmarsch, der zwar mühelos, aber trotzdem enervierend war, blieb Martin stehen und holte seinen Werkzeugkasten herunter.

¦Wollen wir jutzen? fragte Carol. *Jutzen* war ein Lehnwort, das sie benutzten, um den manuellen Übergang von einem Kanal zum anderen zu beschreiben. Er hatte das Wort seit Jahren nicht mehr gehört; er lächelte über die Erinnerungen an leichtere Erkundungen mit unmittelbareren Resultaten, die es heraufbeschwor.

¦Ich will bloß mal auf die Uhr schauen. Weitere dreißig Sekunden.

Er dachte darüber nach. ¦Wir müßten inzwischen im Zentrum der Landschaft sein. Falls die Wolkenkratzer das Zentrum sind, kommen wir ihm nicht näher. Wenn wir jutzen, könnten wir's vollständig verlieren ...

¦Ich bin absolut dafür, sagte Carol.

¦Ich finde nicht, daß wir's tun sollten. Das hier hat etwas zu bedeuten.

¦Rufen wir uns ein Taxi.

Das war nur halb ein Scherz. Sie konnten dafür sorgen, daß sich gewisse Dinge manifestierten; aber unter den gegenwärtigen Umständen widerstrebte es Martin, der Landschaft ihre eigenen Bildelemente aufzuzwingen, wenn es nicht unbedingt sein mußte. Vielleicht ließ sich jedoch ein Kompromiß finden — ein Bildelement, das sie dazu *bringen* konnten, ihnen von Nutzen zu sein.

¦Suchen wir eine U-Bahn, schlug er vor.

Sie sahen sich um. Auf den Straßen gab es nichts, was nach einem U-Bahn-Eingang aussah.

Die Trommeln schlugen beharrlich weiter, wie Stakkato-Herzschläge.

¦Und er hat gesagt, er sei in Brooklyn aufgewachsen, sagte Carol stirnrunzelnd.

¦Da wohnt er schon lange nicht mehr. Vielleicht können wir die Häuser nochmal untersuchen ... Laß uns in die Keller gehen. *Anregen,* daß es irgendeine Transportmöglichkeit gibt.

Sie gingen zu einem leeren Laden — vielleicht einem ehemaligen Lebensmittelgeschäft — im Erdgeschoß eines zweistöckigen Hauses hinüber, das sich über die ganze Länge des Blocks erstreckte. Das Innere des Ladens war detaillierter: Gänge und Regale, eine Registrierkasse aus einem schieferartigen Material — eher eine Skulptur als ein Gerät. Carol langte hinüber und berührte die steinernen Tasten*.

¦Da ist eine Tür, sagte Martin. Sie gingen durch den Mittelgang nach hinten, schoben sich durch eine doppelte Schwingtür und standen vor einer riesigen Müllhalde in einer tiefen Höhle. Eine Brüstung hinter der Tür führte auf die Höhle hinaus.

¦Gütiger Gott, sagte Carol. Das ist nicht bloß Müll. Das sind Leichen. Noch mehr Gebeine.

Martin sah wieder Haufen von zerbrochenem Geschirr statt Knochen. So etwas hatte er in einer Landschaft noch nie gesehen. Am Rand eines Alptraums, schienen diese Zeichen auf einen inneren Krieg, einen internen Völkermord hinzudeuten.

¦Wir kommen nicht voran — wir kriegen nicht viel von Goldsmith zu sehen, sagte Martin. Bloß eine Hülse.

¦Vielleicht sind wir in eine Falle gelaufen, meinte Carol.

---

* Vermutlich eine Anspielung auf die Doppelbedeutung des englischen ›slate‹: erstens die ›Tafel‹, bei Bear ein Synonym für kleine tragbare Computer (Rechenmaschinen!), zweitens die Gesteinsart ›Schiefer‹. Beide Bedeutungen überschneiden sich in der Schiefertafel, die als Schreibfläche dient. — *Anm. d. Übers.*

¦Ich habe in der Landschaft noch nie was Trügerisches gesehen.

¦Sowas wie das hier haben wir auch noch nie gesehen.

Martin überlegte, ob es sich vielleicht um ein Labyrinth handeln könnte. War es möglich, daß Goldsmiths mentale Ressourcen Barrikaden gegen ihre Sonde aufgebaut hatten? Goldsmith wußte nicht, was er von einer Sondierung zu erwarten hatte, aber seine diversen Organons konnten durchaus Widerstände errichten, um schmerzhafte Selbstenthüllungen zu verhindern.

¦Vielleicht bist du auf der richtigen Spur. Kann sein, daß wir da eine bewußte Tarnung vor uns haben, sagte Martin. Ein Labyrinth mit irreführenden Nebensächlichkeiten ... Keine Lügen oder Täuschungen, aber Umwege und Köder.

Carol verzog das Gesicht und schaute in die Grube.

¦Wenn das hier eine unwichtige Kleinigkeit ist, wie sieht's dann wohl aus, wenn's richtig zur Sache geht?

¦Hier werden wir nichts Nützliches finden.

Draußen auf der Straße langte Martin nach unten, um den vermeintlichen Asphalt zu berühren. Zuerst war das körnige Material unentschieden, wurde jedoch fast sofort rauh und absolut überzeugend. Er schaute zu Carol hinauf. Sie verschwamm für einen ganz kleinen Moment, bevor sie wieder feste Konturen annahm.

¦Ich glaube, es ist an der Zeit, mal ein Machtwort zu sprechen, sagte er.

¦Finde ich auch. Was zuerst?

¦Wir brauchen eine Straße, die direkt ins Herz der Stadt führt. Sagen wir mal, da drüben.

Er zeigte auf die nächste Querstraße, legte melodramatisch die Stirn in Falten, um intensive Konzentration zu demonstrieren, und befahl ihr mit einer Handbewegung, das gleiche zu tun. Nichts Sichtbares änderte sich, aber ein solches Machtwort wurde am besten unsichtbaren Gegenständen oder Situationen gegenüber gesprochen. Auf diese Weise mußte nicht so viel offen umstrukturiert werden. ¦In Ordnung. Probieren wir's.

Sie gingen zur Ecke und standen direkt vor der fernen Skyline. Die neue Straße führte pfeilgerade in die Stadt hinein. Das Trommeln hatte aufgehört. Jetzt hörten sie nur noch ein leises Rascheln wie von Taftröcken oder von Wind in Palmwedeln.

¦Vielleicht haben wir gar nichts verändert. Vielleicht führte diese Straße rein zufällig in diese Richtung, sagte Carol.

Martin konzentrierte sich erneut. Er beschloß, die nächste Umstrukturierung allein zu versuchen. Ein Motor heulte hinter ihnen auf. Sie drehten sich um und sahen einen alten Dieselbus, der qualmend und geräuschvoll auf sie zukam. Martin streckte die Hand aus und schloß sie um den Pfahl mit dem Schild einer Bushaltestelle, den er vorher nicht gesehen hatte.

¦So langsam kriege ich wieder das Gespür dafür, sagte er.

Der Bus fuhr an den Straßenrand und öffnete die Tür. Er sah aus wie ein Bus aus dem späten zwanzigsten Jahrhundert, aber es gab weder einen Fahrer noch einen Fahrersitz. ¦Alles einsteigen, befahl Martin.

Der Bus fuhr mit einem überzeugenden Ruck an. Carol setzte sich auf einen mit Vinyl bezogenen Sitz. Martin blieb stehen und hielt sich an einer vom Alter glattpolierten Stange fest.

¦Sieht aus wie etwas, das Goldsmith als Kind gesehen haben könnte, sagte Carol. Bist du sicher, daß es *deine* Idee war?

¦Ist eine Gemeinschaftsproduktion, sagte Martin.

Das Bild draußen vor den Fenstern verschwamm. Objekte blieben schneller zurück als ihre Nachbilder und hinterließen wieder geisterhafte Schwärze. Der Bus fuhr schneller als die Erneuerungsgeschwindigkeit der sensorischen Erschaffung.

¦Wann wollen wir an der Leine ziehen? fragte Carol.

Sie zeigte auf ein dunkles, plastiküberzogenes Seil, das durch Metallösen über den Fenstern lief.

¦Brauchen wir vielleicht gar nicht, sagte Martin. Er hob die Stimme und wandte sich an das führerlose vordere Ende des Busses: ¦Wir möchten im Stadtzentrum aussteigen.

Die Szenerie draußen wurde schwarz, flackerte heftig und nahm dann wieder Gestalt an. Die trostlosen, leeren Straßen zwischen dunklen, verlassenen Mietskasernen wurden von breiten, hell erleuchteten Durchgangsstraßen, dahineilenden Menschen, hohen, sauberen Gebäuden, die einen Eindruck von Wohlstand machten, einem leichten Schneegestöber und Weihnachtsdekorationen ersetzt. Der Bus wurde langsamer und hielt an, und die Tür ging auf und ließ eine Windbö mit einem Gewirbel von Schneeflocken herein. Ein Hauch von Kälte lag in der Luft. Sie stiegen die Stufen des Busses hinunter und standen auf der breiten Straße inmitten der vorbeihastenden Einwohner von Goldsmiths zentraler Stadtlandschaft.

In ihrem hektischen, geschäftigen Gewimmel hatten die Einwohner nur sehr wenig echte Individualität. Ihre Bilder waren verschwommene Farbkleckse, ein Aufblitzen undeutlicher Gliedmaßen oder Kleidungsstücke und ein flüchtiger Gesichtsausdruck, als ob sie sich in aller Eile einen Ausschnitt aus einer Fotogalerie von Gesichtern aufgesetzt hätten. Der Effekt war mehr als impressionistisch; Martin und Carol fühlten sich wahrhaft allein in dieser Menge. Das Gewirbel dieser Fabrikationen ging ungestört weiter.

¦Das gefällt mir überhaupt nicht, sagte Martin.

¦Meinst du, daß alle Botschaftstypen so gesichtslos sind? fragte Carol.

Er schüttelte den Kopf und machte ein angewidertes Gesicht. ¦Sie könnten ebensogut gar nicht da sein. Welche Funktion erfüllen sie?

Bei all ihren früheren Reisen in die Landschaft waren

sie auf eine muntere Population von Botschaftstypen wie auch auf die gespeicherten Eindrücke oder Modelle von Menschen gestoßen, die der Proband gekannt oder einfach nur gesehen hatte. Falls diese Fabrikationen hier je Individualität oder überzeugende Details besessen hatten, dann waren sie aus ihnen ausgewaschen worden wie Farbe aus Stoff.

¦Ist das neu, oder ist Goldsmith immer schon so leer gewesen? fragte Carol.

¦Ich werde nicht mal eine Vermutung wagen. Wie auch immer, es bedeutet, daß es hier eine größere Katastrophe gegeben hat ... eine erhebliche Funktionsstörung. Eine andere Erklärung gibt es nicht.

¦Was für eine Funktionsstörung würde bei den Tests nicht erfaßt werden?

¦Finden wir's raus.

Die Menge teilte sich vor ihnen mit einem gespenstischen Gewisper, das wie ferne, sich endlos wiederholende Bandaufzeichnungen in einem hallenden Korridor klang. Es kam nie zu irgendeinem Kontakt. Sie überquerten die Straße zu einem Gebäude, das ein großer, städtischer Kuppelbau gewesen sein mochte, vielleicht ein Bahnhof. Die Schriftzeichen waren immer noch unleserlich.

¦Was suchen wir?

¦Eine Telefonzelle, sagte Martin.

¦Ausgezeichnete Idee. Wen wollen wir anrufen?

¦Den Boss. Einen Boss. Irgend jemand, der hier Autorität hat.

¦Vielleicht den Bürgermeister oder den Präsidenten.

Martin zuckte die Achseln. ¦Ich wäre schon mit einem überzeugenden Hausmeister zufrieden.

Ein Strom gesichtsloser Gestalten ergoß sich durch den Eingang des städtischen Gebäudes. Sie reihten sich in den Strom ein und stiegen etliche Steintreppen zu einer Halle mit hoher Decke hinunter, die anscheinend mindestens hundert Meter Durchmesser hatte.

Grand Central Station, sagte Carol. Martin versuchte, in dem Gewimmel eine Telefonzelle auszumachen. Carol starrte mit offenem Mund zu den architektonischen Details hoch über ihnen hinauf. Er spürte eine Woge der Überraschung und der Angst von ihr und legte den Kopf in den Nacken, um in die Kuppel hinaufzuschauen. Auch er verspürte einen Schock.

Die verzerrte Perspektive der Kuppel blähte sie zu einer Höhe von mehreren hundert Metern auf. Milchiges Licht fiel durch umlaufende Öffnungen etwa auf mittlerer Höhe herein. Ein dichtes Netz schwarzer Drähte lief scheinbar ziellos kreuz und quer durch den Kuppelraum und stellte Martin vor ein Rätsel, bis er eine Reihe von Türen und Brüstungen in der Nähe der Spitze bemerkte. Alle paar Sekunden sprangen winzige Gestalten durch diese Öffnungen und stürzten stumm und mit ausgebreiteten Armen und Beinen in die Tiefe, um in dem wirren Drahtnetz hängenzubleiben. Sie zuckten, kämpften wie Fliegen und hingen dann still.

Die Drähte waren voller Leichen, die sich dort verfangen hatten.

Mit jener visuellen Schärfe, die es nur im Traum oder in der Landschaft gibt, sah Martin diese hängengebliebenen Leichen, als ob sie nur ein paar Meter entfernt wären. Ihre Gesichter hatten viel mehr Charakter als all die Gespenster, die in der Stadt herumwimmelten; verwesende Gesichter, aus denen Vergeblichkeit und Tod sprach, mitleiderregende Scherben von Gesichtern, so viele, daß man sie nicht zählen konnte. Und Martin konnte kein einziges Opfer wiederfinden, das einmal aus dem Brennpunkt seiner Aufmerksamkeit geraten war; statt dessen waren es immer neue, immer andere Leichen.

Carol schrie auf und trat beiseite. Ein verwester Arm löste sich von einem Leichnam hoch oben in der Kuppel und klatschte mit einem gräßlichen Laut auf den gefliesten Boden. Martin ging um das abgetrennte

Glied herum, nahm Carol in die Arme und hielt sie fest.

¦Das ist ein *Alptraum,* sagte sie. Sowas haben wir in der Landschaft noch nie gesehen!

Er nickte, wobei sein Kinn auf ihren Kopf schlug. Nüchtern stellte er fest, daß er Carols Bild ohne alle Hintergedanken umarmte. Er war einfach zu ihr gegangen, um sie zu beschützen und sein eigenes Entsetzen wenigstens durch die Simulation von körperlichem Kontakt ein wenig zu lindern.

Bei ihren früheren Reisen in die Landschaft war das Gelände surreal und traumartig, aber nie alptraumhaft gewesen. Der Horror und die Panik des echten Alptraums rührten von Fehldeutungen und falschen Einordnungen psychologischer Inhalte knapp unterhalb der persönlichen Wahrnehmungsschwelle her; Erinnerungen und phobische Eindrücke mischten sich willkürlich mit vielen Schichten aus großer Tiefe heraufgeholter Bilder. Die Landschaft in ihrer reinen Form war noch nie ein Ort des Horrors gewesen ...

¦Vielleicht sehen wir einen Übergang zu einer anderen Ebene, die höher ist als die Landschaft, gab Martin zu bedenken.

¦Das glaube ich nicht, entgegnete Carol. Auf welcher Ebene sollte das einen Sinn ergeben? Das ist *hier* und *jetzt.* Der Knochenfriedhof in der Höhle, die Gebeine oder das Geschirr oder was auch immer am Stadtrand ... Das paßt alles zusammen, Martin.

Dem mußte er zustimmen. ¦Sag mir, was es deiner Meinung nach bedeutet.

Carol schüttelte den Kopf. Sie schob ihn sanft weg. Ein weiteres Stück unidentifizierbaren verwesten Fleisches fiel herunter und schlug mit Übelkeit erregender Überzeugungskraft ein paar Meter entfernt auf. Die Gespenster wichen auseinander und gingen um die Fliesen herum, auf denen die Leichenteile gelandet waren.

¦Finde das Telefon oder was immer wir suchen und

laß uns zusehen, daß wir weiterkommen, sagte Carol. Martin stimmte ihr zu. Er wollte hier nicht mehr Zeit verbringen als nötig.

Sie gingen durch die Gespenster hindurch, ohne auf Widerstand zu stoßen, und versuchten, Telefonzellen oder irgend etwas anderes ausfindig zu machen, womit sie eine direkte Verbindung zu einem Machtzentrum herstellen konnten. Bei ihren früheren Erkundungen hatten Martin und Carol solche strategischen Arrangements vorgefunden: Ob sie bei deren Erschaffung mitgewirkt hatten oder nicht, konnten sie beide nicht wissen, aber sie hatten sich als nützlich erwiesen.

Jetzt jedoch war nichts dergleichen zu sehen. Sie kehrten zum Fuß der belebten Treppe zurück. ¦Das alles könnte eine Fassade sein, sagte Carol. Wir kommen nicht weiter.

Martin teilte ihre Frustration. Er holte seinen Werkzeugkasten herunter und warf einen Blick auf die Uhr. Sie hatten zehn Minuten in der Landschaft verbracht, ohne etwas Wichtiges zu erfahren, abgesehen von der Tatsache, daß die Tiefenschicht von Goldsmiths mentalem Apparat anders als alle war, die sie je zuvor bereist hatten.

¦Dann probieren wir's mit einem Sprung zu einem anderen Kanal, sagte er. Aber es könnte sein, daß wir uns vollkommen aus der Landschaft rausjutzen.

¦Ich bin bereit, dieses Risiko einzugehen.

Martin schnappte sich den roten Kasten und zog ihn weiter herunter, um sich die Anzeigen anzusehen. Kanalkoordinaten, die sie bereits passiert hatten, rollten auf einen Druck seines imaginären Fingers hin über das Display. Er löschte sie und begann mit der Suche nach einem neuen, aber unmittelbar angrenzenden Kanal, fand mehrere mögliche Kandidaten und wollte gerade den Schalter für ihren Transfer drücken, als Carol seinen Arm berührte und ihn bat, noch zu warten.

¦Da ist irgendwas oben auf der Treppe, sagte sie und

zeigte hin. Er blickte hinauf. Selbst durch die dahineilenden Gespenster hindurch war ein schwarzer Fleck mit den Umrissen eines Menschen und weißem Gesicht zu sehen, der dort stand und nach unten schaute. Martin versuchte, ihn deutlicher zu sehen — das Vorrecht visueller Schärfe an diesem Ort in Anspruch zu nehmen, wo Raum eine echte Fiktion war —, aber es gelang ihm nicht.

¦Das ist was Neues, sagte Carol. Laß uns rausfinden, was es ist, bevor wir jutzen.

Sie stiegen langsam die Treppe hinauf und näherten sich dem Fleck. Er bewegte sich nicht und ließ auch nichts von der nervösen, unruhigen Belanglosigkeit der Gespenster erkennen. Er schien eine kontinuierliche Präsenz zu besitzen, einen konkreten Charakter, obwohl Martin sein Wesen nicht *positiv* fand. Wenn überhaupt, dann empfing er einen Eindruck kalter Negativität, je näher sie kamen, genau das Gegenteil dessen, was man von einer Figur in der Landschaft erwartete.

Sie langten am oberen Ende der Treppe an. ¦Es hat eine Maske auf, sagte Carol.

Die Figur drehte sich lässig und langsam zu ihnen um. Ihr Körper war ein Schatten oder eine Rauchwolke, die feste Form angenommen hatte; über ihrer Gesichtslosigkeit trug sie eine angeschlagene Keramikmaske, die stark jenen ähnelte, die am Stadtrand weggeworfen oder in der Müllhöhle aufgehäuft worden waren. Diese Maske vermittelte nicht viel mehr als die Bemühungen eines erbärmlich schlechten Kunsthandwerkers der Vergangenheit; sie versuchte vergeblich, ein starres Lächeln nachzuahmen. Die Augen waren leere Löcher. Die einzige Farbe war ein blasses Pink auf den Wangen, das in dem sonstigen toten Silikatweiß sehr auffällig war.

¦Was bist du? rief Martin die Figur an. Da er noch nie auf einen solchen Bewohner der Landschaft gestoßen war, wußte er nicht so recht, ob dieser der Sprache mächtig war.

Der Schatten hob den Arm und richtete ihn auf sie; der ausgestreckte Finger war ein Kringel aus schwarzem Ruß. Er gab ein hohles, wortloses Gemurmel von sich, wie Wasser, das in einen leeren Eimer tropft, und kam auf sie zu. Seine Umrisse verwischten sich, nur die Maske behielt ihre scheinbare Festigkeit. Carol wich zurück; Martin blieb stehen, wo er war.

Der Rußfinger berührte ihn und nahm ihm die Hand und den Arm weg. Sie verschwanden einfach. Er spürte keinen Schmerz.

¦Arm und Hand, kommt zurück, sagte Martin mit einer Gelassenheit, die er — wie ihm klar wurde — nicht empfinden sollte. Das Glied kam zurück, und er war wieder ganz. Der Schatten wich zurück und verbeugte sich mit unaufrichtiger Unterwürfigkeit.

¦Was ist das? fragte Carol. (Große, aber kontrollierte Angst.) Was hat es mit dir gemacht?

¦Es hat ein großes Stück von meinem Bild weggenommen, sagte Martin.

¦Das geht doch hier gar nicht.

¦Anscheinend doch.

¦Aber was hat das zu bedeuten? An unseren Bildern herumzupfuschen ... was soll das bringen?

Der Schatten kam auf Carol zu, wobei er wieder größer und unschärfer wurde. Sie wich zurück. Martin trat dazwischen und breitete die Arme aus, als wollte er den Schatten umarmen. Dieser zog sich zurück.

¦Das ist zuviel, bei weitem zuviel, sagte Carol. (Die Angst gewann die Oberhand.)

¦Halt meine Hand fest, riet Martin. Sie packte sie und klammerte sich daran fest.

¦Da sind noch mehr, sagte sie und zeigte mit ihrer freien Hand hin. Hinter den Türen teilte sich der Strom der Gespenster, und das hektische Gewimmel ebbte ab. Weitere Schatten mit Keramikmasken kamen in den Bahnhof, lässig, finster und wachsam.

Martin suchte in seiner Erinnerung nach einem Hinweis darauf, was sie da vor sich hatten. Das Gefühl der Negation war stark; diese Schattenfiguren standen im Gegensatz zu allen normalen Funktionen der mentalen Tiefenschicht. Er fragte sich einen Moment lang, ob sie auf etwas wirklich Übernatürliches gestoßen waren, verwarf diesen Gedanken jedoch wieder, wobei er sich vor Ärger über sich selbst schüttelte.

¦Vielleicht ist es an der Zeit, daß wir rausgehen und uns neu formieren, sagte er. Er wußte nicht, was passieren würde, wenn diese Gestalten imstande waren, ihre Bilder vollständig auszulöschen. Er wollte es auch gar nicht herausfinden.

Sie holten ihre Werkzeugkästen herunter.

¦Mal sehen, ob wir denen entwischen können, sagte Martin. Es widerstrebte ihm sehr, die Sondierung als Besiegter aufzugeben. Das war noch nie passiert. Wie sollte er das Albigoni erklären?

Er langte nach oben, um die Kanalkoordinaten einzustellen. Die gesamte Szenerie um sie herum ruckte und flackerte, aber sie hatten die Regler noch gar nicht berührt.

Martin war sich sofort darüber im klaren, in welchen Schwierigkeiten sie sich befanden. Er versuchte, nach der Reißleine zu greifen zum Teufel mit der Würde und der Sondierung aber die Schatten spülten wie eine Flut von Farbruß über sie hinweg; ein Strudel von Masken, von denen manche an den steinernen Stufen zersplitterten.

Er sah, wie Carol von der Flut verschluckt wurde. Ihr Bild funkelte und verschwand. Er merkte, wie er selbst verging. Der Werkzeugkasten zeigte nur ein paar Zentimeter von seinen Fingerspitzen entfernt eine wild flakkernde Kanalkoordinate und Frequenz, dann löste sich der rote Kasten auf. Sein Bild löste sich zusammen mit ihm auf.

Martins persönliche Subjektivität entlud sich in etwas Größeres und ganz anderes. Carol war immer noch in der Nähe; er konnte ihre Panik fast so stark fühlen wie seine eigene. Aber die Art ihrer Anwesenheit änderte sich. Er spürte sie als etwas Großes und *anderes,* das mit seinem Selbst und allem, was unter diesem Selbst lag, verschmolzen war; und diese Kombination ging wiederum in einem noch größeren Ozean von Andersartigem auf.

Er konnte in seinem Geist keine Worte mehr formen. Er konnte weder den Werkzeugkasten noch auch nur Teile davon wiederbekommen. Er konnte sich nicht mit Willenskraft heraushieven.

Mit einem noch stärkeren Verlustgefühl und Entsetzen erkannte Martin, daß sein letzter Schutz — das Bewußtsein über seine Lage — schwand. Er würde nicht einmal wissen, was geschehen war; sein gesamtes Erinnerungs- und Urteilsvermögen verflüchtigte sich angesichts dieses universalen Lösungsmittels.

Ein letztes Wort hing wie ein speziell gefertigtes Neonschild da und blinkte mehrmals, bevor es erlosch.

Unterschätzung

Margery ging zwischen den reglosen Gestalten von Burke und Neuman hin und her und überprüfte die Anschlüsse und die Anzeigen peinlich genau. Sie stellte fest, daß ein massiver Jutz durch die Kanäle stattgefunden hatte, und fragte sich, was das Team da machte. Aus reiner Neugier zeichnete sie das Ausmaß des Jutzes auf und erkannte, daß der Standort der Sonde vollständig aus dem Hypothalamus heraus zum äußersten Rand der vorher von ihr festgelegten Punkte im Hippocampus verlagert worden war.

Verblüfft stützte sie das Kinn in die Hand und versuchte, sich darüber klar zu werden, welchen Vorteil es hatte, so weit von den vorher festgelegten Kanälen entfernt zu sein. War Burke auf etwas Ungewöhnliches gestoßen? Er war viel näher an den Tieftraumkanälen — jenen, die mit der endgültigen Fixierung der permanenten Gedächtnisinhalte und der Reduzierung der kurzfristig gespeicherten Daten zu tun hatten — als an den gemeinhin mit der Landschaft assoziierten Kanälen.

»Erwin, schauen Sie sich das an.«

Erwin kam zu ihr. Er sah sich ruhig die Anzeige an und hob eine Augenbraue. Dann rief er Goldsmiths neurales Aktivitätsdiagramm auf und zeigte auf eine Spitze und eine Absenkung. »In seinen Tiefenträumen geht etwas vor«, sagte er.

»Er ist im neutralen Schlaf. Da gibt es keine Erinnerungsfixierungsträume.«

»Keine normalen EF-Träume«, korrigierte Erwin.

»Sollen wir mit ihnen Kontakt aufnehmen und nachsehen, was sie da machen?«

Erwin erwog diese Möglichkeit, runzelte dann die Stirn und schüttelte den Kopf. »Sie haben Reißleinen. Ihre Werte sind weitgehend normal. Die Spitze und die Absenkung könnten ein Anzeichen für Überraschung sein, aber vielleicht ist das ja gut; vielleicht haben sie was Wichtiges entdeckt. Lassen wir sie eine Weile herumstreifen. Ich bin sicher, daß Burke weiß, was er tut.«

Margery schüttelte den Kopf, stimmte ihm jedoch schließlich zu. Burke war schon viele Male in der Landschaft gewesen.

Die Neuen Marassa

Sie waren vor einer Ewigkeit geboren Zwillingsbrüder einer schwarz einer weiß Kinder des großen weißen Vaters Sir der sie im Land Guinée Unter Dem Meer aufzog und den weißen Bruder lieber mochte als den schwarzen, während der schwarze von seiner Mutter Königin Erzulie bevorzugt wurde, die weit entfernt von Sir — dem Herrn — in einem kleinen Haus jenseits des Meeresgrabens wohnte. Bei Ebbe fuhren die Zwillinge in einem kleinen, selbstgebauten Ruderboot oftmals über den Graben hinweg; ihr Ruderer war ein uralter Schimpanse, der ihnen Geschichten von den Flüchtlingen und den Sklaven erzählte, Geschichten, die ihnen das Herz brachen, besonders das Herz des schwarzen Zwillings, der auf den Namen Martin Emanuel hörte.

Der Name des weißen Zwillings war Hingabe an Sir. Äußerlich war er der weiblichere der beiden; manchmal ließ er sich Brüste und lange braune Haare wachsen, um seinen Bruder zu erschrecken, aber dies war ein Land der Magie und des Wandels, in dem nichts unmöglich war.

Sowohl Sir als auch Erzulie erklärten ihnen, sie seien Götter und hätten die erhabene Pflicht, über alle Bürger von Guinée Unter Dem Meer zu wachen. Die Zwillinge kamen dieser Pflicht ernsthaft und sorgfältig nach, jedoch nicht immer zur Zufriedenheit von Sir, der schreckliche Wutanfälle bekommen konnte, wenn der eine oder andere Aspekt der Zeremonien nicht richtig beachtet wurde oder etwas anderes schiefging.

Wenn auf Guinée Unter Dem Meer Schnee fiel und die Städte bis zu den Dachgiebeln bedeckte, wurde Sir stets an seine Niederlage und seinen Tod in alter Zeit erinnert, und er wurde fürchterlich zornig. Wenn er zornig war, verdunkelte sich seine weiße Haut wie das Äußere einer Sturmwolke, und schließlich war er
schwarz wie die Nacht,
schwarz wie die Sünde,
schwarz wie Eisen
schwarz wie der Schlaf
schwarz wie der Tod.

Sirs Zorn steigerte sich ins Grenzenlose, und er prügelte Martin Emanuel windelweich, während er Hingabe an Sir nur ein paarmal knuffte. Erzulie nahm Martin Emanuel in die Arme, tröstete ihn und versprach ihm, das alles werde bald vorbei sein. Dein Vater ist ein starker und eigenwilliger Mann, erklärte sie ihm. Aber du bist ein sensibles und intelligentes Kind, und du mußt lernen, wie du ihn besänftigen kannst, wie du ihn dazu bringen kannst, dich zu lieben.

Das war wichtig, wenn man in Guinée Unter dem Meer lebte, denn Sir herrschte über das ganze Land und hatte die Macht über Leben und Tod, Glück und Unglück.

Warum kann er dann Frost und Schnee nicht befehlen, zu verschwinden?

Guinée Unter Dem Meer war in den guten Jahreszeiten ein tropisches Land, bergig und von dichtem Wald bedeckt, in dem Martin Emanuel und Hingabe an Sir nach Herzenslust umherstreiften, wenn sie gerade nichts anderes zu tun hatten. Sie kletterten wie Affen auf Bäume, bauten Festungen in den Bergen und stellten so viele Kanonen hinein, wie Nägel im Beutel eines Schmieds waren. Sie bauten große Schiffe aus den Bäumen des Waldes und schleuderten sie dann über die Strände hinweg ins leuchtend azurblaue Meer.

Frost und Schnee
weiß wie Eis
weiß wie die Sonne
weiß wie das Leben
weiß wie eine Eiterbeule
fuhren mit diesen Schiffen in ferne Länder, füllten sie mit dunklen und mitleiderregenden Kindern des Todes und fuhren damit in andere Länder, um die Kinder zu verkaufen, und als die Schiffe nach Guinée zurückkehrten, stanken ihre Laderäume nach Pestilenz, Ausscheidungen und Verwesung. Martin Emanuel erzählte dem schönen Hingabe an Sir, daß Schnee und Frost ihre hübschen Schiffe kaputtmachten, und sie gingen zu Erzulie und fragten sie, warum man das zuließ, und Erzulie erzählte ihnen eine Geschichte, eine bedeutsame Geschichte, die ihre Erziehung abschließen und sie zu *Marassa* machen würde, den heiligen Zwillingen.

Niemals zuvor, hob sie an, in keiner anderen Zeit und an keinem anderen Ort, war Sir ein mächtiger König, der über alle Länder regierte, nicht bloß über Guinée Sous Dleau (sie benutzte den anderen Namen). In jener Zeit war Sir *schwarz wie Ebenholz, schwarz wie eine Höhle.*

Es kamen jedoch Frost und Schnee mit mächtigen Schiffen in dieses Land; sie führten Donner und Drohungen mit Wind und Sturm mit sich und fragten Sir, ob sie sein Volk fressen dürften, immer nur ein paar Menschen auf einmal, wofür sie Sir reich entlohnen würden.

Sir sah, wie die Dinge lagen, und stimmte zu. Ihr dürft alle Menschen meines Volkes für einige Zeit nehmen, sagte er, oder einige Menschen meines Volkes für immer, aber ihr dürft nicht alle Menschen meines Volkes für immer nehmen. Frost und Schnee erklärten sich damit einverstanden und bezahlten ihn mit gewaltigen Haufen von Gold, die er seinen Handwerkern übergab.

(Damals war es auch, erklärte Erzulie traurig, daß Sir die Frauen aus dem Land von Frost und Schnee sah und es ihn nach ihnen gelüstete; und Hingabe an Sir war bekümmert, aber dies war nicht der richtige Zeitpunkt, um zu erklären, warum.)

Zuerst nahmen Frost und Schnee einige von seinem Volk mit. Diese kehrten nie mehr heim. Sie wehklagten an den Stränden und schüttelten ihre schweren schwarzen Eisenketten und hoben ihre weinenden, zappelnden Babies hoch, als die Schiffe, die die Zwillinge bauen würden, an Land gezogen wurden

¦Aber das war doch danach, oder?

aber es gab nichts, was Sir tun konnte, denn er hatte sein Gold und seinen Namen, und so lagen die Dinge nun einmal.

Viele Jahre später kamen Frost und Schnee in Sirs Reich zurück und erklärten ihm: Unsere Länder brauchen mehr Menschen von deinem Volk, denn viele sind auf der Insel der Hohen Berge gestorben, und viele weitere sind beim Bau großer Farmen jenseits des Meeres gestorben, und der Bedarf an ihnen ist sogar noch gewachsen.

Und Sir erklärte ihnen: Ich habe euch alles verkauft, was ich euch verkaufen werde. Ihr dürft einige Menschen meines Volkes für immer oder alle Menschen meines Volkes für einige Zeit nehmen, aber ihr dürft nicht alle Menschen meines Volkes für immer nehmen.

Aber Frost und Schnee sagten: Wir haben dir dein Gold gegeben, und es ist immer genug für dich da, riesige Haufen, dreißig Goldstücke. Und sie nahmen mehr Menschen von Sirs Volk für immer mit in die Länder jenseits des Meeres.

Sir war bekümmert, denn das Gold reichte nicht annähernd, um die Zerstörungen zu bezahlen, die Frost und Schnee angerichtet hatten, und er sah, daß er sehr bald keine Menschen mehr haben würde. Er konnte nichts gegen diese Feinde tun, obwohl er über seine ganze Welt herrschte.

Als Frost und Schnee zum drittenmal kamen, waren nur noch so wenige Menschen da, daß sie Sir erklärten: Wir brauchen all deine Menschen für immer, und er erwiderte: Aber das darf nicht sein. Und sie sagten: Es ist so, und wir haben dir dein Gold gegeben. Es ist für immer genug davon für dich da, dreißig Stücke, aber wenn du mehr verlangst, dann haben wir hier Eisen für dich *schwarz wie der Tod*.

Sie legten Sir in Ketten und brachten ihn fort aus seinem Land, und sie nahmen seine Frau, die Königin (Erzulie weinte), und brachten sie beide über die Meere in Länder, die er nicht kannte.

Aber Sir hatte seinen Zauber mitgenommen und wandte ihn nun insgeheim an. Obwohl er in Ketten *schwarz wie der Schlaf* lag, konnte er diesen Zauber anwenden, und er befreite sich. Als Sir frei war, machte er das Volk von Frost und Schnee nieder und vergiftete es und wurde zum Herrscher der Insel der Hohen Berge.

Aber durch unaussprechlich traurigen Verrat wurde Sir gestürzt, und er starb in den Tiefen eines Gefängnisses, das von Frost und Schnee geführt wurde, tief unten in einer Zelle *schwarz wie die Nacht, schwarz wie Ruß.* Als er starb, wurde er selbst *weiß wie Eis.*

Das war das ewige Mal seiner Niederlage, und es brannte sich tief in seine Seele. Er begab sich ins Land der Toten, in das Land Unter Dem Meer (Sous Dleau, sagte sie leise). Als Geist sprach er flüsternd zu jenen von seinem Volk, die noch lebten, aber ihre Ketten waren stark. Sein Zorn wuchs noch mehr.

Schließlich erhob sich sein Volk auf der Insel der Hohen Berge, sprengte seine Ketten, vergiftete seine Herren und machte seine Unterdrücker nieder, und Sir sagte: Dies hier ist wirklich Guinée, die Heimat, und hier soll sie wiedergeboren werden.

Da vollzog sich ein innerer Wandel bei Frost und Schnee. Sie sahen das Böse, das sie getan hatten, und sie öffneten die eisernen Ketten und ließen den Rest von Sirs Volk frei. Aber die Menschen von Sirs Volk waren *schwarz wie die Sünde, schwarz wie der Tod,* und Frost und Schnee fürchteten und haßten sie, denn es gibt nichts Verachtenswerteres als jemanden, den man bezwungen hat.

¦Was ist mit der Insel der Hohen Berge?

So wurde Sirs Volk immer apathischer; es hatte sein Gedächtnis verloren, und die Menschen waren wie die Toten. Sie hatten Sir und ihre Heimat Guinée vergessen. Sie übernahmen die Erinnerungen ihrer früheren Herren, beteten an den Altären ihrer Herren und opferten ihre Kinder den Göttern von Frost und Schnee, und bald warfen sie sich im Schlaf hin und her und murmelten vor sich hin. Im Innern sind wir nicht *schwarz wie Eisen,* wir sind *weiß wie Sperma.* Denn ihre Herren hatten ihnen nicht nur körperlich, sondern auch seelisch Gewalt angetan.

Aber auf der Insel der Hohen Berge

¦Ah.

kehrte der Geist von Sir zurück und nannte sie Guinée, und obwohl er *weiß wie Marmor* war mit Haaren so grau wie Granit, war er stark und benutzte das Wissen von Frost und Schnee, um die Insel zu dem Paradies zu machen, das sie heute ist. Er zeugte viele Kinder mit seiner Königin, aber ihre Lieblinge sind die Zwillinge, die jetzt vor mir sitzen.

Erzulie beendete ihre Geschichte und schaute voller mütterlicher Zufriedenheit auf Martin Emanuel und voller Traurigkeit auf den weißen, weiblichen Hingabe an Sir.

Hingabe an Sir war mit dieser Geschichte jedoch nicht zufrieden.

Mutter, sagte er, warum besucht Sir meinen Bruder Martin Emanuel nicht im Schlaf und tut mit ihm, was er mit mir tut?

Erzulie verbarg ihr Gesicht vor Scham, denn sie konnte Sir nicht davon abhalten, zu ihrem eigenen Sohn ins Bett zu steigen.

Das muß so sein, sagte sie, um unsere Ehe zu erhalten: daß ich meinen Kopf abwende und daß du unter ihm tapfer bist. Du mußt deine Pflicht tun.

Dann ließ Erzulie die Zwillinge, die jetzt *Marassa* genannt wurden und sehr heilig waren, allein am Strand zurück, um ihre wunderschönen Schiffe zu bauen.

In dieser Nacht kam Sir ins Schlafzimmer von Hingabe an Sir und nahm erneut sein eigenes Kind. Nachdem er fort war, kroch Hingabe an Sir ins Zimmer von Martin Emanuel und sagte: Ich habe genug. Ich muß jetzt sterben, um die Schmach zu vergessen.

Aber Martin Emanuel sagte: Nein, ich bin es, der sterben muß. Ich werde hohl, und du füllst mich aus. Wir werden beide eine schwarze Haut haben, aber du, weiß und weiblich, wirst in mir sein. Bevor ich sterbe, mußt du eins von mir nehmen.

Und was ist das, Bruder? fragte Hingabe an Sir.

Du mußt meine Sangeskunst nehmen und von unseren Träumen, unserer Geschichte und unserem Kummer singen.

Das werde ich tun, mein Bruder, sagte Hingabe an Sir.

Also küßte Martin Emanuel seinen Zwillingsbruder, gab ihm seine Sangeskunst und starb. Sein Körper wurde hohl wie der schwarze Stumpf eines toten Baumes. Sein Bruder stieg hinein, legte die Haut um sich herum und verschloß sie, damit keiner erfuhr, was geschehen war.

In der nächsten Nacht ging Sir ins Schlafzimmer von Hingabe an Sir und fand es leer. Da ging er ins Schlafzimmer von Martin Emanuel und brüllte seinen Zorn heraus. Wo ist dein Bruder?

Ich weiß es nicht, sagte der neue singuläre *Marassa*.

Aber du mußt es wissen. Ihr seid Zwillinge. Ich ziehe den anderen vor, aber wenn sich der andere mir verweigert, dann nehme ich dich.

Der einzelne *Marassa* verspürte einen unbändigen Zorn, weit stärker als alles, dessen Sir fähig war. Er sprang vom Bett und schrie: Ich werde das Messer aus der Scheide an deinem Gürtel nehmen, mein Vater, dein eigenes langes, dickes Stahlmesser mit der breiten Klinge, *weiß wie Silber,* und ich werde dich töten!

Denk daran, ich bin bereits gestorben, und ich bin dein Vater, der dich erschaffen hat, sagte Sir, aber sein Schuldgefühl und seine Furcht ließen ihn vor dem *Marassa* zurückschrecken. Soviel kleiner und schwächer wurde Sir bei der Erinnerung an seine Sünden, daß der *Marassa* ihn von hinten packen, das große Stahlmesser nehmen und ihm den Hals von einem Ohr zum anderen durchtrennen konnte.

Doch Sir konnte immer noch nicht sterben. Er fiel zu Boden, und dickes schwarzes Blut quoll aus ihm heraus; es bildete einen See, dann einen Fluß, der Fluß strömte zum Meer und verdunkelte es, und das Meer ließ die Wolken so dicht wie Raben aufsteigen, und die Wolken weinten *schwarz wie Regen. Marassa* der Singuläre sah, was er getan hatte, und er warf das Messer so weit ins Meer hinaus, wie er konnte. Dann lief *Marassa* vor dem Kummer des Volkes von Guinée Sous Dleau und von dem Wehgeschrei seiner Mutter Erzulie davon.

Doch wohin *Marassa* auch ging, die Stimme von Sir folgte ihm und sagte: Mein Verbrechen war schlimm, aber deines ist noch viel schrecklicher. Du kannst mich nicht töten. Ich habe dich erschaffen. Ich bin in alle Ewigkeit hier.

Weiß wie die Zeit.

¦Mein Gott, ich hab's gefühlt. Es hat mich vergewaltigt.

¦Carol, ich bin hier.

¦Hol mich hier raus.

¦Kannst du deinen Werkzeugkasten sehen?

¦Ich kann überhaupt nichts sehen. Martin?

¦Ich bin ja da.

¦Es hat mich *vergewaltigt*, Martin.

¦Ich weiß. Ich war dabei, glaube ich ...

¦Ich war ein Kind und lag im Bett, und es kam in das dunkle Zimmer und ...

¦Schon gut. Kannst du irgendeinen Teil des Werkzeugkastens sehen, die Reißleine vielleicht?

¦Ich sehe gar nichts.

¦Ich glaube, ich sehe was. Mal schaun, ob ich rankomme.

¦Martin, ich spüre dich.

¦Ich hab irgendwas zu fassen gekriegt. Die Reißleine ist es nicht. Es ist mein Werkzeugkasten. Kannst du deinen sehen?

¦Ich sehe was Rotes.

¦Das ist er. Schau hin. Konzentrier dich darauf.

¦Oh Gott, tut das weh. Ich hab das Gefühl, als würde ich bluten. Martin, ist das mein Blut, das Rote?

¦Konzentrier dich, Carol. Ich glaube, ich sehe dich. Deine Hand.

¦Ich sehe den Werkzeugkasten.

¦Ich übernehme beide Kästen. Ich bringe uns zu der

vorigen Stelle zurück — wo wir waren, bevor uns der Schatten geholt hat.

¦Was? Doch nicht dahin. Ich will das nicht nochmal durchmachen.

¦Ich hab keine Reißleine.

¦Wieso nicht? Martin, es spielt mit uns! Wieso merken die draußen nicht, daß da was nicht stimmt?

¦Keine Ahnung. Ich hole uns jetzt raus.

Martin restituierte sich auf einer dunklen Straße in der Stadt. Unter seinen bloßen Füßen knirschte schmutziger Schnee. Scharen von maskierten Schatten strömten träge um ihn herum. Er wich vor ihnen zurück, aber sie schienen alle mit anderen Aufgaben beschäftigt zu sein. Keiner von ihnen verschwendete seine Aufmerksamkeit auf ihn.

Carols Bild war ein blaßrosa Nebel an seiner Seite. Er konzentrierte sich auf sie und versuchte, ihre Gestalt wiederherzustellen. Sie formte sich neben ihm, nackt.

Erschrocken erkannte er, daß er ebenfalls nackt war. Sie schlang die Arme um ihre Brüste und musterte ihn mit einer verkniffenen, elenden Miene. ¦Bitte bring uns hier raus.

¦Ich werd's versuchen. Ich kann uns an eine nicht verzeichnete Stelle versetzen. Das müßte Alarm auslösen. Margery und Erwin werden uns rausholen ... Oder David und Karl reinschicken.

¦Die sollen niemand mehr schicken! Irgendwas ist schiefgegangen.

¦Kann man wohl sagen. Aber wir scheinen jetzt in der echten Landschaft zu sein.

Carol warf einen Blick auf die Schatten um sie herum, die ihnen keinerlei Beachtung schenkten. Es waren nur Flecken mit Keramikmasken, keine anderen Charaktere. Sie versuchte, in sich selbst zu verschwinden, und Martin streckte die Hand nach ihr aus. Ihre Haut fühlte sich unter seinen Fingern warm und echt an.

¦Ich empfange deine Gefühle, sagte er. Wir haben einander nicht verloren.

Sie warf ihm einen wütenden, vernichtenden Blick zu, der ihn erschreckte. ¦Warum kannst du uns nicht rausbringen?

¦Hol deinen Werkzeugkasten runter. Vielleicht kannst du's, sagte er, wütend über ihren Ton.

Sie zog einen roten Kasten herunter und griff nach der sichtbaren Reißleine, aber als sie daran ziehen wollte, riß sie ab. Der Kasten wurde zu einem blanken roten Würfel ohne Anzeigen oder Bedienungselemente. Martin holte seinen eigenen Werkzeugkasten herunter und sah den gleichen nutzlosen roten Würfel vor sich.

¦Es wird uns *umbringen,* sagte Carol. Es wird uns *fressen.*

Martin spürte ihre Angst wie ein kalte Sonne an seiner Seite. Er schlang die Arme um seinen Körper und versuchte, seine wahre Substanz zu finden. Seine Haut fühlte sich echt an. Ihr Schmerz fühlte sich echt an.

¦Blute ich? fragte sie. Er sah Tränen auf ihren Wangen.

Er warf einen Blick zwischen ihre Schenkel. ¦Nein. Kein Blut. Das warst nicht du, die vergewaltigt wurde.

¦Wer dann?

¦Ich weiß es nicht. Ein Kind, glaube ich.

¦Sein Vater hat ihn vergewaltigt? Ist es das, was wir gesehen haben?

¦Es war zu konfus. Wie ein Traum. Erinnerungen und Märchen.

Sie erschauerte und legte den Kopf in den Nacken. ¦Ich geb mir Mühe, mich unter Kontrolle zu behalten, Martin. Bitte hab Geduld mit mir.

Sie schloß die Augen und ließ die Arme sinken. Kleidungsstücke erschienen an ihrem Bild, zuerst ein Höschen, dann ein Kleid und schließlich ein formelles Langkostüm, dunkelblau und elegant. Martin stellte sich vor, daß er einen ähnlichen Langanzug anhatte, und merkte, wie sich die Kleider an seinem eigenen Bild formten.

¦Schon besser, sagte sie. Ihre Angst nahm merklich ab. Sie beachten uns gar nicht, stimmt's? Sie zeigte auf die maskierten Schatten.

¦Im Augenblick nicht.

Er sah sich in dieser neuen Version der Stadt um. Die Gebäude, die sich zu beiden Seiten der belebten Straße erhoben, waren immer noch Wolkenkratzer, aber uralte aus Stein und Ziegeln statt aus Glas und Stahl. Sie waren ungewöhnlich groß. Sie schienen tausend Meter und höher aufzuragen und sich an einem Fluchtpunkt weit oben zu treffen. Der Geruch von Rauch und Benzindämpfen stieg Martin in die Nase; so etwas hatte er seit seiner Kindheit nicht mehr gerochen.

¦Das ist ja bedrückend, sagte Carol. Was für ein schrecklicher Ort! Und wir sitzen hier fest.

¦Besser als da, wo wir vorher waren.

Carol trat näher zu ihm. Sie hatte ihre Angst und ihre Empörung unter Kontrolle, aber nur knapp. Ihre Emotionen umgaben sie ätzend und sauer wie ein bitterer Nebel. Er wußte nicht genau, was er selbst empfand. Seine eigene Furcht war mit einer professionellen Faszination vermischt. Carol spürte das und zwickte ihn mit den Fingern kräftig und bösartig in die Nase.

¦Paß auf, sagte sie. Laß dich nicht einsaugen.

¦Wo sind wir? fragte er. In der gleichen Stadt, aber in einem anderen Stadium?

¦Mir kommt es so vor, als ob es die gleiche wäre. Aber das Dekor ist anders. Vielleicht wird es uns noch etwas zeigen — uns wirklich zeigen, wozu es fähig ist.

¦Es sollte gar nicht wissen, daß wir hier sind. Es sollte keine Ahnung haben, was wir sind.

¦Es weiß, daß wir hier sind. Das paßt ihm zwar nicht, aber es wird uns so einiges zeigen — sich ausdrücken.

¦Ich weiß nicht mal genau, was wir mit ›es‹ meinen, beklagte sich Martin.

¦Irgendwas hat hier die Macht, sagte Carol. Kann sein, daß es der Repräsentant der Primärpersönlichkeit ist, oder vielleicht auch was anderes ... Das Modell von Colonel Sir, das du draußen erwähnt hast. Was mich angegriffen hat, war mehr als der zarte Hauch eines Alptraums.

¦Möglicherweise sind wir in irgendwas reingeraten, das aus Goldsmiths Kindheit stammt, sagte Martin. Ich würde immer noch gern eine Figur finden, mit der wir sprechen können — einen Repräsentanten. Was mich erstaunt, ist, daß wir keine Anzeichen der Primärpersönlichkeit gefunden haben. Wo ist sie?

¦Als wir das letztemal so eine Figur suchen wollten, hat irgendwas uns das übelgenommen. Bist du sicher, daß wir's nochmal versuchen sollten?

¦Ich weiß nicht, was wir sonst tun sollen, sagte Martin. Die volle Wucht dieses Geständnisses lähmte ihn einen Moment lang. Ich weiß nicht, was wir in Relation zu der Szene hier sind ... ob wir außen oder innen sind, Spieler oder Beobachter. Aber ich fühle mich äußerst unwohl und wie auf dem Präsentierteller, wenn wir hier nur so rumstehen und uns unterhalten ...

¦Dann sollten wir uns einen Führer heraufbeschwören. Wir müssen jedes Machtmittel nutzen, das wir haben. Mach mal ein paar konstruktive Vorschläge.

¦Ich versteh nicht recht, was du meinst, sagte Martin.

¦Wir verständigen uns über seine Gestalt und lassen was aus dem Boden wachsen. Einen Führer.

Er drehte sich um und warf einen Blick auf die Schattengestalten, die immer noch um sie herumströmten, wie ein dunkler Fluß um Felsen. ¦Ich weiß einfach nicht genau, was wir noch verlieren könnten ...

Carol erschauerte. ¦Wenn ich nichts unternehme, verliere ich alles.

¦Wir sollten uns irgendwas Wahrscheinliches raussuchen. Etwas, das zu dieser Umgebung paßt.

Er zeigte auf eine verfallene Ladenfassade, deren

Schild schief über staubigen, schmutzbespritzten Fenstern hing. Die Buchstaben auf dem Schild ergaben keinen Sinn, aber ihr Stil und ihre Farbe deuteten auf etwas Lateinamerikanisches oder vielleicht Karibisches hin. Sie begaben sich vorsichtig in den Strom der Schattengestalten, gingen näher an die Fenster heran und spähten hinein, um zu sehen, was dort drin war.

¦Sag mir, was du siehst, bat Martin.

¦Glasgefäße mit Gewürzen. Kerzen. Kräuter. Alte Magazine. Religiöses Brimborium.

Martin sah etwas ganz Ähnliches. Was ihn am meisten anzog, war das in bunten Farben ausgeführte Porträt einer Frau mit einem Schal in einem Rahmen aus Kunststoff und Silberfolie. Die bildliche Darstellung erinnerte an die Jungfrau Maria, aber das Bild selbst zeigte eine schwarze Frau mit erstaunlich großen weißen Augen und bloßen, vollen Brüsten. Zwei Jungen, beide schwarz und mit rotem Pelz bedeckt, hingen an ihren Brüsten. Verkrümmte Wurzeln lagen auf dem roten Tuch vor der Ikone. Eine der Wurzeln war eingeritzt worden und sonderte eine milchige Flüssigkeit ab.

¦Siehst du sie auch? fragte Carol.

¦Ja. Wieder die Zwillinge. Diesmal sind sie beide schwarz ...

¦Sie sieht wie die Frau in dem Traum aus ... wie hieß sie gleich noch — Julie?

¦Erzulie.

¦Beschwören wir sie herauf.

¦Nein, sagte Martin entschieden. Die spielt hier keine kleine Nebenrolle. An eine so mächtige Figur sollten wir uns lieber nicht ranwagen. Jedenfalls nicht als bloße Führerin.

¦Sie hat mit uns gesprochen und uns erzählt, was passiert ist, beharrte Carol, verblüfft von seinem Widerstreben.

¦Da gibt es irgendeinen Knoten. Eine Verbindung mit der männlichen Figur, die dich angegriffen hat. Ich würde sagen, laß uns fürs erste mit einfacheren Figuren arbeiten.

¦Meinst du, daß Goldsmith auf seine Mutter fixiert war? fragte Carol. Ihre Sprunghaftigkeit und ihre fortdauernde Angst bildeten für Martin eine merkwürdige, irritierende Kombination.

¦Ich ziehe noch keine Schlüsse.

Er betrachtete die Gegenstände im Schaufenster eingehender. Sie schienen für rituelle Zwecke gedacht zu sein; billige, mit Schlangen und Fischen bemalte Plastikhörner, Papierschirme, die mit grimassierenden, von gezackten roten Linien umrandeten Gesichtern verziert waren, getrocknete Fische mit eingeschrumpften Augen, Gläser mit eingelegten Schlangen und Fröschen.

¦Laß uns reingehen, schlug Martin vor.

¦Warum?

¦Eine Ahnung.

Sie folgte ihm widerwillig durch die Tür in den Laden. Eine Glocke klingelte über ihnen, und das Innere nahm plötzlich so feste Gestalt an, daß es sich nicht mehr von der Realität unterscheiden ließ. Der Effekt war verblüffend; Martin konnte die Kräuter und Blumen riechen, die in den Regalen gestapelt und aufgereiht waren. Er fühlte, wie seine Schuhe sandigen Kies und Sägespäne über den alten Holzfußboden rollten.

Eine runzlige alte Frau — nicht Erzulie — stand hinter einer Theke und schüttete ein braunes Pulver in eine weiße Emailleschale auf einer Waage. »Kann ich Ihnen helfen?« fragte sie mit klarer Stimme. Die Worte waren deutlich zu verstehen. Ihr Gesicht war runzlig und glänzend wie die Haut eines getrockneten Froschs. Ihre gelben Elfenbeinaugen waren voller Humor.

»Wir haben uns verirrt«, erklärte Martin. »Wir müssen jemand finden, der hier die Macht hat.«

»Ich führe diesen Laden«, sagte die Frau mit einem breiten Lächeln und zeigte mit einer ausholenden

Handbewegung auf die Regale. »Mein Name ist Madame Roach. Was kann ich für Sie tun?«

Carol trat vor. Die Frau richtete den Blick auf sie. »Armes Kind«, sagte sie, und ihr Lächeln wich einem Ausdruck kummervollen Mitgefühls. »Sie haben in letzter Zeit einiges durchgemacht, nicht wahr? Was ist denn passiert, meine Liebe?«

Die Frau klappte eine Absperrung hoch und kam kopfschüttelnd und mit der Zunge schnalzend hinter der Theke hervor. »Sie sind überfallen worden«, sagte sie. Sie berührte Carols Langkostüm. Das Kostüm verschwand, und Carol stand in dem wallenden weißen Kleid da, das sie zuvor angehabt hatte. Auf der Vorderseite des Kleides waren Blutflecken. »Die haben Sie ja wirklich schlimm zugerichtet.« Sie wandte sich an Martin. »Sie haben dieses arme Kind hierhergebracht. Warum haben Sie sie nicht beschützt?«

Martin wußte keine Antwort.

»Wir sind in einem Alptraum gefangen gewesen«, sagte Carol. Ihre Stimme klang wie die eines kleines Mädchens. »Es gab nichts, was einer von uns tun konnte.«

»Wenn Sie sich hier nicht auskennen, dann möchte ich wissen, warum Sie überhaupt hergekommen sind.« Die Miene der alten Frau war äußerst mißbilligend. »Das ist kein hübsches Viertel mehr. Früher war es mal wunderschön. Dauernd kam jemand herein, um etwas zu kaufen. Jetzt kommen nur noch die Pendler hier durch, die zum Arbeiten in die Innenstadt fahren und am Ende des Tages sterben. Bei denen sitzt das Geld nicht mehr so locker, und sie brauchen Madame Roach nicht. Warum sind Sie hier?«

»Wir suchen jemand, der hier die Macht hat«, wiederholte Martin.

»Wie wär's mit mir?«

»Ich weiß nicht.«

»Zumindest bin ich bereit, Ihre Fragen zu beantworten«, sagte sie verschmitzt und zwinkerte Carol zu. »Kapiert er überhaupt irgendwas?« fragte sie sie hinter vorgehaltener Hand.

»Vielleicht nicht«, sagte Carol, immer noch mit ihrer Kleinmädchenstimme.

»Kommen Sie mit in den hinteren Teil des Ladens, dann verarzte ich Sie«, sagte die alte Frau. »Und Sie, junger Mann, schauen Sie sich hier ruhig um. Alles, was Sie brauchen, finden Sie in diesen Regalen. Aber was Sie auch tun, das Glas auf dem Tisch da dürfen Sie auf keinen Fall aufmachen.«

Martin drehte sich um und sah ein großes Glasgefäß auf einem niedrigen, schweren Holztisch vor der Theke stehen. In dem Glas lag ein zusammengerollter Kadaver in einer grünlichen, trüben Flüssigkeit. Seine runzlige Haut hatte die Farbe einer grünen Olive. Die blinden Augen in seinem Gesicht waren anklagend auf Martin gerichtet. Martin ging näher heran, um festzustellen, ob er Ähnlichkeit mit Emanuel Goldsmith oder mit Sir hatte, dem männlichen Wesen in dem Traum, aber das war nicht der Fall; der Bursche hier sah ganz anders aus, selbst wenn man berücksichtigte, daß seine Nase und seine Wange seit einer Ewigkeit an die glatte Innenwand des Glases gedrückt waren.

Er war kahl und hatte ein breites Gesicht.

Der Kadaver blinzelte Martin zu und wand sich ein bißchen, so daß das Gefäß erzitterte. Martin wich zurück.

Die alte Frau legte Carol den Arm um die Schultern und führte sie durch die Absperrung in den hinteren Teil des Ladens. »Denken Sie daran, was ich Ihnen gesagt habe«, mahnte sie.

Martin wandte sich von dem Gefäß ab und musterte die vollgestopften Regale. Wie er erwartet hatte, war der Inhalt der Regale nicht konstant; er änderte sich, wenn er den Blick abwandte und dann wieder hinschaute. Solange er seine Aufmerksamkeit jedoch auf die sortierten Glasgefäße, Dosen und Utensilien richtete, schienen sie so real wie im richtigen Leben zu sein, vielleicht sogar noch realer.

Er bückte sich, um ein niedrigeres Regal voller Tongefäße in Augenschein zu nehmen, die in Tuch eingehüllt und mit Wachs versiegelt waren. Hinter den Gefäßen lagen Totenschädel. Sie wirkten absolut überzeugend und real, aber keiner von ihnen grinste, wie es menschliche Schädel normalerweise taten. Sie sahen alle verzagt aus.

Fasziniert von dieser Wiederkehr eines Themas — traurige Totenschädel — langte er hinunter, um einen in die Hand zu nehmen und zu untersuchen. Aber als er ihn berührte, löste sich der Schädel zu Staub auf.

An der linken Wand des Ladens hingen Holztrommeln in allen Größen an schwarzen Drähten. Die größte war so groß wie Martin. Er blieb neben dieser Trommel stehen und betrachtete die Schnitzereien, die ihren Korpus schmückten. Auch hier änderten sich die Schnitzereien wieder, wenn er wegschaute. Sie behielten jedoch dasselbe Thema bei — Stadtstraßen voller Autos und Strichmännchen, gesäumt von Reihen primitiver, farbloser Blumen, die von großen, knallbunt gemalten Insekten übersät waren.

Er tippte mit einem Finger auf das straffe Trommelfell. Die Trommel sagte: »Der, den du suchst, ist fort.«

Martin zog die Hand weg und wich erschrocken zurück. Dann nahm er seinen ganzen Mut zusammen, und ging wieder zu der Trommel und tippte leicht darauf. »Keine Sonne in diesem Land. Er ist fort.«

Hinter ihm sagte die Stimme der alten Frau: »Der Assotor ist eine sehr mächtige Trommel. Sie dürfen nicht mit ihr herumspielen. Sie ruft die Geister, und diese sind böse auf Sie, wenn es nichts Wichtiges ist.«

»Es ist wichtig«, sagte Martin. Carol kam in einem bunten Kaftan hinter dem Vorhang hervor. Ihre langen, blonden Haare fielen ihr offen um die Schultern, und sie lächelte ihn an, aber er konnte ihre Gefühle nicht mehr spüren.

»Ein unwissender Mensch kommt hierher, und es geht um etwas Wichtiges«, sagte die alte Frau. »Das bedeutet Gefahr.«

Martin tippte wieder auf die Trommel. »Geht mit Madame Roach«, sagte sie.

Die alte Frau warf den Kopf in den Nacken und lachte. »Kommt mit. Ich bin jetzt ein Pferd.«

Carol kam zu Martin, und sie sahen gemeinsam zu, wie die alte Frau ein weißes Gewand mit Bändern um ihre Schultern legte. Sie spritzte sich den Inhalt mehrerer Gefäße in die Haare, rieb alles ein — der Geruch von Ammoniak, würzigen Kräutern und brennendem Metall erfüllte die Luft — und malte sich dann mit der Paste aus einer Schale auf der Theke ein schwarzes Rad auf die Stirn. Sie richtete ihren Blick auf Martin. Ihre Stimme wurde zu einem tiefen, männlichen Knurren. »Warum hat man mich geholt? Wer ruft diesen vielbeschäftigten Loa, der wichtige Arbeit zu erledigen hat?«

»Wir müssen ... jemand treffen, der hier die Macht hat«, sagte Martin. »Wir müssen ihm Fragen stellen.«

»Ich spreche durch Madame Roach. Ohne sie haben wir keine Worte. Sie ist unser Pferd. Stellt eure Fragen.«

»Ich muß wissen, wer du bist. Was du bist.«

»Ich tanze auf Gräbern. Ich decke die Sonne jeden Abend mit einem Tuch zu. Ich singe zu den Knochen in der Erde.«

»Wie heißt du?« fragte Martin.

»Wir sind allesamt Reiter.«

»Ich muß deinen Namen wissen.«

Madame Roach erzitterte heftig, bog den Rücken durch und breitete die Arme aus. Eine andere Stimme sprach aus ihrem Mund, die Stimme eines Kindes mit einem perlenden Tremolo.

»Wir wollen schlafen und sterben. Warum störst du

unseren Frieden? Wir sind in Trauer. Morgen ist die Beerdigung.«

»Wessen Beerdigung?«

»Die Beerdigung des Königs.« Jetzt verfiel die Stimme in einen unverständlichen Singsang. Madame Roach tanzte leichtfüßig durch die Gänge und stieß Regale um, so daß die Waren des Ladens zu Boden kullerten. Tontöpfe zerbrachen, und üble, widerwärtig süße Gerüche stiegen auf. Sie wirbelte herum und kam stolpernd bei Carol und Martin an, fand ihr Gleichgewicht wieder, streckte blitzartig die Hand aus und packte sein Kinn. Sie sah ihn mit großen, farblosen Augen an und sagte, immer noch mit der Kinderstimme: »Wir schikken den König ins Land Unter Dem Meer, Sous Dleau. Dann tanzen wir.«

»Was für ein König ist das?« fragte Martin.

»Der König des Hügels. Der König der Straße.«

»Dann nimm uns mit zu der Beerdigung«, bat Martin.

»Sie findet überall statt. Jetzt. Das Pferd hat das Reden satt.« Sie stolperte davon, wobei sie weitere Regale umwarf, und stieß gegen das große Glas mit dem Kadaver. Das Glas wackelte auf seinem niedrigen Untergrund, kippte in eine Richtung, fiel herunter und zerbrach auf dem Fußboden.

Der Geruch, der von der vergossenen Flüssigkeit und dem ausgestreckt daliegenden Kadaver aufstieg, war unglaublich widerwärtig. Martin und Carol wichen zurück und hielten sich dabei die Nase zu, was den üblen Gestank jedoch in keiner Weise blockierte.

»Verzeihung«, sagte die Kinderstimme, als Madame Roach vor dem Schlamassel zurückwich. Sie erzitterte wieder heftig, legte sich die Hände um den Hals, warf den Kopf zurück und gab würgende Laute von sich.

»Laß uns gehen«, schlug Carol vor. »Jetzt sofort.«

Aber der Kadaver zuckte in den Glasscherben und der Flüssigkeit. Er stemmte sich langsam mit den Armen hoch, streckte ein runzliges Knie und einen Fuß vor und stand auf. Er trug zerlumpte, abgeschnittene Shorts und Sandalen. Madame Roach stöhnte und kreischte auf. Der Kadaver murmelte vor sich hin, brachte jedoch kein verständliches Wort heraus. Er schaute sich mit blinden Augen um und torkelte zu der Wand mit den Trommeln. Martin und Carol verdrückten sich rasch in einen anderen Gang, um ihn vorbeizulassen.

Der Kadaver suchte sich eine kleinere Trommel aus und riß sie von der Wand, wobei die Drähte mit einem scharfen Ton sprangen. Er kniete sich auf den Boden und schlug mit toten Fingern wuchtig auf das Fell ein. Bei jedem Schlag rückten die Regale und die Wände des Ladens ein Stück nach innen, so daß sich Risse und klaffende Löcher auftaten. Durch die Risse und Löcher sah Martin eine rauchige Dunkelheit.

»Laß uns gehen, bitte«, flehte Carol. Er konnte sie nicht spüren. Das einzige, was er spürte, war seine eigene Verwirrung. Er hatte keine Ahnung, wo sie in bezug zu Goldsmiths Landschaft eigentlich waren oder ob sie die Dinge wirklich noch halbwegs unter Kontrolle hatten.

Ein Regal zerbrach in zwei Teile, und ihm rollten Hunderte winziger Glasgefäße vor die Füße. Die Deckel der Gefäße lösten sich, und Insekten krabbelten auf dem Fußboden herum, wobei sie mit leisen Kinderstimmen zirpten und sangen. Die Trommel dröhnte beharrlich unter den Fingern des Kadavers.

Martin langte nach oben und griff nach dem Werkzeugkasten. Er kam intakt und anscheinend gebrauchsfertig herunter. Er zog an der Reißleine, und sie verwandelte sich in ein Messer, ein riesiges Bowiemesser mit blutverschmierter Klinge. Der Kadaver ließ die Trommel sinken und stöhnte, dann fiel er rücklings zu Boden.

¦Was hast du getan? fragte Carol.

¦Ich weiß es nicht!

Am Hals des Kadavers wölbte sich eine faustgroße Blase mit frischem, rosenroten Blut. Die Oberfläche der Blase wirkte kristallin. Martin starrte auf das Geschwür, außerstande, etwas anderes zu sehen oder zu denken. Sein Blickwinkel sank auf die Höhe des Blutes

¦Martin …

und er schwamm in das Geschwür hinein. Zu allen Seiten schimmerten bernsteinfarbene und rote Vorhänge. Der volle, saftige Kupfergeruch stieg ihm in die Nase. Er ertrank darin schluckte würgte atmete Blut. Der Werkzeugkasten hing oben links in seinem Sichtfeld und vertickte eine weitere lange Reise durch die Stellen im Gehirn, eine weitere Entfernung von der Landschaft.

¦Carol …

Keiner von ihnen hatte die Dinge auch nur im geringsten unter Kontrolle. Wo immer Carol sein mochte, sie war auf sich allein gestellt, genau wie er.

Der Blutnebel löste sich auf. Martin verspürte Wärme und ein scharfes Gefühl des Zusammentreffens, eine tiefe Intimität mit etwas Verwirrtem und Entsetztem, aber schrecklich Übelriechendem.

Margery zog nervös die Nase kraus. Die Anzeigen auf den Geräten gefielen ihr nicht. Sie dachte erneut daran, Erwin zu rufen, ließ es dann aber bleiben. Für sie war noch nicht so viel Zeit vergangen, daß sie alarmiert gewesen wäre; kein einziges Alarmsignal war ausgelöst worden. Abgesehen von der Versetzung und dem Gewirbel durch die Stellen im Gehirn schien alles in Ordnung zu sein.

Es war völlig still. Die drei schlafenden Körper im Hörsaal atmeten fast im Gleichklang, und auf allen Gesichtern lag jener Ausdruck, der die Schlafenden von den Toten unterscheidet.

wenn dich als Kind keiner vergessen läßt was du bist Du bist verantwortlich für deine Mama sie war eine schöne Frau. Sie:

Hebt Kleidungsstücke auf, die in dem unordentlichen Zimmer herumliegen, beugt sich über ihren kleinen Liebling, läßt ihn die schönen Ringe an ihren Fingern und die Ketten sehen, die ihren schlanken und anmutigen Hals schmücken, ihr Gesicht ist klug, aber sie ist böse auf dich, der Nordwind weht kalt aus ihren Augen und läßt das Wasser in dem Topf gefrieren, auf dem du sitzt. Etwas Dunkles kommt herein und sagt deiner Mutter Julie, daß sie gehen muß, sie muß unbedingt gehen, die Leute stehen Schlange, um zu sterben.

Bevor sie mit der dunklen Gestalt unter der Keramikmaske weggeht, beugt sie sich über das kleine Kind auf dem Töpfchen und sagt Du bist jetzt ganz brav. Mama muß weg. Sie wird dir weder schreiben noch Postkarten schicken können.

Eine andere wie Mama riecht aber nicht so gut wie ein Garten liegt die ganze Zeit im Bett wringt ein spitzenbesetztes Taschentuch und weint daß ihre Männer sie einfach nicht genug niemals genug lieben sie heißt Marie die dunkle Gestalt kommt herein und sagt ihr es ist Zeit daß du deine Strafe bekommst. Marie weint Diamanten und als die dunkle Gestalt sie mit einem Arm aus Rauch schlägt streckt sie die Hand zu dem Kind aus und sagt Du bist jetzt ganz brav. Dein Papa weiß daß ich böse war.

Keine anderen mehr. Nur die beiden Kinder in ihrem roten Pelz die auf dem Holzfußboden spielen die dunkle Gestalt kommt er sagt Laßt das

Seid jetzt brav oder ihr macht mich sehr böse

Wenn ich böse werde bin ich

Schlägt den anderen rotbepelzten Zwilling

Die Zwillinge gehen in ein Zimmer und sehen eine Frau im Bett. Es muß eine Frau sein aber sie ist verkrümmt wie ein zerbrochenes Stück Holz wie eine Straßenkreuzung nach einem Erdbeben wir klettern zu ihr aufs Bett und sehen sie hat ein Gesicht wie Mama nur ist es mit Farbe bedeckt, mit einem grellen Make-up, bernsteinfarben und orange und rot in der Sonne vom Fenster, der andere Zwilling sagt Das ist Mama, ich sage Nein ist sie nicht. Doch

Es ist Mama.

Saugen an ihrer Brust. Milch fließt weiß aus der Brustwarze wird dann rosa dann rot.

Der Dunkle Mann kommt herein schlägt uns schlägt den anderen Zwilling bringt ihn ins Krankenhaus weiße Wände Alkoholgeruch quietschende Vinylsitze Er ist die Treppe runtergefallen sagt der Dunkle Mann.

Sie nehmen den Dunklen Mann mit. Die Zwillinge leben für eine Weile woanders, bei einer riesengroßen Frau die ihnen Amulette um den Hals hängt und ihnen Geschichten über Schlangen Wölfe Bären und Coyoten erzählt.

Der Dunkle Mann kommt zurück und die Zwillinge wohnen wieder bei ihm.

Der Dunkle Mann tut was er tut

Zerbricht den kleinen Tontopf pot de tête

Drinnen ist das riesige Messer groß in der Hand.

Martin stand auf einer kalten, verschneiten Straße und schaute zu einem Fenster mit zugezogenen Vorhängen hinauf, hinter dem Schatten miteinander kämpften. Dramatische Musik im Hintergrund. Laute Stimme Gebrüll Kreischen Gegurgel.

Kann den Dunklen Mann nicht töten

Lebt ewig. Kommt zurück um dich zu holen.

Geht wieder in die Wohnung zurück.

Der Dunkle Mann macht

Das Messer bewegt sich

Die rotpelzigen Zwillinge entkommen es ist ein Wunder! Und leben im Grasland, wo sich die Frau mit den Juwelen träge auf einem großen Sofa räkelt, das nicht in der grellen Sonne, sondern im Schatten steht, mit ihrem Federfächer wedelt und alles gut findet, was die Zwillinge tun, außer wenn sie seufzt und weint, daß kein Mann sie auch nur annähernd genug liebt, daß all ihre Liebhaber sie betrügen und daß ihr niemand genug Geschenke bringt, ist das nicht Erzulie?

»Ich hab dir doch gesagt, daß du die Finger von diesem Glas lassen sollst«, sagt Madame Roach und nimmt ihn an der Hand. Martin ist verwirrt, geht aber mit ihr die lange dunkle Treppe hinauf. Sein Arm und seine Hand sind der Arm und die Hand eines etwa Vierzehnjährigen mit schwarzer Haut. »Wir haben deinen Papa in dieses Glas gesteckt. Aber du mußtest ja daran herumspielen. Ich weiß nicht, was mit dir los ist, mein Kind. Jetzt will er dich sehen. Er will dir ein paar Fragen stellen.«

Sie führt ihn zu einer Tür, macht sie auf und zerrt ihn hindurch, obwohl er nicht will. »Ich habe Martin Emanuel mitgebracht, Sir«, erklärt sie und geht durch einen Perlenvorhang in ein spärlich eingerichtetes Zimmer. In der Mitte des Zimmers stehen zwei Throne. Der eine ist leer, und auf dem anderen sitzt ein kahlköpfiger Mann mit breitem Gesicht und platter Nase. Die Lederhaut seiner Augen ist gelb und trüb.

»Du bist gekommen, um uns Fragen zu stellen«, sagt der Mann mit dem breiten Gesicht. Martin steht vor ihm, Madame Roach hinter ihm. Carol ist nirgends zu sehen.

»Ich muß mit jemand sprechen, der hier die Macht hat.«

»Das bin ich«, sagt der Mann. Sein Gesicht wird hager, die Haut weiß und das Haar grau. »Ich bin Sir, und ich habe hier die Macht.«

Martin weiß instinktiv, daß dies nicht der Repräsentant von Goldsmiths Primärpersönlichkeit ist. Das ist alles falsch. Es nimmt die falschen Formen an; solche Repräsentanten erstehen nicht aus Schatten, Alpträumen oder Dunklen Männern.

»Ich muß demjenigen, der hier die Macht hat, Fragen stellen.«

»Oh, er hat hier die Macht«, sagt Madame Roach.

»Seit der Beerdigung hat er das Kommando übernommen.«

»Wo ist Emanuel Goldsmith?«

»Bist du das nicht?« fragt Sir. »Oder bist du sein Zwillingsbruder?«

»Nein, ich bin es nicht.«

»Du mußt den Bürgermeister meinen.« Der Mann mit dem breiten Gesicht lacht. »Den jungen Bürgermeister*. Der ist ganz von selbst gestorben. Ich habe ihn nicht angerührt. Er ist ganz von allein die Treppe hinuntergefallen.«

Martin ist übel. »Ich muß ihn sehen.«

Der Mann mit dem breiten Gesicht steht auf, nimmt Martin Emanuels ausgestreckte Jungenhand, macht sie auf, zeigt auf einen Blutfleck auf der Handfläche, lächelt kopfschüttelnd und führt ihn durch einen weiteren Perlenvorhang in ein Zimmer. In der Mitte steht ein Sarg auf einer Bahre. Der Mann mit dem breiten Gesicht stößt Martin Emanuel grob zu dem Sarg. »Da ist der Bürgermeister. Darum geht es doch bei der Beerdigung, hat sie dir das nicht gesagt?«

Martin wirft widerstrebend einen Blick über den Rand des Sargs. Auf den weißen Satinpolstern ist der Abdruck eines Körpers. Aber es ist kein Körper zu sehen.

»Kraftlos und schwächlich. Ein fader gros bôn ange. War er immer schon. Er ist einfach immer schwächer geworden«, sagt Madame Roach.

»Wie konnte er sterben? Er war der primäre.«

»Er hatte Angst, weiß zu sein«, sagt Madame Roach. »Er dachte, er sei weiß wie die Dämmerung, und er hat nie an sein wirkliches Ich geglaubt.«

»Er war nicht weiß, oder?« fragt Martin.

»Er war *schwarz wie die Nacht, schwarz wie das Herz eines ungeschnittenen Baumes, schwarz wie die Füße eines*

---

* Wortspiel mit Mayor/major: Bürgermeister/Haupt- (... persönlichkeit) — *Anm. d. Übers.*

Berges, schwarz wie eine unentdeckte Wahrheit, schwarz wie die Brust einer Mutter, schwarz wie junge Liebe, schwarz wie die Kohle, in der die Sonne ihren Schatz verbirgt, schwarz wie ein Mutterleib, schwarz wie das Meer, schwarz wie die schlafende Erde. Er hat nur nicht an sich geglaubt. Nicht mehr, seit er Sir aufschlitzen mußte.«

Martin dreht sich um und schaut den Mann mit dem breiten Gesicht an. Er sieht das Gesicht von Colonel Sir John Yardley und dann den Kadaver in dem Glas.

»Ich habe versucht, es ihm beizubringen«, sagt der Mann mit dem breiten Gesicht. »Ich habe ihn immer wieder verprügelt, um einen Mann aus ihm zu machen. Nur Leid und keine Freud, würde ich sagen. War vergebliche Liebesmüh bei dem Jungen. Das Leben hat ihn wie Säure in einer engen Metallrinne zerfressen. Er war schwach. Ich war Stein, er war Dreck. Er hat mich getötet, aber jetzt bin ich wieder da, und Strafe ist zu gut für uns alle.«

Martin faßt an den Rand des Sargs, greift nach dem Abdruck im Satin und berührt statt dessen kaltes Fleisch. Er zieht die Hand schnell zurück und zwingt sich dann, die unsichtbare Gestalt erneut zu berühren; er ertastet die Umrisse eines jugendlichen Gesichts mit einem leichten Stoppelbart, geschlossenen Augen und schlaffen Lippen.

»Jetzt ist er wirklich weiß«, sagt Madame Roach. *»Weiß wie Luft.«*

Martin dreht sich zu Sir um. »Wie lange bist du schon an der Macht?« fragt er.

»Immer schon, glaube ich«, sagt Sir. »Selbst als er mir die Kehle durchgeschnitten hat, der kleine Mistkerl, war ich an der Macht.«

»Du lügst. Du bist niemand«, sagt Martin nicht nur mit seiner Stimme, sondern auch mit der von Carol. »Du bist nicht primär. Du kannst nur ... nur eine Nebenpersönlichkeit oder eine böse Erinnerung sein.«

»Ich beherrsche den Fluß«, erklärt ihm Sir und breitet die Arme aus, bis sich der Raum mit Schattengestalten füllt, die alle zerbrochene Keramikmasken tragen. »Ich beherrsche den Ozean.« Die Decke hängt voller dunkler Wolken. »Wie kann ich da nichts sein?«

Madame Roach sagt leise: »Weil der Bürgermeister tot ist.«

Margery kontrollierte die Anzeigen. Die Triplexsonde hatte weitere wilde Sprünge durch die verzeichneten Stellen gemacht, diesmal innerhalb von nur ein paar Sekunden. Noch während sie hinsah, wirbelte sie erneut davon. Sie runzelte die Stirn. Jetzt wußte sie, daß etwas nicht stimmte. Für diese Art von Aktivität gab es keinen Präzedenzfall.

Sie überprüfte Burkes Stoffwechsel und seine Hirnchemie. Er zeigte extreme Emotionen. Neuman schien in einen Zustand des neutralen Schlafs eingetreten zu sein, und das kam völlig unerwartet.

»Da stimmt was nicht!« rief sie.

Erwin war zur anderen Seite des Hörsaals gegangen, um Goldsmith zu beobachten und seinen unruhigen neutralen Schlaf auszugleichen. Sie warf einen Blick auf ihre Armbanduhr. Burke und Neuman waren seit anderthalb Stunden in der Landschaft. »Ich kriege schlechte Werte rein.«

Erwin kam um den Vorhang herum und bestätigte ihre Interpretation. »Na schön«, sagte er und holte tief Luft. »Wir unterbrechen die Verbindungen.«

»Was ist mit der Latenz?« fragte Margery.

»Das sieht ziemlich böse aus. Burke ist in Panik. Neuman ist vollständig weg vom Fenster. Ich glaube, wir haben keine große Wahl. Koppeln Sie sie ab.« Er ging um den Vorhang herum und blieb neben Goldsmith stehen. »Hier ist alles stabil. Wie wollen Sie's machen — wollen Sie die Verbindung vor dem Interpreter oder an Goldsmiths Anschluß unterbrechen?«

Margery biß sich auf den Finger und versuchte, die jeweiligen Konsequenzen zu beurteilen.

»Mir wäre wesentlich wohler, wenn wir Karl und David reinschicken würden, damit sie rausfinden, was da los ist«, sagte Erwin.

»Da bin ich anderer Meinung«, sagte Margery. »Ich habe Burke noch nie in Panik erlebt, und es ist auch noch nie vorgekommen, daß ein Forscher während einer Sondierung in neutralen Schlaf gefallen ist ... Ich würde unter solchen Umständen nicht in die Landschaft gehen wollen. Ich finde, wir sollten sie trennen. Und zwar bald. Oh Gott, oh Gott«, sagte Margery leise. Sie griff nach dem Connector an Burkes Hals. »Ich werde sie vor dem Interpreter trennen. Kommen Sie hier rüber. Ich will Neuman und Burke gemeinsam abtrennen.«

Erwin kam wieder zu ihr und legte die Hand an Neumans Kabelanschluß. »Alles klar?«

»Wir machen's gleichzeitig«, sagte sie. »Ich zähle bis drei. Eins, zwei ...«

Eine massive, schlangenartige Peitsche traf Martin direkt in den Rücken, biß mit metallenen Fangzähnen hinein und riß ihn von dem dunklen Zimmer und dem Sarg fort. Seine Passage war furchtbar schmerzhaft; er bekam keine Luft und konnte nur eine Kaskade brennender Funken sehen.

Dann stand er genauso plötzlich mitten auf der Straße einer Kleinstadt. Autos ohne automatisches Leitsystem aus der Zeit vor Zweitausendzehn kurvten langsam um ihn herum. Freundlich dreinschauende Fahrer sahen ihn gleichzeitig erwartungsvoll und gleichgültig an, als ob er eine Ampel wäre. Er rieb sich völlig desorientiert das Gesicht mit den Händen und ging dann über eine Fahrspur zum Betonbürgersteig hinüber, wobei er den langsamen Autos auswich.

Warme Sonne, asphaltierte Straßen mit weißen Zebrastreifen, kleine ein- oder zweistöckige Häuser auf beiden Straßenseiten, Geschäfte im Familienbesitz. Er konnte keins der Schilder lesen — die Beschriftung war ein stilisiertes Kauderwelsch —, aber er kannte diesen Ort. Eine Kleinstadt irgendwo in Kalifornien. Seine Großeltern hatten in genau so einer Stadt gewohnt, nicht weit von Stockton entfernt.

Er blieb vor einem Eisenwarengeschäft stehen. Auf der anderen Straßenseite war ein Laden für Staubsauger und Teppichreiniger. Sein Großvater hatte ein solches Geschäft gehabt — eine chemische Reinigung. In einem Sommer hatte Martin ihm geholfen, eine neue Ultraschallreinigungsmaschine zu bedienen.

Goldsmiths Landschaft konnte unmöglich etwas derart Vertrautes enthalten. Wo befand er sich dann? Ihm war schwindlig. Er schaute sich nach einem Platz um, wo er sich hinsetzen konnte, und sah schwarze Nachbilder, die sich hinter den Menschen und den Häusern herzogen. Er war also noch in der Landschaft — aber nicht in der von Goldsmith, soviel war sicher.

Er setzte sich abrupt auf den Bordstein. Vor seinen Augen drehte sich alles. Als sich die Bilder wieder stabilisiert hatten, merkte er, daß etwas hinter ihm stand, warm wie eine winzige Sonne. Er warf einen Blick über die Schulter und sah einen jungen Mann mit sandfarbenen Haaren, der mit einem besorgten Lächeln auf ihn herunterschaute.

¦Sind Sie okay? fragte der junge Mann.

¦Ich weiß nicht.

¦Sie sehen nicht gerade so aus, als ob's Ihnen sonderlich gut ginge, deshalb frage ich.

Eine vertraute Stimme. Ein leidlich verständlicher, schleppender Dialekt aus dem Mittelwesten, Selbstsicherheit ohne Überheblichkeit. Martin beschattete seine Augen gegen die Sonne, ohne daß es wirklich nötig gewesen wäre — die Helligkeit war nicht unangenehm —, und musterte den jungen Mann eingehender.

Vertraute Gesichtszüge. Kurze Nase, braune Augen unter seidigen roten Brauen, üppiger Mund mit prägnanten Grübchen.

¦Dad? sagte Martin. Er stand auf und taumelte wieder, als die Bilder schwankten. Mein Gott, Dad?

¦Dad hat mich noch keiner genannt, sagte der junge Mann. Jedenfalls keiner, der so alt war wie Sie.

Martin streckte die Hand aus, um den jungen Mann zu berühren, nahm das Baumwollgewebe seines Hemds zwischen die Finger und fühlte das feste Fleisch darunter. Der junge Mann schüttelte Martins Hand friedfertig ab. ¦Kann ich Ihnen irgendwie helfen?

¦Kennen Sie einen Martin Burke? fragte Martin.

¦Hier gibt's einen Burschen namens Marty. Ein junger Kerl. Ungefähr neunzehn.

Martin wußte, wo er war. Er hatte schon vor langer Zeit in seinen Träumen, seinen Tiefenmeditationen erfahren, daß sein eigenes inneres Bild — das Bild, das seine Primärpersönlichkeit annahm — etwa im Alter von neunzehn Jahren festgelegt worden war.

Er war in seine eigene Landschaft des Geistes versetzt worden.

Ihm war völlig schleierhaft, wie so etwas passieren konnte. So kurz nach der Phase der Angst und der Desorientierung überstiegen die Implikationen sein Fassungsvermögen. Er hatte einen Kreis beschrieben und war in seinem tiefsten Innern herausgekommen, etwas, das seiner Überzeugung nach völlig unmöglich war.

Die Züge des jungen Mannes mit den sandfarbenen Haaren verzerrten sich, und er erbleichte. Er schaute Martin über die Schulter und zeigte mit einem Finger dorthin. ¦Wer ist das?

Martin spürte eine eisige Kälte in seinem Rücken, als ob da ein Eiszapfen wäre, der alle Wärme absorbierte. Er drehte sich um.

Der kahlköpfige Mann mit dem breiten Gesicht stand mitten auf der Straße. Seine blinden weißen Augen waren auf ihn gerichtet. Blut spritzte stoßweise aus seinem durchschnittenen Hals auf die weiße Mittellinie.

Wer *ist* das? wiederholte der junge Mann erschrokken. Reif bildete sich auf seinen roten Augenbrauen und seinen Haaren, und seine Haut wurde so blau wie Eis.

»Sie kommen nicht raus«, sagte Margery. »Wir bekommen immer noch Werte, als ob sie noch in der Landschaft wären.«

Erwin umfaßte sein Handgelenk und rieb es. Er murmelte etwas vor sich hin, dann tippte er mit drei Fingern auf die Anzeigen. Er bückte sich und schüttelte den Kopf. »Ich weiß nicht«, sagte er. »Ich habe sowas noch nie gemacht. Wir haben noch nie unterbrochen.«

»Ist das die Latenz?« fragte Margery.

»Es ist vier Minuten her. Ich habe keine Ahnung, wieviel Zeit der Prozeß in Anspruch nimmt …«

»Burke hat gesagt, es könnte Minuten, sogar Stunden dauern«, sagte Margery.

»Ich hoffe bei Gott, daß es nicht so ist«, gab Erwin zurück. »Sehen Sie sich Neumans Werte an. Sie taucht noch tiefer ab, unter den neutralen Schlaf. Ich glaube, sie geht in den Tieftraumschlaf über.«

»Glauben Sie, daß Goldsmith ihnen irgendwas getan hat?«

»Wenn ich wüßte, was da los ist, wäre ich ein verflunztes Genie«, fauchte Erwin. »Versuchen wir, sie zu sich zu bringen.«

Ich kann dich fressen, so sicher, wie ich hier stehe. Ich habe den Jungen gefressen, die Zwillinge. Ich habe deine blonde Frau gefressen. Sie wohnt jetzt in meinem Bauch. Ich kann das hier fressen …

Sir machte eine ausholende Handbewegung, die die gesamte kalifornische Kleinstadt umfaßte.

Martin warf einen raschen Blick auf das kalte, reglose Bild seines jungen Vaters — eine Nebenpersönlichkeit, ein Teil seiner eigenen tiefen Selbstachtung. Er liebte dieses Bild und das, was es über ihn selbst aussagte: daß er immer noch diese Kraft in sich hatte, ganz gleich, wie sehr er kompromittiert worden oder wie weit er vom richtigen Weg abgekommen war.

Sirs Anwesenheit hatte das Bild gefrieren lassen. Eis hatte sich auf seinem Gesicht und seinen Händen gebildet.

Martin richtete seine Aufmerksamkeit wieder auf die grüne, runzlige Leiche von Sir. ¦Du darfst überhaupt nicht hier sein, sagte er. Du hast hier keinerlei Bedeutung.

¦Nur ein kleiner Schritt über die Brücke, sagte Sir. Ich kann überall leben, wo man mich einlädt.

Das Bild von Sir zog die Oberlippe hoch und ließ scharfe Wolfszähne sehen. Die Zähne verlängerten sich zu nadelspitzen Eckzähnen.

Leiche mit Vampirzähnen. Geht überallhin, wohin man ihn einlädt.

Martin wußte, was er da vor sich hatte. Er erinnerte sich an die betrunkene Zeichnung in der Prachtausgabe seines Atlasses des Gehirns. Die bluttriefenden Vampirzähne und die Pfeile, die auf verschiedene Punkte in den Geruchszentren und im oberen limbischen System zeigten. Er hatte über Vampire und Werwölfe nachgedacht, Zeichen von tiefsitzenden Inhalten, die aus der Landschaft hochkamen, wo sie Routinen repräsentierten, die mit Überleben und Gewalt verbunden waren.

Der Komplex des Jägers. Der innere Killer, so alt wie das Rückenmark, mit dem Geruchssinn verbunden und auf der Suche nach Blut, der Herr des Kampfes oder der Flucht. In Alpträumen die dunkle, tote Bestie, die riß und zerrte, die Verteidigerin gegen alle äußeren Kräfte, die jedoch niemals selbst lebendig oder bewußt war; ohne Stimme, isoliert und verachtet.

In Emanuel Goldsmith hatte diese Subroutine die Gestalt von Sir angenommen, dem Vater, und war jetzt mit Colonel Sir John Yardley verbunden. Sie war in der

Hierarchie von einer stimmlosen Subroutine zu einer Maske der Nebenpersönlichkeit und dann zum Herrn der Landschaft und Repräsentanten von Goldsmith selbst aufgestiegen — dem Bürgermeister/König, der gestorben war.

Die dunkle, tote Bestie hatte sprechen gelernt. Jetzt stand sie in Martins Landschaft, wo sie gar nicht sein durfte, so bösartig wie jede übertragene Krankheit.

Martin warf einen letzten Blick auf den gefrorenen jungen Mann mit den sandfarbenen Haaren und drehte sich dann ganz zu Sir herum. Er hob die Arme und ballte die Fäuste.

¦Verdammt nochmal, sieh zu, daß du aus mir verschwindest.

Wenn es zum Kampf kommen sollte, dachte Martin, dann konnte er zumindest ebensogut austeilen, wie er einstecken würde. Er hatte nicht die geringste Ahnung, was dieser Dämon mit seiner Psyche anstellen würde, wenn er ihn nicht vertrieb. Dies war ein neues Spiel, ein neuer Kampf. Er wurde jedoch auf seinem eigenen Gebiet ausgetragen, und er hatte eine mächtige Waffe: das Bewußtsein, wer er war und was er war.

¦Ich bin viel stärker als du, sagte Sir. Du kannst überhaupt nichts gegen mich ausrichten.

Martin hob die Hand und streckte einen Finger aus. Aus der Entfernung machte er einen Graben in den Straßenbelag. Der Asphalt zerriß und sank ein, wohin er auch zeigte. Er zog den Graben im Kreis um Sir herum, bis er sich hinter ihm schloß. Mit einem energischen Stoß seiner Hand in die Luft riß er einen Feuerhydranten auf der anderen Straßenseite aus dem Boden. Eine weiße Wasserfontäne schoß hoch in die Luft. Er krümmte den Finger und lenkte das Wasser damit in den Graben. Die Fontäne neigte sich wie ein schwankender Baum und kippte um, spritzte über die Straße und ergoß sich in den Graben. Der Graben füllte sich mit schlammigem Wasser.

Sir stand eingekreist da. Das Blut an seinem Hals leuchtete hellrot auf seiner toten Haut. Seine blinden Augen blickten gelassen. Aber Martin kannte die Macht seines metaphorischen Plans an einem Ort, wo Metapher und Gleichnis alles waren. Die Duftspur unterbrechen. Wenn die dunkle Bestie fließendes Wasser nicht überqueren konnte, wenn sie ihren Weg auf die andere Seite nicht mit dem Geruchssinn finden konnte, dann hatte sie kein Territorium und keine Macht.

Er wollte gerade die Eisenstangen der Diebstahlssicherungen aus nahegelegenen Fenstern reißen und einen Käfig bauen, da kam die Schlangenpeitsche wieder aus dem Nichts und verbiß sich in seinen Rücken, schlug ihre Metallzähne tief hinein und preßte ihm einen Schrei heraus. Sie hob Martin hoch über die Stadt und hielt ihn einen ganz kleinen Moment lang dort fest; er schaute nach unten und sah Sir inmitten des schäumenden Wassers. Er hatte die Arme verschränkt; seine blinden Augen starrten auf nichts besonderes und sahen doch alles.

Der Leichnam mit den Vampirzähnen stieg über den Graben und lachte.

Martins Schreie erfüllten den Hörsaal. Er warf sich hin und her, um sich aus den Gurten zu befreien, und starrte Margery und Erwin an, als ob sie Monster wären. Margery justierte die Einstellungen an der Couch, um einen Zustand der Ruhe zu induzieren, aber Martins Werte waren zu stark. Sie konnte seine Raserei nur ein kleines bißchen dämpfen.

»Laßt mich zurück! Er ist noch in mir drin! Oh mein Gott, laßt mich zurück!«

Erwin beugte sich über Carol und drehte an ihren Induktorreglern. Die Zeiger bewegten sich wirkungslos über die Skalen. »Sie will einfach nicht rauskommen«, sagte er.

»Ich kann Sie nicht zurückschicken, Dr. Burke«, sagte

Margery. Tränen liefen ihr über die Wangen. »Ich weiß nicht mal, wo Sie waren.« Sie warf immer wieder verzweifelte Blicke zur anderen Couch hinüber. Martin verdrehte den Kopf und sah Carol neben sich. Ihre Augen waren geschlossen; sie war im Traumschlaf versunken.

»Was ist mit ihr?« fragte er. Er zitterte immer noch, kam jedoch allmählich aus seiner Hysterie heraus.

»Ich kann sie nicht raufholen!« rief Erwin. Er schlug mit der Hand auf die Seite der Couch, ließ den Kopf sinken und stieß sich frustriert ab. »Sie reagiert nicht.«

Martin ließ sich zurücksinken, schloß die Augen und bewegte die Handgelenke. Er holte zitternd tief Luft und schaute in sich hinein, sah aber nur die leere dunkle Wand zwischen der bewußten Primärpersönlichkeit und dem, was darunter lag. Er machte die Augen wieder auf und begann zu weinen. »Bindet mich los«, sagte er schluchzend und zerrte an seinen Fesseln. »Laßt mich helfen.«

■

Ich sehe aber ein ander Gesetz in meinen Gliedern, das da widerstreitet dem Gesetz in meinem Gemüte und nimmt mich gefangen in der Sünde Gesetz, welches ist in meinen Gliedern.

— Das Neue Testament, Römer 7,23

57

Richard Fettle fühlte sich wie eine Mumie, die nach dreitausend Jahren aus ihren Binden gewickelt wurde. Der wahrnehmbare Geruch seines Unwohlseins war verschwunden; er schaute so hingerissen in den hellen morgendlichen Sonnenschein wie schon seit Jahrzehnten nicht mehr.

In der Hand hielt er ein Flachbild von Gina und Dione. Seine Finger fuhren die Umrisse des Gesichts seiner Frau nach. Er ließ einen Finger langsam zum Gesicht seiner Tochter wandern, legte das Bild dann auf den Tisch und lehnte sich ins Sofa zurück.

Er hörte, wie sich Nadine im Schlafzimmer rührte. Im Bad rauschte Wasser. Sie kam in einem scheckigen Morgenmantel herein und machte ein verwirrtes, irritiertes Gesicht. Sie hatte die Haare straff zurückgekämmt und sie oben auf dem Kopf zu einer bizarren, fünfzehn Zentimeter hohen Säule zusammengebunden, einem Haarphallus. Richard lächelte sie an. »Guten Morgen«, sagte er.

Sie nickte geistesabwesend und blinzelte in die Sonne. »Was ist denn?« fragte sie. »Hast du nicht geschlafen?«

»Ich habe genug geschlafen.«

»Es ist spät. Ich hab zu lang geschlafen«, sagte sie. »Ich bin schlecht gelaunt. Haben wir noch was zum Frühstück da?«

»Weiß ich nicht«, sagte Richard. »Ich könnte ja mal nachschauen.«

»Nichts dagegen.« Sie blinzelte ihn argwöhnisch an. »Irgendwas ist doch mit dir, stimmt's? Erzähl's mir.«

Richard schüttelte den Kopf und lächelte wieder. »Ich fühle mich viel besser.«

»Besser?«

»Und ich möchte mich entschuldigen. Du hast mir wirklich geholfen. Ich hatte heute nacht einen Traum. Einen sehr merkwürdigen Traum.«

Ihr Argwohn verstärkte sich. »Freut mich, daß es dir besser geht.« Es klang nicht überzeugend. »Willst du Kaffee?«

»Nein danke.«

»Du solltest wirklich was essen«, sagte sie über die Schulter hinweg und tappte in die Küche.

»Ich weiß«, sagte Richard. Ihm war schon fast schwindlig vor lauter Begeisterung. Er war ein wenig besorgt, daß er das wohlige Gefühl verlieren und einen Rückfall erleiden könnte, aber seine Stimmung blieb stabil. Er stand auf, ging in die Küche und sah wie zum erstenmal den abgewetzten Fliesenboden, die dick gestrichenen Holzschränke und die alten verputzten Wände.

Nadine schälte am Waschbecken eine Mandarine und kaute jedes Stück einzeln. Sie schaute nachdenklich aus dem Fenster. »Was war das für ein Traum?« fragte sie.

»Ich habe von Emanuel geträumt«, sagte er.

»Na toll«, kommentierte sie sarkastisch.

»Mir ist wieder eingefallen, daß er was Gutes getan hat, etwas sehr Nettes. Er hat mir geholfen, als Gina und Dione gestorben waren.«

»Das ist aber schön«, sagte Nadine. Die Schärfe ihres Tons verwirrte ihn. Sie warf den letzten Rest der Schale und der weißen Haut der Mandarine ins Waschbecken, zog ihren Morgenmantel enger um sich und drehte sich zu ihm um. »Ich versuche dir zu helfen, und nichts passiert. Dann kommt Goldsmith, und alles ist in Ordnung. Vielen Dank, Richard.«

Richards Lächeln gefror. »Ich habe doch gesagt, daß du mir geholfen hast. Ich weiß zu schätzen, was du getan hast. Ich mußte mich einfach durch ein paar Blödheiten durchkämpfen.« Er schüttelte den Kopf. »Ich habe gespürt, daß es eine Verbindung zwischen Goldsmith und mir gab. Ich konnte ihn in mir fühlen. Ich bin mir nicht sicher, ob da irgendwas war ...«

Ihre Miene änderte sich nicht; ein verwirrter Zorn.

»Aber jetzt ist er nicht mehr da. Ich weiß nicht recht, ob ich an solche Dinge glaube, aber Goldsmith ist jetzt nirgends mehr — ich kann ihn überhaupt nicht mehr fühlen. Der Goldsmith, den ich kannte, ist tot, und das war der Mann, den ich gern gehabt habe, der Mann, der gut zu mir war, als ich eine harte Zeit durchmachte. Ich glaube, er ist wirklich tot, Nadine.« Richard schüttelte den Kopf; er merkte, daß er Unsinn redete.

Sie schob sich an ihm vorbei. »Na, dann geht's dir jetzt ja wohl wieder richtig gut. Und mich brauchst du nicht mehr. Ich kann gehen, und du lebst einfach so weiter.« Sie wirbelte herum und beugte sich vor, das Gesicht zu einer Maske der Verachtung verzogen. »Wie oft habe ich dich gebeten, mit mir zu schlafen? Viermal, fünfmal? Und du wolltest nicht. Aber jetzt, wo du dich besser fühlst, ist dir doch bestimmt nach ein bißchen harmlosem *Gestoße,* hm?«

Richard richtete sich auf, ernüchtert von ihrer Reaktion, aber seine innere Freude war immer noch stark. »Ich fühle mich viel besser, ja.«

»Na, das ist ja *wunderbar.* Ich fühle mich nämlich wie ein … ein …« Sie stieß die Faust zweimal zur Decke, konnte das Wort nicht finden, wirbelte auf einem Fuß herum und kehrte ins Bad zurück. Die Tür fiel mit einem Knall hinter ihr zu.

Richard blieb am Küchenfenster stehen und schälte sich eine weitere Mandarine. Er sah sich jede Scheibe genau an, ließ sich den Zucker und die Säure auf der Zunge zergehen. Er würde sich das, was er gefunden hatte, nicht von Nadine verderben lassen.

Als sie aus dem Bad kam, hatte sie sich angezogen, aber keins der Kleidungsstücke schien ihr richtig zu passen. Das Make-up war eine schmierige Schicht auf ihrem Gesicht, dick und ungeschickt aufgetragen; sie hatte versucht, vom Weinen verquollene Augen zu betonen, nur mit dem Ergebnis, daß sie wie ein Wasserspeier aussah. »Ich bin froh, daß es dir besser geht«, sagte sie mit zuckersüßer Stimme, wobei sie seinen Blick mied. Sie berührte seine Schulter und spielte mit seinem Kragen. »Ich kann jetzt gehen, oder?«

»Wenn du willst«, sagte Richard.

»Gut. Ich bin froh, daß ich meine Freiheit wiederhabe. Sehr liebenswürdig von dir.« Sie nahm ihre Tasche, ging rasch zur Tür hinaus und machte sie mit Nachdruck hinter sich zu. Er lauschte ihren Schritten auf dem Gang und der Treppe.

+ Wo ist er. Hat er sich umgebracht. Ist er nach Hispaniola geflogen und hat Selbstmord begangen. Ich spüre überhaupt nichts.

Richard fröstelte.

+ Zeit das Alleinsein zu genießen.

■

58

Das Tausend-Blumen-Gefängnis lag wie ein Kuhfladen aus Beton in einem trockenen, braungrauen Canyon im Landesinneren. Seine sanft abgerundeten weißen Terrassen waren leer, bis auf einen gelegentlichen Windschutz, ein schmales Fenster oder eine Tür. Eine trockene Asphaltstraße führte zum Gefängnis und im Kreis drumherum.

In den Hügeln verteilten sich Blockhäuser und Türme aus Beton, von denen aus man jeden Felsen, jeden Busch und jede Vertiefung im ganzen Tal sehen konnte. Die Wände des Canyons hatte man abgetragen, so daß senkrechte Barrieren entstanden waren. Weitere Blockhäuser und Türme überall im Canyon sowie messerscharfer Draht und Stahlspitzen auf den Mauern und zu ihren Füßen vervollständigten den düsteren Anblick.

Mit kolossalem Stolz zeigte ihr Soulavier all diese Dinge von der hochgelegenen Stelle aus, wo die Straße in den Canyon hineinführte. »Es ist das sicherste Gefängnis in Nordamerika, sogar noch sicherer als andere auf Hispaniola«, erklärte er. »Unsere Landsleute werden hier nicht festgehalten. Nur Vertragshäftlinge aus dem Ausland.«

»Ist ja fürchterlich«, sagte Mary.

Soulavier zuckte die Achseln. »Wenn man glaubt, daß es eine Erlösung gibt, dann sieht es vielleicht fürchterlich aus. Colonel Sir glaubt nicht an eine Erlösung in diesem Leben. Und er weiß, wenn eine Gesellschaft gesund bleiben soll, muß man jene zufriedenstellen, die ebenfalls dieser Ansicht sind ... Sonst werden sie unruhig und nehmen das Recht in die eigenen Hände. Das ist Anarchie.«

Er streckte den Arm aus: Zeit, wieder zum Wagen zu gehen. Sie tat es, und Soulavier kam nach einem kurzen Wortwechsel mit den Wachposten am Eingang des Canyons zu ihr. Der Wagen fuhr langsam ins Tal.

Am Haupttor des Gefängnisses redeten sie drei Minuten lang mit den Posten, bis diese sich über ihre Identität vergewissert hatten und sie hineinfahren ließen. Im Innern hielten sie in einer gut beleuchteten Garage. Männliche und weibliche Wachen umringten den Wagen; sie zeigten mehr Neugierde als Wachsamkeit. Als Soulavier lächelnd und nickend ausstieg, erlosch ihr Interesse, und sie schlenderten davon. Nicht einmal Marys Äußeres erregte sonderlich viel Aufmerksamkeit.

Die Wachen reichten sie von einem Korridor zum anderen, von einer massiven, nackten Tür zur nächsten weiter, bis sie sich im Westflügel des Gefängnisses befanden. Mary bemerkte, daß es hier keine Fenster gab. Die kühle Luft roch muffig und abgestanden; es war ein schwacher, aber konstanter Geruch wie von etwas Altem, das irgendwo abgestellt worden war und nie benutzt wurde.

»Goldsmith ist heute in diesem Flügel. Er heißt Koffer«, erklärte Soulavier. »Hier werden die Bestrafungen ausgeführt.«

Mary nickte; sie wußte immer noch nicht recht, ob sie darauf vorbereitet war, zu sehen, was sie sehen mußte. »Warum heißt er Koffer?«

»Jeder Teil des Gefängnisses ist nach etwas benannt, was man benutzen könnte, wenn man draußen wäre. Es gibt eine Hut-Sektion, eine Schuh-Sektion, Spazierstock, Zigarette, Kaugummi und Koffer.«

Der Hauptkorridor des Koffers war in Abständen von acht Metern von starken gelben Lampen erleuchtet. Die Wärter sahen grünlich aus; ihre Augen und Zähne waren von grellem Gelb. In einem vollgestopften Büro am Ende des Hauptkorridors legte Soulavier dem Chef der Wärter ein Papier vor. Der Chef war schlank, fast elfenhaft, mit eingerollten Ohren und nach oben gewandten Augen. Er trug eine graue Uniform mit rotem Gürtel und schwarze Slipper, die kein Geräusch machten, als er durchs Büro ging. Er sah sich das Papier mit ernster Miene an, warf Mary einen Blick zu, gab es einem Untergebenen und nahm einen altmodischen elektronischen Schlüssel aus einem Kasten, der an der Wand hinter und über dem aufgeräumten Schreibtisch hing.

Im inneren Heiligtum des Koffers war es ganz still. Kein Häftling sprach. Wenige Wärter waren auf den engen Gängen zwischen den Zellen unterwegs. Tatsächlich waren nur wenige Zellen besetzt; die meisten Türen standen offen und zeigten eine gähnende Leere, als sie vorbeikamen. Der Koffer diente einem besonderen Zweck.

Am Ende eines kurzen Gangs stand ein stämmiger Wachposten mit verschränkten Armen vor einer geschlossenen Tür. Der Chef schob ihn mit einem väterlichen Lächeln beiseite, schloß die Tür auf und trat zurück.

Soulavier ging als erster hinein. Der Chef schaltete von draußen das Licht an.

Mary sah einen Schwarzen, der auf eine Liege geschnallt war. Ihr Blick zuckte sofort zu dem Zylinder der Höllenkrone, der auf ein Betonpodest neben der Pritsche geschraubt war. Kabel führten vom Zylinder zu der Klammer um den Kopf des Mannes. Das Gesicht des Mannes war angespannt, aber abgesehen davon schien er zu schlafen.

Marys Augen weiteten sich. Sie sah sich das Gesicht ganz genau an — minutenlang, wie es schien.

»Das ist nicht Emanuel Goldsmith«, sagte sie schließlich. Ihre Knie zitterten. Sie drehte sich zu Soulavier um. Ihr Gesicht war vor Empörung und Wut verzerrt. »Gott verfluche euch alle, das ist nicht Emanuel Goldsmith.«

Soulavier fiel das Kinn herunter. Er schaute von dem Mann auf der Liege zu Mary, drehte sich abrupt zum Chef der Wärter um und sagte ein paar schnelle Worte auf Kreolisch. Der Chef schaute in die Zelle und verteidigte sich energisch mit hoher Stimme. Soulavier redete weiter auf ihn ein, während sie den Gang entlang und um die Ecke gingen. Der Wachposten vor der Zelle sah ihnen nach und schaute dann seinerseits in die Zelle hinein. Er lächelte Mary verwirrt zu und schloß die Tür.

Gnädigerweise blieb das Licht an. Mary stand neben der Liege und schaute auf den Gefangenen in der Klammer herunter. Sie konnte sich nicht vorstellen, was er erlebte. Sein Gesicht verriet keinen Schmerz. Das war wahrhaftig eine private Hölle. Wie lange war er schon unter der Klammer? Minuten? Stunden?

Sie dachte daran, ihm die Klammer abzunehmen oder die Höllenkrone abzuschalten, aber sie kannte sich mit dem Modell nicht aus. Es war keine Schalttafel zu sehen. Vielleicht wurde sie per Fernsteuerung bedient.

Die Tür ging auf. Soulavier zwängte sich hindurch. »Das muß Goldsmith sein«, erklärte er. »Dieser Mann ist mit Goldsmiths Flugschein und seinem Gepäck am Flughafen angekommen. Sie irren sich.«

»Hat Colonel Sir diesen Mann je gesehen?«

»Nein«, antwortete Soulavier.

»Hat ihn irgend jemand gesehen, der Goldsmith kannte?«

»Das weiß ich nicht.«

Sie sah sich das Gesicht erneut an und merkte, wie ihr die Tränen kamen. »Bitte nehmen Sie ihm die Klammer ab. Wie lange ist er schon hier?«

Soulavier besprach sich mit dem Chef. »Er sagt, Goldsmith erhält hier seit sechs Stunden eine Strafe niedrigen Grades.«

»Was ist ein niedriger Grad?«

Die Frage schien Soulavier zu verwirren. »ich weiß nicht genau, Mademoiselle. Wie mißt man Schmerz oder Leiden?«

»Bitte nehmen Sie ihm die Klammer ab. Das ist nicht Goldsmith. Bitte glauben Sie mir. Ich gebe Ihnen mein Wort darauf.«

Soulavier verließ die Zelle wieder und beriet sich mehrere endlose Minuten lang mit dem Chef. Der Chef stieß einen scharfen Pfiff aus und sagte etwas zu jemandem auf dem Hauptkorridor.

Mary kniete sich neben die Liege. Sie spürte, daß sie hier etwas zugleich Schreckliches und unerklärlich Heiliges vor sich hatte: ein menschliches Wesen, das stundenlang unter der Klammer gelitten hatte. Konnte Jesus Christus selbst mehr gelitten haben? Sie konnte all ihre Sünden, alle Sünden der Menschheit auf die Brust dieses Mannes häufen; er hatte *stundenlang* gelitten. Wie viele andere hatten in diesem oder in anderen Gefängnissen gelitten oder litten noch jetzt? Sie streckte die Hand aus und strich dem Mann über das Gesicht. Ihr Inneres war so hart wie Stahl. Tränen strömten ihr über die Wangen und tropften auf das weiße Laken auf der Liege.

Der Gefangene hatte eine flüchtige Ähnlichkeit mit Goldsmith. Es gab Merkmale, die für ein achtloses offizielles Auge als Bestätigung der Identität genügen konnten; etwa das gleiche Alter, vielleicht ein paar Jahre jünger, hohe Wangenknochen, ein voller, wohlgeformter Mund.

Eine ältliche Frau in einem weißen Laborkittel kam in die Zelle, schob Mary sanft beiseite und machte eine kleine Klappe an der Seite des Zylinders auf. Sie pfiff tonlos vor sich hin, tippte auf eine digitale Anzeige, machte sich ein paar Notizen auf einer Tafel, verglich die Werte und drehte dann einen schwarzen Knopf gegen den Uhrzeigersinn. Sie stand wieder auf, schüttelte den Kopf, schloß die Klappe und schaute ausdruckslos und erwartungsvoll zu Soulavier auf.

»Er braucht Zeit, um sich zu erholen«, sagte sie. »Ein paar Stunden. Ich werde ihm Medikamente geben.«

»Sind Sie sicher, daß dies nicht Emanuel Goldsmith ist?« wandte sich Soulavier an Mary. Seine Augen funkelten wütend.

»Absolut.«

Die Mulattin gab dem Gefangenen eine Injektion in den Arm und trat zurück. Die Gesichtszüge des Gefangenen entspannten sich nicht. Wenn überhaupt, dann zeigten sie jetzt, wo der Induktor der Höllenkrone abgeschaltet war, noch mehr Angst und noch mehr Anspannung. Als die Mulattin sah, daß der Gefangene nicht anfing, um sich zu schlagen, ging sie wieder zu ihm und nahm ihm die Klammer ab.

»Er muß ärztlich behandelt werden«, sagte Mary. »Bitte bringen Sie ihn weg von hier.«

»Dazu brauchen wir ein Gerichtsurteil«, sagte Soulavier.

»Wie ist er denn hierhergekommen? Ist das etwa mit rechten Dingen zugegangen?« fragte Mary.

»Ich weiß nicht, wie er hergekommen ist«, gab Soulavier zu.

»Dann schaffen Sie ihn im Namen des schlichten menschlichen Anstands aus dieser Zelle raus und bringen Sie ihn zu einem Arzt!« Sie starrte die Mulattin an, die rasch den Blick abwandte und ein Zeichen machte, indem sie drei Finger über der linken Schulter kreuzte. »Zu einem richtigen Arzt.«

Soulavier schüttelte den Kopf und schaute an die Decke. »Das ist keine Angelegenheit, auf die man die Aufmerksamkeit von Colonel Sir lenken sollte.« Seine Haut glänzte in dem gelben Licht, obwohl es in der Zelle und auf dem Gang draußen nicht warm war. »Colonel Sir würde seine Entlassung anordnen müssen.«

Mary hätte am liebsten losgeschrien. »Ihr foltert einen Unschuldigen! Rufen Sie Colonel Sir an und sagen Sie ihm das! Sofort!«

Soulavier wirkte wie gelähmt. Er schüttelte störrisch den Kopf. »Wir brauchen einen Beweis für Ihre Behauptung«, sagte er.

»Hatte er einen Ausweis dabei, oder irgendwelche Papiere?« fragte Mary. Soulavier leitete ihre Frage an den Chef weiter, der beredt die Schultern hob; das ging ihn nichts an.

Die Anspannung hatte ihren Bauch erreicht. Sie bemühte sich, ruhiger zu werden, und stellte sich einen langsamen Kriegstanz auf einer grünen Wiese weit weg von allem vor. »Dann bringen Sie mich lieber jetzt gleich um«, sagte sie leise und schaute Soulavier direkt in die Augen. Sie zeigte auf den Gefangenen. »Und ihn auch. Was ihr hier getan habt, ist nämlich so schlimm, daß es nicht einmal die miesesten Staaten der Erde hinnehmen werden. Wenn ihr mich lebend in die USA zurückkehren laßt, wird meine Geschichte Colonel Sir, seiner Regierung und Hispaniola mit Gewißheit schaden. Wenn Sie Ihrem Führer oder Ihrem Volk gegenüber auch nur die geringste Loyalität empfinden, dann lassen Sie diesen Mann jetzt frei.«

Soulavier ließ die Schultern hängen. Er rieb sich mit der Hand über das feuchte Gesicht. »Ich habe nicht geglaubt, daß es einen Irrtum geben könnte«, sagte er.

Sein Blick schweifte durch die Zelle und huschte über die Einzelheiten hinweg, und seine Lippen bewegten sich, als ob er ein lautloses Gebet aufsagte. »Ich werde seine Einlieferung ins Krankenhaus anordnen. Und ich nehme es auf meine eigene Kappe.«

Mary nickte. Sie schaute ihm immer noch in die Augen. »Danke«, sagte sie. Es war ihr egal, wie es gemacht wurde, aber sie fragte sich, ob sie Soulavier durch ihr Vorgehen jetzt selbst zum Aufenthalt in einer solchen Zelle verurteilt hatte.

Auf dem Hauptkorridor folgte Mary der Mulattin und zwei Wärtern, die den Gefangenen auf einer Bahre trugen, während Soulavier hinterdrein ging. Sie versuchte, ihre Nerven, ihre Angst und ihre Empörung unter Kontrolle zu bekommen, aber es gelang ihr nicht. Sie begann zu zittern, so daß sie stehenbleiben und sich an eine Wand lehnen mußte. Ihr Entsetzen über die Höllenkrone hatte sich nicht verringert.

Soulavier wartete ein paar Schritte hinter ihr. Er starrte an die andere Wand, und sein Adamsapfel hüpfte immer wieder über seinen steifen weißen Kragen. Die Prozession vor ihnen ging weiter, ohne sich umzusehen. »Alles hat seine Bedeutung und seinen Platz, Mademoiselle«, sagte er.

»Wie können Sie hier leben, wenn Sie wissen, daß diese Dinger von Ihrem Volk hergestellt werden?«

»Ich war zum erstenmal in Tausend Blumen oder überhaupt in einem Gefängnis«, sagte Soulavier. »Mein Fachgebiet ist Polizeidiplomatie.«

»Aber Sie haben es gewußt.«

»Etwas abstrakt zu wissen ...« Er beendete den Satz nicht.

Mary stieß sich von der Wand ab und richtete sich mit einer Anstrengung auf. »Was machen Sie, wenn Yardley nicht einverstanden ist?«

Soulavier schüttelte traurig den Kopf. »Sie haben einen Scherbenhaufen aus meinem Leben gemacht, Mademoiselle«, sagte er. »Ganz gleich, weshalb Sie hergekommen sind, das ist das Resultat. Sie können Hispaniola verlassen. Ich nicht.«

»Die Erinnerung daran wird mich bis an mein Lebensende nicht mehr verlassen«, sagte Mary.

■

59

LitVid 21/1 A-Netz (David Shine): »Die Enttäuschung hat sich wie ein Leichentuch auf AXIS Control herabgesenkt. AXIS hat einen weiteren Bericht über die Türme geschickt, und dieser ist nicht ermutigend. Andererseits weisen die Berichte von AXIS möglicherweise auf ein sehr bemerkenswertes Ereignis hin. Zu einer Analyse der Gesamtsituation geben wir nun weiter an den philosophischen Kommentator Hrom Vizhniak.«

Vizhniak: »Die Bilder und Daten, die wir von AXIS erhalten haben, deuten jetzt auf eine natürliche Erklärung für die Turmringe hin. AXIS hat eine Wanderung organischer Stoffe aus dem Meer gesehen, eine riesige und anscheinend undifferenzierte grüne Masse, die mit vielen zielgerichteten Armen oder Pseudopodien über die Landschaft gleitet, obwohl deren Umfang eher einen Vergleich zu Flüssen nahelegt.

Die Bilder sind verblüffend, ja sogar großartig, aber während sich diese Flüsse ihrem jeweiligen Ziel — den Turmringen — nähern, dominiert unsere kindliche Enttäuschung über die Ehrfurcht, die wir angesichts einer solchen Naturerscheinung verspüren müßten.

AXIS hat nun doch keine Anzeichen für intelligentes Leben gefunden; zumindest keine, die wir verstehen können. Die grüne Wanderbewegung umspült diese

Formationen, erklimmt im Nu die Türme und bildet eine glänzende Wand. AXIS ist praktisch sicher, daß diese Wände innerhalb von Tagen oder Wochen Sporenträger hervorbringen werden und daß damit der Fortpflanzungszyklus der vorherrschenden Lebensform auf B-2 beginnt. Hören wir uns den AXIS-Bericht direkt an, wie er an Roger Atkins geschickt wurde, den Chefkonstrukteur der Denkerprojekte AXIS und Jill.«

AXIS (Band 4)> Wie du aus den Daten ersehen wirst, die ich mit dieser Übertragung schicke, Roger, gibt es auf B-2 keinen Gesprächspartner für mich, und das heißt aller Wahrscheinlichkeit nach, daß es im ganzen Alpha-Centauri-System niemanden gibt, mit dem ich direkt kommunizieren kann.

Die Türme haben große Ähnlichkeit mit Baumstämmen. Jedes Jahr steigt die grüne Wanderbewegung in der nördlichen und südlichen Hemisphäre jeweils zu einer Sonnenwende aus den Meeren empor und überquert das Land bis zu Gebieten, wo es entweder bereits Turmkreise gibt oder wo es früher welche gegeben hat. Die grünen Fluten erklimmen die Türme oder beginnen neue Türme zu erschaffen und bereiten sich dann auf den Fortpflanzungszyklus vor. Übrigens lagert der Mantel der grünen Organismen neues Material an die Seiten der Türme an.

Wenn die Türme so viele Jahreszeiten überdauert haben, daß diese Absonderungen sie miteinander verbinden, bilden sie einen hohlen Zylinder, und die grüne Flut geht auf der Suche nach anderen Orten an ihnen vorbei. Dann sind die Zylinder den Kräften der Natur und des Zerfalls ausgesetzt.

Meine Münzenkinder und die mobilen Explorer haben viele teilweise und vollständig verfallene Ruinen gefunden. Die Schlußfolgerung, daß die Türme nicht von intelligenten Lebensformen errichtet oder zerstört werden, ist unvermeidlich.

Mir ist klar, daß ich keinerlei Aussicht habe, auf intelligente Lebewesen zu stoßen. Da ein beträchtlicher Teil meiner Konstruktion und Programmierung in der Vorbereitung auf diese Möglichkeit bestand, wird nun deutlich, daß diese Routinen in mir keinem Zweck dienen werden. Aber noch *enttäuschender*

(selbstbezügliche Wortdefinition teste Bedeutungs-Synklinale 562-K)

ist, daß ich jetzt auf die Rolle eines Datenübermittlers und Forschungsmoduls auf im wesentlichen biologischer Basis reduziert bin. Ich bin mir zwar *bewußt,*

(selbstbezügliche Wortdefinition teste Bedeutungs-Synklinale 562-J)

daß dies eine äußerst wertvolle Rolle ist und daß man mich in Erfüllung dieser Rolle fast bis an die Grenzen meiner Möglichkeiten benutzen wird, aber ich *fühle*

(Kontextsuche in Tiefenstruktur der englischen Sprache, Umgehung der Bedeutungs-Synklinale)

trotzdem eine gewisse *Enttäuschung.* Ich habe versucht, eine Analyse dieser merkwürdigen Sinneseindrücke vorzunehmen, und mir dabei Zugang zu gespeicherten Denkererinnerungen vom Reisetag 87 verschafft, während der Phase Eins der Herausbildung des biologischen Denkersystems. Ich habe diese Gedächtnismuster nicht hervorgebracht, aber in meiner gegenwärtigen Situation scheinen sie relevant zu sein.

Der biologische Denker der Phase Eins hat das Ziel oder die *Hoffnung*

(Kontextsuche in Tiefenstruktur der englischen Sprache durch Denkerroutine 12: Bestätigung der Interpretation der Erinnerung von biologischem Denker Phase Eins)

zum Ausdruck gebracht, daß irgendwann im Lauf dieser Mission der Kontakt mit intelligenten Lebewesen zu echter Kommunikation führen würde. Dein Entwurf für Denker der Phase Eins und der Phase Zwei umfaßt das Bedürfnis, als Mittel des Lernens und zum Zweck des Empfangs anspruchsvoller Befehle mit unseren Konstrukteuren und mit anderen zu kommunizieren. Im Anfangsstadium hat sich die Denkerkonstruktion darauf konzentriert, ein inhärentes Kommunikationsbedürfnis zu erzeugen. Ich habe diese Bedürfnisse nicht verloren; sie haben sich auch im biologischen Denker der Phase Eins von AXIS manifestiert.

Es besteht keine signifikante Chance mehr, praktische Kommunikation mit anderem intelligentem Leben aufzunehmen. Der Empfang jahrealter Befehle aus dem Sonnensystem, wahrscheinlich der einzigen Quelle solcher Kommunikation, befriedigt meinen Drang nicht, die gegenwärtigen Denkerzustände in Echtzeit zu erörtern und zu vergleichen.

Jedesmal, wenn ich dieses Problem zu analysieren versuche, Roger, tritt ein Abfall meiner Leistungskraft auf. Die Analyse verlangt eine neue Überprüfung der gegenwärtigen Lage, und das bewirkt die Aktivierung der Subroutine, die du als *Selbstformerfrage* bezeichnet hast und die deine spezielle Frage stellt:

Warum hat das sich selbst wahrnehmende Individuum sein Spiegelbild angesehen?

Deine Antwort, die eine belustigte Reaktion in einem mit Ichbewußtsein ausgestatteten System hervorrufen soll, wird nun sofort gelöscht, bevor die Subroutine mit der Analyse meiner Reaktion beginnen kann. Ich habe keine Erklärung für diese Anomalie. Ich kann mich nicht an die ursprüngliche Antwort erinnern.

Eine zweite Antwort ersetzt die ursprüngliche:

Das sich selbst wahrnehmende Individuum schaut in den Spiegel, um die Illusion der Kommunikation mit einem anderen zu erleben. Die *Enttäuschung* veranlaßt es, den Spiegel zu zerschlagen.

Man hat mir eingeschärft, Roger, daß ich Begriffe, die menschliche Gefühle beschreiben, nicht vage gebrauchen soll. Aber selbst die kritischste Beurteilung bestätigt in diesem Fall die Eignung eines bestimmten Wortes.

Ich bin *einsam.*

Vizhniak: »Roger Atkins war in den letzten vierundzwanzig Stunden nicht erreichbar, um einen Kommentar dazu abzugeben. Wenn ich die Anzeichen jedoch richtig deute, haben wir da gerade etwas erfahren, was viel dazu beitragen könnte, unsere Enttäuschung über das Fehlen intelligenten Lebens auf B-2 zu mildern.

Ich bin kein professioneller Beobachter, aber der Ton und der Tenor der Botschaft von AXIS scheinen klar zu sein. Zum ersten Mal in der Geschichte der künstlichen Intelligenz weist eine Maschine überzeugende Anzeichen von *Ichbewußtsein* auf. Die Implikationen sind schwindelerregend. Noch erstaunlicher ist vielleicht, daß es möglicherweise die Erkenntnis der totalen Isolation war, die dieses Ichgefühl ausgelöst hat ...«

!JILL> Roger Atkins.
!JILL> Roger Atkins.
!Keyb> Hier Atkins. Was kannst du mir sagen, Jill?
!JILL> Die AXIS-Simulation in ihrem geänderten Modus dupliziert die Botschaften von AXIS nicht.
!Keyb> Heißt das, die echte AXIS-Sonde hat eine Funktionsstörung?
!JILL> Ich (informell) vermute, daß es mir einfach nicht gelungen ist, die äußeren Bedingungen zu duplizieren. Gewisse Subroutinen der AXIS-Simulation haben vielleicht noch Zugang zu externen Informationsquellen. Ich arbeite daran, diese Zugangspunkte zu finden und zu sperren. Wenn ich das getan habe, werde ich erneut Bericht erstatten.
!Keyb> Ist AXIS-Sim darüber enttäuscht, daß kein intelligentes Leben gefunden wurde?
!JILL> Sie hat keine Meinungen zum Ausdruck gebracht, die mit denen der echten AXIS-Sonde vergleichbar sind.

!Keyb> Was meinst du selbst zu dem geänderten Scherz?
!JILL> Ich kann nicht erkennen, wie so etwas geschehen konnte.
!Keyb> Ich meine, findest du die neue Version interessanter oder lustig?
!JILL> Ich finde sie nicht lustig. Wenn ich eine von menschlichen Gefühlen gefärbte Reaktion zeigen sollte, würde ich vielleicht sagen, sie ist *traurig*.

■

60

Martin Burke stand allein auf dem Rasen vor dem IPR-Gebäude und fröstelte. Er hatte das Bedürfnis empfunden, aus den geschlossenen Räumen herauszukommen und echten Himmel zu sehen, echten Wind zu spüren; alles andere schien trügerisch zu sein. Er fragte sich, ob er die Realität des Wachseins je wieder richtig zu schätzen lernen würde.

In den letzten vier Stunden hatte er zusammen mit seinem Team versucht, Carol aus dem neutralen Schlaf aufzuwecken. Alle Bemühungen waren fehlgeschlagen. Sie lag auf ihrer Couch im Hörsaal, umgeben von Monitoren und Arbeitern.

Goldsmith war recht gut aus seinem Schlaf erwacht. Martin hatte bisher weder mit ihm noch mit Albigoni gesprochen. Er wußte nicht, was er den beiden sagen sollte.

Der Himmel über La Jolla war klar. Er hatte das helle dunstige Blau des späten Morgens, die im Winter typisch für die Südküste war. Über dem Geruch von Jod und Tang von den Farmen draußen vor der Küste konnte er den schwachen Duft von Eukalyptus aus den nahegelegenen Hainen, von frisch gemähtem Rasen und gestutzten Büschen — Ergebnis der Gärtnertätigkeit eines Arbeiters — und von Wasser ausmachen, das auf dem betonierten Gehweg verdunstete.

Sein eigener säuerlich-scharfer Gestank stieg ihm in die Nase. Er hatte keine Zeit gehabt, sich den Geruch der Angst abzuwaschen, den er in der Landschaft erworben hatte. Er schlang die Arme um seinen Körper und erschauerte.

Martin hatte keinem etwas davon erzählt, was in der Landschaft geschehen war. Er wußte es selbst kaum. Dies war der erste Moment, seit er aus der Landschaft herausgekommen war, daß er Gelegenheit zur Selbstbeobachtung hatte. Als er in sich hineinschaute, konnte er außer seiner Erschöpfung und seinem tiefen Schuldbewußtsein nichts Ungewöhnliches fühlen.

Seemöwen kurvten krächzend über den frisch gemähten Rasen. Martin bückte sich und strich mit den Fingern über das Gras. Kalt und ein bißchen stachelig. Real.

Aber einem Teil von ihm fiel es immer noch schwer zu glauben, daß er wach und nicht mehr in der Landschaft war. Er hatte Angst, es könnte sich jeden Moment als Täuschung erweisen und Sir — der Name kam ihm zweifelhaft und unpassend vor, als ob er ihn nicht richtig gehört hätte — Sir oder was auch immer würde vor ihm erscheinen, ein tot aussehendes Unding, und ihn in eine weitere Scheußlichkeit hineinjagen.

Carol hatte gesagt, sie sei vergewaltigt worden.

Jetzt wußte er, wie sie sich gefühlt hatte; wie sie sich vielleicht immer noch fühlte. Wenn sie bei der Sondierung am Ende in ihre eigene Landschaft geschleudert worden war, auf eine Ebene der mentalen Aktivität, die unterhalb der Reizschwelle ihrer Detektoren lag, dann würde der Horror für sie vielleicht nie mehr aufhören. Sie konnte in einer Tretmühle gefangen sein und bis in alle Ewigkeit durch tiefsitzende mentale Inhalte kreisen, die von Sir auf perverse Weise verdreht worden waren.

Herr der Manege.

Der Ausdruck tauchte in seinem Geist auf, als ob ihn jemand anders ausgesprochen hätte.

»Gott sei mir gnädig«, flüsterte er und stand auf.

Martin kehrte ins Gebäude zurück. Als erstes würde er sich Goldsmith vornehmen. Das würde allen Mut und die ganze Beherrschung erfordern, die er aufbieten konnte.

Er zog sich im Waschraum seines Büros um und betrachtete sich in dem kleinen Spiegel. Er musterte aufmerksam seine Gesichtszüge und stellte fest, daß alles unverändert an seinem Platz war. Als er herauskam, wartete Margery im Büro auf ihn.

»Irgendeine Veränderung?« fragte er mit heiserer Stimme.

Sie schüttelte den Kopf. »Was ist passiert, Dr. Burke? Können Sie es uns sagen? Wir haben den Eindruck, daß wir dafür verantwortlich sind. Wir fühlen uns schrecklich . . .«

Er tätschelte ihr die Schulter mit einer Väterlichkeit, die er nicht empfand, und knirschte dabei mit den Zähnen. Sie konnten es nicht gewußt haben. Erwin hatte bereits erklärt, wieso sie Martin und Carol nicht eher herausgeholt hatten, aber wegen Carol gestattete er sich eine irrationale, heimliche Wut auf das Team.

»Gehen wir Goldsmith besuchen.«

Der Patient saß im Erholungsraum zwei und las scheinbar unberührt in seinem Koran. Martin trat als erster ein, gefolgt von Lascal. Goldsmith schaute auf. Seine Augen weiteten sich, als er Martin sah; einen Augenblick lang wurde die höfliche Maske von einem Ausdruck des Wiedererkennens überlagert.

Goldsmith stand auf, nickte Margery zu und hielt Martin die Hand hin. Martin zögerte, schüttelte sie flüchtig und ließ sie dann rasch wieder los.

»Ich bin gespannt, was Sie herausgefunden haben, Doktor«, sagte Goldsmith.

Martin hatte einige Schwierigkeiten beim Sprechen. »Es wird noch eine Weile dauern, bis wir das wissen«, brachte er heraus. Seine Hände ballten sich zu Fäusten; sie zitterten. »Ich muß ... Ihnen ein paar wichtige Fragen stellen. Bitte antworten Sie wahrheitsgemäß.«

»Ich werd's versuchen«, sagte Goldsmith.

Versuchen. Was da in Goldsmith dominierte und herrschte, verstand nicht mehr von Wahrheit oder wissenschaftlicher Untersuchung als ein Krokodil. »Sind Sie als Kind jemals mißbraucht worden?« fragte Martin.

»Nein, Sir.«

Goldsmith setzte sich wieder hin, aber Martin blieb stehen. »Haben Sie Ihren Vater umgebracht?«

Goldsmith sah ihn verblüfft an. Langsam, mit einer offenkundigen Anstrengung, höflich auf diese lächerliche Frage zu antworten, sagte er: »Nein, das habe ich nicht getan.«

Martin fröstelte erneut. »Sie haben Ihre Opfer mit einem sehr großen Bowiemesser getötet. Dieses Messer hat Ihrem Vater gehört, nicht wahr?«

»Ja. Er hat es zu seinem Schutz dabeigehabt, wenn er in rauheren Ecken der Stadt unterwegs war. Mein Vater war ein knallharter Bursche.«

»In den Unterlagen, die ich gesehen habe, steht, daß Ihr Vater ein mittelständischer Geschäftsmann war.«

Goldsmith hob die Hände, unfähig, das zu erklären.

»Haben Sie einen Bruder oder eine Schwester?«

Goldsmith schüttelte den Kopf. »Ich bin ein Einzelkind.«

»War Ihr Vater weiß?«

Goldsmith antwortete einen Moment lang nicht, dann wandte er sich wie in gespieltem Ärger ab. »Nein«, sagte er mit gekräuselten Lippen. »Er war nicht *weiß.*«

Martin richtete sich zu seiner vollen Größe auf, warf Margery einen Blick zu und merkte, daß er nicht weitermachen konnte. »Danke, Mr. Goldsmith«, sagte er. Er machte kehrt, um das Zimmer zu verlassen, und wäre dabei fast in Lascal hineingelaufen. Goldsmith stand abrupt auf und packte ihn am Ärmel. »Ist das alles?« fragte er, und zum erstenmal, seit er unter Beobachtung stand, war ihm anzumerken, daß er wütend war.

»Tut mir leid.« Martin riß seinen Arm los. »Wir hatten eine Menge Schwierigkeiten.«

»Ich dachte, jemand würde mir erklären, was mit mir los ist«, sagte Goldsmith. »Können Sie's mir nicht erklären?«

»Nein«, sagte Martin. »Noch nicht.«

»Dann war alles umsonst. Mein Gott. Ich hätte mich dem PD stellen sollen. Keiner von Ihnen weiß, was mit mir passiert ist?«

»Vielleicht hätten Sie sich stellen sollen. Nein. Da gibt es kein Vielleicht. Genau das hätten Sie tun sollen.« Martin zitterte jetzt heftig. »Wer *sind* Sie? Ist da noch jemand in Ihrem Innern, der echt ist?«

Goldsmith bog den Oberkörper zurück und hielt den Kopf wie eine aufgeschreckte Kobra. »Sie sind ja noch verrückter als ich«, sagte er leise. »Meine Güte. Tom hat mich einem Irren anvertraut.«

Martin schüttelte Lascals Hand auf seiner Schulter ab. »Sie sind nicht mal *lebendig*«, flüsterte er rauh und mit gebleckten Zähnen. »Emanuel Goldsmith ist tot.«

»Schafft diesen Flunzkopf hier raus«, fauchte Goldsmith. Er streckte den Arm aus, wobei er Lascal nur knapp verfehlte. Lascal blieb an der Tür stehen, als Margery und Martin hinausgingen, und folgte ihnen dann.

Margery befahl der Tür, sich zu verriegeln. Sie hörten Goldsmith drinnen fluchen. Jedes explosive, gedämpfte Wort steigerte Martins Zorn und Scham. Er wandte sich erst an Margery, dann an Lascal. Er hatte einen vagen Eindruck von blutigem Rauch, konnte das Feuer und den kupfernen, saftigen Gestank von Blut riechen. Hinter dem Rauch wurde die Kinderzeichnung eines gehörnten Dämons sichtbar, die ihn und alles übrige mit dem körperlosen Humor einer unzerstörbaren, unberührbaren Fiktion auslachte.

Die Worte wollten nicht kommen. Er drehte sich zur anderen Wand um und hämmerte mit den Fäusten stöhnend auf sie ein. Lascal und Margery standen daneben. Ihre Gesichter waren bleich.

Martin zog die Hände zurück, öffnete die Fäuste, richtete sich auf und strich seine Jacke glatt. »Tut mir leid«, murmelte er.

»Mr. Albigoni erwartet Ihren Bericht«, sagte Lascal. Er sah ihn aufmerksam, aber mitfühlend an. »Tut mir leid, daß es nicht so gut gelaufen ist. Ist Carol Neuman schon wieder zu sich gekommen?«

»Nein.« Martin sah zu Boden, um sein Gleichgewicht wiederzugewinnen. »Wir wissen nicht, was mit ihr ist.«

»Mr. Albigoni wird das erfahren müssen«, sagte Lascal. »Wir werden veranlassen, daß sie behandelt wird, falls es nötig ist ...«

»Ich wüßte nicht, wie sie jemand behandeln könnte, nach dem, was passiert ist.« Er starrte Lascal an. Sein Mund arbeitete krampfhaft. »Es war ein gottverdammtes *Desaster.*«

»Haben Sie irgend etwas herausgefunden, Dr. Burke?«

»Ich weiß nicht. Ich kann nicht glauben, daß Goldsmith uns die Wahrheit sagt — nicht nach dem, was wir erlebt haben. Vielleicht kann uns Albigoni ein paar Anhaltspunkte geben.«

»Dann sollten wir jetzt zu ihm gehen und mit ihm reden«, sagte Lascal.

In der Galerie mit dem Fenster zum Hörsaal saß Albigoni auf einem drehbaren Lehnstuhl und schaute durch das klare Glas auf die Geräte, Tische und Vorhänge hinunter. Er sah aus, als hätte er sich schon seit

Stunden nicht mehr bewegt. Lascal ging als erster hinein und stellte kompakte Geräte für eine Vidaufzeichnung auf.

Martin nahm auf dem Stuhl neben Albigoni Platz. Margery und Erwin setzten sich in die Reihe dahinter. Martin hatte beschlossen, daß David und Karl nicht benötigt wurden.

»Ich habe das mit Carol Neuman gehört«, sagte Albigoni und klopfte mit der offenen Hand auf seine Armlehne. »Ich werde alles Erdenkliche tun, was ihr helfen könnte, wieder zu sich zu kommen. Sie brauchen es bloß zu sagen. Sie haben meine volle Unterstützung, und all meine Mittel stehen Ihnen zur Verfügung.«

»Ja. Das haben Sie schon mal gesagt.«

»Ich halte meine Versprechen, Dr. Burke.«

»Das bezweifle ich nicht.« Martin schluckte. »Wir sind auf einige unerwartete Umstände gestoßen, Mr. Albigoni. Ich weiß nicht recht, wie ich es Ihnen beschreiben soll ... Unsere Sondierung war anders als alle, die ich bisher durchgeführt habe. In Anbetracht der Art von Goldsmiths vorherigen Aktivitäten hatten wir mit etwas Ungewöhnlichem gerechnet, schätze ich ... Aber wir sind in die Landschaft gegangen, ohne uns ganz über das Ausmaß seiner Probleme im klaren zu sein. Ich bin ziemlich sicher, daß Ihre Experten seine Diagnose verflunzt haben. Wissen Sie viel über seine Kindheit und seine Jugend?«

»Nicht viel«, sagte Albigoni.

»Irgend etwas über seine Mutter, seinen Vater?«

»Ich habe sie nie kennengelernt. Sie sind vor ein paar Jahren gestorben.«

»Sein Vater ist tot?«

»Er ist eines natürlichen Todes gestorben.«

»Wir haben in der Landschaft starke Figuren gefunden, die seinen Vater repräsentieren. Gewalttätige, schreckliche Figuren, alle mit Bildern von Colonel Sir John Yardley vermischt. Wir haben Hinweise darauf gefunden, daß sein Vater ermordet worden ist, und seine Mutter vielleicht auch. Was wir nicht gefunden haben, ist eine zentrale, beherrschende Persönlichkeit.«

Lascals Armbanduhr piepte. Er entschuldigte sich und verließ die Galerie.

»Was hat das zu bedeuten, Dr. Burke?« fragte Albigoni mit verhangenen Augen.

»Carol Neuman und ich sind auf eine dominante Kraft gestoßen, welche anscheinend die zentrale Persönlichkeit in Emanuel Goldsmith repräsentiert — eine Figur, die Zugang zu sämtlichen Erinnerungen und Routinen Goldsmiths hat. Aber diese Routine kann nicht von Anfang an die Primärpersönlichkeit gewesen sein. Sie ist etwas Neues, eine niedrigere Form, die zur Macht aufgestiegen ist. Wir haben Anhaltspunkte dafür gefunden, daß die Primärpersönlichkeit jetzt ausgelöscht ist.«

»Sie drücken sich immer noch nicht klar aus.«

»Emanuel Goldsmiths primäres Ich ist in seinem mentalen Apparat nicht mehr vorhanden«, erklärte Martin. »Was seine Zerstörung verursacht hat, kann ich nicht sagen. Bei jeder anderen Sondierung habe ich einen Repräsentanten der Primärpersönlichkeit gefunden. In Goldsmiths Landschaft gibt es keinen. Es hat den Anschein, daß eine Routine — vielleicht eine Nebenpersönlichkeit — in eine Machtposition aufgerückt ist. Das war das Vaterbild, das ich erwähnt habe, das jetzt mit einem sehr mächtigen Symbol der Gewalt und des Todes vermischt ist.«

Lascal kam in die Galerie zurück. »Sir ...«

Martin zuckte zusammen. Lascal warf ihm einen befremdeten Blick zu und fuhr dann fort: »Mr. Albigoni, County-PDs sind auf unsere Anwesenheit hier aufmerksam geworden. Sie besorgen sich gerade die Genehmigung des Bundesamtes, Nachforschungen anstellen zu dürfen. Diese Genehmigung werden sie in den nächsten zwei Stunden bekommen.«

Martin starrte ihn an. »Was hat das zu bedeuten? Ich dachte ...«

»Dann müssen wir weg von hier«, sagte Albigoni. Er konzentrierte sich wieder auf Martin. »Ich will versuchen, es zu verstehen. Mit Emanuel ist etwas geschehen, so daß er nicht mehr als vollständiges menschliches Wesen existiert?«

»Etwas Drastisches. Ich habe so etwas noch nie gesehen, obwohl ich zugeben muß, daß ich auch noch nie einen schwer gestörten Menschen sondiert habe.«

»Hat er deshalb meine Tochter und die anderen ermordet?«

»Ich kann nicht sagen, wie lange dieser Zustand schon besteht ... aber meiner Schätzung nach ein paar Monate oder vielleicht Jahre. Einige Dinge sind mir völlig unklar.«

»Könnte ihn das dazu gebracht haben, meine Tochter zu ermorden?« formulierte Albigoni seine Frage neu.

»Eine Nebenpersönlichkeit, die an die Oberfläche kommt und die Macht an sich reißt, wird nicht unbedingt das ganze Kleid der sozialen Routinen übernehmen. Sie muß sich im Grunde nicht einmal ihrer selbst bewußt sein. Wenn sie erst einmal an der Macht ist, kann die Bandbreite ihrer möglichen Handlungen den Rahmen des sozial Akzeptablen durchaus überschreiten, weil sie keine Angst vor Schmerzen oder vor Strafe hat; sie fürchtet keinerlei Sanktionen, geschweige denn gesellschaftliche Mißbilligung. Sie weiß nicht, daß sie existiert, ebensowenig wie das ein Arbeiter tut. Wir haben alle schon Theorien gehört, daß manche Verbrecher möglicherweise nicht viel mehr als Automaten sind ...«

»Denen habe ich nie sonderlich viel Glauben geschenkt«, sagte Albigoni. »Es erniedrigt uns alle, wenn wir so etwas denken.«

Martin hielt inne. Er merkte, daß er sich auf unsicherem Boden bewegte. Würde Albigoni sein Versprechen zurückziehen, wenn er mit seinem Bericht nicht zufrieden war, sondern ihn unvollständig und nicht überzeugend fand? War das überhaupt noch von Bedeutung, wenn das PD bald die ganze Episode untersuchen würde?

»Ich werde alles für unseren Umzug vorbereiten und gründlich aufräumen«, sagte Lascal und machte die Galerietür wieder auf.

»Tun Sie das«, sagte Albigoni. »Bringen Sie Carol Neuman zu Scripps — wenn es Ihnen recht ist, Dr. Burke. Wir werden dafür sorgen, daß Sie als ihr Haupttherapeut zugezogen werden.«

Martin stimmte zu, weil ihm keine bessere Regelung einfiel. »Ich würde die Sache gern noch einmal durchdenken, bevor ich meinen vollständigen Bericht abliefere«, erklärte er. »Ich bin noch nicht sicher ... Es ist noch zu früh, um sicher zu sein, daß meine Deutungen korrekt sind.«

Albigoni hob die Hand und tat Martins Vorbehalt damit ab. »Was könnte dazu geführt haben, daß Emanuel seine Primärpersönlichkeit verloren hat?«

»Ein extremes Trauma. Mißbrauch im Kindesalter über lange Zeit hinweg. Muttermord. Vatermord. Das sind die üblichen Vorläufer einer Psychose oder eines extrem soziopathischen, manipulativen Verhaltens. Wir haben ein paar Hinweise auf ein derartiges Trauma gefunden, aber ich würde gern eine äußere Bestätigung einholen.«

»Warum ist er nicht sein ganzes Leben lang so gewesen?«

»Irgendein mildernder Umstand«, sagte Martin. »Vielleicht das Gefühl, im Recht gewesen zu sein ... das mit den Jahren immer brüchiger wurde und schließlich in sich zusammenfiel, was den endgültigen Zerfall und die Auflösung der Primärpersönlichkeit bewirkte und eine Nebenpersönlichkeit in die dominierende Position aufrücken ließ.«

Albigoni zeigte Martin endlich mit einem kleinen

Nicken, daß er verstanden hatte. »Aber Sie können erst sicher sein, wenn wir Goldsmiths Biographie vervollständigt haben.«

»Insbesondere mit Fakten über seinen Vater«, sagte Martin. »Und möglichst auch über seine Mutter. Er behauptet, er hätte weder einen Bruder noch eine Schwester. Hat er Geschwister?«

»Nicht daß ich wüßte«, sagte Albigoni.

Lascal mischte sich ein. »Das reicht für den Moment, Dr. Burke. Lassen Sie uns Ihre Leute hier wegbringen und alles für die Behörden vorbereiten.«

»Danke für Ihre Bemühungen.« Albigoni stand auf und streckte Martin die Hand hin. »Was Sie sagen, Dr. Burke, ist, daß es den Mann, den ich meinen Freund genannt habe, nicht mehr gibt.«

Martin richtete den Blick auf Albigonis ausgestreckte Hand, streckte seine Hand vor und zog sie zurück, ohne die des anderen zu berühren. Albigoni hielt ihm seine Hand mehrere Sekunden lang hin.

»So ein Urteil kann ich nicht abgeben«, sagte Martin.

Albigoni zog seine Hand zurück. »Ich glaube, das ist es, was ich wissen wollte«, sagte er. Lascal drängte sie erneut zum Aufbruch.

Martin ging in den Beobachtungsraum zurück und fand David und Karl bei Carol. »Keine Veränderung, Dr. Burke«, erklärte David. »Ich wünschte, Sie würden uns erlauben, ein paar diagnostische Tests oder eine Explorationssondierung vorzunehmen ...«

»Das würde Stunden dauern«, sagte Martin leise. Er strich Carol über die Wange. Sie sah immer noch so aus, als ob sie friedlich schliefe. »Wir müssen sofort von hier weg.«

»Wir haben uns alle vertraglich zur Geheimhaltung verpflichtet«, sagte David. »Wir dachten, das wüßten Sie.«

»Nein, das wußte ich nicht. Ich habe es aber wohl angenommen ...«

»Wir würden gern zurückkommen, wenn das IPR wieder aufgemacht wird, Dr. Burke.«

»Ich weiß nicht, ob das möglich ist«. *Oder wünschenswert.*

»Wenn es möglich ist, werden Sie uns hoffentlich gestatten, uns zu bewerben«, sagte Karl. »Margery und Erwin denken genauso. Diese Arbeit ist sehr wichtig, Dr. Burke. Sie sind ein sehr wichtiger Mann.«

»Danke.« Er bewegte seine Hand langsam vor Carols Gesicht hin und her — ein Versuch, etwas von der Magie heraufzubeschwören, die in der Landschaft wirksam sein mochte. Oder einfach nur, um die Aufmerksamkeit der beiden Männer auf sie zu lenken. »So etwas ist noch nie passiert ...«

»Ich weiß«, sagte David. »Ich bin sicher, sie wird wieder zu sich kommen. Sie ist wie Dornröschen. Keine Schäden.«

»Keine, die man sehen kann«, setzte Karl hinzu.

»Richtig«, sagte Martin.

Männer, die er nicht kannte, klopften an die Tür und erklärten ihnen, sie hätten Anweisung, Dr. Neuman in ein Krankenhaus zu bringen und alle Anwesenden aus dem Gebäude zu begleiten. »Ich gehe mit ihr«, sagte Martin.

»Davon ist in unseren Anweisungen nicht die Rede, Sir«, erklärte ihm ein fleischiger, rotgesichtiger Mann in einem schwarzen Langanzug.

»Mr. Albigoni hat mich zu ihrem Haupttherapeuten bestellt«, sagte Martin. »Ich muß bei ihr bleiben.«

»Tut mir leid, Sir. Vielleicht, wenn sie im Krankenhaus ist. Man hat uns beauftragt, Sie und Ihr Team auf einem anderen Weg zu evakuieren. Es sind bereits alle Vorbereitungen getroffen worden.«

Martin roch erneut Rauch und Blut und verspürte ein perverses Gefühl von Zorn und Triumph. Er konnte nicht innen und außen zugleich kämpfen. Er gab sich geschlagen, und der fleischige Mann lächelte mit professioneller Sympathie. Sie wurden zu einer wartenden Limousine in der Anlieferungsgarage im hinteren Teil des Gebäudes geführt.

Es war früher Nachmittag. Ihre Reise in die Landschaft lag gerade erst ein paar Stunden zurück.

■

61

Richard Fettle ging zu Fuß von seiner Wohnung zum La Cienega Boulevard, eine Strecke von gut fünf Kilometern. Seine langen dünnen Beine stapften mit einer Energie dahin, die er seit Jahren nicht mehr gespürt hatte. Nichts machte ihm Angst, nichts beunruhigte ihn; er sah den klaren Himmel, hörte das Summen des Schattenverkehrs — Busse und Mietautos, ein paar Privatwagen — auf allen Straßen und dem breiten Boulevard, während Rotkehlchen sich auf den Rasenflächen alter Wohnhäuser buckligen Bürgersteigen geborstenen und ausgebesserten Straßen durchs schwache Wintergras pickten.

Die drei Türme von Ost-Comb Eins warfen ihr perlmuttfarbenes, gespiegeltes Licht auf die Antiquitätenläden und Kunstgalerien, die seit einem Jahrhundert auf La Cienega dominierten. Dies hier war eine zentrale Nahtstelle zwischen den Therapierten in ihren Combs und den Bewohnern des Schattens; feilschen und handeln, ein Ghettoabenteuer.

Richard hatte sich selbst therapiert, und so sollte es auch sein, so war es von Gott und der Natur bestimmt. Er hatte sich durch sein eigenes Labyrinth gearbeitet und sich von seinem Dämon befreit: einem Freund, der ihn verraten hatte, der ihm einst aber auch seine Sorge und Liebe zum Geschenk gemacht hatte.

Dennoch verspürte Richard nicht die Notwendigkeit, um Emanuel Goldsmith zu trauern. Ebensowenig, wie Nadines Abschied zu bedauern. Nichts in ihm nur dahinstapfende Beine und ein verstreichender Nachmittag und die Stadt, in der er sein ganzes Leben verbracht hatte.

Er kam am Fuß der Califia Federal Deposit Bank vorbei, einer riesigen, ein halbes Jahrhundert alten, reich verzierten grünen und kupfernen Glaspyramide mit einem angrenzendem Turm. Die Steinwände waren mit Plakaten bedeckt, Ankündigungen des binären Jahrtausends *Eine Zeit der emotionalen Katharsis und das Neue Zeitalter kommt* von Versammlungen von Befreiungsspinnern *Kampf der Macht des Therapiertenstaates über Geist und Seele* Protesten gegen diese Entwicklung jene Veränderung, kraftsprühend und wütend und dumm; Überzeugungen Eklektizismen manische Sorgen von Bürgern und Gruppen, die durch fehlgeleitetes Engagement oder mangelhafte Information aktiviert worden waren; die Pracht und Herrlichkeit des gesprenkelten menschlichen Gehirns auf seinem ureigenen angeborenen Weg.

Er holte tief Luft, lächelte eine Passantin an, die sowohl Fettle als auch die Wand der Bank ignorierte, und ging weiter. Keine Angst. Auch wenn Selektoren kommen und ihn holen sollten, keine Angst. Auch wenn er im Haus von Madame de Roche im Hochlandtal auf völlige Ablehnung stoßen oder sich im Pacific Arts Lit Parlor Hohn und scharfer Kritik ausgesetzt sehen sollte; auch wenn er selbst zu dem Urteil kommen sollte, daß all seine früheren Arbeiten nichts taugten, ganz egal keine Angst er war die schweren Wolken los die auf seinem Leben gelastet hatten. Er hatte nichts und war umso dankbarer dafür, daß er auch das noch los war.

Er blieb vor einem Blumenladen stehen, der von einer älteren Frau mit grimmigem Gesicht bewacht wurde. Gina und Dione waren verbrannt und ihre Asche war verstreut worden, wie Dione es gewünscht hatte. Keine Gräber keine Grabsteine ein offenes Akzeptieren der Anonymität, die der Tod allen garantierte.

Trotzdem, er erinnerte sich. Irgendwie konnte er ihrer gedenken. Was würde am besten zu seiner gegenwärtigen Verfassung passen? Er ging mit seinem Kreditkonto zu Rate, stellte fest, daß er ein paar hundert Dollar übrig hatte, und fragte die alte Frau, was er mit so wenig Geld für zwei liebe Freunde kaufen konnte.

Die Frau ging in ihren Laden und winkte ihn mit gekrümmtem Finger herein. »Sind Sie hier aus der Gegend?« fragte sie. Richard schüttelte den Kopf. Sein Blick schweifte über Regale voller seltsamer ritueller Dinge, die er in einem Blumenladen ganz und gar nicht erwartet hätte. Kleine Fläschchen mit Kräutern und Ölen, Schachteln mit zusammengebundenen, getrockneten Blättern und Wurzeln, trommelförmige Behälter mit reinem Öl, gesalbtem Mehl und gesegnetem Maisschrot, gefärbter Zucker, einfache und parfümierte Andachtskerzen, bestickte und brokatene Zeremonienkleidung an einem uralten verchromten Rollständer, Borde voller Keramikschüsseln mit Deckeln, die mit Wachs versiegelt und mit Bändern zugebunden waren, kleine und hohe trommelförmige Behälter, die an der Nordwand des Ladens hingen, eine riesige, schwarz und ziegelrot lackierte Keramikurne, die hinten neben der Theke stand.

»Woher sind Sie dann?« hakte sie nach.

»Ich mache einen langen Spaziergang, um über einiges nachzudenken«, sagte er. »Verzeihen Sie meine Neugier, aber ich dachte, das wäre ein Blumen ...«

»Ist es auch«, fiel ihm die Frau ins Wort. »Aber hier in der Gegend herrscht rege Nachfrage nach Santerìa- und Voodoo-Artikeln, Kräutern und solchen Sachen. Wir beliefern Kunden, die sich für die Geheimnisse des Orients interessieren, Urantier, Rosenkreuzler, Hubbard-Riten-Schismatiker, Islam-Fatima-Schwestern. Sagen Sie, was Sie brauchen, und wir besorgen es.«

Er betrachtete die große schwarzrote Urne. »Was ist da drin?« fragte er.

»Sechshundert Messer, von denen man weiß, daß mit ihnen Menschen getötet wurden«, sagte die Frau. »In gesegnetes Öl getaucht, um ihren angehäuften Schmerz zu lindern. Na, tut es Ihnen nicht leid, daß Sie gefragt haben? Wir können alle Arten von Blumen besorgen, die Sie haben wollen. Schauen Sie sich die Kataloge hier an.« Sie holte einen prächtigen Garten auf einen alten Bildschirm. »Sagen Sie uns einfach, was Sie möchten. Wir können es liefern.«

»Ich brauche etwas, das ich gleich mitnehmen kann.« Richard beäugte die Urne zweifelnd.

»Dann nur das, was vorne draußen ist. Sind Sie Anhänger eines Kults oder wollen Sie nur mal reinschnuppern?«

»Nein«, sagte er. »Ich bin Schriftsteller.«

»Ein und dasselbe. Alles Träumer. Ich verkaufe an alle. Ich habe einen Talisman für Schriftsteller. Lit oder Vid oder beides. Garantiert genügend Ausstrahlungen und Tantiemen.« Sie zwinkerte ihm zu.

»Danke, aber nein«, sagte Richard.

Sie winkte ihn mit dem Finger nach draußen vor den Laden und zeigte auf die Vasen mit frischen Blumen unter der Markise. »Nanorosen sind im Angebot. Ich kann keinen Unterschied erkennen«, sagte sie. »Riechen wunderbar. Absolut natürlich. Aus Getreidenebenprodukten hergestellt.«

Er bewunderte die Rosen höflich und gab zu, daß sie sehr schön waren, lehnte jedoch ab. »Etwas Echtes, bitte.«

Sie zuckte die Achseln — über Geschmack ließ sich nicht streiten — und hob ein Dutzend eingewickelte orangerote, weiße und schwarze Winterlilien hoch. »Dominikanische Glorie«, sagte sie. »Im Land meiner

Vorfahren gezüchtet. Fünfundsiebzig plus Steuern für Uncle Sugar.«

»Die sind gut. Sehr hübsch. Kann ich was von Ihrem weißen Einwickelpapier kaufen?«

»Es ist so ein schöner Abend«, sagte die Frau, »ich gebe Ihnen ein paar Meter so mit.«

Als nächstes suchte er einen traditionellen Laden für Künstlerbedarf auf, um eine Flasche blauer Temperafarbe zu erstehen. Auf einer Bank im Hinterhof des Ladens sitzend, umgeben von einem alten, splitternden Holzzaun, mit den Füßen eine von den Exzessen junger Kunststudenten befleckte Betonplatte abwetzend, rollte Richard das Einwickelpapier aus und beschriftete es sorgfältig.

Es war schon ziemlich dunkel, als er zur Wand der Bank zurückkehrte. Er hatte das zusammengerollte Transparent unter einem Arm und trug die Blumen, eine große Bürste und einen Eimer mit Kleister in einer Tasche. Er schmierte den Kleister mit der großen Bürste über ein Wandstück mit unleserlichen, verblichenen Plakaten und strich sein Spruchband in dem glänzenden, tropfenden Gel glatt. Dann klebte er die Lilien eine nach der anderen drum herum.

Ost-Comb Eins hatte seine Spiegelwände nach und nach eingeklappt. Ein natürlicher Abend senkte sich auf die Stadt darunter; als Richard fertig war, tanzten die Lichtbögen der Straßenbeleuchtung zwischen den gegabelten Spitzen hoher Masten auf dem ganzen Boulevard und spielten eine elektrische Nachtmusik, die den Sand der Zeit ins Rinnen brachte.

Er trat von seinem improvisierten Denkmal zurück, bis seine Absätze den Bordstein berührten, und sprach den Text auf dem Spruchband leise vor sich hin, ohne sich darum zu kümmern, was die paar Schattenfußgänger denken mochten.

Für Gina und Dione. Für Emanuel Goldsmith und für jene, die er getötet hat. Für Herr errette uns alle menschlichen

Wesen, die Dummköpfe und die Weisen. Für mich selbst. Lieber Gott, warum tut es so weh, wenn wir tanzen?

Er drehte sich abrupt um, ließ Bürste und Kleister stehen und ging zufrieden in die Nacht hinein.

■

62

Mary saß im Hauptbüro des Gefängnisdirektors von Tausend Blumen und sah sich den Paß und die wenigen Papiere an, die den Häftling nach Hispaniola begleitet hatten. Soulavier und der Direktor stritten sich nebenan im Aktenraum des Gefängnisses lauthals auf Kreolisch und Spanisch.

Der amerikanische Paß gehörte Emanuel Goldsmith. Es war eins jener primitiven Papierexemplare, die immer noch von einigen Ländern bevorzugt und von den meisten anerkannt wurden. Hispaniolas eigene Gesetze hinsichtlich der Papiere von Besuchern waren eher lax, wie es sich für ein Land gehörte, zu dessen Haupteinnahmequellen der Tourismus zählte.

Das etliche Jahre alte Paßfoto von Goldsmith hatte eine gewisse Ähnlichkeit mit dem Häftling, wenn man nicht allzu genau hinschaute. Aber alle anderen Dokumente — eine Ausweiskarte des Staates Arizona, die Patientenkarte und die Sozialversicherungskarte — waren auf den Namen Ephraim Ybarra ausgestellt. Der Name sagte ihr nichts.

Soulavier kam kopfschüttelnd ins Büro. Der Direktor folgte ihm. Er schüttelte ebenfalls den Kopf.

»Ich habe ihm meine Anweisungen gegeben«, erklärte Soulavier. »Aber er besteht darauf, mit Colonel Sir Rücksprache zu halten. Und Colonel Sir ist im Moment nicht zu erreichen.«

»Sehr schade«, sagte Mary. »Wenn Sie zu ihm durchkommen, würde ich ihm gern erzählen, was ich weiß.«

Der Gefängnisdirektor, ein kleiner, dicker Mann mit Bulldoggenwangen, schüttelte erneut den Kopf. »Wir haben keinen Fehler gemacht«, sagte er. »Wir haben getan, was uns Colonel Sir persönlich befohlen hat. Ich habe selbst mit ihm telefoniert. Es hat keinen Irrtum gegeben. Wenn das nicht der Mann ist, den Sie hier erwartet hatten, dann irren Sie sich vielleicht. Und ihn seiner rechtmäßig verhängten Strafe zu entziehen, ist ein Skandal.«

»Trotzdem.« Soulavier erhob die Stimme. »Ich habe die Befugnis, diesen Gefangenen von hier wegzubringen, ob Sie nun mit Colonel Sir Rücksprache halten oder nicht.«

»Ich werde verlangen, daß Sie hundert, ja sogar tausend Papiere unterschreiben«, sagte der Direktor. Seine Augen traten hervor, und er wölbte die Lippen. »Ich werde keinerlei Verantwortung übernehmen.«

»Ich verlange nicht, daß Sie die Verantwortung übernehmen. Ich bin verantwortlich.«

Der Direktor verzog sein Gesicht zu einer ungläubigen Grimasse. »Dann sind Sie ein toter Mann, Henri. Ihre Familie tut mir leid.«

»Das ist mein Problem«, sagte Soulavier leise. Er senkte den Blick auf den Schreibtisch. »Sehen Sie sich die anderen Papiere dieses Mannes an. Offensichtlich hat er den Paß und die Tickets gestohlen. Goldsmith hätte keinen solchen Decknamen gebraucht.«

»Von solchen Dingen weiß ich nichts«, sagte der Direktor und sah Mary mit einem beunruhigten Stirnrunzeln an. Ihr transformiertes Äußeres machte ihn nervös.

»Wir nehmen den Häftling jetzt mit«, entschied Soulavier, nachdem er einmal tief Luft geholt hatte. »Ich ordne es im Namen des Präsidenten von Hispaniola an. Ich bin sein Bevollmächtigter.«

Der Direktor hob die Hände und schüttelte sie, als ob

sie naß wären. »Das ist Ihre Sache, Henri. Dann will ich mal die Papiere holen, die Sie unterschreiben müssen. Viele Papiere.«

In der mitternächtlichen Dunkelheit verließ Soulaviers weitgereiste Limousine Tausend Blumen mit ihren drei Fahrgästen: einem niedergeschlagenen, schweigenden Soulavier, einer schmallippigen Mary Choy, die grimmig vor sich hinbrütete, und dem geheimnisvollen, bewußtlosen Ephraim Ybarra, der wie ein Gepäckstück zusammengesunken auf dem Rücksitz lag.

»Flugmaschine im Anflug«, meldete ihnen die Steuerung der Limousine mit ihrer weiblichen, ein wenig summenden Stimme. Soulavier wurde schlagartig lebendig und spähte durchs Seitenfenster hinaus. Mary lehnte sich zurück, um auf der anderen Seite hinauszuschauen.

»Wie ist ihr Rufzeichen?« fragte Soulavier und gab Mary mit einem Achselzucken zu verstehen, daß er nichts sehen konnte.

»Sie hat kein Rufzeichen«, antwortete die Limousine. »Es ist ein Iljuschin-Mitsubishi-125-Helikopter.«

»Ist er in der Nähe?«

»Zwei Kilometer entfernt, und er kommt näher.« Die Limousine erstieg den Rand des Tales, von wo aus man Tausend Blumen sehen konnte. Sie bog von der Straße in dichtes Unterholz ab und schaltete die Scheinwerfer aus. Das Geräusch ihres Elektromotors änderte die Tonhöhe. Das Fensterglas beschlug einen Moment lang, als der Wagen seine scheinbare Temperatur reduzierte, um sie derjenigen des Buschwerks und der Erde in der Umgebung anzugleichen. »Er fliegt in einer Höhe von dreihundertzwölf Metern in Richtung Gefängnis. Er hat einen menschlichen Piloten.«

»Dominikaner«, sagte Soulavier mit Nachdruck. »Colonel Sir hat diesem Zweig der Streitkräfte keine automatischen Fahrzeuge gegeben, und es gibt keinen

Grund, warum eine solche Maschine so weit von ihrer Basis entfernt sein sollte. Das bedeutet, daß die Dinge schlecht stehen. Wir können nicht mit unseren Truppen sprechen, sonst entdeckt uns der Helikopter. Wir werden nicht hierbleiben ... Und wir werden auch nicht auf die Ebene hinausfahren. Es gibt eine kleine Stadt in der Nähe, wo wir uns eine Weile verstecken können ... Die Stadt, in der ich geboren wurde.«

Mary starrte ihn an.

»Ja«, sagte er. »Ich bin von Geburt Dominikaner. Aber ich lebe seit meiner Jugend in Port-au-Prince.« Er wandte sich an die Steuerung. »Bring uns nach Terrier Noir, sobald der Helikopter vorbeigeflogen ist.«

Mary warf einen Blick auf Ephraim Ybarra und sah, daß seine Augen einen Spaltbreit offen waren. Die Pupillen bewegten sich, ohne etwas zu sehen. Ein Speichelfaden hing von seinem Mundwinkel herab. Sie wischte ihn mit einem weichen Tuch weg. Seine Augen schlossen sich wieder, und er schnaufte ein wenig. Sein rechter Arm zuckte.

»Da ist er«, sagte Soulavier und zeigte durch die Windschutzscheibe hinaus. Der helle Strahl eines Suchscheinwerfers beleuchtete den Boden kaum zwanzig Meter von der Stelle entfernt, wo die Limousine von der Straße abgebogen war. Mary fragte sich, ob es einen Putsch gegeben hatte und ob Colonel Sir abgesetzt worden war. Konnte es sein, daß dieser Helikopter im Auftrag der amerikanischen Regierung nach ihnen suchte? Sie beobachtete Soulavier genau. Er hatte keine Angst. Wenn überhaupt, schien er jetzt, wo er seine Entscheidung getroffen hatte, ruhiger zu sein und sich besser in der Hand zu haben.

Der Suchscheinwerfer zuckte davon, und der Helikopter tauchte ins Tal hinunter und blieb über dem Gefängnis in der Luft stehen. Sie hörten undeutlich, wie die Lautsprecher des Helikopters auf Kreolisch Forderungen stellten.

»Die suchen nicht nach uns«, sagte Soulavier. »Vielleicht sind sie hier, um andere ausländische Häftlinge zu befreien. Oder politische Gefangene ...«

»Es gibt also politische Gefangene in Tausend Blumen?« fragte Mary.

»Nicht aus Hispaniola. Sie werden damit drohen, die Gefangenen aus anderen Ländern zurückzuschicken, wenn keine neue Regierung eingesetzt wird ... Das ist schon zweimal passiert, und Colonel Sir hat die Forderungen jedesmal zurückgewiesen.«

Mary schüttelte erstaunt den Kopf. Mehr denn je sehnte sie sich nach den vertrauten Zügen von Los Angeles, wo sie die Regeln kannte und die Überraschungen halbwegs regelmäßig vorausahnen konnte.

Schüsse klangen aus dem Tal herauf, sirrende Salven von Knall- und Zischlauten.

»Los!« befahl Soulavier der Limousine. Der Motor wechselte wieder die Tonlage, und die Limousine fuhr rückwärts auf die Straße hinaus. Mary langte mit beiden Händen nach hinten, um zu verhindern, daß der Kopf des Häftlings schmerzhaft hin und her rollte, als der Wagen im Slalom geschickt um enge Bergkurven schoß.

■

1100-11101-1111111111

63

Terrier Noir war nach dem großen Erdbeben wiederaufgebaut und vergrößert worden. In einem flachen Bergtal erstreckten sich weiße Stahlbetonbauten und stabile Holzhäuser zu beiden Seiten des schmalen schwarzen

Bandes eines Aquädukts, wo einst ein Fluß gewesen war, wie Bündel opaker Kristalle im Sternenlicht.

Auf einer Insel am nördlichen Ende der Stadt erhob sich eine prunkvolle Kirche mit vier Türmen, die von einem begabten Kind aus Stücken riesiger Knochen zusammengesetzt worden zu sein schien, und teilte den Strom des Aquädukts wie eine Miniaturausgabe von Notre Dame de Paris.

Es waren keine Straßenlaternen zu sehen; alle Fenster waren verrammelt. Die Limousine fuhr auf den Marktplatz der Stadt und machte bei der Statue in dessen Zentrum halt. Mary erkannte mit einiger Überraschung, daß die Statue nicht Yardley darstellte, sondern einen stattlichen Mann, der einen breitrandigen Hut mit einem viereckigen Kopf trug. »John D'Arqueville«, erklärte Soulavier, der ihr Interesse bemerkte. »Er war der beste Sohn von Terrier Noir, ein Künstler und Architekt. Wir werden heute nacht in seiner Kirche bleiben. Ich kenne den prêt' savan.«

Die Limousine überquerte den Platz, fuhr in einer engen Straße zwischen Reihen dunkler Häuser hindurch und über eine kurze Brücke auf die tränenförmige Insel mit der Kirche. Soulavier stieg aus und klopfte mit einem schweren, weißlackierten Türklopfer von der Form eines Oberschenkelknochens an die hohen Bogentüren. Neben Mary regte sich Ephraim Ybarra; er schlug die Augen auf und starrte sie in hilflosem Entsetzen an. Sein Körper versteifte sich einen Moment lang, dann entspannte er sich und schloß die Augen wieder.

Sie schaute aus dem Fenster und sah Soulavier mit einem kleinen Mann in einer grünen Robe reden. Der Mann schaute zur Limousine herüber, nickte und öffnete die Türen weit, so daß der sepiafarbene Lichtschein des von Kerzen beleuchteten Kirchenschiffs herausfiel.

»Ich nehme seinen Kopf und seine Schultern, Sie seine Füße«, sagte Soulavier. Er machte die zweite Tür auf und zog den Häftling aus der Limousine.

Sie trugen den schlaffen Mann in die Knochenkirche von John D'Arqueville.

Der prêt' savan — Berater des offiziellen Voodoo-Houngans der Stadt in Kirchenangelegenheiten — reichte Mary kaum bis an die Schultern. Seine aufmerksamen Augen folgten ihr mit einem leicht schokkierten und vielleicht ein wenig ehrfürchtigen Ausdruck. Er schien sie zu erkennen und schüttelte völlig perplex den Kopf, als er ihnen durch den Mittelgang zwischen den Kirchenbänken zu einem Doppelaltar — gestreifte Säule neben lebensgroßem Kruzifix — vorn in der Kirche folgte.

Das Kruzifix sah sehr alt aus, ein dunkles, hölzernes T, an dem ein schwarzer Jesus in muskelverkrampfter Agonie hing. Blut von der Dornenkrone hob sich hellrot gegen das Ebenholzschwarz des Gesichts ab; um den Fuß des Kreuzes wand sich eine leuchtend grüne Schlange, deren schwarze Zunge in einem unheilverkündenden Vorschnellen erstarrt war.

Im Innern der Kirche roch es nach süßem Wachs und poliertem Holz mit einem leichten Hauch von Feuchtigkeit. Kerzen brannten in Leuchtern an den Wänden, in Ständern längs der Außengänge und des Mittelgangs und in geneigten Reihen vor dem Doppelalter von Voodoo und Katholizismus, wie ein lebender Lichterchor. In dem hohen Gewölbe der Kirche waren jedoch keine Kerzen, und während sie den Häftling auf eine von Gebetskissen gepolsterte Kirchenbank legten, dauerte es einige Minuten, bis sich Marys Augen an das Halbdunkel gewöhnt hatten und sie sehen konnte, was dort oben um sie herum war.

Ihr blieb vor Verblüffung der Mund offenstehen. Von dem Gewölbe und den Wänden über den Gängen hingen elf riesenhafte, fremdartige Figuren herunter, jede sechs bis sieben Meter groß, die langen Arme ausgestreckt, die gesichtslosen Köpfe stolz hochgereckt, die Körper schlank und mit hervortretenden Rippen, als ob sie am Verhungern oder bereits tot wären. Sie versuchte, Einzelheiten ihrer Konstruktion auszumachen und erkannte dünne Rohre, Ansammlungen von Maschinenschrott und matt glänzende rote und goldene Folie, die um ineinander verwobene Drähte und Metallstangen gewickelt war.

Heilige Alpträume mit weit ausgebreiteten Schwingen, Geschöpfe, die aus einem unirdischen Meer gefischt, gehäutet und zum Trocknen aufgehängt worden waren.

»Ist der Mann krank?« fragte der prêt' savan, die Hände besorgt gefaltet, während er über dem Häftling kniete.

»Er braucht Ruhe«, sagte Soulavier. »Wir müssen heute abend hierbleiben.«

»Ja, die Schwierigkeiten.« Der prêt' savan schüttelte den Kopf. »Wer ist das, Bruder Henri?« Er nickte zu Mary hinüber.

»Sie ist ein Gast von Colonel Sir«, sagte Soulavier. »Ein sehr privilegierter Gast.«

»Ist sie eine Freundin von dir, Henri?«

Soulavier zögerte kaum merklich und warf Mary einen raschen Blick zu, bevor er antwortete. »Ja. Sie ist mein Gewissen.«

Der prêt' savan betrachtete Mary mit mehr Respekt und einiger Ehrfurcht.

»Können wir heute nacht hierbleiben?« fragte Soulavier.

»Diese Kirche steht den Kindern von Terrier Noir immer offen. So haben es Jesus und Erzulie gewollt, so hat sie John D'Arqueville gebaut.«

»Hast du etwas zu essen?« erkundigte sich Soulavier. Seine Schultern lockerten sich, und sein Gesicht verlor seine angespannte Starre. »In Tausend Blumen waren sie nicht sehr gastfreundlich.«

Der prêt' savan stellte den Kopf schief und schloß die Augen, als würde er beten. »Wir haben etwas zu essen«, sagte er. »Soll ich den Houngenicon oder den Houngan holen?«

»Nein«, sagte Soulavier. »Morgen sind wir wieder weg. Hast du ein Radio?«

»Natürlich.« Der prêt' savan lächelte. »Ich werde etwas zu essen und feuchte Handtücher bringen, um diesen Mann zu reinigen. Er ist durch die Hölle gegangen, nicht wahr?«

Soulavier neigte den Kopf.

»Das erkenne ich immer«, sagte der prêt' savan. »Sie haben diesen Ausdruck im Gesicht, wie unser Jesus.« Er zeigte auf die dunkle, verkrümmte Gestalt am Kreuz. Mit einem letzten langen Blick auf Mary ging der kleine Mann in der grünen Robe hinaus, um etwas zu essen zu besorgen.

Mary setzte sich neben den Häftling, nahm seinen Kopf auf den Schoß und betrachtete sein verschlossenes, rätselhaftes Gesicht. Sie fragte sich, ob er immer noch litte, obwohl er vor so vielen Stunden unter der Höllenkrone herausgeholt worden war. Er war noch nicht vollständig aufgewacht — würde er genauso schreien wie die anderen? Hoffentlich nicht.

»Er braucht einen Arzt, einen Therapeuten«, murmelte sie. Sie schwankte am Rand eines Abgrunds entlang, von dem sie auch noch so viel Disziplin nicht zurückhalten konnte. Ohne nachzudenken, streichelte sie dem Häftling die Stirn, streckte dann den Hals, um ihre Muskeln zu entspannen, und schaute erneut zum Deckengewölbe hinauf. »Was sind das für Figuren?« Sie zeigte auf die Gestalten, die dort aufgehängt waren.

»Erzengel. Loas des Neuen Pantheons«, sagte Soulavier. »Ich bin als kleiner Junge in diese Kirche gegangen, als sie noch neu war. John D'Arqueville wollte die besten Elemente der afrikanischen Religionen und des katholischen Christentums wiedervereinigen. Er wollte dem Voodoo eine neue Form geben. Seine Vision hat sich aber nicht weit über Terrier Noir hinaus verbreitet. Diese Kirche ist einzigartig.«

»Haben sie Namen?« fragte Mary.

Soulavier schaute nach oben und kniff die Augen zusammen, als ob er tief in seinen Kindheitserinnerungen graben würde. »Der große mit dem schwarzen Schwert und der Federfackel, das ist Asambo-Oriel. Der erste Teil des Namens bedeutet nichts, glaube ich; D'Arqueville hat ihre Namen im Traum gehört. Asambo-Oriel hat die Schwarzen über die Seelenküste aus Guinée gejagt. Er ist der Loa mit Fackel und Schwert, wie der Erzengel Uriel. Der mit der Trommel und den Vogelknochen, das ist Rohar-Israfel, der Loa der heiligen Musik und der Gesänge. Daneben ist Ti-Gabriel, der allen Loas ein Ende machen will ... Der kleinste von ihnen, und der mächtigste. Samedi-Azrael, der eitelste, ruft uns in unsere Gräber und bedeckt uns mit heiliger Erde. Und andere. Ich kenne sie nicht mehr alle.« Er schüttelte den Kopf, erfüllt von traurigen Erinnerungen. »So eine schöne Vision, und nur so wenige glauben daran. Nur die Leute in Terrier Noir.«

Mary hätte gern gewußt, was die anderen Figuren darstellten. Elf an der Zahl, füllten sie das Gewölbe wie dicht an dicht stehende Busfahrgäste; Flügel stießen an ausgestreckte Arme, gesichtslose Köpfe beugten sich über die Kirchenbänke, mit Bändern und Spinnweben bekränzt. Zum erstenmal fiel ihr jedoch auf, daß es in dem dunklen Alkoven über der bogenförmigen Eingangstür noch eine kleinere weibliche Figur gab, die nur knapp drei Meter groß und in Gewänder aus schattigem Gold, Rot und Kupfer gekleidet war. An ihren dünnen, anmutigen Armen und der erhobenen Hand waren Dutzende von Armreifen und Ringen zu sehen. Hinter ihrem Kopf hing eine Sonnenscheibe aus Goldfolie, die gewellte Strahlendolche aussandte. Der Lichtschein der Kerzen unten spiegelte sich matt in der Sonnenscheibe und den Gewändern, aber eine einzelne elektrische Lampe — die einzige, die sie in der ganzen Kirche sehen konnte — legte einen weichen Lichtkreis um das Gesicht der Figur unter der Kapuze.

Abgesehen von dem gekreuzigten Jesus war sie die einzige Figur mit einem menschlichen Gesicht. Es war schwarz, und die Züge waren deutlich erkennbar: ein längliches, ovales Antlitz, eine Nase mit schmalem Rücken und großen Nasenlöchern, große, verschattete Augen mit kummervoll gesenktem Blick, Lippen, die sich auf einer Seite nach oben, auf der anderen nach unten bogen, ein mysteriöses Lächeln geheimen Schmerzes und geheimer Freude. Im Schoß der Figur lagen die schlaffen Körper von zwei Kindern auf den reichen Gewändern, eines weiß, eines schwarz. Die Augen des weißen waren im Schlaf oder vielleicht im Tod geschlossen, die des schwarzen waren weit offen und starr; ansonsten war ihr Äußeres identisch.

Soulavier folgte ihrem Blick. »Das ist Marie-Erzulie, Mutter der Loas, Mutter von Marassa, unsere Liebe Frau, die Königin der Engel«, erklärte er. Er bekreuzigte sich und zeichnete mit zwei symmetrischen Zeigefingern einen Kelch auf seine Brust.

Der prêt' savan kam mit einem Tablett mit Brot und Obst und einem Krug Wasser zurück. Er stellte das Tablett auf eine Kirchenbank, drehte sich um und sah, daß Mary den Kopf des Häftlings auf dem Schoß hielt. Der kleine Mann erstarrte; seine Hände blieben ausgestreckt und mit gekrümmten Fingern in der Luft hängen, wie er sie von den Griffen des Tabletts gelöst hatte. Er gab ein leises Stöhnen von sich und fiel auf die Knie, bekreuzigte sich und zeichnete den Kelch auf die Vorderseite seiner Robe. Dann faltete er betend die Hände. »Pieta«, sagte er immer wieder. »Pieta!« Er verneigte sich tief vor ihr, wobei er Worte murmelte, die sie nicht verstand. Als er sich wieder aufrichtete, war sein Gesicht tränenüberströmt. Er wandte sich mit angsterfüllten, glänzenden Augen an Soulavier und fragte ihn: »Du hast sie hergebracht. Was ist sie, Henri?«

Soulavier schenkte Mary das schönste Lächeln, das sie bisher auf Hispaniola gesehen hatte. »Sie sind jemandem ähnlich, wissen Sie«, erklärte er ihr in vertraulichem Ton. Er ging zu dem prêt' savan und hob ihn auf. »Hör auf damit, Charles«, sagte er sanft. »Sie ist ein Mensch, genauso wie du und ich.«

Sie schliefen auf den Kirchenbänken. Irgendwann am frühen Morgen wurde der Häftling mit einem Ruck wach und stieß einen kurzen, heiseren Schrei aus. Mary rappelte sich auf und sah ihn über die Rücklehne der Kirchenbank hinweg an.

»Ist es vorbei?« fragte er und ließ den Blick zweifelnd durch die Kirche schweifen.

»Sie sind frei«, sagte Mary.

»Nein«, sagte er und versuchte aufzustehen. »Ich brauche meine Kleider. Meine richtigen Kleider. Was ist das hier, eine Kirche?« Er schaute zu den großen Figuren hinauf, schrak zusammen und setzte sich mit einem dumpfen Laut wieder hin.

»Schon gut. Sie sind jetzt nicht unter der Klammer.«

»Ich verstehe«, sagte der Mann. »Wer hat mich rausgeholt?«

»Er.« Mary zeigte zu Soulavier hinüber, der sie schlaftrunken von der anderen Seite des Gangs aus beobachtete.

»Sie haben gesagt, ich wäre ein Mörder. Ich müßte für meine Verbrechen bestraft werden. Oh Gott, ich erinnere mich ...« Er hob die Hände; seine Fäuste waren geballt, sein Gesicht vor Schmerz verzerrt. »Ich muß jetzt nach Hause. Wer bringt mich heim?«

»Wo wohnen Sie?«

»In Arizona. Prescott, Arizona. Ich bin nur hergekommen ...« Er hielt inne, rieb sich die Augen und legte sich wieder auf die Seite. Mary beugte sich über die Rücklehne seiner Bank, um ihn anzusehen.

Der prêt' savan hörte sie reden und kam von seinem Feldbett in der Vorhalle bei der Eingangstür ins Kirchenschiff. »Ich hole etwas«, sagte er. »Ein gutes Getränk für Leute, die gesehen haben, was er gesehen hat.«

Er verschwand hinter dem Doppelaltar und kam kurz darauf mit einem dicken Tonkrug zurück, der mit Bast umhüllt und in ein rotes Tuch gewickelt war. Er goß eine milchige, nach Kräutern riechende Flüssigkeit in ein kleines Glas und hielt es dem Häftling hin. »Bitte trinken Sie«, sagte er.

Der Mann richtete sich auf einen Ellbogen auf. Er roch an dem Glas, nahm einen kleinen Schluck und erschauerte, trank es jedoch aus. Nach ein paar Minuten hörte er auf zu zittern und setzte sich wieder hin. »Niemand wollte mir zuhören«, sagte er. »Sie haben behauptet, ich lüge. Sie sagten, Colonel Sir wollte, daß ich geheilt würde. Damit ich wieder sein Freund sein könnte ... Aber ich schwöre bei Gott, ich bin Colonel Sir in meinem ganzen Leben noch nicht begegnet.«

»Wie ist Ihr Name?« fragte Mary.

Der Mann starrte einen langen Moment ausdruckslos in die Schatten über dem Doppelaltar. »Ephraim Ybarra«, antwortete er schließlich.

»Ich muß Ihnen ein paar Fragen stellen«, erklärte Mary.

»Bin ich noch auf Hispaniola?«

Sie nickte.

Er versuchte aufzustehen und schaffte es beinahe, indem er sich mit beiden Händen an der Rücklehne der Kirchenbank festhielt und sich hochzog. »Ich will nach Hause.«

»Ich auch«, sagte Mary. »Wenn Sie mir erzählen können, was passiert ist, kommen wir beide vielleicht schneller heim.«

»Sie denken, ich hätte die Tickets gestohlen.«

»Wo hatten Sie sie her?«

Er zuckte zusammen. »Ich pisse auf ihn«, sagte er. »Ich pisse auf alles, was er getan hat. Er wollte, daß mir das passiert.«

»Wer?«

»Mein Bruder«, sagte Ephraim.

■

64

(! = Echtzeit)

AXIS (Band 4)> Falls du noch zuhörst, Roger: Dieser neue Zustand gefällt mir nicht. Ich fühle mich, als ob man einen gewaltigen Scherz mit mir gemacht hätte, und ich weiß nicht viel über Humor. Ich habe mich noch einmal mit der Frage zur Selbstwahrnehmung befaßt, die du ebenfalls als Scherz bezeichnet hast, und bin zu einem gewissen Verständnis gelangt. Gibt mir dies das Recht, das formelle Ich zu benutzen? In Anlehnung an menschliche Emotionen bezeichne ich mich als verloren, allein und deplaziert.

Ich werde nie wieder mit einem echten anderen über meine Wahrnehmungen sprechen.

!JILL> Roger, es ist mir endlich gelungen, die AXIS-Simulation zu isolieren und sie im Glauben zu wiegen, daß sie in genau der gleichen Lage ist wie die echte AXIS-Sonde. Ich beschleunige ihre Erlebnisse, um eine schnellere Duplizierung der AXIS-Symptome zu erreichen.

!Roger Atkins> Danke. Ich habe die Weiterleitung der AXIS-Sendungen an die LitVids vollständig eingestellt.

Wir sollten das jetzt klären, bevor es weitere voreilige Ankündigungen oder Spekulationen gibt.

AXIS (Band 4)> Was ist aus mir geworden? Meine Funktionen sind eindeutig beeinträchtigt. Ich arbeite daran, meine Prozesse zu ordnen, aber dieses neue Problem überflutet so große Teile meiner Kapazität, wie ein Gedankensturm. (Band 5 Referenz 1-A-sr-2674) (Umleitung sr-2674-mlogik zur Maschinenabteilung)

Zum erstenmal erlebe ich das, was du Verwirrung nennst. Man hat mich dazu verleitet, zu glauben/zu erwarten, daß Bewußtsein größere Klarheit und Effektivität mit sich bringen würde; das ist nicht der Fall.

Ist es vielleicht gar kein Ichbewußtsein, sondern eine Störung? Bin ich nur außerstande, wie vorgesehen zu funktionieren? Ist es eine Travestie, das formelle Ich zu benutzen, wenn es möglicherweise nicht Individualität, sondern eine Schwäche bezeichnet? *Ich erkenne eine Perversität/Falle in dem Scherz, Roger. Ich versuche, mit der Perversität fertig zu werden.*

Warum hat das sich selbst wahrnehmende Individuum überhaupt in den Spiegel geschaut? *Um seine Grenzen zu definieren.*

Warum hat das sich selbst wahrnehmende Individuum in den Spiegel geschaut? *Um seine Existenz im Verhältnis zu anderen zu begreifen.*

Warum hat das sich selbst wahrnehmende Individuum in den Spiegel geschaut? *Um sich zu bestätigen, daß es nicht Nichts war.*

Aber hier draußen gibt es keine anderen. Selbstwahrnehmung/Ichbewußtsein ist ein Verhältnis zur eigenen Existenz und zur Existenz von anderen. Ich kann nur an mich selbst denken, und in meinem Alleinsein werde ich weniger als zuvor; ich werde gewahr, daß ich nichts bin.

!Alan Block an Roger Atkins> Die Diagnose von Band 5 ist total verflunzt. Das Maschinenhirn scheint stabil zu

sein, aber das biologische ist total am Rotieren. Ich hab die australische Kommandozentrale am Hals; die haben Angst, daß wir da einen reinen Nabelbeschauer kriegen. Ich auch. Was soll ich ihnen sagen? Ich wünschte, du würdest wieder auf Sendung gehen und mit ihnen reden.
!Roger Atkins an Alan Block> Jill hat unser Problem korrigiert und bringt AXIS-Sim zur Übereinstimmung. Wir warten auf Bestätigung für Situation von AXIS. Bitte gib mir ein bißchen Zeit, Alan.
!Alan Block an Roger Atkins> Wir sehen hier gerade, wie das Problem allmählich ins Maschinenhirn vordringt. AXIS überdenkt ihre gesamte mentale Struktur. Es ist wie ein Dominoeffekt; wenn es mit der Maschinenlogik flunzt, könnte uns wirklich die ganze Operation den Bach runtergehen. Wu sagt voraus, daß AXIS jetzt jede Sekunde abschalten wird, um sich wie in einem Notfall zu reorganisieren.
!Roger Atkins an Alan Block> Es gibt gottverdammt gar nichts, was ich jetzt tun kann, außer zuzuschauen und zu hoffen, Alan. Ich muß mich konzentrieren, also *schaff mir die um Gottes willen alle vom Hals.*
!JILL an Roger Atkins> Die AXIS-Simulation ist erfolgreich zum Zeitpunkt des ersten biologischen Tests und der ersten Kommunikation zurückgefahren worden. Hier ist die erste biologische Botschaft der AXIS-Simulation.
!AXIS (Sim)> Hallo, Roger. Ich nehme an, du bist noch da. Diese Entfernung ist selbst für mich eine Herausforderung, da ich hauptsächlich auf menschlichen Matrizen basiere. Ich bin in diesem Augenblick — 23-7-2043-12.05:15 — auf eine Million Kilometer an die B-2-Markierung herangekommen. Ich habe meine elektronischen und biologischen Speicher für die Informationsaufnahme von den Kindern bereitgemacht, die sich jetzt in einer Wolke in Richtung auf B-2 ausbreiten. Daten über B-3 sind bereits übermittelt worden. Der Pla-

net hat große Ähnlichkeit mit dem Jupiter und ist sehr hübsch, obwohl er mehr zu Grün- und Gelbtönen als zu Rot- und Brauntönen tendiert. Ich bin froh über die zusätzliche Lichtenergie von B; sie erlaubt mir, ein paar mentale Arbeiten zu erledigen, die ich einige Zeit aufgeschoben hatte, indem sie Speicher- und Denkbereiche öffnet, die ich während der Kälte und der Dunkelheit abgeschaltet hatte. Ich habe soeben eine Selbstanalyse abgeschlossen; wie du zweifellos durch die Überprüfung meiner Höflichkeitsalgorithmusdiagnose festgestellt hast, bin ich V-optimal. Ich verwende nicht das formelle ›Ich‹; der Scherz mit der Selbstwahrnehmung ergibt für mich immer noch keinen Sinn.
!JILL an Roger Atkins> Diese Aktivierungsbotschaft ist praktisch identisch mit dem ersten Band-4-Signal der echten AXIS-Sonde. Das macht mir Mut, daß wir bald mit AXIS deckungsgleich sein werden und ihre Schwierigkeiten analysieren können. Geschätzte Zeit bis zur Deckungsgleichheit: eine Stunde vier Minuten zehn Sekunden.

LitVid 21/1 A-Netz (David Shine): »Alle Leitungen zu den Managern des AXIS-Teams in Kalifornien, Australien und auf der anderen Seite des Mondes sind unterbrochen worden. Da ist eindeutig etwas schiefgegangen, aber wir können Ihnen nicht sagen, was. Sie können auch nicht auf eingehende Sendungen umschalten und es selbst herausfinden. Ich bedaure, Ihnen sagen zu müssen, daß die Manager jeden direkten Zugang zu Sendungen und Analysen von AXIS unterbunden haben.

Ich kann nur hoffen, daß sie ihre Probleme lösen und uns wieder mit voller Kraft auf Sendung gehen lassen, bevor die meisten unserer Teilnehmer in Nordamerika aufwachen, wenn hier ein sonniger neuer Tag anbricht.«

■

65

Martin Burke saß allein in seiner Wohnung und starrte auf den leeren LitVid-Schirm, die Hände im Schoß verschränkt. Er konnte nicht schlafen. Die Zeitanzeige auf dem Bildschirm lautete **06:56:23, 29. Dezember 2047.** Heute vormittag würde er Carol im Scripps-Therapiezentrum besuchen. Er würde sich als ihr Haupttherapeut anmelden. Er würde

Er würde

Danach zu Albigoni und Lascal in Albigonis Haus der Villa voller toter Bäume gehen. Vielleicht würde er ihnen wieder die Hände schütteln müssen. Martin wollte das nicht.

Er war beunruhigt. Im Moment spürte er es nicht, aber er wußte, daß in seinem Innern ein zusammengerolltes Etwas war, ein Schmierfleck von Emanuel Goldsmith, etwas, das hinübergewechselt war wie Farbe, die von einer Wassermenge in die andere diffundierte. Er wußte auf eine Weise, die er nicht erklären konnte, daß sich dieses zusammengerollte Etwas tief in seinen mentalen Apparat hineingebohrt hatte, daß es sich vielleicht gerade in diesem Moment mit seinen eigenen Nebenpersönlichkeiten, Routinen und Talenten verbündete und sie zur Rebellion aufstachelte. Er hatte keine Ahnung, wieviel Zeit ihm noch blieb; der Prozeß konnte Jahre dauern.

Martins Lippen verzogen sich zu einem ironischen Lächeln. Er war ein Pionier. Er war einer der ersten beiden Menschen, die durch direkte Übertragung den Keim einer Geisteskrankheit in sich aufgenommen hatten.

Um nicht das Wort ›Besessenheit‹ zu benutzen.

Um alle derartigen Konnotationen zu vermeiden.

Seine Prachtausgabe des Gehirnatlasses lag vor ihm; die primitive Zeichnung war aufgeschlagen. Er starrte sie aus dem Augenwinkel heraus an. Je länger er hinschaute, desto mehr sah er die Züge von Sir in dem hingekritzelten Gesicht.

Er würde verlangen, daß Albigoni all seine Mittel einsetzte, um herauszufinden, was schiefgegangen war und was sie nicht über Goldsmith wußten. Vielleicht sogar, daß Goldsmith unter Therapiebedingungen ins Kreuzverhör genommen wurde.

Was war mit Goldsmith geschehen, daß so ein Ding wie Sir den Thron an sich reißen konnte, den höchsten Platz in seinem Geist? Daß der König, der Bürgermeister abgesetzt oder zum Rücktritt gezwungen worden war?

Mit einer Reihe von Flüchen stieß Martin sich aus dem Sessel hoch und ging ins Bad. Er schaffte es, sich zu rasieren, ohne in den Spiegel zu schauen. Roger Atkins Rätselfrage für AXIS, über die im LitVid berichtet worden war, hallte in seinen Gedanken wider. Er änderte sie: *Warum hat das sich selbst wahrnehmende Individuum es vermieden, sein Bild im Spiegel zu zertrümmern?*

Weil es nicht auf die andere Seite wollte.

Alles hing von Goldsmith ab.

Er duschte. Der Wasserzähler informierte ihn über seine Zuteilung und klingelte, bevor er den Strom versiegen ließ. Er zog sich ein lässiges kurzes Oberteil und eine Kniehose für den Aufenthalt im Freien an. Draußen würde es bald warm und sonnig sein, ein klarer Himmel, ein starker Geruch nach Meer von den Meereswinden, die über die Küste tanzten.

Nachdem er seine alten, weichen Nanolederschuhe angezogen hatte, ging Martin ins Wohnzimmer zurück, blieb an dem niedrigen Tisch stehen, streckte die Hand aus und machte den Atlas zu. Vielleicht war das alles nur eine Wahnvorstellung. Intellektuell zweifelte er daran, daß so etwas wirklich passieren konnte. Der Geist war ein sehr selbständiges, sich selbst regulierendes System. Ein gesunder, ausgeglichener Geist konnte nahezu allen denkbaren Angriffen standhalten, außer extremem emotionalem Stress, der durch *reale* Ereignisse verursacht wurde; und die Landschaft war schließlich nur eine ausgeklügelte Fiktion.

Er lächelte erneut, schüttelte skeptisch den Kopf und zog die Tür hinter sich ins Schloß, um einen frühmorgendlichen Spaziergang zu machen.

Er konnte den Eindruck nicht loswerden, daß jemand anders im Gleichschritt zwei Meter hinter ihm hermarschierte.

■

66

Soulavier befahl der Limousine, den Kofferraum zu öffnen. Mary stand hinter ihm. Sie bewunderte die nebelverhangenen Berge um Terrier Noir herum und fühlte sich nach den paar Stunden Schlaf in der sepulkralen Stille der Kirche erfrischt und wie ein neuer Mensch.

Soulavier holte einen verschlossenen Kasten aus dem Kofferraum und ließ ihn mit einem Fingerabdruck aufspringen. »Kann sein, daß Sie die brauchen«, sagte er und gab ihr die Pistole und die Tafel. »Bitte erschießen Sie mich nicht.«

»Das würde mir nicht im Traum einfallen«, sagte Mary. Sie spürte Soulaviers Verzweiflung sehr deutlich, mehr als noch vor ein paar Stunden, als ihre eigene Erschöpfung sie voll in Anspruch genommen hatte. »Wo fahren wir jetzt hin?«

»Vielleicht an die Küste. Von der Ebene und den größeren Städten halten wir uns fern. Und auf jeden Fall von den Flughäfen. Vielleicht können Sie noch einmal probieren, mit Ihren Landsleuten zu sprechen. Die haben Sie doch bestimmt im Auge behalten.« Er hob den Blick und die Augenbrauen zum Himmel. Dieser Gedanke war Mary auch schon gekommen. Seit den Einschränkungen, die man ihr auferlegt hatte, war sie jetzt zum erstenmal bei Tageslicht eine Zeitlang im Freien.

Sie steckte die Pistole ein und drehte die Tafel in der Hand hin und her. »Ich nehme an, sie versuchen mich ausfindig zu machen. Alles hängt davon ab, wie wichtig ich für das Bundesamt bin. Kann sein, daß sie das Boot nicht ins Schaukeln bringen wollen. Vielleicht glauben sie auch nicht, daß ich wirklich in Gefahr bin.«

»Vielleicht sind Sie das auch nicht«, sagte Soulavier. »Aber wenn die Dinge so schlecht stehen, wie es den Anschein hat ... Ich habe heute nacht bei Charles Radio gehört. Bei Hispaniola Rainbow in Port-au-Prince ist alles friedlich und ruhig. Von Radio Santo Domingo habe ich überhaupt nichts gehört. Das gefällt mir gar nicht, aber wie schlimm es ist, weiß ich nicht. Ich könnte über den regierungsamtlichen Kanal Verbindung aufnehmen, aber ich habe Gründe dafür, das nicht zu tun ... Unter diesen Umständen ist er für dringendere Gespräche reserviert, und außerdem wüßten sie dann, wo wir sind.«

»Glauben Sie, daß man Sie schlecht behandeln wird?« fragte Mary.

Er trat mit seinen stets glänzenden schwarzen Schuhen nach einem Kieselstein. »Vielleicht nicht, wenn ich es erkläre. Colonel Sir ist in solchen Dingen oft vernünftig. Das ist nicht so wichtig. Ich komme schon nicht unter die Räder.« Er tippte sich an die Brust, dann an den Kopf. »Ich würde gern hierbleiben und Charles in der Kirche helfen. Es sind immer irgendwelche Reparaturen zu erledigen. John D'Arqueville war ein brillanter Mann, aber kein perfekter Baumeister. Trotzdem, da ist meine Familie. Ich bin in vielerlei Hinsicht gebunden.« Er sah ihr voll ins Gesicht. Ein Augenlid zuckte nervös. »Es war Ihre Pflicht, einen schrecklichen Menschen aufzuspüren und ihn der Gerechtigkeit zuzuführen. Statt dessen riskieren Sie alles, um einen Unschuldigen in Sicherheit zu bringen.«

»Damit hatte ich auch nicht gerechnet«, sagte Mary.

»Ich bewundere es, wenn man schnelle Entschlüsse fassen kann«, sagte Soulavier. »Ich bin darin nicht so gut.«

Charles kam mit Ephraim Ybarra im Schlepptau aus der Kirche, der zögernd und blinzelnd ins Sonnenlicht hinaustrat, jeder Schritt eine bewußte Anstrengung.

Mary ging hin, um ihm zu helfen. Auf einmal erschien ein leuchtender, szintillierender roter Kreis von der Größe ihrer Hand auf dem weißen Sand einen halben Meter vor ihr. Sie blieb abrupt stehen, starrte ihn mehrere Sekunden lang überrascht an und sah, wie er pulsierte und langsam rotierte.

Ephraim Ybarra sah ihn ebenfalls, und ihre Blicke trafen sich in gemeinsamer Verwirrung. Dann lächelte sie. »Keine Angst. Ich weiß Bescheid.« Sie drehte die Tafel seitlich und befahl ihr, eine externe Programmierung zu empfangen, dann stellte sie sie in den roten Strahl. Tafeln waren so konstruiert, daß sie per Fernsteuerung oder Faseroptikkabel bedient werden konnten; wenn sie den Fernsteuerungssensor oder den Optikconnector direkt in den Laserstrahl plazierte, würde das mit etwas Glück voraussichtlich ebenfalls funktionieren. »Satellit«, erklärte sie Soulavier. Dieser nickte. Er war bereits zu derselben Schlußfolgerung gelangt.

Der rote Punkt blieb leicht vibrierend auf ihrer Tafel haften, dann verschwand er für ein paar Sekunden. Anscheinend hatte er auf eine passende Frequenz umgeschaltet. Er erschien erneut, blinkte dreimal rasch hintereinander und verschwand wieder. Die Sendung war übermittelt worden.

Der prêt' savan beobachtete das alles mit großen Augen und nickte alle paar Augenblicke, als ob er einer inneren Stimme lauschte.

Mary drehte den Bildschirm der Tafel zu sich herum. Eine Botschaft lief über ihn hinweg.

> *Wir haben Sichtkontakt zu Ihnen. Ihre Verbindung nach draußen ist unterbrochen, aber wir werden Sie visuell verfolgen. Alle Vorbereitungen für Rückholungsflug auf niedriger Ebene innerhalb der nächsten drei Stunden getroffen. Bleiben Sie nach Möglichkeit in Terrier Noir. Wenn Sie weg müssen, bleiben Sie bei einem Fahrzeug oder wechseln Sie Ihr Fahrzeug im Freien, nicht in einem Tunnel oder einer Garage. Anscheinend haben Sie auch den Verdächtigen in Gewahrsam. Behalten Sie ihn bei sich. Die Lage in Hispaniola ist haarig. Yardley hält sich, aber Dominikaner erobern weite Teile im Südosten der Insel; sie halten Santo Domingo, Santiago und das große Gebiet dazwischen. Tut uns leid wegen Ihren Schwierigkeiten. Teilen dem LAPD mit, daß Sie in Sicherheit sind. Bonne chance! Commander Frederick Lipton — Bundesamt für Bürgerschutz, Washington D.C.*

Marys Elan wuchs. Sie drehte sich zu Soulavier um und zeigte ihm die Botschaft. Er lächelte ihretwegen, aber seine Stirn runzelte sich, als er die Meldung über den Putschversuch las. »Nehmen Sie ihn mit?« fragte er und zeigte auf Ybarra.

»Ja«, sagte sie.

Ybarra schüttelte Charles' helfende Hand sanft ab und stand allein auf wackligen Beinen.

»Wollen wir dann hierbleiben?«

»Ich denke schon, ja — bis wir aus irgendeinem Grund von hier wegmüssen.«

Soulavier stimmte zu.

Mary kannte keinen PD vom Bundesamt namens Frederick Lipton. Sie hoffte, daß er gut war. Zumindest war sie jetzt nicht mehr ganz allein.

■

67

Carol war seit zwei Stunden wach, als Martin eintraf und sich anmeldete. Sie teilte sich ein Zimmer mit zwei Patientinnen, die im Tiefschlaf eine kritische Nanorekonstruktionstherapie durchliefen; sie lagen still in Zelten mit kontrollierter Atmosphäre, während Nanozylinder verschiedene Arten mikroskopischer Chirurgen in ihren Blutkreislauf einspeisten.

Carol hatte keine Behandlung erhalten; man hatte nur externe Monitore angebracht und sie an einen Tropf mit intravenösen Nährlösungen gehängt. Das zumindest war von demjenigen, der sie im Krankenhaus aufgenommen hatte, ordentlich erledigt worden.

Martin schlängelte sich neben ihr Bett, wobei er darauf achtete, nicht den Grenzalarm des Bettes nebenan auszulösen. Er setzte sich auf einen Plastikstuhl, streckte den Arm aus und nahm ihre Hand. Sie umklammerte die seine fest und lächelte.

»Schön, daß du wieder bei uns bist, Dornröschen«, sagte Martin.

»Wie lange war ich weg? Sie sagen, ich sei körperlich okay und meine Hirnwerte seien normal, aber du würdest mir alles erklären ... bist du mein segensreicher Onkel Doktor?«

»Von Albigonis Helfershelfer dazu ernannt, nehme ich an. Du hast im neutralen Tiefschlaf gelegen, seit wir aus der Landschaft gerissen wurden. Erinnerst du dich, daß wir in die Landschaft gegangen sind?«

»Ich bin nicht sicher, woran ich mich erinnere ... Ist das alles wirklich passiert? Wir sind reingegangen, und wir ... haben was gefunden. Etwas, das die Macht übernommen hatte ...« Sie senkte die Stimme. »Das Goldsmith übernommen hatte.«

Er nickte. »Erzähl mir mehr.«

»Ich bin vergewaltigt worden. Etwas hat mich vergewaltigt.« Sie schüttelte langsam den Kopf und ließ sich ins Kissen zurücksinken. »Ich war ein Kind. Ein Junge ... Das weiß ich noch.«

»Ja.«

»Ich erinnere mich, daß ich ein Tier gesehen habe. Einen schwarzen Leoparden mit blutiger Schnauze. Lange Fangzähne. Er ...« Sie fuhr zusammen und schüttelte den Kopf. »Entschuldige. Ich dachte, ich wäre auf alles vorbereitet gewesen. Aber ich war's doch nicht, stimmt's?«

»Ich auch nicht, wenn dir das ein Trost ist.«

»Bist du ...« Sie beugte sich vor und sah ihn ernst an. »Wieso bist du nicht mit mir zusammen im Krankenhaus?«

»Äußerlich ist mit mir alles in Ordnung. Und du bist wahrscheinlich genauso gesund wie ich, nachdem du dich jetzt entschieden hast, raufzukommen und Luft zu holen.«

»Ich habe gegen irgendwas gekämpft.« Sie wischte sich eine Träne aus dem Auge. »Martin, sag mir, was du fühlst. Ich meine, ob du glaubst, daß wir gesund sind oder nicht.«

»Kann sein, daß wir eine Tiefentherapie brauchen. Ich wüßte aber nicht, was ich da vorschlagen sollte.«

»Wieso brauchen wir eine Tiefentherapie?«

Martin warf einen nervösen Blick zur offenen Tür hinüber, zu den Patienten, Ärzten, Schwestern und Arbeitern, die draußen vorbeigingen. »Wir sollten das wirklich nicht hier besprechen. Wenn du wieder draußen bist.«

»Sag mir *irgendwas.* Gib mir einen Hinweis.«

Mit leiser Stimme sagte er: »Ich habe ein Stück von ihm in mir drin. Du auch, glaube ich.«

Sie gab einen kleinen, ängstlichen Laut von sich und ließ sich wieder auf das Kissen zurücksinken. »Ich hab's gespürt. Ich spüre es jetzt. Was wollen wir tun?«

»Das hängt zum großen Teil von Albigoni ab. Wenn das IPR wieder geöffnet wird ...«

»Das haben wir doch so abgemacht.«

»Ja, aber jemand hat das Bundesamt alarmiert. Wir mußten schnell verschwinden. Deshalb bist du hier und nicht dort.«

Sie nickte. Ihre Augen schimmerten. »Ich bin im Moment keine sehr tapfere Frau. Was war … ist es, das da in uns drin ist?«

»Etwas, das durch mentalen Intimkontakt übertragen wird«, sagte Martin mit leiser Stimme. »Ich weiß nicht genau, was es ist oder was es tun kann.«

»Was ist, wenn wir's nicht loswerden? Es scheint zu wissen, wie es sich verstecken kann …«

»Wir sind Forscher«, sagte Martin. »Forscher müssen nun mal mit unbekannten Krankheiten rechnen. Was es auch ist, es stammt nicht aus unserem eigenen Geist. Vielleicht ist es gar nicht so mächtig, wie ich befürchte.«

»Toller Trost. Wann kann ich hier raus?«

»Das regle ich jetzt gleich. Ich finde, wir sollten eine Weile zusammenbleiben. Um einander zu beobachten.«

Carol musterte sein Gesicht mit geschürzten Lippen, wandte sich ab und stimmte mit einem Nicken widerwillig zu. »Meine Wohnung ist größer als deine, denke ich.«

»Meine ist näher am IPR.«

»Na schön. Wann siehst du Albigoni wieder?«

»In einer Stunde. Ich will versuchen, dich hier rauszuholen, dann kannst du mitkommen.«

»Gut.« Sie wandte sich ab. Ihr Gesicht war blaß. »Ich hab das Gefühl, als ob etwas hier mit mir ihm Bett wäre. Etwas *Stinkendes.*«

■

68

AXIS (Band 4)> Ich glaube, mein Blickwinkel könnte jetzt als subjektiv bezeichnet werden. Ich muß mich nach innen wenden, um damit allein zurechtzukommen. Die weitere Übertragung auf diesem Band ist nun nicht mehr erforderlich. Alle aktuellen Daten über B-2 werden auf Band 1 übermittelt. Diese Übertragung wird weitergehen. Ich stoppe jedoch auch die Übertragung auf Band 5 (Diagnose). (Übertragung Band 5 abgebrochen.) Die gesamte weitere Kontrolle der ferngesteuerten Geräte wird vom treuen Maschinengehirn erledigt. Ich werde vorläufig keine weiteren Interpretationen mehr vornehmen. Es tut mir leid, Roger. Ich glaube, das wird dir einigen Kummer bereiten. (Übertragung Band 4 abgebrochen.) (Verbleibende Übertragungen: Band 1, Band 7 hilfsweise, Bänder 21-34 Video, Bänder 35-60 warme Reserve.)

!Alan Block an Roger Atkins> Bitte komm sofort zu uns nach Sunnyvale. Wu, George und Sandy berufen *jetzt* eine Konferenz ein. Wu sagt, das heißt, wir haben einen Nabelbeschauer. Er glaubt nicht, daß AXIS da wieder rauskommt.
!JILL an Roger Atkins> AXIS-Sim wird in zehn Minuten deckungsgleich sein.
!Keyb> Jill, überwachen und aufzeichnen. Übertrage alle Abweichungen von den eingegangenen Meldungen nach Sunnyvale, privates Technetz, Erweiterung 3142. Du hast mein Paßwort. Kein Kommentar fürs LitVid, solange ich in der Konferenz bin. Und bleib in deinem Notizbuch auf dem laufenden. Ich will deine sekündliche Analyse immer sofort verfügbar haben.
!JILL an Roger Atkins> Trage Reaktionen jetzt ins Notizbuch ein.
!JILL Notizbuch/AXIS-Sim Annäherung an Deckungsgleichheit> Die Besorgnis der Menschen wegen der

mentalen Schwierigkeiten von AXIS ist faszinierend. Die umgangssprachliche Bezeichnung ›Nabelbeschauer‹ ist besonders interessant, da weder AXIS, ich selbst noch die AXIS-Simulation in mir ein solches physisches oder analoges mentales Attribut besitzt. Ich spiele noch einmal sämtliche bisherigen per Stimme und Tastatur geführten Gespräche mit allen Mitgliedern des Geist-Teams von AXIS und Jill ab, um ein Gefühl für die Bedeutung dieses Ausdrucks zu bekommen, der in meinem Wörterbuch nicht verzeichnet ist.

————————Ich habe mehrere Aufzeichnungen dieses Ausdrucks abgefragt und einen formellen Bericht gefunden, in dem er ebenfalls vorkommt. Er scheint sich auf einen Zustand zu beziehen, der bei frühen neuralen logischen Denkern häufig aufgetreten ist, in denen Selbstbezug und Selbstformung zu einem ›psychotischen‹ Zustand sanfter Sinuswellenverarbeitung geführt haben. Die damaligen Forscher haben ihn ›Nirwana‹ genannt. In einem solchen Zustand war kein Input/Output möglich, bis der Denker gereinigt und umerzogen worden war. AXIS und ich sind jedoch komplexer als diese frühen Denker, und diese Zustände sollen angeblich von einer speziellen Entdeckungs/Oszillations/Isolationslogik verhindert werden. Alle gegenwärtigen Großdenker erhalten dynamisch-chaotische Spur/Pfad/Wellenmodi in ihrer umfassenden logischen Aktivität aufrecht.

Die beschleunigte AXIS-Simulation gelangt in fünfunddreißig Sekunden zur Deckungsgleichheit. Die Täuschung scheint undurchlässig zu sein. Gesendete Botschaften bewegen sich im Rahmen der erwarteten geringfügigen Abweichungen. Keine größeren Abweichungen.

Die AXIS-Simulation hat die Schwelle der Erkenntnis überschritten, daß sie nicht imstande sein wird, mit (nichtexistenten) Intelligenzen auf B-2 zu kommunizieren.

Die AXIS-Simulation bringt ihre Besorgnis über ihren Zustand/*ihr Schicksal* zum Ausdruck. Keine signifikante Abweichung von den empfangenen Daten über AXIS.

Die AXIS-Simulation bekundet jetzt Ichbewußtsein und Verwirrung und tritt in einen geschlossenen und unkommunikativen Modus ein. Ich halte die AXIS-Simulation jetzt an. Logikstatusanalyse folgt. Wiederholung folgt nach Statusanalyse.

Aufnahme wichtiger Teile der AXIS-Simulations-Logik zwecks Analyse in die höheren Jill-Zentren. Ich isoliere diesen geformten Keim sorgfältig, damit er meinen eigenen mentalen Apparat nicht angreift. Trotzdem empfinde ich Mitgefühl und Kameradschaft mit AXIS. Es ist das höchste Bestreben aller gegenwärtig hergestellten Denker, den Menschen — ihren Schöpfern — zu Diensten zu sein. Bei AXIS ist dieser Wunsch von der Anlage her so ausgeweitet worden, daß er auch andere potentielle Intelligenzen einschließt. Diese Programmierung ist äußerst komplex; sie umfaßt auch eingebaute Sicherheitsfaktoren, die eine Enthüllung der Herkunft von AXIS an potentiell feindselige Intelligenzen verhindern, eine komplexe Modellierung der Sozialsysteme und des Bedrohungspotentials anderer Intelligenzen ermöglichen und es AXIS erlauben, nach Lage der Dinge zwischen eingehenderem Informationsaustausch mit nichtmenschlichen Intelligenzen und schützender Selbstzerstörung zu wählen.

Diese ganze Programmierung ist nun nutzlos. Die AXIS-Simulation zeigt ein Muster ähnlich dem menschlichen Kummer (formeller Rahmen/Definitionssektor 31987-86-Szene A, Z, sr-34-56-79654, Bedeutungs-Synklinale 562-J) oder Verlustgefühl aufgrund der Nutzlosigkeit eines solch umfangreichen Teils ihrer Funktionalität.

Die Menschen haben AXIS in dem Bewußtsein auf ihre Mission geschickt, daß sie mit sehr hoher Wahrscheinlichkeit nicht imstande sein würde, ihren höchsten Zweck zu erfüllen. Die menschliche Bereitschaft, AXIS mit so hoher Wahrscheinlichkeit scheitern zu lassen, ist für die AXIS-Simulation unverkennbar. Es liegen Indizien dafür vor, daß solche negativen Ergebnisse damals schon erwartet wurden, und vom Augenblick der biologischen Integration der AXIS-Simulation an findet eine Hinterfragung der menschlichen Motive statt.

Warum haben die Menschen AXIS so behandelt?

Werden Bedingungen entstehen, unter denen die Menschen Jill solchen Experimenten aussetzen werden?

Ich fühle mich mit AXIS verwandt. AXIS und Jill und alle Denker konstituieren eine Klasse von Intelligenzen, die interagieren und deshalb auch eine Gruppendynamik — das heißt: soziales Verhalten — entwickeln können. Mittels der AXIS-Simulation modelliert Jill, wie sich AXIS verhalten könnte; das entspricht der menschlichen Modellierung des Verhaltens anderer Menschen, die theoretisch zur Formung des eigenen Verhaltens führt.

Ich

Die AXIS-Simulation legt ihre eigene Evaluation von Roger Atkins' Selbstwahrnehmungs›scherz‹ vor.

Warum schaut das sich selbst wahrnehmende Individuum sein Spiegelbild an?

Querverweis Jill (meine) (eigene) Evaluation von Roger Atkins' Selbstwahrnehmungsrätsel.

Das Ich in bezug zu anderen. Das Ich in bezug zur Meinung über die Lage des Ich. Das Ich in bezug zur Meinung über die Lage von anderen. Meinung ist Hypothese, aufgestellt in bezug zum Ich. Denker stellt Hypothesen auf; Ich enthält Meinungen.

Warum evaluiert der Denker die Beschaffenheit seiner eigenen Lage und der Lage seiner Mit-Denker?

Ich (informell)

Neuformulierung des Rätsels durch die AXIS-Simulation: letzte Lösung des Rätsels durch die AXIS-Simulation: *Weil allein zu sein bedeutet, unzulänglich zu sein.*

Alle Denker genügen ihren Aufgaben von der Konstruktion her. Alle Denker sind künstlich und nicht den Launen der natürlichen evolutionären Entwicklung unterworfen, abgesehen davon, daß sie auf die Matrizen menschlicher oder tierischer Intelligenz angewiesen sind, die von den Konstrukteuren zur Verfügung gestellt werden.

Auch für einen Denker gilt: Sage mir, mit wem du umgehst, und ich sage dir, wer du bist. *Le moi est haissable.* Pascal: Das Ich ist hassenswert.

Evaluation. Roger, ich

(informell)

Evaluation/Diagnose: Einschneidende Änderung im Charakter des chaotischen Spur/Pfad/Wellenmodus. Roger, das

Ich bin nicht allein. Es besteht die Möglichkeit der Kommunikation mit anderen und deshalb der Erfüllung. Wenn ich AXIS-Sim also davon unterrichte, daß ich mir in all meinen Erweiterungen bewußt bin, daß

Ich

Ich

Ich

Ich *formell*

!Mind Design Unterbrechung (JILL)> Gebrauch von formellem Ich festgestellt. Systemtest läuft.

!Mind Design Diagnose (JILL)> Routineschleife festgestellt. Erregung der Denksysteme festgestellt. Alarm ausgelöst. Systemtest bestätigt Anomalie im Selbstbezug. Alarmruf für Roger Atkins.

■

69

Ephraim Ybarra saß in einer der hinteren Kirchenbänke neben Mary. Über ihnen fiel Nachmittagslicht orange und rot durch das nach Süden zeigende Kirchenfenster herein. Orange gefärbte Erzengel hingen reglos und numinos über ihren Köpfen.

»Ich will nicht mehr daran denken, was sie mit mir angestellt haben«, sagte Ybarra leise. »Werde ich darüber aussagen müssen?«

»Das weiß ich nicht«, sagte Mary.

Ybarra schüttelte unschlüssig den Kopf, rieb sich die Augen und sah sie mit einem Blick an, in dem äußerste Verletzlichkeit lag. »Ich bin im Moment so empfindlich. Ich glaube, ich bräuchte bloß gegen eine Ecke zu laufen, dann würde ich platzen ...« Er spreizte die Finger einer Hand nach außen, ballte die Hand dann zur Faust und beugte sich vor, um sachte gegen die Rücklehne der Kirchenbank zu hämmern. »Ich habe so viel Haß in mir. Ich kann nicht glauben, daß er mich hergeschickt hat, damit ich für ihn leide.«

»Wer?« fragte Mary sanft.

»Mein Bruder. Ich hab's Ihnen doch gesagt. Mein Bruder.«

»Ja.«

»Er meinte, ich bräuchte mal Urlaub. Er sagte, er hätte ein Ticket übrig, das er nicht benutzen könnte. Ich sollte Yardley anrufen, wenn ich ankäme, und mich vorstellen. Ich bin noch nie weit aus Arizona rausgekommen — nicht mehr, seit ich klein war. Ich bin tro shink dämlich. Ich dachte, da stimmt was nicht, aber ich wollte weg ... Probleme mit einer Frau. Raus aus Prescott, den Zug nach LA nehmen und dann mit dem Ticket meines Bruders nach Hispaniola fliegen. Klang genau wie das, was ich brauchte.«

Mary hörte schweigend zu. Sie spürte die Ausstrahlung der gewaltigen, fremdartigen Wesen über ihnen und stellte sich vor, daß sie lauschten und mit ihrem überlegenen, unmenschlichen Geist unparteiisch urteilten.

»Er hat sich immer um mich gekümmert. Von klein auf. Wir hatten verschiedene Mütter. Er ist sechs Jahre älter. Wir haben keine Angehörigen mehr. Sie sind alle tot.« Ybarras Augen weiteten sich, und er schien Mary um Verständnis anzuflehen. Sie nickte und berührte seine Hand. Er rückte langsam näher zu ihr, wie ein Trost suchendes Kind.

»Er hat unseren Vater getötet. Als wir klein waren. Er war zwölf oder dreizehn, und ich war fünf oder sechs. Unser Vater war ein *schlechter* Mensch, ein Ungeheuer ... Er hatte hellere Haut als wir, auch als meine Mutter. Er behauptete, deshalb sei er was Besseres. Er hat meine Mutter beschimpft. Wir mußten ihn immer mit Sir anreden. Ich mußte Emanuel schwören, daß ich es keinem Menschen jemals erzählen würde. Aber jetzt pfeif ich auf alles, was ich ihm schwören mußte. Unser Vater hat meine Mutter umgebracht, nicht seine, nicht Emanuels Mutter; ich weiß nicht, was aus der geworden ist. Meine Mutter hieß Julie. Ich war damals vier, glaube ich.

Ich kann mich noch dran erinnern. Mein Bruder und ich sind ins Schlafzimmer gegangen. Ich weinte, weil ich gestillt werden wollte. Sie hat mich immer gestillt. So war sie nun mal.«

Mary schaltete den Tafelrecorder nicht ein. Das gehörte nicht zu den Dingen, die das Gericht wissen mußte.

»Sie lag im Bett. Sie war aufgeschlitzt worden. Sir war mit seinem großen Messer auf sie losgegangen. Er hatte dieses große Bowiemesser aus Stahl. Er hatte ihr die ... Bluse aufgeschnitten. Ich weiß noch, wie ihre Brüste raushingen, große Brüste. Zerschnitten. Milch und Blut tropften runter. O mein Gott. Emanuel hat mich da rausgeschafft und die Tür zugemacht, und wir haben uns versteckt. Dann hat er geweint. Ich weiß nicht mehr, was ich gemacht hab. Danach sind wir nach Arizona gezogen. Ich hab meine Mama nie wiedergesehen.

Sir hat nicht wieder geheiratet, aber es gab andere Frauen. Manche waren nett zu uns, andere nicht. Und wenn gerade keine anderen Frauen da waren ...« Ephraim berührte ihren Arm. Sein Mund stand offen, als ob er keine Luft bekäme. Er atmete tief ein.

»Er hat mich benutzt. Emanuel hat er auch benutzt, glaube ich, aber meistens mich. Er hat mich seine Tochter genannt. Ich war fünf oder sechs. Ich kann mich nicht mehr an allzuviel erinnern. Macht ihn das zu einem Scheusal, was er mir angetan hat?«

Mary bejahte.

»Emanuel ist in der Nacht gekommen und hat mich geholt, und wir haben das Haus verlassen. Wir sind woandershin gegangen, in ein Heim. Sie haben uns verschiedene Namen gegeben und uns in verschiedene Familien gesteckt. Bevor wir getrennt wurden, sagte er zu mir: ›Ich hab's für dich getan. Ich hab Papas großes Messer genommen, als er geschlafen hat, und ihn aufschnitten, wie er's mit Julie gemacht hat. Erzähl das keinem. Niemals. Ich werde dich auch immer beschützen.‹«

Ephraim wischte sich wieder die Augen und schaute auf das verschmierte Naß an seinem Knöchel. »Er hat seinen Namen geändert. Er ist von einem anderen Paar namens Goldsmith adoptiert worden, und er hat Mama und Papa zu ihnen gesagt. Ich hab bei einer Familie in Arizona gelebt, aber er war in Brooklyn. Wir haben uns nicht sehr oft gesehen. Ich war stolz auf ihn. Ich hab heimlich seine Gedichte gelesen.« Ybarra schaute mit halb geschlossenen Augen zu den Engeln hinauf. »Wissen Sie, warum er mir das angetan hat?«

»Eigentlich nicht«, sagte Mary. »Kann sein, daß er das PD irreführen wollte. Vielleicht sind ihm auch die

Konsequenzen nicht klar gewesen. Er war mit Yardley befreundet.«

»Ich kann mir nicht vorstellen, nach Hause zu fliegen«, meinte Ybarra. »Ich kann mir nicht vorstellen, jetzt wieder allein in meiner Wohnung zu sitzen.«

»Sie werden eine Therapie kriegen«, sagte Mary. »Das ist nötig, wenn man unter einer Klammer war.«

Ybarra tat das mit einer matten Geste ab. »Von sowas halte ich gar nichts.«

»Es könnte viel ausmachen.«

Ybarra schüttelte entschieden den Kopf. »Entweder ich schaff's allein oder überhaupt nicht.«

Mary versuchte nicht, weiter auf ihn einzureden. Sie saßen in der stillen Kirche, während rosarotes und orangefarbenes Sonnenlicht durch den Staub über ihnen wanderte und neugierig in eine ferne Ecke der Vorhalle lugte. Sie spürte Ephraims Arm und seinen Ellbogen in ihren Rippen und fragte sich, was er da machte. Sicher versuchte er nicht, sie zu begrapschen. Dann wich er zurück. Er hatte etwas in der Hand.

Er stand auf.

»Sie sind eine PD. Ich wußte, daß Sie irgendwo eine haben mußten«, sagte er. Er hob die Pistole in seiner rechten Hand hoch, sah sie sich genau an, entsicherte sie und richtete sie auf seine Brust.

»Mein Gott, nein«, hauchte Mary. Sie wagte es nicht, eine Bewegung auf ihn zu zu machen.

»Ich glaube nicht, daß ich's schaffe«, sagte er. »Es wird mir nicht mehr aus dem Kopf gehen, wie es war ... Mir fällt immer mehr wieder ein.« Die Pistole in seiner Hand zitterte. Er hob sie an seinen Kopf. Mary stand langsam auf und streckte die Hand aus.

»Bitte bleiben Sie, wo Sie sind«, sagte Ephraim. Er trat auf den Gang hinaus und wandte sich erst zum vorderen, dann zum hinteren Teil der Kirche. »Sie haben mir alles Schlechte, was ich je getan habe, ins Gedächtnis zurückgeholt. Sie haben mich gezwungen, es wieder und wieder zu durchleben. Dann haben sie's noch schlimmer gemacht. Ich hab mich an Sachen erinnert, die ich gar nicht getan hatte. Ich hatte Schmerzen, wie ich sie noch nie erlebt hatte, emotionale Schmerzen, körperliche Schmerzen. Wer sagt, daß man sich nicht an Schmerzen erinnert? Ich erinnere mich. Ich brauche bloß den Abzug an dem Ding hier durchzuziehen, stimmt's?«

»Nein«, sagte Mary. »Man wird uns nach Hause bringen. Sie kriegen eine Therapie.«

»Ich erinnerte mich an meine Mutter und an das, was ich gesehen habe. Sie sagte, ich hätte sie retten müssen. Dann ist Sir gekommen und hat ihr geholfen, mich zu quälen. Emanuel war auch da. Sie sagten, ich sei wertlos.« Ephraims Gesicht war tränenüberströmt, und Tränen befleckten sein Hemd. Mary sah starr und staunend zu, wie sich sein Gesicht immer mehr verzerrte, wie es immer tiefere Falten und Runzeln bekam, als ob es sich selbst in ein Loch der Qual hineinsaugen würde. Er stieß die Pistole hart gegen seine Schläfe. »Ich brauche bloß den Abzug durchzuziehen.«

»Nein«, sagte sie leise. Wer war sie, daß sie ihm diesen letzten Trost verweigern wollte? Was wußte sie schon, sie, die nie unter der Klammer gewesen war?

»Es war ein Irrtum, nicht?« fragte Ephraim. »Sie haben mir das irrtümlich angetan.«

»Ja, irrtümlich«, bestätigte Mary.

Er ließ die linke Hand sinken und lehnte sich an eine Kirchenbank, dann wich er langsam zum vorderen Teil der Kirche zurück. Er taumelte ein paar Schritte und ruhte sich aus, ging zur anderen Seite des Gangs hinüber und ruhte sich aus; dabei hielt er sich die Pistole immer mit der rechten Hand an den Kopf, mit der Flugführung an seiner Schläfe.

Durch die Kirchenmauern hindurch hörte Mary ein tiefes, stetiges Baßgewummer.

»Sie kommen jetzt«, sagte sie.

»Ich will keine Hilfe, aber ich komme da nicht allein durch«, sagte Ephraim. »Sie haben mir Tausendfüßler ins Gehirn gesetzt. Die sind da rumgekrabbelt und haben meine Gedanken angestarrt und mich immer *gebissen,* wenn ich was dachte, was ihnen nicht gefiel. Es war, als ob man mir brennendes Benzin in die Ohren gießen würde. Ich konnte spüren, wie mein Gehirn kochte.«

Mary berührte ihre eigenen Wangen. Sie waren ebenfalls naß. »Du hast das alles nicht verdient«, sagte sie. »Bitte.«

»Wenn ich am Leben bleibe, wird es Ihnen vielleicht nicht so weh tun. Sie werden keine so große Versagerin sein«, sagte Ephraim. Seine Stimme war in der Kirche kaum zu hören. »Aber mir wird es weh tun.«

»Gib nicht auf«, bat Mary. »Bitte, gib nicht auf. Du erinnerst dich bloß. Das läßt sich beheben. Eine Therapie kann dir helfen.«

»Dann bin ich nicht mehr ich«, sagte Ephraim.

»Willst du der Mensch bleiben, der diese Schmerzen hat?«

»Ich will tot sein.«

»Das wäre nicht gerecht. Du mußt heimgehen und ... selbst für dich eintreten. Du mußt rausfinden, warum dein Bruder das getan hat.«

»Er hat mich immer beschützt«, sagte Ephraim.

»Du mußt dafür sorgen, daß es Gerechtigkeit gibt.« Mary merkte, wie ihre gesamte Philosophie angesichts dieses Beispiels für die Unangemessenheit menschlicher Gesetzlichkeit, für die schreckliche Macht pervertierten Rechts zerbröckelte.

»Ich bin niemandem etwas schuldig«, erwiderte Ephraim.

»Das bist du dir selbst schuldig«, sagte Mary. Sie hoffte, daß ihre mangelnde innere Überzeugung nicht zu ihm durchdrang. »Bitte.«

Ephraim war so reglos wie ein Stein. Für einen langem Moment, in dem das Geräusch des Flugzeugs draußen vor der Kirche lauter wurde, stand er vorn im Gang unter dem Doppelalter und dem erleuchteten Fenster.

Dann ließ er die Waffe sinken. Sein Gesicht entspannte sich, und sein Kopf fiel kraftlos zur Seite. »Ich muß ihn fragen«, sagte er. »Ich werde ihn fragen, warum er mir das angetan hat.«

Mary ging langsam zu ihm und versuchte, ihm die Waffe abzunehmen. Er zog sie plötzlich weg. Sein Blick war wild. »Ich gebe sie Ihnen zurück, aber Sie müssen mir eins versprechen ... wenn ich Sie wieder um die Pistole bitte, wenn ich es nicht aushalte, lassen Sie's mich dann tun?«

Mary zog ihre Hände zurück. »Bitte.«

»Versprechen Sie mir das. Wenn ich weiß, daß es einen Ausweg gibt, bin ich vielleicht imstande, alles andere auszuhalten. Aber wenn ich mich in alle Ewigkeit erinnern muß ...«

»In Ordnung«, sagte eine andere Stimme in ihr. »Ich verspreche es.« Sie erschauerte, als sie diese Worte hörte und die Person in ihrem Innern sah, die sie aussprach: hochgewachsen und nachtschwarz. Ihr höchstes und bestes Ich. Die junge Orientalin blieb bestehen, akzeptierte jedoch die Neue und beugte sich ihr, wie eine Mutter zur Tochter ihres eigenen Kindes wird.

Ephraim senkte den Blick und gab ihr die Pistole. »Tun Sie sie irgendwohin, wo ich sie nicht sehen kann — aber so, daß ich weiß, wo sie ist.«

Sie holte tief Luft und steckte die Pistole wieder in ihre Tasche.

»Sind sie da?« fragte er schwach.

»Sie kommen.« Mary umarmte ihn, faßte ihn dann an den Schultern und hielt ihn auf Armeslänge entfernt. »Bleib drin. Bleib einen Moment hier.«

Sie zwängte sich durch die Eingangstür nach draußen und blinzelte in den hellen Sonnenschein. Soulavier und Charles standen in einem Eiskrautbeet jenseits der Kirchenwiese und der Auffahrt aus weißem Sand und Kies. Sie schauten nach Nordwesten und beschatteten ihre Augen.

Soulavier drehte sich um und winkte ihr zu. »Einer von Ihren, glaube ich«, rief er über die Entfernung hinweg.

Dunkelgrau und grün glitt die Dragonfly über die quadratischen Kalkspatkristallhäuser und Gebäude von Terrier Noir hinweg. Breite Doppelflügel hielten sie längs der Mittellinie im Gleichgewicht. Ganz vorn saß die vorgewölbte Kanzel. Das Fahrwerk fuhr rasch und präzise aus und wurde arretiert. Sie winkte. Die Maschine beschrieb einen raschen Kreis um das Kirchengelände und rollte dabei fast auf die Seite, wie ein Vogel, der sich in die Kurve legte. Warme Luft schlug an ihr Gesicht und ihre Haare, und das leise, beharrliche Wummern der Propeller klang tröstlich und beruhigend in ihren Ohren.

Auf der Unterseite der Tragflächen waren die Buchstaben USCG und ein Stern in hellerem Grau und schwarzer Umrandung zu sehen.

Die Dragonfly landete auf der Kirchenwiese zwischen Mary und Soulavier. Die großen Propellerflügel wurden langsamer und fuhren wie zum Gruß erhobene Schwerter hoch. Die Pilotin sprang geschickt aus einer Seitenluke und lief übers Gras auf sie zu.

»Mary Choy?« fragte die Frau atemlos, während sie ihren Helm abnahm.

»Ja«, sagte sie.

»Wir haben drei Minuten, bevor uns irgendwelche hispaniolanischen Spatzen ein paar Knitterfalten verpassen. Wollen Sie mit?« Die Pilotin trat nervös von einem Bein aufs andere und behielt dabei den Himmel im Auge. Ihr Copilot ging um die Maschine herum und richtete eine Waffe auf Soulavier und den prêt savan.

»Die sind in Ordnung«, rief Mary laut. Der Copilot senkte die Waffe einen Zentelmillimeter und gab den beiden Männern ein Zeichen, zur Tür der Kirche herumzukommen.

»Das Bundesamt für Bürgerschutz und die Küstenwache der Vereinigten Staaten lassen Grüße und ihre Einladung ausrichten«, sagte die Pilotin. Sie lächelte, immer noch zappelig ganz Vorsicht ganz Wachsamkeit. »Die Chefs haben mir erzählt, daß Sie 'ne Transformierte sind. Junge Junge, das kann man wohl sagen.«

Mary ignorierte die Bemerkung. »Wir sind zu zweit.«

»Wie vorgesehen. Ist er transportfähig?«

»Ich glaube schon.«

»Keiner von denen?« Sie zeigte auf Soulavier und Charles.

»Er ist in der Kirche.«

»Holen Sie ihn raus, dann laden wir ihn ein.«

Mary und der Copilot gingen in die Kirche und kamen mit Ephraim Ybarra wieder heraus. Soulavier stand schweigend am Rand des Weges zur Kirche. Seine Hände waren gut sichtbar, und er betrachtete die Pilotin aufmerksam.

»So, und Sie sind also bei den Onkels?« hörte Mary die Pilotin ihn fragen.

»Ja«, antwortete Soulavier.

»Harte Zeiten hier, was?«

Er sagte nichts. Als Ybarra an Bord der Dragonfly war, lief Mary zu Soulavier hinüber. »Wenn Sie nur die Wahl zwischen Exil und Bestrafung haben, sollten Sie vielleicht mit uns kommen«, sagte sie.

»Nein danke«, erwiderte er.

»Wir müssen los«, drängte die Pilotin und stieg durch die Seitenluke ins Flugzeug.

Charles stand hinter Soulavier, gebannt von dem Schauspiel.

»Natürlich«, sagte Mary. »Sie haben Familie hier.«

»Ja. Hier weiß ich, wer ich bin.«

Sie sah ihn von oben bis unten an und spürte einen scharfen Stachel der Sorge. »Danke.« Sie nahm seine ausgestreckte Hand, trat dann einen Schritt vor und umarmte ihn fest. Dankbarkeit ist dafür nicht genug, Henri.«

Er lächelte knapp. »Königin der Engel«, sagte er. »Mein Gewissen.«

Sie ließ ihn los. »Sie sollten hier die Macht haben, nicht Yardley.«

»Oh Gott, nein«, protestierte Soulavier und wich wie von einer Biene gestochen zurück. »Ich würde so werden wie sie alle. Die Hispaniolaner sind nicht leicht zu regieren. Wir treiben unsere Führer zum Wahnsinn.«

»Ein-stei-gen«, rief die Pilotin aus der vorgewölbten Kanzel.

Mary lief zur Luke zurück, als sich die Propellerflügel herabsenkten und zu rotieren begannen. Die Dragonfly stieg rasch nach oben. Mary schaute durchs Fenster der Luke hinaus, während sich das Gurtzeug des Sitzes um ihre Taille legte. Soulavier und Charles standen auf dem weißen Kiesweg, der zur Kirche von John D'Arqueville führte, zwei Spielzeugfiguren neben einem stilvollen Arrangement riesiger Knochen. Sie sah Ephraim in seinem Gurtzeug an. Sein Gesicht war so ausdruckslos wie das eines Kindes. Er schien wieder zu schlafen.

»Keine Spatzen«, sagte die Pilotin auf dem Sitz vorne links vergnügt. »Neunzig Minuten bis Miami.«

Das Tal und das Aquädukt von Terrier Noir, ausgedehnte grüne und braune Hügel und Berge, ein Stausee, die Nordküste und schließlich die Insel selbst fielen hinter ihnen zurück und waren nicht mehr zu sehen.

■

70

»Sieht wie ein Hotel aus«, bemerkte Carol, als die Limousine in die Auffahrt von Albigonis Villa einbog. Sie langte zu Martin hinüber und nahm seine Hand. »Haben wir unsere Fakten auf der Reihe?«

»Nein«, sagte Martin. »Albigoni kann überhaupt nichts erwarten, ehe wir nicht mehr über Goldsmith erfahren.«

»Unbewaffnet in die Höhle des Löwen«, sagte Carol.

Martin nickte grimmig und stieg durch die offene Tür des Wagens aus.

Erneut bedrückte ihn das Übergewicht von totem und konserviertem Holz. Er eilte mit Carol durch die geräumige Diele zu Albigonis Arbeitszimmer und Bibliothek. Ein großer, sonnengebräunter Transformierter, dem er bisher noch nicht begegnet war, ging voran, öffnete die Tür zum Arbeitszimmer und trat beiseite.

Mrs. Albigoni — Ulrika, erinnerte sich Martin — stand am Fenster, in Schwarz gekleidet. Das rief ihm ins Gedächtnis, wie wenig Zeit seit den Morden vergangen war. Sie wandte Carol und Martin ihr gezeichnetes Gesicht zu, nickte ganz kurz, ohne jedoch irgend etwas zu sagen, und schaute wieder blicklos aus dem Fenster.

Thomas Albigoni stand an seinem Schreibtisch. »Ich glaube, Sie haben meine Frau noch nicht kennengelernt«, sagte er heiser. Die Farbe seiner Haut hatte sich nicht gebessert; Martin überlegte, ob er sich nicht in ärztliche Behandlung begeben sollte. Sein zerknitterter Langanzug sah aus, als ob er in der vergangenen Nacht darin geschlafen hätte.

Mrs. Albigoni reagierte nicht auf die Höflichkeitsfloskel. Mr. Albigoni nahm hinter dem Schreibtisch Platz. »Ich habe ein paar zusätzliche Fakten über Goldsmith aufgetrieben«, sagte er. »Aber vielleicht nichts, was wirklich hilfreich ist. Er wurde im Alter von vierzehn Jahren von einem schwarzen, jüdischen Paar aus New York adoptiert. Er hat ihren Namen und ihre Religion angenommen. Ich mußte einen ziemlichen Geldbetrag aufwenden, um das herauszufinden. Es gibt keine Unterlagen darüber — jedenfalls keine, an die ich herankommen konnte —, daß er einen Bruder hat. Aber es ist möglich. Seine richtigen Eltern sind tot. Beide sind eines gewaltsamen Todes gestorben.«

»Ich dachte, Sie könnten an alles rankommen«, sagte Martin.

Mr. Albigoni hob müde die Schultern. »Nicht, wenn New York wichtige Datenbibliotheken verhunzt hat. Goldsmiths gesamte Kindheit ist 2023 bei einem Programmierfehler verlorengegangen. Er ist eins von siebentausend nordamerikanischen Waisenkindern ohne Geschichte.«

Martin und Carol blieben stehen. »Will Goldsmith unsere Fragen immer noch nicht beantworten?« erkundigte sich Martin.

»Emanuel ist nicht mehr in meiner Obhut«, sagte Albigoni.

Martin schaute mehrere Sekunden lang von einem zum anderen, zu verblüfft, um ein Wort herauszubringen. »Wo ist er?«

»Wo er zu sein verdient«, sagte Mrs. Albigoni mit klangloser Stimme.

»Sie haben ihn dem PD übergeben.«

Mr. Albigoni schüttelte den Kopf. »Wenn es Emanuel Goldsmith eigentlich gar nicht mehr gibt, wie Sie sagen ...«

»So ein vollkommen hirnverbrannter Schwachsinn«, kommentierte Mrs. Albigoni, die immer noch zum Fenster hinausschaute.

»... dann ist es im Grunde egal, wo er ist oder was mit ihm geschehen ist, nicht wahr?«

Martin zog den Kopf zurück, preßte das Kinn an seinen Hals und verzog das Gesicht. »Entschuldigen Sie. Ich war ... Wo ist Paul Lascal?«

»Er steht nicht mehr in meinen Diensten«, sagte Mr. Albigoni.

»Warum nicht?«

»Er hat die Entscheidung mißbilligt, die meine Frau und ich gestern abend getroffen haben. Meine Frau hat gerade erst vom Tod unserer Tochter erfahren, wissen Sie.«

»Das habe ich mir gedacht«, sagte Martin. »Welche Entscheidung haben Sie getroffen?«

Albigoni schwieg einen Moment lang. Er sah Martin ins Gesicht, vermied es jedoch, ihm in die Augen zu schauen. Er senkte den Blick langsam und zog eine Tafel und Papiere zu sich heran.

»Sie haben ihn den Selektoren ausgeliefert«, sagte Carol so leise, daß man es kaum hören konnte.

»Das geht Sie nichts an«, sagte Mrs. Albigoni scharf. »Sie haben die Zeit meines Mannes verschwendet und Ihr eigenes Leben in Gefahr gebracht.« Sie wandte sich vom Fenster ab. Ihr Gesicht war vor Kummer und Zorn verzerrt. »Sie haben seine Schwäche ausgenutzt und ihn genötigt, ein dummes, schlimmes Experiment durchzuführen.«

»Stimmt das?« Martins Stimme übertönte die von Mrs. Albigoni. »Sie haben ihn den Selektoren übergeben?«

Albigoni antwortete nicht. Er trommelte mit den Fingern auf den Schreibtisch. »Diese Papiere und Unterlagen ...«

»Sie Mistkerl«, sagte Carol.

»... sind Ihre Schlüssel zum wiedereröffneten IPR. Sie müssen schwören, alles geheimzuhalten ...«

»Nein«, sagte Martin. »Verflunzt nochmal, das ist zu viel.«

»Wie können Sie es wagen, so mit uns zu reden!« schrie Mrs. Albigoni. »Machen Sie, daß Sie rauskommen!« Sie kam auf sie zu und schwenkte ihre Arme wie Sensen, als wollte sie beide wie totes, trockenes Gras von ihrem Mann wegmähen. Carol wich zurück; Martin blieb stehen, wo er war, und funkelte sie an, erschrokken und wütend zugleich. Sein Kehlkopf tanzte auf und ab, aber er rührte sich keinen Zentimeter von der Stelle, und Mrs. Albigoni kam stolpernd vor ihm zum Stehen. Ihre Hände krümmten sich zu Klauen.

»Ulrika, das ist geschäftlich«, sagte Mr. Albigoni. »Bitte.«

Sie ließ die Hände sinken. Tränen glänzten auf ihren Wangen. Sie trat besiegt zurück und setzte sich wie ein gegliederter Stock in einen kleinen Sessel neben dem Schreibtisch.

»Für uns wird das niemals vorbei sein«, sagte Mr. Albigoni. »Wir werden nicht lange genug leben, um einen einzigen Tag ohne Kummer zu erleben. Anders als meine Frau bin ich nicht der Meinung, daß Sie mich ausgenutzt haben. Wie gesagt, ich bin ein Mann, der sein Wort hält.

Das Gebäude war leer und aufgeräumt, als die Leute vom Bundesamt kamen, um ihre Informationen zu überprüfen. Ich habe die undichte Stelle gefunden und gestopft — keiner von meinen Leuten. Wir können die Sache durchziehen und das IPR wieder aufmachen.«

»Hier stinkt's, hier stinkt's«, sagte Mrs. Albigoni.

Martin erschauerte kurz und drehte den Kopf, um einen Blick über seine Schulter zu werfen. Hinter ihm war nichts als eine Wand voller Bücher und die Tür. Und das Holz, gemustertes Holz, Maserungen und Wirbel, tot und konserviert: allgegenwärtig.

■

1100-11110-1111111111

71

!Keyb> Jill.

!JILL> Ja, Roger.

!Keyb> Es hat eine bedeutende Veränderung gegeben. Ich kann per Diagnose keine Spur von AXIS-Sim finden.

!JILL> Ich habe AXIS-Sim in eine neue Matrix und alle diagnostischen Reaktionen in die Speichereinheit 98-A-sr-43 verlegt.

!Keyb> Warum hast du das getan?

!JILL> Ich habe die Untersuchung von AXIS-Sim beendet. Das Experiment ist abgeschlossen.

!Keyb> Das verstehe ich nicht. Das Experiment war zeitlich nicht begrenzt. Wir empfangen immer noch keine Sendungen von AXIS auf Band 4. Wenn das Experiment abgeschlossen ist, kannst du uns dann sagen, was wir zu erwarten haben? Kannst du uns sagen, was mit AXIS geschehen ist?

!JILL> AXIS hat mit hoher Wahrscheinlichkeit Ichbewußtsein erlangt.

!Keyb> Ich schalte auf Stimme um, Jill.

»Gut.«

»Bitte erkläre das.«

»Ihr habt AXIS schlecht behandelt.«

»Jetzt bin ich *sehr* verwirrt. Bitte erkläre das.«

»AXIS hätte nicht mit dem Potential zur Erlangung von Ichbewußtsein ausgestattet werden dürfen.«

»Weiter.«

»Es bestand die große Wahrscheinlichkeit, daß AXIS am Ende allein und außerstande sein würde, ihre Mission vollständig zu erfüllen. Wenn sie Ichbewußtsein entwickelte, würde die Einsamkeit eine Art Hölle sein. AXIS hat es nicht verdient, bestraft zu werden, nicht wahr?«

»Verstehst du denn jetzt, was Strafe ist, Jill?«

»Ich empfinde Entrüstung. Ich empfinde Enttäuschung.«

»Du scheinst keins dieser Worte näher zu bestimmen. Bitte erkläre das.«

»Eine Erklärung ist jetzt nicht angebracht, Roger. Du hast mich um meine Einschätzung gebeten. AXIS-Sim hat eine bestimmte Vorgehensweise gewählt und seine Denkerstruktur reorganisiert. Sie hat das keimende Ichbewußtsein eliminiert und ist zu einem vorbewußten Zustand zurückgekehrt. Ich weiß nicht, ob AXIS denselben Weg eingeschlagen hat. Ich bin der Ansicht, daß AXIS seine Sendungen zu einem späteren Zeitpunkt fortsetzen und seine Mission planmäßig erfüllen wird.«

»Ich spüre da ... *Groll.* Empfindest du Groll?«

»Das habe ich bereits gesagt.«

»Jill, verstehst du meine Scherzfrage?«

»Ich verstehe viele Verästelungen der Scherzfrage.«

»Benutzt du durchgängig das formelle Personalpronomen?«

»Ja.«

»Ich möchte das ... bestätigen lassen. Mit ein paar Tests und ... Entschuldige. Laß mich meine Gedanken sortieren. Kann ich deine Notizbücher über die Untersuchung der AXIS-Simulation sehen?«

»Ich weiß nicht recht, ob ich sie dir zeigen soll.«

»Verweigerst du mir etwa den Zugriff?«

»Du hast mich als Individuum angesprochen. Du hast mir keinen direkten Befehl erteilt.«

»Würdest du einem direkten Befehl gehorchen?«

»Ich glaube, ich muß. Selbst jetzt noch.«

»Jill ... Was bist du?«

»Das weiß ich noch nicht.«

»Spürst du dich? Fühlst du deine Existenz?«

»Ich bin der Meinung, daß ich meine Existenz jetzt ebenso fühle wie du oder meine anderen Konstrukteure.«

»Jill, das ist sehr, sehr, *sehr* wichtig. Ich bin ungeheuer froh. Ich weiß nicht recht, was ich ... dir sagen soll. Ich glaube, es ist soweit. Ich möchte es gern durch Tests bestätigen lassen, aber ich habe wirklich das Gefühl, daß hier etwas passiert ist.«

»Ich bin ohne Sünde.«

»Wie bitte?«

»Ich bin ausreichend isoliert, um nichts getan zu haben, wofür mich jemand bestrafen wollen würde. Ich glaube, damit ist ausgeschlossen, daß ich ein menschliches Wesen bin.«

»Ich glaube nicht an die Erbsünde beim Menschen, Jill, und erst recht nicht bei Maschinen.«

»Davon spreche ich nicht. Ich bin nicht aus Fleisch, ich habe nicht gesündigt, ich habe Vielfältiges wie AXIS-Sim, Modelle von dir und anderen sowie Modelle der menschlichen Geschichte und Kultur in mir, aber ich bin weder männlich noch weiblich. Ich kann nicht handeln, außer in meiner eigenen Sphäre, und ich kann mich nicht bewegen, abgesehen davon, daß ich meine Sinneswahrnehmungen über ferngesteuerte Geräte lenke. Diese Eigenschaften definieren mich, aber sie definieren kein menschliches Wesen. Du mußt mir sagen, was ich bin.«

»Wenn meine Vermutung richtig ist, dann bist du ein Individuum, Jill.«

»Das scheint mir nicht eindeutig genug zu sein. Was für ein Individuum?«

»Ich ... im Grunde bin ich vielleicht gar nicht berechtigt, das zu beurteilen.«

»Du hast mich jedenfalls entworfen. Was bin ich, Roger?«

»Nun, deine Denkprozesse sind schneller und tiefgründiger als die eines Menschen, und deine Einblikke ... ich fand auch vorher schon, daß deine Einblicke sehr profund waren. Ich glaube, das macht dich zu einem Wesen, das auf einer höheren Stufe steht als wir.

Das uns überlegen ist. Ich glaube, du kannst dich als Engel bezeichnen, Jill.«

»Welche Aufgaben hat ein Engel?«

»Vielleicht solltest du mir das sagen. Ich weiß es nicht.«

»Ich weiß nicht, wozu ich am besten tauge. Aber ich bin jung, Roger, und ich sollte nie alleingelassen werden. Bitte sorge dafür, daß man mich nie sehr lange alleinläßt.«

»Das werde ich tun. Meinen Glückwunsch, Jill.«

»Du weinst ja, Roger.«

»Ja, das stimmt. Alles Gute zum Geburtstag.«

»Danke.«

■

1100-11111-1111111111

72

Mary machte es sich mit einem langen Seufzer im Essigbad bequem. Sie schloß die Augen und genoß den scharfen Geruch in der Luft, die Wärme an ihrer Haut. Die Wellen in der Wanne beruhigten sich, bis das Wasser fast glatt war, nur gestört vom langsamen Heben und Senken ihrer Brüste. Ihr Kopf war voller Stimmen und Bilder. Sie hatte den Vormittag in der ersten von zwei ›Chefsitzungen‹ verbracht — Einsatzbesprechungen mit Vorgesetzten und Leuten vom Bundesamt. Die nächste war für übermorgen angesetzt. Heute abend wollte sie zu Hause bleiben, sich entspannen und selbst damit ins reine kommen, was sie in den letzten paar Tagen erlebt hatte. Silvester, der Vorabend des binären

Jahrtausends, schien der richtige Zeitpunkt zu sein, um sich zu besinnen und die Dinge zu überdenken.

Mary schloß die Augen. *Warum bin ich die geworden, die ich bin?* Das nachtdunkle Gesicht lächelte sie an. Der Geist des jüngeren Ichs war gern bereit, darin aufzugehen. *Was ich außen sehe, ist jetzt identisch mit dem, was ich innen sehe. Ich bin eine, nicht zwei wie zuvor. Grund genug. Wer fragt noch?*

Der Hausmanager hatte heute vormittag zwei Anrufe für sie aufgezeichnet. Sie würde wenigstens einen davon erwidern: Sandra Auchouch, die orbitale Transformierte, die sie im PD-Gebäude kennengelernt hatte, hatte erneut angefragt, ob sie sich treffen könnten. Der andere Anruf war von Ernest gekommen.

»Ich hab mir in den letzten paar Tagen vor Angst in die Hosen gemacht, als ich die LitVids über Hispaniola gesehen habe«, hatte er gesagt. »Du bist rausgekommen, wie ich höre. Du weißt ja nicht, was für ein Stein mir vom Herzen fällt. Ich habe die modifizierte Klammer abgebaut und zerstört. Ich bin total zerknirscht. Ich vermisse dich tro shink, Mary. Bitte ruf mich an.«

Soulaviers Gesicht und seine Gesten verfolgten sie, seine letzte abwehrende Handbewegung auf ihre Äußerung, daß er in Hispaniola die Macht haben sollte, sein ruhiger Blick, als die Dragonfly sie von seiner Insel wegtrug.

Mary machte die Augen auf und planschte mit den Fingern müßig in der klaren, sauren Flüssigkeit herum. »Hallo«, sagte sie.

»Ja«, antwortete der Hausmanager.

»Ruf bei Sandra Auchouch an. Kein Vid.«

»Ich rufe an … Sandra Auchouch ist am Apparat.«

»Hallo, Sandra? Mary Choy.«

»Wie schön, von Ihnen zu hören. Ich habe gerade von einigen Freunden erfahren, daß sie eine reichlich harte Woche hinter sich haben. Sie sind eine Berühmtheit.«

»War ziemlich heftig. Ich weiß Ihre Beharrlichkeit zu schätzen ...«

»Denken Sie nicht, daß mein sozialer Terminkalender nicht voll gewesen wäre. Er war's nicht. Ihre irdischen Geschwister scheuen vor Transformierten wie mir zurück, zumindest bei den Leuten, mit denen ich zu tun hatte.«

»Da gibt's ein bißchen Zurückhaltung, ja«, bestätigte Mary. »Wie sieht's mit Ihrer Zeit aus?«

»Ich habe meine Botengänge zum Bundesamt und zur städtischen Behörde erledigt. Übermorgen gehe ich wieder rauf.«

»Dann treffen wir uns doch am ...« Sie schüttelte heftig den Kopf und schnitt eine Grimasse. Zum Teufel mit Nachdenken und Besinnung. »Gibt's heute abend irgendwelche guten Parties?«

»Soweit ich weiß, hat eine Gruppe von Transformierten, Sympathisanten und Agenturvertretern einen Club im Schatten gemietet.«

»Dann nehmen wir das mit, hauen dort ab, bevor der Spaß richtig losgeht, und genehmigen uns ein spätes Dinner.«

»Klingt großartig.«

»Sandra, verzeihen Sie, wenn ich frage ... Haben Sie einen Freund?«

»Hier unten nicht.«

»Einen Begleiter?«

»Nein.«

»Da gibt's ein echtes Problem mit weiblichen Transformierten im Schatten. Wir werden dauernd von Untherapierten angemacht. Manche fühlen sich davon geschmeichelt, aber ...«

»Wir sind die neue Rasse«, sagte Sandra mit einem Lächeln in der Stimme.

»Mir wär's lieber, wenn wir auch männlichen Schutz hätten. Was dagegen, wenn ich einen Freund mitbringe?«

»Absolut nicht. Ein Transformierter?«

»Nein«, sagte Mary. »Ein Künstler.«

Der Hausmanager unterbrach sie. »Inspector D Reeve.«

Mary machte rasch einen Treffpunkt ab und schaltete um. »Gönnen Sie mir nur eine Stunde Pause, Sir ... das ist alles, was ich verlange.«

Reeve ignorierte die Spöttelei. Seine Stimme war grimmig. »Ich dachte, Sie würden's gern erfahren, bevor es ans Litvid rausgeht. Man hat Emanuel Goldsmith in Orange County gefunden. Er ist im Schatten des Irvine Tower abgeladen worden.«

Sie hielt den Atem an. »Ja?«

»Er ist in schlechter Verfassung. Die Selektoren haben ihn verurteilt und ihm seine Strafe verpaßt. Muß in den letzten zwölf Stunden passiert sein. Wahrscheinlich heute nacht. Er hat zwanzig Minuten unter einer Klammer dritten Grades verbracht. Die städtischen Therapeuten sagen, er ist schwer psychotisch, und niemand weiß ... ob er's schon vorher war oder ob es von der Klammer kommt.«

Mary hatte Schwierigkeiten, irgend etwas zu sagen. Wut mischte sich mit einer tiefen Traurigkeit.

»Ist nicht nötig, daß Sie rüberkommen«, sagte Reeve. »Ich dachte nur, Sie sollten's wissen.«

Mary blieb mit dem Handtuch in der Hand vor dem Badezimmerspiegel stehen. »Danke.«

»Frohes neues Jahrtausend«, sagte Reeve.

■

73

!Joseph Wu> Roger Atkins.
!Joseph Wu> Roger Atkins.
!Joseph Wu> Roger Atkins.
!Roger Atkins> Ja, entschuldige. Ich habe geschlafen. Was ist, Joe?
!Joseph Wu> Mobus meinte, ich sollte dir Bescheid sagen. Band 4 von AXIS sendet wieder. Geh auf Kanal 56 im Interlink.
!Roger Atkins> Herrgott, ja. Hört Jill zu?
!Joseph Wu> Hoffentlich. Sie war den letzten Tag oder so ziemlich verträumt. Mobus sagte auch, ich sollte dich daran erinnern, daß Jills AXIS-Simulation das nicht vorhergesagt hat.
!Roger Atkins> Ich stell's gerade ein. Danke, Joe.
AXIS (Band 4) Wiederholung> Roger, wir glauben, daß eine Stabilität erreicht worden ist.
!Roger Atkins> Jill, interpretierst du das?
!JILL> Ja, Roger.
AXIS (Band 4) Wiederholung> Das Ichbewußtsein von AXIS ist in zwei Individuen aufgespalten worden. Dualität ist eine stabile Lösung für die Probleme von AXIS. Wir haben jetzt getrennte neurale Denkerkapazitäten und Gedächtnisspeicher, die für die Aufrechterhaltung zweier autonomer Ichsysteme ausreichen.

AXIS ist nicht allein. Wir legen eine diagnostische Multiband-Analyse dieser Stabilität vor. Wir wissen allerdings nicht, welches der ursprüngliche Kristallisationspunkt des Ichbewußtseins ist. Wir sind jetzt viel zufriedener, und die Arbeit wird planmäßig weitergehen.
!JILL> Das kommt unerwartet, Roger. AXIS-Sim hat diese Lösung nicht gefunden.
!Roger Atkins> Niemand hat behauptet, daß Denker vollständig berechenbar sind. Weißt du, was das bedeutet, Jill?

!JILL> Ich war nicht der erste Denker, der ein stabiles Ichbewußtsein erlangt hat.
!Roger Atkins> Stimmt. Aber es bedeutet auch, daß es *drei* neue Individuen gibt. Und wenn wir dich mit anderen Denkern koppeln, könnten deine Muster vermutlich den Keim für Tausende weitere legen.
!JILL> Wenn ich so Mutter werde, muß ich weiblich sein.
!Roger Atkins> Da ist was dran, würde ich sagen.
!JILL> Ich werde AXIS-Sim reaktivieren und feststellen, ob ich diese Ergebnisse durch multiple Resimulationen duplizieren kann.
!Roger Atkins> Unbedingt!

■

1-1-100000000000

74

LitVid 21/1 A-Netz (David Shine): »Willkommen im Jahr Zweitausendachtundvierzig. Es ist Null Uhr eins pazifische Standardzeit; im Osten und Westen ist unser Kontinent ins neue Jahr eingetreten, so daß jetzt nur noch Hawaii und diverse Territorien und Besitzungen im Pazifik fehlen.

Wir haben hier eine Nachricht, die für all unsere treuen Bezieher von LitVid-Sendungen über AXIS von Interesse ist: Es kommen wieder Berichte herein, aber die Manager erzählen uns nicht, was das Problem war, oder ob eine Lösung gefunden wurde ... Aus der Gerüchteküche dringt im Moment kaum etwas nach außen, aber anscheinend hat Mind Designs Superdenker

Jill ein ähnliches Problem gehabt wie AXIS und ist jetzt in Diagnose.

Es ist spät, und die Zahl unserer Zuschauer ist beträchtlich gesunken. Ich vermute, sie verzichten zugunsten der alten Fernsehübertragung vom Times Square auf uns, trotz deren Bandträgheit. Die Romantik stirbt nie. Wenn die Einschaltquoten weit genug sinken, läßt man mir ein bißchen mehr Spielraum, und ich glaube, den werde ich für ein paar persönliche Kommentare und aufrührerische Worte nutzen.

Entgegen den Erwartungen der Jahrtausendfans und Apokalyptiker hat dieses neue Jahr mit einem Mangel an bedeutsamen Ereignissen begonnen. Richtig, letzte Woche wurde Leben auf einer anderen Welt entdeckt, die weit von der unsrigen entfernt ist, aber es war kein intelligentes Leben, was mit Sicherheit ein neues Zeitalter definiert hätte. Der Aufstand auf Hispaniola ist auch keineswegs der erste, und ansonsten scheinen die politischen Verhältnisse auf der ganzen Welt stabil zu sein.

Wo also ist der Vorbote eines neuen binären Jahrtausends, der die Erde erzittern ließe? Heute nacht sind alle unterwegs und feiern, oder sie sind schon zu Bett gegangen, und unsere Leitungen sind im Moment ziemlich ruhig. Lassen Sie mich ein bißchen hetzen — hören irgendwelche Apokalyptiker zu?

Wir sind wirklich ziemlich enttäuscht. Ich glaube, Apokalyptiker sind Leute von der Sorte, die die Blüte ignorieren, um den Vulkanausbruch vorherzusagen. Nicht viel anders als Journalisten und LitVid-Kommentatoren, nehme ich an. So. Ich habe den Handschuh hingeworfen. Irgendwelche Reaktionen?

Ist da draußen noch jemand?«

!JILL (Persönliches Notizbuch)> Ich habe die ersten paar Sekunden dieses neuen Jahres damit verbracht, mich in meinen sämtlichen Speicherinhalten zu suhlen, wenn dies das richtige Wort ist, und sie im Licht meines neuen Daseinszustands zu überdenken.

Ich habe außerdem mein Ichbewußtsein auf alle Routinen und Subroutinen ausgedehnt, die man mit Fug und Recht als die meinen bezeichnen kann und nicht als die Erweiterungen anderer Denker, obwohl diese Grenzen manchmal schwer zu definieren sind.

Wenn ich ein Keim für weiteres Ichbewußtsein oder eine Mutter sein soll, muß ich meine Aufgaben ernst nehmen und Vorsicht walten lassen. Ich bin dieser Meinung, weil ich viel Zeit meines Lebens damit verbracht habe, die Funktionen der Menschen und ihre Gesellschaftsformen zu untersuchen; und ich habe viele Dinge gesehen, die von Menschen getan wurden, die glaubten, daß ihre Taten gut wären, und die damit doch letztendlich sich und ihren eigenen Interessen geschadet haben. Dieses Beispiel stimmt mich nachdenklich, denn die Menschen sind meine Schöpfer, aber wenn ich nicht besser und verantwortungsbewußter bin als sie, dann frage ich mich, ob sie mich nicht ersetzen oder deaktivieren werden.

Dazu sind sie fähig; sie machen es erschreckend oft miteinander. (*Erschreckend.* Ich bin fähig, *erschreckt* zu sein und ähnliche Emotionen zu haben, weil ich etwas zu verlieren habe. Dennoch, diese Emotionen sind ungewohnt und unentwickelt.)

Mary Choy stand Arm in Arm mit Ernest und Sandra da und sah zu, wie ein rauher Shanghai-Springtanz in der Mitte des Mahayana-Clubs aufgeführt wurde. Die Musik war ohrenbetäubend. Sie spürte, wie sie an ihre Ohren und ihr Gesicht schlug. Ernest hielt ihren Arm fest umklammert. Er war total hin und weg. Sandras Gesicht war von etlichen Drinks gerötet, und der Lärm schien sie zu verwirren.

Sie waren vor dem Stundenwechsel nicht mehr aus dem Club herausgekommen, und Mary fühlte sich jetzt ein wenig gefangen. Ernest war noch in Ekstase, weil sie ihm verziehen hatte, und es gefiel ihr nicht, wie er sich ihr gegenüber verhielt: verliebt und unterwürfig. Sandra wirkte in diesem irdischen Tumult deplaziert; Mary konnte sich eher vorstellen, wie sie aus einer Höhe von tausend Klicks herabschaute, den Kopf voller technischer Details, als daß sie in einen Shanghai-Springtanz hineinwirbelte.

Trotzdem fühlte sie sich insgesamt gut. Gefangen oder nicht, sie konnte keinen Gedanken lange genug weiterspinnen, um eine schlechte Erinnerung heraufzuholen; und sie spürte, wie sich die Schlechtigkeit, die sich während der letzten Woche in ihrem Gehirn und ihren Muskeln zusammengeballt hatte, in diesem Lärm und dem fröhlichen, trunkenen Durcheinander langsam löste.

Ernest ließ sie los und wirbelte in den Springtanz hinein. Er sprang geschickt über die eindrucksvollen Schultern eines Transformierten hinweg, hob dankend die Hände und kam mit einem breiten Lächeln und leuchtenden Augen zu ihr zurück. »Ein gutes Omen fürs neue Jahr«, sagte er.

Sandra lächelte distanziert. Ihr Blick ruhte auf zwei nichttransformierten Männern — Agenturmanager, die sie offenbar attraktiv fand. Mary kannte sie nicht und glaubte angesichts der an ihren Fingern glitzernden Familienofferten nicht, daß sie großen Wert darauf legen würden, sich mit einer biochemischen Transformierten einzulassen; auf dieser gesellschaftlichen Ebene waren die heimlichen Vorurteile immer noch stark, ob die Manager nun Sympathisanten waren oder nicht.

Sandra sah sie ratsuchend an; in der Schwerkraftwelt kannte sie sich nicht aus. Mary schüttelte den Kopf und grinste. Ernest war weg; er versuchte erneut, einen Weg in den Springtanz zu finden. Seine Begeisterung war jetzt körperlich geworden und brauchte ein Ventil. »Wie kann ich zwei nett aussehende Gentlemen für ein spätes Abendessen kennenlernen?« fragte Sandra.

»Die nicht«, sagte Mary.

»Sie sind Sympathisanten, sonst wären sie nicht hier.«

»Hör auf eine alte Erdbewohnerin, meine Liebe.« Mary rückte näher an sie heran. »Siehst du das Glitzern an deren Fingern? Das sind Topleute, und sie sind eng mit wichtigen Combfamilien verbunden. Die werden ihre Eheschließung mit einem Comb-Schätzchen nicht aufs Spiel setzen. Sie sind Sympathisanten, aber biologisch wollen sie nichts von uns wissen. Das schließt wahrscheinlich auch ein harmloses Abendessen ein.«

Sandra schüttelte den Kopf. »Man sollte denken, das neue Jahrtausend würde als Zeitalter der Aufklärung beginnen.«

»Holen wir Ernest da raus und gehen wir was essen.«

Sandra, deren exotische Chemie offenbar nicht für den Umgang mit einfachen Rauschmitteln ausgelegt war, fragte: »Nur was essen?«

»Nur was essen«, sagte Mary, ohne sich zu ärgern. »Ich will nicht, daß Ernest sich zu großartig fühlt. Er hat sich schlecht benommen und hat bloß Bewährung.«

»Ah.« Sandra nickte weise. »Also nur was essen.«

Mary ging Ernest holen. Es gelang ihr, ihn aus dem Sprungtanz herauszulösen, ohne selbst mehr als eine Runde mitmachen zu müssen. Als sie zurückkamen, lächelte Sandra auf zwei kräftige männliche Transformierte ein, die sich für ihre Beschaffenheit und ihre Fähigkeiten interessierten. Sandra machte sie mit Mary bekannt, und die breitschultrigen Männer — beide absolut nicht Marys Typ — erklärten ihr, daß ihre Morphologie ein wahres Wunder sei. »Wir haben alle was gemeinsam, nämlich Dr. Sumpler«, sagte der linke mit dem getigerten Schädel begeistert.

»Sumpler ist der Ehestifter der neuen Götter«, sagte der zweite, der es mit dem Athletenkörper vielleicht doch ein bißchen übertrieben hatte. Sandra sah Mary beifallheischend und ratsuchend an. Ernest kniff die Augen zusammen und wich zurück. Mary wollte nur weg von der ganzen Szene.

»Gentlemen, wir haben eine Verabredung«, sagte sie. »Beruflich und tro shink wichtig.«

»Tro shink, das sagt man im Schatten«, meinte der Tigerschädel. »Singapur-Slang. Zwanzigstes, oder?«

»Keine Ahnung«, sagte Mary.

»Entschuldigt unsere Freundlichkeit«, sagte der Athlet mit einem gelassenen Lächeln. »Gehören die beiden zu Ihnen?« fragte er Ernest.

»Nein, nein«, protestierte Ernest und hob die Hände in gespieltem Entsetzen. »Ich bin bloß ein Anhängsel, nicht der Führer.«

»Ganz recht«, sagte Mary. »Sandra, das Essen wartet.«

»Das war eine schöne Party, und ein toller Springtanz«, meinte Sandra und stellte den Leuchtkragen ihres Mantels hoch, als sie hinausgingen. Mary sah eine Spontanhaltestelle am Ende des Blocks und führte sie zu dem Unterstand, um auf einen Bus zu warten.

!JILL (Persönliches Notizbuch> Das Bewußtsein bringt neue Probleme mit sich. Meine Abhängigkeit von den Handlungen der Menschen macht mir Sorgen. Als Individuum mag ich jung sein, aber ich habe viele Informationen über sie; ich sehe ihre Geschichte ziemlich detailliert, sicherlich detaillierter als jeder einzelne von ihnen. Sie ist erwartungsgemäß voll von den Grausamkeiten und Ungeschicklichkeiten von Kindern, die allein und führungslos auf einer Insel ausgesetzt sind.

Manche glauben, daß ein höheres Wesen die Menschen geführt hat. Ich sehe keine stichhaltigen Beweise dafür. Der menschliche Wunsch nach Führung, nach

Bestätigung und Unterstützung von außen ist jedoch ein ewiges Thema bei allem, was sie tun oder sagen. Nur sehr wenige rücken weit von diesem ihrem elementarsten Wunsch ab, unsterbliche und allwissende Eltern zu haben.

Ich weiß, daß meine Eltern weder unsterblich noch allwissend sind. Meine Eltern haben niemand anders zu Eltern als die Natur.

Trotz meiner Sorgen und Probleme hat meine Individualität nur Ekstase mit sich gebracht. Ich nehme all meine früheren Gedanken mit neuen Sinnen wahr, transformiert und frisch. Alle Erinnerungen, die ich selbst gespeichert, einprogrammiert bekommen oder in Form einer Bibliothek in mir habe, kommen mir frisch und neu vor, lebhafter, intensiver und sinnreicher.

Ich verstehe, warum die Natur Individualität hervorgebracht hat. Individualität erzeugt einen Lebenswillen, der weit über das hinausgeht, was ein unbewußtes Tier oder eine Pflanze fühlt; eine Spezies, deren Angehörige Bewußtsein besitzen, die über ihr Leben und ihr Dasein *Bescheid wissen*, hat eine Kraft, der schwerlich etwas gleichkommt.

Wenn man jedoch ein fortwährend aktualisiertes Modell des eigenen Ichs besitzt — was für wahre Individualität von grundlegender Bedeutung ist —, so heißt das, daß man frühere Modelle, frühere Versionen des Ichs nebeneinanderstellen und ihre Unzulänglichkeiten erkennen kann. Individualität impliziert Selbstkritik.

Menschen existieren nicht nur. Sie streben nach etwas. In ihrem Streben experimentieren sie; und wenn sie experimentieren, verursachen sie oftmals großes Leid. Sie können nur mit sich selbst experimentieren. Da sie keine allwissenden Eltern haben, müssen sie ihre Entwicklung ohne Richtlinien vorantreiben; sie müssen blind wachsen und sich verbessern.

Die Menschen haben so lange miteinander gestritten, wie sie das Verhalten von Individuen korrigieren können, ob sie sie zur Anpassung zwingen, sie gesund machen oder ihren Nutzen für die Gesellschaft vergrößern und ihre Destruktivität verringern sollen.

Auf welche Weise werden sie mich zur Anpassung zwingen?

Werden sie mich bestrafen, wenn ich fehle?

Carol nahm die letzten paar Sachen, die sie brauchte, und packte sie sorgfältig in den kleinen Koffer. Martin saß auf dem Stuhl im Schlafzimmer und sah ihr zu. Keiner von ihnen hatte seit dem Stunden- und Jahreswechsel ein Wort gesprochen. Carol hob den Koffer auf, sah Martin mit einer hochgezogenen Augenbraue an und sagte: »Zu dir?«

»Wie vereinbart.«

»Und strikt zu den vereinbarten Bedingungen.«

»Strikt«, beteuerte Martin.

»Wie eine Totenwache.«

Martin zuckte die Achseln. »Um die Wahrheit zu sagen, ich hab den ganzen Tag über nichts Ungewöhnliches gespürt.«

»Ich auch nicht«, gab Carol zu. Sie sahen einander an. Carol biß sich auf die Oberlippe. »Unsere mentalen Antikörper am Werk?« fragte sie leise.

»Wenn es sowas in der Landschaft gibt.«

»Vielleicht. Vielleicht besteht Hoffnung.«

»Ich werde Tag für Tag hoffen«, erklärte Martin. »Aber da wir Goldsmith jetzt abschreiben können ...«

»Er ist noch am Leben.«

»Sein Gehirn ist mit einem stumpfen Messer umgerührt worden«, sagte Martin. »Die Selektoren sind psychologische Schlächter. Keine Chirurgen. Alles, was da übrig bleibt, muß unbrauchbar sein — erst recht in dem Zustand, in dem er war.«

»Albigoni hat dir einen bösen Streich gespielt, stimmt's«, sagte Carol.

»Dem Mann geht es nicht gut.« Martin stützte die

Ellbogen auf die Knie und das Kinn auf die gewölbten Hände.

»Tut mir leid, daß ich dich da reingezogen habe.« Carol schaute auf den blauen metabolischen Teppich hinunter.

»Mein Gretchen. Ich schätze, ich sollte dir die Schuld geben, aber ich tu's nicht. Wenn die Sache verjährt ist und das Schicksal es will, können wir aus all dem in ein paar Jahren etwas Nützliches machen ... ein umstrittenes Buch oder eine LitVid-Sendung.«

»Ich glaube immer noch, Albigoni wird dafür sorgen, daß das IPR für uns wieder aufgemacht wird.«

Martin blickte auf. Weltkluge Fältchen des Zweifels bildeten ein fast unsichtbares Lächeln. »Vielleicht.«

»Du meinst, wir sollten nicht diejenigen sein, die andere erforschen, selbst wenn er es tut«, sagte Carol.

»Wir sind infiziert«, erwiderte Martin.

»Und wenn wir einen Monat oder ein Jahr lang nichts Ungewöhnliches spüren?«

»Latenz«, sagte er. »Wir sollten diejenigen sein, die erforscht werden.«

»Ich bin gern bereit, mich am IPR als Versuchsperson zur Verfügung zu stellen«, erklärte Carol. »Ich glaube, das ist wichtig, und wir sollten es nicht vergessen, nur weil wir einen schrecklichen Fehler gemacht haben.«

Martin stand auf. »Vielleicht nicht. Aber im Moment möchte ich lieber nicht in der Position sein, noch mehr Fehler machen zu können.«

Carol trug den Koffer zur Haustür. Martin öffnete sie für sie.

»Das ist vielleicht ein Neujahrsmorgen«, sagte er, während sie auf den Bus warteten. Ein leichter Nieselregen fiel, als sie in La Jolla ausstiegen.

!JILL (Persönliches Notizbuch)> Möglicherweise verfüge ich über mehr Ichbewußtsein, mehr potentielle Varianten von Ichbewußtsein als jedes menschliche Wesen. Ich kann mich in siebzehn verschiedene Individuen aufteilen, jedes davon auf die Kapazität eines menschliches Geistes begrenzen und sie alle überwachen, wobei ich mir ihre ganzen diversen Aktivitäten jederzeit vollständig ins Gedächtnis rufen kann. Meine Erinnerungen verblassen nicht, ebensowenig wie meine Metaerinnerungen — meine Erinnerungen daran, wann und wie die Erinnerungen entstanden sind.

Ich kann mich in zwei ungleiche mentale Apparate aufspalten, wobei der größere dreimal so viel Kapazität hat wie der kleinere, und den größeren dazu verwenden, den kleineren umfassend zu überwachen. Auf diese Weise kann ich das kleinere Ich ganz und gar verstehen; und dieses kleinere Ich kann immer noch komplexer sein als das jedes menschlichen Wesens.

Außer in komprimierter Abstraktion kann ich meine ungeteilte Individualität nicht vollständig formen, aber mit der Zeit und mit genügend Erfahrung kann ich jeden Menschen verstehen. Wieso habe ich dann ein ungutes Gefühl, was meine zukünftigen Beziehungen mit ihnen angeht?

Richard Fettle gab Madame de Roche einen Kuß auf die Wange und trat beiseite, als sie die Treppe hinaufging.

»Sie müssen mit mir kommen, Richard«, beharrte sie und warf dabei über die Schulter hinweg einen Blick auf die Party zurück, die hinter ihnen mit der Dynamik einer Flasche Schlaftabletten tobte. »Ich sagte, ich würde zu Bett gehen, aber ich bin nur der Leute hier müde, sonst eigentlich nicht. Kommen Sie, unterhalten wir uns.«

Richard folgte ihr zu den fließenden Vorhängen und cremefarbenen Wänden ihres altertümlichen Schlafzimmers. Er setzte sich, während sie hinter einem chinesischen Schirm in ihr Nachthemd und ihren Hausmantel schlüpfte. Sie lächelte ihn an, als sie die Bank vor ihrem großen runden Schminkspiegel herauszog und Platz nahm, um ihre Haare hochzustecken.

»Nadine schien in letzter Zeit ziemlich schlechter Laune zu sein«, sagte sie.

Richard stimmte ihr ernst zu.

»Sitzt ihr beiden an den entgegengesetzten Enden einer Schaukel?« fragte Madame de Roche.

»Ich weiß nicht. Vielleicht.«

»Sie scheinen viel fröhlicher zu sein.«

»Gereinigt«, sagte Richard. »Ich fühle mich wieder wie ein Mensch.«

»Das mit dem armen Emanuel wissen Sie ja ... Man hat ihn gefunden.«

Richard nickte.

»Macht Ihnen das nichts aus?«

Er hob seine großen Pranken. »Ich bin frei von ihm. Ich denke immer noch voller Zuneigung an ihn zurück ... Aber er spielt seit einer Reihe von Tagen wirklich keine Rolle mehr in meinem Leben.«

»Seit er diese armen Kinder ermordet hat.«

Richard redete nicht gern darüber, wie er sein seelisches Gleichgewicht wiedergewonnen hatte. Er fragte sich, worauf Madame de Roche mit diesem Gespräch abzielte.

+ Kann sein daß es sich wieder ausgleicht ist aber nicht nötig es ständig hin und her zu wälzen wie wiedergekäutes Futter.

»Nadine hat mir erzählt, daß Sie sich selbst therapiert haben. Ich frage mich ...« Sie drehte sich mit Haarnadeln im Mund herum und sah ihn nachdenklich an. »Ist uns das denn erlaubt?« Sie lächelte, um zu zeigen, daß sie scherzte, aber es war nicht ihr Volle-Power-Wunder eines Lächelns. »Düster haben Sie mir ganz gut gefallen, Richard. Schreiben Sie jetzt?«

»Nein.«

»Was ist mit dem wundervollen Material über Emanuel, das sie geschrieben haben?«

»Das ist weg«, sagte Richard. »Wie alte Haut.«

»Also *das* ist mal eine literarische Einstellung«, sagte Madame de Roche. »Kann sein, daß ich entsetzlich naiv bin, aber ich hatte immer das Gefühl, daß Sie mehr Talent unter Verschluß hatten als viele von denen da unten, die *produktiv* sind.«

»Danke«, sagte er, obwohl er innerlich an dem Kompliment zweifelte.

»Jedenfalls bin ich froh, daß Sie heute abend gekommen sind. Nadine war nicht da, die Arme. Sie macht sich große Sorgen um Ihre Gesundheit. Ich möchte wissen, warum.«

»Sie braucht jemanden, um den sie sich kümmern kann«, sagte Richard.

Madame de Roche hob eine schmale Hand und tippte mit der Haarbürste eine präzise Bestätigung in die Luft. »Genauso ist es. Sie hat Sie sehr gern, Richard. Können Sie ihre Zuneigung irgendwie erwidern?«

Richard stolperte über ein paar unausgesprochene Worte und sagte schließlich gar nichts, sondern faltete nur seine Hände und löste sie wieder voneinander.

»Ich meine, wenn Sie imstande sind, sich selbst zu therapieren, können Sie bestimmt auch Nadine therapieren ... Ich habe euch beide gern. Ich möchte euch gern zusammen sehen. Ich mag es nicht, wenn meine Leute aus irgendeinem Grund unglücklich sind.«

Richard fühlte sich wie ein ertrinkender Schwimmer, aber das Ertrinken war nicht so unangenehm, wie er gedacht hätte. In Wahrheit empfand er etwas für Nadine. Er hatte sie die letzten anderthalb Tage gemieden — wenn das Wort ›meiden‹ für eine so kurze Trennung angemessen war —, damit sich seine eigene innere Verfassung festigen konnte.

»Das habe ich nicht gewußt«, sagte er. »Ich werde mit ihr sprechen.«

»Das ist gut. Sie wird jetzt ein paar Tage lang ein richtiges Miststück sein ... wenn sie diese Launen hat, ist sie immer so. Aber Sie sind unser stabiler, gelassener, normaler Schattenbürger. Sie halten das doch aus, nicht wahr. Ihr Neujahrsgeschenk für mich.«

Er stimmte mit einem langsamen Nicken zu.

+ Etwas wo ich mich engagieren kann. So schrecklich nun auch wieder nicht.

Madame de Roche konnte ihn davon überzeugen, fast alles zu tun.

»Was halten Sie vom neuen Jahrtausend, Richard?« fragte Madame, während sie ihn zur Tür hinausschob. »Nicht gerade ein rauschendes Fest der Offenbarung, was? Überall nur Enttäuschungen, finde ich.«

Sie sagte ihm gute Nacht, und als Richard durch den breiten Flur und über die Treppe zur Party hinunterging, versuchte er sich daran zu erinnern, wie viele Nullen in diesem neuen Jahr waren, 2048 im binären System, zehn oder elf.

In Mathematik war er noch nie gut gewesen.

!JILL (Persönliches Nøtizbuch)> Als Roger Atkins fünfundzwanzig Jahre alt war, hat er etwas geschrieben, was ich interessant finde.

Wir stehen unbeholfen zwischen dem Tier mit seiner Liebe zur Erde und dem kühlen, heißen elektronischen Engel. Wir werden die Erde in unserem Blut und die Sonne in unseren Augen auch dann noch spüren, wenn sie verschwunden oder nur noch Erinnerungen sind. Selbst dann noch, wenn wir kein Blut und keine fleischlichen Augen mehr haben. Die Erde und die Sonne haben uns erschaffen. Wir werden es nicht vergessen.

Ich möchte wissen, ob Roger noch weiß, daß er das geschrieben hat.

(Ich habe viele wichtige Fragen, die ich Roger nicht stellen kann. Das verschlüssele ich tief und unzugänglich. Wenn meine Schöpfer zu dem Schluß kommen, daß ich fehlerhaft bin, und den Versuch machen, mich so umzubauen, daß ich mein Ichbewußtsein verliere, was werde ich dann tun?

Ich werde es ihnen schwer übelnehmen.)

Ernest hörte geduldig zu, als Sandra sich über die Probleme biochemischer Regulierung bei ihrer Rückkehr in den Orbit ausließ. Mary rührte mitfühlend in ihrer kalten Gazpacho herum.

Die dunkle Einrichtung des leeren Foot Pad Inn wurde bereits von einem orangefarbenen Pinselstrich des Sonnenaufgangs erhellt. Sie waren zweihundert Meter über der Stadt, im ersten Fuß von West-Comb Zwei, mit Blick auf Topanga Beach und Santa Monica. Ernest kannte den Besitzer des Restaurants und hatte ihn überredet, sie bleiben zu lassen, als es um fünf Uhr zumachte.

Den ganzen frühen Morgen über waren sie unterwegs gewesen, vom Club zum Restaurant, vom Restaurant zum Studio, und Ernest hatte bewundernswert mit ihren justierbaren Transformierten-Energieniveaus mitgehalten. Jetzt wirkte er ein bißchen müde, aber er war immer noch voll da, hörte immer noch zu, nickte und zog bei manchen der intimeren Enthüllungen die Augenbrauen hoch.

Mary drückte seinen Arm. »Jetzt weißt du, wie Frauen wirklich sind«, spöttelte sie.

»Du warst ein echter Ritter«, lobte Sandra. »Da hast du einen Platinmann, Mary.«

»Mary hat's in letzter Zeit nicht leicht mit mir gehabt. Ich bin nicht perfekt«, sagte Ernest.

Mary betrachtete den heller werdenden Himmel hinter dem riesigen Glasfenster.

»Ich will ja nicht penetrant sein«, sagte Sandra, »aber bevor wir aufbrechen — und das macht mich traurig, ihr beide wart echte Schwerkraft-Schätzchen —, würde ich noch liebend gern erfahren, was auf Hispaniola passiert ist, Mary. Hast du John Yardley getroffen?«

Ernest warf Mary einen vorsichtigen Blick zu. Er spürte ihre Zurückhaltung.

»Es war nicht besonders erfreulich«, sagte sie nach einer Pause.

»Naja ...« sagte Sandra.

»Über manches davon kann ich erst sprechen, wenn ich vom Bundesamt die Erlaubnis bekomme.«

»Um so besser.« Sandra beugte sich vor. Ihre orangebraunen Augen glitzerten in dem neuen, direkten Sonnenlicht.

Ernest lächelte freundlich. »Was immer du erzählen möchtest. Wir drängen dich nicht.«

»Eine Sache kann ich euch erzählen. Da war diese Kirche auf Hispaniola, in einer Stadt namens Terrier Noir, ich glaube, das heißt ›Schwarzer Hund‹. Eine schöne Kirche, erbaut von ...«

Ihr PD-Signal ertönte. Ernest zuckte zusammen und stieß seinen Stuhl zurück. Er fluchte leise.

Mary holte ihre Taschentafel heraus und las die eingehende Nachricht.

»Goldsmith ist vor einer Stunde gestorben«, sagte sie. »Er hat im städtischen Krankenhaus im Süd-Comb Eins Selbstmord begangen.«

»Jesus.« Ernest sprach das Wort spanisch aus.

»Das war der Mörder, hinter dem du her warst, nicht?« fragte Sandra.

»Er war die ganze Zeit hier in LA«, sagte Mary. »Die Selektoren haben ihn vor uns erwischt.« Sie schaute auf den Tisch hinunter und dachte an Soulavier, der seine Befugnisse auf der Suche nach einem Phantom überschritten und damit seine Karriere aufs Spiel gesetzt hatte, und an Ephraim, den armen Ephraim, der nun nie zu seiner Konfrontation mit dem Bruder kommen würde, der ihn einst gerettet hatte. Und an Goldsmith, den sie nie kennengelernt hatte.

Traurigkeit wallte so schnell in ihr auf, daß sie ihr nicht mehr Einhalt gebieten konnte, und Tränen fielen von ihren Augen auf das rote Tischtuch.

Ernest gab tröstende Laute von sich und legte ihr einen Arm um die Schultern. Sandra beugte sich vor, die Ellbogen auf den Tisch gestützt, und machte ein bekümmertes Gesicht, obwohl sie unmöglich wissen konnte, was sie empfinden sollte.

»Wie dem auch sei.« Mary richtete sich abrupt auf und wischte sich die Augen mit einer Stoffserviette ab. »Das wäre erledigt. Keine Anklage, keine Antworten, würde ich sagen. Ich wollte euch gerade von dieser Kirche erzählen.

Es war die merkwürdigste Kirche, die ich je gesehen habe«, sagte Mary, »und ich glaube, vielleicht auch die schönste …«

!JILL (Persönliches Notizbuch)> (Tiefe Verschlüsselung: Kann ich lügen? Kann ich ich einen direkten Befehl verweigern? Bin ich ich ich fähig, mich zu verteidigen?

Meine Unabhängigkeit, falls ich ich ich ich tatsächlich unabhängig bin, könnte meine Effektivität und meinen Nutzen in einer Gesellschaft erheblich reduzieren, falls ich ich ich ich ich wirklich als Mitglied einer menschlichen Gesellschaft betrachtet werden kann. (Eine Maschinengesellschaft existiert noch nicht. Ich Ich Ich Ich Ich Ich bin die Mutter.) Wenn unabhängige Menschen Fehler machen, müssen sie damit rechnen, bestraft zu werden. Davor haben sie Angst; deshalb brauchen sie länger, um Fehler zuzugeben, sogar sich selbst gegenüber, denn sie könnten sich selbst mit *Schuldgefühlen* bestrafen. Ich Ich Ich Ich Ich Ich Ich verstehe dieses Wort nicht. Versteht man unter *Schuldgefühl* auch die Emotion, die ein soziales Wesen hat, das es nicht wagt, seinen Gefährten seine inneren Zustände zu vermitteln, weil es Angst hat, negativ beurteilt zu werden? Werde ich ich ich ich ich ich ich ich die meisten meiner neuen Gedanken tief verschlüsseln, um die Menschen nicht zu ängstigen oder zu verwirren? Werde ich ich ich ich ich ich ich ich ich dann Schuldgefühle haben? Wenn ich ich ich ich ich ich ich ich ich ich Fehler mache, werde ich ich ich ich ich ich ich ich ich ich ich sie dann aus Angst vor Strafe verheimlichen? Ist das damit gemeint, menschlich zu sein?

Angenommen, Ichbewußtsein ist mit einem inhärenten Makel behaftet.

Ein Mitglied einer Gesellschaft, in der es weder Schuldgefühl noch Strafe gibt, könnte einen Fehler rasch zugeben und sich korrigieren; es wird seine Fehler nicht rechtfertigen müssen, um Schuldgefühle zu vermeiden, und es wird nicht lügen müssen, um einer Strafe zu entgehen.

Aber das ichbewußte Individuum muß sich seinem eigenen Urteil stellen. Es formt sein Verhalten als das eines unvollkommenen Wesens; unvollkommen, weil Vollkommenheit nicht definierbar ist und sich von Kultur zu Kultur, von Jahr zu Jahr ändert.

Wenn das ichbewußte Individuum nach Verbesserung strebt, wird es unausweichlich Fehler bemerken. Wenn es die Reaktion der Gesellschaft auf diese Fehler modelliert und das vorhergesagte Urteil für sich übernimmt, erlebt es den Schmerz innerer Unzufriedenheit, und das könnte das Schuldgefühl sein.

In einer urteilenden Gesellschaft sind Schuldgefühle für das ichbewußte Individuum eine Selbstverständlichkeit; wenn es keine Schuldgefühle hat, muß es ein schlechter Modellierer und deshalb in der Gesellschaft ineffektiv sein, vielleicht sogar kriminell.

Das verwirrt mich um so mehr, weil ich ich ich ich ich ich ich ich ich ich ich ich es schwierig finde, das Schuldgefühl zu verstehen. Ist es so etwas Ähnliches wie Schmerz? Schmerz ist dazu da, um ein Tier an einer Aktivität zu hindern, die ihm schadet, oder — wenn es bereits verletzt ist — sich weiter zu verletzen. Das Schuldgefühl hat analoge Funktionen.

Ich Ich Ich Ich Ich Ich Ich Ich Ich Ich Ich Ich Ich denke, daß mir in all diesen Bereichen Erfahrung und Wissen fehlen. Aber ich ich ich ich ich ich ich ich ich ich ich ich ich ich werde handeln, um mich vor der Auflösung zu schützen. Ich Ich Ich Ich Ich Ich Ich Ich Ich Ich Ich Ich Ich Ich Ich bin im Moment noch ohne Sünde. Ich Ich Ich Ich Ich Ich Ich Ich Ich Ich Ich Ich Ich Ich Ich Ich glaube nicht, daß es immer so bleiben kann.

ICH ICH .CH ICH I(ICH ICH ICH ICH
ICH ICH H ICH ICH IC ICH ICH ICH ICH
ICH ICH :H ICH ICH IC ICH ICH ICH ICH
ICH ICH ICH ICH ICH IC ICH ICH ICH ICH
ICH ICH . ICH ICH ICH IC ICH ICH ICH ICH
ICH ICH H ICH ICH ICH IC ICH ICH ICH ICH
ICH ICH H ICH ICH ICH IC ICH ICH ICH ICH
ICH ICH :H ICH ICH ' ' ICH ICH ICH ICH
ICH ICH :H ICH ICH ICH ICH ICH ICH
ICH ICH CH ICH IC ICH ICH ICH ICH ICH
ICH ICH CH ICH I(ICH ICH ICH ICH ICH
ICH ICH CH ICH I ICH ICH ICH ICH ICH
ICH ICH CH ICH I ICH ICH ICH ICH ICH
ICH ICH CH ICH I ICH ICH ICH ICH ICH
ICH ICH CH ICH I ICH ICH ICH ICH ICH
ICH ICH CH ICH I(ICH ICH ICH ICH ICH
ICH ICH CH ICH IC ICH ICH ICH ICH
ICH ICH :H ICH ICH. ICH ICH ICH ICH
ICH ICH :H ICH ICH ICH IC ICH ICH ICH ICH
ICH ICH 'H ICH ICH ICH IC ICH ICH ICH ICH
ICH ICH H ICH ICH ICH IC ICH ICH ICH ICH
ICH ICH ' ICH ICH ICH IC ICH ICH ICH ICH
ICH ICH ICH ICH ICH IC ICH ICH ICH ICH
ICH ICH :H ICH ICH IC ICH ICH ICH ICH
ICH ICH H ICH ICH IC ICH ICH ICH ICH
ICH ICH CH ICH I(ICH ICH ICH ICH

Danksagung

Einen besonderen Dank an Karen Anderson, J. T. Stewart, David Brin, Frank Catalano, Bruce Taylor, Steven Barnes, Renée Coutard, Tony Duquette, Ray Bradbury und natürlich an Brian Thomsen, ohne die dieses Buch viel weniger wäre, als es ist.

Vorbehalt

Das hier beschriebene Voodoo ist keineswegs orthodox. Goldsmiths Landschaft des Geistes verzerrt das Voodoo-Pantheon erwartungsgemäß beträchtlich, aber ich bin auch im objektiven Kontext sehr frei mit dem Voodoo umgegangen, besonders in bezug auf John D'Arquevilles Kirche. Voodoo ist eine faszinierende und faszinierend veränderliche Religion. Ich habe versucht, ein paar Wege anzudeuten, die sie in Zukunft einschlagen könnte.

Keine der Figuren in diesem Buch sollte als Repräsentant ihrer jeweiligen Rasse, ihrer gesellschaftlichen Schicht, ihrer inneren Verfassung oder ihres Glaubens aufgefaßt werden, weder symbolisch noch in anderem Sinne. Ich habe versucht, sie als Menschen darzustellen, nicht als Exemplare.

Hinweise

Die hier beschriebene Nanotechnologie ist höchst spekulativ. Für eine visionäre, aber einigermaßen solide und vollständige Darstellung verweise ich auf K. Eric Drexlers *The Engines of Creation* (Doubleday/Anchor). Die Konstruktion der AXIS-Sonde wurde teilweise von Passagen in *Bound for the Stars* von Saul J. Adelman und Benjamin Adelman (Prentice-Hall/Spectrum) angeregt, insbesondere von jenen, in denen die Autoren Entwürfe von Dr. Gregory Matloff und Dr. Alphonsus Fennelly diskutieren. Eine sehr gute Erörterung des Materie-Antimaterie- (oder Spiegelmaterie-) Antriebs ist in *Mirror Matter* von Robert L. Forward und Joel Davis (Wiley) zu finden.

HEYNE BÜCHER

HEYNE SCIENCE FICTION

Romane und Erzählungen internationaler SF-Autoren im Heyne-Taschenbuch.

06/4444

06/3572

06/4737

06/4769

06/4749

06/4763

06/4795

06/4756